KELLI ESTES

Die Seideninsel

GOLDMANN
Lesen erleben

Kelli Estes

Die Seideninsel

Roman

Deutsch
von Elvira Willems

GOLDMANN

Die Originalausgabe erschien 2015
unter dem Titel »The Girl Who Wrote in Silk«
bei Sourcebooks Landmark, Naperville, Illinois.

Dieses Buch ist auch als E-Book erhältlich.

MIX
Papier aus verantwortungsvollen Quellen
FSC® C014496
FSC
www.fsc.org

Verlagsgruppe Random House FSC® N001967

1. Auflage
Deutsche Erstveröffentlichung Oktober 2016

Published by arrangement with Kelli Estes
Dieses Werk wurde vermittelt durch die Literarische
Agentur Thomas Schlück GmbH, 30827 Garbsen
Umschlaggestaltung: UNO Werbeagentur München
Umschlagfoto: FinePic®, München
Redaktion: Marion Voigt
BH · Herstellung: Str.
Satz: DTP Service Apel, Hannover
Druck und Bindung: GGP Media GmbH, Pößneck
Printed in Germany
ISBN: 978-3-442-48430-0
www.goldmann-verlag.de

Besuchen Sie den Goldmann Verlag im Netz

Für meinen Mann Chad.
Ohne dich wäre ich nicht ich.

Prolog

Sonntag, 7. Februar 1886 – kurz nach Sonnenuntergang
Puget Sound, Washington Territory

Liu Mei Lien spürte das Beben des Dampfschiffes unter ihren Füßen. Oder war es ihr Zittern, das sich auf die Decksplanken übertrug?

»Du hast keine Wahl«, zischte der Vater. Bevor sie begriff, wie ihr geschah, stieß er sie an die kalte Metallreling. »Steig da rauf, Mei Lien.«

Entsetzt sah sie ihren Vater an. Sie hatte ihm immer fraglos gehorcht. Doch jetzt? »Ich kann nicht.« Sie drückte eine Hand auf die Brust, da, wo ihr Herz klopfte, und spürte das Täschchen mit den Münzen unter den Bandagen. »Bitte nicht!«

Seine Züge wurden hart. »Enttäusch mich nicht, Tochter. Tu's. Mach schon.«

Sein Tonfall vertrieb Mei Liens Angst gerade so lange, dass sie ihre eigene Stimme der Vernunft hören konnte. Ja, der Vater hatte recht. Sie hatte keine Wahl.

Bibbernd erklomm sie die Reling, setzte sich auf die oberste Strebe und hielt sich an dem nassen Metall fest. Unter dem rechten Handteller spürte sie eine Unebenheit, wo eine abgeplatzte Stelle überstrichen worden war. War diese Stelle das Letzte, was sie vor ihrem Tod berühren würde?

Bevor sie noch etwas sagen konnte, legte der Vater ihr die Hände auf den Rücken und stieß sie vom Dampfer.

»Bàba!«, schrie Mei Lien, und ihr Ruf hallte nach, wäh-

rend sie stürzte. Dann tauchte sie in die bitterkalten Fluten, und es verschlug ihr den Atem. Eisige Finger zogen sie in den Abgrund.

Irgendwie fand sie die Kraft zu kämpfen. Strampelnd und sich ins Wasser krallend zog sie sich nach oben. Ihre Lunge brannte.

Kaum tauchte sie mit dem Kopf aus dem Wasser, holte sie in vollen Zügen Luft, immer wieder von Hustenstößen geschüttelt. Nachdem es ihr gelungen war, sich das Wasser aus den Augen zu wischen, sah sie, dass das Schiff gefährlich nah an ihr vorbeifuhr. Der Vater stand an der Reling, aber mit dem Rücken zu ihr, als hätte er nicht soeben grausam sein einziges Kind hinuntergestoßen, womöglich in den Tod.

Eine Welle platschte über Mei Liens Gesicht, und sie ging wieder unter. Inzwischen waren ihre Gliedmaßen steif, und bei einer Wassertemperatur knapp über dem Gefrierpunkt begannen ihre Muskeln zu krampfen. Ihr Instinkt übernahm die Führung, ließ ihre Füße treten und ihre Arme den Körper vom Schiff fortziehen, wie ihr Vater es sie vor Jahren gelehrt hatte. Sie schaltete den Verstand aus und schwamm, ohne zu ahnen, wohin.

Ihr Kopf pochte vor Kälte. Bei jedem Schwimmzug sehnten ihre Glieder sich schmerzhaft danach, auszuruhen und dem Sog von unten nachzugeben, der Wohlbehagen und Wärme versprach.

Ein letztes Mal blickte Mei Lien zum Schiff hinüber, doch es war kaum mehr als ein ferner, verschwommener Lichtfleck, der immer kleiner wurde.

Sie hatte ihre Familie verloren. Sie hatte ihr Leben verloren. Was spielte es noch für eine Rolle, wenn sie dem Sog des Wassers jetzt nachgab?

Erschöpft hörte Mei Lien auf zu kämpfen und ließ sich in die frostige Umarmung des Wassers sinken, das sie in die Geisterwelt tragen sollte. Sie sah sogar, wie der Tod nahte. Als riesiges schwarzes Seeungeheuer stieg er aus dem Wasser auf und bohrte ein grelles gelbes Auge in ihren schmerzenden Kopf. In dem Augenblick, da das Ungeheuer sie packte, wurde ihr Geist von einer Leere überwältigt.

Und Mei Lien hieß die Leere willkommen.

1

Sonntag, 27. Mai – heute
San Juan Islands, Washington

Inara Erickson stand zusammen mit ihrer Schwester an der Reling und sah zu, wie das Kielwasser der Fähre im Vorüberfahren gegen Decatur Island klatschte. Eine kalte Windböe erfasste sie, und eine Duftmischung aus sonnenwarmen Zedern, feuchtem Moos und würzigem Salz stieg ihr in die Nase. Im Nu reisten ihre Gedanken ein Stück voraus zum Anwesen ihrer Familie und zu allem, was sie dort vor vielen Jahren hinter sich zurückgelassen hatte.

Doch sie war noch nicht bereit, sich den Erinnerungen zu stellen, und so schob sie sie fort und wandte sich ihrer älteren Schwester zu, in dem Versuch, das zittrige Gefühl in ihrem Bauch zu ignorieren. »Liv, ist dir warm genug? Wenn du willst, können wir auch reingehen und eine Tasse Kaffee trinken.«

Der Wind zupfte eine lange blonde Haarsträhne aus Olivias Haarknoten. Sie schob sie sich hinters Ohr und hob das Gesicht der für die Jahreszeit ungewöhnlich warmen Sonne entgegen. »Auf gar keinen Fall, das ist doch himmlisch.« Trotz ihrer Worte raffte sie die Jacke enger um sich und zog die Schultern hoch gegen den beißend kalten Wind vom Wasser.

»Danke, dass du mich begleitest. Meinst du, Adam kommt allein mit den Kindern klar?«

Olivia bedachte Inara mit einem Augenaufschlag, der

sagte, dass sie sich heute keine Sorgen um ihre Familie machte. »Die kommen schon zurecht. Ich freue mich, dass du mich gefragt hast, ob ich mitfahre. Nicht zu fassen, dass es neun Jahre her ist, seit wir das letzte Mal da waren.«

Inara nickte und richtete den Blick auf einen Schwarm Schweinswale, die mit der Fähre um die Wette schwammen. Ihre schwarzen gebogenen Leiber tauchten rhythmisch aus den sonnenbeschienenen Wellen und wieder hinein. »Ich hätte Tante Dahlia besuchen sollen, als sie noch lebte, aber …« Sie zuckte die Achseln, denn sie wusste nicht recht, was sie sagen sollte. »Keine Ahnung. Es war wohl zu schwer.«

Olivia legte Inara den Arm um die Schultern und drückte sie. »Ging mir doch auch so … Es war leichter wegzugehen und sich etwas Neuem zuzuwenden.«

Inara schluckte und wollte noch etwas sagen, doch da platzte eine lärmende Gruppe Kinder aus einer Seitentür. Ein Junge, ungefähr zehn Jahre alt, zeigte auf einen Schweinswal und rief: »Seht mal! Ein Killerwal!«

Inara grinste ihre Schwester an. Sie hatten als Kinder die Sommer immer auf Orcas Island verbracht und fühlten sich anderen überlegen, weil sie natürlich viel mehr über Flora und Fauna der Inseln wussten. Schon damals hatten sie sich über Touristen wie diese Kinder amüsiert, die glaubten, an der Fährschiffroute könnten Orcas zu sehen sein. Die Einheimischen wussten, dass die Wale sich westlich der San Juan Islands in der Haro-Straße aufhielten.

»Der ist aber mickrig.« Ein Mädchen, kleiner als der Junge, ihm aber sonst wie aus dem Gesicht geschnitten, stemmte die Fäuste in die Seiten. »Bist du dir sicher, dass das ein Killerwal ist?«

Ihr Bruder spottete, wie nur Brüder spotten können. »Ich bin doch nicht blöd.«

In dem Augenblick stupste Olivia Inara mit dem Ellbogen an und zeigte auf eine Kanalmarkierung, auf deren rostigem Eisen ein fetter Seehund hockte.

Inara hatte das Gefühl, als wäre überhaupt keine Zeit vergangen. So wie die Fähre zwischen die Inseln glitt, so glitt sie zurück in das Leben, das sie zurückgelassen hatte und das sich überraschend behaglich anfühlte. Der einzige Unterschied war, dass sie ihre Schwester heute als ihre Freundin betrachtete, während die acht Jahre Altersunterschied ihnen damals unüberbrückbar erschienen waren.

Inaras Handy vibrierte in ihrer Jackentasche, und sie holte es heraus, um den Anruf entgegenzunehmen, dankbar, dass die Kinder nach vorn gingen und es auf dem Seitendeck wieder ruhiger wurde. »Nate«, sagte sie zu Olivia, bevor sie das Handy ans Ohr hob. »Hallo, großer Bruder, rate mal, wo Liv und ich gerade sind.«

»Portland?«

»Nein, näher.« Sie musste die Stimme heben, um den Motorenlärm der Fähre zu übertönen.

»Vancouver?«

»Nein. Wir sind auf der Fähre nach Orcas.«

Schweigen. Dann ein Räuspern. »Geht es dir gut?«

»Ja«, antwortete sie, auch wenn sie sich nicht ganz sicher war, ob es stimmte. Doch Nat verstand auch so, wie schwer es für sie war, zum ersten Mal auf die Insel zurückzukehren. »Olivia lenkt mich ab.«

»Gut. Hey, ich habe eine Frage an euch beide. Ich bin hier bei Dad, und wir würden gern den Termin für die Eröffnung des Duncan Campbell Memorial Parks festnageln. Da der Bürgermeister in der Woche davor nicht in der Stadt ist, denken wir an den 6. Oktober. Ginge das bei euch?«

Duncan Campbell war ihr Ururgroßvater mütterlicherseits und der Mann, der auf eigene Faust den Seehandel in Seattle begründet hatte. Als er Ende des 19. Jahrhunderts aus Schottland eingewandert war, kam er in eine matschige Holzfällerstadt und baute hier praktisch aus dem Nichts eine Schifffahrtsgesellschaft auf. Durch sein Wirken wurde Seattle als bedeutender Handelshafen bekannt. Wäre Duncan Campbell nicht gewesen, hätte der Ort es womöglich niemals auf die Landkarte geschafft, und die Bewohner von Seattle wussten das. Sie hatten nicht nur Gebäude nach ihm benannt, sondern im Museum of History and Industry sogar eine ganze Abteilung. Sein Erfolg ermöglichte es Duncan, auf der Insel das Familienanwesen zu gründen, das er nach seiner Heimatstadt in Schottland »Rothesay« nannte.

»Wird dann Duncans Statue enthüllt?«, fragte sie. Ihr Vater hatte vor einem Jahr eine Bronzeskulptur in Auftrag gegeben, die an prominenter Stelle den neuen öffentlichen Park nahe dem Kreuzfahrtterminal schmücken sollte. Inaras Vater leitete die von Duncan gegründete Firma, Premier Maritime Group – oder PMG –, seit er sie vor mehr als zehn Jahren von seinem Schwiegervater übernommen hatte. Er führte die Firma mit großem Erfolg und betrieb inzwischen auch Kreuzfahrtlinien nach Alaska, Mexiko und in die Karibik.

»Ja. Also, dann am sechsten?«

»Bleib kurz dran.« Sie nahm das Handy vom Ohr, um ihren Kalender aufzurufen und Olivia von den Plänen zu unterrichten. Olivia nickte. »Uns beiden passt es am sechsten«, erklärte Inara ihrem Bruder.

Über die Lautsprecher der Fähre ertönte ein lautes Hupen, gefolgt von der Durchsage, dass die Passagiere, die auf

Orcas Island aussteigen wollten, sich zu ihren Fahrzeugen begeben sollten.

»Ich muss«, sagte Inara zu Nate und wandte sich mit Olivia der Tür zu, die nach drinnen führte.

»Warte. Dad will wissen, ob er den Makler anrufen und die Unterlagen vorbereiten lassen soll.«

Inara lächelte in sich hinein. »Sag ihm, ich hab alles im Griff, aber trotzdem danke.« Ihr Vater machte kein Geheimnis daraus, wie erleichtert er war, dass sie das Anwesen verkaufen wollte, für das sich keiner von ihnen interessierte.

»Viel Glück heute. Lass mich wissen, wie es gelaufen ist.«

»Mach ich.« Sie legte auf und ging mit Olivia die grüne Eisentreppe hinunter aufs Parkdeck, wo der alte BMW stand, den sie schon seit dem Highschoolabschluss fuhr. Durch die Windschutzscheibe sahen sie Orcas Island immer näher kommen. Ihr Herz klopfte mit jeder Sekunde schneller, zwischen ihren Brüsten sammelte sich der Schweiß.

Mit hundertachtundvierzig Quadratkilometern war Orcas zwar die größte Insel des San-Juan-Archipels in der nordwestlichen Ecke von Washington State, doch mit nur fünftausend Bewohnern mit festem Wohnsitz nicht gerade dicht besiedelt. Der Fähranleger in Orcas Village befand sich am unteren Ende des linken Arms der hufeisenförmigen Insel, die sich um einen fjordähnlichen Sund bog, den East Sound. Das hieß, dass Inara den einen Arm der Insel hochfahren musste, bis dahin, wo die nach dem Sund benannte Stadt Eastsound lag, und dann am rechten Arm noch einmal ein Viertel der Strecke hinunter nach Rothesay. Auf dieser Fahrt würde sie an der Unfallstelle vorbeikommen.

Es war ein Fehler. Sie hätte jemand anderen herschicken sollen, der sich das Haus anschaute und die persönlichen Besitztümer ihrer mit siebenundneunzig verstorbenen Tante Dahlia zusammenpackte. Ein einziger Anruf hätte gereicht, um einen Makler zu beauftragen, dann könnte sie an diesem Tag zu Hause in Seattle sein, in Frieden. Sie hatte genug am Hals, schließlich würde sie in zwei Wochen eine neue Arbeitsstelle antreten.

Olivia hatte ihre Panik wohl bemerkt. »Es ist alles gut, Inara. Ich bin hier. Wir stehen das zusammen durch. Hab keine Angst.«

Bei ihren Worten fühlte Inara sich wie ein Kind, das auf Olivias Untersuchungsliege gleich eine Impfung bekommen würde, doch sie musste zugeben, dass der tröstliche Tonfall seine Wirkung tat. Sie sah ihre Schwester an. »Hast du denn überhaupt keine Angst? Du warst doch seitdem auch nicht mehr hier.«

»Doch, ein bisschen schon.« Olivia blickte auf die Bremslichter des Wagens vor ihnen, die gerade aufschienen – das Signal, dass sie dran waren, den Motor anzuwerfen und von der Fähre zu fahren. »Erzähl mir von deinem neuen Job. Im März die Uni abgeschlossen und jetzt kurz davor, bei Starbucks Karriere zu machen. Ich wette, du bist ganz schön aufgeregt.«

Inara ließ sich darauf ein, dass ihre Schwester sie abzulenken versuchte, während sie den Wagen vorsichtig von der Fähre lenkte. »Ja, scheint mir auch so. Ich steige im Supply Chain Management ein. Habe ich dir erzählt, dass sie mich in den ersten drei Monaten vielleicht schon nach Italien schicken?«

»Und warum scheint es dir dann nur so, dass du aufgeregt bist?«

Natürlich war ihrer Schwester der Patzer nicht entgangen. Inara warf Olivia einen leicht missmutigen Blick zu. »Ich weiß, das ist eine tolle Chance«, gestand sie, »und Dad ist schrecklich stolz, dass ich den Job bekommen habe und so …« Sie suchte nach den richtigen Worten. »Ich weiß bloß nicht, ob es wirklich das Richtige für mich ist.«

»Dann mach ihn ein paar Jahre und such dir dann was anderes. Dad wird das sicher verstehen.«

»Ja«, stimmte Inara ihr zu, wenn auch nicht recht überzeugt. Sie unterhielten sich noch ein wenig über den Job, doch Inara wurde von ihren Erinnerungen abgelenkt.

Die Orcas Road sah aus wie immer, und das Sonnenlicht, das durch die Bäume fiel, warf gefleckte Schatten auf die Windschutzscheibe. Durch den Wald erhaschte sie hier und da einen kurzen Blick auf Strandhütten und millionenschwere Villen. Unbefestigte Auffahrten waren oft der einzige Hinweis darauf, dass hinter den Bäumen noch Anwesen lagen. Sie kurbelte das Fenster herunter und nahm den Duft wahr, den ihr Kopf zwar vergessen, an dem ihre Seele jedoch festgehalten hatte – sonnenwarme Erde, blühende Brombeersträucher, Salzwasser. Als sie ihn einsog, spürte sie, dass sich in ihr etwas verschob, wie ein Puzzlestück, das an die richtige Stelle rückt.

Sie atmete immer noch in tiefen Zügen, als sie über die Anhöhe fuhren und an die Ecke gelangten, wo ihre Mutter ums Leben gekommen war. Der Anblick raubte Inara jäh den Atem.

»Fahr einfach weiter«, murmelte Olivia. »Es ist alles gut.«

Inara war fünfzehn gewesen, als ihre Mutter an dieser Ecke bei einem Verkehrsunfall den Tod gefunden hatte. Die Polizei sagte, es müsse etwas auf der Straße gewesen sein, ein Reh oder ein Waschbär, und ihre Mutter habe wohl beim Versuch auszuweichen die Kontrolle verloren. Doch Inara wusste, dass ihre Mutter eine extrem aufmerksame Autofahrerin war. Niemals hätte sie die Kontrolle über den Wagen verloren, wäre sie nicht aufgeregt und abgelenkt gewesen, weil sie und Inara kurz vorher heftig gestritten hatten.

Olivia verstand das nicht. Jedenfalls nicht richtig. Sie war dreiundzwanzig, bereits verheiratet und in der Ausbildung zur Fachärztin, als es passierte. Sie war nicht in Rothesay, als der Sheriff mit kreisendem Blaulicht vorgefahren kam und den regendurchweichten Hut mitfühlend an die Brust gedrückt hielt.

Inara fuhr langsamer, viel langsamer als die erlaubten fünfundsechzig Stundenkilometer, und konzentrierte sich ganz aufs Atmen, während sie versuchte, auf nichts anderes zu achten als auf den Teerbelag vor sich.

Doch dann schoss ihr Blick zum Straßenrand.

An der riesigen Zeder waren keine Spuren des Unfalls zurückgeblieben. Brombeerranken und Wildblumen wuchsen üppig und unberührt, als wäre hier nie etwas passiert. Als hätte kein Auto den Baum gerammt und den zerfetzten Körper ihrer Mutter an die raue Rinde geschleudert.

Der Fahrer hinter ihnen hupte, und Inara merkte, dass sie mitten auf der Straße stehen geblieben war. Nervös hob sie entschuldigend die Hand, lenkte vorsichtig um die Kurve und beschleunigte. Eine schwarze Geländelimousine bretterte an ihr vorbei und schoss davon. Ihre Finger krampften sich ums Lenkrad.

»Vielleicht solltest du an den Rand fahren.«

Ohne etwas darauf zu sagen, folgte Inara dem Vorschlag ihrer Schwester und steuerte die nächste gekieste Parkbucht an. Dort schloss sie die Augen und lehnte die Stirn ans Lenkrad. Nach diesem schrecklichen Tag war sie mit ihrem Vater zurück nach Seattle gefahren und hatte sich große Mühe gegeben, wieder ein normaler Teenager zu sein, doch alles war anders gewesen. Normale Teenager waren nicht für den Tod ihrer Mutter verantwortlich.

Auch Nate war schon auf dem College gewesen, sodass nur Inara und ihr Vater zu Hause waren – zwei Schiffe, die mit kaputten Schiffsschrauben auf dem Strom des Lebens trieben, unfähig, den Weg an die Küste zu finden. Und so hatte Inara sich an ihren Vater geklammert und an das, was er sich für sie erträumte. Nach der Highschool studierte sie BWL, um ihn glücklich zu machen, obwohl ihr eigentlich etwas anderes mehr lag, zum Beispiel Anthropologie oder Geschichte.

»Ich weiß, dass es schwer ist, aber bis hierher hast du es schon geschafft.« Olivia rieb Inara den Rücken und sprach leise mit ihr, wie mit ihrer dreijährigen Tochter, wenn die einen Trotzanfall hatte. »Soll ich weiterfahren?«

Es half. An der Stimme ihrer Schwester konnte Inara sich festhalten und aus dem Abgrund ziehen, der sie verschlungen hätte, wäre sie allein hier gewesen. Sie atmete noch einmal tief durch, hob den Blick und richtete ihn durch die Windschutzscheibe nach vorn, erleichtert, dass ihr die Straße nicht mehr unpassierbar erschien. Sie konnte weiterfahren. So weit war sie schon gekommen, wie Liv gesagt hatte, und sie würde auch die nächsten Schritte tun, nicht weil sie ein Haus geerbt hatte, um das sie sich kümmern musste, sondern weil es an der Zeit war, sich der Vergangenheit zu stellen und nach vorn zu sehen. »Es geht mir besser.«

Sie lenkte das Auto wieder auf die Straße und blickte im Rückspiegel ein letztes Mal auf die Kurve, bevor sie sich entschlossen auf den Weg konzentrierte.

Vor ihr lag Rothesay. Mit all den notwendigen Entscheidungen um das marode Haus, das Dahlia ihr hinterlassen hatte. Inara war bei der Verlesung des Testaments sehr überrascht gewesen, und doch klang es irgendwie logisch. Dahlia war die Großtante ihrer Mutter, aber sie und Inara hatten einander sehr nahegestanden. Von den drei Geschwistern ihrer Generation war Inara diejenige, die die Insel am meisten geliebt und folglich auch so viel Zeit wie möglich bei Dahlia verbracht hatte. Die größte Überraschung enthielt jedoch der nächste Absatz des Testaments, in dem Dahlia den Wunsch zum Ausdruck brachte, das Haus solle zu einem Bed & Breakfast umgebaut werden, damit Rothesay wieder von Freude und Leben erfüllt werde.

Ein B&B? Natürlich hätte Inara Dahlia gern ihren letzten Wunsch erfüllt, doch sie musste sich jetzt, wo sie endlich ihren Magisterabschluss hatte, um ihre Karriere kümmern. Dahlia hätte sicher verstanden, dass sie die Einkünfte aus dem Verkauf des Hauses brauchte, um ihr Studiendarlehen zurückzuzahlen, und dass sie kein B&B führen konnte, um die Träume eines anderen Menschen zu erfüllen. Die erste Rate für das Darlehen war im September fällig. In wenigen Monaten.

Zu schade, dass sie das Haus nicht behalten konnte, um es wieder als Ferienhaus zu nutzen, wie ihre Familie früher. Dahlia hatte das ganze Jahr über mit ihrer Partnerin Nancy in Rothesay gelebt und ihnen erlaubt, Haus und Grundstück in den Ferien zu nutzen – genau wie schon Inaras Eltern und Großeltern. Dort war die Familie an Feiertagen zusammengekommen, und dort hatten Inara und ihre Geschwister den Sommer verbracht, während die Eltern in Seattle arbeiteten. Ihre Mutter hatte den Juli immer freigenommen, um ihn, wie die meisten Wochenenden, mit ihnen auf der Insel zu verbringen. Wenn sie Freitagabend kam, versammelten sie sich am Strand ums Lagerfeuer.

Rothesay als Ferienhaus für die Familie zu behalten wäre ihr logisch erschienen, aber als Bed & Breakfast? Verrückt.

Inara und Olivia hatten die frühe Fähre genommen, und so war es erst kurz vor neun, als sie die zwei Steinsäulen an der Zufahrt von Rothesay passierten. Inara bog in die kurvenreiche, von Wald gesäumte Einfahrt ein, und die Schwestern hielten Ausschau nach dem Haus. Als Inara es sah, stöhnte sie auf.

Das Anwesen machte einen vernachlässigten Eindruck. Sie hatte gehofft, sie könnte etwas von ihrer Mutter und Tante Dahlia hier spüren, doch das Ganze wirkte trostlos. Ihr schnürte sich die Kehle zu, und sie fror trotz der kräftigen Morgensonne. Sie parkte vor dem Springbrunnen, der einst ein Paradestück gewesen war, jetzt aber trocken dalag, grün von Moos. »Vermutlich ist es Dahlia irgendwann über den Kopf gewachsen.«

»Ja«, pflichtete Olivia ihr bei und stieg aus. »Wir hätten herkommen und ihr helfen sollen, statt uns am Telefon erzählen zu lassen, sie käme zurecht.«

Erst als Erwachsene hatte Inara begriffen, dass Dahlia und Nancy ein Paar waren. Über so etwas wurde in der Familie nicht gesprochen, aber es war sicher der Grund, warum Dahlias Vater sie auf der Insel versteckt hatte, weit weg von dem Klatsch und Tratsch der Gesellschaft der dreißiger Jahre in Seattle. Doch Dahlia hatte die Insel geliebt. Ihr Wunsch, hier zu sein, war wohl genauso stark wie der Wunsch ihres Vaters, sie irgendwo zu verstecken.

Inara stieg aus und ging um das Auto herum, bis sie neben Olivia stand und das Haus betrachtete, das sie ihr Leben lang für selbstverständlich genommen hatten. Das

Vogelgezwitscher aus dem Wald ringsum linderte den Schmerz in ihr, und schließlich hob sich der Schleier der Enttäuschung vor ihren Augen. Sie war überrascht, als sie am Rand der geteerten Einfahrt frischen Grasschnitt entdeckte.

Hier hätte in den vier Wochen seit Dahlias Tod eigentlich niemand sein sollen. Wer hatte den Rasen gemäht?

»Komm, wir gehen rein.« Olivia schritt auf die doppelflügelige Haustür zu.

Inara zögerte noch eine Minute, während sie den Blick über das Haupthaus schweifen ließ. Jetzt erfasste sie eine vertraute Aufregung. Wenn sie die Augen zusammenkniff, konnte sie an der abblätternden Farbe und der durchhängenden Veranda vorbei das Herz dieses Ortes sehen, seinen Zauber und das Versprechen künftiger Abenteuer.

Adrenalin setzte ihre Füße in Bewegung, und sie folgte ihrer Schwester. Sie war wieder das kleine Mädchen am Anfang der Sommerferien, das am liebsten alles gleichzeitig gemacht hätte. Doch sie zwang sich, langsam zu gehen, um alles richtig in sich aufzunehmen.

Das Haupthaus im Neokolonialstil ragte stattliche drei Stockwerke auf, mit weißen Säulen an der breiten Veranda und geschwungenen Stufen, die die Besucher hineinführten. An den beiden vorderen Ecken des Hauses verbanden gebogene zweistöckige Galerien das Haupthaus mit den kleineren Gebäuden, die links und rechts einander gegenüberstanden. Das Ganze bildete ein breites U, die Einfahrt mit dem Springbrunnen in der Mitte.

Links war die Garage, darüber befanden sich der Billardraum und der Rauchsalon. Rechts lag Dahlias Haus, das erste Gebäude, das auf diesem Grund errichtet worden war. Duncan Campbell hatte es modernisiert, um es nahtlos dem Neubau anzupassen, einschließlich der Säulen an der winzigen Veranda vor dem Eingang. Eigentlich müsste Dahlia noch mit einem dampfenden Becher Tee auf dieser Veranda sitzen.

Bitte bereute Inara das Versäumte. Sie hätte vor langer Zeit schon erkennen müssen, wie wichtig Tante Dahlia für sie war. Sie hätte einen Weg finden müssen, Zeit mit ihr zu verbringen, egal wie schwer es ihr fiel, auf die Insel zurückzukehren. Dahlia hatte sich Sommer für Sommer um sie und ihre Geschwister gekümmert. Und Dahlia hatte sie auch gehalten in jener schrecklichen Nacht nach dem Tod ihrer Mutter.

Doch schon lange davor hatte Inara sehr an Dahlia gehangen, mehr als an ihren Großeltern. Dahlia nahm sie mit, wenn sie im Garten Unkraut jätete oder im Wald Beeren sammelte. An Regentagen baute sie für Inara Häuser aus Bettlaken, an Sonnentagen flocht sie Wildblumenkränze, dazwischen backte sie Kekse und Kuchen und warf eine Münze, um zu schauen, wer von ihnen die Rührstäbe ablecken durfte. Inara war überzeugt, dass Dahlia ab und zu gemogelt hatte, damit sie die mit Schokolade selbst bekam.

Hatte Dahlia gewusst, wie sehr Inara sie liebte? Inara war nach dem Unfall fortgegangen und nie zurückgekehrt. Verdammt, sie war nicht mal im letzten Frühjahr gekommen, nach Nancys Tod. Sie hatte sich eingeredet, Dahlia würde verstehen, dass sie es nicht ertrug, an diesem Ort zu sein.

Und doch war sie jetzt hier.

Als Dahlia im vergangenen Monat gestorben war, hatte Inaras Vater ihren Leichnam nach Seattle überführen lassen, wo sie einen Trauergottesdienst abhielten und sie in der Grabstelle der Familie beisetzten. Aber nun auf Rothesay, umfangen vom Zauber der Insel, überlegte Inara, ob das nicht ein Fehler war.

Sie hätten sie hier auf der geliebten Insel beerdigen sollen – auf dem Gemeindefriedhof, neben der Frau, mit der sie glücklich zusammen alt geworden war, oder irgendwo auf dem Gelände von Rothesay.

Inara atmete tief durch, drehte sich um, hob den Blick zu dem Berg in seinem immergrünen Waldkleid und versuchte, den Druck in ihrer Brust zu lösen, indem sie an etwas anderes dachte als an Dahlia. Von hier aus versperrten die Bäume die Sicht auf das Haus der Nachbarn auf der anderen Straßenseite, was ihr das Gefühl gab, nichts trennte sie von den steilen Hängen des Mount Constitution, der über dem Wasser des East Sound aufragte.

Irgendwann würde sie zu dem Aussichtsturm oben auf dem Berg fahren, wie sie es als Kinder gern gemacht hatten. Doch heute zog sie es vor, sich an seinem Fuß geborgen zu fühlen, sicher vor allem und jedem. Als gäbe es nur sie, den Berg, das Wasser und den Wald, und solche Sachen wie Studiendarlehen und neue Jobs würden gar nicht existieren.

Wieder spürte sie ein Ziehen im Bauch. Der Zauber von Orcas. Heute spürte sie ihn, auch wenn die Erinnerungen an das Verlorene ihr Herz umwölkten.

Je länger sie hier war, desto mehr fühlte sie sich wie eine Schlange, die sich häutete, als fiele etwas Enges, Einschnürendes von ihr ab. Neun Jahre lang hatte sie sich ganz auf ihr Studium und ihre berufliche Zukunft konzentriert und jetzt, da die Zukunft da war, wollte sie sich am liebsten in die tröstliche Vergangenheit zurücksinken lassen. Auf dieser Insel. An diesem Ort, der für sie mehr ein Zuhause war als das Haus ihres Vaters in Seattle.

Wie es wohl als Bed & Breakfast wäre?

Sie schüttelte den Kopf und folgte Olivia zur Haustür, wo sie den Schlüssel aus der Handtasche holte und ins Schloss steckte. Sie musste ein wenig ruckeln, doch schließlich ließ er sich drehen und das Schloss klickte.

Auf ein sanftes Drücken schwang die Tür auf, und die Schwestern traten zusammen auf die fleckigen Eichendielen des Treppenabsatzes zwischen dem Erdgeschoss und dem ersten Stock. Selbst in dem matten Licht, das durch die offene Tür in ihrem Rücken und durch das Oberlicht hereinfiel, konnte Inara die Stufen zu der großen Halle hinuntersehen, an deren Ende hinter vorgezogenen Vorhängen die Hintertür lag. Obwohl alles mit einer Staubschicht bedeckt war, offenbarten Narben und Kratzer im Holz, dass die Treppe und die Böden aufgearbeitet werden mussten.

»Wer ist zuerst im Eckschlafzimmer?«, neckte Olivia, ohne sich jedoch auf die Treppe zuzubewegen.

Inara lachte über die Erinnerung an ihre Kindheit, tastete nach den Lichtschaltern neben der Tür und schaltete alle ein. Als die Lampen in den oberen Galerien angingen, hob sie den Blick zu der Reihe von Schlafzimmertüren auf der rechten Seite. »Ich schlafe heute Nacht in Dahlias Haus, und wenn ich den ganzen Staub hier sehe, möchte ich wetten, dass du das auch machst.«

Im Eiltempo fegten Olivia und sie durch die Haupthalle, zogen Vorhänge auf und öffneten Verandatüren, um Luft und Sonne hereinzulassen, und entfernten Schonbezüge von Antiquitäten, für die sie als Kinder keinen Sinn gehabt hatten.

»So sieht es schon eher nach Rothesay aus«, sagte Olivia, die Hände in die Seiten gestemmt, als sie die lange Halle überblickten, in der sich zwei Haufen staubiger Laken auf dem Boden türmten.

»Ja, viel besser«, pflichtete Inara ihr bei, doch ihr Blick ging nach oben. »Bis auf eines.« Sie lief die Treppe rauf und sprintete die Galerie hinunter bis zur Rückseite des Hauses mit der offenen Sitzecke, wo die Damen nachmittags ihren Tee einzunehmen pflegten und sich die Zeit mit Stricken und Klatsch vertrieben. Sie zog die Vorhänge auf. Der Ausblick verschlug ihr den Atem.

Er war einfach unglaublich. Von der Terrasse hinter dem Haus erstreckte sich grüner Rasen – von einer geheimnisvollen Person frisch gemäht wie der vor dem Haus – bis zu einem Streifen Naturwald, gefolgt von den Felsen, die steil in den Sund abfielen. Das Wasser funkelte zwischen den Fichten, Zedern und Amerikanischen Erdbeerbäumen und lockte Inara fort von ihrem Inspektionsgang durch das Haus. Sie sollte sich auf die schwarzen Felsen am Strand setzen, wo das Wasser, voller Seetang, sie nicht erreichte. Dort könnte sie sich ganz ihren Sinnen hingeben und wäre, endlich einmal, lebendig.

Wo kam denn der Gedanke her? Sie war nicht tot gewesen in den letzten Jahren, sie war nur damit beschäftigt, ihr Studium abzuschließen und etwas aus sich zu machen.

Mit einem Kopfschütteln wandte sie sich von den Fenstern des Wohnbereiches ab. Aber sie nahm sich fest vor, auf jeden Fall noch ans Wasser zu gehen, bevor sie am nächsten Tag die Fähre nach Hause nahmen.

Ohne die Laken über den Möbeln zu beachten, ging Inara zum Geländer der Galerie und blickte hinunter. Olivia war verschwunden, doch mehrere von der Haupthalle abgehende Türen standen offen. Ihre Schwester inspizierte wohl das Erdgeschoss.

Fast hörte sie das Lachen ihrer Familie durchs Haus hallen, die Stimme ihrer Mutter, die rief, sie solle ihre Handtasche holen, denn sie wollten mit den Kajaks zum Mittagessen nach Eastsound fahren. Olivias protestierendes Teenager-Genöle, Nate, der flehte, noch eine Minute mit seiner Freundin telefonieren zu dürfen.

In wenigen Monaten würde Inara den neuen Besitzern die Schlüssel für das Anwesen überreichen und für immer fortgehen. Dicht auf den Fersen dieses Gedankens überkam sie eine Panik, die sie überraschte. Warum scherte es sie? Sie war lange Zeit bestens ohne diesen Ort zurechtgekommen.

Doch sie hatte immer gewusst, dass Rothesay auf sie wartete. Sie wollte, dass ihre Kinder eines Tages die Freuden des Sommers hier kennenlernten. Die Kinder ihrer Geschwister hatten es verpasst, doch sie waren noch jung und konnten noch viele Sommer auf der Insel verbringen. Wenn sie das Haus verkaufte, versagte sie der nächsten Generation ihr Geburtsrecht.

Aber sie musste verkaufen. Sie hatte keine Wahl. Sie musste eine verantwortungsbewusste Erwachsene sein und dieses Haus an jemanden übergeben, der es einer neuen Bestimmung zuführen konnte. Außerdem würde sie mit ihrem neuen Job bald alle Hände voll zu tun haben. Sie hatte keine Zeit, sich um ein Haus zu kümmern, das sie kaum einmal zu sehen bekam.

Inara ging die Treppe hinunter, um ihre Schwester zu suchen, damit sie das ganze Anwesen unter die Lupe nehmen und auflisten konnten, was alles vor dem Verkauf zu richten war.

Drei Stunden später schloss sie die Tür zu Dahlias Küche auf. »Du solltest mit den Kindern mal herkommen, bevor es verkauft wird«, erklärte sie ihrer Schwester, als sie eintraten, doch dann verharrte sie mitten in der Bewegung. Der Raum umfing sie augenblicklich und transportierte sie in die Vergangenheit, während Dahlias Abwesenheit gleichzeitig wie ein Stich ins Herz war. »Ach, du …«

»Als wären Dahlia und Nancy eben erst rausgegangen«, flüsterte Olivia.

Zahllose Ausgaben der *Seattle Times* quollen aus einem Weidenkorb auf der Resopal-Arbeitsplatte, und den Küchentisch zierte ein Stapel eselsohriger Romane. Neben dem Spülbecken stand ein dicker weißer Teebecher mit einem rosafarbenen Lippenstiftfleck am Rand. Dahlias Rosa. Der Lippenstift in der goldenen Hülse, den sie immer dabeihatte. Das Rosa, das zu der rosafarbenen Strähne passte, die sie sich in dem Sommer, als Inara zwölf geworden war, hatte färben lassen. In all den Jahren seither war Inara nie einer anderen Achtzigjährigen begegnet, die den Mut hatte, sich passend zum Lippenstift die Haare zu färben. Bei dem Anblick brannten Inaras Augen, und sie musste sich abwenden.

Von der Küche führte eine Treppe in den ersten Stock. Zwei flauschige gelbe Pantoffeln warteten an der untersten Stufe auf ihre Besitzerin. Inara drückte eine Ecke des abgewetzten Läufers nach unten, der auf die Treppe genagelt war, sich aber jetzt an den Enden aufrollte.

Der Familienüberlieferung zufolge hatte Duncan Campbell dieses von dem Vorbesitzer erbaute Haus kurz vor Beginn des 20. Jahrhunderts gekauft und darin gewohnt, während er das Haupthaus errichten ließ, in dem er später rauschende Feste feierte.

Andere Geschichten, die nur hinter vorgehaltener Hand weitergegeben wurden, erzählten von den komischen Käuzen der Familie. Wie Duncans Frau. Sie hatte das ganze

Jahr über hier gelebt, während ihr Mann viel Zeit in Seattle verbrachte, wo er die Schifffahrtsgesellschaft führte. Bei ihr – Gretna, wenn Inara sich recht erinnerte – war ein nervöses Leiden diagnostiziert worden, und sie zog es vor, ihre Tage in Frieden auf der Insel zu verbringen, gestört nur durch die Feste ihres Mannes.

Jede Generation hatte ihren eigenen Kauz hervorgebracht, einschließlich Inaras Liebling – Dahlia. Sie war eine entschieden unabhängige junge Frau gewesen, die kein Interesse daran zeigte, sich einen Mann zu suchen oder eine Ausbildung zu machen. So packte sie die Gelegenheit beim Schopf, mit Anfang zwanzig auf die Insel zu ziehen, um die Hausherrin des Anwesens zu werden und ein Leben nach ihrem Gusto zu führen. Soweit Inara wusste, hatte auch Dahlia die Insel nur selten verlassen.

Als Inara jetzt in Dahlias Haus stand, weit weg von den Erwartungen ihres Vaters, ging ihr auf, dass dies der einzige Ort war, wo sie je ermutigt worden war, sie selbst zu sein. Sie hatte das unbehagliche Gefühl, die Nächste zu sein, nun, da Dahlia tot war. Der nächste komische Kauz der Familie.

Wie ließ sich sonst der absolut verrückte Gedanke erklären, der an ihr nagte, seit sie aus dem Auto gestiegen war? Sie wollte hierbleiben. Sie wollte den Job nicht, für den die meisten Menschen über Leichen gehen würden. Sie wollte ihre Tage mit Farben und Putz und allem anderen verbringen, was Olivia und sie gerade aufgelistet hatten, um das Anwesen wieder in Schuss zu bringen.

Ein Lachen entstieg ihrem Mund, bevor sie es kommen spürte, und hallte unvermutet durch den Raum.

Olivia steckte vom Wohnzimmer nebenan den Kopf zur Tür herein. »Was ist so lustig?«

Inara lachte noch einmal, griff nach dem rosa-lila-farbenen Schal, den Dahlia an der Hintertür hängen gelassen hatte, und legte ihn sich um. »Wie sehe ich aus? Wie eine Frau, die ein B&B führen kann?«

Ihre Schwester gluckste belustigt, nein, eher schockiert, und die beiden fingen an zu kichern. »Das ist nicht dein Ernst.«

Inara neigte den Kopf zur Seite und überlegte. »Und wenn doch? Dahlia hat mir den Aktenordner mit den ganzen Plänen und Kalkulationen hinterlassen. Sogar Baupläne für den Umbau. Ich glaube, das Schwerste wäre es, Dad zu sagen, dass ich Starbucks ausschlage.«

Olivia nickte zustimmend und kam ins Zimmer. »Aber wie willst du die Renovierung finanzieren? Und du musst noch dein Studiendarlehen zurückzahlen.«

Inara überlegte. »Vielleicht könnte ich den Job ein paar Jahre machen und an den Wochenenden und im Urlaub hier arbeiten.« Gott, das klang anstrengend.

Olivia nickte, aber ihre Miene verriet deutlich, dass sie nicht überzeugt war. Doch dann zuckte sie die Achseln, ganz die vernünftige Schwester. »Also, das musst du ja nicht gleich entscheiden. Lass uns doch mal den Rest des Hauses anschauen.«

Inara pflichtete ihr bei, drehte sich zu dem CD-Player auf der Arbeitsplatte um und schaltete ihn ein. Sie hatten nicht damit gerechnet, dass die kreischenden Gitarren von Classic Aerosmith das Haus erfüllen würden, und glotzten einander schockiert an, bevor sie dermaßen anfingen zu lachen, dass Inara, als sie sich endlich so weit erholt hatten, dass sie sich an die Arbeit machen konnten, der Bauch wehtat. Sie wischte sich eine Träne weg, zog den Notizblock mit der Reparaturliste aus der Gesäßtasche und schüttelte den Kopf. Aerosmith. Mann, sie vermisste Dahlia.

Mit Block und Stift in der Hand und zur Musik tanzend machten sie Bestandsaufnahme für das kleine Haus. Eine Stunde später trafen sie sich wieder in der Küche. Inzwischen hatten sie einen Bärenhunger.

»Wir sollten zum Essen in die Stadt fahren«, murmelte Olivia beim Anblick des leeren Kühlschranks. »Irgendein Nachbar hat das Ding nach Dahlias Tod wohl leergeräumt.«

Inara steckte den Kopf in die Speisekammer. Erdnüsse, Haferflocken, Olivenöl, Balsamico. »Was hältst du von Salzkräckern mit Tee?«

»Fürs Erste gar nicht so schlecht«, antwortete Liv, nahm den Teekessel und füllte ihn an der Spüle.

Dann setzten sich an den Küchentisch, legten die Füße auf einen Stuhl und ließen sich die Kräcker schmecken.

»Ich könnte hier wohnen und Leute anheuern, um das Anwesen wieder flottzumachen«, sinnierte Inara.

Olivia kniff die Augen zusammen. »Du denkst ernsthaft darüber nach, nicht wahr? Und Starbucks?«

Es wäre verrückt, den Job bei Starbucks auszuschlagen. Doch in all den Jahren hatte sich Inara niemals so lebendig gefühlt und so voller Ideen darüber, was sein könnte. Nicht einmal, als man ihr die Stelle anbot. Erst beim Betreten von Rothesay wurde ihr klar, dass sie die ganzen Jahre wie in einem Dämmerschlaf verbracht hatte. Erst hier war sie aufgewacht. Und sie wollte nicht wieder schlafen. »Ich glaube, dass ich schon lange nicht mehr darüber nachgedacht habe, was ich wirklich will«, antwortete sie schließlich, unsicher, was sie sagen sollte.

»Aber jetzt willst du ein Bed & Breakfast eröffnen?«

»Nein.« Ein Blubbern begann in ihrem Bauch, und sie setzte sich gerade hin, denn vor ihrem inneren Auge tauchte eine Vision auf. »Kein Bed & Breakfast. Ein Boutique-Hotel. Ich könnte das hier zum angesagtesten Urlaubsziel im ganzen Pazifischen Nordwesten machen.«

Olivia nickte. Sie schien zu überlegen. Über der Musik, die immer noch aus dem CD-Player kam, hörten sie ein charakteristisches Klingeln. Es kam von oben. Olivia schoss hoch. »Mist, ich glaub, ich hab mein Handy in Dahlias Zimmer liegen lassen.« Sie wollte die Treppe hochlaufen, kam jedoch nicht über die erste Stufe hinaus, weil sie mit dem Zeh an dem aufgebogenen Treppenläufer hängen blieb. Sie stürzte und schlug mit den Schienbeinen hart an die Kante der nächsten Stufe. »Autsch!«

Inara sprang auf. »Ach, du je, alles in Ordnung?«

Olivia drehte sich, bis sie auf der Treppe saß, hielt sich mit den Händen die schmerzenden Schienbeine und bedachte ihre Schwester mit einem aufgebrachten Blick. »Wenn du hier wohnen willst, musst du aber als Erstes die Stolperfalle da beseitigen.«

Inara hatte sich über ihre Schwester gebeugt, um die Prellungen zu inspizieren, doch jetzt verharrte sie reglos und begegnete dem Blick ihrer Schwester. »Du meinst also, ich soll es machen?« Sie wussten beide, dass sie damit nicht den Treppenläufer meinte.

Olivia nahm Inaras Hand und drückte sie. »Ich finde, du solltest tun, was dich glücklich macht. Für Kaffee hast du doch eh nicht viel übrig.« Sie hielt inne, räusperte sich, ließ Inaras Hand los und rieb sich wieder das Schienbein. »Aber Dad zu überzeugen wird sicher nicht leicht. Ich glaube, er hatte sich gefreut, endgültig einen Schlussstrich unter diesen Ort hier ziehen zu können.«

Inara nickte und wurde augenblicklich ernst. »Ich weiß.« Darüber wollte sie im Augenblick nicht nachdenken. Sie bedachte den Treppenläufer mit einem finsteren Blick. »Da muss ich wirklich was machen.«

Während Olivia nach oben ging, um ihr Handy zu holen, packte Inara die aufgerollte Ecke des Läufers und zog kräftig daran. Da er nur noch mit einer Seite an der untersten Stufe befestigt war, hatte sie ihn bald ganz abgerissen. Vor ihr lag goldenes Hartholz, von jahrelangem Gebrauch abgenutzt und verschrammt.

Die zweite Stufe bereitete ihr mehr Probleme. Inara stemmte einen Fuß auf die unterste, den anderen auf die dritte Stufe und zerrte an dem Teppich. In dem Moment kam Olivia die Treppe herunter. Der Läufer gab ein wenig nach, was Inara ermutigte, es weiter zu versuchen.

»Ich schau mal, ob ich einen Klauenhammer finde«, erbot Olivia sich und ging um sie herum.

Doch Inara hatte keine Lust zu warten. Sie nahm alle Kraft zusammen und zog noch einmal. Diesmal löste sich der Teppich mit einem Ruck. Und als sie den Blick nach unten richtete, sah sie, dass die gesamte Stufe daran hing. Wo die zweite Stufe hingehörte, klaffte ein dunkles Loch.

»Warum hast du nicht gewartet?« Olivia wandte sich dem Schrank zu, in dem sie einen Hammer vermutete.

Seufzend wollte Inara die Stufe zurücklegen und es jemand anderem überlassen, sich um den Läufer zu kümmern, doch da fiel ihr in dem Loch etwas auf. »Da drin ist was.«

»Wahrscheinlich ein Mäusenest.«

Bei der Vorstellung schauderte es Inara. »Vergiss den Hammer. Ich brauche eine Taschenlampe. Und Gummihandschuhe.« Unter gar keinen Umständen würde sie mit bloßen Händen in ein Mauseloch fassen.

Einen Augenblick später kehrte Olivia mit dem Gewünschten zurück und reichte es stumm Inara, doch nicht ohne einen »Du bist verrückt«-Blick in Richtung des Lochs.

Inara streifte die Handschuhe über, kniete sich auf die unterste Stufe und leuchtete mit der Taschenlampe hinein.

Unter einer Schicht aus Staub und Spinnweben und, ja, Mäusekot – igitt – lag irgendein Bündel. Eindeutig von Menschenhand gemacht. Nicht von einem Nagetier.

Doch die Maus, die für den Kot verantwortlich war, befand sich womöglich in der Nähe.

Inara hatte Angst hineinzugreifen, doch sie konnte das Bündel auch nicht einfach liegen lassen, ohne zu wissen, was es war. Also hielt sie die Luft an und schob die Hand langsam in das Loch.

Das Bündel war weich. Und überraschend leicht.

»Was ist es?« Sie spürte Olivias Atemzüge im Nacken.

»Pass auf.« Inara schnappte sich rasch das Bündel und holte es aus seinem Versteck. Eingedenk der Mäuse hielt sie es weit von sich und drehte sich zum Tisch um, während Olivia mit einem Rums die Treppenstufe wieder an Ort und Stelle platzierte.

Mit der freien Hand schnappte sich Inara einen Packen alter Zeitungen aus dem Korb auf der Arbeitsplatte, breitete sie auf dem Küchentisch aus und legte das schmutzige Bündel darauf.

Was auch immer es war, es war in ein Tuch eingeschlagen und mit brauner Kordel verschnürt, quadratisch und nicht größer als eine Zuckermelone. Inara zupfte an der Kordel. Sie glitt durch ihre Finger, ohne sich aus dem Knoten zu lösen.

»Da.« Olivia reichte ihr aus dem Messerblock auf der Arbeitsplatte ein Vorlegemesser.

Bald hatte Inara die Kordel aufgeschnitten und das fleckige Öltuch auseinandergefaltet.

Darunter kam ein gelb und blau karierter Stoff zum Vorschein. Das war doch sicher nicht alles. »Wer verschnürt denn ein Stück Stoff und versteckt es dann?«

»Vielleicht ist etwas Kostbareres darin eingewickelt, zum Beispiel eine mit Edelsteinen besetzte Halskette.« Olivia trat so dicht neben sie, dass Inara die Kokos-Körperlotion ihrer Schwester riechen konnte.

»Oder vielleicht eine Börse voll Gold oder ein Tagebuch voller interessanter Geheimnisse.« Inara begegnete Olivias aufgeregtem Blick und wusste, dass sie beide an die Schatzsuchen dachten, die Tante Dahlia für sie ersonnen hatte, als sie Kinder waren.

»Mach's auf«, drängte Liv.

Inara streckte schon die Hand aus, doch als sie sah, dass sie noch die schmutzigen Handschuhe trug, hielt sie inne. »Halt es fest, aber warte. Mach es noch nicht auf.«

Ehrfürchtig nahm Olivia das karierte Stoffbündel aus dem schmutzigen Öltuch. Inara raffte das Öltuch und die Zeitungen eilig zusammen und warf sie samt der Handschuhe in den Mülleimer unter dem Waschbecken. Dann wusch sie sich die Hände und eilte zurück zum Tisch, wo ihre Schwester ihr den Schatz überreichte.

Sorgfältig schlug Inara den Stoff zurück und strich jede einzelne Falte glatt, bis er ganz auf dem Tisch ausgebreitet war. »Das ist ein Arbeitshemd für Männer.«

»Woher hatte Dahlia denn ein Arbeitshemd für Männer?«

Dann fiel ihr Blick auf das Objekt, dem das Hemd Schutz geboten hatte.

Es war weder Gold noch Schmuck noch ein Geheimnis,

doch Inara zweifelte keinen Augenblick daran, dass es ein wahrer Schatz war. Zu einem Rechteck von der Größe ihrer Hand zusammengefaltet, lag vor ihnen ein Stück blaue Seide, die mit bunten Fäden in komplizierten Mustern bestickt war.

Sehr langsam und sehr behutsam hob sie den zarten Stoff von dem Arbeitshemd und faltete ihn auseinander. Sobald er vollständig ausgebreitet war, konnte sie ihn nur staunend betrachten. Auch Olivia war sprachlos.

Es war ein Ärmel. Ein einzelner langer Ärmel mit einer seltsam geformten Manschette. Das Teil war von dem Kleidungsstück abgeschnitten worden, zu dem es einst gehört hatte. Das Faszinierende war, dass jeder Zentimeter des Ärmels leuchtend bunte Stickereien trug, Bilder so detailliert wie Gemälde.

Inara wusste nichts über Textilien oder die Kunst des Nähens, doch selbst sie sah, dass dieser Ärmel nicht bloß irgendein Stück Kleidung war, sondern ein Kunstwerk.

»Was glaubst du, was das ist?«, fragte sie ihre Schwester, ohne eine Antwort zu erwarten. Sie kniff die Augen zusammen und hielt den Stoff mal in die eine und mal in die andere Richtung zum Licht, um zu erkennen, was die Bilder darstellten und von was für einem Kleidungsstück er stammen könnte.

»Warum sollte Dahlia einen Ärmel unter der Treppe verstecken?« Olivia beugte sich vor, um ihn genauer in Augenschein zu nehmen. Inara rückte etwas zur Seite, damit sie ihr nicht im Licht stand und die Bilder noch besser sehen konnte.

Die Szene, die die Stickereien darstellten, schien sich um ein großes Dampfschiff zu drehen, das auf stürmischer See unterwegs war. Überall um das Schiff herum schwammen

Menschen; vielleicht waren es auch Meeresgeschöpfe wie Seejungfrauen.

Etwas entfernt von dem Dampfschiff, weiter unten am Ärmel, entdeckte Inara eine männliche Gestalt in einem winzigen Boot, die eine gelbe Lampe hochhielt.

»Vielleicht hat nicht Dahlia ihn versteckt, sondern jemand lange vor ihr«, sinnierte Inara. »Duncan Campbell ist oft nach Asien gefahren. Vielleicht hat er mal ihm gehört.«

Der Stoff hatte eindeutig etwas Asiatisches. Wie japanische oder chinesische Gemälde, die sie in Museen gesehen hatte. Eingesponnen in die Szene konnte sie sogar etwas erkennen, was aussah wie asiatische Schriftzeichen.

»Vielleicht ist er kostbar, besonders wenn wir auch noch den Rest des Kleidungsstücks irgendwo entdecken.«

»Kostbar oder nicht, warum schneidet jemand einen Ärmel ab und versteckt ihn unter der Treppe? Das ist doch vollkommen widersinnig.« Inara ließ sich auf einen Stuhl plumpsen. »Und was mach ich jetzt damit?«

Olivia setzte sich auf den Stuhl neben sie und neigte leicht den Kopf. »Ich schätze mal, er gehört dir, also ist das deine Entscheidung.«

Inara betrachtete das gestickte Schiff. So faszinierend es auch war, irgendetwas warnte sie doch, den Ärmel einfach wieder unter die Treppe zu stopfen und zu vergessen.

2

SONNTAG, 7. FEBRUAR 1886 – VOR TAGESANBRUCH
SEATTLE, WASHINGTON TERRITORY

Gepolter und Gebrüll weckten Mei Lien, doch in dieser Stadt des Glücksspiels, des Alkohols und des Opiums wunderte sie sich nicht über den nächtlichen Lärm. Sie drehte sich in dem schmalen Bett, das sie mit der Großmutter teilte, auf die andere Seite und zog die kratzige Decke bis zum Hals hoch, um die feuchte Kälte abzuwehren, die in dieser Jahreszeit ständig herrschte. Gerade als Mei Lien wieder eindöste, rief unter ihrem Fenster eine Männerstimme auf Chinesisch: »Sie kommen!«

Mei Lien murrte nur leise, um die Großmutter nicht zu wecken, stieg vorsichtig aus dem Bett und zog den Jutesack, der als Vorhang diente, zur Seite. Durch wabernden Nebel blickte sie hinunter in die matschige Straße.

Drei Männer in *sam fu*, der hüftlangen chinesischen Jacke, die oft seitlich geschlossen und über weiten Hosen getragen wurde, kamen vom Hafen her die Straße hochgerannt. Unter den schwarzen Käppchen schlängelten sich ihre langen dunklen Zöpfe heraus. Einer von ihnen stolperte, und die anderen beiden zogen ihn hoch, ohne stehen zu bleiben. Immer wieder blickten sie sich mit weit aufgerissenen Augen und angespannten Gesichtern um.

Mei Lien schüttelte den Kopf. Wann würden die Brüder Yeung endlich lernen, beim Kartenspiel nicht mehr zu betrügen? Dauernd handelten sie sich Ärger ein, und dann mussten sie fliehen und den Vater oder Mr. Chin bitten, für ihre Schulden aufzukommen.

Sie zog den Vorhang wieder zu und beschloss, aufzustehen und den Tag zu beginnen. Dann griff sie nach dem langen Baumwollstreifen, den sie alle Tage trug, um ihre Brust flach zu drücken. Inzwischen hatte sie Gänsehaut vor Kälte, und mit flinken Fingern wickelte sie sich den Streifen straff um den Oberkörper und stopfte die Enden fest.

Mit ihren siebzehn Jahren war Mei Lien bereits älter als ihre Mutter bei der Hochzeit mit ihrem Vater. Als die Mutter bei ihrer Geburt gestorben war, war sie erst achtzehn gewesen. Mei Lien wusste, dass ihr Vater schon eine Weile daran dachte, eine Ehe für sie zu arrangieren, doch sie hatte kein Interesse daran. Nur allzu gern half sie vormittags dem Vater im Laden und stickte nachmittags mit der Großmutter. Sie wollte die beiden niemals verlassen.

Inzwischen war sie hellwach. Sie würde rasch das Feuer unten im Herd schüren und sich mit einem Morgentee wärmen. Möglichst leise schob sie die vor Kälte steifen Beine in die weite Baumwollhose, *fu*, zog darüber die lange Jacke, *sam*, und setzte die Kappe auf. Diese Kleidung überzeugte alle, die ihr auf den Straßen von Seattle begegneten, dass sie ein Junge war. Als Junge konnte sie sich ungehindert in der Stadt bewegen und ihrem Vater helfen, Bestellungen auszuliefern. Als Junge wurde sie weder von einsamen chinesischen Junggesellen belästigt noch von neugierigen Weißen. Die so gewonnene Freiheit hatte ihr erlaubt, Englisch zu lernen, sodass sie Neuigkeiten und Klatsch aufschnappen und mit nach Hause bringen konnte, für die Großmutter, die sich allerdings immer noch grämte, dass Mei Lien kein braves chinesisches Mädchen war.

Mei Lien schlüpfte in ihre flachen Schuhe und band ein Stück rote Schnur um das Ende ihres Zopfes, der ihr bis zur Taille über den Rücken hing. Diese Schnur war das einzige Zugeständnis an ihre Weiblichkeit, das sie sich erlaubte, denn daran nahm niemand Anstoß, jetzt schon gar nicht. Rot war die Farbe des Glücks. Wie alle Chinesen in Seattle hatte auch sie im Stillen die ganze Woche lang das chinesische Neujahrsfest gefeiert. Dazu wurden Schriftzeichen für doppeltes Glück vor den Eingängen aufgehängt und rote Kerzen angezündet, um die Ahnen zu ehren und Dämonen zu verjagen. Vor drei Abenden hatte sie mit der Großmutter hier oben am Fenster gesessen und gejubelt, als die Brüder Yeung bis spät in die Nacht Knallkörper abgebrannt hatten.

Immer noch fröstelnd lief sie die steile Stiege hinunter, die in den Raum hinter Vaters Laden mit der willkommenen Herdwärme führte. Die Herdklappe quietschte, als Mei Lien sie öffnete. Dieses Geräusch würde ihrem Vater signalisieren, dass der Morgen gekommen war. Schnell schob Mei Lien Holzscheite in den Bauch des Herdes, stellte den wartenden Kessel auf die Herdplatte und trat dann an den Hausaltar, wo sie Kerzen und Räucherwerk anzündete und den Ahnen flüsternd ihren Respekt bekundete. Heute war der dritte Tag des neuen Jahres, einem Jahr des Hundes, und der Vater hatte ihr eine der eingelegten Pflaumen versprochen, die er für die Festlichkeiten bestellt, aber nicht verkauft hatte.

Bei dem Gedanken an die süße, weiche Pflaume lief ihr das Wasser im Mund zusammen. Wenn sie sich mit der Hausarbeit beeilte, schenkte der Vater ihr die Frucht vielleicht schon, bevor sie den Laden öffneten.

Ihre erste Arbeit war das Zubereiten der Morgenmahlzeit. Mei Lien bewegte sich durch den kleinen Raum und holte das Glas mit eingelegtem Kohl und Zwiebeln, um den Reis und die Brühe darunterzumischen, die vom Abendessen am Vortag übrig waren. Gerade als sie alles in einen Topf auf dem heißen Herd löffelte, kam von der Ladenfront ein Wummern, unmittelbar gefolgt von ängstlichen Rufen. Mei Lien erinnerte sich sofort an die drei Brüder, die angstvoll die Straße hochgerannt waren. Wie erstarrt hielt sie inne, um zu horchen, konnte die Worte aber nicht verstehen und nicht einmal hören, ob es Englisch oder Chinesisch war. Doch allein der Tonfall ließ sie den Holzlöffel fester packen und die Luft anhalten, während sie weiter angestrengt lauschte.

Durch die dünnen Holzwände klang es, als würde eine aufgebrachte Menschenmenge näher kommen.

Und da begriff Mei Lien.

Auch wenn sie es nicht begreifen wollte. Nein. Das konnte nicht sein. Nicht hier. Nicht jetzt.

Den Reislöffel noch in der Hand öffnete sie behutsam die Verbindungstür zwischen dem Wohnbereich der Familie und dem dunklen Ladenraum. Durch das Fenster, das auf die Washington Street hinausging, sah sie eine Menge weißer Männer, die Schusswaffen und anscheinend auch Knüppel trugen. Einige hatten Laternen dabei, aber der Morgenhimmel warf schon genügend Licht auf den Mob. Während Mei Lien noch nach draußen schaute, löste sich ein Weißer in dem schwarzen Anzug und Hut eines Geschäftsmanns aus der Menge und kam an die abgeschlossene Ladentür. Unter dem Namenszug, der auf die Glasscheibe gemalt war, schienen seine schwarzen Augen sie direkt anzustarren. Kalte Angst ließ Mei Lien zusammenfahren. Der Griff des Holzlöffels grub sich in ihre Handfläche.

»Pack ein, Schlitzauge!«, brüllte der Mann. »Heute verschwindest du zurück nach China!«

»Mei Lien! Komm da weg.« Ihr Vater zerrte sie von der Tür fort und schloss diese, damit sie die Menge und den Mann draußen nicht mehr sahen.

»Die Gerüchte haben gestimmt, *Bàba*«, rief sie und drehte sich zu dem Vater um. Er trug noch sein Schlafzeug. »Sie vertreiben uns aus der Stadt!«

»Scht, Tochter.« Er hielt sie mit seinen warmen Händen an den Schultern und sah ihr in die Augen. »Zeig ihnen nie deine Angst. Solange wir zusammen sind, besteht keine Gefahr.«

Der Vater ließ sie los und schob sie sanft in Richtung Stiege. »Weck die Großmutter und kleide sie an. Pack zusammen, was du kannst. Ich weiß nicht, ob wir zurückkommen.«

Mei Lien wollte widersprechen, aber er war bereits in dem winzigen Hinterzimmer verschwunden, in dem er schlief. Mit schmerzhaft kneifendem Magen stieg sie die Treppe hinauf und kniete sich auf Großmutters Seite neben das Bett.

»*Nǎinai*, wach auf. Wir müssen uns zum Weggehen fertigmachen«, sagte Mei Lien auf Chinesisch, denn ihre Großmutter hatte nie Englisch gelernt. Und weil die alte Frau nicht mehr gut hörte, fasste sie ihr an die Schulter und wiederholte den letzten Satz.

»Ich muss meinem Dienstmädchen sagen, dass sie sich beeilen soll«, rief die Großmutter und schreckte hoch. »Mutter mag es nicht, wenn man sie am Markttag warten lässt.« Der Blick aus ihren trüben Augen war so wirr wie ihre Worte.

Mei Lien war es gewohnt, dass ihre Großmutter allnächtlich von ihrem früheren Leben zu Hause in China träumte. Sie tätschelte ihr den Arm und öffnete die Truhe neben dem Bett, in der die Kleider der Großmutter verwahrt wurden. Da hörte sie, wie ihr Vater unten im Laden einen Schrei ausstieß. Ein Krachen folgte und ein Knall.

Sie warf das erste Kleidungsstück, das ihr in die Finger gekommen war, aufs Bett und eilte die Stiege hinunter. Plötzlich waren ihre Füße ungeschickt und langsam. In der Tür zum Laden blieb sie schwankend stehen. Ihr Vater kniete auf dem Boden, zu Füßen von zwei Weißen. Ein Reissack war aufgerissen, und die Körner lagen verstreut um ihn herum. Der größere Weiße hielt ein Gewehr vor der Brust, während der kleine Dicke einen schwarzen Holzprügel schwang, der aussah wie ein Stück vom Rahmen der Ladenfenster.

Beide Männer trugen die dunklen Anzüge und Hüte, die bei Weißen üblich waren, allerdings sah der Kleine, der vorn stand, so aus, als hätte er sich seit Tagen nicht umgezogen, derart zerknittert und fleckig war seine Jacke. Beide hatten ein irres Flackern in den Augen, dass Mei Liens Mund ganz trocken wurde. Ihr Blick wanderte zur Ladentür. Der Fußboden war mit Glasscherben übersät. Zersplittertes Holz rahmte den Eingang. Offenbar hatten die Männer die Tür eingetreten. Das Holz um den Riegel herum hing noch fest an der Wand.

Zusammengekrümmt und mit gesenktem Kopf flehte der Vater in gebrochenem Englisch: »Bitte Familie nicht wehtun.« Mei Lien hatte ihn noch nie so verängstigt und schwach gesehen. Ihr Magen krampfte, und sie musste schlucken, um die Säure unten zu halten.

Trotz der Gefahr für sie beide huschte sie zu ihm, achtete aber darauf, den Blick gesenkt zu halten. Sie fasste ihn am Arm. »*Bàba,* steh auf.«

Ruckartig hob er den Kopf, und als sie seine schreckgeweiteten Augen sah, wusste sie, dass sie oben in der Kammer hätte bleiben sollen. Taumelnd kam der Vater auf die Füße, und gemeinsam traten sie einige Schritte nach hinten. Mei Lien hielt ihn immer noch am Arm. Er schob sich vor sie.

Der kleine Mann klopfte sich mit dem Prügel in die Hand und spuckte auf den Boden. Das hinterließ einen hässlichen braunen Fleck, wo Mei Lien erst am Vortag noch alles sauber geschrubbt hatte. »Ihr Schlitzaugen verzieht euch heute Mittag mit dem Ein-Uhr-Dampfer. Zurück nach China.«

»Aber das hier ist unser Zuhause«, widersprach Mei Lien, ohne zu überlegen. Sie war in Seattle geboren. Sie kannte kein anderes Leben. »Wir wollen hier nicht weg.« Der Vater tätschelte ihr die Hand, sagte aber nichts.

Der dicke Weiße sah sich nach seinem Freund um. Auf ihren Gesichtern zeigte sich ein breites Lächeln, das ihre Augen aber nicht erreichte. Dann drehte der Dicke sich wieder zu Mei Lien und ihrem Vater um. »Das tut doch jetzt nix zur Sache, oder? Wir haben abgestimmt. Will doch keiner, dass ihr Chinesen uns Amerikanern hier Arbeit und Geld wegschnappt.« Er machte einen Schritt auf sie zu, und Mei Lien spürte, wie ihr Vater erstarrte. »Aber ich fürchte, dass ihr eure Ärsche nicht von allein aufs Schiff kriegt, deswegen bringe ich euch lieber selbst hin.«

Bevor sie oder ihr Vater es kommen sahen, hatte er Mei Lien schon am Arm gepackt. »Lassen Sie mich los!«, rief sie, doch er packte nur noch fester zu. Er riss sie von ihrem Vater weg und versetzte ihr einen Stoß in Richtung Tür.

»Na los, Schlitzauge.«

»Warten!« Plötzlich trat der Vater vor sie, wie um sie vor

den Männern abzuschirmen. »Wir gehen. Bitte unsere Sachen holen und alte Mutter. Sie nicht laufen.«

»Bàba!«, zischte Mei Lien ihm auf Chinesisch ins Ohr. »Warum sollten wir weggehen? In China gibt es nichts für uns. Das hast du selbst oft gesagt.«

Der befahl ihr mit einem Blick zu gehorchen. »Mein Sohn«, sagte er auf Englisch, wie er es immer tat, wenn Fremde in der Nähe waren. »Wir keine Wahl. Holen dein Sachen und helfen *Nãinai.* Ich holen zusammen was können.«

»Ihr habt fünf Minuten. Keine Sekunde länger. Die Chinesen, die noch an Land sind, wenn der Dampfer ablegt, werden erschossen.« Wie um die Worte des Mannes zu unterstreichen, knallten draußen auf der Straße plötzlich Schüsse.

Während die Weißen ans Fenster eilten, um nachzusehen, schob der Vater Mei Lien zur Stiege und wisperte ihr dabei auf Chinesisch zu: »Sie suchen nach einem Vorwand, um uns zu töten. Gib ihnen keinen. Pack alle Wertsachen ein, die du findest. Schnell!«

Bei seinen Worten geriet Mei Lien ins Stolpern. Wie war das möglich? Wie konnten diese Männer hier hereinstürzen und sie zwingen, »nach Hause« zu fahren, in ein Land, das Mei Lien fremd war? In ein Land, dem der Vater Lebewohl gesagt hatte, ohne die Absicht, jemals zurückzukehren?

Sie fand ihre Großmutter auf dem Bett sitzend, mit großen Augen in dem kleinen, blassen Gesicht. Es war ihr gelungen, ihre schönste *mang ao* über den dazu passenden gefältelten roten Rock zu ziehen, den sie an ihrem Hochzeitstag getragen hatte. An ihrem gebrechlichen Körper sahen die Kleidungsstücke viel zu weit aus. Als wüsste die Großmutter, dass sie eine Reise antreten würden, hatte sie sogar die winzigen gebundenen Füße in ihre besten bestickten schwarzen Schühchen gezwängt.

Die Angst war in ihr faltiges Gesicht wie eingraviert, und Mei Lien sank bei diesem Anblick das Herz, doch sie nahm sich nicht die Zeit, die alte Frau zu trösten. Stattdessen schnappte sie sich ihre Markttasche vom Stuhl neben dem Bett und warf Kleider hinein, ihre Haarbürste und das Neujahrsgeld, das sie erst vor drei Tagen erhalten hatte. Sobald die Tasche gefüllt war, griff sie nach dem Stickbeutel der Großmutter und kippte Garn, Nadeln und halb fertiggestellte Täschchen auf den Fußboden. Dann schob sie einen Teil der Kleider ihrer Großmutter hinein, ihre alte Haarnadel und den Beutel mit dem Taschengeld, den die alte Dame zur Aufbewahrung immer hinter den Waschtisch klemmte. Endlich blickte Mei Lien auf.

»*Nãinai*, wir müssen weg«, sagte sie. »Die *Bok Guey* zwingen uns, heute noch nach China abzureisen. *Bàba* wartet schon unten.«

Bei der Erwähnung Chinas leuchteten die Augen der alten Frau auf, wurden aber rasch wieder trüb. »Vergiss meinen Gesichtspuder nicht, Mei Lien. Ohne meinen Gesichtspuder kann ich mich nicht sehen lassen.«

Sanft, aber eilig trug Mei Lien den weißen Puder auf die papierdünne Haut ihrer Großmutter auf, tupfte ihr ein wenig Rouge auf Wangen und Unterlippe und ließ die Döschen dann in den Stickbeutel plumpsen. »Deine *mang ao* ist wunderschön, *Nãinai*«, sagte Mei Lien und band den Beutel zu. »Die Drachen und Phönixe werden uns sicher auf unserer Reise beschützen.«

Die Großmutter lächelte breit und reckte das Kinn. Wie oft hatte sie Mei Lien erzählt, dass die rote Seide der Jacke

Glück brachte, und damit geprahlt, dass die acht Drachen ein Zeichen für den Beamtenstand ihres verstorbenen Mannes waren. Das silberne Fasanen-Abzeichen vorn war abgetragen und verblasst, doch die Stiche waren so fein, dass man genau hinsehen musste, um zu erkennen, dass die Großmutter das Muster gestickt hatte und es nicht aufgemalt war. Mei Lien hoffte nur, dass die reich verzierte Jacke ihnen heute keine unliebsame Aufmerksamkeit bescherte.

Der Vater tauchte in der Tür auf, hinter ihm der größere der beiden weißen Männer. »Es ist Zeit«, sagte er mit monotoner Stimme.

Mei Lien nickte. »Ja, *Bàba*. Kannst du unsere Sachen tragen? Ich nehme *Nǎinai.*« Die Großmutter musste immer getragen werden, denn sie konnte ihre deformierten Füße kaum belasten. Mei Lien war es gewohnt, sie auf dem Rücken durchs Haus zu schleppen, und mehr war normalerweise nicht nötig, denn die Großmutter hatte ihr Zuhause seit Jahren nicht verlassen. Sie war zwar nicht groß, doch sie die drei Blocks bis zum Hafen zu tragen würde anstrengend werden.

Mit der Großmutter auf dem Rücken folgte Mei Lien den Männern die Stiege hinunter. Der Geruch nach verbranntem Kohl ließ ihre Augen tränen. Auf dem Hausaltar tanzten Kerzenflammen und beleuchteten die Ferrotypie ihrer Mutter, die Mei Lien nie kennengelernt hatte. Es wirkte fast, als schaute sie Mei Lien direkt an. »*Bàba*, die Bilder«, murmelte das Mädchen, und der Vater steckte sie zu ihren Habseligkeiten in den Beutel der Großmutter. Sie fanden sich damit ab, dass sie ihren übrigen Besitz zurücklassen mussten, und betraten den Ladenraum.

Dort stopfte sich der kleinere weiße Teufel gerade die Taschen mit Opium- und Tabakdosen voll. Mei Lien ging an ihm vorbei, ohne ihn zu beachten. Die Glasscherben knirschten unter ihren Schuhen. Als sie aus dem düsteren Innenraum des Ladens auf den hölzernen Bürgersteig hinauskam, trat sie instinktiv zur Seite und drückte sich mit der Großmutter, die schwer auf ihrem Rücken lastete, gegen die Ladenfront.

Die Menschenmenge, die sich auf der Straße versammelt hatte, sah aus wie einem Alptraum entsprungen, als gehörte sie – eingehüllt in Nebelschwaden unter einem grauen Himmel, aus dem Nieselregen fiel – nicht auf diese Welt. Bleichgesichtige Männer in schwarzen und braunen Anzügen und Hüten überragten und bedrängten die Chinesen, die die gleichen weiten grauen Jacken und Hosen trugen wie Mei Lien und ihr Vater. Als einziger Farbklecks stach an diesem schrecklichen Morgen die Jacke der Großmutter ins Auge, auch wenn Mei Lien davon nicht mehr sah als die Ärmel, die um ihren Hals geschlungen waren. Sie duckte sich in den Schutz des Gebäudes, denn plötzlich überkam sie Furcht vor dem grundlosen Hass, der ihr aus der Menge entgegenschlug.

Selbst bei dieser Kälte war die Luft schwer vom beißenden Gestank der Feuchtgebiete und der Abwässer, die durch Lecks in den verstopften Rohren auf die Straße sickerten. Die Windstöße, die gelegentlich Salzluft und Teergeruch vom Hafen herbeitrugen, konnten den Gestank kaum vertreiben. Soweit Mei Lien durch den Nebel sehen konnte, trieben aufgebrachte weiße Männer mit Schusswaffen und Knüppeln die Chinesen wie Vieh vor sich her.

»Ich bringe uns hier raus«, flüsterte der Vater auf Chinesisch, als er neben ihr auf den Bohlen des Bürgersteigs stehen blieb. »Bleib dicht bei mir.«

Seine Worte gaben Mei Lien den Mut, den sie brauchte, um mit ihm in den Menschenstrom auf der unbefestigten Straße einzutauchen. Doch ihr Fuß landete auf einem Haufen Pferdeäpfel, und sie geriet ins Rutschen. Die Last der Großmutter brachte sie aus dem Gleichgewicht, und sie konnte ihren Sturz nicht mehr abfangen.

Doch da griffen zwei starke Hände nach ihr und hielten sie aufrecht, während die Großmutter sich weiter sicher auf ihrem Rücken festklammerte. Mei Lien hob den Blick, um zu sehen, wer ihr geholfen hatte. Es war der jüngste der Brüder Yeung. Dankbar lächelte sie ihm zu, aber er zog nur die Brauen zusammen. Von einem Gewehrlauf weitergestoßen wandte er sich ab.

Dasselbe Gewehr bohrte sich ihr nun in die Seite. »Weiter, Junge.«

Mei Lien blieb nichts anderes übrig, als zu gehorchen. Bein- und Rückenmuskulatur brannte, und in ihrer Brust loderte das noch schlimmere Feuer der Angst, als sie zusammen mit den anderen Chinesen, die aus ihren Häusern gezerrt wurden, den Weg hinunter zum Wasser einschlug.

»Hierher, mein Sohn!«, erklang der Ruf des Vaters aus dem Gässchen zwischen seinem Laden und der benachbarten Wäscherei. Außerhalb des Hauses benutzte er niemals ihren Namen, aber sie erkannte seine Stimme.

So schnell sie es mit ihrer Last vermochte, drängte sie sich vorbei an den weißen Teufeln, die alle weitertrieben, in das Gässchen, wo der Vater sich mit dem Rücken an eine feuchte Holzwand drückte. Rasch warf er einen Blick hinter Mei Lien.

»Schnell, hier entlang.« Er stieß sich von der Wand ab und lief tiefer in die schmale Gasse hinein, führte sie, wie Mei Lien hoffte, in Sicherheit und zu einer Möglichkeit, in diesem Land zu bleiben.

»Ihr da! Stehen bleiben!«

Bei diesem Ruf beschleunigten sie ihre Schritte. Mei Lien holte alle Kraft aus sich heraus, um vorwärtszukommen, denn das Gewicht der Großmutter gab ihr das Gefühl, als liefe sie in einem Traum, in dem ihr die Beine nicht gehorchten. Während sie sich weiterkämpfte, hörte sie hinter sich Schritte. Sie kamen näher.

Dann sah sie nur, wie ein dunkler Schatten sie überholte und wie ihr Vater in den Matsch fiel. Abrupt blieb sie stehen, um nicht über ihn zu stolpern. Ein weißer Mann packte ihren Vater und zog ihn hoch. Seine Fäuste waren so groß wie das ganze Gesicht des Vaters.

»Wo wollt ihr denn hin? Na?« Ohne eine Antwort abzuwarten, versetzte der Mann dem Vater einen Fausthieb ins Gesicht, sodass dessen Kopf mit einem Knacken nach hinten flog. Der schwarze Schnurrbart des Angreifers zuckte über einem Lächeln, und kalter Nebel kroch tief in Mei Liens Knochen.

»*Bok Guey!* Lass ihn los!« Die Großmutter setzte zu einer Schimpftirade gegen den weißen Teufel an, obwohl der doch kein Wort davon verstand. Mei Lien ließ die alte Frau langsam von ihrem Rücken hinuntergleiten, denn sie wollte ihrem Vater helfen, doch die Großmutter umklammerte ihren Hals so fest, dass sie beinahe erstickte. »Nein, Mei Lien. Er schlägt dich auch«, warnte sie.

Mei Lien wusste, dass ihre Großmutter recht hatte, atmete tief durch und wuchtete sie wieder ein Stück den Rücken hinauf.

Ihr Vater war der sanfteste Mensch, den sie kannte. Nie hob er die Stimme, weder ihr noch den jungen Männern gegenüber, die am Zahltag in seinen Laden kamen, Forderungen stellten und sich wie Schweine benahmen. Soweit sie wusste, war er sein Lebtag nicht in einen Faustkampf verwickelt gewesen. Zu sehen, wie er geschlagen und entehrt wurde, schmerzte Mei Lien mehr, als wenn die Hiebe sie selbst getroffen hätten. Sie konnte nicht dabeistehen und zuschauen. Sie musste etwas tun.

Mei Lien bückte sich, um die Großmutter im Gleichgewicht zu halten, und fasste den Mann am Arm, bevor er dem Vater noch einmal die Faust ins blutige Gesicht schlagen konnte. »Bitte, Sir«, flehte sie in ihrem besten Englisch. »Bitte, schlagen Sie ihn nicht. Wir gehen mit den anderen zum Schiff. Wir machen keine Schwierigkeiten.«

In diesem Moment hallte ein Schuss durch die Gasse. Entsetzt sah Mei Lien zu ihrem Vater hinüber und suchte nach Zeichen, dass er getroffen worden war. Doch seine Verletzungen stammten nur von dem Fausthieb, nicht von einer Schusswaffe, und er atmete noch. Die Großmutter schrie ihr weiter etwas ins Ohr, ihr war offenbar nichts geschehen. Erleichtert schloss Mei Lien die Augen und atmete auf. Sie zitterte.

Als sie die Augen wieder aufschlug, sah sie, dass der Weiße seine blutigen Fäuste immer noch in die Jacke des Vaters krallte, allerdings blickte er jetzt an Mei Lien vorbei zur Washington Street, wo der Schuss gefallen war. Was er da auch sehen mochte, sein Mund verzog sich zu einem hämischen Grinsen, aber Mei Lien drehte sich nicht um, um den Grund dafür zu sehen. Sie musste die Familie lebend aus diesem Gässchen bekommen.

»Bitte«, sagte sie noch einmal. »Wir gehen.«

Als er seine schwarzen Augen auf sie richtete, sah sie puren Hass. Sie richtete sich so weit auf, wie Großmutters Gewicht es zuließ, und hoffte, damit den Schrecken zu verbergen, der sie siedend heiß durchfuhr.

Mit einem angewiderten Knurren stieß der Mann den Vater zu Boden und wischte sich den Staub von den fleischigen Händen. »Verdammt, das will ich aber auch meinen, Junge.« Er versetzte ihrem Vater einen Tritt. »Und jetzt hoch, bevor ich's mir anders überlege.«

Mei Lien tat ihr Bestes, um dem Vater beim Aufstehen zu helfen. Ein Auge war zugeschwollen, und aus der Nase und einer Wunde an der Wange lief ihm Blut übers Gesicht. Wut kochte in ihr hoch und vertrieb ihre Angst. Der Vater hatte nichts Unrechtes getan. Keiner von ihnen tat irgendetwas Unrechtes. Ihr einziges Vergehen bestand darin, dass sie Chinesen waren, Menschen, die bei den Weißen weniger galten als Vieh. Da zählte es nicht, dass die Chinesen ihre Eisenbahnen gebaut, ihr Holz geschlagen und ihren Lachs eingedost hatten. Die Chinesen hatten genauso hart – wenn nicht noch härter – auf diesem Boden gearbeitet wie die Weißen. Doch jetzt wurden sie hinausgeworfen. Unerwünscht. Unsauber. Lästig.

»Mein Sohn, wir müssen gehen.« Im Tonfall ihres Vaters schwang eine Warnung mit. Er hatte wohl gesehen, dass die Wut in Mei Lien tobte. Sie selbst traute ihrer Stimme nicht, sie hatte Angst, ihr Zorn auf den Weißen könnte sich Luft machen und den Mann dazu bringen, dem Vater noch mehr zuzusetzen. Oder ihn gar zu töten. Durch diesen Gedanken ernüchtert nickte Mei Lien nur und passte sich den Schritten des Vaters an, als er zur Straße zurückhumpelte.

Als sie den hölzernen Bürgersteig erreichten, verharrte sie mit einem Ruck. Sie hatte Mühe stehen zu bleiben, die Beine wollten unter ihr wegsacken. Vor ihnen im Schmutz ausgestreckt lag der jüngste der Brüder Yeung, der ihr eben noch geholfen hatte. Man hatte ihm den Hinterkopf weggeschossen, und nur eine klaffende, blutende Wunde war geblieben, die Mei Lien fortan verfolgen würde, sobald sie die Augen schloss. Seine blicklosen Augen starrten in die Gasse, aus der sie gerade gekommen waren. Die anderen Chinesen, die an ihnen vorbeigingen, wandten den Kopf ab.

»Weiter«, befahl der Schnurrbärtige und versetzte ihr von hinten einen Stoß.

Der Vater zog sie am Arm, und endlich arbeiteten Mei Liens Füße wieder mit, aber es war, als wollte ein unerträgliches Gewicht ihren Körper zermalmen, ein Gewicht, weit schwerer als die Großmutter. Gemeinsam traten sie um den Toten herum und reihten sich in den Menschenstrom ein.

3

Sonntag, 27. Mai – heute
Rothesay Estate, Orcas Island

Olivia ging nach oben, um ihren Mann anzurufen, und Inara war noch in die Betrachtung des bestickten Ärmels versunken, als sie draußen einen Automotor hörte. Da fiel ihr ein, dass die Türen des Haupthauses weit offen standen, für jeden frei zugänglich.

Sie schlug den Ärmel wieder in den blau karierten Baumwollstoff ein, legte ihn auf den Küchentisch zurück und eilte ans Wohnzimmerfenster. Neugierig spähte sie an den Tüllgardinen vorbei hinaus.

Neben ihrem Wagen parkte ein ramponierter grüner Pick-up mit Werkzeug auf der Ladefläche. Ein großer Mann mit rostbraunem kurzem Haar in Handwerkerkluft ging auf das Haupthaus zu.

Trotz eines nagenden Gefühls der Unsicherheit ging Inara nach draußen und rief: »Hallo? Kann ich Ihnen helfen?« Sie würde nicht zulassen, dass dieser Fremde einfach in das Haus ihrer Familie marschierte.

Der Mann drehte sich zu ihr um, dabei kniff er die Augen zusammen. »Wer sind Sie?«

Sie hob das Kinn. »Inara Erickson. Die Besitzerin von Rothesay. Und wer sind Sie, wenn ich fragen darf?« Mit voller Absicht griff sie den streitlustigen Tonfall des Mannes auf.

Als lugte die Sonne hinter Wolken hervor, erstrahlte auf dem Gesicht des Mannes ein Grinsen. Er kam auf sie zu und reichte ihr die Hand. »Tut mir leid, ich dachte, Sie wären eine neugierige Touristin oder eine Hausbesetzerin oder so. Tom Gardner. Meine Frau und ich wohnen auf der anderen Straßenseite.«

Sie schüttelte ihm kurz die Hand, dann trat sie einen Schritt zurück.

Er schien nicht zu bemerken, dass sie bewusst auf Abstand ging, und schob die Hände in die Hosentaschen. »Wir haben Dahlia und Nancy hier bei der einen oder anderen Arbeit geholfen. Sie haben oft von Ihnen gesprochen. Wie auch immer, jetzt, wo sie ... fort sind ...« Er unterbrach sich und räusperte sich. »Also, wir haben damit weitergemacht, auch wenn wir uns natürlich gefragt haben, was aus dem Anwesen wird.«

Beim Anblick dieses kräftigen Mannes, der ob der Erwähnung von Dahlias Tod mit seinen Gefühlen rang, ließ Inara sämtliche Abwehrmechanismen fahren und lächelte. »Freut mich, Sie kennenzulernen. Haben Sie den Rasen gemäht?«

Tom nickte. Sein rötliches Gesicht wandte sich wieder dem Haupthaus zu. »Was haben Sie denn vor mit dem Haus?«

Inara folgte seinem Blick und sah, was er sehen musste: ein heruntergekommenes Gebäude, ein Fass ohne Boden. »Ich wollte schauen, ob es sich so verkaufen lässt.«

»Verkaufen? Was ist denn mit dem B&B?«

Sie richtete den Blick auf Tom. »Sie wissen davon?« Inara hatte erst vor zwei Wochen von den Plänen erfahren, als der Anwalt ihr den Packen mit Dahlias Material in die Hand drückte.

Er lächelte und wies mit dem Kinn auf den Pick-up. »Ich habe vergessen zu erwähnen, dass ich Bauhandwerker bin.

Dahlia hat mich gelöchert mit ihren Fragen.« Er machte eine Pause und fügte dann leiser hinzu: »Sie war eine kluge Frau.«

Bevor Inara etwas sagen konnte, fuhr Tom fort, als wäre seine Stimme nicht gerade belegt gewesen. »Dann machen Sie es nicht? Das B&B?«

Inara blickte wieder zum Haus und versuchte sich vorzustellen, was Dahlia geplant hatte. Ihre Fantasie nahm die Bilder und entwickelte sie weiter – so ging es ihr ständig, seit sie hier war. Sie sah ihr Boutique-Hotel vor sich, als hätte sie schon ihr ganzes Leben davon geträumt. »Wissen Sie, ich glaube, ich habe eine bessere Idee. Ein Boutique-Hotel.«

»Was ist das?«

Sie hielt den Blick weiter auf das Haus gerichtet, wo ihr Hotel bereits Gestalt annahm. »Stellen Sie sich etwas Elegantes mit makellosem Service vor, Privatsphäre, modernsten Annehmlichkeiten und persönlicher Aufmerksamkeit.«

»Klingt, als könnte es meiner Frau gefallen.«

Inara blinzelte und hatte wieder das Haus in seinem jetzigen Zustand vor Augen und all die Arbeit, die dafür erforderlich sein würde. Sie wandte sich Tom zu. »Jetzt muss ich nur noch herausfinden, wie ich es hinkriege.«

Sorgen drohten ihre Vision vollkommen auszulöschen. Das hier war mehr als ein Fulltimejob. Es würde ihr ganzes Leben auf den Kopf stellen. Und es bedeutete, dass sie das Angebot von Starbucks ablehnen musste. Wollte sie das wirklich?

Zudem würde sie sehr viel Geld brauchen, das sie nicht besaß. Sie ließ den Blick über die holprige Einfahrt und den moosbewachsenen Springbrunnen schweifen und dachte an die lange Liste der Dinge, die zu erledigen waren. Sicher fehlte darauf vieles, woran sie noch gar nicht gedacht hatte. Obendrein mussten Räume umgestaltet, Bäder modernisiert oder neu eingebaut werden.

»Ich wüsste zu gern, was so eine Renovierung kostet«, murmelte sie vor sich hin.

»Dabei kann ich Ihnen helfen«, sagte Tom.

Sie sah ihn kurz an. »Wie?«

»Ich bin der beste Bauunternehmer auf den Inseln, vielleicht sogar auch auf dem Festland.« Er trat gegen einen Stein auf dem Pflaster. »Wenn Sie bald anfangen wollen. Ich hätt noch Kapazitäten frei. Hab den Zuschlag für einen Auftrag, mit dem ich fest gerechnet hatte, nicht bekommen.«

Inara spürte, wie ein Lächeln an ihren Mundwinkeln zupfte. Natürlich musste sie sich nach seinem Ruf erkundigen, aber irgendetwas sagte ihr, dass Dahlia das alles so eingefädelt hatte. »Möchten Sie auf einen Tee hereinkommen, um alles zu besprechen? Dann können Sie auch gleich meine Schwester kennenlernen.«

Tom schaute zur Sonne und schüttelte den Kopf. »Ich wünschte, ich könnte, aber ein paar von meinen Leuten arbeiten auf der anderen Seite der Insel, und ich muss nach ihnen sehen, bevor sie Feierabend machen. Ich bin nur heimgekommen, um etwas zu holen, und da habe ich Sie hier gesehen.«

»Wie wäre es, wenn Sie mir Ihre Nummer geben und ich rufe Sie im Laufe der Woche an?«

Tom zog einen zerfledderten Notizblock und einen Zimmermannsbleistift aus der Gesäßtasche. Nachdem er auf das oberste Blatt seine Adresse und Telefonnummer gekritzelt hatte, riss er es ab und reichte es ihr. Bald saß er wieder in seinem Pick-up, hupte kurz, winkte noch einmal aus dem Fenster und fuhr die Einfahrt hoch.

Inara winkte zurück und senkte den Blick dann auf den Zettel, den er ihr gegeben hatte. Wie aufregend, dass es jemanden gab, der ihr helfen wollte.

Ein kühler Wind riss an dem Blatt, und sie schauderte beim Gedanken daran, wie schnell die Zeit verflog. Sie sollte mit Liv in die Stadt fahren und dort zu Abend essen, bevor es dunkel wurde. Sie wollten über Nacht bleiben und dann eine frühe Fähre nehmen, um den Massen zuvorzukommen, die sich wegen des Memorial-Day-Feiertags auf den Weg machten.

Am Morgen würde sie bestimmt noch einmal durchs Haus gehen, deshalb hastete sie jetzt nur hindurch, schaltete Lampen aus und schloss die Türen ab.

In Dahlias Haus schnappte sie sich ihre Schlüssel vom Küchentisch und rief die Treppe rauf: »Liv, bist du fertig, fahren wir zum Essen?«

»Komme gleich!«

Während sie wartete, wickelte Inara den Ärmel abermals aus und staunte von Neuem über die auffälligen Stickereien. Es musste eine besondere Bewandtnis damit haben, warum sonst hätte jemand das Stück unter der Treppe versteckt? Sie beschloss, der Sache nachzugehen, nur so zum Zeitvertreib. Zwischen den Renovierungsarbeiten am Hotel konnte sie recherchieren, woher der Ärmel stammte, wer ihn gefertigt, wer ihn versteckt hatte und warum.

Es würde ein faszinierender Sommer werden.

Schon vor Sonnenaufgang setzte Inara sich in eine Decke gewickelt mit einem heißen Tee und ihrem Laptop auf die Veranda vor dem Haus. Während der Wald um sie herum allmählich erwachte, sortierte sie sämtliche Ideen, die ihr für das Hotel durch den Kopf spukten, unter verschiedenen Schlagwörtern.

Als sie schließlich alles aufgeschrieben hatte und das Gefühl hatte, annähernd Kontrolle über das Projekt gewonnen zu haben, hob sie die Arme über den Kopf, um sich zu recken. Auf halbem Wege hielt sie inne.

Direkt gegenüber der Einfahrt knabberte ein Reh an einem Strauch. Still sah Inara ihm zu, bis es gemächlich davonschritt. Der Anblick des Rehs erschien ihr wie ein Zeichen, dass es richtig war, hierherzuziehen.

Inzwischen war sie hellwach, und sie ging hinein, um sich Tee nachzuschenken. Olivia schlief noch. Als Inara sich wieder der Veranda zuwandte, blieb ihr Blick an dem Ärmel auf dem Küchentisch hängen. Sie nahm ihn mit hinaus zu ihrem Laptop und tippte den Begriff *Stickerei* in die Suchmaschine. Angesichts der unübersehbaren Anzahl von Treffern versuchte sie es mit *asiatische Stickerei.* Das sah doch recht vielversprechend aus. Bald war sie ganz ins Lesen vertieft und merkte kaum, dass ihr Tee kalt wurde.

Die Bilder und Beschreibungen, die sie fand, bestätigten ihre Vermutung, dass der Ärmel asiatisch war; doch welchem Land genau er sich zuordnen ließ, bekam sie nicht heraus.

Behutsam faltete sie den Stoff auf ihrem Schoß auseinander, darauf bedacht, dass er nicht mit den staubigen Verandamöbeln in Berührung kam. Sie wollte ihn mit den Kleidungsstücken auf dem Bildschirm vergleichen.

Die Ärmel an einigen chinesischen Stücken waren in einem ähnlichen Stil gearbeitet, doch die gestickten Motive sahen vollkommen anders aus. Japanische Kimonos hatten viel breitere Ärmel und auch wieder andere Muster. Sie erkannte deutliche Unterschiede zwischen koreanischen, vietnamesischen und indischen Gewändern, Kleidern und Jacken.

So kam sie nicht weiter; sie vergeudete nur ihre Zeit.

Trotzdem konnte sie den Ärmel nicht einfach wegpacken und vergessen. Sie öffnete eine neue Suchmaske und suchte weiter.

»Wow, ich hatte ganz vergessen, wie schön es hier morgens ist.«

Inara begrüßte ihre Schwester und bemerkte erst da die Sonnenstrahlen, die sich vom Mount Constitution herunter in den Tautropfen auf dem gemähten Rasen am Fuß der Verandastufen brachen. Augenblicklich fühlte sie sich zurückversetzt in das Mädchen, das früh aufstand, um mit der Mutter Kajak zu fahren. Ihre Mutter hatte immer gesagt, sie liebe den frühen Morgen, weil dann selbst der Wind noch schlafe und das Wasser glatt sei wie Glas.

Es gab keinen besseren Ort, um zuzusehen, wie die Welt erwachte, als das Wasser. Mit ihrer Mutter im Zweierkajak zu fahren war für Inara jedes Mal etwas ganz Besonderes gewesen. Und sie liebte die Mandelcroissants beim Bäcker in der Stadt, wo sie danach frühstückten.

Inara blickte in Richtung Wasser, auch wenn sie es nicht sehen konnte, weil das Haupthaus ihr die Sicht versperrte. »Sollen wir noch mit den Kajaks raus, bevor wir heimfahren?«

Olivia ließ sich neben sie auf das Zweiersofa plumpsen und verfehlte den Ärmel dabei nur knapp. »Eher nicht«, antwortete sie und rieb sich mit den Händen übers Gesicht. »Ich habe länger geschlafen, als ich wollte, und Adam hat schon angerufen, um zu hören, wann ich nach Hause komme.«

»Glaubst du, wir kriegen die Fähre um zehn vor neun?«

Olivia sah auf ihre Uhr und sprang auf. »Nur wenn ich mich beeile.«

Während Olivia ins Haus ging, überlegte Inara rasch, was vor der Abfahrt noch zu tun war, und kam zu dem Schluss, dass sie nur ihre Reisetasche holen musste, sie wollte ja bald wiederkommen. Solange Olivia im Bad war, hatte sie noch Zeit für ein paar Recherchen über den Ärmel.

Eingedenk der fremdartigen Bilder und Gestalten in den Stickereien tippte sie diesmal *asiatische Symbolik* in das Fenster der Suchmaschine ein. Die meisten Ergebnisse bezogen sich auf die chinesischen und japanischen Schriftzeichen. Sie scrollte nach unten, und nachdem sie sich ein paar Webseiten angesehen hatte, gelangte sie zu einer mit offenbar akademischem Hintergrund.

Ein Link führte sie zu einem Aufsatz darüber, dass bestimmte Symbole in der chinesischen Kultur sozialen Rang kennzeichneten, Schutz boten, Glück brachten oder eine moralische Botschaft vermittelten. Als sie den Namen des Autors – Daniel Chin – in die Suchmaske eintippte, fand sie heraus, dass er Professor an der University of Washington in Seattle war, ihrer Alma Mater.

Perfekt. Er war vor Ort, und sie ging jede Wette ein, dass er ihr etwas über den Ärmel erzählen konnte.

Sie notierte sich Telefonnummer und E-Mail-Adresse auf ihrem Notizblock. Dann warf sie einen Blick auf die Uhr und sah, dass es fast Zeit war, zur Fähre zu fahren.

»Liv! Bist du fertig?«, rief sie durch die offene Tür ins Haus. Es kam keine Antwort, was wohl hieß, dass sie noch ein paar Minuten hatte. Mehr brauchte sie nicht.

Sie schrieb dem Professor eine kurze E-Mail, in der sie von dem Ärmel erzählte, das aufgestickte Muster beschrieb und ihn fragte, ob er für sie ein bisschen Licht darauf werfen könne. Sie endete mit der Bitte, sich so bald wie möglich bei ihr zu melden, und setzte ihre Handynummer darunter. In der letzten Minute machte sie mit dem Handy noch rasch ein Foto des Ärmels, lud es auf ihren Laptop und hängte es der E-Mail an. *Das sollte ihn doch neugierig machen.*

Dann klappte sie den Laptop zu und packte ihre Sachen zusammen, um ins Haus zu gehen. »Olivia, wir müssen los!«

Sie beschloss, am Ende der Woche zurückzukommen und mit dem Renovieren zu beginnen. Sie würde sich mit Tom treffen und den Ball ins Rollen bringen.

Aber was war mit Dad? Inara verharrte einen Augenblick. Ihr Vater würde nicht begeistert sein von ihren Plänen. Er war so stolz gewesen auf sie und hatte überall damit geprahlt, dass seine Tochter seinen Fußstapfen in die internationale Wirtschaft folgte.

Ein Hotel konnte man doch auch als internationales Wirtschaftsunternehmen bezeichnen, oder? Schließlich würde sie Gäste aus der ganzen Welt empfangen.

Der Gedanke konnte sie nicht recht trösten, als sie die Treppe hinaufging, um ihre Tasche – und Olivia – zu holen. Sie musste ihren Vater mit ins Boot holen, heute Abend noch. So schnell wie möglich.

Die Sonne stand tief über den Olympic Mountains, als sie die Tür zum Haus ihres Vaters aufschloss, wo sie lebte, seit er vor zwei Jahren einen Herzinfarkt gehabt hatte. Nachdem sie ihre Tasche in ihr Zimmer gebracht hatte, ging sie ihn suchen. Sie fand ihn in seinem Arbeitszimmer am Computer.

»Heute ist Feiertag, Dad. Memorial Day. Mach mal 'ne Pause.«

Seine graublauen Augen strahlten, als er sie sah. »Nicht in Shanghai, Nara-Mädchen.«

Sie wusste, dass er mitten in den Verhandlungen um eine Firmenübernahme steckte, mit der er das Kreuzfahrtgeschäft nach Südostasien ausweiten wollte, also verwunderte es sie nicht, dass er arbeitete. Doch sie war überrascht, als er von seinem Schreibtisch aufstand, um sich zu ihr auf das Ledersofa vor dem Kamin zu setzen.

»War es so schlimm, wie du gedacht hast?«, fragte er.

Sie antwortete nicht gleich, sondern überlegte, was sie ihm sagen wollte. »Es war gar nicht so schlimm. An dem Haus müsste einiges gemacht werden.«

»Und du?« Er räusperte sich. »Geht es dir gut?«

Sein Mitgefühl überraschte sie. Sie hatte nicht erwartet, dass er die emotionale Seite ihres Ausflugs erwähnen würde. Auch er war seit dem Unfall nicht mehr auf der Insel gewesen, doch er sprach nie über solche Dinge. Sie wusste, dass er sie liebte, doch ihre Gespräche drehten sich gewöhnlich um sichere Themen wie die Firma, ihren neuen Job und Familienangelegenheiten.

»Es war hart«, gestand sie und rieb sich die Finger. »Olivia war mir eine große Hilfe. Aber als ich nach Rothesay kam, fühlte ich mich sofort wieder wohl. Als gehörte ich dort hin. In ein paar Tagen fahre ich noch mal rüber. Du solltest am Wochenende auch kommen.«

»Ich bin stolz auf dich, Schatz.« Er stützte die Hände auf die Knie, als wollte er aufstehen. »Der neue Besitzer wird es sicher genauso lieben wie du.«

Ihr entging nicht, dass er ihren Vorschlag ignorierte, doch sie ließ es dabei bewenden und legte ihm nur eine Hand auf den Arm, damit er sitzen blieb. »Also, darüber wollte ich mit dir reden. Hast du eine Minute?«

Er lehnte sich ans Kissen. »Was gibt's?«

Sie sah ihn an. »Dahlia war ein Genie, Dad. Als ich mir Rothesay angesehen habe, mit ihren Plänen im Hinterkopf, konnte ich es förmlich vor mir sehen. Erinnerst du dich noch an das Hotel bei Bordeaux, in dem wir gewohnt haben in dem Sommer, als ich vierzehn war?«

»Ja. Was ist damit?«

»Erinnerst du dich, wie sehr es dir gefiel, dass das Personal auf persönliche Wünsche einging und dass abends in der Bibliothek Wein und Käse gereicht wurden?« Sie gab sich alle Mühe, ihm die Szene lebhaft vor Augen zu führen, bevor sie ihm ihre Idee vortrug.

»Deine Mutter fand es toll.« Er klang misstrauisch.

Zeit, mit der Sprache herauszurücken. »So etwas will ich aus Rothesay machen, ein Boutique-Hotel.«

Er schüttelte den Kopf und schwieg. Doch seine Miene verriet ihr, was ihm durch den Kopf ging. Bevor er ihre Idee für unsinnig erklären konnte, sprach sie schnell weiter.

»Liv und ich sind durch das ganze Haus gegangen, es ist perfekt. Ich habe sogar schon einen Bauunternehmer für die Renovierung an der Hand. Ich muss natürlich noch alles mit ihm besprechen, aber ich hoffe, im nächsten Sommer ist das Ganze fertig, um Gäste zu empfangen.«

Je mehr sie redete, desto aufgeregter wurde sie. »Rothesay hat etwas Besonderes, Dad. Ich liebe es. Ich hatte ganz vergessen, wie sehr, aber es ist wie ein Zuhause für mich. Weißt du, das könnte eine große Chance sein. Es kommen immer mehr Leute auf die Inseln, um Urlaub zu machen, und in meinem Hotel finden Touristen einen Ort zum Wohnen, wie es auf der ganzen Insel keinen zweiten gibt. Es kann zu einem Ort werden, an den Gäste jedes Jahr zurückkehren möchten. Selbst dir wird es dort gefallen.«

»Was ist mit deinem Job?« Er fragte, als wäre sie ein kleines Mädchen, das mit ihren Freundinnen zum Shoppen gehen wollte, statt die Hausaufgaben zu erledigen.

Sie schluckte und senkte den Blick. »Den werde ich ablehnen.«

Er ließ die Hände so laut auf seine Oberschenkel klatschen, dass sie zusammenfuhr. »Den Teufel wirst du! Hast du eine Ahnung, wie ich meine Beziehungen spielen lassen musste, damit sie dich zum Vorstellungsgespräch einladen? Das kannst du nicht einfach wegschmeißen, um auf einer Insel mitten im Nirgendwo die Pensionswirtin zu spielen!«

Plötzlich blieb ihr die Luft weg. Sie war überzeugt gewesen, man hätte ihr das Angebot gemacht, weil sie gut war. »Nein«, presste sie heraus. »Davon hatte ich keine Ahnung.«

Er warf ihr einen empörten Blick zu. »Ich habe getan, was jeder Vater tun würde, und dafür solltest du dankbar sein.«

Sie konzentrierte sich auf einen Kratzer im Leder, um sich zu beruhigen. Ich muss unbedingt bei dem bleiben, worum es hier geht, sagte sie sich. »Ich weiß zu schätzen, was du für mich getan hast, Dad. Ehrlich. Aber in Rothesay fühle ich mich lebendig. Ich habe viele Ideen für den Umbau, und ich freue mich unglaublich darauf, das Hotel zu führen …«

»Was weißt du denn über die Führung eines Hotels? Nichts.«

»Das stimmt nicht ganz. Ich habe als Studentin im Rome Cavalieri gejobbt, und das hat mir gut gefallen.«

»Zwei Wochen kann man ja wohl kaum als Arbeitserfahrung bezeichnen.«

Autsch. Sie senkte bewusst die Stimme und wechselte die Taktik. »Ich glaube, Tante Dahlia hat mir das Haus überlassen, weil sie wusste, dass ich da hingehöre und dass ich dem Haus neues Leben einhauchen kann. Ich will es. Lieber, als mich mit den Kaffeelieferanten von Starbucks auseinanderzusetzen.«

Er schwieg eine ganze Weile. »Und wie willst du das finanzieren? Selbst ohne die Schulden aus deinem Studiendarlehen hättest du das Geld nicht.«

Sie schloss die Augen und nahm ihren ganzen Mut zusammen. »Du, Dad. Ich hätte dich gern als Investor an meiner Seite. Denk darüber nach. Mit deinen Kreuzfahrtlinien weißt du alles über Tourismus. Ein Boutique-Hotel auf Orcas Island ist die perfekte Investition für einen Mann wie dich.«

»Inara.« Er schüttelte den Kopf.

»Mom hätte die Idee gefallen. Rothesay war ihr Familienerbe, und es würde ihr das Herz brechen, wenn wir es verkaufen.« Sie verharrte reglos, während sie auf seine nächsten Worte wartete, wusste sie doch, dass sie womöglich zu weit gegangen war.

Er ließ die Schultern hängen, und sein Blick wanderte zu dem gerahmten Bild seiner verstorbenen Frau auf dem Kaminsims. Doch statt Inara recht zu geben, was ihre Mutter anging, hielt er sich ans Geschäftliche. »So eine riskante Investition kommt angesichts der bevorstehenden Übernahme und auch sonst im Augenblick nicht infrage. Das weißt du.«

»Dann leih mir was«, sagte sie, bevor er Nein sagen konnte. »Leih mir so viel, dass ich den Umbau finanzieren und eine Weile leben kann. Sobald der Laden läuft, zahle ich dir alles mit Zinsen zurück.«

»Und wenn es nicht funktioniert? Wenn du niemals in die schwarzen Zahlen kommst?«

»Dann besitze ich immer noch das Haus.« Es fiel ihr schwer, doch sie sprach es aus. »Nimm's als Sicherheit. Wenn das mit dem Hotel nicht klappt, verkaufe ich es, um dir den Kredit zurückzuzahlen.«

Das Telefon auf dem Schreibtisch klingelte, und er stand auf. »Ich muss rangehen«, erklärte er. Inara hörte zu, wie er den Anrufer in die Warteschleife legte. Dann kniff er die Lippen zusammen und überlegte. Als er den Blick hob und sie ansah, entdeckte sie ein Funkeln in seinen Augen.

»Kann ich etwas dafür, dass ich meine Tochter glücklich sehen möchte? Lass uns die Einzelheiten später besprechen, aber ich leihe dir etwas – unter der Bedingung, dass du mir monatlich Rechenschaft ablegst über jeden Penny, den du ausgibst. Einverstanden?«

Sie trat näher und schlang die Arme um ihn. »Danke! Du wirst es nicht bereuen, das verspreche ich dir.«

Er erwiderte ihre Umarmung mit der freien Hand. »Ich behalte mir vor, den Kredit jederzeit zu kündigen, wenn mir nicht gefällt, was da läuft. Dann musst du das Haus sofort verkaufen«, warnte er. »Willst du dieses Risiko eingehen?«

Dazu würde sie es nicht kommen lassen. Das Rothesay Hotel würde nächsten Sommer eröffnen, da war sie sich ganz sicher. »Ja. Danke, Dad.«

»Dank mir noch nicht, Nara-Mädchen. Lass uns erst mal sehen, wie deine Renovierung läuft.«

4

SONNTAG, 7. FEBRUAR 1886 – SPÄTER NACHMITTAG
SEATTLE, WASHINGTON TERRITORY

»Sitzt du bequem, *Nǎinai*?«, fragte Mei Lien zum wiederholten Male, obwohl die Großmutter ihr immer wieder versichert hatte, es gehe ihr gut. Sie wussten beide, dass Mei Liens Frage sinnlos war. Als sie an Bord der *Prince of the Pacific* gekommen waren, sagte man ihnen, die Kojen im Zwischendeck seien alle belegt, es stünden nur noch Erste-Klasse-Kabinen auf dem Oberdeck zur Verfügung. Dann mussten sie pro Person zwölf Dollar für die Passage bezahlen, was sie aus Angst vor der möglichen Alternative natürlich taten. Sie würden mittellos in China ankommen, ohne Geld, um ihr neues Leben zu beginnen. Aber sie würden, hatte der Vater Mei Lien erinnert, wenigstens am Leben sein und sich gegenseitig haben.

Nachdem sie sich in ihrer Kabine eingerichtet hatten und Mei Lien die Wunden ihres Vaters versorgt hatte, stellte sie sich an die offene Tür und hielt sämtliche Besatzungsmitglieder an, die vorbeikamen, um sie nach etwas zu essen zu fragen. Niemand half ihnen. Von den jungen Burschen in weißen Uniformen, deren Arbeit darin zu bestehen schien, alles sauber und glänzend zu halten, bis zu den blau uniformierten Offizieren, die Befehle brüllten, ignorierten alle sie gleichermaßen. Als das Schiff nach vier Uhr, lange nach der geplanten Abfahrtszeit, den Hafen verlassen hatte, brachte Mei Lien schließlich den Mut auf, selbst unter Deck zu gehen. In der Pantry fand sie einen trockenen Laib Brot, versteckte ihn unter ihrer Jacke und brachte ihn der Familie. Trotzdem hatten sie Hunger.

»Mir geht's gut«, beantwortete die Großmutter Mei Liens letzte Frage. An die Kabinenwand gelehnt saß sie auf dem Doppelbett. »Ich bin nur müde. Du solltest dich auch ausruhen.« Die Großmutter rutschte an der Wand hinunter, bis sie neben dem schlafenden Vater lag. Für Mei Lien gab es kein Bett, was aber nicht weiter schlimm war, denn sie wollte gar nicht schlafen.

Sie beugte sich noch einmal über ihren Vater, besorgt, weil er so lange schlief. Um das Auge herum und die ganze Seite hinunter war sein Gesicht blau angeschwollen. Mei Lien hatte die Wunden versorgt, so gut sie konnte, aber es sickerte immer noch Blut in das Tuch, das sie ihm unter die Wange geschoben hatte. Er hatte zwar nicht geklagt, aber allein dass er gleich eingeschlafen war, nachdem er sein Brot gegessen hatte, zeigte Mei Lien, dass seine Verletzungen wahrscheinlich schwerer waren, als er sich anmerken ließ.

Erschöpft vor Sorge und Angst sank sie auf den einzigen Stuhl und lehnte den Kopf an die Wand. Sie konnte das Rumpeln der Maschinen spüren, während der Dampfer durch den Puget Sound tuckerte, fort von Seattle und ihrem Zuhause. Durch das runde Fenster sah sie auf der Insel, an der sie gerade vorbeifuhren, ein paar letzte Tupfer rotes Licht. Die Nacht brach schon herein, und Mei Lien konnte die Wahrheit nicht mehr ignorieren. Sie würde ihr Zuhause nie wiedersehen. Die Familie war unterwegs nach China.

Vom Bett kam ein leises Stöhnen. Mei Lien sprang von ihrem Stuhl auf und beugte sich über die beiden Liegenden. Ein rascher Blick bestätigte ihr, dass die Großmutter in einen friedlichen Schlaf gefallen war, doch ihr Vater warf den übel zugerichteten Kopf hin und her.

»Scht, *Bàba*, du bist in Sicherheit«, murmelte Mei Lien und legte ihm eine Hand auf die unverletzte Seite seines Gesichts, dahin, wo die glattrasierte Wange in den nachtschwarzen Zopf überging, der unter seinem Rücken lag. Ihren Vater so zu sehen tat Mei Lien weh. Was sollte sie nur tun, wenn sie ihn verlor? Der Vater und die Großmutter waren zeit ihres Lebens ihre beiden Gefährten gewesen.

Die weißen Mütter und Kindermädchen hatten ihren Kindern immer verboten, mit ihr zu spielen, und mandeläugige Kinder, wie sie selbst eines war, hatte sie kaum gekannt. Die meisten Chinesen in Seattle waren Junggesellen, die zum Arbeiten gekommen waren und Geld nach Hause nach China schickten. Nur eine Handvoll chinesischer Familien lebte in Seattle – und in keiner gab es Kinder in Mei Liens Alter. Die Großmutter hatte ihr alles beigebracht, was sie über chinesische Kultur, Haushaltsführung und die Versorgung einer Familie wissen musste. Und bei der Arbeit im Geschäft ihres Vaters hatte sie gelernt, Englisch zu sprechen, zu lesen und zu schreiben und dazu alles, was sie über die amerikanische Kultur wusste. Ihre Familie war ihr ganzes Leben. Sie brauchte ihren Vater.

Er stöhnte im Schlaf. Sie musste etwas tun, irgendetwas, um seine Schmerzen zu lindern.

Da kam ihr ein Gedanke. Sie hatte doch gehört, dass sämtliche Chinesen aus Seattle auf das Dampfschiff getrieben worden waren. Irgendwo an Bord musste also auch Jong Li sein.

»*Bàba,* ich hole dir Hilfe. Ich komme wieder, so schnell ich kann«, flüsterte sie ihrem Vater zu. Dann huschte sie hinaus in die kalte Abendluft. Sie wollte den Kräuterkundigen suchen, der in Seattle alle kranken und verletzten Chinesen behandelt hatte. Und sie würde ihn finden, beschloss Mei Lien, und wenn sie in allen Ecken und Winkeln des Schiffes suchen musste.

Sie ging an den hölzernen, mit Segeltuch bedeckten Rettungsbooten vorbei zu der Treppe, die sie schon vorhin auf der Suche nach Essen benutzt hatte. Doch bevor sie die Treppe erreichte, öffnete sich einige Meter vor ihr eine Tür, und zwei uniformierte Stewards traten heraus. Mei Lien kam eine Idee, die möglicherweise noch besser war, als Jong Li zu suchen.

Die jungen Männer waren in ein Gespräch vertieft und beachteten sie nicht. Doch Mei Lien erinnerte sich daran, dass sie ja ein Junge war, der so etwas durfte, also trat sie ihnen in den Weg und zwang sie, stehen zu bleiben und Notiz von ihr zu nehmen.

»Bitte, meine Herren«, bat sie in ihrem besten Englisch mit angemessen niedergeschlagenem Blick. »Mein Vater ist verletzt und braucht Hilfe. Gibt es auf diesem Schiff einen Arzt?« Sie lugte hoch, um die Reaktion der beiden zu beobachten.

Keinen der Männer schien ihre Bitte zu rühren. Der sommersprossige wandte den Kopf zur Reling und tat, als wäre er nicht gemeint. Der andere räusperte sich, sagte aber nichts. Mei Lien wiederholte ihre Frage lauter.

Die Stewards überhörten sie immer noch, drängten sich an ihr vorbei und setzten ihr Gespräch fort, als hätte sie nichts gesagt.

Gischt spritzte Mei Lien ins Gesicht, während sie zusah, wie die beiden jungen Männer sich von ihr entfernten, doch sie achtete nicht auf das eiskalte Wasser. Ihre Haut fühlte sich an, als stünde sie in Flammen, so heftig durchschoss sie der Zorn.

Seit sie an diesem Morgen aufgewacht war, hatte sie Grausamkeiten von weißen Männern erdulden müssen, die glaubten, sie wären etwas Besseres. Mei Lien hatte viele Geschichten über Prügel, Erhängen, Erschießen und brutale Ungerechtigkeiten gehört. Von Kalifornien bis Wyoming hatte der Weiße Mann den Chinesen Leid zugefügt, und deswegen hatte sie sich von den Weißen aus ihrem Zuhause vertreiben lassen. Sie war an Bord dieses Schiffes gegangen. Sie hatte sogar die Passage in ein Land bezahlt, in das sie gar nicht reisen wollte. Aber es sollte keine Rolle spielen, dass sie Chinesin war und die Männer, die sich gerade entfernten, Weiße. Letzten Endes waren sie doch alle Menschen, und damit hatte ihr Vater ein Anrecht auf Hilfe.

Ohne sich bewusst zu sein, was sie tat, marschierte Mei Lien hinter den beiden her und tippte dem Rothaarigen auf die Schulter. »Entschuldigen Sie. Mein Vater braucht einen Arzt. Sofort. Wo kann ich ihn finden?«

Die beiden Männer starrten sie mit offenem Mund an, dann trafen sich ihre Blicke, und sie brachen in Gelächter aus. »Ich glaube nicht, dass der Doktor zur Verfügung steht«, sagte der große Dunkelhaarige.

»Geh einfach runter zu den anderen Asiaten. Da ist es wärmer«, sagte der Mann, den sie angetippt hatte. Sein Blick war freundlicher, und in seinen Augen sah sie einen Anflug von Scham.

»Sobald mein Vater einen Arzt sprechen kann, gehe ich sehr gern ins Warme.«

Statt zu antworten, reckte der Ältere, Unhöfliche sich und packte seinen Freund am Arm. »Komm weiter, Ralph. Wir haben unsere Order.«

Der Jüngere zögerte. »Tut mir leid«, sagte er leise zu Mei Lien. »Wir wurden angewiesen, nicht einzugreifen …« Bevor er den Satz beenden konnte, zog der andere ihn fort.

Mei Lien wünschte, sie wäre tatsächlich ein junger Mann. Dann hätte sie hinter den beiden herlaufen und sie mit einem Kinnhaken bei ihrem wahnsinnig wichtigen Rundgang stören können. Das schien die einzige Sprache zu sein, die weiße Männer verstanden.

Sie drehte sich um und ging zur Treppe zurück, um ihren ursprünglichen Plan weiterzuverfolgen und Jong Li zu suchen. Doch da fiel ihr eine Tür mit der Aufschrift *Ruderhaus* ins Auge. Durch das Glasfenster schimmerte Licht. Bestimmt fand sie dort den Kapitän. Vielleicht konnte sie ihn überreden, ihrem Vater zu helfen. Immerhin hatten sie für die Seereise bezahlt.

Ohne einen Gedanken daran zu verschwenden, was ihr geschehen könnte, trat Mei Lien an die Tür und hob die Hand, um sie aufzuziehen. Doch eine Stimme von drinnen ließ sie innehalten.

»Sind Sie sicher, Sir, dass die Ladung über Bord gehen soll?«, fragte jemand in so gedämpftem Ton, dass Mei Lien annahm, er wolle nicht belauscht werden.

»Aber klar doch, Käpt'n«, erwiderte eine andere Stimme mit einem starken ausländischen Akzent, den Mei Lien noch nie gehört hatte. Am Satzende ging die Stimme immer ein wenig nach oben, und die Vokale hatten einen dunkleren Klang, weswegen sie nur schwer zu unterscheiden waren. »Ich kann mir diesen Dreck auf meinem Schiff nicht leisten. Kein Mann mit Selbstachtung würde wissentlich in einer Koje schlafen, in der ein dreckiger Asiate gelegen hat. Je eher wir die loswerden, desto besser. Wann können wir anfangen?«

»Wir müssen erst aus der Meerenge raus«, antwortete der Kapitän. »Wir wollen doch nicht, dass die Strömung im Sund die Leichen auf den Stränden verteilt.«

»Recht haben Sie da, Käpt'n. Aber je schneller wir die Ladung von Bord haben, desto besser.«

Eine Kälte, die nichts mit dem eisigen Wind zu tun hatte, überkam Mei Lien. Wie gelähmt blieb sie stehen. Die Ladung über Bord werfen … Leichen …

Sie selbst und die anderen Chinesen aus Seattle waren die Ladung. Die Wahrheit traf sie wie ein Fausthieb. Sie taumelte von der Eisentür zurück, die Hand noch immer in der Luft, als wollte sie gleich den Griff packen.

Die Reise ging nicht nach China.

Die Reise ging nirgendwohin, außer auf den Meeresgrund.

Nein. Das hatte sie falsch verstanden. Sie musste es falsch verstanden haben. Niemand warf sämtliche Passagiere eines Schiffes kurzerhand ins Meer. Selbst der *Bok Guey*, der weiße Teufel, konnte nicht einfach einen Massenmord begehen, bloß weil er die Chinesen nicht mochte.

Doch so etwas war auch früher schon passiert, nicht wahr? In den vergangenen zwanzig Jahren waren an der ganzen Küste entlang immer wieder Chinesen umgebracht worden, insbesondere seit vor vier Jahren der Chinese Exclusion Act, das Gesetz zum Ausschluss der Chinesen, verabschiedet worden war. Warum konnte Mei Lien das einfach nicht glauben?

Zitternd zog sie sich weiter von der Tür und dem Bösen dahinter zurück.

Bevor diese Nacht zu Ende ging, würde man sie und ihre Familie ermorden. Die Wahrheit war so entsetzlich, dass ihr Verstand sie einfach nicht begreifen konnte.

Mei Lien dachte an die Großmutter, die in der Kabine schlief. Auch wenn sie stur und streng auf anständigem Benehmen beharrte, gab die Großmutter ihr Halt. Sie war die einzige Mutter, die Mei Lien je gekannt hatte. Die Großmutter hatte sie die chinesischen Schriftzeichen gelehrt. Die Großmutter hatte ihr Kochen, Putzen und andere Hausarbeiten beigebracht. Sie hatte Mei Lien gelehrt, die feinen Geldbeutel zu besticken, die sie im Geschäft des Vaters verkauften und die der Familie so viel einbrachten, dass sie sich sonntags ein ganzes Huhn kaufen konnten. Die Großmutter war es auch gewesen, die entschieden hatte, dass Mei Lien sich wie ein Junge kleiden sollte, als ihre weiblichen Formen sichtbar wurden und sie in der Stadt die Aufmerksamkeit der Männer auf sich zog.

Und der Vater erst! Der Vater, der seine schwangere Frau und seine Mutter nach Amerika gebracht hatte, wo er als erfolgreicher Kaufmann arbeiten und starke Söhne großziehen wollte. Stattdessen hatte er seine Frau verloren und eine Tochter aufgezogen und sich doch kein einziges Mal beklagt und Mei Lien immer das Gefühl gegeben, sein Ein und Alles zu sein. Er nannte sie seine tausend Goldstücke. Obwohl sie in Seattle nicht viele andere chinesische Kinder gekannt hatte, wusste sie immer, wie selten es vorkam, dass eine Tochter ihrem Vater etwas bedeutete. Bei dem Gedanken, dass einem so starken, ehrbaren Mann das Ende unmittelbar bevorstand – und dass sie nichts tun konnte, um es zu verhindern –, überkam Mei Lien eine Schwäche, als hätte sie keine Knochen mehr im Leib.

Stolpernd erreichte sie gerade noch die Reling, bevor sich ihr der Magen umdrehte und sie seinen spärlichen Inhalt herauswürgte. Durch die Tränen sah Mei Lien zu, wie die Säure und der Speichel, die ihr aus dem Mund tropften, vom Wind fortgerissen wurden und in die schwarzen Wasserstrudel fielen. Ihre Hände rutschten auf der eisernen Reling, weil sie trotz der Winterkälte schweißnass waren.

Ein Geräusch ließ Mei Lien aufhorchen, und als sie sich umdrehte, sah sie, wie die Tür des Ruderhauses aufging. Rasch duckte sie sich in den Schatten eines Rettungsbootes, machte sich so klein, wie sie nur konnte, und hielt die Luft an.

Die Männer mit den ihr schon bekannten Stimmen kamen aus der Tür, sie sprachen über Seemeilen und Meeresströmungen. Mei Lien umfasste mit beiden Händen ein Tau am Rettungsboot und achtete darauf, trotz ihrer Magenkrämpfe und ihres zitternden Atems keinen Laut von sich zu geben.

Sie würde den beiden nicht gegenübertreten. Sie würde nicht ihre Ehre aufs Spiel setzen und um das Leben ihrer Familie betteln. Das waren keine Männer, sondern Dämonen. Dämonen waren blind für die Not anderer.

Als sie an ihrem Versteck vorübergingen, drehte Mei Lien den Kopf, denn sie wollte die Männer sehen, die ihr nach dem Leben trachteten. Beide waren überraschend jung, nur etwa zehn Jahre älter als sie selbst mit ihren siebzehn. Einer war kaum zu erkennen, denn er hatte den Jackenkragen aufgestellt und die Kapitänsmütze tief über die Augen gezogen. Doch sie interessierte sich ohnehin mehr für den anderen, den mit dem merkwürdigen Akzent. Auf den der Kapitän hörte. Er war der Schuldige.

Er hatte den Gang eines Mannes, der sich seiner Macht bewusst war. Die Laternen an Deck gaben so viel Licht, dass Mei Lien sein Gesicht studieren konnte, auch wenn sie es nur im Profil sah. Er trug keine Kopfbedeckung, und sein kurzes rotes Haar war in der Mitte gescheitelt und reichte ihm bis zu den Ohren. Die genauso roten Brauen bildeten gerade Linien über Augen, die leblos wirkten, selbst als er über irgendetwas lachte, was der Kapitän sagte. Eine gerade Nase endete über schmalen Lippen, die in Bewegung waren, ohne dass Mei Lien hören konnte, was sie sagten. Das Brüllen in ihrem Kopf war zu laut.

Sie hatte selten Grund gehabt, einen anderen Menschen zu verachten, aber ihr Hass auf diesen Mann loderte hell. Wieder wünschte sie, sie wäre ein junger Mann und besäße die Kraft, ihn zu packen und vom Dampfer zu werfen, bevor er genau das ihrer Familie und den anderen nichtsahnenden Menschen unter Deck antun konnte.

Sobald die Männer nicht mehr zu sehen waren, rannte Mei Lien zur Kabine ihrer Familie.

»Was ist denn, mein Sohn?«

Ruckartig hob sie den Kopf. Ihr Vater lehnte kraftlos in der offenen Kabinentür, als habe er nach ihr suchen wollen, sich aber vor Schwäche nicht aus dem Raum gewagt. Die Sorge in seinem Gesicht ließ Mei Liens Wut in der Luft zerplatzen wie eine Seifenblase.

Ihre Schritte wurden unsicher. Sie schloss die Augen und atmete tief durch. Sie musste es dem Vater sagen. Vielleicht hatte er eine Idee, wie sie sich retten konnten. Er war ja früher schon mit einem Dampfer gefahren, vielleicht wusste er einen Ort, wo sie sich verstecken konnten, bis das Schiff anlegte.

Am liebsten wäre Mei Lien auf seinen Schoß gekrabbelt, wie sie es als Kind getan hatte, in dem Wissen, dass er sie vor allem Bösen beschützen würde. Doch so hob sie nur eine Hand und strich ihm leicht über die unversehrte Schläfe. Sie blickte ihm in die Augen und sah die Schmerzen, die er niemals eingestehen würde. »Es tut mir so leid, dass du verletzt bist.«

Für einen Augenblick schmiegte er sich an Mei Liens Hand, und ihr Herz schmerzte nur noch mehr. Ihr sanfter, tapferer Vater verdiente das Schicksal nicht, das ihn erwartete. Nein, er verdiente es noch weniger als jeder andere.

»Sag, Tochter, warum machst du so ein Gesicht?«

Mei Lien schloss die Augen. Sie klammerte sich an diesen Moment, bevor sie die Worte sprach, die alles verändern würden. Noch waren sie eine Familie und kümmerten sich umeinander. Wenn sie dem Vater erst erzählt hatte, was sie wusste, würden sie eine Familie sein, die um das Überleben kämpfte oder ihr unabwendbares Schicksal beweinte.

Bevor Mei Lien es verhindern konnte, liefen ihr die Tränen herunter, und sie kniff die Augen noch fester zusammen. »Verzeih mir, *Bàba*. Ich muss dir etwas Entsetzliches sagen.«

Sie spürte unter ihrer Hand, wie ihr Vater starr wurde, und öffnete die Augen. Als würde neue Energie ihn erfüllen, warf er einen Blick auf seine schlafende Mutter und zog die Kabinentür von außen zu.

»Hat dir jemand ein Leid zugefügt? Ein Mann?« Er strich Mei Lien über den Kopf und dann die Arme hinunter, während sein Blick nach Anzeichen für eine Verletzung suchte. Im Licht der Deckslaternen konnte Mei Lien sehen, dass alle Farbe aus seinem Gesicht gewichen war. Nur die blauen Flecken hoben sich als dunkle Stellen ab.

Sie wollte ihn wieder zu seinem Bett führen, wusste aber, dass er das nicht zulassen würde. Also schüttelte sie den Kopf und beantwortete seine Frage. »Nein, das ist es nicht.«

»Sag es mir.« Obwohl er so bleich war, klang seine Stimme kraftvoll wie immer, und das gab Mei Lien den Anstoß, den sie brauchte.

Sie sah sich nach allen Seiten um. Es schien zwar, als wären sie auf dem feuchten, finsteren Deck allein, doch sie beugte sich näher zu ihrem Vater. »Ich habe gehört, wie der Kapitän und sein Chef miteinander gesprochen haben. Sie bringen uns nicht nach China.«

»Wohin dann? Nach Victoria? Nach San Francisco?«

Mei Lien schüttelte den Kopf. »Sie bringen uns nirgendwohin. Ich habe gehört, wie sie darüber sprachen, die Ladung über Bord zu werfen, sobald die Strömung die Leichen nicht mehr an die Strände spülen kann.«

Seine Augen wurden so groß, dass sich ein weißer Rand um die braunen Kreise zeigte. Obwohl es ihm Schmerzen bereiten musste, schüttelte der Vater heftig den Kopf. »Nein. Nein, du musst dich irren.«

»*Bàba*, denk nach.« Mei Lien nahm seine Hände. Er musste ihr glauben. »Erst im letzten Herbst wurden drei Chinesen getötet. Sie wurden angegriffen, obwohl sie kein anderes Verbrechen begangen hatten, als auf der Hopfenplantage im Squak Valley zu arbeiten, wo die Weißen Arbeit haben wollten. Aus dem gleichen Grund wurden in den letzten Monaten Chinesen aus Tacoma und aus allen Bergwerken in der Gegend vertrieben. Sie wollen uns hier nicht haben. Warum sollten sie Zeit oder Geld verschwenden, um uns den ganzen Weg bis nach China zu bringen? Für sie ist das doch, als würden sie Abfall transportieren.«

Der Vater warf rasch einen Blick über ihre Schulter, und Mei Lien wandte sich um, sie sah den Kapitän vom hinteren Teil des Schiffes über das Deck auf sie zukommen, diesmal allein.

Mei Lien zuckte zusammen, als er, ohne sie eines Blickes

zu würdigen, an ihnen vorbeiging. Schweigend beobachteten Vater und Tochter, wie er im Ruderhaus verschwand.

»Was machen wir jetzt?«, flüsterte Mei Lien ihrem Vater zu, voller Eifer, jeden Plan, den er sich einfallen lassen mochte, in die Tat umzusetzen.

Er sah sie an, und etwas in seinem Blick gab ihr das Gefühl, ihre Brust würde zerquetscht. *»Bàba?«*

So leise, dass sie sich anstrengen musste, ihn über Maschinenlärm und Wellengetöse zu verstehen, fragte er: »Bist du dir ganz sicher, Mei Lien? Du kennst unser Schicksal?«

Sie wünschte, sie würde sich irren. »Ja, *Bàba.* Was machen wir jetzt?«, fragte sie noch einmal.

Statt zu antworten, blickte ihr Vater auf das schwarze Wasser, das unter ihnen vorbeirauschte. Er schien zu überlegen. Dann wandte er sich ohne ein Wort um und betrat die Kabine. Dort wühlte er in den Taschen, die auf dem Boden standen.

Mei Lien blieb an der Tür und sah mit wachsender Furcht zu, wie er seinen Geldbeutel aus der Tasche zog und dann den Stickbeutel der Großmutter öffnete. Dass er es überhaupt wagte, in den Sachen seiner Mutter herumzustöbern, und ihre Privatsphäre nicht respektierte, zeigte Mei Lien, dass etwas Grauenhaftes bevorstand.

Als er fertig war, hielt ihr Vater seine bestickte Geldbörse in den Händen. Sie zitterten, als er sie ausstreckte und ihr den Beutel in die Hände legte. »Verstecke das hier in den Binden, die du um die Brust trägst, damit es nicht verloren geht. Schnell, jetzt gleich!«

Ohne zu fragen, beeilte Mei Lien sich, ihm zu gehorchen. So schnell sie es mit ihren vor Kälte und Angst steifen Fingern fertigbrachte, öffnete sie ihre Überjacke. Sie steckte den Beutel in die Halsöffnung des Hemds, das sie darunter trug, und schob ihn weiter in die Bandagen hinein, unter denen sie die Zeichen ihrer Weiblichkeit verbarg. Als sie die Überjacke wieder geschlossen hatte, schaute sie ihren Vater an. Sie vertraute ihm ohne Wenn und Aber. »Was tun wir als Nächstes?«

Lange sah er Mei Lien an, und ein Wirrwarr unausgesprochener Gedanken und Gefühle malte sich in seinen Zügen. Dann nahm er ihr Gesicht in seine schwieligen Hände und sah ihr in die Augen. »Tochter, ich wünsche dir ein glückliches Leben und tiefe, starke Liebe. Das ist mein Wunsch für dich.« Bevor Mei Lien ihn fragen konnte, warum er das sagte, ließ er sie los und trat zurück. »Du musst jetzt gehen, bevor es zu spät ist.«

Gehen? »Wohin gehen wir denn, *Bàba*? Weißt du ein Versteck für uns?«

Ein dunkler Schatten legte sich auf sein Gesicht. »Deine Großmutter und ich werden bald bei deiner Mutter und bei meinem Vater sein. Unser Schicksal hat uns hierhergeführt, und wir werden es annehmen, wenn der Zeitpunkt gekommen ist. Aber für dich, meine Tochter, akzeptiere ich dieses Schicksal nicht. Beeil dich!« Er begleitete sie durch die Tür nach draußen zur Reling hoch über dem schwarzen Wasser.

Mei Lien verstand nicht. »Was sagst du da? Wo soll ich hingehen?«

Ihr Vater wandte den Kopf zum Wasser und deutete mit dem Kinn darauf. »Dahin. Siehst du den schwarzen Schatten da drüben? Das ist eine Insel. Womöglich die letzte vor dem offenen Meer. Du kannst hinschwimmen, Mei Lien. Du bist eine tüchtige Schwimmerin. Vor fünf Sommern habe ich es dir im See beigebracht, erinnerst du dich?«

Allein bei dem Gedanken daran, in den tintenschwarzen, strudelnden Schaum da unten zu springen, war Mei Lien, als würde sie die Kontrolle über ihre Gedärme verlieren. »Das kann ich nicht. Nein, *Bàba*, ich kann das nicht.« Kopfschüttelnd löste sie sich von der Reling und der erschreckenden Finsternis jenseits davon.

»Tochter, sieh mich an.« Ihr Vater fasste sie an den Armen und näherte sein blutiges Gesicht dem ihren. »Du hast keine Wahl. Wenn du leben willst, musst du springen.« Er blickte über das Wasser, dann wandte er sich wieder ihr zu. »Wir sind gleich an der Insel vorbei. Du musst jetzt springen.«

Sie schüttelte den Kopf. »Ich kann das nicht. Ich kann nicht.«

»Doch.« Er zog sie an sich und erdrückte sie fast in seinen Armen. »Mögen die Ahnen über dich wachen.«

Mei Lien spürte das Beben des Dampfschiffes unter ihren Füßen. Oder war es ihr Zittern, das sich auf die Decksplanken übertrug?

»Du hast keine Wahl«, zischte der Vater. Bevor sie begriff, wie ihr geschah, stieß er sie an die kalte Metallreling. »Steig da rauf, Mei Lien.«

5

Donnerstag, 31. Mai – heute
Innenstadt von Seattle

»Hey, Zoé, ist mein Vater zu sprechen?«, fragte Inara in die Freisprechanlage ihres Handys, während sie im dichten Verkehr durch die Innenstadt von Seattle steuerte. Sie war, das Auto vollgepackt bis unters Dach, unterwegs auf die Insel, doch ihr war eben eingefallen, dass sie die ganze Woche vergessen hatte, ihren Vater nach dem Ärmel zu fragen. Jede wache Minute war erfüllt gewesen mit Packen und Vorkehrungen für die Arbeiten am Hotel. Gestern hatte sie sich mit dem Personalchef von Starbucks getroffen, um ihre Bewerbung zurückzuziehen. Es war ein kurzes, unangenehmes Gespräch gewesen, aber Inara hatte doch das Gefühl gehabt, das Richtige zu tun.

Ganz schön beängstigend. Und wenn sie gerade einen Riesenfehler machte?

»Nein, tut mir leid, Inara«, antwortete die Chefassistentin ihres Vaters. »Er hat mich gebeten, ihn während seines Treffens mit den Managern von Yǒu Yì unter gar keinen Umständen zu stören. Sie sind im kritischen Stadium der Verhandlungen.«

»Oh, richtig. Ich habe vergessen, dass sie in der Stadt sind. Dann melde ich mich einfach später noch mal.« Nachdem sie aufgelegt hatte, schaute sie auf die Uhr und sah, dass sie gut in der Zeit lag. Wenn sie nicht in einen Stau geriet oder die Fähre Verspätung hatte, würde sie am frühen Nachmittag auf der Insel sein. Sie konnte es kaum erwarten.

Doch der Ärmel ging ihr nicht aus dem Sinn, als sie vom Olive Way die Zufahrt zur I-5 nach Norden nahm. Auf ihre E-Mail an den Professor hatte sie noch keine Antwort erhalten. Die University of Washington, wo er lehrte, lag direkt hinter der Brücke. Sie konnte doch kurz reinschauen und persönlich mit ihm sprechen. Und dann würde sie zurück auf die I-5 fahren, den Ärmel ein für alle Mal vergessen und sich ganz auf das Hotel konzentrieren.

Ja, genau. Sie setzte den rechten Blinker und nahm die Ausfahrt zum Universitätsgelände. Hoffentlich war der Professor noch nicht in den Sommerferien.

Sobald sie auf dem Campus einen Parkplatz gefunden hatte, holte sie ihr Smartphone heraus und ging auf die Webseite der Uni, um nachzusehen, wo das Büro des Professors lag. Zehn Minuten später klopfte sie an eine Tür, die mit *Dr. phil. Daniel Chin, China-Institut* beschriftet war.

Nichts.

Als sie noch einmal klopfte, fiel ihr Blick auf einen Stundenplan neben der Tür an der Wand. Anscheinend war der Professor in Bagley Hall zu finden, wo er eine Vorlesung über die Geschichte des modernen China hielt. Sie ging bis zwanzig nach zwölf.

Inara sah auf dem Telefon nach, wie spät es war. Wenn sie wartete, bis die Vorlesung zu Ende war, würde sie die Fähre verpassen, die sie eigentlich hatte nehmen wollen. Doch wenn sie damit dem Geheimnis des Ärmels auf die Spur kam, war es die Sache wert. Sie ging nach draußen.

Sie kannte sich aus auf dem Campus und wusste, wo Bagley Hall lag, denn dort hatte sie im Laufe der Jahre etliche Veranstaltungen besucht. Sie wandte sich in die Richtung und stand bald vor der Drumheller Fountain mit der atemberaubenden Aussicht auf den Mount Rainier in der Ferne dahinter. Wie immer genoss sie einen Moment lang den Anblick des Berges, wenn er sich nicht gerade hinter den Wolken versteckte, dann ging sie weiter zu dem stillen Backsteingebäude und trat ein.

Sie spähte in den ersten Seminarraum und sah, dass dort eine Frau unterrichtete. Der nächste Raum, der Hörsaal, war fast bis auf den letzten Platz besetzt. Die Studierenden hörten einem Asiaten zu, der vorn stand, gewiss Professor Chin. Während ihrer Studienzeit war sie diesem Professor nie begegnet. Doch auf den ersten Blick war klar, dass sie womöglich etwas verpasst hatte, indem sie sich bei ihrem Studium ganz auf Europa konzentriert hatte.

Er war jung für einen Professor, vielleicht Anfang dreißig, doch offensichtlich ein Experte auf seinem Gebiet. Mit interessanten Fakten und Bildmaterial auf der Leinwand forderte er die Aufmerksamkeit seiner Zuhörerschaft, doch er fesselte sie mit der Leidenschaft in seiner Stimme.

Inara entdeckte in der dritten Reihe von oben einen freien Platz und zwängte sich an zwei jungen Frauen vorbei, die sich über Laptops beugten und Notizen machten und sie mit einem finsteren Blick bedachten. Nachdem sie sich gesetzt hatte, sah sie sich um, und da fiel ihr auf, dass das Auditorium fast nur aus Frauen bestand.

»Was meinen Sie also, was es für die Han-Chinesen bedeutete, als die Mandschu das Land übernahmen?« Der Professor klang, als würde er jeden Augenblick ein pikantes Geheimnis verraten, und sie merkte, dass sie sich unwillkürlich vorbeugte und wartete, wie er seine rhetorische Frage beantworten würde.

In den nächsten zehn Minuten lernte sie mehr über chinesische Geschichte als in ihrem ganzen bisherigen Leben. Der Professor knisterte vor Energie und elektrisierte den ganzen Saal, sodass selbst die, die sich normalerweise wohl im Halbschlaf befanden, aufrecht dasaßen und zuhörten. Professor Chin brachte seinen Stoff dar wie den neuesten Hollywood-Klatsch.

Kaum endete die Vorlesung, brach im Saal Hektik aus. Inara wartete auf ihrem Platz, während die Studierenden ihre Sachen zusammenkramten und hinausströmten. Einige junge Frauen drängten sich auf dem Podium bald in einem Knäuel um den Professor und stellten Fragen, während er seine Sachen ordnete, das Kabel des Laptops aus dem Projektor zog und in die Tasche steckte, die über seiner Schulter hing. Als die Gruppe sich mit dem Professor in der Mitte zur Treppe bewegte, stand Inara auf, um ihm den Weg abzuschneiden, bevor er an der Tür war.

»Verzeihen Sie, Professor Chin. Könnte ich Sie einen Augenblick sprechen?«

Seine haselnussbraunen Augen ruhten einen Sekundenbruchteil auf ihrem Gesicht und richteten sich dann auf die Studentin neben ihm. »Britta, warum schicken Sie meiner Sekretärin nicht eine Mail und verabreden einen Termin während der Sprechzeiten? Dann kann ich es Ihnen ausführlicher erklären.« Dann ließ er den Blick über die anderen jungen Frauen schweifen. »Das gilt für Sie alle. Machen Sie einen Termin, und ich werde Ihnen gern alle Fragen beantworten. Aber jetzt muss ich mich beeilen.«

Er schob sich aus dem Gewühl und kam bis zum Springbrunnen draußen, bevor Inara ihn einholte. »Professor Chin, ich brauche nur einen Augenblick.«

Er blieb stehen, um sie anzusehen, und lächelte sogar, wobei er eine Reihe weißer Zähne entblößte, doch sie sah die Anspannung um seine Augen, die ihr verriet, dass er genervt war. »Verzeihung, Miss …?«

»Inara Erickson.« Sie reichte ihm die Hand, und er schüttelte sie.

Bevor sie erklären konnte, wer sie war und was sie wollte, wandte er sich schon wieder ab. »Meine Sprechstunde ist zwischen zwei und vier. Kommen Sie dann in mein Büro.«

Sie beeilte sich, um ihn auf dem backsteingepflasterten Weg einzuholen. »Professor Chin, ich bin keine Studentin. Ich habe einen bestickten Ärmel gefunden, und ich hatte gehofft, Sie könnten mir etwas darüber erzählen oder mir wenigstens jemanden nennen, der mir helfen kann. Ich habe Ihnen ein Foto gemailt.«

Er blieb so abrupt stehen, dass sie zwei Schritte an ihm vorbeischoss, bevor sie es bemerkte und sich umdrehte. »Miss Erickson, natürlich. Verzeihen Sie bitte. Ich habe Ihre E-Mail gelesen, aber ich hatte noch keine Gelegenheit, Ihnen zu antworten. Ein faszinierendes Objekt, was Sie da gefunden haben.«

Sie konnte nicht verhindern, dass ein zufriedenes Glühen sie durchfuhr – so kindisch es auch war –, weil sie sein Interesse geweckt hatte. »Ich habe es dabei.« Sie klopfte auf ihre Schultertasche.

Er sah auf seine Armbanduhr. »Eine kleine Verspätung bei meinem Meeting kann ich mir wohl erlauben. Gehen wir in mein Büro.«

In seinem mit Artefakten zugestellten Raum schob er einige Bücherstapel zur Seite, um auf seinem Schreibtisch Platz zu machen, und legte ein weißes Stück Stoff aus. Inara schlug den blau karierten Stoff auseinander und hielt ihm den Ärmel hin. »Ich habe ihn im Haus meiner Familie auf Orcas Island unter der Treppe gefunden, und ich weiß weder, woher er stammt, noch, wie lange er dort gelegen hat.«

Professor Chin hatte den Blick fest auf den Ärmel gerichtet, während er sich weiße Baumwollhandschuhe überstreifte. »Es wäre gut, den Ärmel nicht zu oft in die Hand zu nehmen. Das Fett auf unserer Haut kann der zierlichen Stickerei schaden.«

Inara verkniff sich ein Lächeln, denn sie fand sein akademisches Getue sexy und unwillkürlich anziehend. »Ich werd's mir merken, Professor.«

»Nennen Sie mich Daniel.« Schließlich hob er den Blick von dem Ärmel und lächelte sie an. Fasziniert betrachtete sie das Grübchen neben seinem Mund. »Sie sind schließlich keine Studentin.«

Sie lächelte noch breiter. »Und Sie können mich Inara nennen.«

»Ist das der Familienname?« Etwas blitzte in seinen Augen auf, doch er betrachtete wieder den Ärmel, bevor sie dahinterkam, was es war. Behutsam nahm er ihr das Stück ab und legte es auf das weiße Tuch auf dem Schreibtisch.

Sie verschränkte nervös die Arme. »Nein, der Name kommt ursprünglich aus dem Arabischen. Meine Mutter hatte eine Arbeitskollegin aus dem Libanon, als sie schwanger mit mir war, und die hat ihr erzählt, der Name bedeute erleuchten oder scheinen.«

»Ein schöner Name.«

Diesmal wusste sie, was sie in seinen Augen sah, denn jetzt verharrte sein Blick mit einem unmissverständlichen Schimmer des Interesses auf ihrem Gesicht. Sie merkte, wie ihre Atemzüge sich als Reaktion darauf beschleunigten, doch sie zwang sich zu einem Lächeln, um die Spannung, die sich da zwischen ihnen aufbaute, aufzulösen. »Danke.«

Er blinzelte, dann wandte er sich abrupt um, um von einem Regal über dem Schreibtisch ein Vergrößerungsglas zu holen und sich über den Ärmel zu beugen. Mehrere Minuten lang musterte er schweigend die Stickereien.

»Das ist unglaublich«, sagte er schließlich mit solcher Begeisterung, dass sie sich fragte, ob sie sich das, was da gerade zwischen ihnen passiert war, nur eingebildet hatte. »Ich habe noch nie eine so umfangreiche, so detailliert ausgeführte, komplizierte Stickerei gesehen. Die Technik sieht nach Nadelmalerei aus, die in den 1920er und 1930er Jahren entwickelt wurde. Das bedeutet, dass die gestickten Linien einander scheinbar wahllos kreuzen und Schicht für Schicht übereinandergelegt werden, von sehr dünn bis sehr dicht, sodass die Wirkung am Ende der eines Ölgemäldes ähnelt. Sehen Sie hier …« Er zeigte dahin, wo Wasser gegen den Schiffsrumpf klatschte. »Die Nadelmalerei zeichnet sich dadurch aus, dass die einzelnen Stiche in Länge, Richtung, Farbe und Garnstärke variieren. Sie sind alles andere als wahllos, doch im Vergleich zu traditioneller Stickerei erscheinen sie natürlich recht chaotisch.«

Er schob den Ärmel herum und richtete sich gerade auf, wie um das Ganze zu betrachten und nicht mehr die Details. »Was mich jedoch verwirrt, ist, dass die Stickerei aussieht, als wäre sie in den 1920er Jahren entstanden, während der Schnitt des Ärmels eher auf die Qing-Dynastie in China deutet, die 1912 endete. Zudem sind die Bilder an sich äußerst ungewöhnlich.«

»Was meinen Sie damit?« Sie betrachtete den Ärmel und versuchte zu sehen, was er beschrieb.

»So eine chinesische Stickerei habe ich noch nie gesehen, und doch deuten einige von diesen Symbolen eindeutig darauf hin, dass sie chinesisch ist.« Er zeigte auf das Ende des

Ärmels. »Sehen Sie, hier zwischen den Bäumen des Waldes ist offenbar ein Schwert eingestickt. Das Schwert ist das Attribut eines der Acht Unsterblichen des Daoismus. Und das hier«, fuhr er fort und bewegte das Vergrößerungsglas nach links, »ist eindeutig eine Lotusblüte, auch wenn sie mit den Wasserwirbeln verschwimmt. Der Lotus ist womöglich das bekannteste Symbol des Buddhismus.«

Er unterbrach sich. Sie wartete, spürte, wie ihre Aufregung wuchs, und überlegte, ob da noch mehr war.

Allerdings. »Diese Pferdehufmanschette lässt vermuten, dass der Ärmel von einem chinesischen Drachengewand stammt, doch die Muster passen überhaupt nicht dazu.«

»Inwiefern?«

»Während der Qing-Dynastie trugen die kaiserlichen Beamten zu allen Gelegenheiten, außer zu sehr formellen, ein Drachengewand oder *ch'i-fu.* Diese Gewänder hatten normalerweise ein Rangabzeichen auf der Brust, und an bestimmten Stellen waren zwölf Drachen aufgestickt, etwa einer auf jeder Schulter. Wie Sie sehen können, sind auf diesem Ärmel überhaupt keine Drachen. Außerdem endete die kunstvolle Verzierung gewöhnlich oberhalb des Ellbogens, und ein schlichteres Muster zierte den Unterarm bis zur Manschette, die genauso kunstvoll war wie das Gewand selbst. Der Ärmel hier folgt dieser Vorlage in keinster Weise.«

»Was bedeutet das?«

»Ich weiß es nicht. Ich habe noch nie solche gestickten Motive gesehen, außer auf seidenen Wandpaneelen, doch selbst dort nicht in solcher Detailfülle und niemals in dieser komplizierten Technik. Gewöhnlich stellen solche Stickereien die Natur dar oder Szenen aus chinesischen Fabeln …«

Plötzlich unterbrach er sich, als sei ihm gerade ein Gedanke gekommen. »Es ist beinahe, als …«

»Als ob was?«

Mit weit aufgerissenen Augen sah er sie an. »Es ist beinahe, als erzählte diese Stickerei eine Geschichte, doch eine, die ich noch nie gehört habe.« Seine Stimme war tiefer geworden. »Und glauben Sie mir, ich kenne mich aus mit chinesischen Geschichten.«

Seine Stimme zog sie vollkommen in den Bann und weckte in ihr den Wunsch, er möge ihr diese Geschichten erzählen. Sie war so hingerissen, dass sie erst nach einigen Augenblicken merkte, wie nah sie beieinander standen – so nah, dass sie sich hätten berühren können.

Sie trat nach links, um ein wenig Abstand zwischen sie zu bringen. »Unglaublich, was Sie nach einem kurzen Blick alles darüber sagen können.«

Er grinste. »Dabei habe ich gerade erst angefangen, Miss … ähm, Inara.« Er räusperte sich. »Könnte ich Sie überreden, mir den Ärmel dazulassen? Ich kann ihn versichern und Ihnen eine kleine Leihgebühr dafür anbieten, dass Sie der Universität den Ärmel zur Verfügung stellen. Selbstverständlich trete ich persönlich dafür ein, dass er mit dem Respekt behandelt wird, den er verdient. Wir können ein exaktes Rückgabedatum vereinbaren, falls Sie das möchten.«

Eine kleine Leihgebühr. Geld, das sie für ihr Hotel verwenden konnte. »Halten Sie den Ärmel für kostbar?«

»Das kann ich zum jetzigen Zeitpunkt wirklich nicht sagen«, meinte er ausweichend. »Er wäre auf jeden Fall mehr wert, wenn Sie das Kleidungsstück hätten, von dem er abgeschnitten wurde.«

»Was das angeht …«, sagte sie, während er den Ärmel behutsam zusammenlegte. »Warum schneidet jemand den Ärmel von einem Gewand ab und versteckt ihn dann?«

»Die betreffende Person hatte sicher einen guten Grund. Ich hätte gern die Gelegenheit, es herauszufinden.«

Sie dachte über sein Angebot nach. Er interessierte sich wirklich für den Ärmel, und sie hatte bald alle Hände voll mit dem Hotel zu tun, da würde ihr keine Zeit für irgendwelche Recherchen bleiben. Was konnte schon Schlimmes passieren? »Sicher, Sie können ihn dabehalten.«

»Ausgezeichnet! Ich passe gut darauf auf, und ich halte Sie auf dem Laufenden, was ich herausfinde. Versprochen.« Er schlug den Ärmel sorgsam in das Baumwolltuch und schloss ihn in einer Schreibtischschublade ein. Dann stellte er ihr eine Quittung aus und reichte sie ihr zum Gegenzeichnen. »Es tut mir leid«, meinte er mit einem Blick auf die Uhr, »aber jetzt muss ich wirklich zu meinem Meeting.«

»Und ich muss die Fähre kriegen.« Sie verließ mit ihm das Gebäude. Draußen schüttelten sie sich die Hand. Angesichts seines geschäftsmäßigen Betragens war sie überzeugt, dass sie sich die Neugierde, die sie in seinem Büro gespürt zu haben glaubte, nur eingebildet hatte.

»Es hat mich sehr gefreut, Sie kennenzulernen, Inara. Ich melde mich wegen des Ärmels.«

»Vielen Dank. Das ist fantastisch.« Sie sah zu, wie er sich umwandte und davoneilte, dann drehte sie sich auf dem Absatz um und ging zu ihrem Auto, um zu ihrem zukünftigen Boutique-Hotel auf der Insel zu fahren.

Sie brauchte anderthalb Stunden nach Anacortes und verpasste die Fähre, sodass sie in der Schlange auf die nächste warten musste und erst nach neun am Abend in Rothesay war. Die Sonne war untergegangen, doch die Insel hüllte sich in den blauschwarzen Augenblick vor der Dunkelheit, der wie ein stiller Seufzer war und gleichzeitig wie ein pochendes Herz. Als sie ihre Taschen in Dahlias Haus trug, spürte sie, wie die Nacht sich herabsenkte, und merkte, dass sie gar nicht daran gedacht hatte, ob sie sich hier draußen sicher fühlen würde. Auf dem verlassenen Anwesen. Vollkommen allein. Inmitten von vier Hektar gespenstischem Wald.

Sie schloss alle Türen ab und ging nach oben, wo sie das Schlafzimmerfenster öffnete. Ein Brummen wie der Verkehr auf der Schnellstraße erfüllte ihre Ohren, und sie brauchte einen Moment, um zu begreifen, dass es der Wind war, der durch die Bäume fuhr. Alle paar Minuten durchbrach ein Vogelruf die dunkle Stille – der Schrei einer Eule im Wald, ein Seetaucher vom Wasser. Ganz allein hier draußen zu sein würde jeden gruseln, doch die nächtlichen Laute lösten ihre Angst auf. Sie war hier sicher, so sicher wie einst in den Armen ihrer Mutter.

Auch wenn ihr diese Arme so plötzlich genommen worden waren.

Sie ließ das Fenster offen wegen der Nachtluft und machte sich fertig fürs Bett. Tom würde am nächsten Morgen kommen, um loszulegen. Sie konnte es kaum erwarten.

Während sie in den Schlaf glitt und den nächtlichen Geräuschen draußen lauschte, ertappte sie sich beim Gedanken an den Professor und daran, wann er wohl anrufen würde.

Natürlich nur wegen des Ärmels.

6

DIENSTAG, 9. FEBRUAR 1886
ORCAS ISLAND, WASHINGTON TERRITORY

Irgendetwas stimmte nicht.

Vielleicht war es der Geruch nach nasser Wolle und Holzrauch, der Mei Lien zuerst warnte, dass sie nicht in ihrem eigenen Bett neben der Großmutter lag. Vielleicht war es auch nur der hohle, kalte Schmerz in ihrer Brust, der einen Hustenanfall auslöste und sie aus der warmen Geborgenheit des Schlafes riss. Doch was es auch war, noch bevor Mei Lien die Augen öffnete, wusste sie, dass sie von dem, was sie erblicken würde, nichts wissen wollte.

Als der Husten nachließ, kniff sie die Augen zu und hielt ihren Traum fest. Sie hatte davon geträumt, wie sie mit ihrem Vater im Lake Union schwamm. Wie glücklich sie an jenem Tag gewesen waren!

Ein Schlurfen. Ein Räuspern.

Ein männliches Räuspern.

Das Bild ihres Vaters verschwand, und sie schlug die Augen auf.

Sie lag auf einem Strohsack in einem Bett in einer Ecke einer nur schwach beleuchteten Blockhütte. Über sie beugte sich wie ein Ungeheuer, das sie gleich verschlingen wollte, ein riesiger weißer Mann, dessen Gesicht mit verfilztem braunem Haar bedeckt war.

Mei Liens Erinnerungen kehrten zurück. Zuletzt hatte sie das Seeungeheuer gesehen, das nach ihr griff. Wie war sie in diese Hütte gekommen? Mit einem gellenden Schrei schoss sie hoch und wich zurück, bis sie mit dem Rücken an die rohe Holzwand stieß. Als sie nicht weiterkonnte, fasste sie nach dem Kopfkissen und hielt es vor sich wie einen Schild, um es dem Unhold notfalls entgegenzuschleudern und zu fliehen. Die Tür. Wo war die Tür?

»Ich bin froh, dass du wach bist. Ich hatte schon Sorge, du packst es nicht.«

Statt sich auf sie zu stürzen, blieb der Unhold reglos neben dem Bett stehen. Seine sanften, fürsorglichen Worte standen so sehr im Widerspruch zu seiner Erscheinung, dass Mei Lien ein Weilchen brauchte, um ihre Bedeutung zu erfassen. Dies war kein Ungeheuer. Nur ein Mann.

Ein weißer Mann.

Das Kissen weiter umklammert musterte sie ihn.

Seine dunklen, ungeflochtenen Haare fielen ihm bis zum Kinn, wo weiteres Haar seinen Mund verbarg. Er trug eine braune Hose und ein blau kariertes Hemd mit einer Knopfleiste vorn. Eine Hand hing entspannt an seiner Seite, in der anderen hielt er einen dampfenden Zinnbecher. Er räusperte sich noch einmal und sah ihr wieder ins Gesicht. Er betrachtete sie genauso wie sie ihn. Normalerweise hätte sie seinen Blick für freundlich gehalten. Doch inzwischen hatte sie gelernt, solchen Augen zu misstrauen.

Der Mann wandte den Blick ab, als wäre es ihm unangenehm, sie so offen anzustieren. Weil sie Chinesin war, dachte Mei Lien. Ihr Vater hätte sie zurechtgewiesen, weil sie diesem Mann überhaupt in die Augen geblickt hatte.

»Ich weiß nicht, ob du mich verstehst, aber hier ist Kaffee.« Er hielt ihr den Becher hin. »Der wärmt.«

Mei Lien hatte noch nie Kaffee probiert, doch der kalte Schmerz in ihrer Brust verlangte nach Wärme. Ohne die

Finger des Mannes zu berühren, nahm sie vorsichtig den Becher entgegen. Sie schnupperte daran, während der Mann sich entfernte. Im Gegensatz zu dem Tee, den Mei Lien sonst immer trank, roch der Kaffee nicht erdig. Sein Geruch war kräftiger, durchdringender. Warm. Sie nahm einen winzigen Schluck und kostete. Ein Schauder überlief sie. Die Flüssigkeit schmeckte nach verbrannter Asche. Doch als der Kaffee ihr die Kehle hinunterrann, linderte er den rohen Schmerz dort, und sie trank noch einen Schluck. Der Kaffee würde helfen.

Sie leerte den ganzen Becher mit der übel schmeckenden Flüssigkeit und ließ sich von der Wärme durchströmen. Dabei sah sie zu, wie der Mann sich im angrenzenden Raum bewegte. Die Hütte war nicht mehr als ein großer, rechteckiger Raum, zweigeteilt durch eine zu beiden Seiten offene gemauerte Feuerstelle. Vom Bett aus konnte Mei Lien direkt in den großen Raum sehen, bis zum Tisch in der gegenüberliegenden Ecke. Darüber hingen drei mit Kochutensilien und Zinngeschirr überladene Holzborde.

Mei Lien beugte sich vor, stützte die Unterarme auf ihre Knie und bemühte sich, mehr von dem Raum zu sehen: die Frau des Mannes oder andere Familienmitglieder.

In diesem Moment kam der Weiße mit einem reichlich gefüllten Essteller in der Hand um die Feuerstelle herum. Rasch lehnte Mei Lien sich wieder an die Wand, in der Hand noch den Kaffeebecher. Der Duft des warmen Essens ließ ihren Magen knurren. Mit der freien Hand griff sie erneut nach dem Kissen, drückte es sich auf den Bauch und hoffte, es würde das Knurren dämpfen. Der Fremde sollte ihre Schwäche nicht hören. Sie verbarg das Gesicht hinter dem Becher und tat, als würde sie einen letzten Schluck trinken.

»Das ist für dich.« Der Mann stellte den Teller einfach vor ihre angezogenen Beine auf den Strohsack und schlurfte wieder fort, als wollte auch er Abstand zwischen ihnen wahren. »Ich weiß nicht, ob du gebratenen Schinken und Kartoffeln mit gedörrten Äpfeln magst, aber es ist warm, und du kriegst was in den Bauch, und das hast du doch bestimmt nötig, wo du zwei ganze Tage geschlafen hast.«

Zwei Tage? Aber das bedeutete ja, dass Vater und Großmutter inzwischen …

Mei Lien konnte den Gedanken nicht zu Ende denken. Bestimmt hatte der Vater einen Weg gefunden, seinem Schicksal zu entrinnen. Bestimmt hatte sie sich von Anfang an geirrt, und die beiden waren sicher unterwegs in ihr Heimatland.

Ihr Vater machte sich gewiss große Sorgen um sie! Sie musste einen Weg finden, ihn in China zu benachrichtigen, dass sie das Wasser überlebt hatte und jetzt … Wo war sie überhaupt?

»An deiner Reaktion sehe ich, dass du mich ein wenig verstehst.« Der Mann zog einen niedrigen Schemel ans Bett und ließ sich kurze Zeit später mit seinem eigenen Teller darauf nieder. Ohne abzuwarten, ob Mei Lien aß, machte er sich über seine Mahlzeit her. »Ich heiße Joseph McElroy. Ich habe gesehen, wie du von dem Dampfer gefallen bist, als ich gerade aus Victoria zurückkam. Du hast Glück gehabt, dass ich spät dran war, sonst hätte dich niemand retten können. Wie heißt du?«

Die Frage überrumpelte Mei Lien. Kein Weißer hatte sie jemals nach ihrem Namen gefragt, und die chinesischen Männer, denen sie begegnet war, hatten sie einfach *nánhái* genannt, Junge, weil sie sich immer wie ein Junge kleidete. Sie fühlte sich in Männerhosen und Männerjacken wohl und hatte auch gar nichts anderes besessen. »Liu Mei Lien.«

»Schön, dich kennenzulernen, Liu. Du kannst mich Joseph nennen.«

Sie war es gewohnt, dass Weiße diesen Fehler machten. »Liu ist mein Familienname. Mein Vorname ist Mei Lien.«

Er wirkte verwirrt, doch statt etwas zu sagen, nickte er nur und aß weiter.

Mei Lien schaute auf ihren vollen Teller hinunter, und dabei bemerkte sie, dass sie nichts weiter anhatte als ein ihr unbekanntes langes Baumwollhemd. Selbst die Stoffbandage, die sie immer fest um die Brust gewickelt trug, fehlte.

Sie stellte den leeren Becher neben ihren Teller auf den Strohsack und strich sich mit beiden Händen über den Körper, um sich zu vergewissern. Ja, die Sachen, die sie angehabt hatte, waren verschwunden. Ebenso der Geldbeutel des Vaters!

»Meine … meine Kleider?« Sie fragte höchst ungern danach, denn sie fand es furchtbar, diesem Mann vertrauen zu müssen, der vielleicht beschließen würde, sie ins Meer zu werfen oder sie zu schlagen, bloß weil sie Chinesin war.

Bei ihrem nächsten Gedanken wurde ihr noch kälter, als ihr im eisigen Wasser gewesen war. Dieser Mann hatte sie entkleidet. Er wusste, dass sie kein Junge war. Die Großmutter hatte sie viele Male davor gewarnt, was Männer wehrlosen Frauen antaten.

Der Weiße hatte über ihre Frage gelächelt, aber als er sie nun beobachtete, verschwand sein Lächeln. Rasch stellte er seinen Teller neben ihren auf das Bett und stand auf. »Hab keine Angst. Ich tu dir nichts.« Er nahm etwas von einer Kommode am Fußende des Bettes, die ihr bisher nicht aufgefallen war. »Ich musste dir die nassen Sachen ausziehen und dich wärmen, sonst wärst du gestorben. Aber es ist alles da. Siehst du?«

Er hielt den Stapel mit ihren Sachen hoch. Obenauf lag der bestickte Geldbeutel des Vaters. Bei seinem Anblick hatte sie den Vater vor Augen, wie er das gesamte Geld der Familie in das Beutelchen steckte und es ihr übergab. Mei Lien wünschte, ihr Vater wäre bei ihr. Er wüsste, was zu tun war. Er würde sie vor diesem fremden weißen Mann beschützen.

Mit Tränen in den Augen riss sie ihm das Bündel aus den Händen. Die Kleider ließ sie aufs Bett fallen, den Geldbeutel aber umklammerte sie und hob ihn ans Gesicht. Mit geschlossenen Augen atmete sie tief ein, versuchte, ihren Vater zu riechen, ihn bei sich zu spüren.

Doch sie roch nur den intensiven Salzgeruch des Meeres. Das Meer hatte den Duft des Vaters fortgespült, so wie es gewiss auch ihn fortgespült hatte.

Mei Lien drückte den Geldbeutel an die Augen, ließ sich auf die Seite sinken und vergrub das Gesicht im Bettzeug. Sollte der Mann ihr doch etwas antun, es war ihr egal.

Warum war ihre Familie von so einem Schicksal heimgesucht worden? Warum hatten sie nicht einfach weiter das Geschäft des Vaters führen und in Frieden leben dürfen? Sie hatten nichts Unrechtes getan. Gar nichts. Und jetzt war der Vater tot. Und die Großmutter auch.

Sie selbst sollte eigentlich auch tot sein. Ihr Leichnam sollte auf dem Meeresgrund liegen, ihr Geist bei den Ahnen sein.

Sie war wohl wieder eingeschlafen, denn als sie das nächste Mal die Augen aufschlug, war es in der Hütte heller. Blasses Licht sickerte durch das mit Papier bespannte Fenster über dem Bett. Ihr Teller und ihr Becher waren fort, und ihre Kleider lagen am Fußende. Anscheinend hatte der Mann sie wieder richtig zugedeckt, denn sie lag mit dem Kopf auf dem Kissen, und ihr war warm. Den Geldbeutel des Vaters hielt sie umklammert.

Wie war noch der Name des Mannes gewesen? Er hatte es ihr gesagt, aber da hatte es sie nicht interessiert. James? John? Ein Männername von Weißen, den sie schon oft gehört hatte. Joe? Joseph. Genau. Joseph.

»Mister Joseph?«, rief Mei Lien, wollte aber eigentlich gar nicht, dass er zu ihr kam, sie wollte nur hören, wo er sich gerade aufhielt, bevor sie aufstand. Als keine Antwort kam, schlug sie die Decke zurück und setzte sich auf. Ein Hustenanfall zwang sie innezuhalten. Mit jedem Hustenstoß flammte das Brennen in Brust und Kehle erneut auf, und das Feuer loderte bis hinauf in den Kopf, dass er schmerzte. Hatte der Vater sich nach dem Fausthieb auch so gefühlt?

Als der Husten einigermaßen abgeklungen war, erhob sie sich trotz ihrer Schmerzen, musste sich aber mit einer Hand an der Wand abstützen. Dann endlich gehorchten die Beine ihr wieder, und sie schleppte sich in den Nebenraum, um nachzusehen, ob sie allein in der Hütte war.

Ein zerkratzter viereckiger Tisch mit vier Stühlen beherrschte das Zimmer. Vor der Feuerstelle stand eine lange Bank. Darauf lag, ausgebeult von einem Inhalt, den Mei Lien nicht erkennen konnte, eine Tuchtasche.

Kein Joseph. Sie hatte die Blockhütte für sich allein.

Mei Lien kehrte ins Schlafzimmer zurück, streifte so schnell, wie es in ihrem geschwächten Zustand ging, das geborgte Hemd ab und zog ihre eigenen Sachen an. Doch die Anstrengung erschöpfte sie so sehr, dass sie sich aufs Bett setzen und verschnaufen musste – behutsam, um keinen neuen Hustenanfall auszulösen. Sie fand es schrecklich, so hilflos zu sein und auf die Unterstützung des fremden weißen Teufels angewiesen zu sein, in dessen Hütte sie schlief.

Schließlich gelang es ihr, sich vollständig anzukleiden, bis auf ihre Schuhe, die sie nicht finden konnte.

Gerade als sie auf der Suche nach etwas Essbarem wieder ins große Zimmer hinüberging, öffnete sich die Hüttentür, und Joseph kam mit einem Armvoll Brennholz herein. Mei Lien erstarrte.

Er blieb in der offenen Tür stehen und sah sie an. »Du bist auf«, sagte er endlich, schloss die Tür und kniete sich hin, um das Holz neben der Feuerstelle aufzustapeln. Er wich ihrem Blick aus. »Möchtest du jetzt dein Essen?«

Sie nickte und sah sich um. Wo war der Teller, den er ihr vorhin angeboten hatte?

»Setz dich. Ich hol es dir.«

Joseph deutete auf einen Stuhl am Tisch, und Mei Lien ließ sich darauf nieder. Sie sah zu, wie er den langen Griff eines Topfes, der am Rand der Feuerstelle in der Asche stand, mit einem Lappen umwickelte. Er ließ den Topf dort stehen, erhob sich und holte von dem Bord an der Wand einen Zinnteller.

»Ich freue mich, dass du auf den Beinen bist«, sagte er, löffelte Kartoffeln und Schinken aus dem Topf und schob ihr den Teller hin. »Ich muss den Insulanern die Post bringen, aber ich hatte Angst, dich so lange allein zu lassen.«

Mei Lien wartete ab, ob er auch für sich einen Teller füllen würde. Als er das nicht tat, gab sie ihrem Hunger nach, nahm mit den Fingern ein Stück Schinken und schob es sich in den Mund. Das salzige Fleisch zerging ihr auf der Zunge, und der Gaumen schmerzte ob der plötzlichen Speichelflut. Wunderbar.

Eine Gabel landete klappernd neben ihrem Teller auf

dem Tisch. »Hier«, brummte Joseph, während er zurück zur Feuerstelle ging, wo er sich hinhockte und mit einem Pfannenwender aus Metall den Topfboden abkratzte. »Weißt du«, fuhr er fort, als hätte er seine Geschichte gar nicht unterbrochen, »ich habe den Vertrag mit der Post dieses Jahr erhalten, und bis heute habe ich, nichts für ungut, den braven Bürgern von Orcas Island ihre Sendungen kein einziges Mal verspätet zugestellt. Sie verlassen sich auf mich, und beim Postaustragen lerne ich die Inselbewohner kennen. Eines Tages will ich hier Ratsmitglied werden, vielleicht sogar Bürgermeister.«

Mei Lien verstand nicht alle Worte, die er benutzte, aber eines fiel ihr besonders auf. Es klang merkwürdig, aber es schien wichtig zu sein. Sie schluckte die trockenen Kartoffeln, die sie gekaut hatte, hinunter und fragte: »Was ist Orcas? Heißt das hier so?«

Ein Lächeln brach durch Josephs dichten Bart, und seine Augen wurden groß und zeigten ihre grüne Farbe, wie die Bäume auf dem Bergkamm über Seattle. »Ich wusste doch, dass ich mir deine Stimme vorhin nicht eingebildet hatte.« Er kratzte die letzten verbrannten Essensreste ins Feuer und stellte den Topf zur Seite, bevor er Mei Lien wieder ansah. »Ganz richtig. Orcas Island. Sie gehört zur Inselgruppe der San Juan Islands und ist Teil vom Washington Territory, liegt aber nah bei British Columbia. Ich lebe hier seit sechs Jahren, vorher in Indiana. Eines Tages bringe ich meine Braut hierher. Sobald ich sie gefunden habe.«

Er war nicht verheiratet! Das machte alles noch viel schlimmer. Mei Lien war eine Chinesin ohne Begleitung, allein mit einem unverheirateten Weißen. Gewiss, er hatte gesagt, er werde ihr nichts tun, aber sie hatte gehört, dass weiße Männer ganz wild auf fremdländisch aussehende junge Frauen wie sie waren. Bis sie von hier fliehen konnte, musste sie verteufelt auf der Hut sein.

Auch Joseph hatte offenbar daran gedacht, dass sie weggehen würde. Mit zur Seite geneigtem Kopf sah er sie an. »Wohin sollte die Reise denn gehen, bevor du von dem Dampfschiff gefallen bist?«

Als Mei Lien nicht sogleich antwortete, setzte er sich neben die Tuchtasche auf die Bank und stützte die Ellbogen auf die Knie. »Denn ich werde tun, was ich kann, um dir zu helfen, da hinzukommen, wo du hinwillst. Aber erst muss ich wissen, wo das ist.«

Mit der Gabel – diesem eigenartigen Werkzeug, das im Laden des Vaters zwar vorrätig, zu Hause aber nie benutzt worden war – in der schlaffen Hand sah Mei Lien ihn an. Zwei Dinge wurden ihr dabei klar. Erstens hatte dieser Mann keine Ahnung, was in Seattle geschehen war. Und zweitens würde er es von ihr auch nicht erfahren.

»Ich war unterwegs nach China«, sagte sie schließlich, weil er sie weiter unverwandt ansah.

»Kommst du von da? Aus China?«

Sie schüttelte den Kopf und senkte den Blick auf ihren Teller. »Ich kenne nur Seattle. Ich will nicht nach China.« Das kam der Wahrheit doch recht nah.

»Hast du Familie?«

Das letzte Bild von ihrem Vater an der Reling des Schiffes kam Mei Lien in den Sinn, und sie musste die Augen zukneifen, damit die Tränen nicht heraustropften. Da sie ihrer Stimme nicht traute, schüttelte sie als Antwort nur den Kopf.

Er schien darüber nachzudenken. »Und wo willst du jetzt hin?«, fragte er nach einer ganzen Weile. »Hier kannst du nicht bleiben.«

Sie hielt den Blick gesenkt. »Ich weiß. Danke, dass Sie mich gerettet haben und für …« Sie zögerte, überlegte, wie sie es sagen sollte. »Für das hier«, fuhr sie schließlich fort und wies mit einer Kopfbewegung auf das Essen.

»Gern geschehen.« Er räusperte sich, wie es seine Gewohnheit war, stand auf und hängte sich die Posttasche über die Schulter. »Ich muss los. Mach's dir gemütlich, während ich weg bin. Falls du abwaschen möchtest, die Quelle ist hinter dem Hof an der Klippe, und der Bottich hängt draußen neben der Tür.«

Joseph nahm seinen Hut vom Nagel an der Tür und setzte ihn auf. »Ich werde zum Abendessen nicht zurück sein, also nimm dir, was du im Gemüsekeller und in der Milchkammer findest. Ach so, und falls du runter ans Wasser gehst, sei vorsichtig. Es wird ganz schnell tief.«

Als er die Hüttentür aufzog, trieb ein kalter Windstoß den würzigen Duft von Zedern und feuchter Erde herein. Es roch wie in Seattle, nur sauberer. Durch die offene Tür sah Mei Lien eine kleine, von hohen Bäumen umstandene Lichtung und zwischen den Bäumen in geringer Entfernung eine große braune Scheune. Daneben war ausreichend Bauholz für ein großes Gebäude aufgestapelt.

»Eins noch«, sagte Joseph und drehte sich noch einmal zu ihr um. »Ich rechne zwar nicht damit, dass jemand vorbeikommt, aber … ähm, vielleicht ist es am besten, wenn dich keiner sieht. Falls doch jemand kommt, meine ich.« Sein Blick, der zur Seite wanderte, tat noch deutlicher als sein Füßescharren sein Unbehagen kund. »Aber wenn du Hilfe brauchst, mein Nachbar Duncan Campbell wohnt drüben auf der anderen Seite vom Hügelkamm. Er ist viel unterwegs, aber seine Frau und sein alter Vater sind zu Hause. Es sind gute Menschen.«

Mei Lien nickte, obwohl sie lieber sterben würde, als einen Weißen um irgendetwas zu bitten.

Auf Josephs Zügen machte sich Erleichterung breit, und er hob eine Hand. Das war wohl seine Art, sich zu verabschieden. Dann schloss er die Tür hinter sich und war fort.

Mehrere Minuten lang rührte Mei Lien sich nicht. Sie dachte nach. Wo sollte sie hin? Bestimmt nicht zurück nach Seattle, wo man sie entweder auf dem nächsten Dampfer in ein nasses Grab schicken oder sie gleich auf der Straße umbringen würde. Nach China? Diesen Gedanken verwarf sie rasch. Sie mochte zwar aussehen, als gehörte sie dorthin, aber in China würde sie eine Fremde sein. Sie kannte nichts anderes als das Washington Territory. Es musste doch hier irgendwo einen Ort geben, wo sie Arbeit finden und in Sicherheit leben konnte.

Während sie einen Bissen Kartoffeln kaute, musterte sie ihre Kleider. Sie musste ein junger Mann bleiben. Niemand würde eine alleinstehende Chinesin für eine schickliche Arbeit einstellen.

Als junger Mann hatte sie mehr Möglichkeiten. Sie konnte als Dienstbote in einem Haushalt arbeiten oder in einer Konservenfabrik. Sie konnte sich sogar als Koch verdingen.

Nachdem sie das beschlossen hatte, beendete Mei Lien ihre Mahlzeit und machte sich daran, Josephs Anwesen zu erkunden. Sie musste häufig stehen bleiben und sich ausruhen, weil Hustenanfälle sie quälten, und sie horchte ständig auf Geräusche, die ankündigten, dass sich zwischen den Bäumen Menschen näherten. Doch niemand kam.

Joseph war wohl zurückgekehrt, als Mei Lien schon schlief, denn als sie am nächsten Morgen erwachte, fand sie neben dem Bett ein Paar Stiefel in ihrer Größe. Er war nicht in der

Hütte, und so schob sie ihre kalten Füße in die Stiefel und kleidete sich rasch an, solange sie allein war.

Da sie nicht untätig stillsitzen konnte, machte sie sich danach an die Hausarbeit, genauso wie zu Hause in Seattle. Mit dem Strohbesen, der in der Ecke lehnte, fegte sie den Boden, und dann bereitete sie die Morgenmahlzeit zu. Als Joseph hereinkam, von wo auch immer, hatte sie gedünstetes Wurzelgemüse und Speck fertig. Er sagte kein Wort, aber sein Schweigen und die Dankbarkeit in seinem Blick, als er sich zu Tisch setzte, erinnerten Mei Lien an ihren Vater und weckten allmählich Sympathie für den weißen Mann.

Wider besseres Wissen hatte sie keine Angst mehr vor ihm.

Und so bekamen ihre Tage Struktur. Mei Lien und Joseph merkten, dass sie sich an eine neue, aber angenehme Ordnung gewöhnten, mit gemeinsamen Mahlzeiten, geteilten Pflichten und stillen Momenten am Feierabend. Mei Lien half Joseph, das Bauholz, das sie am ersten Tag entdeckt hatte, auszumessen und mit Säge und Hammer zu bearbeiten. Langsam würde daraus ein richtiges Haus für seine zukünftige Familie entstehen. Bei einer Tätigkeit allerdings verweigerte sie ihm die Mithilfe: wenn er Tiere zum Essen schlachtete. Erinnerte es Mei Lien doch zu sehr daran, wie Yeung Lums Kopf aussah, nachdem man ihn erschossen hatte.

Stunden wurden zu Tagen, aus Tagen wurde eine Woche. Mei Liens Husten hörte auf, und die Bilder jener Nacht suchten sie meist nur noch im Schlaf heim, nicht mehr am helllichten Tage. Dass Josephs Anwesen relativ abgeschieden lag, gab Mei Lien ein Gefühl der Sicherheit, auch wenn sie sich diese Sicherheit vielleicht nur einbildete. Oft ertappte sie sich dabei, dass sie über Josephs witzige Geschichten lachte.

Ringsum war die Farm von Bäumen umstanden, die sie vor den Schrecken der Außenwelt schützten, so wie Mei Lien in ihrer Kindheit von den Armen der Großmutter beschützt worden war.

Und dann, an ihrem achten Tag auf der Farm, als Mei Lien gerade den Spüllappen an den Haken an der Wand hängte und sich umdrehte, um Joseph Gute Nacht zu sagen, geschah es. Sie hatte nicht gehört, dass er hinter sie getreten war, und in dem Moment, als er nach dem Melkeimer auf dem Bord griff, berührten sie einander. Der Augenblick war so schnell vorbei, dass ihr erst später, als sie schon in der stillen Hütte im Bett lag, aufging, was sie so verwirrt hatte. Joseph zu berühren war etwas ganz anderes gewesen, als den Vater zu berühren. Es löste etwas in ihr aus, was Mei Lien noch nie empfunden hatte, und sie merkte überrascht, dass sie dieses Gefühl noch einmal spüren wollte. Ihre Haut war so empfänglich gewesen, so lebendig, so voller Sehnen nach ihm.

Danach war Mei Lien in seiner Nähe nervös, aber nicht ängstlich. Sie überlegte, ob ein ähnliches Erwachen seinen Körper durchströmt hatte wie den ihren, doch fragen wollte sie ihn nicht. Sie sprachen über die Farm und seine Pläne, aber nie darüber, warum Mei Lien sich wie ein Mann kleidete oder wie es dazu gekommen war, dass sie seine Hütte mit ihm teilte. In der Nacht, als er sie aus dem Wasser gefischt hatte, hatte er sie zwar entkleidet, aber dass Joseph sich ihres Geschlechts bewusst war, erkannte Mei Lien nur daran, dass er ihr sein Bett überließ, während er selbst in der Scheune schlief, und dass er stets klopfte, bevor er die Hütte betrat. Wenn sie tatsächlich ein junger

Mann gewesen wäre, hätte zweifellos sie auf dem Fußboden geschlafen.

Mei Lien wusste, dass sie früher oder später gehen musste, und der Gedanke daran betrübte sie. Joseph war seit dem Augenblick, da sie alles verloren hatte, bei ihr. An dem Tag, an dem sie seine Farm verließ, würde sie die letzte Verbindung zu ihrem alten Leben verlieren. Dann war sie ganz allein auf der Welt.

Doch er schien es nicht eilig zu haben, sie fortzuschicken. Er fragte sie nach ihrem Leben und nach ihrer Familie, und wenn sie nicht gleich antwortete, sprach er weiter, als stehe die Frage nicht noch unbeantwortet im Raum. Die meisten Fragen vermochte Mei Lien nicht zu beantworten, weil sie Entsetzen und unerträglichen Schmerz in ihr weckten. Eine Frage jedoch beantwortete sie nicht, weil sie nicht wusste, wie.

»Warum gehst du jeden Tag in der Abenddämmerung ans Wasser?«

Mei Lien blinzelte nur und wandte sich ab.

Begonnen hatte sie damit an jenem ersten Tag, als sie in der Hütte erwachte und Joseph fortging, um die Post auszutragen. Als das Tageslicht schwand und die Welt ringsumher erst blau und dann schwarz wurde, fühlte Mei Lien sich zum Wasser hingezogen. Doch selbst wenn der kalte, prasselnde Regen die Farben verwischte, ging sie ans Wasser und blieb vorsichtig an einer Stelle stehen, wo die plätschernden Wellen sie nicht erreichten. Dann blickte sie in dem Wissen, dass ihr Vater und ihre Großmutter nicht nach China gelangt waren, sondern sich irgendwo unter der bewegten Wasseroberfläche befanden, in die Fluten. Jeden Abend betete Mei Lien zu allen Göttern und Ahnen, von denen sie je gehört hatte, dass ihre Lieben keine Schmerzen und keine Angst mehr litten. Manchmal betete sie auch, die beiden möchten sie zu sich nehmen.

Als sie das dunkle Wasser am dritten Abend nach einem Bild absuchte, nach einem Zeichen, nach irgendetwas, tauchte ein schwarzer Kopf auf und blickte Mei Lien an. Sie schrie auf, dachte sie doch, es wäre das Seeungeheuer, das sie zu verschlingen drohte, nachdem ihr Vater sie vom Schiff gestoßen hatte.

Doch dann tauchte der schwarze Kopf wieder ins Wasser, gefolgt von einem gebogenen, geschmeidigen Körper. Das war nicht der Leib eines Seeungeheuers, sondern ein Seehund, so wie die, die sich in der Elliott Bay in Seattle auf den Strand schoben.

Danach hielt Mei Lien Ausschau nach anderem Meeresgetier und fragte sich, ob der Seehund – oder vielleicht der orangefarbene Seestern oder der springende Lachs – der Vater war, der über sie wachte. Und ob die Möwe, die in den Wind hineinrief, in Wirklichkeit die Großmutter war, die sie ermahnte.

Auch wenn es sie fast getötet hätte und ihre Familie höchstwahrscheinlich darin umgekommen war, fühlte sie sich den beiden am Wasser doch näher. Und daher kehrte sie Abend für Abend dorthin zurück.

Doch das konnte sie Joseph nicht sagen. Es war schon schwer genug, dass ihr Körper sich nach ihm sehnte, obwohl ihre Gedanken sie fortzogen.

Eines Abends hatte Mei Lien gerade leise abgewaschen und das Geschirr aufs Bord gestellt und langte nach dem warmen Mantel, den Joseph ihr geliehen hatte. Es wurde Nacht – Zeit, ans Wasser zu gehen. Doch heute war ein besonderer Abend. Der erste Vollmond im neuen Jahr. In Seattle hätten sie das Laternenfest gefeiert, wären ans Wasser gegangen und hätten kleine Boote mit Kerzen darin auf die Reise geschickt, um den Geistern der Unterwelt Licht zu schenken, vor allem aber, um all jener zu gedenken, die durch Ertrinken ums Leben gekommen waren. Der Vater ihres Vaters war ertrunken, als er während des Taiping-Aufstands in eine Schlacht geraten und in den Jangtsekiang gefallen war, daher hatte dieses Gedenken in ihrer Familie eine besondere Tradition.

Und nun waren weitere Familienangehörige ertrunken. Der Vater und die Großmutter würden das Licht der Laternen brauchen, die Mei Lien aus Baumrinde angefertigt und in der Scheune versteckt hatte.

Just in dem Augenblick, da sie die Hand nach dem Türgriff ausstreckte, wurde von außen laut angeklopft. Rasch zog Mei Lien die Hand zurück und warf Joseph einen Blick zu. Er kniff die Lippen fest zusammen und stand auf. »Geh ins Schlafzimmer«, wisperte er, »und lass dich erst wieder sehen, wenn ich dich rufe.«

Während es abermals klopfte, gehorchte sie und huschte lautlos um die Feuerstelle herum auf die Schlafzimmerseite. Dort drückte sie den Rücken an die warmen Steine und atmete möglichst flach.

»Duncan!«, hörte sie Joseph rufen, als er die Tür öffnete. »Ich wusste nicht, dass du wieder da bist. Wie war die Reise?«

»Gut, danke«, erwiderte der Besucher. Etwas an dieser Männerstimme weckte bei Mei Lien Erinnerungen, und sie schloss die Augen, um aufmerksam zu lauschen.

»Bin grad heut erst zurück. Mit dem Zug rauf von San Francisco. Mein Kapitän fährt weiter nach Asien. Hatte hier was zu erledigen, weißte?« Die Stimme des Mannes war voller Arroganz, und Mei Lien fragte sich, warum Joseph ihn als Freund betrachtete. »Wie ich heimkomm«, fuhr er fort, »haben meine Alte und mein Pa doch nich gepflügt. Meinste, du kannst mir morgen 'n bisschen helfen?«

Jetzt stürmten die Erinnerungen auf Mei Lien ein und raubten ihr jegliche Kraft. Sie sank zu Boden, obwohl ihr Verstand ihr zurief, sie müsse weglaufen. Sie kannte diese Stimme, die gedehnten Vokale, die undeutlichen Konsonanten. Es war die Stimme des sicheren Todes.

Und jetzt wusste sie auch, wie der Tod hieß – Duncan Campbell. Josephs Nachbar.

Sie war hier nicht mehr sicher, sie war nirgends sicher.

Mei Lien legte die Stirn auf die rauen Bodendielen und achtete sorgsam darauf, kein Geräusch zu machen, während sie den Männern zuhörte.

Ein Stuhl knarrte. »Haste gehört, dass die Schlitzaugen aus Seattle weggejagt worden sind? Wurd auch Zeit, wenn du mich fragst. Ich hab dir ja gesagt, dass wir's richtig gemacht haben, als wir sie letztes Jahr von unsrer Insel verscheucht haben.«

Joseph räusperte sich. »Nein, kann nicht sagen, dass ich das gehört hätte. Hey, ich bin mit dem neuen Haus gut vorangekommen. Willst du mal sehen?« Stiefel polterten, Bodendielen knarrten. Bald schlug die Tür hinter den Männern zu, und Campbell nahm seine hasserfüllten Worte mit.

Mei Lien rührte sich nicht und atmete ganz bewusst in kurzen, flachen Zügen. Sie würde im Versteck bleiben, bis Joseph zurückkehrte und ihr versicherte, dass er mit eigenen Augen gesehen hatte, wie der Mann den Hof verließ. Der Gedanke daran, was der Teufel Campbell ihr antun würde, falls er sie entdeckte, war so beängstigend, dass Mei Lien ihn rasch beiseiteschob.

Trotzdem packte sie die Furcht, und ihre Gedanken

überschlugen sich, als ihr klar wurde, dass ausgerechnet sein Nachbar sie vor dem Tod durch die Hand dieses Mannes gerettet hatte. Das Schicksal konnte doch nicht so grausam sein, ihr Leben zu verschonen, nur um sie ein paar Tage später achtlos dem gleichen Ende auszuliefern.

Aber was war, wenn Joseph mehr über ihre Situation wusste, als er sich hatte anmerken lassen? Das würde erklären, warum er sie nicht drängte, seine Fragen über jene Nacht zu beantworten. Vielleicht wusste er längst alles. Es war immerhin möglich, dass er Campbell half. Hatten die beiden nicht gerade gesagt, sie hätten die Chinesen eigenhändig von der Insel vertrieben?

Und sie hatte es so weit kommen lassen, dass sie ihm vertraute. Schlimmer noch, sie sehnte sich nach seiner Berührung!

Sie hatte ihre Wachsamkeit allzu leichtgläubig aufgegeben. Allzu schnell.

Von dem Moment, da sie in seiner Hütte aufgewacht war, war Joseph da gewesen, hatte sich um sie gekümmert und hatte ihr Geborgenheit vermittelt. Doch jetzt kannte sie die Wahrheit.

Sie war nicht geborgen.

Sie war vollkommen allein.

Das Wasser. Das Wasser rief nach ihr. Es würde ihr helfen herauszufinden, was sie jetzt tun sollte.

Plötzlich hatte Mei Lien es sehr eilig, ans Ufer zu gelangen. Sie setzte sich auf und rappelte sich auf die Füße. Zitternd schlich sie auf Zehenspitzen zur Hüttentür. Sorgsam jedes Geräusch vermeidend drückte sie mit dem Daumen die Klinke und zog die Tür einen Spaltbreit auf.

Die Männer waren weder zu sehen noch zu hören. Langsam öffnete Mei Lien die Tür so weit, dass sie hindurchschlüpfen konnte, und schloss sie lautlos hinter sich. Dann rannte sie los, durch die Bäume zum Wasser, das immer lauter nach ihr rief.

Diesmal blieb sie nicht vorsichtig am Ufer stehen. Sie platschte bis zu den Waden hinein, ohne die scharfen Felsbrocken zu beachten, an denen sie sich das Bein aufritzte, als sie mit dem Stiefel ausglitt. Sie musste das Wasser spüren und von ihm lernen. Erst jetzt, als sie im eiskalten Nass stand, blickte sie auf und sah, dass der Nachthimmel klar war. So klar wie seit jener Nacht auf dem Dampfer nicht mehr.

Der Mond hing tief am Himmel; groß und voll und rund schien er auf Mei Lien herab. Er stand direkt über dem Berg auf der anderen Seite der langgezogenen Bucht, an der Josephs Anwesen lag, und schickte seine Strahlen wie eine Straße über das Wasser zu ihr. Joseph hatte ihr eine Landkarte von der Insel gezeigt, daher wusste sie, dass diese Bucht East Sound hieß. Wenn man von hier aus mit dem Boot nach links fuhr, gelangte man zu weiteren Inseln, zu weiteren Wasserstraßen und schließlich hinaus aufs offene Meer.

Aber es war nicht das offene Meer, das Mei Lien lockte. Es war der Mond.

Ringsum hielt die Nacht still und schaute den Mond an. Schaute Mei Lien an, der es vorkam, als befände sie sich außerhalb ihres Körpers. Fragen zu ihrem Schicksal hämmerten auf sie ein.

Doch es kamen keine Antworten, nur Erinnerungen. In der Mondstraße auf dem Wasser sah Mei Lien ihren Vater mit ihr lachen, während er ihr an dem wackligen Tisch vor seinem Laden Mah-Jongg beibrachte. Sie beobachtete die verrunzelten Hände der Großmutter, die sie geduldig anleitete, auf rote Seide kurze, präzise schwarze Stiche zu setzen, in der Luft der Duft nach Ingwer und Zwiebeln. Mei Lien lächelte, als sie den Vater hinter der Ladentheke stehen sah. Er erschien ihr so groß und mächtig, wenn Kunden ihn um Rat fragten und mit ihm plauderten. Es hatte etwas Tröstliches für die Chinesen, wenn sie in diesem fremden und feindseligen Land ihre eigene Sprache sprechen konnten.

Die Erinnerungen ballten sich zusammen, kamen immer schneller, blieben bei einzelnen Bildern stehen und jagten weiter, rissen Mei Lien mit, beruhigten sie.

Das Wasser hatte ihr alle Verwandten genommen. Nun sollte es auch sie holen. Im Wasser würde sie wieder bei ihrer Familie sein. Sie wäre den Schmerz der Einsamkeit und die ständige Angst los, die bei jedem Atemzug an ihr nagten. Das Wasser kämpfte gegen sie, und heute Abend würde Mei Lien ihm den Sieg überlassen.

Sie hüllte sich ganz in ihre Erinnerungen ein, achtete weder auf die Kälte noch auf ihre zitternden Glieder und stapfte tiefer ins Wasser hinein. Schritt für Schritt ging sie vorwärts, bis sie bis zum Hals in den Fluten stand und ihr Körper krampfhaft zuckte, obwohl sie gar nichts spürte. Mit ausgestrecktem Fuß suchte sie nach dem nächsten Tritt. Doch statt weiterer Steine ertastete sie nur bodenloses Wasser. Das war das Ende.

»Ich komme, Vater«, flüsterte Mei Lien, als sie den nächsten Schritt machte und gegen den Drang kämpfte, den Atem anzuhalten.

Das kalte Wasser umspülte sie, schlug über ihrem Kopf zusammen, zerrte an ihren Kleidern und zog sie nach unten. Sie kämpfte nicht. Sie strampelte nicht, ruderte nicht mit den Armen. Mit weit aufgerissenen Augen versank sie.

Ihre Lunge verlangte schmerzhaft nach Atemluft. Mei Lien wehrte sich gegen dieses Bedürfnis, so lange sie nur konnte, bis ihre Lunge krampfte und sie zwang, die Lippen zu öffnen. Doch statt Luft strömte nur Wasser hinein. Finsternis schlängelte sich durch ihr Gesichtsfeld und hüllte sie ein. Mei Lien hieß die Dunkelheit willkommen und ergab sich ihren warmen Fangarmen. Sie ließ los.

Als Nächstes stieß sie mit dem Kopf durch die Wasseroberfläche und rang gierig nach Luft, spuckte Salzwasser aus und wurde von Hustenstößen gepeinigt. Ein übrig gebliebener Fangarm des Seeungeheuers griff nach ihrem Magen, doch statt Mei Lien in die Tiefe zu ziehen, presste er das Wasser aus ihrer Lunge. Ihre Brust brannte, ihre Kehle brannte, ihr ganzer Körper bebte und zuckte.

Mei Lien spürte, wie ihr Knie schmerzhaft an einen Felsen stieß, und ihr wurde klar, dass sie ans Ufer gezogen wurde. Erst jetzt erkannte sie, dass es nicht die Tentakel des Todes waren, die sie gepackt hielten, sondern Josephs Arme. Joseph hatte gesehen, dass sie ins Wasser gegangen war, und jetzt zog er sie heraus. Wieder rettete er sie vor dem Tod, vor dem Schicksal, das ihr doch bestimmt war.

Er legte sie auf den mit Steinen und Muscheln übersäten Strand. »Sag was, Mei Lien. Atme!« Joseph schlug ihr auf den Rücken.

Ihr drehte sich der Magen um, und sie krümmte sich zur Seite, damit das Erbrochene in den Sand fließen konnte. Aus ihrer Lunge kam ein Wasserschwall. Sie hustete und hustete, bis sie wieder Luft holen konnte, ohne zu ersticken.

Die Luft fühlte sich herrlich an in ihrer Lunge und brannte auf der Haut. Mei Lien zitterte, sie hustete immer noch und spuckte Salzwasser.

»Was hast du da draußen gemacht? Du hättest ertrinken können.« Mit seinen großen Händen schob Joseph ihr das Haar aus dem Gesicht und strich ihr über Arme und Beine, um zu prüfen, ob sie verletzt war. Die warme Spur seiner Hände holte Mei Lien von da, wo der Mond sie hingezogen hatte, zurück in ihren Körper.

Sie setzte sich auf und schlang sich die Arme um die Brust. Der Mond lockte sie immer noch ins Wasser, aber die Straße verblasste, zog sich vor ihr zurück, abgewiesen. Abweisend. »Du hättest mich lassen sollen.«

»Was?« Er löste die Hände von ihrem Körper.

»Du hättest mich dem Wasser überlassen sollen.«

Joseph reagierte mit Schweigen, was Mei Lien so deutete, dass er es sich durch den Kopf gehen ließ. Der Gedanke, er könnte müßig daneben stehen und sie sterben lassen, versetzte ihr einen so schmerzhaften Stich ins Herz, dass sie ein Stöhnen nicht unterdrücken konnte. Erst jetzt wurde ihr klar, dass sie vage gehofft hatte, sie bedeute ihm etwas.

Da hatte sie sich wohl getäuscht. Mit der ganzen Kraft ihres Schmerzes fauchte sie: »Das Wasser ist meine Bestimmung, und du hast mich jetzt schon zweimal dieser Bestimmung entrissen. Misch dich nicht noch einmal ein.« Bevor Mei Lien weiter über ihre Entscheidung oder über das wunderbare Gefühl von Luft in ihrer Brust nachdenken konnte, rappelte sie sich hoch und marschierte zum Wasser. »*Zài jiàn,* Joseph.«

Sie platschte hinein, bis es ihre Knie umspülte. Füße und Beine stieß sie sich an den Felsen wund, aber bald würde sie diese Schmerzen nicht mehr spüren und auch keine anderen Schmerzen mehr.

Joseph packte sie am Arm und drehte sie zu sich um. Im Mondlicht konnte Mei Lien sein Gesicht deutlich sehen.

Unter dem ganzen scheußlichen Haarwust verborgen entdeckte sie etwas Überraschendes: Furcht.

»Warum willst du dich umbringen?« Er schüttelte sie. »Sag's mir!«

Mit großer Ruhe erwiderte sie seinen verzweifelten Blick. »Vor zwei Wochen wurden meine Familie und ich von weißen Männern aus unserem Zuhause vertrieben und auf ein Schiff gebracht. Die Weißen haben gesagt, sie würden uns nach China bringen, aber dann habe ich …« Mei Lien brach ab, denn der Teufel Campbell war ihr wieder eingefallen und dass er Josephs Freund war.

Sie konnte niemandem vertrauen. In ihrem Kopf pochte es, als sie den Blick suchend über die Bäume streichen ließ. »Wo ist er? Wo versteckt er sich?«

»Der Mann, der vorhin hier war? Mein Freund Duncan Campbell? Was hat er denn damit zu tun?«

»Wo ist er?«, fragte Mei Lien wieder und suchte die Dunkelheit ab.

»Campbell ist fort. Nach Hause gegangen.«

Mei Lien nickte. Ohne recht zu wissen, warum, glaubte sie Joseph. Ihre Angst legte sich so weit, dass sie sich, als Joseph sie am Arm zog, von ihm aus dem Wasser führen ließ, bis sie wieder auf den scharfen Muscheln und Steinen standen, die den Strand ausmachten. Doch ihr Blick blieb auf die Bäume gerichtet, denn Campbell konnte jeden Moment dort wieder auftauchen.

Joseph zog sie an seine Brust und legte die Arme um sie. Mit den Händen rieb er ihr kräftig über Rücken und Arme, damit sie warm wurde. Müde schmiegte sie sich an ihn. Die Geborgenheit, die er ihr schenkte, hatte etwas Betörendes. Sie wusste zwar, dass sie diesem Gefühl nicht trauen durfte, aber sie tat es dennoch.

»Kennst du den Mann, der heute Abend in die Hütte gekommen ist?« Josephs Stimme an ihrem Ohr übertönte das Brausen der Bäume und das Plätschern des Wassers.

Sie nickte an seiner Schulter.

»Hat er dir wehgetan?«

Campbell hatte sie nie angefasst – wie Joseph wohl vermutete –, und doch hatte er ihr wehgetan. Mehr, als ein Mensch ertragen konnte.

Da sie nicht antwortete, stellte Joseph eine weitere Frage. »Woher weißt du, dass er es war? Es war dunkel, und als er in die Hütte kam, warst du schon nebenan …«

Mei Lien befreite sich aus seiner Umarmung. »Ich bin mir sicher. Seine Stimme verrät ihn.«

Joseph nickte. Seine Arme hingen schlaff herunter. »Das stimmt wohl.«

Mei Lien wandte sich wieder dem Wasser zu. Inzwischen stand der Mond hoch am Himmel.

»Was hat er dir getan?«, flüsterte Joseph so leise wie der Wald ringsum, doch seine Frage weckte neue Angst in Mei Lien, als würde die Erinnerung an jene Nacht Campbell zurückholen. »Er ist mein Freund. Ich muss wissen, was er getan hat.«

»Ich kann nicht«, erwiderte sie und machte noch einen Schritt auf das Wasser zu, denn es würde sie von ihrem Schmerz befreien.

»Geh nicht ins Wasser, Mei Lien«, flehte Joseph mit sanfter Stimme, ohne sie zu berühren. Sie blieb stehen. »Ich möchte dir helfen. Wir finden einen Ort für dich, wo du sicher bist. Das verspreche ich dir. Ich will nicht, dass dir ein Leid geschieht. Nie wieder.«

Mei Lien konnte nicht sagen, warum, aber sie glaubte ihm. Noch bei keinem Weißen hatte sie das Gefühl gehabt, er habe einen guten Kern. Bei diesem Mann schon. Sie wandte den Kopf, um ihn anzusehen, und fand die Gutherzigkeit in seinen Augen bestätigt. Er griff nach ihrer Hand und drückte sie sanft.

Ohne seine Hand loszulassen, blickte Mei Lien noch einmal über das Wasser, suchte nach den Bildern, die sie angelockt hatten. Doch da war nur leeres Mondlicht, das auf der wogenden schwarzen Fläche tanzte. Welche Geister auch immer sich vorhin dort gezeigt hatten, sie waren verschwunden. Das Wasser wollte Mei Lien nicht mehr.

Als der Nachtwind auffrischte, ihr durch die nassen Kleider fuhr und bis in die Knochen drang, bekam sie Schüttelfrost. Ihre Lunge schmerzte, und ein weiterer Hustenanfall quälte sie. Danach fühlte sie sich ausgelaugt und sehnte sich nach Josephs Feuer.

Sie machte einen Schritt auf die Bäume zu, blieb aber noch einmal stehen und sah ihn an. »Danke, Joseph«, sagte sie. Sie hoffte, dass er verstand, was ihr Dank alles umfasste.

Wieder drückte er ihr die Hand. »Gern geschehen, Mei Lien.«

7

Donnerstag, 4. Mai 1886
East Sound, Orcas Island, Washington Territory

Mit vor Kälte tauben Fingern hielt Mei Lien sich am Rand des Bootes fest, das Joseph mit langen Schlägen durch das Wasser des East Sound ruderte. Geradeaus vor sich sah sie den Kanal. Er würde sie nach Orcas Village führen, zu dem Dampfer, der sie in ihr neues Leben bringen sollte. Die Vorstellung, wieder ein Dampfschiff zu besteigen, lag Mei Lien schwer im Magen. Sie blinzelte und wehrte alle weiteren Gedanken daran ab. Lieber wollte sie sich auf Port Townsend konzentrieren, das Ziel ihrer Reise.

Seit Joseph sie aus dem Wasser gezogen hatte, hatten sie Abend für Abend darüber gesprochen, wo sie wohnen und arbeiten und wie sie in Sicherheit leben könnte.

Dabei wusste Mei Lien, dass sie sich nie wieder sicher fühlen würde.

»Auf Orcas und den anderen San-Juan-Inseln wirst du keine Arbeit finden, auch nicht in Männerkleidern«, hatte Joseph ihr erklärt. »Letztes Jahr haben die Leute hier alle Chinesen von der Insel vertrieben und beschlossen, dass keine Chinesen mehr eingestellt werden dürfen.«

Mei Lien war nicht überrascht gewesen, denn sie hatte die Zeitungen gelesen, die Joseph mit nach Hause brachte. Es geschah im ganzen Land. Seit die Eisenbahnstrecken von einer Küste bis zur anderen reichten und selbst so abgelegene Städte wie Seattle sich einen gewissen Glanz zulegten, wollten die Weißen ihr Geld und ihr Land nicht mehr mit den Chinesen teilen, obwohl die hart dafür gearbeitet hatten. »Wo kann ich denn hin?«, hatte Mei Lien gefragt. Joseph schüttelte nur den Kopf und stocherte im Feuer, tiefe Furchen im Gesicht.

Doch eines Morgens kehrte er mit einem breiten Grinsen aus Orcas Village zurück, wo er die Post geholt hatte. »Es steht nicht so schlimm, wie wir dachten, Mei Lien. Komm mal her.« Sie schlossen sich in der Hütte ein, und Joseph erzählte, was er von Passagieren aufgeschnappt hatte, die gerade von Bord der *SS Dauntless* gegangen waren. Der Dampfer hatte neben dem Postschiff festgemacht.

»Der Vorfall in Seattle hat anscheinend dazu geführt, dass alle Chinesen aus der Stadt geflohen sind, aber man munkelt, dass letzte Woche eine neue chinesische Wäscherei eröffnet hat und außerdem eine Kurzwarenhandlung, deren Besitzer Chinese ist, und niemand tut ihm etwas zuleide.« Er beugte sich näher zu Mei Lien. »Weißt du, was das bedeutet? Du kannst nach Seattle zurückkehren und dir da deinen Lebensunterhalt verdienen.«

Die Freude kam und verging so schnell wieder, dass Mei Lien davon Kopfschmerzen bekam.

Sie wollte nicht nach Seattle zurück, sie wollte dort nicht ohne den Vater und die Großmutter leben. Allein. Voller Angst.

»Nein«, sagte sie zu Joseph mit einer Stimme, die gar nicht wie ihre klang. Er wusste zwar, dass sie zu den Menschen gehörte, die aus der Stadt vertrieben worden waren, aber nicht, dass die anderen jetzt am Meeresgrund ruhten. In Seattle würde Mei Lien sich nie wieder sicher fühlen.

Weitere Tage vergingen, und eines Abends kam Joseph

zu ihr, als sie gerade die Kuh melkte, wie er es ihr beigebracht hatte. »Es ist Zeit für meine allmonatliche Einkaufsfahrt nach Port Townsend. Am Donnerstag will ich los. Du solltest mitkommen.«

»Treib keine Späße mit mir, Joseph.« Mei Lien stand auf. »Du darfst dich nicht mit mir sehen lassen. Man würde dich meiden, und was soll deine zukünftige Frau dann denken?« Mei Lien lächelte, um deutlich zu machen, dass sie ihn neckte. Er hatte ihr ausführlich von seinem Vorhaben erzählt, eine perfekte Ehefrau zu finden, eine Christin, die ihn heiraten und ihm möglichst viele Kinder schenken würde. Sie würden ihm auf dem Hof helfen und zu geachteten Mitgliedern der Inselgemeinde heranwachsen. Mei Lien sah zwar mit Vergnügen, welche Freude seine Pläne ihm bereiteten, doch gleichzeitig musste sie daran denken, dass sie nach dem Tod ihres Vaters nun keine Möglichkeit mehr hatte, einen Mann zu finden. Keine Chance mehr, Kinder zu bekommen. Ihre Zukunft hielt nur noch lange, einsame Jahre voller harter Arbeit bereit.

Joseph hatte ihr die Hand auf die Schulter gelegt und damit eine inzwischen vertraute Wachheit in ihrem Körper ausgelöst. »Wenn sie dich für meinen Diener halten, achtet niemand auf uns. Schon gar nicht in Port Townsend. Ich habe mich umgehört. Die antichinesischen Unruhen greifen dort nicht so um sich.« Joseph ließ die Hand sinken und nahm Mei Liens Platz auf dem Melkschemel ein. »Für den Hinweg nehmen wir Beechers Postschiff. Beecher hat mir in der Nacht geholfen, dich aus dem Wasser zu ziehen, und anschließend hat er uns dann an meinem Strand abgesetzt, nicht in Orcas Village. Sonst wärst du wahrscheinlich längst tot. Er hat mir versprochen, kein Sterbenswörtchen darüber zu verlieren. Wir können ihm vertrauen.«

Lien tätschelte das lange Gesicht der Kuh und dachte nach. »Was erwartet mich denn in Port Townsend?«

»Es heißt, dass es da eine starke chinesische Gemeinde gibt. Vielleicht kannst du dort bleiben und dir ein neues Leben aufbauen.«

»Werde ich dich wiedersehen?«

Er nickte, hielt den Blick aber auf das Euter der Kuh gesenkt. »Darauf kannst du wetten.«

So wurde es beschlossen, und so waren sie jetzt, drei Wochen nachdem sie sich kennengelernt hatten, unterwegs nach Port Townsend. Campbells felsiges Grundstück lag schon hinter ihnen, und Mei Lien hatte keine Spur von dem Teufel gesehen. Joseph kannte die Geschichte von seiner Untat immer noch nicht, trotzdem war er so schnell an Campbells Uferstreifen vorbeigerudert, wie seine Kräfte es erlaubt hatten, und sein wachsamer Blick war dabei zwischen Mei Lien und Campbells Land hin- und hergeschossen. Mei Lien wusste, dass sie Joseph eine Erklärung schuldete, aber bisher hatte sie nicht den nötigen Mut aufgebracht, jene Nacht noch einmal zu durchleben.

Joseph steuerte sie aus dem East Sound hinaus und dann an der Südküste von Orcas Island entlang. Er hielt sich dicht am Ufer, fern von den Schaumkronen, die auf dem Harney Channel tanzten. Ringsum sah Mei Lien zahlreiche weitere Inseln. Auf allen lag Nebel, der sich durch die grünen Zedern, Erdbeerbäume und Fichten und ab und zu auch durch das kahle Geäst von Erlen und Eichen zog. Spitze schwarze Felsen ragten aus dem tiefen Wasser, das einen bedrückend grauen Himmel widerspiegelte.

»Gleich sind wir da«, sagte Joseph, während er angestrengt ruderte. »Zieh dir den Hut tiefer in die Augen.«

Mei Lien tat, wie ihr geheißen, und dachte auch daran, wie ein junger Mann die Schultern nach vorn hängen zu lassen, damit die Täuschung perfekt war.

»Vergiss nicht«, sagte Joseph leise, »die Leute erwarten, dass ich dich wie meinen Diener behandle. Nimm es dir nicht zu Herzen, wenn ich ruppig bin.«

Dass er sich Gedanken um ihre Gefühle machte, wärmte Mei Lien. Unter dem Rand des Hutes, den er ihr gegeben hatte, warf sie Joseph einen Blick zu. »Alle Chinesen werden wie Dienstboten behandelt. Ich bin es gewohnt.«

Der Boden des Bootes schrammte über Steine, Joseph sprang hinaus und band es am Strand an einem Baum fest. Ohne auf seine Hilfe zu warten, denn ein Diener rechnete nicht mit Hilfe, sprang Mei Lien ebenfalls aus dem Ruderboot. Eiskaltes Wasser umspülte ihre Füße, aber sie achtete nicht darauf, sondern nahm die Umhängetasche aus dem Boot. Joseph hatte darauf bestanden, dass sie die Tasche mitnahm – sie enthielt Kleider zum Wechseln, eine Decke, in Öltuch gewickeltes Gebäck und zwei Äpfel von Josephs Herbsternte, die er im Gemüsekeller verwahrte. Den Geldbeutel ihres Vaters trug Mei Lien sicher am Herzen, unter den Schichten einer sauberen Brustbinde, die Joseph ihr verlegen gegeben hatte.

Bald waren sie an Bord des kleinen Postschiffes *Hope* und ließen Orcas Village hinter sich. Zurück blieb eine Menschenmenge, die auf den Passagierdampfer nach Seattle wartete. Anscheinend gab es zwar einen Fahrplan für dieses Schiff, aber Joseph zufolge hielt es ihn nie ein.

»Auf dem Weg von Whatcom County hierher hab ich das Zollboot gesehen«, warnte der Kapitän, den Joseph als Herbert Beecher vorgestellt hatte. Er sah dabei über die Schulter zu Mei Lien, als wollte er sichergehen, dass sie zuhörte. Dabei strich sein langer grauer Schnurrbart über seine Schulter. »Wenn die während unserer Überfahrt hier rumschnüffeln, sollte er sich verstecken. Ich vermute mal, er hat keine Papiere.«

Obwohl der Tag bewölkt war, blinzelte er, als schaute er unter den dunkelgrauen Augenbrauen in die helle Sonne.

Mei Lien sah Joseph an. »Papiere?«

Joseph lehnte mit verschränkten Armen an der Wand des engen Ruderhauses. Er hob den Blick vom Wasser, das sich vor ihnen erstreckte, sah Mei Lien voller Sorge an und blickte dann wieder aufs Meer. »Zwischen Kanada und hier wird viel geschmuggelt. Wolle aus Victoria wird als Wolle von den Inseln ausgegeben und ist dann viermal so teuer. Das Gleiche gilt für Alkohol. Aber seit der Verabschiedung des Chinese Exclusion Act ist ein ganz neuer Zweig des Schmuggels entstanden.« Er lächelte Mei Lien traurig an. »Für fünfzig Dollar pro Kopf bringen Schmuggler ganze Schiffe voll Chinesen hierher und setzen sie am Festland ab. Von da aus müssen sie dann selbst sehen, wie sie weiterkommen. Die Chinesen zahlen dafür – wenn sie lebend ankommen, heißt das.«

»Na, Joseph, jetzt verbreit hier mal keine Gerüchte«, mahnte Kapitän Beecher. »Du machst dem Jungen noch Angst.«

»Du hast recht, Herbert. Es sind bloß Gerüchte«, räumte Joseph ein. Er setzte sich neben Mei Lien auf die Bank im Ruderhaus. »Aber die Leute sagen, dass die Schmuggler ihre Waren über Bord werfen, wenn das Zollboot zu nah kommt, selbst wenn es sich um Menschen handelt.«

Ein Schauder überlief Mei Lien. Sie wickelte sich fester in ihren Mantel und sah sich während der restlichen Überfahrt unablässig um.

Als sie zwei Stunden später den geschäftigen Hafen von Port Townsend erreichten, war sie erschöpft. Aber sie wusste, dass der schwierige Teil ihrer Reise gerade erst begann. Während sie von Bord gingen, hörte Mei Lien, wie Kapitän Beecher Joseph leise einen Rat gab. »Wenn er Papiere braucht, wende dich an den Baron.«

Joseph bedankte sich beim Kapitän und führte Mei Lien in die Stadt. »Halt dich nah hinter mir«, sagte er leise. »Falls wir getrennt werden und ich es nicht merke, rufst du mich – Mr. McElroy, nicht Joseph. Schlimmstenfalls gehst du zurück, und wir treffen uns hier vor diesem Gebäude, das ist die *Zee Tai Company*. Verstanden?«

Mei Lien nickte. »Verstanden.«

»Du musst die Stimme senken«, sagte Joseph stirnrunzelnd.

»Verstanden«, erwiderte Mei Lien, jetzt fast im Flüsterton.

Seine Lippen zuckten. »Nein, ich meine, du musst mehr wie ein junger Mann klingen.«

»Ach so.« Mei Lien unterdrückte ein Lachen, dann räusperte sie sich. »Verstanden«, sagte sie so tief, wie sie nur konnte.

»So geht es.« Rasch drehte Joseph sich wieder um und stiefelte los in Richtung Hauptstraße. Nur einmal wandte er den Kopf, um zu sehen, ob sie ihm folgte.

Mei Lien schaffte es kaum mitzuhalten. Port Townsend war eine quirlige Stadt. Im Hafen lagen mindestens ein Dutzend Segelschiffe, Dampfer und Schlepper, die be- und entladen wurden. Dazwischen waren zahllose kleinere Boote wie Kanus und Ruderboote festgemacht, zusammengebunden wie Flöße. Auf der Water Street, der lebhaften Hauptstraße, eilten Scharen von bärtigen Männern zielstrebig hin und her, dazu Frauen in strengen schwarzen Kleidern, die Körbe trugen und kleine Kinder an der Hand hielten. Die Fußgänger mussten umsichtig Pferden und Kutschen ausweichen. Auf Ladentreppen und in offenen Ständen priesen Händler lautstark ihre Waren an, und obwohl es aus der dunklen Wolkendecke zu nieseln begann, machten sie keine Anstalten, sich in die Häuser zurückzuziehen.

Wenn sie es gewagt hätte, die Augen zu schließen, hätte Mei Lien sich nach Hause zurückversetzt gefühlt, in die Straßen von Seattle, auf dem Weg zum Gemüsehändler oder zu Kunden ihres Vaters, um in Papier eingeschlagene Waren abzuliefern.

Aber Mei Lien behielt die Augen offen und beschleunigte ihre Schritte, um hinter Joseph zu bleiben. Ohne ihn hätte sie nicht gewusst, wohin sie gehen oder was sie tun sollte. Sie brauchte ihn.

Bei diesem Gedanken stolperte sie, und ein Passant fuhr zurück, als hätte er Angst, sie könnte sich an ihm festhalten wollen.

Ja, sie brauchte Joseph. Es war das Verrückteste, was ihr je in den Sinn gekommen war, doch es stimmte. In der kurzen Zeit, die sie sich kannten, hatte sie begonnen, sich auf seine Gesellschaft und seine Freundschaft zu verlassen. Bei ihm fühlte sie sich sicher, und sie mochte ihn sogar. Er war alles, was sie hatte.

Doch sie verbot sich dieses Gefühl, denn nach dem heutigen Tag würden ihre Wege sich trennen. Er wollte sich bald eine christliche Ehefrau suchen und hatte vor, Mei Lien hierzulassen, damit sie mit anderen Menschen mit schrägen Augen zusammenleben konnte, mit ihresgleichen. Das war der Lauf der Welt.

Sie gelangten zu einem Geschäft, das dreimal so groß

war wie der Laden ihres Vaters. Ohne Schwierigkeiten schlüpfte Mei Lien in die Rolle des unterwürfigen Dieners. Ihr war, als hätten die dunklen Wolken sich vom Himmel in ihr Herz gesenkt.

»Ja, habe die Ehre, grüß Gott, guter Mann!«, ertönte eine dröhnende Stimme aus dem hinteren Teil des Ladens. Bei dem fremden Akzent musste Mei Lien sich sehr auf die Worte konzentrieren. Gerade, als sie die Begrüßung verstanden hatte, stürmte ein rundlicher Mann in einem eleganten blauen Anzug nach vorn. Er nahm Josephs Gesicht in die Hände und lächelte bis über beide Ohren. »Ich hab gehofft, dass Sie wieder in meinen Laden kommen. Hab doppelt so viele Kartoffelsamen bestellt, extra für Sie.«

Lachend machte Joseph sich von dem Mann los. »Danke, Baron. Aber ich brauche nur die Menge, die ich bestellt habe, und dazu noch das hier.« Joseph zog eine schön geschriebene Liste aus der Manteltasche und reichte sie dem Baron. »Es muss gleich morgen früh am Hafen sein.« Joseph sah sich um, wie um zu schauen, ob jemand zuhörte. Sein Blick ruhte einen Moment auf Mei Lien, und er nickte kurz. »Und noch etwas. Wir brauchen Papiere.«

Mei Lien wand sich innerlich, als die beiden Männer sie musterten. Wie gern hätte sie das Kinn gehoben und dem Baron geradewegs in die Augen gesehen, aber sie blieb in ihrer Rolle. Rasch ließ sie das Kinn auf die Brust sinken und die Schultern wieder nach vorn fallen, um die Haltung des unsichtbaren Dieners anzunehmen.

Die Männer sprachen leise miteinander, dann entschuldigte der Baron sich und verschwand in einem Hinterzimmer. Joseph murmelte, sie würden warten. Derweil taten sie so, als betrachteten sie die Gewürze und das Getreide, das in großen Fässern vor der Ladentheke lagerte. Nach einer Weile kehrte der Baron zurück. »Hier haben Sie, was Sie brauchen, Mr. McElroy. Bezahlen Sie halt, wann Sie wollen.«

Joseph nahm das kleine Päckchen entgegen, bedankte sich und versprach dem Baron, am nächsten Morgen dafür zu bezahlen, wenn er auch die Rechnung für seine Bestellung beglich. Dann führte er Mei Lien aus dem Laden.

»Glaub ihm bloß nicht, wenn er sagt, ich könnte bezahlen, wann ich will«, sagte er, bevor sie sich wieder auf den Weg machten. »Er kann ziemlich unangenehm werden, wenn er sein Geld nicht pünktlich kriegt. Hier, steck das gut weg.«

Mei Lien nahm das Päckchen entgegen. »Papiere?«

Joseph nickte. »Ja. Die wirst du mit Sicherheit bald brauchen. Entschuldigen Sie.« Joseph hielt einen hohläugigen Chinesen an, der zwei Körbe voller Kürbisse und Pilze trug. »Wo ist Chinatown?«

Der Mann erwiderte in Toisanese, dem gängigen chinesischen Dialekt, er spreche kein Englisch. Mei Lien trat vor, bevor einer von beiden die Geduld verlor, wie sie es in Seattle oft miterlebt hatte. »Bitte verzeihen Sie uns, dass wir Sie von Ihrer wichtigen Arbeit abhalten«, sagte sie in seiner Muttersprache zu dem Chinesen. »Ich frage mich, ob es in dieser schönen Stadt ein Viertel gibt, wo unsere Landsleute leben und arbeiten. Gibt es so einen Ort? Vielleicht am Steilhang?«

Da erwachte der Mann zum Leben, ratterte Straßen- und Firmennamen herunter und deutete, weil er beide Hände voll hatte, mit dem Kinn jeweils in die entsprechende Richtung. Mei Lien bedankte sich mit einer knappen Verbeugung und ließ ihn seiner Wege gehen. »Er sagt, das ist hier mitten in der Stadt. Oben am Steilufer haben die reichen Weißen ihre Paläste.«

Joseph zog die Brauen zusammen und blinzelte die Water Street hinunter, erst nach Süden, dann nach Norden. »Die einzige chinesische Niederlassung, die mir hier aufgefallen ist, ist die *Zee Tai Company*. Komm, lass uns da anfangen.«

Sie waren erst einen Block weit gekommen, als ihnen auffiel, dass Menschen aufgeregt zum Strand im Norden der Stadt rannten. Zwei Männer kamen aus einem Saloon gestürzt. Beinahe hätten sie Mei Lien umgerannt, so eilig hatten sie es, in die wartende Kutsche eines Freundes zu springen. Dann rasselte das Gefährt nordwärts davon.

»Wahrscheinlich läuft bloß ein Schiff ein, auf das sie gewartet haben.« Joseph führte Mei Lien weiter.

Doch dann jagte eine Gruppe junger Männer in Mei Liens Alter an ihnen vorbei, und sie schnappte das Wort »Leiche« auf. Blitzartig erinnerte Mei Lien sich an die Fangarme des Wasserdämons, und böse Vorahnungen befielen sie. Sie blieb mitten auf dem Bürgersteig stehen und griff mit bebenden Fingern nach Josephs Ärmel. »Wir müssen zum Strand.«

Die Furche zwischen seinen Brauen vertiefte sich. »Du willst das Schiff sehen?«

Sie schüttelte den Kopf, und ihr Unbehagen wuchs. »Joseph, wir müssen sofort hin. Sie haben gesagt, am Point Hudson ist am Strand eine Leiche gefunden worden.«

»Die Behörden werden sich darum kümmern. Das soll nicht unsere Sorge sein.«

Mei Lien trat näher an Joseph und hob den Blick. Dass ein zufälliger Beobachter ihr Benehmen vielleicht unpassend finden könnte, kümmerte sie nicht. »Du verstehst mich nicht. Die Männer auf Campbells Dampfschiff, sie haben sich Sorgen gemacht, dass Leichen an Land gespült werden könnten. Ich glaube, genau das ist passiert.«

Entsetzen flammte in Josephs Blick auf, als ihm klar wurde, dass Mei Lien sich auf die Nacht bezog, in der er sie gefunden hatte. Er öffnete den Mund, als wollte er etwas sagen, fasste aber stattdessen nach ihrer Hand und drängte sich an Menschen und Pferden vorbei in Richtung Strand.

Mei Lien beeilte sich, um Schritt zu halten. Sie hatte Mühe, gleichzeitig ihre Umhängetasche und Josephs Hand festzuhalten, und dabei flüsterte sie unaufhörlich Gebete an die Ahnen, ihr Verdacht, was sie am Strand finden würden, möge sich als falsch erweisen.

Bald wurde der hölzerne Bürgersteig von einem Trampelpfad abgelöst, und dann gelangten sie an den Kiesstrand, der sich unter der hohen Steilküste hinzog. Vor ihnen, wo der Strand breiter wurde, hatte sich eine Menschenmenge versammelt, darunter auch Frauen und kleine Kinder. Dort musste die Leiche liegen, doch Mei Lien konnte vor lauter Gewimmel nichts sehen. Sie ließ sich von Joseph über den Strand ziehen, obwohl ihr das Gehen mit jedem Schritt schwerer fiel.

Mei Lien keuchte, und ihr war klar, dass das nicht nur an der körperlichen Anstrengung lag. Eigentlich sollte sie sich umdrehen und weglaufen. Sofort. Doch da trat jemand zur Seite, und Mei Lien erhaschte einen Blick auf leuchtend roten Stoff.

Alles in ihr stockte.

Nein. Das konnte nicht sein.

Joseph zog an ihrer Hand. Mit besorgtem Blick zog er noch einmal, fester. Mei Lien zwang ihre steifen Füße, sich zu bewegen.

In dem Moment drehte der Wind und trug einen Geruch mit sich, bei dem ihr bereits angegriffener Magen sich umdrehen wollte. Sie ließ Josephs Hand los, um sich Mund und Nase zuzuhalten.

»Es sieht aus, als hätten die Krebse an ihren Füßen geknabbert!«, rief ein kleiner Junge fasziniert.

Mei Lien erstarrte. Eine rote Jacke. Eine Frau. Deformierte Füße.

Ängstlich, darauf bedacht, sich nicht zu schnell zu bewegen, denn dann würde sie gewiss zusammenbrechen, drängte Mei Lien sich durch die Menge, bis sie die Tote richtig sehen konnte.

Mit ausgebreiteten Armen und Beinen lag sie auf dem Rücken, als hätten raue Wellen sie hochgehoben und wie Seetang auf den Strand geworfen. Ihre schöne rote Jacke mit den aufgestickten grünen und goldenen Drachen und den blauen Phönixen hing schlaff über ihrem Rumpf, der Stoff war an einigen Stellen gerissen und beschmutzt. Der rote Rock, in dem Mei Lien sie zuletzt gesehen hatte, fehlte. Die lange schwarze Hose, die Frauen normalerweise unter dem Rock trugen, hing verdreht und bis zu den Knien hochgezogen um die dürren Beine. Darunter waren winzige nackte Füße zu sehen, die fest eingebunden gewesen waren und seit der Kindheit nicht mehr hatten wachsen dürfen. Die verformten Zehen waren so weit unter den Fuß gebogen, dass sie fast die Fersen berührten. Die Haut war größtenteils verschwunden, nur fauliges Fleisch und Knochen waren noch zu sehen.

Endlich ließ Mei Lien den Blick hinauf zum Gesicht wandern. Blind starrte die Großmutter in den grauen Himmel. Regentropfen platschten in ihre leeren Augenhöhlen, auf das verfilzte weiße Haar und das aufgedunsene Gesicht. An manchen Stellen war das Fleisch von Meerestieren, die es wohl irrtümlich für Nahrung gehalten hatten, in großen Stücken herausgerissen worden.

Schmerz brandete in Mei Lien auf. Er kam aus einer solchen Tiefe, dass sie keine andere Wahl hatte, als ihn herauszulassen, sonst hätte er sie in Stücke gerissen. Er brach als Klageschrei aus ihr hervor und warf sie neben den Leichnam auf die Knie. Danach wusste Mei Lien lange Zeit nicht, was sie sagte oder tat, denn sie verlor sich ganz im schwarzen Loch ihres Schmerzes.

Die Zeit war ihr gleichgültig. Die Menschen, die sie beobachteten und über sie sprachen, scherten sie nicht. Mei Lien wünschte sich nichts weiter, als wieder in ihrem Haus in Seattle zu sein, an dem schrecklichen Morgen, als alles begann. Bevor der weiße Teufel kam, um sie mitzunehmen und zu ermorden, würde sie die Großmutter auf den Rücken und den Vater an die Hand nehmen und loslaufen und sich mit den beiden im Wald verstecken. Ein solches Ende hier hatte die Großmutter nicht verdient.

Und wenn dieses Schicksal ihre Großmutter ereilt hatte, war ihrem Vater Gleiches oder gar noch Schlimmeres zugestoßen. Ein wühlender Schmerz in ihrer Brust machte sich in neuem Wehklagen Luft. Mei Lien vermochte es nicht zu unterdrücken.

Ihre allerletzten Hoffnungen verloschen wie glimmende Kohle im Regen.

Mei Liens Magen krampfte, und sie würgte seinen Inhalt hoch. Gerade noch rechtzeitig drehte sie sich um und erbrach sich auf die Steine zu Füßen ihrer Großmutter.

Als nichts mehr drin war und die Krämpfe nachließen, sank sie kraftlos auf die kalten, nassen Steine. Zum letzten Mal war sie der Großmutter nah. Nie wieder würde sie im Bett neben sich die Atemzüge der alten Frau hören. So wie sie auch niemals mehr die Stimme ihres Vater vernehmen würde, wenn er nach ihr rief und sie *mein Sohn* nannte, was aus seinem Mund immer geklungen hatte wie ein Kosewort.

Mei Lien spürte weder die Steine noch den Regen noch den schneidenden Wind, nein, nicht einmal die Blicke der Menschen ringsum, als sie ausgestreckt neben dem verwesten Leichnam ihrer Großmutter lag. Mit zusammengekniffenen Augen hielt sie die Erinnerungen an ihr glückliches Leben in Seattle fest. Sie hüllte sich ganz in Bilder und Momente ein und barg alles, was gewesen war und hätte weiterbestehen sollen, tief in ihrem Herzen.

Sie blieb liegen, bis sie keine Tränen mehr in sich hatte. Bis sie nichts mehr in sich hatte. Bis ihre Erinnerungen in der Gegenwart angekommen waren und sich nicht mildern lassen wollten. Erst da drang die Umgebung allmählich wieder in ihr Bewusstsein.

»Lassen Sie mich vorbei, Sir. Ich kann ihm helfen, sich zu beruhigen. Dann schläft er ein und macht hier nicht so ein Theater.«

Mei Lien wandte dem Sprecher den Kopf zu und sah, dass er von ihr sprach. Der Mann war so dünn und blass, dass er sie an einen Segelmast erinnerte, als er nun versuchte, sich an Joseph vorbeizudrängen. In einer Hand hielt er eine schwarze Arzttasche, in der anderen ein weißes Taschentuch, mit dem er sich wiederholt die Nase abwischte.

»Ich kümmere mich um ihn«, antwortete Joseph in einem Ton, der keine Widerrede duldete. »Er ist mein Diener. Niemand darf ihn anfassen, und wenn Sie hier sind, um die Tote mitzunehmen, dann werden Sie das mit dem gleichen Respekt tun, den Sie jedem toten Bürger von Port

Townsend entgegenbringen würden. Haben Sie mich verstanden?«

Ein Fünkchen Wärme flackerte in Mei Lien auf, als sie Josephs Worte hörte. Ihretwegen bot er diesem Mann die Stirn. Außer ihrem Vater hatte sich noch nie jemand für sie eingesetzt.

Danach achtete sie nicht mehr auf das Gespräch der Männer, denn sie wusste, dass Joseph sie beschützen und Vorkehrungen für den Leichnam ihrer Großmutter treffen würde. Erst jetzt bemerkte sie, dass die Menge sich zerstreut hatte. Joseph hatte die Leute zweifellos auseinandergejagt, oder aber sie hatten das Interesse an der toten Chinesin verloren. Mei Lien war froh. Dieser Moment, ihr letzter mit der Großmutter, gehörte ihnen beiden allein.

Sie stemmte sich auf die Knie hoch und holte tief Luft, um sich für das zu wappnen, was jetzt zu tun war. Bemüht, nicht daran zu denken, wie ein Körper sich veränderte, wenn er so lange im Wasser gelegen hatte, zog sie die Hosenbeine der Großmutter behutsam unter ihren Beinen hervor und zupfte sie nach unten, bis sie ihre Füße bedeckten. Es wäre der Großmutter unvorstellbar peinlich gewesen, so würdelos vor all den Menschen dazuliegen.

Noch einmal holte Mei Lien tief Atem, dabei hielt sie sich wegen des Geruchs den Ärmel vor die Nase. Dann strich sie mit den Fingern das Haar der Großmutter glatt. Als sie den aufgequollenen, weichen Kopf berührte, zuckte sie erschrocken zusammen. Es fühlte sich an, als könnte die Kopfhaut sich leicht vom Schädel lösen, wenn Mei Lien zu fest drückte. Zitternd und so behutsam, wie sie konnte, brachte sie ihre Aufgabe zu Ende, obwohl jeder Muskel ihres Körpers angespannt war und sie sich nur noch abwenden wollte.

»Mei Lien.« Joseph war zu ihr getreten und sprach so leise, dass der Arzt ihn nicht hören konnte. Er legte ihr die Hände auf den Rücken und auf den Oberarm und drängte sie aufzustehen. »Es ist Zeit zu gehen. Komm. Der Doktor wird sich darum kümmern, dass sie ein anständiges Begräbnis erhält. Dafür habe ich gesorgt.«

Ein letztes Mal senkte Mei Lien den Blick auf die Großmutter. Sie sah die alte Dame so wie an dem letzten Tag, an dem sie zusammen gestickt hatten. Die Großmutter hatte darauf bestanden, dass Mei Lien anfing, sich auf ihre Hochzeit eines fernen Tages vorzubereiten, und sie arbeiteten an den Hausschuhen, dem traditionellen Geschenk für die Eltern des Bräutigams. Dabei erzählte die Großmutter ihr Geschichten von ihrer eigenen Hochzeit und Ehe, und beim Erzählen wurde ihr Gesicht immer jünger, ihre Augen klarer und ihr Lächeln weicher. Das war das Bild, das Mei Lien behalten würde. Nicht das Bild, das sie gerade vor Augen hatte.

»Auf Wiedersehen, Großmutter«, flüsterte sie auf Chinesisch. »Ich werde dich an allen Tagen meines Lebens ehren.«

Sie ließ sich von Joseph auf die Füße ziehen und wandte sich ab. Gemeinsam gingen sie in die Stadt zurück. Mei Lien drehte sich nicht mehr nach der Toten um, sondern hielt an dem Bild von der lebenden Großmutter vor ihrem inneren Auge fest.

»Komm«, sagte Joseph, als sie sich wieder auf der belebten Water Street befanden. »Jetzt essen wir erst mal was Warmes.« Er öffnete eine schwere Tür und hielt sie auf, damit Mei Lien die Gaststube vor ihm betreten konnte.

Offenbar hatte er vergessen, so zu tun, als wäre Mei Lien sein Diener, aber sie war zu müde, um ihn daran zu erinnern. Mit einem Nicken ging sie hinein – blieb aber ruckartig stehen, denn das Stimmengewirr war abrupt verstummt. Als Mei Lien den Blick hob, stellte sie fest, dass sämtliche Augenpaare im Raum auf sie gerichtet waren.

Joseph rempelte sie von hinten an, dann spürte Mei Lien, wie er erstarrte, denn auch er bemerkte jetzt, welche Aufmerksamkeit sie erregten.

Das Haus war anscheinend eine Pension und dies der Speisesaal für die Gäste. Zahlreiche Tische reihten sich aneinander, und an fast allen saßen bleichgesichtige Männer, einige mit ihren Frauen. An einem Tisch bemerkte Mei Lien zwei Indianerinnen, Squaws nannte man sie in Seattle, die mit zwei weißen Männern und ihren drei kleinen Kindern speisten. Sogar die Squaws starrten sie an.

»Entschuldigen Sie, Sir, kann ich Ihnen helfen?« Eine matronenhafte Frau näherte sich, während sie sich die Hände an ihrer gestärkten Schürze abwischte. Ihre Frage war an Joseph gerichtet.

»Ja, Ma'am.« Joseph zog den Hut, aber Mei Lien behielt ihren auf, weil er zu ihrer Verkleidung gehörte. »Wir möchten etwas essen.«

Die Frau schürzte die Lippen, und ihre Brauen schnellten bis zum Haaransatz hoch. Sie musterte Mei Lien von Kopf bis Fuß. »Mit ›wir‹ wollen Sie sagen, dass Sie in Kürze noch jemanden erwarten?«

»Nein, Ma'am. Es geht nur um mich und meinen Diener hier.«

Die Miene der Frau wurde zu Stein. »Ich serviere Ihnen gern eine Mahlzeit, aber Ihr Diener muss in der Küche essen.«

Mei Lien war zu müde, um sich noch gegen irgendetwas aufzulehnen. Sie drehte sich einfach um und ging hinaus.

Hunger hatte sie ohnehin keinen. Als Joseph ihr nicht sofort folgte, blieb sie an der Straßenecke stehen und wartete auf ihn. Sorgfältig hielt sie nach ihm Ausschau und machte sich gleichzeitig Sorgen, was aus ihr werden sollte, falls sie getrennt wurden, bevor er ihr geholfen hatte, einen Ort zum Leben und zum Arbeiten zu finden.

Endlich tauchte Joseph wieder auf. Mei Lien sah, dass er sich mit der Frau drinnen gestritten hatte. Sein Gesicht war gerötet und sein Hut zerknautscht, als er ihn wieder aufsetzte. Doch er verlor Mei Lien gegenüber kein Wort darüber, lächelte sie nur matt an und führte sie über die Straße und weiter den Bürgersteig hinunter.

Sie versuchten es in einem weiteren Speiselokal und sogar in einem Saloon, bevor Joseph aufgab und allein ins nächste Gasthaus ging. Mei Lien wartete draußen. Sie drückte den Rücken gegen die Holzverkleidung und verbarg ihr Gesicht unter der Hutkrempe vor den Passanten.

Als Joseph mit zwei in Papier gewickelten Mahlzeiten herauskam, stieß sie sich von der Wand ab und passte sich seinen Schritten an. Schweigend trotteten sie weiter durch die Stadt und dann die steilen Treppen hoch zur Steilküste. Oben blieb Mei Lien stehen, um Atem zu holen, und sah, dass die Landschaft ganz anders war, als sie erwartet hatte. Bis auf wenige Baumgruppen war im Umkreis von Meilen der ganze Wald abgeholzt worden. Hier und da verstreut standen prächtige Häuser mit Gärten, alle durch frisch geschotterte Straßen verbunden.

Wortlos gab Joseph ihr einen Stups mit dem Ellbogen, und sie passte sich wieder seinen Schritten an. Sie gingen bis zu einer großen, vom Regen aufgeweichten Wiese, fern von Häusern, Läden oder prüfenden Blicken. In einem Brombeergestrüpp, unter dem Dach einer einsamen Tanne vor Regen geschützt, fanden sie ein trockenes Fleckchen, wo sie sich niederließen und ihre Mahlzeit aus trockenen Brötchen und fadem Schinken verzehrten.

An diese Stadt würde sie sich sehr gewöhnen müssen, dachte Mei Lien, während sie schweigend aß. Man hatte die Chinesen zwar nicht aus Port Townsend vertrieben, aber willkommen waren sie auch nicht. Was sollte sie tun, um sich zu ernähren, und wo wollte sie leben?

Wo hatte dieser Arzt den Leichnam der Großmutter hingebracht?

Wo war ihr Vater?

Fragen über Fragen wirbelten in Mei Liens Kopf herum, bis er schmerzte und sie keinen Bissen mehr hinunterbekam. Sie schob den Rest zur Seite und blickte aufs Wasser. Von diesem Aussichtspunkt konnte sie ungehindert bis zum anderen Ufer und weit den Puget Sound hinuntersehen, an dessen Ende Seattle lag. Die Stadt erschien Mei Lien so abgeschieden. Man hätte glauben können, an dieser Wasserstraße würden keine weiteren Orte mehr liegen – wäre da nicht der winzige Schlepper gewesen, der darauf zuhielt.

Ach, könnte sie doch nur oben in ihrer Kammer in Seattle neben ihrer Großmutter im Bett liegen und alles andere vergessen.

8

DONNERSTAG, 5. JULI – HEUTE
ROTHESAY ESTATE, ORCAS ISLAND

Inzwischen arbeitete Inara seit einem Monat daran, das Anwesen zum Hotel umzugestalten, und sie war ganz begeistert über die bisherigen Fortschritte. Sie konnte ihr Glück, gleich am ersten Tag über Tom gestolpert zu sein, immer noch nicht recht fassen. Er war ein großer Mann mit einem dröhnenden Lachen und einem Kopf, der doppelt so schnell zu arbeiten schien wie der aller anderen. Er konnte gut mit Handwerkern umgehen und sorgte dafür, dass alle ihr Bestes gaben.

Bei ihrem ersten Arbeitstreffen hatte er sofort begriffen, was für eine Vision sie für das Hotel hatte und wie sie Tante Dahlias Pläne abändern wollte. Vier Tage später kam er mit den notwendigen Genehmigungen in der Hand zurück, mit aktualisierten Plänen vom Architekten, einer Einzelkostenaufstellung und einer Mannschaft von zehn Leuten, die sich gleich an die Arbeit machten. Tauchte etwas Neues auf, fand sich in seinem Smartphone immer ein Kontakt zu den entsprechenden Handwerkern oder Subunternehmern.

Die ersten zwei Wochen hatte Inara den ganzen Tag auf der Baustelle herumgehangen, Fragen beantwortet und sich davon überzeugt, dass die Arbeiten laut Plan ausgeführt wurden. Doch sie merkte bald, dass sie eher im Weg war. Tom hatte alles unter Kontrolle.

Danach spielte es sich ein, dass sie am Morgen im Haupthaus vorbeischaute, um sich kurz mit Tom zu besprechen, und dann noch einmal am Nachmittag, bevor die Leute Feierabend machten. Die Stunden dazwischen verbrachte sie in Dahlias Haus – genauer gesagt in *ihrem* Haus, sie durfte nicht vergessen, es von jetzt an so zu nennen –, um Kostenvoranschläge einzuholen und Bestellungen für Dinge wie Farben und die Einrichtung einer Profiküche aufzugeben. Die Liste von Artikeln, die noch besorgt werden mussten, wie Badzimmerkacheln und Türknäufe, wuchs stetig weiter an. Wenn am Abend noch Zeit war, ackerte sie sich durch einen Stapel neu erworbener Bücher über Hotelmanagement.

Sie fand es toll. Jede einzelne Minute. Sie erwärmte sich sogar für die unflätigen, Tabak kauenden, musikplärrenden Bauarbeiter, die den ganzen Tag durch ihr Haus wanderten. Nichts konnte ihre Freude trüben, nicht einmal unerwartete Kosten, die dauernd irgendwo anfielen, wie beim neuen Heizkessel, der im Keller unter der Küche installiert werden musste.

Vom Aufwachen bis spät in die Nacht, wenn sie erschöpft endlich schlafen ging, rauschte das Adrenalin durch ihre Adern. Sie fühlte sich lebendig. Jeden Tag entdeckte sie von Neuem, dass sie endlich das tat, worauf sie ihr ganzes Leben gewartet hatte – ohne es zu wissen. Mit dem Hotel hatte sie das Gefühl, endlich ein selbstbestimmtes Leben zu führen, wie ihre Mutter es sich für sie gewünscht hätte. Ein winziger Rest an Schuldgefühlen blieb, weil sie eine vielversprechende Karriere so leicht in den Wind geschlagen hatte. Ihr Vater brachte jedes Mal die Sprache darauf, wenn sie sich unterhielten, und fragte, ob sie sich nicht wünschte, sie säße jetzt im Hauptsitz von Starbucks. Ihre Antwort lautete immer Nein.

Doch es bereitete ihr Sorgen. Ihr Vater hatte ihr seinen Segen für das Projekt gegeben, aber er war enttäuscht von ihr und konnte ihr von jetzt auf gleich ohne Vorwarnung seine finanzielle Unterstützung entziehen. Deswegen hatte sie fast zwei Tage damit verbracht, andere Finanzierungsmöglichkeiten zu erkunden, etwa eine Hypothek auf das Haus, einen kleinen Geschäftskredit, einen persönlichen Kredit von der örtlichen Bank … Nur leider brachte sie für all das nicht die richtigen Voraussetzungen mit. Es führte kein Weg daran vorbei, dass sie ihr Studiendarlehen in Höhe von vielen tausend Dollar abbezahlen musste und obendrein zurzeit über keinerlei Einkommen verfügte. So blieb ihr nichts, als sich auf ihren Vater zu verlassen.

Inara klammerte sich an den Gedanken, dass er hin und weg sein würde von dem, was sie hier schon erreicht hatte. Sobald er einen Blick darauf warf, würde er es verstehen.

Aus irgendeinem Grund fühlte sie sich ihrer Mutter näher, seit sie wieder auf der Insel war. Das wunderte sie, denn in den vergangenen Jahren war sie zu einem richtigen Papa-Mädchen geworden. Es war fast, als wäre ihre Mutter gerade auf Geschäftsreise und könnte jeden Tag zurückkommen, um bei dem Hotel mit anzupacken. Ihre Mutter hätte aus dem Besitz natürlich ein Waisenhaus oder etwas Ähnliches gemacht, aber sie wäre trotzdem stolz auf Inara.

Jeden Tag waren Entscheidungen zu treffen. Zuerst glich Inara diese Entscheidungen mit den ursprünglichen Plänen von Tante Dahlia ab, dann überlegte sie, was ihrer Mutter gefallen hätte. In gewisser Weise hatte sie das Gefühl, es auch für ihre Mutter zu tun, als könnte sie, indem sie dem Haus wieder Leben einhauchte und es mit anderen Menschen teilte, ihre hasserfüllten Worte von einst zurücknehmen. Als könnte sie damit den Schmerz zurücknehmen, mit dem ihre Mutter gestorben war.

Wenn das doch nur ginge.

Von dem Ärmel wäre ihre Mutter gewiss genauso fasziniert wie sie. Sie hatte in ihrem viel zu kurzen Leben zahlreiche Länder bereist und hätte Inara helfen können, die Geschichte des Ärmels zu ergründen. Nicht dass Inara irgendetwas dafür tat. Das Hotel verschlang all ihre Zeit, und so überließ sie die Recherchen über den Ärmel ganz Daniel, der ihr wöchentlich unterhaltsame E-Mails mit kleinen Neuigkeiten schickte, auch wenn er bis jetzt noch nichts von Bedeutung herausgefunden hatte. Trotzdem freute sie sich immer schon auf seine Scherze und kleinen Geschichten von der Uni.

Abgesehen von seinen E-Mails hatte sie nicht viel an den Ärmel gedacht, bis am Vortag etwas vorgefallen war, was das veränderte. Heute konnte sie an nichts anderes denken.

Am Tag zuvor, am Unabhängigkeitstag, hatte sie beschlossen, das Angebot ihres Vaters anzunehmen und mit dem Wasserflugzeug nach Seattle zu fliegen. Sie wollte den Feiertag mit ihrer Familie verbringen, wie es Tradition war. Typischerweise trafen sich alle im Haus ihres Vaters in Magnolia zum Barbecue und fuhren bei Sonnenuntergang mit der Yacht hinaus auf den Lake Union, um mitten im See zu ankern und sich das Feuerwerk anzusehen.

Der Tag verlief eigentlich wie immer, und doch war irgendetwas seltsam, aber zuerst begriff Inara nicht recht, was es war.

Es fing beim Mittagessen an, als sie mit ihren Geschwistern und deren Ehepartnern auf der Terrasse saß, während die Kinder auf dem Rasen spielten. Ihr Vater war bei einer frühen Runde Golf, Inara hatte ihn noch nicht gesehen. Sie musste Nate nicht zum ersten Mal versichern, dass es kein Fehler war, sich ganz dem riesigen Projekt Boutique-Hotel zu verschreiben, auch wenn es ihr Leben komplett auf den Kopf stellte.

Je mehr sie von ihren Plänen erzählte, desto mehr schien ihr Bruder sich dafür zu erwärmen – oder zumindest klein beizugeben. Olivia unterstützte sie, indem sie ganz begeistert auf alles reagierte, was Inara erzählte. Als ihr Vater nach Hause kam und sich zu ihnen setzte, zeigte er sich überrascht, wie weit sie mit den Umbau- und Renovierungsarbeiten schon war, doch er hatte nichts zu beanstanden, und das betrachtete Inara ebenfalls als Unterstützung.

Und dann erzählte sie ihnen von dem Ärmel, beschrieb ihn in allen Einzelheiten und zeigte die Fotos, die sie mit dem Handy gemacht hatte. Alle waren fasziniert von dem geheimnisvollen Ärmel und wunderten sich darüber, dass ihn so lange niemand in dem Versteck gefunden hatte.

Alle waren fasziniert, außer ihr Vater, der nur spottete: »Klingt, als wäre es irgendwelcher Kehricht von einer chinesischen Hausangestellten. Wirf ihn weg.«

Seine Reaktion kam Inara übertrieben vor, und sie fragte sich, ob er mehr wusste, als er zugeben mochte. Doch die Bemerkung über eine chinesische Hausangestellte ging ihr nicht mehr aus dem Sinn.

Als sie nun mit ihrem Laptop an Dahlias – ähm, *ihrem* – Küchentisch saß, dachte Inara noch einmal darüber nach, ob es womöglich auf Rothesay einmal chinesische Hausangestellte gab. Vielleicht hatten sie den Ärmel versteckt.

Sie schloss die Kostenaufstellung, an der sie gearbeitet hatte, und öffnete einen Browser, um zu sehen, ob sie etwas über die ehemaligen Bewohner des Hauses herausfand und über chinesische Dienstboten. Der beste Ort für so eine Suche waren die Volkszählungsunterlagen.

Auf der entsprechenden Webseite begann sie damit, dass sie in die Suchmaske für die Volkszählung von 1940, das aktuellste Jahr, das aus datenschutzrechtlichen Gründen öffentlich zugänglich war, Dahlias Namen und die Adresse von Rothesay eingab.

Die Akte führte als Bewohnerin Dahlia Campbell, 25 Jahre alt, und eine Handvoll weißer Dienstboten auf. Keine Chinesen.

In den Jahren 1930 und 1920 waren als Bewohner nur Dienstboten aufgeführt, darunter ebenfalls keine Chinesen, doch das überraschte Inara nicht. Die Tradition, die Duncan Campbell begründet hatte – in Seattle zu wohnen und Rothesay für großzügige Wochenendeinladungen an Freunde zu nutzen –, war bis zu seinem Tod 1932 gewiss weidlich gepflegt und vom Rest der Familie möglicherweise danach fortgeführt worden.

Inara lehnte sich nach hinten. Daniel hatte ihr erzählt, der Ärmel sei in den 1920er oder 1930er Jahren bestickt worden, also konnte man wohl schlussfolgern, dass er ungefähr in dieser Zeit oder kurz danach unter der Treppe versteckt wurde. Die Volkszählungsunterlagen führten niemanden auf, der dafür infrage kam, doch das schloss nicht aus, dass ein chinesischer Dienstbote, ein Gast oder auch jemand, der kein Chinese war, in einem von der Volkszählung nicht erfassten Jahr nach Rothesay gekommen war und den Ärmel versteckt hatte, bevor er oder sie das Haus wieder verließ. Es konnte auch durchaus sein, dass die Person, die ihn versteckte, die Stickerei gar nicht angefertigt hatte. Vielleicht hatte ihn jemand gekauft oder sogar gestohlen.

Es gab zu viele Unbekannte, und die Akten boten zu wenige Anhaltspunkte. Sie brauchte etwas, was mehr über die Geschichte von Rothesay aussagte und über die Menschen, die hier gelebt hatten.

Bevor sie es sich anders überlegen konnte, griff sie nach dem Telefon und wählte die Nummer ihres Vaters. Sie erwischte ihn in seinem Büro.

»Ich hab nur eine Frage«, sagte sie nach einem kurzen Hallo. »Weißt du von irgendwelchen Tagebüchern, Memoiren oder Aufzeichnungen, in denen ich etwas über die Geschichte von Rothesay finde?« Sie wollte gerade den Ärmel erwähnen, als ihr einfiel, dass er ihr geraten hatte, sie solle ihn wegwerfen und sich auf das Hotel konzentrieren. »Ich hatte gehofft, es gäbe irgendwo eine Beschreibung der ursprünglichen Bausubstanz und Innenausstattung, für meine Renovierungen«, schwindelte sie.

»Nicht dass ich wüsste. Wenn es so was mal gab, ist es inzwischen wohl verschütt gegangen.« Er klang beschäftigt, was zu ihrem Vorteil war. Sonst hätte er ihre Lüge womöglich durchschaut. »Ich habe Dahlia schon vor Jahren gesagt, sie sollte den ganzen alten Plunder, der noch herumlag, wegschmeißen. Und ich habe hier nichts.«

»Oh, na gut.« Sie dachte an die Kartons, die sie bei ihrem Rundgang mit Olivia am allerersten Tag auf Dahlias Dachboden entdeckt hatte. Jetzt hatte sie es eilig, das Telefonat zu beenden. »Dann lasse ich dich mal weiterarbeiten, Dad.«

Als sie die Verbindung trennte, hatte sie sich bereits eine Taschenlampe geschnappt und war halb die Treppe hinauf, vorsichtig mit einem großen Schritt über die lose zweite Stufe und den aufgerollten Teppich.

Der Dachboden war winzig und mit dem Staub von mindestens zwei Jahrzehnten belegt. Eigentlich war es auch gar kein richtiger Dachboden, sondern nur ein kleiner Bereich unter dem Dachgesims, den ein nicht allzu entfernter Verwandter zu einem Stauraum ausgebaut hatte. Wenigstens, dachte sie, gab es zu der Zeit, als das Haus gebaut wurde, noch nicht diese grässlichen Dachbodenklappleitern.

Sie zwängte sich zwischen die Kartons und nahm sich einen nach dem anderen systematisch vor. Steuerbescheide, Kontoauszüge, Quittungen für alles Mögliche, von Schuhen über einen neuen Küchenherd bis zu Dahlias altem Pontiac. Sie stieß sogar auf einen Brief und ein Foto des ortsansässigen Künstlers, der in Dahlias Auftrag eine riesige lilafarbene Dahlie auf die Seite des Autos gemalt hatte. Auf dem Foto zeigte eine jüngere Dahlia strahlend auf das Kunstwerk. Inara hörte Nancy noch etwas über das hässliche Stück Schrott murmeln, doch Dahlia hatte es geliebt.

Sie fand Fotos von Dahlia und Nancy im Urlaub in New York, auf denen sie Freiheitsstatuekronen aufgesetzt hatten, Babyfotos von Inara und ihren Geschwistern und sogar einige Aufnahmen ihrer Mutter. In einem Karton waren Unterlagen aus der Zeit, als das Haus mit Strom- und Wasserleitungen ausgestattet worden war. Inara legte sie zur Seite, um sie Tom zu geben. Vielleicht konnte er sie gebrauchen.

Sie fand zwar so manches, doch nichts, was ein Licht darauf warf, wer den Ärmel versteckt haben konnte.

Ihr Handy summte in ihrer Sweatshirtjacke, und Inara nahm den Anruf entgegen, während sie in alten Telefonrechnungen blätterte.

»Inara, hier ist Tom. Ich klopfe schon seit fünf Minuten an Ihre Tür. Sind Sie zu Hause?«

»Oh, das habe ich völlig vergessen! Ich bin sofort unten.«

Inara warf die Papiere zurück in den Karton und machte den Deckel zu. Dann stieg sie die Treppe hinunter und lief zur Haustür, um ihren Bauunternehmer hereinzulassen. »Tom, tut mir schrecklich leid. Ich hab die Zeit vergessen.«

Sie führte ihn in die Küche und zeigte ihm die Treppe. »Ich wäre froh, wenn Sie sich darum kümmern könnten. Seit dem Tag, als ich hergekommen bin, stolpere ich über das Ding.«

Er stellte seinen Werkzeugkasten ab, trat, die Hände in die Seiten gestemmt, einen Schritt zurück und inspizierte, was zu tun war. »Kein Problem. Sollte nicht lange dauern, den Läufer abzureißen und rauszuschaffen. Sie sagen, die zweite Trittstufe hat sich gelöst?«

»Ja, aber reparieren Sie die noch nicht.« Sie erklärte ihm die Sache mit der Stufe und was sie darunter gefunden hatte, und versprach, ihm den Ärmel zu zeigen, sobald sie ihn von Daniel zurückbekam. »Dahlia oder Nancy haben ihn Ihnen gegenüber nicht zufällig mal erwähnt?«

»Nein.« Tom holte einen Zimmermannshammer aus dem Werkzeugkasten und kniete sich auf die unterste Stufe. »Würde mich überraschen, wenn sie überhaupt davon gewusst hätten.«

Während Tom sich um den Treppenläufer kümmerte, setzte sich Inara wieder an den Küchentisch zu ihrem Laptop und den Tabellen, an denen sie gearbeitet hatte, bevor ihr die Idee mit den Volkszählungen gekommen war. Ein paar Minuten später ächzte Tom, sie schaute auf und sah, dass er die Nägel auf seinem Handteller mit zusammengekniffenen Augen musterte.

»Was ist?«

»Als Sie mir gesagt haben, dass der Läufer an der zweiten Stufe mit viel mehr Nägeln befestigt war als an den anderen, dachte ich, die hätten die späteren Bewohner hinzugefügt. Aber die sind alle gleich. Und alt.«

Sie stand auf, um es sich anzusehen. Die Nägel in seiner schwieligen Hand waren dick und eckig und verjüngten sich zur Spitze hin. Solche Nägel hatte sie noch nie gesehen. »Was wollen Sie damit sagen?«

Tom reichte ihr die Nägel, damit sie sie genauer betrachten konnte, setzte sich auf die unterste Stufe und stützte die Arme auf seine weit gespreizten Knie. »Man bekommt eine gute Vorstellung vom Alter eines Hauses, wenn man sich die Nägel ansieht, die beim Bau benutzt wurden. Man bekommt auch eine Vorstellung vom Besitzer des Hauses oder zumindest von seinem Bauhandwerker.« Er ruckte mit dem Kopf, wie um auf das Haupthaus zu zeigen. »Im großen Haus drüben sind durchweg Drahtnägel benutzt worden, mit Ausnahme der Nägel für die Zimmermannsarbeiten. Dafür braucht man geschmiedete Nägel wie die da, weil Verbindungen damit besser halten.

Derjenige, der das Haupthaus gebaut hat, hat die modernsten Materialien und Baumethoden verwendet, die es um 1900 herum gab, und zwar Drahtnägel, die seit den 1890er Jahren weitverbreitet waren und heute immer noch üblich sind. Davor wurde alles mit geschmiedeten Nägeln gebaut, wie Sie sie da in den Händen halten.« Er unterbrach sich und grinste breit. »Wissen Sie, ich glaube, ich habe gerade einen Teil Ihres Rätsels gelöst. Wenn Sie rausfinden wollen, wer diesen Ärmel versteckt hat, müssen Sie nach jemandem suchen, der hier gelebt hat, bevor das Haupthaus gebaut wurde. Also vor 1890.«

Inara war wie vor den Kopf geschlagen. Wie konnte ein Ärmel mit Stickereien aus den 1920er Jahren vor 1890 versteckt worden sein?

Sie musste mit Daniel reden. Vielleicht hatte er sich in der Datierung getäuscht.

Während Tom sich wieder an die Arbeit machte, zog sie sich ins Vorderzimmer zurück, um Daniel anzurufen. Leider ging er nicht ans Telefon, und sie hinterließ ihm eine Nachricht. Und da sie wusste, dass sie sich jetzt nicht mehr auf die Finanzen konzentrieren konnte, beschloss sie, weiter in den Volkszählungsdaten zu recherchieren.

Eingedenk dessen, was Tom ihr erzählt hatte, klickte sie den Link für die Volkszählung von 1890 an, doch da kam die Meldung, fast alle Unterlagen aus diesem Jahr seien 1921 einem Brand im Wirtschaftsministerium in Washington DC zum Opfer gefallen.

»Mist.« Sie gab für alle Fälle noch das Jahr 1880 in die Suchmaske ein, doch für dieses Jahr existierten keinerlei Daten. »Hey, Tom?«

Das Knirschen, mit dem die Nägel aus dem Holz gezogen wurden, verstummte. »Ja?«

»Wissen Sie irgendetwas über Volkszählungsunterlagen?«

»Nein, aber meine Frau hat letztes Jahr über ihren Familienstammbaum nachgeforscht. Warum?«

»Warum gibt es für 1880 keine Aufzeichnungen für diesen Ort hier?«

Tom kam die Treppe herunter, in der einen Hand seine Baseballkappe, mit der anderen wischte er sich den Schweiß von der Stirn. »Kommt darauf an. Könnte bedeuten, dass die Volkszähler nicht auf die Insel gekommen sind oder dass zu dem Zeitpunkt niemand hier gewohnt hat. Washington war damals nur ein Territorium, kein Staat.«

Inara überlegte. Als Duncan Campbell das Grundstück kaufte, standen darauf bereits ein kleines Haus und eine

Hütte. Jemand hatte vor ihrer Familie hier gelebt. Aber wer? Und wann? »Was ist mit Unterlagen über Grundbesitz und Gebäude? Zum Beispiel wann sie errichtet oder erweitert wurden und wer die früheren Besitzer waren. Wo kann man so etwas finden?«

»Ach, das ist ganz leicht. Da müssen Sie nur auf der Webseite von San Juan County nachsehen. Aber vielleicht wollen Sie auch lieber hingehen. Es ist noch nicht alles online.« Er holte eine Wasserflasche aus seinem Werkzeugkasten. »Suchen Sie zuerst nach der Eigentumsübertragung für das Grundstück, dann bekommen Sie auch heraus, wer der Vorbesitzer war.« Er trank einen kräftigen Schluck Wasser, und als er die Flasche absetzte, sah er sie an und lächelte. »Brauchen Sie Hilfe?«

Er setzte sich neben sie an den Tisch und zeigte ihr, wie sie sich auf der Webseite des County zurechtfand. »Bingo«, sagte er und lehnte sich mit selbstzufriedener Miene zurück.

Inara blickte auf den Bildschirm. Dort stand zusammen mit der Adresse von Rothesay der Name eines Besitzers, von dem sie noch nie etwas gehört hatte. »Joseph McElroy. Wann war er im Besitz des Grundstücks?«

Tom vertiefte sich in die Informationen. »Sieht so aus, als hätte er das Land 1880 gekauft und wäre zusammen mit seiner Frau, Mei Lien, in das 1887 erbaute Haus eingezogen.«

Inara schnappte so heftig nach Luft, dass sie sich an der eigenen Spucke verschluckte. Als sie wieder sprechen konnte, sagte sie: »Mei Lien? Das ist ein chinesischer Name, richtig?«

Tom warf ihr einen komischen Blick zu. »Wahrscheinlich.«

»Und sie war seine Frau?« Inara dachte einen Augenblick nach. Mei Lien musste diejenige sein, die den Ärmel versteckt hatte, wahrscheinlich stammte die Stickerei sogar von ihrer Hand. Ja, bestimmt. Wer in der ganzen Geschichte des Hauses sollte sonst infrage kommen? Niemand. Sie war die einzige Bewohnerin mit einer direkten Verbindung zur chinesischen Kultur, und das traf auf die Person zu, die die Stickerei ausgeführt hatte. Das zeigten die Symbole, die Daniel darin entdeckt hatte. »Was können Sie noch über sie herausfinden?«

Tom zuckte die Achseln und stand auf. »Wenn ich das wüsste. Rufen Sie meine Frau an. Sie liebt so was.« Er verharrte, die Wasserflasche noch in der Hand. »Wenn ich es mir recht überlege: Rufen Sie doch mal meine Freundin Kira in der County-Verwaltung an. Sie hilft mir immer, wenn ich was für meine Baustellen brauche.«

Er holte seinen obligatorischen Notizblock samt Zimmermannsbleistift aus der Tasche, notierte die Nummer und reichte sie ihr. »Sie kann Ihnen die ganze Baugeschichte des Hauses geben, falls Sie das interessiert.«

Inara hätte ihn am liebsten umarmt, doch sie beherrschte sich. »Was ist mit Sachen wie Steuerunterlagen, Heiratsurkunden, Geburten, Todesfällen? So Zeug?«

Er nickte und ging die Treppe hoch, wo er den Läufer liegen gelassen hatte. »Das weiß Kira alles.«

Um keine Sekunde zu vergeuden, ging Inara mit dem Handy ins Wohnzimmer und wählte Kiras Nummer. Nach dem dritten Klingeln wurde abgehoben. Inara erklärte Kira, warum sie anrief und was sie suchte. »Können Sie mir helfen?«

»Kein Problem«, antwortete die freundliche Stimme am anderen Ende der Leitung. »Hier ist heute eh nicht viel los. Geben Sie mir alles, was Sie wissen, und Ihre Telefonnummer und E-Mail-Adresse. Wenn ich etwas finde, melde ich mich.«

Nachdem Inara aufgelegt hatte, drückte sie das Handy an die Brust. Das wuchs sich allmählich zu sehr viel Arbeit aus. Und am Ende spürte sie womöglich etwas auf, was gar keine große Bedeutung hatte. Sie sollte sich wirklich ganz auf das Hotel konzentrieren, statt nach der Lösung eines hundert Jahre alten Rätsels zu suchen.

Doch dies waren reale Menschen gewesen. Menschen, die ein Haus gebaut und in denselben Räumen gelebt hatten, in denen sie sich jetzt bewegte. Und erstaunlicherweise war die erste Bewohnerin dieses Hauses die chinesische Ehefrau eines der ersten Siedler auf der Insel. Vermutlich ein Weißer, denn sein Name klang schottisch oder irisch. Der Name konnte aber auch bedeutungslos sein, und er war Schwarzer oder Asiate oder stammte von sonst woher. Vielleicht handelte es sich auch um eine Mischehe in einer Zeit, als so etwas ringsum mit Stirnrunzeln quittiert wurde und mannigfaltige Fragen aufwarf. Sie musste es unbedingt Daniel erzählen.

Da er wieder nicht an den Apparat ging, hinterließ sie ihm noch eine Nachricht. »Daniel, hier ist noch einmal Inara Erickson. Ich habe den Namen einer Chinesin herausgefunden, die einmal in meinem Haus gelebt hat. Sie hieß Mei Lien. Ich kenne ihren Mädchennamen nicht, aber sie war mit Joseph McElroy verheiratet. Rufen Sie mich zurück.«

Sie hatte gerade aufgelegt, da klopfte jemand an die Haustür. Als sie öffnete, stand ein Mann mit einem Werkzeuggürtel um die Hüfte vor ihr und sah sie mit zusammengekniffenen Augen an. »Kann ich Ihnen helfen?«

»Ist, ähm, Tom da? Es gibt Probleme mit einer Lieferung.«

Sie drehte sich um, um Tom zu rufen, doch der stand schon in der Küchentür. »Was für Probleme?«

»Rosa Toiletten.«

Zuerst hatte Inara keine Ahnung, wovon er sprach. Dann fiel ihr ein, dass die Gästetoiletten, sechzehn an der Zahl, heute geliefert werden sollten. »Was meinen Sie mit rosa?«

»Die Toiletten sind rosa«, erklärte der jüngere Mann, als hätte sie ihn beim ersten Mal nicht gehört.

Tom sah sie an. »Wollten Sie die so?«

»Natürlich nicht. Die sollten weiß sein.« War das ein Zeichen, dass sie sich auf den Umbau konzentrieren musste, statt sich Gedanken um irgendein altes Stück Stoff zu machen?

Tom wies mit dem Kopf zur Tür. »Kommen Sie. Ich habe das Gefühl, das müssen *Sie* klären.«

Als sie nach draußen traten, fiel Inaras Blick auf einen riesigen Lieferwagen, der mit der Ladefläche in Richtung der Haustür des Haupthauses stand. Eine Rampe führte vom Laderaum auf die Veranda. Und auf der Veranda standen vier große ungeöffnete Kartons. Vor den breiten Eingangstüren thronte inmitten eines Bergs von Verpackungsmaterial eine rosarote Toilette.

»Was gibt's, Josh?«, fragte Tom den Mann, der das Ausladen beaufsichtigte.

Josh zeigte mit dem Daumen auf den Fahrer. »Der Typ da behauptet, seine Bestellung lautet auf rosa Toiletten, nicht auf weiße. Er weigert sich, sie wieder mitzunehmen, es sei denn, sein Vorarbeiter weist ihn entsprechend an.«

Inara sah sich um. »Wo ist sein Vorarbeiter?«

Der Fahrer, ein junger Bursche in zerrissenem T-Shirt

und Seahawks-Baseballmütze, antwortete: »Im Lager. In Renton.«

Sie holte ihr Handy aus der Tasche und reichte es ihm. »Rufen Sie ihn an. Ich rede mit ihm.«

Der junge Bursche wählte und gab ihr das Handy zurück. »Er heißt Carlos.«

Inara nahm das Telefon, hielt es sich ans Ohr und gab sich alle Mühe; sich ihren Frust nicht anhören zu lassen. »Hi, Carlos, hier ist Inara Erickson aus Rothesay. Ich bin diejenige, die sechzehn weiße Toiletten bestellt und bezahlt hat, keine rosafarbenen.«

»Es tut mir leid, wenn es da eine Verwechslung gab, Ms. Erickson. Ich such mir eben Ihre Bestellung raus.« Sie hörte Tastengeklapper, während sie wartete.

»Hier ist sie«, sagte Carlos schließlich. »Anscheinend haben Sie am 18. Juni tatsächlich sechzehn weiße Toiletten bestellt, aber die Bestellung wurde heute Morgen auf rosa geändert. Sie hatten Glück, dass Sie uns erreicht haben, bevor der Laster im Lager beladen wurde.«

Inara sah Tom an. »Haben Sie heute Morgen die Firma angerufen?« Er schüttelte den Kopf.

»Von uns hat niemand angerufen, um die Bestellung zu ändern, Carlos. Da muss ein Fehler passiert sein.«

»Nein, Madam, das ist kein Fehler. Hier steht, dass ein Mr. Erickson um acht Uhr angerufen hat und die Bestellung auf Tulpenrosa geändert hat.«

Der ganze Aufruhr rückte in den Hintergrund, während seine Worte in Inaras Bewusstsein drangen. Mr. Erickson. Sie kannte zwei Mr. Ericksons, und nur einer besaß den Nerv, ihr so etwas anzutun. »Ungeachtet dessen, worauf die Bestellung lautet«, erklärte sie Carlos und achtete streng darauf, ihre Verärgerung nicht durchklingen zu lassen,

»werden wir die Ladung an Sie zurückgehen lassen und erwarten die Lieferung der ursprünglich bestellten sechzehn weißen Toiletten nächste Woche. Nein, warten Sie. Am Montag. Verstanden?«

Tom trat auf sie zu, als er das hörte. »Damit geraten wir in Verzug.«

Sie hielt die Hand über das Mikro. »Tut mir leid. Haben Sie eine andere Idee? Wir werden auf keinen Fall rosafarbene Toiletten installieren.«

Er schüttelte den Kopf und wandte sich wieder dem Fahrer zu.

»Die Kosten tragen Sie aber«, sagte Carlos und lenkte ihre Aufmerksamkeit wieder auf das Telefonat.

»Das ist mir klar. Aber ich habe keine Wahl.« Nachdem sie den Anruf beendet und sich vergewissert hatte, dass alle begriffen, dass die Toiletten zurückgingen, wandte Inara dem Baustellenchaos den Rücken zu und ging in Richtung des Wegs, der durch den Wald an einer halb verfallenen Hütte vorbei zum Strand führte. Es nieselte, doch für ihren nächsten Anruf brauchte sie Ruhe, und dafür war der Strand der beste Ort.

Strände wie diesen gab es auf allen Inseln. Die meisten Küstenabschnitte bestanden aus scharfen Felsen, die aus dem dunklen Wasser ragten wie Mauern. Dazwischen lagen die Strände, kurze, mit Treibholz und Seetang bedeckte Streifen, die oft nur vom Wasser aus zu erreichen waren.

Der Strandabschnitt hier war lang, er nahm fast die ganze Länge der kleinen Bucht ein, die sie Rothesay Bay nannten, zwischen zwei Steilufern an der östlichen Seite des Sunds. Der Strand selbst war mit schwarzen und grauen Steinen übersät, weißen Muscheln, hier und da durchsetzt mit scharfkantigeren, größeren schwarzen Felsbrocken. Dahinter stieg die Böschung sanft in die Hecken an, die in Wald übergingen. Die Grenze wurde von Treibholz markiert, das die Stürme an Land geworfen hatten. Bei Flut war der Strand kaum mehr als drei Meter breit, doch bei Ebbe erstreckte er sich über gut neun Meter und legte mit Rankenfußkrebsen bewachsene Felsblöcke frei.

Für Yachten – die größten Schiffe, die sich den East Sound hochwagten – waren diese Felsen eine echte Gefahr, doch Kajaks und kleineren Booten konnten sie nichts anhaben. Nur ein paar Schritte weiter raus fiel der Meeresboden steil ab und bildete einen tiefen Meeresarm, wo selbst die Yacht ihres Vaters ankern konnte. Jetzt waren hier keine Boote. Der Strand lag abgeschieden und friedlich da, der perfekte Ort, um allein zu sein.

Der Regen war eher wie ein Nebel, doch sie duckte sich unter die Äste einer hohen Tanne, die am Rand des Strands wuchs. Sie legte ihre Tasche neben einen trockenen Felsbrocken und setzte sich auf ihn, um zu telefonieren.

»Dad, ich bin's«, sagte sie in dem Moment, in dem ihr Vater in der Leitung war. »Ich weiß, was du wegen der Toiletten gemacht hast.«

»Gern geschehen«, sagte er, was sie überraschte.

»Wie meinst du das? Deine Aktion kostet mich eine Woche Zeit und sehr viel Geld. Sie sind rosa!«

Sein Seufzer hallte durch die Leitung. »Inara, Rosa ist die historisch korrekte Farbe für die Zeit, als Rothesay in seiner Blüte stand. Außerdem sind sie billiger. Ich habe dir einen Gefallen getan.«

Inara schüttelte empört den Kopf, auch wenn ihr Vater sie nicht sah. »Mir geht es nicht um historische Genauigkeit, Dad. Und du hast mir die Federführung überlassen, schon vergessen? Das bedeutet, dass du dich raushältst.«

»Das wird alles von meinem Geld bezahlt.«

»Das weiß ich, Dad, und dafür bin ich dir auch sehr dankbar. Und ich zahle es dir zurück.« Sie atmete tief durch, um sich zu beruhigen, bevor sie etwas sagte, was sie bereuen würde. »Aber ich muss es auf meine Art tun. Verstehst du das? Kannst du mir nicht vertrauen, dass ich weiß, was ich tue?«

Es dauerte einen Augenblick, doch als er antwortete, war sein Tonfall beschwichtigend, und er klang ganz und gar nicht überzeugend. »Klar, Nara-Mädchen. Ich halte mich raus. Tut mir leid wegen der Toiletten.« Nach einer kurzen Pause überraschte er sie, indem er sagte: »Ich bin froh, dass du anrufst. Gute Neuigkeiten. Ich habe ganz vergessen, dir zu erzählen, dass ich Aaron über den Weg gelaufen bin. Du weißt schon, der Personalchef von Starbucks. Er war einverstanden, dir deine Stelle bis September offenzuhalten.«

Wie bitte? »Meine Stelle? Bei Starbucks? Dad, ich habe den Job abgelehnt. Es war mir ernst. Du vergeudest ihre Zeit, wenn du ihnen gesagt hast, sie sollen auf mich warten.«

»Inara, du machst einen Fehler, diese Brücke hinter dir abzureißen. Kehr so einer Gelegenheit nicht unbesonnen den Rücken.«

Sie wollte nicht zulassen, dass der Schmerz, der ihr durch die Brust schoss, sie überwältigte. »Dad, es tut mir leid, dass du nicht an mich oder mein Hotel glaubst, aber ich habe mich dafür entschieden. Es macht mich glücklich. Ich werde den Job bei Starbucks nicht annehmen. Niemals.«

Er stieß einen nichtssagenden Laut aus, dann schwieg er einige Sekunden. »Kommst du am Wochenende nach Hause?«, wechselte er das Thema.

»Was?« Hatte sie irgendetwas verpasst? »Nein. Dad, du

weißt, dass ich mit dem Hotel alle Hände voll zu tun habe. Ich kann es mir nicht leisten, einen Tag freizumachen.«

»Du warst gestern hier.«

»Weil es ein Feiertag war. Da wurde auf der Baustelle nicht gearbeitet.« In dem Augenblick zeigte ein Piepsen ihres Handys ihr an, dass jemand versuchte, sie anzurufen. »Ich muss, Dad. Ich ruf dich bald wieder an.«

Sie verabschiedete sich und nahm, erleichtert, den anderen Anruf entgegen. »Hallo?«

»Inara, hier ist Daniel.« Die Wärme in seiner Stimme hatte etwas Tröstliches, und sie atmete einen tiefen Zug der regenfeuchten Waldluft ein.

Dann erinnerte sie sich an Mei Lien. Aufgeregt stand sie auf. »Haben Sie meine Nachricht bekommen? Ist es nicht unglaublich, dass ich sie gefunden habe?«

Bei seinem tiefen leisen Lachen fuhr ein überraschendes Beben durch ihre Glieder. »Es war exakt die Information, die wir gebraucht haben.«

Sie ging am Strand entlang, ohne auf das Nieseln zu achten. »Sie ist es, oder? Die Frau, die die Stickerei angefertigt hat?«

»Sie muss es sein, besonders angesichts dessen, was ich noch ausgegraben habe.«

Sie blieb stehen und blickte blind übers Wasser. »Was haben Sie gefunden?«

»Wegen der Nadelmalerei dachte ich, der Ärmel wäre irgendwann nach 1920 angefertigt worden. Bis wann hat Mei Lien in dem Haus gelebt?«

»Bis höchstens 1895. Da hat mein Ururgroßvater das Haus gekauft.«

»Also, das Wing Luke hat in seiner Sammlung drei bestickte chinesische Börsen, die erwiesenermaßen irgendwann vor dem großen Brand von 1889 in einem Laden im alten Chinesenviertel von Seattle gekauft wurden.«

»Einen Moment bitte, was ist das Wing Luke?«

»Offiziell heißt es Wing Luke Museum of the Asian Pacific American Experience. Es ist der Smithsonian Institution angegliedert und liegt im International District von Seattle. Ich sitze im Direktorium.«

»Okay. Und was haben die drei Börsen mit dem Ärmel zu tun?«

»Die Technik auf dem Ärmel ist derjenigen der Börsen so ähnlich, dass ich beschlossen habe, einen genauen Vergleich vorzunehmen, und Yong Su, eine Expertin für ostasiatische Textilkunst, um ihre Einschätzung gebeten habe. Sie ist meiner Meinung: Alle Stücke wurden mit großer Wahrscheinlichkeit von derselben Hand gefertigt.«

»Das ist also die Bestätigung, dass der Ärmel früher entstanden ist, als wir dachten. Und Sie meinen, Mei Lien McElroy hat vor oder nach Orcas in Seattle gelebt?«

»Es sieht ganz so aus. Wahrscheinlich aber nicht nach 1889, denn aus der Zeit nach dem Brand liegen keine Beweise ihrer Arbeit vor. Doch ich habe noch mehr. Nachdem mich vor einer Stunde Ihre Nachricht mit Mei Liens Namen erreicht hat, habe ich ein bisschen recherchiert und eine Liu Mei Lien gefunden, die in einem Laden in Chinatown als Verkäuferin und Dolmetscherin geführt wurde. Der Ladenbesitzer war ein gewisser Liu Huang Fu, wahrscheinlich ihr Vater, denn chinesische Frauen haben traditionellerweise nicht den Familiennamen ihres Ehemannes angenommen. Es gibt keine Aufzeichnungen darüber, was aus den beiden geworden ist. Ich bin davon ausgegangen, dass sie nach dem Brand aus Seattle weggezogen sind, doch wie es scheint, hat Mei Lien Seattle schon vorher verlassen.«

»Woher wissen Sie das?« Die Regentropfen wurden dicker, also suchte Inara wieder Schutz unter dem Baum.

»Weil ich ihre Heiratsurkunde gefunden habe. Die Eheschließung mit Joseph McElroy fand in Port Townsend statt. Ich weiß nicht, wie sie sich kennengelernt haben oder wie und wann sie in die Stadt gezogen ist, aber sie haben am 4. März 1886 dort geheiratet. Orcas Island wird als ihr Wohnort genannt.«

Inara konnte nicht stillsitzen auf ihrem Felsblock, doch der Regen, der jetzt stärker fiel, hielt sie unter dem Baum fest. Ruhelos ging sie auf dem kleinen trockenen Rund hin und her. »Daniel, wir kommen der Sache näher. Wir finden sie!«

Er lachte. »Ja. Und ich habe auch schon ein paar Ideen zu den Bildern auf dem Ärmel, aber darüber würde ich gern persönlich mit Ihnen reden. Können wir uns treffen?«

Inara fielen die Toiletten wieder ein, und sie stöhnte. »Im Augenblick kann ich hier nicht weg. Wir hatten heute ein Lieferfiasko, und sobald ich das Gespräch mit Ihnen beendet habe, muss ich mich mit meinem Bauunternehmer zusammensetzen und die Arbeiten umorganisieren, damit es nicht zu viel Leerlauf gibt.« Sie überlegte einen Augenblick. »Vielleicht kann ich nächste Woche einen Tag runterkommen, aber das wird sich erst zeigen.«

»Und wenn ich zu Ihnen komme?«

»Auf Orcas? Das würden Sie machen?«

»Klar, ich habe das ganze Wochenende frei. Ich nehme die erste Fähre am Samstagmorgen.«

»Sie müssen aber nicht so einen Aufwand betreiben. Ich kann genauso gut einen Blick in meinen Kalender werfen und Ihnen einen Termin vorschlagen.«

»Inara, es ist mir eine Freude, zu Ihnen auf die Insel zu

kommen.« Seine Stimme wurde tiefer, als er das sagte, und ihre Nerven fingen an zu flattern.

Ganz ruhig bleiben, Inara. Das ist keine Verabredung, sondern bloß ein Termin. »Also, dann am Samstag.« Wenigstens konnte er das dämliche Grinsen nicht sehen, das ihr jetzt bestimmt ins Gesicht gepflastert war.

Sie erklärte ihm, wie er nach Rothesay fand, und legte dann auf.

O Gott, ich steh auf ihn, dachte sie, während sie in den Regen blickte, der jetzt in Strömen fiel. Sie beschloss, noch ein wenig unter dem Baum abzuwarten. Das einzig Zuverlässige am Wetter im Pazifischen Nordwesten war, dass es sich zuverlässig andauernd änderte.

Sie stand also auf den Professor. Na und? Das hieß ja nicht, dass sie gleich irgendwelche Konsequenzen daraus zog – ganz bestimmt nicht. Und sie konnte auch nichts brauchen, was sie jetzt von dem Hotel ablenkte.

Sie verschränkte die Arme vor der Brust. Sie würde sich ganz kühl geben und es auf rein sachlicher Ebene halten. Mehr wollte er wahrscheinlich ohnehin nicht. Er kam nicht auf die Insel, um sie zu sehen, sondern den Ort, an dem sie den Ärmel gefunden hatte. Ja, es konnte gar nicht anders sein.

Sie ging ihr Gespräch in Gedanken immer wieder durch und dachte darüber nach, was Daniel ausgegraben hatte. Liu Mei Lien hatte im Laden ihres Vaters gearbeitet, als Seattle kaum mehr war als eine Holzfällerstadt. Damals hatte Duncan Campbell gerade seine Firma gegründet. Konnte gut sein, dass sie einander auf der Straße begegnet waren, ohne zu ahnen, dass sie einmal beide auf Orcas Island landen würden.

Wie war Mei Lien hierhergekommen? Und warum hatte

sie den Ärmel bestickt und ihn dann unter der Treppe verborgen? War der Rest des Kleidungsstücks noch irgendwo im Haus versteckt?

In diesem Augenblick tauchte der glänzende gepunktete Kopf eines Seehunds aus dem Wasser – vermutlich ein Weibchen, das sie direkt ansah. Inara verhielt sich ganz still, um es nicht zu verscheuchen.

Das Seehundweibchen rührte sich nicht. Es trieb im Wasser und blickte Inara an, als wäre es genauso fasziniert von Inara wie Inara von ihm. Nach mehreren langen Minuten drehte das Tier sich schließlich um und tauchte ins schwarze Wasser.

Inara wartete, doch es tauchte nicht mehr auf.

Sie fand, das Wasser war wie das Rätsel um ihren Ärmel. An der Oberfläche wirkte es klar und unkompliziert, doch darunter lagen alle möglichen Geheimnisse.

Der Ärmel wusste etwas. Er wusste etwas über Mei Liens Leben, was Inara noch herausfinden musste, und es hatte etwas mit Rothesay zu tun. Also auch mit ihrer Familie und mit ihr. Daniel würde herausfinden, was es war. Und wer weiß? Vielleicht steckte dahinter eine faszinierende Geschichte, mit der sich für das Hotel werben ließ.

Witzig, dass ein Leben innerhalb weniger Monate eine vollkommen andere Richtung einschlagen konnte, sinnierte sie, während sie auf das Wasser blickte, das der Regen kräuselte. Sie war Grundbesitzerin geworden, bald würde sie Hotelbesitzerin sein, und sie versuchte mithilfe eines sehr faszinierenden Professors das Rätsel um einen geheimnisvollen bestickten Ärmel zu lüften.

Dahlia hatte recht daran getan, sie zur Rückkehr auf die Insel zu bewegen.

9

Samstag, 7. Juli – heute
Rothesay Estate, Orcas Island

Der Mann, der aus dem grünen Volvo stieg, erinnerte nur vage an den Professor im Anzug, den sie vor einem Monat kennengelernt hatte. Er war sogar noch attraktiver, als sie ihn in Erinnerung hatte. Heute wirkten seine schwarzen Haare ein wenig zerzaust, und am liebsten wäre sie mit den Fingern hindurchgefahren. Er trug ein schwarzes kragenloses Shirt über Jeans und schwarzen Stiefeln.

»Inara, was für ein schönes Haus.«

Sie trat von der Veranda und begrüßte ihn mit einem Händeschütteln. *Bleib ganz sachlich*, ermahnte sie sich. »Vielen Dank. Auch dafür, dass Sie den Weg auf sich genommen haben. Wie lange mussten Sie an der Fähre warten?«

Auf seinem Gesicht machte sich ein Lächeln breit, das direkt in ihren Bauch traf. Kein Wunder, dass sein Hörsaal voller junger Frauen war.

»Eine Stunde«, antwortete er und ließ seinen freundlichen Blick auf ihr ruhen. »Es ging noch.«

»Soll ich Sie herumführen?«, erbot sie sich aus einem Impuls heraus, denn sie musste sich bewegen und ein bisschen Distanz zwischen sie bringen, bevor die Sache zu nah wurde. »Ich baue das Anwesen zu einem Boutique-Hotel um und hoffe, dass ich nächsten Sommer eröffnen kann.«

Seine Augenbrauen schossen hoch. »Beeindruckend. Ja, ich würde gern alles sehen. Haben Sie denn Zeit?«

»Die nehme ich mir.« Sie führte ihn die Stufen zur Veranda hinauf und dann durch die Haustür. Derweil erzählte sie ihm von der Geschichte des Hauses und erklärte die Umbauten, die Toms Leute vornahmen. Fünfundvierzig Minuten später waren sie in Dahlias Küche und linsten in das Loch, in dem sie den Ärmel gefunden hatte.

»Wenn man bedenkt, dass der Ärmel hundert Jahre da drin gelegen hat, ist er erstaunlich gut erhalten.« Daniel schüttelte den Kopf und leuchtete mit der Taschenlampe, die Inara ihm gereicht hatte, unter die Treppenstufe. »Ich wüsste zu gern, warum die Mäuse sich nicht durchgefressen haben.«

»Das habe ich mich auch schon gefragt. Eklig, oder?« Inara stieß unwillentlich mit der Hüfte gegen seine und plötzlich dachte sie weder an den Ärmel noch an Mäuse.

Er spähte immer noch vornübergebeugt unter die Stufe, doch jetzt sah er zu ihr herüber. Sein Lächeln verschlug ihr den Atem. Um ihre Reaktion zu verbergen, sprang sie auf und machte sich daran, den Teekessel zu füllen und auf den Herd zu stellen. »Sie haben den Ärmel heute mitgebracht, richtig?«

Er stand auf und knipste die Taschenlampe aus. »Die Börsen, von denen ich gesprochen habe, auch. Ich hole sie.«

Während er nach draußen zu seinem Auto ging, legte sie die lose Stufe wieder an ihren Platz, wusch sich die Hände, machte Tee, holte ein paar Kekse aus einer Packung und legte sie auf einen Teller. Und dabei überlegte sie die ganze Zeit, ob er die Funken zwischen ihnen auch spürte oder ob sie sich das alles nur einbildete. Als er mit zwei flachen schwarzen Schachteln und einem Seesack über der Schulter zurückkam, nahm sie den Teller mit den Keksen vom

Tisch und stellte ihn beiseite. »Der Tisch ist sauber, wenn Sie sie auslegen möchten.«

»Danke. Zuerst würde ich Ihnen gern die Börsen zeigen. Dann sehen Sie, was ich damit meine, dass sie dem Ärmel sehr ähnlich sind.« Er stellte die Schachteln auf einen Stuhl und holte ein Baumwolltuch aus dem Seesack. Nachdem er es über den Tisch gebreitet hatte, nahm er zwei Paar weiße Baumwollhandschuhe heraus und reichte ihr eines, bevor er das andere überstreifte.

»Diese Börsen wurden aber nicht, wie man denken könnte, von Frauen benutzt, sondern von Männern. Sie trugen sie am Gürtel, um Geld, Fächer, Tabak, Opium, Brille und sogar Essstäbchen bei sich zu haben.« Er öffnete die oberste Schachtel und holte drei Seidenbörsen in verschiedenen Größen und Farben heraus, die vorn und hinten dekorativ bestickt waren. An zweien hingen seitlich Quasten. Behutsam legte er sie auf das Tuch. »Wir gehen davon aus, dass diese reich verzierten Börsen von Männern hier in den Vereinigten Staaten gekauft wurden, um Geld oder Geschenke an Verwandte in China zu schicken.«

Er hob eine rote Börse hoch und reichte sie ihr. »Dieses Muster ist sehr viel traditioneller als das auf dem Ärmel, doch wenn Sie genau hinsehen, erkennen Sie im Hintergrund die gleiche Nadelmalerei. Ich dachte, die Nadelmalerei wäre erst sehr viel später entstanden, doch diese Börsen und Ihr Ärmel bezeugen das Gegenteil.«

Inara musterte die Börse und war entsetzt, als sie ein Symbol zu erkennen glaubte. »Ist das etwa ein Hakenkreuz?«

Daniel nickte. »Keine Sorge, das hat nichts mit Hitler zu tun. Die Swastika ist ein Glückssymbol, das von vielen Weltkulturen seit dem Altertum benutzt wurde. Es bedeutet Glück oder günstiges Schicksal. Nichts Böses dran.«

»Oh.« Sie legte die Börse ab und berührte die schmale blaue. »Die sind wunderschön. Und Sie sagen, sie wurden vor dem großen Brand verkauft?« Der Brand von 1889 hatte den größten Teil des Geschäftsviertels von Seattle zerstört, sodass die Stadtväter für den Wiederaufbau Backsteingebäude vorsahen, die nicht brennen würden, und die Straßenführung ausgleichen ließen, um die früheren steilen Anstiege zu vermeiden.

»Ein Mann namens Huang Fu Liu – oder, da nach chinesischer Konvention der Rufname dem Familiennamen folgt, Liu Huang Fu – besaß einen Laden in der Washington Street zwischen Dritter und Vierter Straße. Er lebte in einer winzigen Wohnung über dem Laden. Einwanderungspapiere zeigen, dass er im Frühling 1868 mit seiner Frau und seiner Mutter nach Seattle gekommen ist. Laut standesamtlichen Eintragungen kam im August desselben Jahres eine Tochter zur Welt, und die Frau starb kurz darauf.«

Er nahm die blaue Börse und reichte sie ihr, während er weitersprach. »Meine Leute sind aber auf etwas Interessantes gestoßen: Überall da, wo dieser Laden in Zeitungsanzeigen und Tagebüchern von Siedlern erwähnt wird, heißt es, der Besitzer habe einen Sohn gehabt.«

Inara betrachtete die Börse, unsicher, worauf sie bei der Stickerei achten sollte. »Welche Leute?«

»Ich habe ein paar Studierende zusammengetrommelt, die mir bei den Recherchen helfen. Ich hoffe, das ist okay für Sie?« Er neigte den Kopf zur Seite, sodass ihm eine schwarze Locke übers Auge fiel.

Dann musste der Ärmel wohl von einiger Bedeutung sein, sinnierte Inara. »Warum machen Sie das alles? Ist ja nicht so, als würde ich Sie bezahlen.«

Ein nachdenkliches Lächeln breitete sich auf seinem Gesicht aus. »Es hat mich gepackt wie schon lange nichts mehr«, gestand er und versuchte mit einer Kopfbewegung, die Strähne aus dem Gesicht zu fegen. »Ich komme aus einer Familie, die sehr stolz darauf ist, ihre Wurzeln über Jahrhunderte in das alte China zurückverfolgen zu können. Außerdem habe ich als Kind sehr viel Zeit im Wing Luke verbracht. Bevor mein Vater starb, hat er dort gearbeitet und mir oft erlaubt, ihn zu begleiten. Das hat aus mir einen Fan asiatischer Geschichte gemacht. Ihr Ärmel ist ein Rätsel, das ich entschlüsseln muss. Ich werde so lange daran arbeiten, bis wir die ganze Geschichte kennen, oder so lange, wie Sie mich lassen.«

Sie nickte und kehrte in Gedanken zu dem zurück, was er vorher gesagt hatte. »Okay, wenn es in den Quellen heißt, der Ladenbesitzer hatte einen Sohn, glauben Sie, dass die Geburtsurkunde fehlerhaft war?«

Er schüttelte den Kopf. »Ich weiß nicht. Es kann auch sein, dass der Geburtseintrag richtig war und dass die Familie das Kind aus irgendeinem Grund als Jungen ausgegeben hat.«

»Warum sollte jemand behaupten, sein neugeborenes Mädchen wäre ein Junge?«

Daniel verschränkte die Arme. »Früher gab man oft männlichen Nachkommen den Vorzug, weil sie den Familiennamen weitertragen und körperlich mehr Arbeit leisten können und weil es der Verantwortung des Sohnes obliegt, für seine alten Eltern zu sorgen. Das ist auch heute noch oft so. Eine Tochter geht, wenn sie heiratet, in die Familie ihres Mannes und gehört damit nicht mehr zur Familie ihrer Eltern. Vielleicht gefiel dem Vater die Vorstellung nicht, eines Tages auch noch die Tochter zu verlieren, wo er gerade erst seine Frau verloren hatte. Zudem müssen wir bedenken, dass Seattle 1868 eine raue Stadt war, in der hauptsächlich Fischer, Holzfäller und Trapper lebten. Ich hätte mir als Vater an so einem Ort auch Sorgen um die Sicherheit meiner Tochter gemacht.«

»Dann war es eine Lüge, damit sie in Sicherheit ist?«

Daniel zuckte nur die Achseln. »Vielleicht. Vielleicht war das Kind aber auch tatsächlich ein Junge.«

Behutsam legte Inara die Börse zurück auf das Tuch. »Wir wissen es also nicht. Aber verstehe ich Sie richtig, dass die Person, die diese Börsen gefertigt hat, auch meinen Ärmel bestickt hat? Und weil der Name der Neugeborenen Mei Lien lautete und wir wissen, dass Mei Lien McElroy als Josephs Frau hier gelebt hat, war es wahrscheinlich dieselbe Person, oder?«

Ihre Hände stießen aneinander, als sie gleichzeitig nach der dritten Börse greifen wollten, und sie zuckten beide zusammen. In seinen Augen sah Inara, dass sie nicht die Einzige war, die das Knistern zwischen ihnen spürte. Ihr Puls beschleunigte sich, und sie konnte den Blick nicht abwenden.

»Ja«, antwortete er mit leicht krächzender Stimme. »Ich glaube schon.« Er blinzelte, löste den Blickkontakt und nahm die goldene Börse in die Hand. »Yong Su teilt diese Ansicht. Und Mei Lien war kein besonders geläufiger Name. Dass er an beiden Orten auftaucht, wo wir diese Stickereien entdeckt haben, ist kein Zufall.«

Inara ließ das alles sacken. »Dann müssen wir jetzt nur noch herausfinden«, sagte sie und vermied es geflissentlich, Daniel anzusehen, um ihren Puls in Schach zu halten, »warum sie ein Gewand genäht und dann den Ärmel abgeschnitten hat. Und wo der Rest des Gewands ist.«

»Vielleicht verrät uns das Thema der Stickerei mehr. Sehen wir uns den Ärmel noch einmal an.« Behutsam packte Daniel die Börsen ein, verstaute sie wieder in der flachen Schachtel und schob diese unter die andere. Dann öffnete er die zweite Schachtel, holte ehrfürchtig den Ärmel heraus und legte ihn zusammen mit dem Seidenpapier, in das er eingeschlagen war, auf das Baumwolltuch. »Yong Su stimmt mit mir überein, dass die Stickerei eine Geschichte erzählt.«

Er trat zur Seite, eine deutliche Aufforderung an Inara, sich über den Ärmel zu beugen. »Sehen Sie dort, wo der Himmel mit dunklen Wirbeln bedeckt ist, die für Nebel oder Nacht stehen.« Er zeigte darauf. »Gleich da. Das ist das chinesische Symbol für Lüge oder lügen, schwindeln oder flunkern. Ich habe es erst gesehen, als Yong Su es mir gezeigt hat.«

Er sprach jetzt schneller. »Und sehen Sie hier, am Schiffsrumpf, da ist ein Symbol, das unserer Meinung nach Zeichen auf dem Schiff zeigt, falls es je existierte, aber verborgen in der Stickerei ist etwas über das Abwerfen von Ladung. Außerdem sind bei den Menschen im Wasser Dämonengestalten, andere spazieren über das Deck. In der chinesischen Mythologie sind Schlangen oder sogar Geister im Wasser durchaus üblich, aber dass sie wie Menschen über ein Schiff gehen?« Er schüttelte den Kopf. »Höchst ungewöhnlich.«

Inara hörte ihm nicht mehr zu, als sich ihre Aufmerksamkeit auf die Zeichen am Schiffsrumpf richtete. Sie kannte diese Zeichen. Nicht die versteckten, sondern die offenkundigen. Die, die vermutlich auf das Schiff gemalt gewesen waren.

Sie kannte das Symbol, und sie erkannte die stilisierten

Buchstaben *C* und *L*. Es war nicht der Name des Schiffes, sondern der Schifffahrtsgesellschaft.

Dies war Duncan Campbells Schiff. Premier Maritime Group, die Firma, die ihr Vater vom Vater ihrer Mutter übernahm, als dieser sich zur Ruhe setzte, hatte früher Campbell Lines geheißen – CL.

In diesem Kunstwerk war ein Schiff ihrer Familie dargestellt!

Sie öffnete den Mund, um es Daniel zu sagen, als ihr Blick über die Dämonen und die Toten strich. Sie schluckte und schwieg. Mei Lien hatte diese schrecklichen Bilder von Duncan Campbells Schiff nicht ohne guten Grund geschaffen.

Was hat das zu bedeuten? Gewiss nichts Gutes.

Vielleicht gab es über Duncan Campbell mehr zu wissen, als Familienlegenden und Geschichtsbücher tradierten.

»Warum, glauben Sie, hat Mei Lien dieses Dampfschiff dargestellt?« Ihre Stimme klang zittrig in ihren Ohren, und sie setzte ein Lächeln auf, um zu verhindern, dass Daniel es bemerkte.

Doch er war zu sehr in die Geschichte auf dem Ärmel versunken, um ihr mehr als einen kurzen Blick zuzuwerfen, bevor er den Ärmel umdrehte, wo das Bild weiterging. »Ich glaube, auf diesem Schiff ist ihr irgendetwas Wichtiges widerfahren. Wir wissen, dass sie von Seattle nach Port Townsend und Orcas Island gereist ist. Vielleicht ist sie auf diesem Schiff ihrem Mann begegnet, Joseph. Vielleicht war es eine gewalttätige Beziehung, was die Dämonen erklären könnte. Aber ich glaube, es ist etwas anderes.«

»Warum?«

»Sehen Sie mal hier. Am Schiffsbug sind die englischen Buchstaben *POP*.«

»Was bedeutet das?«

»Es gab einen Ozeandampfer namens *Prince of the Pacific*, *POP*, der in der Geschichte von Seattle eine bedeutsame Rolle gespielt hat.« Er zog einen Stuhl heraus und setzte sich. Dann streifte er die Handschuhe ab und fuhr sich mit den Händen durch die Haare, als wäre er gerade wach geworden. »Am Morgen des 7. Februar 1886 wurden sämtliche in Seattle lebenden Chinesen, rund dreihundertfünfzig Menschen, zusammengetrieben und gezwungen, an Bord der *Prince of the Pacific* zu gehen, die an diesem Nachmittag nach San Francisco auslief.«

Inara spürte, dass dies eine lange Geschichte werden würde, und setzte sich ebenfalls. »Warum wurden sie gezwungen?«

»Es war die Ära des Chinese Exclusion Act von 1882, eines Einwanderungsgesetzes, das die Einreise von Chinesen in die Vereinigten Staaten auf eine ganz geringe Zahl beschränkte. Arbeiter durften überhaupt nicht einwandern. Doch die Vorurteile reichten noch viel weiter.« Er hatte etwas Distanziertes im Blick, als wären Spuren des Leids in seine Seele eingebrannt, auch wenn er es persönlich gar nicht erlebt hatte. »Die Westküste rauf und runter haben Amerikaner europäischer Abstammung – weiße Amerikaner –, oft erfolgreich und gewöhnlich mit großer Brutalität, Chinesen aus ihren Gemeinden vertrieben.«

Er hob einen Fußknöchel auf das gegenüberliegende Knie und spielte mit den Handschuhen in seiner Hand. »Die Weißen sahen die Chinesen – selbst die, die auf amerikanischem Boden zur Welt gekommen waren – als ungebetene Gäste an, die ihr Land seiner Ressourcen beraubten. Als die Eisenbahnlinien fertig waren, wollten die chinesischen Arbeiter sich irgendwo niederlassen und neue Arbeit suchen. Hinzu kam die Rezession der 1880er Jahre, in der weiße Männer Angst hatten, ihre Jobs an hart arbeitende, mit schlechter Bezahlung zufriedene Chinesen zu verlieren. Ein richtiges Pulverfass.«

Sie beugte sich vor. »Also haben sie die Chinesen gezwungen, das Land zu verlassen, auch gegen deren Willen? Wie konnten sie nur?«

Er zuckte die Achseln. »Sie haben es einfach getan.«

Sie betrachtete den Ärmel und die Dämonen, die die Chinesen aus der Stadt vertrieben, in der diese sich zu Hause fühlten, und schämte sich. »So was sollten sie mal in der Schule unterrichten. Wir sollten erfahren, was damals passiert ist.«

Dann blieb ihr Blick am Wasser hängen. Es war dunkel, voller Wirbel und Strudel, halb verborgener Dämonen und, wie es aussah, Schlangen. Doch darin schwammen auch Menschen. Dutzende Körper trieben auf dem Wasser, manche mit offenem Mund, als schrien sie, andere matt und leblos.

Und in der Mitte, genau in der Armbeuge, war eine weibliche Figur, Arme und Beine weit von sich gestreckt und, seltsamerweise, mit einem Lächeln auf den Lippen.

»Sehen Sie, hier?«, fuhr Daniel fort, der nichts von Inaras innerem Aufruhr ahnte, und zeigte auf zwei Gestalten auf dem Ärmel. »Hier über dieser Frau und diesem Mann stehen die chinesischen Schriftzeichen für Vater und Großmutter. Ich weiß nicht, warum sie im Wasser sind.«

Was auch immer das alles zu bedeuten hatte, es machte Inara traurig. »Hat das Schiff San Francisco erreicht?«

»Ja, und von dort ist es weiter nach China gefahren.« Daniel klatschte in die Hände, und Inara fuhr zusammen. »Ich glaube, wir brauchen eine Pause. Kann ich Sie zum Essen einladen? Ich habe gehört, in Eastsound soll es ein tolles neues Restaurant geben.«

Inara schluckte schwer und löste den Blick widerstrebend von dem Ärmel. Sie rang sich ein Lächeln ab. »Das wäre schön. Geben Sie mir eine Minute.«

Flattrig floh sie die Treppe hinauf in ihr Schlafzimmer. Was für eine traurige Geschichte Mei Lien auf dem Ärmel auch erzählen mochte, Inara wusste, dass sie irgendetwas mit Duncan Campbell zu tun hatte, dem Helden ihrer Familie.

Sie blickte aus dem Fenster zum Haupthaus – dem Vermächtnis dieses Helden.

Sie schüttelte den Kopf und rang sich ein Lächeln ab, um ihre Stimmung aufzuhellen. Es war dumm, sich von der Stickerei so herunterziehen zu lassen. So schlimm konnte Mei Liens Geschichte doch gar nicht sein. Oder?

Warum habe ich bloß Ja gesagt?, fragte Inara sich nicht zum ersten Mal, als die Kellnerin im New Leaf Café sie eine halbe Stunde später zu ihrem Tisch führte. Die Fliesen für die Bäder in den Gästezimmern mussten bestellt werden, und sie sollte sich allmählich entscheiden, ob sie das Restaurant erweitern wollte, was hieße, die große Halle an einem Ende zu schließen. Toms Leute konnten am Montagmorgen damit anfangen, sobald sie die Trockenbauwände aufgestellt hatten, die die Sitzecke oben in ein Gästezimmer verwandeln würden. Ehrlich, eigentlich hatte sie hierfür überhaupt keine Zeit.

Allerdings, was konnte ein schnelles Mittagessen mit einem attraktiven Mann schon schaden?

»Wie haben Sie von dem Restaurant erfahren?«, fragte sie, als die Kellnerin sie mit den Speisekarten allein ließ.

»Meine Mutter hat mir davon erzählt. Sie ist Besitzerin und Küchenchefin des Toisan in Seattle und Bellevue. Sie hat mal mit dem Koch zusammengearbeitet, der dieses Restaurant gegründet hat.«

Inara ließ die Speisekarte sinken. »Ihre Mutter betreibt das Toisan?«

Er grinste nur.

»Erinnern Sie mich daran, bloß nie für Sie zu kochen. Damit kann ich nicht konkurrieren.« Warum hatte sie das denn jetzt gesagt? In der Hoffnung, dass ihm die Anspielung auf eine potenzielle künftige Beziehung zwischen ihnen nicht aufgefallen war, fuhr sie fort: »Das Essen im Toisan ist fantastisch. Meine Familie isst da andauernd.«

»Dann sind Sie meiner Mutter wahrscheinlich schon begegnet. Sie lebt praktisch dort.«

Der Kellner kam, um ihre Getränkebestellung aufzunehmen. Sobald er weg war, sagte Inara: »Erzählen Sie mir mehr über Ihre Familie.«

Daniels Züge wurden weicher, was ihr verriet, dass er seine Familie sehr liebte. »Wir sind nur meine Mutter, meine Großmutter, die bei meiner Mutter wohnt, und meine Schwester Cassie. Die übrige Verwandtschaft lebt nicht hier in der Gegend.«

Eine Familie von Frauen konnte bedeuten, dass er eine weichere Seite hatte, wie ihr Bruder Nate. »Stehen Cassie und Sie einander nah?«

»Sie ist eine Nervensäge, aber ich liebe sie.« Seine Augen strahlten. »Sie ist vier Jahre jünger als ich und Anwältin für Familienrecht.«

»Beeindruckend.« Inara überflog die Speisekarte, unterhielt sich dabei aber weiter. »Sie haben gesagt, Ihre Großmutter wohnt bei Ihrer Mutter?«

Er nickte und legte die Speisekarte zur Seite. »Ja, in Beacon Hill, in dem Haus, in dem ich aufgewachsen bin. Sie weiß alles über sämtliche Chinesen, die je gelebt haben. Sie ist besser als Ancestry.com.«

Der Kellner brachte ihren Wein, und sie bestellten das Essen. Dann hob Daniel das Glas. »Jetzt sind Sie dran. Erzählen Sie mir von Ihrer Familie.«

Sie nahm sich einen Augenblick Zeit, um einen Schluck Wein zu trinken und sich aus dem Korb ein Grissino zu nehmen, während sie überlegte, was sie ihm gefahrlos erzählen konnte. Solange sie nicht mehr wusste, wollte sie ihm nicht gestehen, dass das auf dem Ärmel dargestellte Schiff ihrer Familie gehört hatte. Da jedoch kaum jemand wusste, dass PMG früher Campbell Lines geheißen hatte, konnte sie ihm ruhig ein wenig Familiengeschichte erzählen. »Also, mein Vater leitet die Premier Maritime Group, Fracht- und Kreuzschifffahrt. Er hat die Firma vom Vater meiner Mutter übernommen und baut jetzt meinen älteren Bruder Nathan auf, damit der eines Tages die Zügel übernehmen kann. Meine Schwester Olivia ist Ärztin. Meine Geschwister sind beide verheiratet und haben wunderbare Kinder.« Sie biss in das Grissino.

»Und Ihre Mutter?«

Sie spielte auf Zeit, indem sie langsam kaute. Mit Menschen, die ihre Mutter nicht gekannt hatten, sprach sie nicht gern über sie. Normalerweise umschiffte sie die Frage und brachte das Gespräch auf etwas anderes, doch Daniel saß da und wartete auf ihre Antwort, als hätte er alle Zeit der Welt.

Sie schluckte das Brot mit Wein hinunter. »Sie ist gestorben, als ich fünfzehn war. Hier, auf Orcas. Ein Autounfall.«

Er kniff mitfühlend die Lippen zusammen, doch dann

überraschte er sie. Statt unbeholfener Worte der Anteilnahme sagte er: »Ich habe meinen Vater vor acht Jahren verloren. Krebs.«

Also verstand er es. »Das tut mir leid.« Jetzt war sie diejenige mit der lahmen Anteilnahme.

»Ich denke immer noch jeden Tag an ihn.« Er neigte den Kopf zur Seite. »Erzählen Sie mir von ihr. Von Ihrer Mutter.«

Das überraschende Bedürfnis, sich ihm zu öffnen, überkam sie, doch sie kannte die Gefahr. Die Erinnerung an ihre Mutter rührte zu tief an ihre Seele, um als Thema für ein gepflegtes Tischgespräch mit jemandem zu dienen, den sie kaum kannte.

Doch Daniel wirkte ehrlich interessiert. Und er würde es verstehen, zumindest teilweise. Vielleicht reichte das schon.

»Also.« Sie wischte sich die Handteller an der Serviette ab, die auf ihrem Schoß lag, während sie überlegte, wo sie anfangen sollte. »Egal, was sie angepackt hat, es wurde immer etwas Großes daraus. Sie hat im Auftrag von PMG Wohltätigkeitsarbeit geleitet und war ständig auf Achse, um Geld für verwaiste Kinder in Südkorea oder Opfer von Landminen in Ruanda aufzutreiben. Oft hat sie höchstpersönlich frisch angekommene Flüchtlinge am Flughafen abgeholt und ihnen geholfen, sich in den Vereinigten Staaten zurechtzufinden. Solche Sachen. Und dabei hat sie meinen Geschwistern und mir zu Hause gleichzeitig das Gefühl gegeben, wir wären ihre ganze Welt.«

»Klingt erstaunlich.«

»Ja, das war sie.« Sie senkte den Blick auf die blaue Kerze zwischen ihnen. »Sie zu verlieren hat mich schier zerrissen. Wenn mein Vater nicht gewesen wäre, ich weiß nicht, was ich gemacht hätte. Er hat dafür gesorgt, dass ich mich ganz auf die Schule konzentriere, und hatte großen Einfluss auf meine Entscheidung, eine Karriere in der internationalen Wirtschaft anzustreben.«

»Haben Sie für PMG gearbeitet?«

»Nein. Er hätte es gern gesehen, aber mir war immer klar, dass ich mein eigenes Ding machen muss. Mein Vater findet, ich wäre zu unabhängig.«

»Unabhängigkeit ist nichts Schlechtes.«

»Stimmt«, pflichtete sie ihm bei. »Obwohl mein Vater die paarmal, da ich Gebrauch von meiner Unabhängigkeit gemacht habe, eindeutig anderer Meinung war.« Sie lachte, um die Stimmung zu lösen. »Aber das ist nur selten ein Thema. Seit der Nacht, in der meine Mutter starb, versuche ich, nicht mehr als nötig mit meinem Vater zu streiten. Auch wenn er meine Geduld in letzter Zeit recht strapaziert.« *Zum Beispiel mit den rosa Toiletten.*

Daniel stützte die Unterarme auf die Tischdecke. »Was ist in der Nacht passiert, als Ihre Mutter starb?«

Wechsle das Thema. Doch als sie den Mund öffnete, kamen Worte heraus, die sie gar nicht hatte sagen wollen. »An dem Abend, als sie starb, hatten wir uns gestritten.« Wie machte er das?

Sie trank einen Schluck Wein und merkte erst danach, dass Daniel sie nicht voller Entsetzen ansah. Eher voller Mitgefühl. Sie wusste nicht, was schlimmer war. Sie schaute aus dem Fenster auf den Blumenkasten und seufzte. »Meine Mutter war auf dem Weg nach Seattle, um eine Familie zu treffen, die aus Somalia hierher umsiedelte, und ich sollte sie begleiten und ihr helfen. Ich wollte auf der Insel bleiben, denn der Junge, in den ich verknallt war, schmiss am nächsten Abend eine Party. Wir stritten, wie nur Mütter und Töchter streiten können. Ich schrie ihr ins Gesicht, ich würde sie hassen, und in dem Moment meinte ich es auch so. Sie erklärte mir, ich sei egoistisch, und das war ich auch, und dann ging sie raus, ohne noch ein Wort zu sagen, und fuhr davon.«

Sie unterbrach sich, um Luft zu holen. »›Ich hasse dich‹ waren die letzten Worte, die sie aus meinem Mund gehört hat.«

Inara blickte auf seine Hände und bemerkte die hellen Halbmonde an seinen Fingernägeln. »Ich hätte das nicht sagen sollen, und ich muss die Verantwortung dafür tragen, dass ich meine Mutter – die sicherste Fahrerin, die ich je gekannt habe – an diesem Abend so aufgeregt habe, dass sie unkonzentriert war. Es hieß, wahrscheinlich sei ihr ein Reh oder etwas anderes vors Auto gelaufen und sie sei auf der nassen Straße ins Schleudern gekommen, aber ich hatte ein paarmal erlebt, wie gut sie solche Situationen beherrschte. Der einzige Unterschied an jenem Abend war unser Streit.«

Daniel strich mit dem Daumen über ihren Handrücken. Sie konnte den Blick nicht davon lösen, als läge da gar nicht ihre Hand auf dem Tisch.

Plötzlich war es ihr unangenehm, wie viel sie ihm anvertraut hatte, und sie löste ihre Hand aus seiner und beschäftigte sie mit ihrem Weinglas. »Puh!« Sie setzte ein strahlendes Lächeln auf. »Lassen Sie uns das Thema wechseln. Sind Sie Single?«

Doch er spielte nicht mit. Stattdessen neigte er den Kopf etwas, wie um sie zu ergründen, dann breitete sich auf seinem Gesicht langsam ein Grinsen aus, und auf der linken Wange bildete sich ein Grübchen. »Ich mag dich, Inara Erickson. Ich darf doch du sagen?«

Daher wehte also der Wind. Sie tat es ihm nach und neigte ebenfalls den Kopf zur Seite. »Ja. Ich mag dich nämlich auch, Daniel Chin.«

Die Kellnerin kam mit dem Mittagessen, und das Gespräch wandte sich weniger persönlichen Themen zu, auch wenn das Knistern zwischen ihnen anhielt.

Als Daniel sie später zurück nach Rothesay fuhr, sagte er: »Ich bin mir ziemlich sicher, dass du wieder an die Arbeit musst. Aber falls nicht: Ich will noch ein paar Stunden im Archiv des Historischen Museums von Orcas Island graben, bevor ich die Fähre zurück nehme. Lust, mich zu begleiten?«

Seine Einladung war verlockend, allein aus dem Grund, mehr Zeit mit ihm zu verbringen. »Ich wünschte, ich könnte, aber du hast recht: Ich muss wirklich zurück.«

»Ich sag dir Bescheid, wenn ich etwas Interessantes finde.« Schweigend fuhren sie weiter, bis er vor dem Haus parkte. Doch er machte keine Anstalten auszusteigen. Er drehte sich auf dem Fahrersitz und sah sie an. »Übrigens, ja, bin ich.«

Sie wollte eben die Tür öffnen, hielt inne und wandte sich um. »Was?«

Seine Augen tanzten. »Single.«

Ein Lächeln zupfte an ihren Mundwinkeln, sie konnte nicht anders, als ihm nachzugeben. »Gut zu wissen.«

»Kann ich dich das nächste Mal, wenn du in Seattle bist, zum Essen ausführen?«

Es wäre so einfach, sich in diesen Mann zu verlieben, doch das Timing war einfach miserabel. »Ich bin im Augenblick nicht auf der Suche nach einer Beziehung.«

»Ich auch nicht. Und doch sind wir hier.« Sein Grübchen blitzte auf und zog ihren Blick auf seine Lippen.

In der Tat: Hier waren sie. Zum Teufel, es konnte Monate dauern, bis sie das nächste Mal nach Seattle kam. Was war schon dagegen einzuwenden, dass sie sich mit ihm zum Essen verabredete? »Sehr gern.«

Er rückte näher, und die Luft zwischen ihnen wurde gleich wärmer.

Sie schluckte, unwillkürlich glitt ihre Zunge über ihre Lippen, um sie zu befeuchten.

Daniel beugte sich noch weiter vor, so nah, dass ihr der Duft seines Aftershaves in die Nase stieg. Die Zeit verlangsamte sich. Ihr Blickfeld verengte sich, und außer ihnen beiden und ihren Atemzügen existierte gar nichts mehr. Ihr Blick streifte seine leicht geöffneten Lippen, und sie wünschte sich nichts sehnlicher, als sie zu schmecken.

Als sein Mund nur noch Zentimeter von ihrem entfernt war, rastete in ihrem Hirn etwas ein, sie rückte ein Stück ab, fummelte gleichzeitig nach dem Türgriff und drückte die Tür auf. »D...danke fürs Essen.« Sie sah ihn nicht an, als sie ausstieg und sich noch einmal bückte, um ihre Handtasche aus dem Fußraum zu holen.

»Sehr gern.«

Seine Stimme verriet ihr, dass er lächelte, doch sie konnte ihn immer noch nicht ansehen. Sie wollte schon die Wagentür zuknallen und fliehen, da fielen ihr der Ärmel und die Börsen im Haus wieder ein. »Warte eine Sekunde«, sagte sie und begegnete seinem amüsierten Blick. »Ich lauf schnell rein und hol dir die Kartons.«

»Nein«, sagte er und beugte sich über die Mittelkonsole, in den Augen leiser Spott, weil sie so ein Feigling war. »Die kannst du mitbringen, wenn du in die Stadt kommst«, sagte er nur mit einem Lächeln. »Ich bitte meine Leute, sich eine Weile auf Mei Lien und Joseph zu konzentrieren. Vielleicht kriegen wir ihre Geschichte rekonstruiert.«

»Okay.« Sie trat zurück, die Hand an der Tür, um sie zu schließen, doch sie verharrte, denn sie kam sich komisch vor, als müsste sie sich erklären, auch wenn sie gar nicht wusste, was sie sagen sollte. »Komm gut nach Hause.«

Sein Grübchen blitzte auf. »Bis bald, hoffe ich.«

Sie schloss die Wagentür, trat zurück, und winkte. Hoffentlich wirkte ihr Lächeln nicht allzu dämlich. Ihr war klar, dass sie die Sache mit ihm auf der sachlichen Ebene halten sollte, aber sie mochte ihn einfach.

Sie wartete nicht, bis Daniel weggefahren war, sondern drehte sich um und ging ins Haupthaus. Zeit, ein bisschen ranzuklotzen und den Kopf freizukriegen.

Am nächsten Morgen wurde Inara, noch bevor Toms Leute da waren, aus dem Schlaf gerissen, weil ein Auto in den Hof fuhr und mit quietschenden Bremsen vor dem Haus hielt.

Wie erschlagen stand sie auf, um aus den Fenstern des oberen Wohnzimmers auf die Auffahrt zu spähen.

Am Springbrunnen parkte ein weißer Sedan, an dessen offenem Kofferraum eine rundliche Frau mit kurzem blondem Haar stand und durch den Sucher einer Kamera auf das Haupthaus blickte. Während Inara zusah, ließ sie die Kamera sinken, trat näher an den Springbrunnen und hob die Kamera wieder vors Auge.

Was zum Teufel? Inara ging zurück ins Schlafzimmer, streifte ihre Kleider vom Vortag über und lief nach unten.

»Verzeihung. Kann ich Ihnen irgendwie behilflich sein?«

Die Frau schaute zu ihr herüber, hielt inne und machte noch ein Foto vom Haupthaus, bevor sie sich ganz Inara zuwandte und ihr die Hand reichte. »Guten Morgen, Sie müssen Ms. Erickson sein. Ich hoffe, ich störe Sie nicht. Ich wollte ein paar Fotos machen, bevor Ihre Bauarbeiter hier sind. Ich bin Lacey Gray von Luxe Realty Estate in Seattle. Ihr Vater hat mich gebeten, einen Blick auf das Anwesen zu werfen und eine Marktanalyse durchzuführen, damit Sie eine Orientierung haben, was Sie für das Haus kriegen können. Es ist übrigens fantastisch. Gefällt mir, was Sie da machen.«

Inara war wie in Schockstarre. »Marktanalyse?«

Laceys Lächeln war greller als die Sonne, die gerade die ersten Strahlen über den Mount Constitution schickte. »Ich fänd's schön, wenn Sie Zeit hätten, mich herumzuführen, durchs Haus und über das Grundstück. Nach dem, was ich bis jetzt sehe, können wir den Angebotspreis sowohl in Richtung privater Käufer kalkulieren als auch in Richtung Geschäftsimmobilie.« Sie fotografierte noch den Garagenflügel.

Inara brachte keinen Ton heraus.

»Natürlich kann es bei der derzeitigen Wirtschaftslage ein Weilchen dauern, bis wir einen Käufer finden, aber machen Sie sich keine Sorgen, wir sind die Besten«, plapperte Lacey weiter und machte weiter Fotos, ohne Inaras inneres Entsetzen zu bemerken.

Er hatte es schon wieder getan, ging ihr da auf. Ihr Vater nahm sie nicht ernst, und er versuchte mit allen Mitteln, sie dazu zu bringen zu tun, was er für das Beste hielt. Und das war seiner Meinung nach wohl eindeutig, das Anwesen zu verkaufen.

Was dachte er sich dabei bloß? War der Job bei Starbucks wirklich so toll, dass er es nicht akzeptieren konnte, dass sie ihn ausschlug? Oder war es etwas Persönlicheres? Versuchte er, sie vor dem Scheitern zu bewahren, das er für unvermeidlich hielt?

War es unvermeidlich?

Natürlich nicht. Ihr Vater hatte kein Recht, solche Zweifel in ihr zu säen.

Und dann erinnerte Inara sich an die rosa Toiletten. Wahrscheinlich hatte er genau gewusst, was er tat, als er die Bestellung änderte, sie glaubte keinen Augenblick mehr, dass er ihr damit helfen wollte. Er hatte ihr vielmehr einen Knüppel zwischen die Beine geworfen, damit sie von sich aus einen Rückzieher machte. Und als sie sich weigerte, war er so sauer, dass er noch eine Schippe drauflegte.

Sie liebte ihren Vater, doch dieses sture Geschäftsgebaren war mehr, als sie ertragen konnte.

Ohne ein weiteres Wort zu Lacey stürmte Inara ins Haus und schnappte sich ihr Handy, um ihren Vater anzurufen und ihm ordentlich die Meinung zu sagen.

Doch bevor die Verbindung zustande kam, hielt sie inne und schaltete ihr Handy aus.

Nein, am Telefon war bei ihm nichts auszurichten. Sie musste ihm persönlich gegenübertreten, ganz die Geschäftsfrau, die sie war, und ihn mit ihrer Vision konfrontieren. Wenn er nicht genauso an dieses Projekt glaubte wie sie, würde er den Geldhahn zudrehen, und dann hatte sie keine Wahl.

Auf dem Weg in ihr Zimmer, um eine Tasche zu packen, warf sie einen Blick auf die schwarzen Archivkartons auf dem Küchentisch. In einem davon war der bestickte Ärmel mit seiner traurigen Geschichte, die etwas mit ihrer Familie zu tun hatte. Wenn sie nur wüsste, was.

Es war auch genau der richtige Zeitpunkt, um sich eingehender damit zu befassen, was an Bord der *Prince of the Pacific* passiert war. Ja, früher als erwartet war sie auf dem Weg nach Seattle.

10

DONNERSTAG, 4. MÄRZ 1886
PORT TOWNSEND, WASHINGTON TERRITORY

»Eine Verwandte?« Josephs Stimme unterbrach sie in ihren Gedanken.

Mei Lien wusste, wen Joseph meinte, und nickte, hielt den Blick aber weiter auf das Wasser gerichtet. »Meine Großmutter.«

»Was ist passiert, Mei Lien? Erzählst du es mir?«

Sie spürte, dass er nicht nur nach ihrer Großmutter fragte, sondern wissen wollte, was ihnen allen zugestoßen war. Und während sie noch überlegte, ihm seine Bitte abzuschlagen, strömten die Worte schon aus ihr heraus, als wäre ein Damm gebrochen.

»Es war in aller Frühe«, fing sie an. »So früh, dass die Sonne noch nicht aufgegangen war. Da wurde ich von Schüssen geweckt. Ich habe mir keine Gedanken gemacht, denn solcher Lärm war nachts nichts Ungewöhnliches. Die Saloons und die Bordelle waren nur einen Block entfernt.«

Mei Lien schloss die Augen, als die Erinnerungen sie überfluteten, und schilderte Joseph die Ereignisse, so gut sie es vermochte. »Ich wusste, dass sie gekommen waren, um uns zu vertreiben, genau wie im letzten November die Chinesen in Tacoma.«

»Meine Schwester hat mir geschrieben, was in Tacoma geschehen ist«, sagte Joseph, und Mei Lien erschrak. Er hatte die Beine ausgestreckt und stützte sich auf einen Arm.

Seine Haltung wirkte entspannt, doch die Hand, die in seinem Schoß lag, war zur Faust geballt. »Sie wohnt in Tacoma. Es war entsetzlich, wie sie die Leute da zusammengeschlagen und alles niedergebrannt haben.«

Mei Lien zog die Beine an und legte das Kinn auf die Knie. Während sie weitersprach, beobachtete sie die Tropfen, die von einem Ast fielen. »Wir hatten von Chinesen, die aus Tacoma vertrieben worden waren, Geschichten gehört, daher wussten wir an dem Morgen, dass wir Grund zur Angst hatten. Aber wir hätten noch viel mehr Angst haben sollen.«

Und dann berichtete sie Joseph alles, was an jenem Tag geschehen war, und ließ nichts aus. Gelegentlich legte Joseph tröstend die Hand auf die ihre oder brummte, weil er das, was er da hörte, abscheulich fand. Mei Lien sprach immer weiter. Endlich erzählte sie ihm die Geschichte und konnte nicht aufhören, bevor er nicht alles wusste.

»Wie hieß das Schiff?«, unterbrach Joseph sie.

Diesen Namen würde sie niemals vergessen, er war in ihr Gedächtnis eingebrannt. »*Prince of the Pacific*. Warum?«

Joseph errötete bis an die Haarwurzeln. Seine Brust hob und senkte sich schnell, dann sprang er plötzlich auf und stellte sich vor sie. »Die *Prince of the Pacific* gehört Campbell. Kein Wunder, dass du dich vor ihm fürchtest.« Er griff nach Mei Lien und zog sie hoch an seine Brust, wo sie das Pochen seines Herzens hörte. »Ach, Mei Lien.« Joseph atmete tief ein und fragte sie dann leise: »Was hat das Schwein euch angetan?«

Mei Lien antwortete nicht gleich, so überwältigend war das Gefühl, von ihm gehalten zu werden, in seinen Armen geborgen zu sein.

»Mei Lien?«

Sie holte tief Luft und löste sich von Joseph, um klar denken zu können und ihre Geschichte zu beenden. Sie setzte sich wieder auf den Boden, zog die Beine seitlich unter und fuhr fort – und diesmal unterbrach Joseph sie nicht, bis sie alles erzählt hatte. »Und dann bin ich in deiner Hütte aufgewacht.«

»Ich wünschte, du hättest ihn über Bord geworfen.«

Mei Lien blinzelte. Sie war ganz in ihre Geschichte vertieft gewesen und hatte nicht bemerkt, dass Joseph vor ihr auf und ab ging. Dabei strahlte er eine so rasende Wut aus, dass Mei Lien beinahe zu sehen glaubte, wie dieser Zorn die Luft unter dem Baum mit Gluthitze erfüllte.

Mit geballten Fäusten blieb Joseph stehen und sah sie an. »Nicht zu fassen, dass ich all die Jahre einen Mann zum Nachbarn hatte, der zu solchen Grausamkeiten fähig ist. Du musst mir glauben, Mei Lien, wenn ich gewusst hätte, was er vorhat, hätte ich ihn daran gehindert. Ich hätte ihn daran hindern müssen.«

Mei Lien stand auf, fasste nach seinen Händen und hielt sie fest. »Aber du hast es nicht gewusst, Joseph. Ich mache dir keine Vorwürfe.«

Er stieß den Atem aus, legte eine Hand um Mei Liens Hinterkopf und zog ihre Stirn sanft an seine. »Es tut mir leid, Mei Lien. Furchtbar leid.«

Sie schloss die Augen und gestattete sich die Freude darüber, dass Joseph sie hielt, dass sie ihm etwas bedeutete.

Lange Zeit sagte er nichts, doch sie sah ihm an, dass er alles, was sie ihm gerade erzählt hatte, noch einmal überdachte. Als er dann wieder sprach, lag in seiner Stimme so viel beherrschter Zorn, dass sich ihr die Nackenhaare sträubten. »Er muss für seine Gräueltaten büßen.«

Mei Lien wollte nicht streiten, doch sie wollte auch keinen aussichtslosen Kampf führen. »Es ist geschehen. Denk nicht mehr daran.«

»Campbell und alle Verantwortlichen müssen zur Rechenschaft gezogen werden.«

»Nein, du darfst niemandem ein Wort davon sagen.« Mei Lien sah ihm in die Augen. »Niemand wird dir glauben. Wir haben keinen Beweis dafür, dass Großmutter über Bord geworfen wurde. Die würden doch nur behaupten, sie wäre genau wie ich von sich aus gesprungen, hätte dann aber nicht die Kraft gehabt, sich zu retten.«

Joseph legte den Kopf schräg. »Könnte das nicht wirklich so gewesen sein?«

Mei Lien begriff, dass er wohl immer noch hoffte, sein Freund hätte sich nicht einer so grausamen Tat schuldig gemacht. »Nein«, antwortete sie, um einen ruhigen Tonfall bemüht. »Großmutter hatte eingebundene Füße, sie konnte gar nicht laufen. Sie wäre gar nicht in der Lage gewesen, über die Reling zu klettern. Jemand hätte sie darüberheben müssen.«

»Verzeih mir, aber hätte dein Vater das tun können?«

Dieser Gedanke ließ Mei Lien vor Schreck verstummen. Vermutlich hätte ihr Vater seine Mutter in dem Versuch, sie zu retten, durchaus hochheben und von der Reling stoßen können, ganz so wie Mei Lien. Das war immerhin möglich.

Aber es war doch unwahrscheinlich. Ihr Vater wusste doch, wie schwach die Großmutter war und wie kalt das Wasser. Er wusste – genau wie Mei Lien –, dass die Großmutter niemals fähig war, ans Ufer zu schwimmen. Wenn er sie über die Reling gestoßen hätte, dann nur, um sie vor einem noch brutaleren Ende durch die Hände der weißen Männer zu bewahren, und in diesem Fall lag die Schuld weiterhin bei den Weißen. Bei Campbell.

Mei Lien wollte nicht mehr über den Tod der Großmutter sprechen. Es machte sie innerlich kalt und krank, außerdem hatten sie im Moment andere Sorgen. Sie begann, die Reste der Mahlzeit einzupacken. »Wenn ich vor Einbruch der Nacht noch eine Arbeit und eine Bleibe finden soll, beeilen wir uns besser.«

Joseph nickte zerstreut und half ihr. Doch als alles verpackt war, brach er nicht zum Rückweg in die Stadt auf, wie sie erwartet hatte, sondern wandte sich wieder ihr zu und legte ihr sanft die Hand auf den Oberarm. »Mei Lien«, sagte er mit entschlossen vorgerecktem Kinn, »ich möchte dich beschützen. Ich werde für deine Sicherheit sorgen.«

»Wie willst du das denn machen, Joseph?«

»Als meine Frau wärst du sicher.« Er streichelte ihr mit dem Daumen die Schulter. »Wir sollten heiraten.«

11

DONNERSTAG, 4. MÄRZ 1886
PORT TOWNSEND, WASHINGTON TERRITORY

Heiraten.

Das Wort fiel so unerwartet, dass Mei Lien es sich mehrmals im Geiste vorsagen musste, bevor sie Joseph verstand. »Heiraten?« Sie schüttelte den Kopf. »Sei nicht *shǎ*, Joseph, sei nicht töricht. Das ist unmöglich. Komm, wir müssen gehen.«

In der Hoffnung, er werde ihr folgen, wandte sie sich an ihm vorbei in Richtung Stadt, doch er fasste sie am Arm.

»Es ist mein Ernst, Mei Lien.« Er sah sie herausfordernd an. »Ich weiß, ich bin nicht der Mann, den du dir als Bräutigam vorgestellt hast. Ich habe weder die richtige Religion, noch weiß ich um die richtigen Gebräuche, noch beherrsche ich deine Sprache. Aber ich kann dich beschützen und für deine Sicherheit sorgen. Ich kann dir ein gutes Leben bieten.«

Er meinte es tatsächlich ernst. Er war wirklich überzeugt, sie sollten heiraten. Mei Lien verschob den Riemen der Umhängetasche auf ihrer Schulter, und diesmal gelang es ihr, seine Hand abzuschütteln und an ihm vorbeizugehen. »Das kann ich nicht zulassen, Joseph. Du hast auf deiner Insel ein gutes Leben und wirst bald eine christliche Braut finden und mit ihr eine Familie gründen. Du brauchst mich nicht, und eigentlich willst du mich auch gar nicht.«

»Da irrst du dich.« In seiner Stimme lag etwas Gebieterisches, doch ob seiner Worte verharrte Mei Lien, auch wenn sie ihm weiterhin den Rücken zukehrte. »Ich brauche dich, und ich will dich, Mei Lien.«

Jetzt fuhr sie herum. »Wofür?«

Joseph stand noch dort, wo sie ihn verlassen hatte, unter den tropfenden Ästen des Baums. Seine Hände hingen schlaff herunter. »In den letzten Wochen, in denen wir zusammen in meiner Hütte gelebt haben, habe ich angefangen, mich abends beim Heimkommen auf den Klang deiner Stimme zu freuen. Ich sehne mich danach, dich an meiner Seite zu haben, wenn wir auf den Feldern arbeiten. Ich ertappe mich dabei, dass ich wissen möchte, ob deine Haut wirklich so weich ist, wie sie mir in Erinnerung geblieben ist, seit ich dich aus dem Wasser gezogen und ausgekleidet habe. Wenn ich an meine Kinder denke, stelle ich mir vor, dass sie dein schwarzes Haar und deine dunklen Augen haben.«

Mei Lien hatte keine Ahnung gehabt, dass er so empfand. Sie war überzeugt gewesen, sie allein würde etwas spüren, wenn sie zusammen waren. Minutenlang, so schien es ihr, konnte sie Joseph nur anstarren. Seine Worte hatten ihn wohl genauso schockiert wie sie, denn sein Gesicht flammte in einer Farbe auf, die sie bei einem Mann noch nie gesehen hatte. Er sah sie unverwandt an, doch wie er den Hut in den Händen knetete, verriet seine innere Unruhe.

»Was ist mit der guten weißen Frau, die in der Gemeinde an deiner Seite sein soll?«, brachte Mei Lien schließlich heraus. Nur mühsam widerstand sie der Anziehungskraft seiner Worte. »Was passiert, wenn du ihr eines Tages begegnest und dann an mich gebunden bist?«

Da trat er unter dem Baum heraus und nahm ihre Hände. Den Hut ließ er achtlos auf den nassen Boden fallen.

»Ich kann mir keine weiße Frau vorstellen, die schöner oder passender für mich sein könnte als du. Ich will nicht irgendeine Frau, die ich gar nicht kenne. Ich will dich. Willst du mich heiraten, Mei Lien?«

»Und was ist mit den Leuten, die dich meiden werden, sobald sie erfahren, dass du mit mir verheiratet bist? Man wird dich auslachen. Du wirst niemals Ratsmitglied werden und ganz bestimmt nicht Bürgermeister.« Mei Lien wusste, wie viel ihm diese Positionen bedeuteten, hatte er ihr doch voller Begeisterung davon erzählt.

Jetzt hatte sie ihn bestimmt dazu gebracht, von seinem Vorhaben abzulassen.

Doch Joseph schüttelte den Kopf. »Was die Leute denken, interessiert mich nicht. Nach diesen Wochen in deiner Gesellschaft sehe ich Menschen und Situationen in einem anderen Licht. Wenn die Menschen, denen ich gern dienlich wäre, aus lauter Eigennutz buchstäblich über Leichen gehen, ist ein bürgerliches Leben nicht besonders erstrebenswert. Du bist alles, was ich brauche.«

Als sie nicht antwortete, drückte er ihre Hände. »Was sagst du dazu?«

Mei Lien wollte ihre Hände frei machen, doch er hielt sie fest. Entmutigt brachte sie das Einzige vor, was ihr noch einfiel, um sie beide vor diesem Fehler zu bewahren. »Aber ich liebe dich nicht, Joseph.«

Doch die Worte waren kaum über ihre Lippen, da erkannte Mei Lien, wie widersinnig es für eine Frau wie sie war, so etwas zu sagen. In ihrem alten Leben in Seattle hätte ihr eine arrangierte Ehe bevorgestanden, bei der Liebe keine Rolle spielte. Wusste sie überhaupt, was Liebe war?

Joseph verzog den Mund. »Das macht nichts. Vielleicht wirst du mich eines Tages lieben.«

»Du liebst mich auch nicht.«

»Da wäre ich mir an deiner Stelle nicht so sicher.«

Plötzlich lagen seine Lippen auf den ihren. Im ersten Augenblick war es, als würde sie aus weiter Ferne zusehen. Doch dann warben seine weichen Lippen, sein warmer Atem an ihrer Wange, seine Hände auf ihren Schultern, die sie näher zogen, um ihre Aufmerksamkeit, bis sie nichts anderes mehr wahrnahm als ihn. Seine Lippen schmeckten salzig, wie der Schinken, den er gegessen hatte, aber darunter lag ein Geschmack, den Mei Lien nicht zuordnen konnte. Als sie seinen Kuss erwiderte, erkannte sie, dass dieser Geschmack Joseph war. Einfach nur Joseph. Und Mei Lien wollte mehr davon. Sie sehnte sich nach mehr.

Josephs Lippen wanderten über ihre Wange zu ihrem Hals. Mei Lien schloss die Augen und ließ den Kopf zurücksinken. Sie vergaß völlig, dass sie auf freiem Feld standen, wo sie jeder sehen konnte. Heiß und feucht glitt seine Zunge an ihrem Hals hinauf bis zum Ohrläppchen, und ihr stockte der Atem, weil ein köstliches Beben durch ihren Körper fuhr. Sie hatte nicht gewusst, dass man die Zunge für so etwas gebrauchen konnte.

»Und jetzt mach mir weis, wir würden nicht gut zusammenpassen«, flüsterte Joseph ihr zwischen seinen Liebkosungen ins Ohr.

Mei Lien hörte die Herausforderung und das Versprechen in seinen Worten, und ihr Körper antwortete mit einer warmen Flut, die tief in ihrem Leib zusammenströmte. Sie musste nachdenken. Als sie zurücktrat, um Abstand zu gewinnen, merkte sie, dass sie zitterte. Doch nicht vor Kälte.

Josephs Lippen sahen geschwollen aus, und er hatte die Augen halb geschlossen, als wäre er gerade nach einer langen Nacht aus dem Schlaf erwacht. Mei Lien legte die

Fingerspitzen an ihre Lippen, um zu fühlen, ob sie genauso geschwollen waren. Tatsächlich.

Auf Josephs Gesicht breitete sich langsam ein träges Lächeln aus, das Mei Liens Knie weich werden ließ. Diese Empfindung war keineswegs nur angenehm, doch Mei Lien genoss sie.

Sie wollte Ja sagen, wollte sich in die Geborgenheit hüllen, die Joseph verkörperte, und niemals mehr daraus auftauchen. Sie wünschte sich, er würde sie wieder küssen.

Mit bebendem Atem ließ sie den Blick an seinem Körper hinunterwandern. Wie würde es sich anfühlen, wenn er sie so berührte, wie ein Ehemann seine Frau berührte? Sie hatte von diesen Dingen gehört, wenn sie sich in Seattle als Junge unter den Männern bewegte.

Josephs große, schwielige Hände hätten sich auf ihrer Haut eigentlich rau anfühlen müssen, doch sie waren warm und sanft. In dieser Hinsicht erinnerte er Mei Lien an ihren Vater. Beide waren fürsorgliche Männer, die ihre Familie innig liebten. Und verheiratet oder nicht, Joseph und sie waren bereits eine Familie.

Aber Joseph war so groß. Größer als der Vater. Größer als Yeung Lum und die anderen chinesischen Männer, die Mei Lien kannte. Er würde ihr gewiss wehtun.

Aber vielleicht auch nicht? Sie hatte gesehen, wie er ein Wildkaninchen in den Armen hielt und es wieder freiließ, obwohl sie es zum Abendessen hätten verspeisen können. Sie hatte seine Behutsamkeit gespürt, als er auf dem Feld hinter ihr stand, die Hände um ihre Hände legte und sie lehrte, die Hacke zu halten. In diesem Augenblick hielt er sie so sanft, dass sie sich wie etwas ganz Kostbares fühlte. Er mochte groß sein, aber er würde ihr nicht wehtun. Joseph war nicht wie die anderen weißen Männer.

Mit seinen freundlichen grünen Augen erwiderte er ihren Blick, während seine roten Lippen allmählich blasser wurden und er geduldig auf ihre Antwort wartete. Mei Lien dachte an seine Hütte und an seine Farm, an die Stelle auf der anderen Seite der Wiese, wo er schon mit dem Bau eines, wie er es nannte, »richtigen« Hauses begonnen hatte. Bisher war es nicht mehr als ein Gerüst, aber er arbeitete in jeder freien Minute daran und wollte zum Ende des Sommers einziehen. Mei Lien konnte mit ihm dort leben, in einem Haus, das größer und schöner war als ihr altes Zuhause in Seattle. Sie sah sich schon in diesem Haus, wie sie in der Küche, die den gesamten hinteren Teil des Erdgeschosses ausmachte, das Abendessen für Joseph kochte. Sie sah sich, wie sie im Garten arbeitete, der auf dem Stück draußen vor der Hintertür angelegt wurde. Sie konnte sich sogar vorstellen, wie sie Joseph im Stall mit den Tieren half oder wie sie mitging, wenn er im Sund fischte oder auf dem Berg hinter der Farm Wild jagte.

Am meisten jedoch überraschte es sie, dass sie sich neben Joseph auf der Veranda sah, wie sie mit ihm zusammen alt wurde. Sie sah sich, wie sie neben ihm unter seiner Steppdecke lag. Ihre Kinder würden seine Geduld erben und ihr Temperament. Seine grünen Augen und ihr schwarzes Haar.

Sie würden ein gutes Leben haben. Damit hatte Joseph recht. Aber würde sie ihn jemals lieben können? Vielleicht annähernd, doch sie hatte das Gefühl, dass dieser Teil von ihr eingeschrumpft und gestorben war, als sie den Leichnam ihrer Großmutter am Strand gefunden hatte. In ihrem ganzen Leben hatte Mei Lien nur zwei Menschen geliebt, ihren Vater und ihre Großmutter, und als sie ihr entrissen wurden, wurde auch das Stück von ihr mit fortgerissen, das sie mit ihnen verband. Mei Lien zweifelte daran, dass es in ihr noch etwas gab, was zur Liebe fähig war. Ihr Herz war unter dem Stiefelabsatz des weißen Teufels Campbell zermalmt worden. Sie keuchte. »Campbell!«

»Wo?« Joseph zog sie an sich und legte schützend die Arme um sie, während sein Blick das Feld ringsum absuchte.

»Nein, nicht hier.« Mei Lien entwand sich seiner Umarmung. »Ich … mir fiel nur gerade ein, dass er dein Nachbar ist. Wenn er erfährt, dass ich bei dir lebe, wird er mir nach dem Leben trachten, denn ich weiß, was er getan hat. Ich müsste mich jeden Tag meines Lebens vor ihm verstecken und mich immer fragen, wann er das nächste Mal zuschlägt. Ich könnte mich niemals mehr sicher fühlen.«

»Ich bin doch bei dir. Ich beschütze dich.«

Mei Lien schüttelte den Kopf und schlang sich die Arme um den Oberkörper. »Das kannst du nicht. Du kannst nicht jeden Tag und jede Minute bei mir sein. Du musst dich um Felder und Obstgärten kümmern, musst Vorräte besorgen und die Ernte verkaufen. Und die Post austragen.«

»Campbell ist meistens in Seattle. Er kommt nur alle paar Monate für einige Tage auf die Insel. Außerdem hat er dich auf dem Dampfer doch für einen jungen Mann gehalten, oder?«

Mei Lien nickte nachdenklich.

»Na also«, fuhr Joseph fort. »Ich bringe dich als Frau auf die Insel zurück, als meine Braut aus Port Townsend. Niemand wird dich je mit Campbells Schiff in Verbindung bringen.«

Daran hatte Mei Lien nicht gedacht. Aber trotzdem … »Campbell und solche wie er werden mich auf den ersten Blick hassen, allein aus dem Grund, dass ich anders aussehe. Auch wenn er nicht erfährt, dass ich auf seinem Schiff war, bin ich vor ihm nicht sicher.«

Sie las Joseph an den Augen ab, dass er einsah, wie recht sie hatte. Sie wollte ihm jedoch ersparen, dass er seinen Heiratsantrag zurücknehmen musste, und wechselte das Thema. »Ich hoffe, Arbeit als Hausdiener zu finden«, sagte sie und machte sich über das Feld auf den Weg zum nächsten Haus, ohne abzuwarten, ob Joseph ihr folgte. »Oder eine Stellung als Koch, das wäre noch besser. Da könnte ich mich die meiste Zeit in einem einzigen Raum verstecken.«

Joseph legte ihr die Hand auf den Arm und hielt sie fest. Als sie sich wieder zu ihm umdrehte, hatte er die Stirn gerunzelt.

»Ich werde dich vor Campbell beschützen und auch vor allen anderen, die dir ein Leid antun wollen.« Ihm versagte die Stimme, und er musste innehalten und die Lippen zusammenpressen, bevor er fortfahren konnte. »Ich verspreche dir, dass du bei mir in Sicherheit bist. Nur sag mir bitte, dass du meine Frau werden willst.«

Mei Lien hätte sich einreden können, er hätte so verletzlich ausgesehen oder sie angefleht oder sogar, sie hätte keine andere Möglichkeit gehabt. Doch der wahre Grund, warum sie nachgab, war der, dass Joseph in ihrem Körper ein Feuer entfacht hatte. Sie sehnte sich zu erfahren, wo es hinführte, und das konnte nur Joseph ihr zeigen. Sie hatte sich noch nie so lebendig und so stark gefühlt – eine Empfindung, die ihr einigermaßen fremd, aber sehr willkommen war.

Plötzlich war sie verlegen und blickte zu Boden. »Ja. Ich will dich heiraten.«

Joseph hob ihr Kinn, um ihr in die Augen zu sehen. In diesem Moment war die Welt ringsum in großer Schärfe wahrzunehmen, als wären Joseph und sie auf einer der Fotografien, die Mei Lien im Fenster des Occidental Hotel in Seattle gesehen hatte. Als wäre die Welt für einen Augenblick erstarrt und nur sie beide wären gegenwärtig, festgehalten in einer Szene, die sich ihrem Gedächtnis für immer einprägte.

Auf Josephs Gesicht breitete sich ganz langsam ein Lächeln aus, bis er förmlich von innen strahlte. Das löste ein Glühen in Mei Lien aus, und ihr eigenes Lächeln wurde breiter, als Joseph sie aufhob und mit einem Jauchzer im Kreis schwang. In diesem Moment vergaß sie alles, was sie hierhergeführt hatte. Sie schloss die Augen und genoss einfach das Gefühl, gehalten zu werden.

Als Joseph sie wieder auf die Füße stellte, drückte er ihr noch einmal einen raschen Kuss auf die Lippen. Sie sammelten ihre Siebensachen ein, und dann zog er sie fast in die Stadt zurück.

Es dauerte über eine Stunde, bis die Einzelheiten geklärt waren. Joseph bezahlte den Baron dafür, dass er ihnen jemanden suchte, der sie offiziell trauen konnte. Es war der Kapitän eines Schiffes aus Tacoma, der auf das Löschen seiner Ladung wartete. Für den richtigen Preis hatte er keine Bedenken, einen Weißen und eine Chinesin zu vermählen. Außerdem erwarb Joseph im Laden des Barons einen schlichten Goldreif und ein Kleid und Schuhe für Mei Lien.

Das Kleid wollte Mei Lien ablehnen, denn sie trug lieber Hose und Jacke, aber Joseph erinnerte sie daran, dass sie sich jetzt wie eine Frau kleiden musste, damit Campbell sie nicht wiedererkannte. Und dann legte er ihr die Hand an die Wange und sagte, sie verdiene es, an ihrem Hochzeitstag schön auszusehen und sich schön zu fühlen. Obwohl dieses Kleid nicht Mei Liens Vorstellung von Schönheit entsprach, nahm sie es schließlich an und ließ auch zu, dass man sie in ein Haus zwei Türen weiter entführte, um sie auf die Zeremonie vorzubereiten. Ein angesehenes Hotel oder ein Privathaus hätte ihr keinen Einlass gewährt, aber der Baron hatte Hilfe – wenn auch widerstrebende – im Bordell gefunden.

Doch als Mei Lien dort in einem Zimmer oben vor einem hohen Spiegel stand, fühlte sie sich nicht schön, obwohl ihr Haar zu einem Knoten aufgesteckt war und sie mehrere Unterröcke und ein gestärktes schwarzes Seidenkleid mit Turnüre trug. Sie kam sich albern vor in diesem Kleid mit der Unterwäsche aus Leinen und dem engen Fischbeinkorsett. In ihrem ganzen Leben hatte sie so etwas noch nicht getragen, und sie hoffte, dass es das erste und letzte Mal war, denn sie fühlte sich darin eingezwängt und gleichzeitig schrecklich entblößt. Wie konnte eine Frau dermaßen eingeschnürt ihrem Tagewerk nachgehen?

»Ich begreif nicht, warum wir uns mit so einer solche Mühe machen müssen.«

Mei Lien warf einen raschen Blick auf die Dirne, die herumlamentierte. Faul räkelte die Person sich auf dem Bett, das den größten Teil des kleinen Zimmers einnahm. Eine herbe Frau mit strähnigem rotem Haar und zu viel Rouge auf den altersschlaffen Wangen. Der grüne Seidenmorgenrock war ihr von der Schulter gerutscht und enthüllte ihre sommersprossige Haut.

»Sei still, Pearl. Wir werden dafür bezahlt, das ist Grund genug.« Das war die jüngere Frau, die sich als Sapphire vorgestellt hatte und die jetzt hinter Mei Lien stand und ihr behutsam die zahllosen winzigen Knöpfe am Rücken schloss. Im Spiegel begegneten sich ihre Blicke, und Sapphire lächelte. Ihr fehlte ein Schneidezahn. »Hör einfach nicht hin. Sie ist bloß neidisch.«

»Neidisch auf ein stinkendes Schlitzauge?« Mit einem angewiderten Zischen sprang Pearl auf die Füße und verschwand aus dem Zimmer.

»So. Fertig.« Sapphire trat zurück und stemmte die Hände in die Seiten. Dann neigte sie den Kopf. »Vielleicht sollten wir dich pudern, damit deine Haut nicht so dunkel ist.«

Mei Lien reagierte nicht auf die Worte der jungen Frau, denn sie war ganz darin vertieft, was das Kleid mit ihrer Figur anstellte. Sie verschränkte die Arme wie einen Schutzschild vor der Brust. Erwartete man wirklich von ihr, dass sie so nach draußen ging, wo jedermann – auch Joseph – sie sehen konnte … mit diesen vorgereckten Brüsten? Sie hätte ebenso gut nackt sein können, so deutlich stachen die beiden Höcker hervor. Und erst ihre Taille! Sie sah unnatürlich schmal aus, wodurch ihr Busen noch viel größer wirkte. Sapphire hatte sogar davon gesprochen, Mei Liens Mann könne ihre Taille mit beiden Händen umspannen. Was für eine lächerliche Vorstellung.

»Der Baron sagt, es ist Zeit«, murmelte Pearl in der Tür, bevor sie wieder verschwand.

Mei Lien schloss die Augen und stellte sich vor, sie würde wie immer *sam* und *fu* tragen. Die Anspannung in ihrem Körper ließ augenblicklich spürbar nach. Männerkleidung war ihr einfach lieber, aber sie wusste auch, dass sie sich von heute an den Wünschen ihres Mannes fügen musste. Und Joseph wollte, dass sie Kleider trug. Außerdem schützten die Frauenkleider sie vor Campbell.

Mit einem Seufzer öffnete Mei Lien die Augen und ließ die schützenden Arme widerstrebend sinken. Dann folgte sie Sapphire die Treppe hinunter in den vorderen Salon des Bordells, wo Joseph mit dem Baron und dem Kapitän wartete. Als ihr zukünftiger Gemahl sie sah, machte er große Augen und warf ihr einen bewundernden Blick zu. Sein warmes Lächeln löste ihre Anspannungen noch weiter.

Wortlos nahm Mei Lien ihren Platz neben Joseph ein. Sie hielt den Kopf gesenkt, damit er ihre Verlegenheit nicht bemerkte. So hatte sie sich ihren Hochzeitstag nicht vorgestellt. Trotz der Häkeldeckchen auf den Möbeln und der importierten Spitzengardinen an den Fenstern war und blieb das hier ein Freudenhaus. Eigentlich hätte sie in einer hell gestrichenen Sänfte im Elternhaus ihres zukünftigen Gemahls eintreffen sollen, gekleidet in ein *qun kwa* aus roter Seide. Statt im Kreis von Freudenmädchen und Händlern, die sich ein bisschen Geld verdienen wollten, hätten sie und ihr Ehemann mit Familie und Freunden feiern sollen.

Als der Kapitän zu sprechen anhob, schob Mei Lien ihre trübsinnigen Gedanken beiseite. Jetzt war es Zeit, sich von ihrer Vergangenheit zu verabschieden und hoffnungsvoll in die Zukunft zu blicken. Wenn schon nicht um ihrer selbst willen, dann Joseph zuliebe.

Als sie dazu aufgefordert wurde, wiederholte sie die Worte, die der Kapitän ihr vorsprach. Sie lächelte Joseph an, als er ihr sein Versprechen gab, und während der ganzen Zeremonie hielt sie sich an dem Gedanken fest, dass diese Verbindung ihnen Glück bringen werde.

Als es vorbei war und der Kapitän erklärte, sie seien jetzt Mann und Frau, küsste Joseph sie leicht auf die Lippen, was von den anwesenden Damen mit Johlen und derben Ermutigungen quittiert wurde. Joseph achtete nicht darauf und lächelte Mei Lien an. »Freut mich sehr, Sie kennenzulernen, Mrs. McElroy.«

Mrs. McElroy. Wie merkwürdig, so angesprochen zu werden. In ihrer Kultur änderten die Frauen ihren Namen nicht, um so zu heißen wie ihre Ehegatten. Doch Joseph zuliebe lächelte sie. »Danke.«

Er drückte ihr die Hand. »Du siehst schön aus, Mei Lien.«

Sie spürte Hitze am Hals aufsteigen und wandte den Blick ab, um das Sehnen, das seine Worte in ihr wachriefen, und die damit einhergehende Verlegenheit zu verbergen.

Bald waren sie wieder auf der Straße und beeilten sich, um noch einen Dampfer nach Hause zu bekommen, denn die Sonne sank bereits, und selbst der Baron hatte ihnen keine ehrbare Unterkunft für ihre Hochzeitsnacht beschaffen können. Als sie den Hafen erreicht und den wartenden Stapel mit Waren gefunden hatten, für deren Eillieferung der Baron einen satten Aufpreis berechnete, ließ Mei Lien den Blick über die von Gaslaternen beleuchteten Straßen nach Norden schweifen, zu dem dunkelnden Strand, wo man die Großmutter gefunden hatte. Die Flut war gekommen und bedeckte die Steine, auf denen ihr Leichnam gelegen hatte.

Jede Spur der Großmutter war verschwunden, und damit war Mei Liens Leben vor jener entsetzlichen Nacht unwiederbringlich zu Ende. Nie wieder würde sie irgendetwas aus jener Zeit berühren, riechen, sehen oder hören. Es war für immer vorbei.

Eine leise, brennende Wut machte sich in ihrem Bauch breit, als sie zu dem vom Wasser überspülten Strand blickte. Schweigend gelobte sie ihrer Familie, niemals zu vergessen, was man ihnen angetan hatte.

Eines Tages würde sie dafür sorgen, dass die Wahrheit ans Licht kam. Sie würde die Geschichte erzählen, koste es, was es wolle.

12

Montag, 9. Juli – heute
Firmenzentrale von PMG, Seattle

Im Keller der Premier Maritime Group zog Inara die nächste Aktenschublade auf, um zu schauen, ob sie zwischen den staubigen Unterlagen irgendetwas aus dem Jahr 1886 fand. Eine Stunde lang war sie schon zugange, und sie hatte nur noch eine Dreiviertelstunde bis zu dem mit ihrem Vater verabredeten Termin.

Sie hätte ihren Vater am Vortag zu Hause zur Rede stellen können, als sie in die Stadt gekommen war, doch dies war ein geschäftliches Treffen. Sie hatte ihm gar nicht gesagt, dass sie in der Stadt war, und hatte die Nacht im Gästezimmer von Olivia verbracht, die mit ihrer Familie gerade Urlaub auf Hawaii machte. Am Morgen hatte Inara als Erstes Zoé angerufen, die Sekretärin ihres Vaters, um einen Termin zu vereinbaren.

Und dann war sie direkt zu PMG gefahren, wo der Wachmann sie kannte und nicht mit der Wimper zuckte, als sie ihm erklärte, sie müsse für ein paar Recherchen ins Firmenarchiv.

Hoffentlich fand sie bald, wonach sie suchte, denn sie wollte wissen, ob die Schwere, die sie niederdrückte, begründet war oder nicht. Schließlich konnte es auch purer Zufall sein, dass Mei Lien die *Prince of the Pacific* auf ihren Ärmel gestickt hatte, und das Motiv war nicht weiter von Bedeutung.

Trotzdem, sie musste es wissen.

Als ihr nur noch zehn Minuten blieben, stieß sie auf eine Akte mit handschriftlichen Logbucheinträgen der *Prince of the Pacific*, datiert auf den 7. Februar 1886, den Tag, an dem die Chinesen aus Seattle vertrieben worden waren. Duncan Campbell war als Schiffseigner an Bord, verantwortlich für die Überfahrt war der Kapitän.

Dreihundertsiebenundvierzig Menschen, ausnahmslos Chinesen, waren in Seattle an Bord gegangen. Den ermäßigten Preis für die Überfahrt hatten zum Teil die Chinesen selbst aufgebracht, zum Teil auch Bürger von Seattle, die zu allem bereit waren, um ihre Stadt von einer ganzen Volksgruppe zu säubern.

Der nächste Eintrag stammte vom folgenden Tag in Astoria, Oregon. Obwohl dort nichts ausgeladen wurde, nahm die *Prince* zweihundertsechsundsiebzig Passagiere samt ihrem Hab und Gut auf sowie neunhundert Tonnen Lachskonserven für San Francisco.

Es waren doch schon über dreihundert Passagiere auf dem Schiff. Ausgeschlossen, dass das alles an Bord passte.

Inara betrachtete die krakelige Tintenschrift genauer. Niemand ging in Astoria von Bord, und es wurde keine Ladung gelöscht, und davor hatte das Schiff keine anderen Häfen angelaufen. Wo waren die ganzen Chinesen geblieben? Sie konnten sich doch nicht in Luft aufgelöst haben.

Und dann wusste sie es.

Und mit dem Wissen überkam sie eine Welle der Übelkeit, die so gewaltig war, dass sie in Schweiß ausbrach und sich augenblicklich auf den staubigen Zementboden setzen musste.

Sie waren über Bord geworfen worden. Von Inaras Ururgroßvater.

Sie drückte die Handteller an die Schläfen, als Entsetzen und Scham sie überwältigten. Ihre Gedanken überschlugen sich. Wenn das Schiff irgendwo angelegt hätte, um die Passagiere an Land zu setzen, müsste das im Logbuch stehen. Außerdem hätte es einen Aufruhr gegeben, wenn zu dieser Zeit in irgendeiner Gemeinde so viele Chinesen aufgetaucht wären. Die Tatsache, dass das Logbuch keine logische Erklärung für ihr Verschwinden verzeichnete, bewies, dass die Firma keinen Wert darauf gelegt hatte. Hier war etwas Gesetzwidriges und Unmenschliches passiert.

Die Stickereien auf dem Ärmel waren weder Metaphern noch Übertreibungen, wie Daniel vermutet hatte. Sie stellten die tatsächlichen Ereignisse dar, als Duncan Campbell und seine Leute Hunderte von unschuldigen Menschen töteten, indem sie sie einfach über Bord warfen. Diese Menschen waren verschwunden, und ihre Familien hatten in all den Jahren nicht daran gedacht, Fragen zu stellen.

Wenn sie weitere Recherchen über diesen Vorfall anstellte, würde sie Beweise dafür finden, dass die Bewohner von Seattle geglaubt hatten, die Chinesen wären sicher nach San Francisco oder China gelangt. Falls sie überhaupt noch einen Gedanken an sie verschwendeten. Die Familien und Freunde der getöteten Chinesen fürchteten sich wahrscheinlich davor nachzufragen, warum ihre Angehörigen nie wieder etwas von sich hören ließen. Oder sie nahmen ebenfalls an, dass die, die auf dem Schiff gewesen waren, nun in Kalifornien lebten.

Doch Mei Lien hatte die Wahrheit gekannt. Und in ihrer Stickerei hatte sie der Welt Zeugnis abgelegt von dem Geschehen. O Gott, war sie auch über Bord geworfen worden? Und hatte irgendwie überlebt? War sie so auf die Insel gekommen?

Der Wecker an Inaras Handy rasselte laut durch den Keller, und sie zuckte zusammen. Es war Zeit für ihren Termin mit ihrem Vater. Gut. Er wusste, was in dieser Angelegenheit zu tun war. Sie steckte die Unterlagen rasch in ihre Schultertasche, stand auf, schob die Aktenschublade zu und eilte zum Aufzug.

In weniger als vier Minuten stand sie im obersten Stockwerk des Gebäudes vor dem Schreibtisch ihres Vaters mit Blick über die Elliott Bay, die sechsundsechzig Etagen unter ihr in dem durch die Wolkenlücken dringenden Sonnenlicht glitzerte.

Charles Erickson freute sich, sie zu sehen. »Ich dachte, du würdest eine Weile nicht nach Hause kommen.« Er stützte die Hände auf die Tischplatte und drückte sich hoch. Sie hob eine Hand, damit er nicht um den Tisch herumkam, um sie zu umarmen, und so setzte er sich wieder und sah sie fragend an.

Sie begann ohne Umschweife. »Haben wir in der Anfangszeit der Firma jemals Menschen, insbesondere Chinesen, von Seattle nach San Francisco gebracht?«

Er blieb seltsam reglos. »Selbstverständlich. Wir haben alles transportiert, was von A nach B musste.«

Sie zögerte, denn ihr graute davor, wie er die Neuigkeit aufnehmen würde. Gewiss würde er über das, was sie herausgefunden hatte, genauso erschüttert sein wie sie.

»Dad«, setzte sie behutsam an, »es gibt da insbesondere eine Passage, die mir Sorgen bereitet. Am 7. Februar 1886 verließ die *Prince of the Pacific* den Hafen vollbesetzt mit Passagieren. Chinesischen Passagieren.«

Er presste die Hände auf die polierte Tischplatte. »Fahr fort.«

Sie schluckte. »Die Chinesen sind niemals irgendwo angekommen. Sie sind wie vom Erdboden verschwunden. Der nächste Hafen, den das Schiff ansteuerte, war Astoria, und dort ist kein einziger Passagier von Bord gegangen. Trotzdem wurden weitere Passagiere an Bord genommen, plus Fracht.«

Ihr Vater stand auf, kehrte ihr den Rücken zu und ließ den Blick über die Elliott Bay schweifen, wo gerade ein PMG-Containerschiff an den Kai von Harbor Island geschleppt wurde. Bedauern zwickte sie. Vielleicht hätte sie ihn nicht damit belasten sollen.

Doch er musste es erfahren. »Ich … ich glaube, Duncan Campbell hat sie umgebracht.«

Er senkte den Kopf, und sie wünschte, sie könnte die Worte zurücknehmen.

Sie wollte gerade den Mund öffnen, um zu sagen, dass sie sich sicher täusche, es sei sicher ein Missverständnis, da sagte er: »Ich hab doch gewusst, dass es ein Fehler ist, wenn du deine Nase in dieses Haus steckst.«

Sie schloss den Mund und starrte ihren Vater an. Seine Worte ergaben keinen Sinn. Noch während sie zu begreifen versuchte, meldete sich Zoé über die Wechselsprechanlage. »Mr. Erickson, der Fahrer hat gerade angerufen. Er hat die Leute von Yǒu Yì Cruises am Flughafen abgeholt und wird in zwanzig Minuten hier sein.«

Ihr Vater trat an seinen Schreibtisch und drückte einen Knopf. »Danke, Zoé. Sagen Sie mir Bescheid, wenn sie da sind.« Nachdem er die Verbindung getrennt hatte, schob er die Hände in die Hosentaschen und sah Inara über den breiten Tisch hinweg an. »Deine Großmutter hat deiner Mutter von der Sache erzählt. Für Duncan bedeutete es nicht mehr, als ›wertlosen Ballast über Bord zu werfen‹. In der Öffentlichkeit wusste er den Mund zu halten, aber insgeheim war er stolz auf das, was er getan hatte. Weil er angeblich sein Schiff dem Untergang preisgegeben hätte, wenn die dreckigen Asiaten an Bord geblieben wären. Danach ist er nach Astoria gefahren, um fahrplanmäßig Passagiere und Fracht aufzunehmen. Und niemand hat je was gemerkt.«

Ihre Aufmerksamkeit war am ersten Satz hängen geblieben. »Mom hat es gewusst?«

Er nickte. »Und sie hat jeden Tag ihres Lebens daran gearbeitet, es wiedergutzumachen.«

Inara schnürte es die Kehle zu. Sie sank auf einen der Besucherstühle vor dem Schreibtisch. Ihre Eltern hatten es die ganze Zeit gewusst und hatten doch zugelassen, dass sie und ganz Seattle Duncan Campbell als den großen Gründungsvater verehrten, wo er in Wirklichkeit doch ein Rassist war und ein Mörder. Sie hatte in der Schule Aufsätze über ihn geschrieben und sich stolz die jährliche Schultheateraufführung angesehen, in der er eine wichtige Figur war. Wenn sie es gewusst hätte, dann hätte sie ... sie ... Sie ließ das Kinn auf die Brust sinken. Sie wusste nicht, was sie getan hätte. Vielleicht gar nichts, so wie ihre Eltern.

»Warum, Dad?« Sie wusste nicht, ob sie fragte, warum Duncan das getan hatte oder warum ihre Eltern ihr nicht die Wahrheit gesagt hatten. Vielleicht beides.

»Die Dinge waren damals sehr schwierig. Die Menschen hatten kein Verständnis für andere Kulturen und Völker. Sie sahen nur, dass die Chinesen ganz anders waren als sie, das machte ihnen Angst. Und Angst treibt Menschen dazu, schreckliche Dinge zu tun.«

»Aber die meisten Menschen bringen nicht aus Angst unschuldige Familien um.« Inara schloss die Augen und atmete tief durch, um sich zu beruhigen. Es wollte ihr nicht in den Kopf, dass ihre Eltern es die ganze Zeit gewusst hatten.

»Als du davon anfingst, dass du einen chinesischen Ärmel gefunden hast, war mir klar, dass es da irgendwie eine Verbindung gibt zu diesen Menschen und zu dem, was Duncan getan hat.« Seine Stimme sank um eine Oktave. »Du solltest ihn loswerden, Inara. Verbrenn ihn.«

Sie riss die Augen auf. »Um weiter Lügen über unsere Familie zu erzählen und wie toll wir alle sind, so wie ihr die ganze Zeit?« Sie erhob sich und ging auf und ab, hielt aber Abstand zu ihrem Vater. »Soll ich in zwei Monaten vor die Presse treten und den Bürgern von Seattle den Duncan Campbell Park übergeben, in dem Wissen, dass er Hunderte von Menschen auf dem Gewissen hat? Nein. Das kann ich nicht. Das mache ich nicht.«

»Du musst, Inara. Die Wahrheit würde mehr schaden als nützen.«

Sie blieb stehen. »Ehrlich, Dad? Wurde der Schaden nicht vielmehr vor einem Jahrhundert angerichtet und du und Mom und Großvater habt es nur schlimmer gemacht, indem ihr es unter den Teppich gekehrt habt?«

Er setzte sich, müde und mit bleichem Gesicht, auf seinen mit Leder bezogenen Stuhl. »Du klingst wie deine Mutter. Sie fand auch, dass die Wahrheit ans Licht sollte, aber sie begriff, welchen Schaden es für unsere Firma und unsere Familie bedeuten würde. Deswegen hat sie einen Großteil ihrer Zeit und unseres Geldes wohltätigen Zwecken gewidmet. Sie hat es sich zur Lebensaufgabe gemacht, einen Teil der Schuld, die ihr Ururgroßvater auf sich geladen hatte, wiedergutzumachen.«

»Das habe ich nicht gewusst.« Es erklärte, warum sie so hart gearbeitet hatte.

»Das hat niemand gewusst, Schatz.«

Inara musste über so vieles nachdenken, dass es sie schier erdrückte. Sie nahm den Platz ihres Vaters am Fenster ein, blickte auf das Wasser und überlegte, wie es an dem Tag gewesen war, an dem Mei Lien und ihre Familie auf ein Dampfschiff verfrachtet wurden, um niemals zurückzukehren. Schuldgefühle brannten sich in ihre Seele. Inara war damals noch nicht auf der Welt gewesen, trotzdem fühlte sie sich verantwortlich für das, was passiert war. Wie ihre Mutter wollte sie einen Weg finden, es wiedergutzumachen, Sühne zu tun für die Schande, die ihre Familie über sich gebracht hatte.

»Hat es Mom geholfen? Die Wohltätigkeitsarbeit?«

»Ein bisschen.« Ihr Vater führte das nicht weiter aus, doch Inara ahnte, dass die Schuld bis zu ihrem Tod schwer auf ihrer Mutter gelastet hatte.

»Bevor Campbell es kaufte, hat eine Chinesin in Dahlias Haus gelebt. Hast du das gewusst?« Er machte große Augen, und das verriet ihr, dass er keine Ahnung gehabt hatte. »Sie hieß Mei Lien, und sie war mit einem Mann namens Joseph McElroy verheiratet. Sie hat den Ärmel angefertigt. Sie wusste, was Duncan in jener Nacht getan hat, aber wir wissen nicht, in welchem Zusammenhang sie damit steht und wie sie auf die Insel gekommen ist. Weißt du es?«

»Nein. Und wahrscheinlich werden wir es nie erfahren. Du musst diese Sache drangeben. Hör auf zu recherchieren und lass die Geheimnisse ruhen. Mit dem Hotel hast du wahrlich genug am Hals.« Er stand auf und stützte die Hände auf den Schreibtisch. »Denk an deinen Bruder, der in diesem Augenblick unten in der Halle ist, um die chinesischen Geschäftsleute zu empfangen, die uns ihre Firma verkaufen. Damit legen sie ihre Anlagen, ihre Arbeiter und ihren Ruf in unsere Hände. Eines Tages wird Nathan die Firma von mir übernehmen. Willst du seine Zukunft ruinieren? Und die deiner Schwester? Niemand wird seine Kinder in ihre Klinik bringen wollen, wenn die Wahrheit bekannt wird. Du musst darüber schweigen, Inara.«

Die Kritik in seiner Stimme traf sie tief, doch sie schob es beiseite. »Ja, ich weiß«, äußerte sie vorsichtig. »Du musst in dein Meeting, also wird's Zeit, dass ich Leine ziehe.«

Sie ging zu dem Besucherstuhl und nahm ihre Sachen. Der Zorn, der eben noch in ihr aufgeflammt war, wich einer matten Traurigkeit. Das Geheimnis war lange Zeit gehütet worden, doch der Ärmel machte dem ein Ende, sosehr ihr Vater sich auch wünschte, es würde alles verborgen bleiben.

Es sei denn, sie tat, worum er sie gebeten hatte, und hörte auf mit ihren Recherchen. Es sei denn, sie sagte Daniel, er solle ebenfalls alles abblasen. Es sei denn, sie verbrannte den Ärmel.

»Ich meine es ernst, Inara. Wenn ein Wort darüber nach außen dringt, muss ich dir den Geldhahn zudrehen.« Sein Gesicht war gerötet, und er schwitzte stark.

Sie wusste, es war nicht gut für sein Herz, wenn er sich aufregte, doch sie musste fragen. »Das würdest du mir wirklich antun?«

»Wenn du dich darauf versteifst, uns, deiner Familie, so zu schaden, habe ich keine andere Wahl.«

Sie konnte nur auf den Teppich starren und überlegen, welche Optionen sie hatte. Natürlich keine. Sie war geschlagen. »Ich belasse es dabei. Und du hast recht. Ich muss mich jetzt sowieso ganz auf das Hotel konzentrieren.«

Seine Stirn glättete sich, doch als er sich setzte, schob er die Hand in die Tasche seines Jacketts und holte ein Pillenfläschchen heraus. Er versuchte, die Nitroglyzerin-Tablette, die er sich unter die Zunge steckte, vor ihr zu verbergen, aber sie sah es und machte sich Sorgen.

»Geht es dir gut, Dad?«

»Ja, ja.« Er stand auf und nahm sein Jackett vom Stuhl.

»Wann warst du das letzte Mal bei Doktor Kozlowski?«

Er hatte das Jackett angezogen und ging zur Tür. »Vor zwei Wochen. Und er hat mir bestätigt, dass alles in Ordnung ist. Mach dir keine Sorgen. Ich bringe dich noch raus.«

Inara hob die Hand, denn ihr fiel gerade noch rechtzeitig der zweite Grund wieder ein, warum sie hier war. »Warte, ich bin noch nicht fertig.«

Ihr Vater hatte die Hand schon fast an der Türklinke, doch er hielt inne und drehte sich seufzend zu ihr um. »Was?« Er klang erschöpft.

»Luxe Realty? Ehrlich?«

Kurz huschten Schuldgefühle über sein Gesicht, als er die Hände in die Taschen schob und wortlos zum Schreibtisch zurückkehrte, wo er sich an die Tischplatte lehnte und die Arme vor der breiten Brust verschränkte. »Ich habe sie nur gebeten, eine Marktanalyse durchzuführen. Damit wir wissen, was das Anwesen wert ist, wenn die Zeit kommt.«

Da seine Gesichtsfarbe wieder gesünder war, hatte Inara keine Skrupel, sich zur Wehr zu setzen. »Wenn die Zeit kommt? Dann gehst du also davon aus, dass ich scheitere?«

»Ich mache mir Sorgen um dich, Schatz. Du hast nicht genug Erfahrung, um dieses Projekt erfolgreich zu managen, und du erlaubst mir nicht, jemanden zu holen, der diese Erfahrung hat.«

»Weil ich es hinkriege, Dad. Es ist wichtig, dass ich es auf meine Art tue.«

»Aber du gibst einen Haufen Geld aus, und ich bin mir nicht sicher, ob die Investition je Ertrag abwerfen wird.« Er verlagerte das Gewicht und legte ein Bein über das andere. »Normalerweise würde ich dich einfach machen lassen, aber die Einsätze sind sehr hoch. Ich versuche nur, dich vor einer Katastrophe zu bewahren, aus der du dich im wahrsten Sinne des Wortes für den Rest deines Lebens nicht mehr freigeschaufelt kriegst.«

Er glaubte einfach nicht an ihren Erfolg. Gott, die Wahrheit tat weh. Sie sank auf den Stuhl, der zum Glück hinter ihr stand.

Ihr Vater hatte sie immer unterstützt und ihr stets das Gefühl gegeben, sie könnte alles erreichen, was sie sich in den Kopf setzte. Sein Glaube an sie hatte sie durch alle Herausforderungen getragen, denen sie sich je hatte stellen müssen. Glaubte er nicht, dass sie mit dem Hotel Erfolg haben würde, weil sie es wirklich nicht konnte? Machte sie sich etwas vor?

Wie sie da saß und ihren Vater ansah, ging ihr auf, dass sie erwartet hatte, er werde einen Rückzieher machen, sich entschuldigen und ihr geben, was sie wollte.

Himmel. Werd erwachsen, Inara. Sauer brannte es in ihrer Kehle.

»Warum rosa Toiletten?« Sie musste es wissen.

Seine einzige Bewegung war ein Hochziehen der Augenbrauen. »Ich habe für den notwendigen Katalysator gesorgt, damit du das Projekt einstellst. Du bist viel zu hoch qualifiziert, um auf dieser gottverlassenen Insel zu leben und die Gastwirtin zu spielen. Überleg doch mal, was du bei einem Weltkonzern wie Starbucks beruflich erreichen kannst. Der, wie es der Zufall will, immer noch eine offene Stelle hat, die auf dich wartet. Ich kann auch die Fühler ausstrecken und sehen, wer sonst noch jemanden sucht.«

Genau wie sie vermutet hatte. Sie öffnete den Mund, schloss ihn jedoch wieder, ohne dass ihr ein Wort über die Lippen kam. Sie würde den Job bei Starbucks nicht annehmen – und auch keinen anderen, den er auftat. Sie würde ihr Hotel einrichten, und sie würde es führen, und es würde verdammt noch mal das beste Boutique-Hotel in der ganzen Gegend werden.

Sie gehörte auf diese Insel, und sie gehörte ins Hotelgewerbe. Mochte ja sein, dass es ursprünglich Tante Dahlias Traum gewesen war, doch jetzt war es ganz und gar ihrer. Es war das, was sie für den Rest ihres Lebens tun wollte. Das wusste sie genau.

Doch ihr fehlte das nötige Kapital, um das Projekt voranzubringen, und so, wie ihre Situation war, würde sie von niemand anderem einen Kredit bekommen. Ohne ihren Vater war sie zum Scheitern verurteilt. »Warum hast du mir den Kredit überhaupt gewährt?«

Sein Blick wurde weicher. »Ich kann nicht anders. Ich will, dass du glücklich bist. Aber ich glaube nicht, dass du auf die Insel gehörst.«

»Komm rüber und sieh's dir an. Dann verstehst du es.«

In dem Augenblick ging die Tür auf, und ihr Bruder Nate kam herein und schenkte ihr ein breites Lächeln. »Zoé hat mir gesagt, dass du hier bist. Alles in Ordnung?«

Sie umarmte ihn abwesend und bemühte sich um ein Lächeln. »Ja, mir geht's gut. Ich unterhalte mich nur ein bisschen mit Dad.«

»Kann ich irgendwie helfen?« Er war der Nächste, der die Firma leiten würde. Natürlich war er bereit, bei Problemen zu helfen, finanziellen und anderen. Doch sie würde ihn nicht um einen Kredit bitten. Die Boutique seiner Frau Jennifer war noch nicht in den schwarzen Zahlen, und sie hatten zwei Jungen, die sie durchs College bringen mussten.

»Danke, Nate, aber es ist alles gut. Ehrlich. Schön, dich zu sehen.«

Er musterte sie eindringlich, und es war deutlich, dass er ihr nicht glaubte, doch dann drückte er ihr die Schulter. »Ganz meinerseits.« Er wandte sich seinem Vater zu und war wieder ganz Geschäftsmann. »Die Leute von Yōu Yì sind gerade vorgefahren. Komm in fünf Minuten runter.« Zu Inara sagte er: »Sie stehen kurz davor, die Übernahmepapiere zu unterzeichnen. Drück die Daumen, dass sie unser Angebot heute annehmen.«

Sie hob mit gedrückten Daumen die Hände. »Wird gemacht.«

»Wir sehen uns unten, Nate.« Ihr Vater hatte sich nicht gerührt, seit Nate hereingekommen war.

Sie und ihr Vater schwiegen, bis Nate fort war. Kaum fiel die Tür hinter ihm ins Schloss, wuchs der Druck in Inaras Brust. »Siehst du dir mein Konzept wenigstens mal an? Ich habe ein paar Zeichnungen dabei und die Finanzplanung. Ich stehe noch am Anfang, aber so könntest du ein gutes Gefühl für alles kriegen.« Sie wusste, dass sie sich an einen Strohhalm klammerte.

Als er nicht antwortete, drückte sie die Schultern durch und versuchte es noch einmal. »Dann lass uns unsere Geschäftsbeziehungen noch formeller gestalten. Wie wäre es, wenn ich dir einen Teil des Anwesens überschreibe, sodass du nicht nur deinen Kredit mit Zinsen zurückbekommst, sondern auch einen Anteil an zukünftigen Gewinnen des

Hotels oder …« Sie atmete tief durch. »… oder einen Teil des Verkaufserlöses, falls es so weit kommen sollte.«

Sie hätte schwören können, dass in seinen Augen ein Funke Interesse aufblitzte. »Ich weiß, dass es nicht das ist, was du dir für mich vorgestellt hast, aber ich verspreche dir, dass ich alles, was ich an der Uni gelernt habe, im Hotel zur Anwendung bringen werde. Es ist eine ganz eigene Herausforderung, die mir das Gefühl gibt, lebendig zu sein und glücklich. Das Hotel mit seinen ganzen komplizierten Abläufen ist genau das, was ich mit meinem Leben anfangen will, und wenn du es nur mal siehst, wirst du mir zustimmen.«

»Du spielst mit sehr viel Geld, Inara.« Er klang müde.

»Es ist kein Spiel.« Ihr kam eine Idee, und sie ging zu dem Besucherstuhl, holte ihr Handy aus der Tasche und rief den Terminkalender auf. »Wenn alles klappt, ist die erste Renovierungsphase am Labor-Day-Wochenende abgeschlossen. Warum kommst du nicht dann rüber und inspizierst das Ganze? Sieh es dir mit eigenen Augen an und entscheide dann, ob du weiter mein Geschäftspartner sein oder dich rausziehen willst. Wenn du dich rausziehst, zahle ich dich zu dem Zeitpunkt komplett aus, selbst wenn ich das Anwesen dafür verkaufen muss.« Sie schluckte. »Aber gib mir bis dahin eine echte Chance. Was meinst du?«

Schweigend hob er seine grauen Augenbrauen und sah sie an, als wäre sie noch ein Teenager, der darum bat, abends eine Stunde später heimkommen zu dürfen. Sie kaute auf ihrer Lippe herum.

Schließlich schüttelte er den Kopf, und ihr Herz purzelte krachend zu Boden. »Ich will keinen Anteil«, sagte er, was sie überraschte. »Wir bleiben bei unserer ursprünglichen Vereinbarung. Aber der Gedanke, am Labor Day eine Entscheidung zu treffen, gefällt mir. Du hast bis September. Meine Entscheidung ist dann aber endgültig.«

»Und du hörst auf, mir in die Bestellungen reinzupfuschen, und pfeifst die Maklerin zurück?«

»Ja.« Das Lächeln, das er ihr schenkte, hatte ihr immer das Gefühl gegeben, etwas Besonderes zu sein.

Sie erwiderte es. »Es wird dir gefallen. Das verspreche ich dir.«

Als er die Arme öffnete, trat sie zu ihm und ließ sich umfangen. Dann nahm sie, weil sie wusste, dass er zu seinem Meeting musste, ihre Sachen und verabschiedete sich.

Sechs Blocks weit war sie im Hochgefühl ihres Erfolgs gefahren, da fiel ihr die erste Hälfte des Gesprächs wieder ein. Hatte sie sich wirklich einverstanden erklärt, nicht weiter nach der Geschichte des Ärmels zu forschen?

Wenn sie sich nicht daran hielt, drehte ihr Vater ihr womöglich den Geldhahn zu, obwohl er zugesagt hatte, ihr bis zum Labor Day freie Hand zu lassen.

Das konnte sie nicht riskieren. Sie musste den Ärmel vergessen. Doch wie wollte sie Daniel ihren plötzlichen Sinneswandel erklären?

Ohne den Ärmel hatte sie keinen Vorwand, ihn wiederzusehen, und das drückte sie noch mehr nieder. Doch wenn sie ihn weiter traf, musste sie ihm alles, was sie über die damaligen Vorfälle und die Ermordung der Chinesen wusste, verschweigen und ihn anlügen. Als Collegeprofessor und Geschichtsfan würde er wollen, dass die Wahrheit ans Licht kam und die ganze Welt davon erfuhr.

Was an sich ja auch richtig war. Doch nicht auf Kosten ihrer Familie.

Sie hatte keine andere Wahl, als Daniel zu sagen, dass es vorbei war.

13

Sonntag, 8. August 1886
McElroy Farm, Orcas Island

Mei Lien erwachte früh und stieg leise aus dem Bett, um Joseph nicht zu wecken. Er war am vergangenen Abend erst spät nach Hause gekommen, weil er nach Orcas Village zum Postdampfer gefahren war. Sie verstand nicht, warum der Dampfer nicht den East Sound hochfahren konnte. Dann hätte Joseph einen deutlich kürzeren Weg gehabt, doch wenn sie ihn danach fragte, lächelte er nur und zuckte die Achseln.

Auf Zehenspitzen verließ Mei Lien das Schlafzimmer und schloss leise hinter sich die Tür. Dann eilte sie die Treppe hinunter in die Küche und weiter ins Wohnzimmer, wo sie in der Nähtruhe ihre Überraschung aufbewahrte.

Voller Begeisterung betrachtete sie ihre Umgebung. In der letzten Woche waren sie ins neue Haus gezogen, nachdem sie seit der Heirat jede freie Minute gemeinsam an seiner Fertigstellung gearbeitet hatten. Mei Lien wohnte sehr gern darin. Das Haus erschien ihr solide gebaut und prächtig, und es gab mehr Zimmer, als sie nutzen konnten. »Die werden wir mit Kindern füllen«, hatte Joseph sie geneckt. Sie freute sich, dass er Kinder haben wollte, denn sie wünschte sich auch welche. Sehr sogar.

Mei Lien lächelte, als sie jetzt die Wohnzimmerfenster betrachtete. Sie waren von Vorhängen eingerahmt, die sie selbst aus Mehlsäcken genäht hatte. Den unteren Rand hatte sie mit roten Drachen bestickt, die Joseph und ihr Glück und Zufriedenheit bringen würden. Die Großmutter wäre stolz auf ihre schöne Arbeit.

Immer noch lächelnd griff sie in ihre Nähtruhe und zog die Arbeit heraus, die sie am Abend zuvor beendet hatte. Mei Lien breitete Josephs neue Posttasche auf ihrem Schoß aus und betrachtete noch einmal die Stickerei auf dem kräftigen Segeltuch. Statt für traditionelle chinesische Symbole hatte sie sich für eine Szene aus der Welt ihres Mannes entschieden. Auf der Tasche war der imposante Berg zu sehen, der sich hinter ihrer Farm in den Himmel erhob – Mount Constitution nannte Joseph ihn. An seinem Fuß zog sich ein weites blaues Gewässer entlang – der East Sound. Und zwischen Berg und Wasser hatte sie Josephs Farm gestickt, mit dem neuen Haus, das sich halb zwischen hohen immergrünen Bäumen versteckte.

Die Verlockung war einfach zu groß gewesen, und so hatte Mei Lien kleine Symbole mit eingearbeitet, die Joseph auf seinen Botenrunden helfen sollten. Seitlich vom Haus stand zum Schutz ein Weinstock. Im Wasser versteckt schwammen Goldfische, die es im East Sound in Wirklichkeit nicht gab, wohl aber auf Josephs Posttasche, denn sie sollten Reichtum und Wohlstand bringen. Auf dem Berg, hinter den Bäumen verborgen, lag ein Tiger. Er sollte Joseph den Mut und die Tapferkeit verleihen, die er manchmal auf seinem Weg brauchte und ganz sicher auch in Zukunft benötigen würde, wenn immer mehr Inselbewohner von seiner Heirat erfuhren.

Ihr liebstes heimliches Symbol waren jedoch die Pilze, die sie überall in den Wald hineingestickt hatte. Sie standen für Manneskraft, denn Mei Lien fand, es war an der Zeit, die Familie zu gründen, mit der Joseph sie geneckt hatte.

»Mei Lien?«

Als sie aus der Küche Josephs Stimme hörte, fuhr sie zusammen und steckte die Posttasche in die Nähtruhe.

»Was hast du da?«, fragte Joseph. Er trat zu ihr, hockte sich vor die Nähtruhe und tippte auf die Tasche, die sie nicht ganz hatte verbergen können. Er zog einen Mundwinkel hoch. »Was ist denn das?«

Mei Lien lächelte ihren Mann an. Wie stets war sie sich bewusst, welches Glück sie hatte, mit ihm zusammen zu sein. »Eine Überraschung.«

Mit schräg gelegtem Kopf zog er die Tasche aus dem Korb und hielt sie hoch. »Eine neue Posttasche?«

Plötzlich senkte Mei Lien den Blick verlegen in den Schoß. »Ja. Das ist deine Farm.«

»Das sehe ich. Sie ist wunderschön.« Joseph zog Mei Lien hoch in seine Arme, sodass die Tasche zwischen ihnen plattgedrückt wurde. »Du bist sehr begabt. Und ich fühle mich geehrt.«

Sie kicherte, als er sich die Tasche umhängte und sie ihr vorführte, indem er, nur mit Hose und Unterhemd bekleidet, im Wohnzimmer herumstolzierte.

An ihrem Hochzeitsabend hatte er Mei Lien damit überrascht, dass er sich Bart und Schnurrbart abrasiert hatte, und seither tat er dies jeden Morgen. Mei Lien hatte ihm nicht gesagt, dass sie sich noch lieber von ihm küssen lassen würde, wenn seine Haare sie dabei nicht im Gesicht kitzelten, aber irgendwie hatte er es gewusst. Inzwischen liebte sie das Gefühl, wenn er morgens, bevor er zu seinen täglichen Pflichten nach draußen ging, sein glattes Kinn an ihren Hals schmiegte.

Dieses glatt rasierte Gesicht lächelte sie jetzt an. »Ich habe heute Morgen auch eine Überraschung für dich.«

Mei Lien erwiderte sein Lächeln. »Wirklich?«

»Wir nehmen uns den Tag frei, Mrs. McElroy. Wir wandern auf den Berg und genießen die Aussicht von oben. Von da aus kannst du die verschneiten Berggipfel auf dem Festland sehen.« Joseph biss sich in die Innenseite der Wange, ein untrügliches Zeichen dafür, dass er sich nicht ganz sicher war, ob seine Überraschung ihr gefiel.

Mei Lien war sich auch nicht sicher, aber sie wollte ihn nicht enttäuschen. »Lass mich Frühstück machen, bevor wir aufbrechen.« Sie ging in die Küche und drehte dabei ihr langes Haar zu einem Knoten. »Ich backe einige Brötchen mehr, die können wir dann einpacken. Kannst du hinter dem Haus ein paar Brombeeren pflücken, wenn du die Tiere versorgt hast? Die gebe ich mit in die Limonade. Ich will sie aus den Zitronen machen, die du letzte Woche aus Victoria mitgebracht ...« Mit einem Quietschen brach sie ab, denn Joseph schlang ihr den Arm um die Taille und zog sie an seine Brust.

»Dann gefällt dir also die Idee, dass wir wandern gehen?«, fragte er mit dem Gesicht an ihrem Hals, der Liebkosung, die sie so gern hatte. »Die Dampfertouristen stören dich nicht? Und die Insulaner auch nicht?«

In den fünf Monaten, seit sie aus Port Townsend zurückgekehrt waren, hatte Mei Lien die Farm nicht verlassen. Sooft ein Nachbar vorbeikam, um Joseph zu besuchen, versteckte sie sich in der Hütte, im Stall oder unten am Wasser, irgendwo, wo sie verschwinden konnte, bis die Leute wieder fort waren. Joseph hatte den Dreh raus, sie bald wieder ihrer Wege zu schicken.

Doch Mei Lien konnte sich nicht ewig auf der Farm verkriechen, und ein freier Tag mit ihrem Mann, das klang zu verlockend. »Das wird bestimmt schön. Wirklich. Und jetzt lass mich los, damit ich dir etwas zu essen machen kann!«

Goldenes Sonnenlicht wärmte Mei Lien und Joseph, die Hand in Hand auf dem Gipfel des Mount Constitution standen. Nach dem langen Aufstieg waren sie müde. Unter Mei Liens Brüsten und auf ihrem Rücken hatte sich Schweiß gesammelt, und sie sehnte sich nach den kühlen, weiten Männersachen, die sie früher getragen hatte. Frauenkleider waren heiß und schränkten die Bewegungsfreiheit ein, aber Mei Lien sah auch, welches Vergnügen es Joseph bereitete, wenn sie sich wie die Frauen aus seiner Kultur kleidete. Also tat sie es, ohne zu klagen. Und sie strengte sich ja auch selten so an wie heute. Bestimmt würde sie sich bald an die Kleider gewöhnt haben.

Aber jetzt konzentrierte sie sich ganz auf den Ausblick. Unter ihnen breiteten sich die anderen Inseln der San Juans aus. Das Wasser dazwischen war so tiefblau, dass Mei Lien beim Betrachten das Herz wehtat. Von ihrem Aussichtspunkt konnte sie im Norden die kanadischen Inseln, im Osten auf dem Festland Whatcom County und im Südwesten die Halbinsel Olympic sehen. Zwei schneebedeckte Gipfel ragten über dem Festland auf – Mount Baker im Norden und Mount Rainier im Süden. Von hier oben wirkte der Rainier kleiner als von Seattle aus, wo er an klaren Tagen zum Greifen nah hinter der Stadt schwebte. Mei Lien sah ihn zum ersten Mal seit ihrem Abschied von Seattle und wurde an ihr altes Leben dort erinnert. An die Menschen, die sie verloren hatte.

Sie wandte sich von Seattle ab wie von dem Leben, das sie gezwungenermaßen hinter sich gelassen hatte. Im Westen sah sie an den anderen Inseln vorbei auf das Wasser der Juan-de-Fuca-Straße, über die das Dampfschiff den Vater und die Großmutter in den Tod gebracht hatte. Irgendwo da draußen in der blauen Weite, die ganz in der Ferne im weißen Dunst des Horizonts verschwand, war es geschehen. Lag der Leichnam ihres Vaters unter dieser friedlichen Oberfläche, Spielball der Strömungen und Gezeiten? Oder war er irgendwo an die Küste gespült worden wie die Großmutter, grausam verstümmelt von Tieren oder, noch schlimmer, von Menschen?

»Der Wind ist angenehm, nicht?«, unterbrach Joseph sie in ihren Gedanken.

Der leichte Wind war wirklich erfrischend in der Augusthitze. »Wunderbar«, sagte Mei Lien mit einem Lächeln, um ihre Schwermut zu verbergen. »Bist du bereit für unser Picknick?«

Sie ließen sich auf der Decke nieder, die Joseph in dem von Mei Lien gepackten Deckelkorb den Berg heraufgeschleppt hatte. Bei Möhren und Gurken aus dem Garten, Lachs aus der Dose und Brötchen erzählte Joseph ihr, wie er das letzte Mal auf diesen Berg gestiegen war. Es war in seinem ersten Monat auf Orcas gewesen, als ein Tourist aus Tacoma ihn bat, ihn gegen Bezahlung auf den Berg zu führen. Joseph wollte sich die Gelegenheit, ein bisschen Geld zu verdienen, nicht entgehen lassen, und willigte ein, ohne dem Mann jedoch zu sagen, dass er selbst vorher auch noch nie auf dem Gipfel war.

»Ich musste praktisch rennen, um so weit vor ihm zu sein, dass ich den richtigen Weg auskundschaften und ihn führen konnte. Der Pfad war damals noch nicht so schön ausgetreten wie heute.« Lachend schüttelte Joseph den Kopf. »Ich habe mich nie wieder für zwanzig Dollar so angestrengt.«

Auch Mei Lien lachte, und es linderte ihren Schmerz ein wenig. Sie trug die Erinnerungen an ihre Familie stets mit sich, ebenso wie die Angst, dass ihre Tage hier gezählt waren, weil Campbell oder jemand wie er sie wegschicken würde. Trotzdem war sie jetzt meistens glücklich. Sie beobachtete ihren Mann, wie er mit den Händen und dem ganzen Körper eine weitere Geschichte erzählte, und wünschte, ihr Vater hätte ihn kennenlernen können. Der Vater hätte Joseph geliebt, auch wenn er kein Chinese war.

Und das löste eine neue Erkenntnis aus, ein Brausen in ihrem Kopf, das die Worte ihres Mannes übertönte.

Sie liebte ihn.

Für alles, was er ihr geschenkt und was er aufgegeben hatte, und für die Zärtlichkeit und die Freude, die er in ihr zerstörtes Leben gebracht hatte – sie liebte diesen Mann.

Mei Lien behielt diese Erkenntnis für sich und wandte ihre Aufmerksamkeit wieder Josephs Geschichte zu. Dabei verspürte sie eine Freude, die sie nicht mehr für möglich gehalten hatte.

Als sie die Reste ihres Picknicks eingepackt hatten, streckte Joseph ihr die Hand hin. »Jetzt kommt der leichte Teil. Der Weg bergab.«

Lachend wanderten sie den Pfad hinunter. Dabei spielten sie, wer die meisten Äste entdeckte, die wie Buchstaben aussahen. Sie waren gerade beim Buchstaben M angelangt, als sie Stimmen durch den Wald hörten.

»Da kommt jemand.« Bisher waren sie niemandem begegnet, und Mei Lien hatte vergessen, dass diese Möglichkeit überhaupt bestand. Sie hatte vergessen, auf der Hut zu sein, stets bereit, sich zu verstecken oder zu fliehen. Ihre Füße wollten keinen Schritt weiter, so groß war ihr Schreck. »Joseph, da kommt jemand!«

»Ist ja gut, Schatz«, beruhigte Joseph sie. Er tätschelte ihr die Hand und drängte sie weiterzugehen. »Das sind bloß Wanderer, die einen Tagesausflug machen, so wie wir. Vor denen brauchst du dich bestimmt nicht zu fürchten.«

Mei Lien ließ sich von ihm weiter den Pfad hinunterziehen, obwohl ihre Füße widerstrebten. Um sich zu beruhigen, hielt sie seine Hand ganz fest.

Joseph lässt nicht zu, dass mir etwas passiert. Joseph beschützt mich. Im Geiste wiederholte sie diese Worte immer wieder. Doch auch wenn es so war, konnte sie daraus keinen Trost schöpfen.

»Da sieh mal einer an! Unser Postbote höchstpersönlich!«

Wieder stemmte Mei Lien unwillkürlich die Füße in den Boden. Sie hielt den Atem an, als nicht weit vor ihnen zwei Männer mit ihren Frauen um die Wegbiegung kamen. Eine Frau trug ein tiefblaues Kleid, dessen Farbe Mei Lien an das Wasser erinnerte, das sie vom Berggipfel aus gesehen hatte. Über der Schulter hielt sie ein Sonnenschirmchen aus Spitzenstoff, das sich besser für einen Spaziergang auf einer gepflasterten Straße eignete als für eine Wanderung durch den Wald.

Die andere Frau trug ein Kleid, das so tiefschwarz war wie der böse Blick, mit dem sie Mei Lien bedachte. Ihr makelloses, aber missmutiges Gesicht wurde von einem strengen Knoten auf dem Hinterkopf straffgezogen. Darüber trug sie einen mit Spitze und Federn besetzten Hut.

Plötzlich war Mei Lien ihr eigenes Aussehen peinlich. Anlässlich dieses Ausflugs hatte sie das Kleid angezogen, das Joseph an ihrem Hochzeitstag in Port Townsend für sie gekauft hatte. Es passte ihr immer noch nicht besonders gut, obwohl sie es gekürzt hatte. Neben den weißen Frauen, für die solche Kleider gemacht waren, kam Mei Lien sich fehl am Platze vor und albern. Vielleicht sollte sie sich wieder wie ein Mann kleiden, um sich wohlzufühlen.

»Mr. und Mrs. Honeycutt, wie schön, Sie zu sehen«, sagte Joseph, während er dem Mann die Hand schüttelte und vor der Frau den Hut zog. Mei Lien ließ er allein stehen. »Mr. Talmidge, ich vermute, das ist Ihre liebenswürdige Gemahlin?«

Das Quartett begrüßte Joseph mit freundlichem Lächeln und warf dann neugierige, aber verhaltene Blicke auf Mei Lien. »Und wen haben wir da noch, Mr. McElroy?«, fragte die Frau im blauen Kleid.

Joseph kehrte an Mei Liens Seite zurück, legte ihr den Arm um die Schulter und zog sie an sich. »Das ist meine liebe Gattin, Mrs. McElroy«, sagte er mit so viel Stolz in der Stimme, dass Mei Lien plötzlich Tränen in den Augen brannten. »Vielleicht haben Sie gehört, dass ich in diesem Frühjahr geheiratet habe.«

Die beiden Paare scharrten mit den Füßen und sahen sich aus den Augenwinkeln an. Der Mann, den Joseph Mr. Talmidge genannt hatte, hob die Brauen, während seine Frau die Lippen so fest schürzte, dass sie wie der Kugelfisch aussah, den Mei Liens Vater vor zwei Jahren an die Ladendecke gehängt hatte. Mr. Honeycutt räusperte sich und sagte: »Aha. Jetzt sehe ich, warum Sie sie die ganzen letzten Monate auf ihrer Farm versteckt gehalten haben.«

Mei Lien biss die Zähne zusammen und starrte zu Boden.

Die beiden weißen Frauen kicherten in ihre behandschuhten Hände.

»Erlauben Sie mal, Sir«, fuhr Joseph ihn an und stellte sich schützend vor Mei Lien. »Sie sprechen von meiner Gattin.«

Mrs. Talmidge zog die Nase hoch. »Solche wie sie wollen wir auf unserer Insel nicht.«

Mrs. Honeycutt ließ ihr Sonnenschirmchen herumwirbeln. »Vielleicht sind Ihnen die Verfassung und die Gesetze nicht bekannt, die die Orcas Island Anti-Chinese Association aufgestellt hat und die von den Ortsansässigen hier unterschrieben wurden.«

»Oh, ganz im Gegenteil, Mrs. Honeycutt. Ich bin sehr wohl vertraut mit den Gesetzen, die es uns untersagen, Chinesen als Arbeitskräfte einzustellen. Aber vielleicht entzieht es sich Ihrer Kenntnis, dass eine Ehefrau keine Dienstmagd ist.«

Das Sonnenschirmchen hörte auf, sich zu drehen, und seine Besitzerin schnappte hörbar nach Luft und machte mehrere Schritte rückwärts, bis ihr extravagantes blaues Kleid über einen umgestürzten Baumstamm fegte. Mei Lien hoffte, dass aus dem Stamm Ameisen an ihren Röcken hochkrabbelten.

»Nun, McElroy«, Mr. Honeycutt trat vor und hob ergeben die Hände, »regen Sie sich nicht auf. Meine Frau hat es nicht böse gemeint. Wir sind bloß überrascht, das ist alles. Ich meine, ich hatte ja etwas munkeln hören, aber ich hab's nicht geglaubt.«

Joseph ballte die Fäuste, und seine Stimme verlor alle gespielte Höflichkeit. »Was für ein Gemunkel?«

Mr. Talmidge nahm seine Melone ab und wischte sich mit dem Handrücken über die Stirn. »Woher wissen wir denn, dass Sie nicht Geld – Geld, das die braven Bürger von Orcas an Sie als unseren Postboten bezahlen – an die Verwandten der Frau da nach China schicken, statt es wieder in unsere Wirtschaft zu investieren? Oder, schlimmer noch, woher wissen wir, dass Sie nicht ihre gesamte Sippe nachholen, sodass die dann mit ihren dreckigen Angewohnheiten unsere Gesellschaft hier beschmutzen? Ich weiß nicht, wie es Ihnen geht, Honeycutt, aber ich bin froh, dass ich nicht neben McElroy wohne, denn dann hätte ich Sorge um den Wert meines Landes.«

In Mei Lien kochte eine solche Wut hoch, dass sie einfach nur wie angewurzelt stehen bleiben konnte, mehrere Schritte von den grässlichen Weißen entfernt. Oh, sie hätte ihm dreckige Angewohnheiten zeigen können, allerdings. Angefangen mit einem Dreckklumpen zwischen die kleinen Knopfaugen!

»Sie sollten sich für Ihre Unwissenheit und Ihre Vorurteile schämen.« Joseph kehrte den beiden Paaren den Rücken zu und wandte sich an Mei Lien. Sein besorgter Blick half ihr, sich wieder aufzurichten. Über die Schulter sagte Joseph zu den anderen: »Wenn Sie sich entschuldigen möchten, Sie finden uns auf der Farm.«

Er nahm Mei Lien am Arm und führte sie vom Weg ab um einen Baum herum an den beiden Paaren vorbei, die sich zu fein dafür waren, einer wie ihr Platz zu machen.

Mei Lien und Joseph waren kaum drei Schritte gegangen, da durchbrach Mr. Honeycutts Stimme die Stille: »Ich werde den Postminister ersuchen, Sie Ihrer Pflichten zu entheben. Ich will doch nicht, dass meine Post durch Ihre Hände geht, bevor sie mich erreicht.«

Die anderen drei murmelten zustimmend.

Josephs Schritte stockten, und seine Hand zuckte in Mei Liens Hand, aber er sagte nichts. Den ganzen Weg den Berg hinunter schwiegen sie.

Als sie die Farm erreicht hatten und die kühle Zufluchtsstätte ihres neuen Zuhauses betraten, sorgte Mei Lien sich, was Joseph wohl denken und empfinden mochte. Es sah ihm gar nicht ähnlich, so stoisch zu schweigen. Seit ihrer Rettung und dem Aufwachen in seiner Hütte war er vom ersten Moment an redselig gewesen. Mei Lien hatte nicht gewusst, dass er auch zu so einem tiefen Schweigen fähig war.

»Joseph«, begann sie, als er sich mit einem Glas Wasser in der Hand an den Küchentisch setzte, »deinetwegen tut es mir leid, dass ich so anders aussehe als die anderen Frauen auf der Insel. Ich bin stolz darauf, Chinesin zu sein, aber für dich wünschte ich, ich könnte mich verändern. Du hast es nicht verdient, dass sie dir solche Gemeinheiten an den Kopf werfen.« Mei Lien blieb neben ihm stehen. »Bitte, sag etwas.«

Er stellte das Glas auf den Tisch, wandte sich Mei Lien zu, nahm ihre Hände und zog sie auf seinen Schoß. »Ach, May …« Er hatte sich angewöhnt, sie mit diesem Kosenamen anzusprechen. »Mir ist doch schnurzegal, was diese Idioten zu mir sagen oder mir antun. Aber es ist mir nicht egal, dass sie dich verletzen und über dich urteilen, ohne dich überhaupt zu kennen. Ich bin es, der sich bei dir entschuldigen muss. Du darfst dich nicht verändern, nicht für diese Leute, nicht für mich, für niemanden. Versprichst du mir das?«

Mei Lien neigte den Kopf und schmiegte sich an seine Brust. Sein Herzschlag beruhigte sie.

»Versprichst du's?«, wiederholte Joseph.

Sie blickte auf, um ihm zu antworten, bekam aber plötzlich Angst. Mit ihrer Liebe zu Joseph hatte sie sich auch dem Schmerz wieder geöffnet. Und jetzt konnte sie nichts mehr tun, um sich dagegen zu wappnen.

»Ich verspreche dir, dass ich mich nicht verändern werde, Joseph«, antwortete sie schließlich. »Aber es tut mir so leid. Wenn ich nicht hier wäre, würden diese Leute dich nicht so grausam behandeln.« Mei Lien erhob sich von seinem Schoß und machte sich daran, die Picknicksachen wegzuräumen. Sie wollte sich beschäftigen, weil sie hoffte, so ihre rasenden Gedanken zu beruhigen.

»Vielleicht sollten wir umziehen. Irgendwohin, wo die Menschen toleranter sind.«

Mei Liens Hände hielten inne, und sie sah ihren Mann an. Sollte das ein Scherz sein? Doch er lächelte nicht. »Joseph, das kann nicht dein Ernst sein. Du liebst diese Farm. Und wir sind gerade erst in das Haus gezogen, an dem du das ganze Jahr gebaut hast.«

»Wenn du hier nicht glücklich bist, spielt das alles keine Rolle.«

»Aber wo wollten wir denn hinziehen?«

Er schüttelte den Kopf und sah an ihr vorbei durch das Ostfenster in den Apfelgarten. »Ich weiß nicht. Wie wäre es mit Tacoma? Da lebt meine Schwester mit ihrer Familie.«

»In der Stadt, aus der im letzten November dreihundertfünfzig Chinesen vertrieben wurden? Wo man ihre Läden und Häuser niedergebrannt hat?«

»Gut, dann vielleicht nach Victoria?«

Mei Lien schüttelte den Kopf. Auch aus Victoria wurden Chinesen vertrieben.

»In den Süden nach San Francisco?«

Sie setzte sich neben Joseph auf einen Stuhl und wrang eine Picknickserviette in den Händen. »Würde man uns woanders wirklich besser behandeln? Die Amerikaner und die Kanadier fürchten sich gleichermaßen vor uns Chinesen. Wir sehen anders aus, sprechen eine andere Sprache. Wir denken sogar anders. Es ist egal, wo wir hinziehen, in Amerika wird mich niemand zur Nachbarin haben wollen.«

Joseph rieb sich mit beiden Händen das Gesicht. »Du hast natürlich recht. Und ich schäme mich furchtbar, in diesen Zeiten Amerikaner zu sein.« Er ließ die Hände in den Schoß fallen. »Aber was machen wir dann?«

Mei Lien stand wieder auf und nahm ihre größte Schüssel von dem Bord. »Wir tun, was mein Vater mich gelehrt hat. Wir arbeiten hart und gehen allen aus dem Weg.« Sie wandte sich zur Hintertür. »Jetzt gehe ich noch mehr Brombeeren pflücken und backe dir daraus zum Abendessen einen Obstauflauf.«

Sie ließ Joseph mit seinen Sorgen am Küchentisch sitzen und machte sich auf zu dem wilden Brombeergestrüpp am hinteren Rand des Hofes. In einem wichtigen Punkt waren sie und ihr Mann sehr verschieden. Er dachte gern über alles nach, was schiefgehen konnte, überlegte, wie Probleme zu lösen waren, und sprach auch gern darüber. Mei Lien dagegen hatte schon früh gelernt, dass Sorgen und Grübeln wenig brachte, wenn die Arbeit rief.

Und so arbeitete sie, pflückte in der Abendsonne Brombeeren, bis ihre Finger voller blauroter Flecken waren und ihre Hände und Arme zerkratzt von den Dornen. Wenn Gedanken an die Leute, die sie auf dem Berg getroffen hatten, sich meldeten, schob Mei Lien sie fort und dachte an den Auflauf, den sie zubereiten, an die Marmelade, die sie am nächsten Tag kochen wollte, oder an das Kind, das Joseph und sie sich wünschten.

Sie beherrschte die Kunst, unliebsame Gedanken zu verscheuchen.

Drei Tage später war Joseph auf seiner allwöchentlichen Postrunde – bisher hatte sich niemand gemeldet, um es ihm zu untersagen –, und Mei Lien verbrachte den Nachmittag im Gemüsegarten. Sie hatte die reifen Tomaten gepflückt und Salat und Erbsen geerntet. Alles lag neben ihr im Korb, während sie vor den Bohnen kniete. Wenn Joseph rechtzeitig zum Abendessen zurück war, würde sie ihm zu dem gedünsteten Fisch mit den eingelegten Oliven einen erntefrischen Salat machen.

Sie war so in ihre Arbeit versunken, dass ihr gar nicht auffiel, wie die Vögel verstummten. Erst als sie das unverkennbare Scharren von Stiefeln auf Steinen hörte, merkte sie, dass sie nicht mehr allein war.

Mit einer einzigen Bewegung sprang Mei Lien auf die Füße und drehte sich mit der Harke in der Hand um. Als sie den Mann durch das Kartoffelbeet auf sich zukommen sah, dachte sie nur daran, ins Haus zu rennen und die Tür abzuschließen. Mit der freien Hand raffte sie den Rock und lief los.

»Ach was, kein Grund, Angst zu haben!«, rief Campbell. »Ich tu doch nichts. Wollt bloß mal vorbeikommen und die neue Nachbarin begrüßen.«

Als sie diese Worte hörte, wurden Mei Lien zwei Dinge klar, und sie blieb stehen. Erstens hatte Campbell keine Ahnung, dass sie ihn kannte. Und zweitens war das jetzt ihre Chance, dafür zu sorgen, dass er hier nie wieder auftauchte.

Sie atmete tief durch, betete im Stillen zu ihren Ahnen um Mut und wandte sich dann mit einem Lächeln, so echt, wie sie es nur aufbrachte, dem Eindringling zu. »Entschuldigen Sie, aber Sie haben mich erschreckt. Sie sagen, Sie sind unser Nachbar?«

Er kam durch die Gemüsereihen näher. »Duncan Campbell ist mein Name. Ich wohn da hinten, mit meiner Frau und meinem Sohn und meinem alten Herrn.« Als er Mei

Lien erreichte, tippte er sich an den Hut und bleckte die Zähne. Mei Lien fiel auf, dass sein Lächeln die Augen nicht erreichte. Am liebsten hätte sie sich vor seinem stechenden Blick davongeschlichen, aber sie hielt ihm stand.

»Freut mich, Sie kennenzulernen, Mr. Campbell.« Der Name lag auf ihrer Zunge wie sauer gewordene Milch, die sie gern ausgespuckt hätte. »Was kann ich für Sie tun?«

Er schob den breitkrempigen Hut nach hinten und blinzelte an ihr vorbei zum Haus, dann über die Wiese zur Scheune. »Ist Joseph da? Ich würd ihm gern meine Aufwartung machen, wo ich schon mal hier bin.«

In Mei Liens Kopf begann es zu brummen, doch sie beachtete es nicht. »Nein, mein Mann trägt die Post aus. Ich sag ihm, dass Sie hier waren.«

Campbell setzte den Hut wieder auf und stemmte die Hände in die Seiten, dabei schob er seine Jacke zurück. An seinem Gürtel hing eine Pistole. »Ja, machen Sie das, Ma'am.« Er wandte sich schon zum Gehen, hielt dann aber inne. »Ach, richten Sie ihm doch was von mir aus. Meine Frau ist ganz versessen darauf, einen Aprikosengarten anzulegen, und unser Land hat ja ringsum nichts als Felsbrocken. Sagen Sie Joseph doch, ich würd gern uns beiden 'n Gefallen tun und seine Farm kaufen. Ich hör ja, dass in der Stadt nicht gerade freundlich über euch geredet wird, wenn Sie wissen, was ich mein. Da ist er sicher froh, gleich nebenan einen Käufer zu haben, der ihm ein anständiges Angebot macht.«

»Wir ziehen hier nicht weg, Mr. Campbell.«

Campbell rührte sich nicht, aber irgendetwas veränderte sich, sodass er größer und bedrohlicher wirkte. »Wenn du weißt, was gut für dich ist, Schlitzauge, dann verschwindest du von hier.« Er sprach so leise, dass Mei Lien sich fragte, ob sie ihn richtig verstanden hatte. »Und wenn dein Mann ein bisschen Grips hat, aber das hat er wohl nicht, wenn ich dich da so vor mir sehe, dann nimmt er mein Angebot an und haut ab, bevor ich euch dazu zwinge.«

Obwohl alles in Mei Lien ihr sagte, sie solle nachgeben, den Blick senken und weglaufen, hob sie das Kinn und sah Campbell in die Augen. »Niemand kann uns von unserem Grund und Boden vertreiben. Und was Sie angeht, Mr. Campbell, es ist jetzt Zeit, dass sie wieder gehen.«

Er kniff die Augen zusammen, und kleine Tröpfchen lösten sich von seiner Nase, als er sie wütend anstarrte. Mei Lien gab sich alle Mühe, nicht zu blinzeln.

»Nimm dich in Acht, Schlitzauge.« Mit einem überheblichen Schniefen drehte er sich um und marschierte den gleichen Weg zurück, den er gekommen war. Diesmal allerdings trampelte er rücksichtslos über ihr Gemüse.

Er hatte sie nicht erkannt. Campbell hatte keine Ahnung, dass sie in jener Nacht auf seinem Dampfer gewesen war. Josephs Plan war aufgegangen.

Aber er hasste sie trotzdem. Alle Insulaner hassten sie, Campbell jedoch wollte ihr wehtun. Mei Lien sah es in seinen Augen.

Sie blickte ihm nach, bis er zwischen den Bäumen verschwunden war. Dann ließ sie zitternd die Harke fallen, die sie noch in der Hand gehalten hatte, und rannte ins Haus. Zum ersten Mal schloss sie die Türen ab und sank in einer Ecke, wo sie vom Fenster aus nicht zu sehen war, auf die Knie.

Schweiß lief ihr den Rücken hinunter, und ihre Hände zitterten. *Campbell kann mir nichts tun,* sagte sie sich in Gedanken. Doch das wirkte nicht, und so sprach sie es laut in das leere Zimmer hinein: »Campbell kann mir nichts tun.

Campbell kann mir nichts tun. Campbell kann mir nichts tun …«

Unablässig wiederholte Mei Lien diese Worte. Sie hatte die Arme um die Knie geschlungen und wiegte sich zu dieser Zauberformel vor und zurück. So schaukelte und wiegte sie sich in ihrer Ecke, während die Schatten im Raum immer länger wurden, und horchte auf Schritte draußen. Sie bildete sich ein, die Stimme ihres Vater zu hören, die ihr sagte, sie solle tapfer sein.

Sie war nicht tapfer. Sie war nicht stark. Sie war Campbell nicht gewachsen, sie konnte ihn nicht zwingen, sie in Ruhe zu lassen. Wenn er sie von der Insel vertreiben wollte, konnte er das tun. Mei Lien wusste sehr gut, dass ihm das nicht schwerfallen würde.

Bei diesem Gedanken jagte eine neue Welle der Angst durch ihren Körper. Sie krümmte sich zusammen und legte den Kopf auf den kühlen Boden.

Es mochten Stunden vergangen sein oder nur Minuten, als Mei Lien sich wie von oben sah, als würde sie sich über ihre jammervolle, weinende Gestalt beugen. Das Bild erfüllte sie mit Scham.

Genug! Sie setzte sich auf, richtete den Rücken gerade und hob das Kinn, auch wenn es ihr in der Brust wehtat. Sie würde nichts erreichen, wenn sie einfach dalag, als Opfer.

Außerdem ging bald die Sonne unter. Da Joseph unterwegs war, konnte sie heute Abend mehr Zeit als sonst mit den Geistern des Vaters und der Großmutter am Wasser verbringen.

Nach diesem Entschluss versorgte Mei Lien auf leicht zittrigen Beinen zuerst die Tiere, dann begab sie sich in die Küche und sammelte Lebensmittel zusammen, die sie mit ans Wasser nehmen wollte. Zwei Äpfel. Kalten Reis, den sie in Erlenblätter wickelte, wie die Großmutter es sie gelehrt hatte – denn Bambus, wie es die Tradition verlangte, wuchs hier nicht. Diese Päckchen wurden mit fünf Schnüren zugebunden, jeweils einer roten, blauen, weißen, gelben und schwarzen, die die fünf Elemente repräsentierten. Wasserdrachen würden sich vor diesem Amulett fürchten und die Päckchen für die Geister des Vaters und der Großmutter unangetastet lassen. Dann nahm Mei Lien noch zwei Kerzenstummel und Streichhölzer und packte alles in einen Korb. Auf dem Weg ans Ufer brach sie von der Douglastanne zwei Rindenstücke ab, lang und abgerundet wie Kanus, und legte sie ebenfalls in den Korb.

Unten am Ufer blieb sie reglos stehen und lauschte auf die Geräusche der Luft und des Wassers. Manchmal, wenn sie hier stand, fuhr ein Dampfer auf dem Weg nach Eastsound Village vorbei oder ein Siedler ruderte zur Stadt. Dann versteckte sie sich zwischen Farnen, Shallon-Scheinbeeren und Mahonien und wartete, bis sie wieder mit dem Wasser allein war.

Allein mit den Geistern, die sie daran erinnerten, wer sie war und wo sie herkam.

Heute Abend war die Wasserfläche vor ihr leer. In der sinkenden Sonne gingen die Farben schon in Blau über, und das Wasser war schwarz, bis auf ein silbriges Glitzern auf der spiegelglatten Oberfläche. In der Luft lagen selbst jetzt im Sommer der Geruch nach feuchtem Moos und das harzige Aroma von Bäumen, die den ganzen Tag in der glühenden Sonne gestanden hatten und jetzt erleichtert rauschten. Solche Abende hatte der Vater in Seattle geliebt. Er war dann mit Mei Lien zu einem der Seen in der Nähe gegangen, wo sie angelten und über das Geschäft an dem Tag sprachen. Später kehrten sie in der Dunkelheit nach

Hause zurück, auf Umwegen, vorbei an den Stadtvierteln der Weißen.

Mei Lien überließ sich ganz ihren Erinnerungen, während sie die Kerzen anzündete und sie sorgsam mitten in die Rindenboote setzte. In jedes Boot legte sie einen Apfel und ein Reispäckchen, und sie wünschte sich Räucherwerk, um die Opfergabe vollkommen zu machen. Sie setzte die Boote ins Wasser und schob sie sanft vom Ufer fort, damit die Strömung sie erfassen konnte. Sie würden den Geistern ihrer Verwandten und aller anderen, die mit ihnen umgekommen waren, den Weg erhellen.

Und dann tat sie, was sie jeden Abend tat. Sie sah sich nach Zeichen der Geister um. Solche Zeichen hatte sie schon in den Eistauchern, den Krähen und den Seeottern erkannt und einmal auch im Wasser. Heute Abend wurde sie von einem Kanadareiher belohnt, der niedrig über die Bucht flog und sich nah am Ufer auf einen aus dem Wasser ragenden Felsen setzte. Er sah sie mit weisen dunklen Augen an, dann öffnete er den Schnabel, schwang sich mit einem einsamen Ruf wieder in die Luft und flog in die untergehende Sonne.

»Mei Lien!«

Vater? Ich höre dich, Vater, antwortete sie im Stillen, denn sie wusste, dass die Geister ihre Stimme nicht brauchten.

»Mei Lien! Fang das Tau!«

Sie fuhr zusammen und tauchte aus ihrer Versunkenheit auf. Das war nicht der Geist ihres Vaters, der nach ihr rief, sondern Joseph in seinem Ruderboot. Er wollte ihr ein aufgerolltes Tau zuwerfen, damit sie ihn ans Ufer zog.

Mei Lien fing das Tau, hielt das Gesicht aber abgewandt. Sie war erschrocken, weil sie so in die Beobachtung des Reihers vertieft gewesen war, dass sie nicht sah, wie Joseph um den Felsvorsprung herum in die Bucht ruderte. Er hätte sonst jemand sein können, und sie hatte nicht achtgegeben.

Aber das war nicht der Grund, warum sie ihren Mann nicht ansehen wollte. Nein, sie drehte den Kopf fort, weil ihr bewusst war, dass er Zeuge eines sehr privaten Augenblicks geworden war. Joseph hatte ihr oft angeboten, sie abends ans Ufer zu begleiten, aber Mei Lien hatte ihn immer abgewiesen, denn sie zog es vor, in diesen Augenblicken der Begegnung mit ihrer Familie allein zu sein. Joseph mochte zwar jetzt ihr einziger Angehöriger sein, aber er war nicht Teil ihrer chinesischen Familie.

Er sagte nichts zu den Opfergaben, die auf den Sund hinaustrieben, aber Mei Lien entging nicht, dass er ihnen nachsah, als er das Boot aus dem Wasser zog.

»Ich habe es von hier bis nach Orcas Village geschafft, hab die Post abgeholt und bin noch bis nach Olga gekommen, bevor sie mich gestellt haben«, erzählte er Mei Lien. Olga war die kleine Ansiedlung weiter südlich im Sund, wo Joseph mit seiner Postrunde begann. Er schlang das Tau um einen Baum und verknotete es sicher. Dabei fuhr er mit seinem Bericht fort: »Die Honeycutts und die Talmidges waren da und dazu noch ein halbes Dutzend andere Familien. Sie haben gesagt, dass ab sofort James Tulloch die Tour übernimmt. Ich habe ihm die Post gegeben und bin ohne ein Wort weggerudert. War ein gutes Gefühl.«

»Aber du liebst deine Posttour doch. Ich habe dir gerade erst die neue Tasche gemacht.«

Joseph ruckte einmal kräftig an dem Seil, um die Knoten festzuziehen, dann ließ er das Ende auf den Strand fallen und wandte sich Mei Lien zu. Er rieb sich die Hände. »Mir ging es bei der Posttour nie um Macht. Ich wollte einfach meine Nachbarn kennenlernen und der Gemeinschaft einen Dienst erweisen. Aber in dem Moment, als sie beschlossen, mich zu bestrafen, weil ich einen Menschen liebe, den sie nicht akzeptieren, war mein Dienst beendet. Mir liegt nichts daran, solche Leute zu meinen Bekannten zu zählen, und ich kann andere Wege finden, um etwas Gutes zu tun.«

Mei Lien ließ sich von ihm zur Begrüßung umarmen. »Du kommst früher als erwartet, aber dafür, dass du deine Runde nicht zu Ende gemacht hast, bist du ziemlich spät dran.«

Joseph ließ sie los und holte seine Sachen aus dem Boot. »Ich wäre schon früher zu Hause gewesen, wenn Campbell nicht vom Ufer nach mir gerufen hätte. Du weißt ja, dass ich mich nach allem, was ich über ihn erfahren habe, jetzt nach Möglichkeit von ihm fernhalte. Aber in dem Moment fand ich das alte Sprichwort zutreffend: ›Halte deine Freunde nahe bei dir, aber deine Feinde noch näher.‹ Mit einer Hand auf ihrem Rücken führte er Mei Lien durch den Wald zurück zu dem Haus auf der Lichtung. Ihr Blick fiel auf seine neue Posttasche, aber sie war leer.

»Campbell sagte, er hat gehört, dass ich die Stelle als Postbote verloren habe. Und dann hat er gemeint, wenn es für uns zu schwierig wird, will er mir einen fairen Preis für unser Land bieten.«

Mei Lien erstarrte. »Das hat er vorhin auch zu mir gesagt. Er führt etwas im Schilde.«

Joseph blieb an der Vordertreppe stehen. »Campbell war hier?«

Mei Lien nickte, hielt den Kopf aber gesenkt, denn er sollte ihre Angst nicht sehen, und bückte sich, um Unkraut aus dem Blumenbeet zu zupfen. »Er hat sich vorgestellt und war ganz freundlich, bis er erfahren hat, dass du nicht da bist. Er hat geschworen, dass er mich wegjagen wird. Dann ist er gegangen.«

Joseph drückte ihre Schultern. »Ich werde nicht zulassen, dass er dir etwas tut, May. Und ich werde auch nicht zulassen, dass er uns von unserem Land vertreibt. Das habe ich ihm gesagt.«

Joseph ging nach oben, um sich umzuziehen, und Mei Lien folgte ihm in die Küche. Dort blieb sie stehen und sah aus dem Fenster in die Dämmerung. Während ihr die Ereignisse des Tages noch einmal durch den Kopf gingen, versuchte sie, ihre flatternden Nerven zu beruhigen.

In einem Punkt war sie sich sicher – sie hatte Campbell nicht zum letzten Mal gesehen. Aber wenigstens würde sie jetzt nicht mehr so oft allein sein.

14

MONTAG, 9. JULI – HEUTE
SOUTH LAKE UNION, SEATTLE

Inara wartete in Chandler's Crabhouse am Lake Union auf Daniel. Ihre erste offizielle Verabredung und wohl auch ihre letzte. Danach würde sie nach Orcas zurückkehren und diesen schrecklichen Tag – zusammen mit dem Ärmel und Daniel – vergessen.

Nachdem sie das Büro ihres Vaters verlassen hatte, war sie stundenlang ziellos durch die Stadt gefahren und hatte über ihre Mutter, den Ärmel, Mei Lien und die vielen getöteten Menschen nachgedacht. Die Wahrheit öffentlich zu machen würde Schande über ihre Familie bringen und die ganze Wohltätigkeitsarbeit ihrer Mutter entwerten. Doch das Geheimnis weiter zu hüten entehrte all jene, die den Tod gefunden hatten, samt ihren Familien.

Im Herzen war sie überzeugt, dass Daniel ein Recht darauf hatte, den wahren Grund zu erfahren, warum sie ihn nicht mehr sehen konnte. Doch dann ermahnte sie sich, dass sie ihrem Vater versprochen hatte, Stillschweigen zu wahren.

Sie hatte keine Ahnung, was sie sagen würde.

»Tut mir leid, dass ich zu spät komme. Der Verkehr.« Daniel beugte sich herab, um ihr einen Kuss auf die Wange zu geben, und die Berührung seiner Lippen brachten ihre angespannten Nerven vollends in Aufruhr. Das hier würde schwerer werden, als sie gedacht hatte.

Wenn sie die Sache zwischen ihnen doch nur laufen lassen könnte, um zu schauen, wohin sie führte.

»Kein Problem. So viel zu spät bist du gar nicht.« Sie lächelte, während sie sich innerlich ermahnte, es hinter sich zu bringen und zu gehen. Je eher, desto besser. »Ich hoffe, deine Mutter verzeiht dir, dass du deine Pläne für heute Abend geändert hast.«

Er zuckte nur die Achseln. »Ich schau später einfach noch bei ihr rein. Kein Problem. Ich war nur überrascht, dass du heute in der Stadt bist.«

»Ich hatte es auch nicht vor, aber es hat sich etwas ergeben, weshalb ich mich mit meinem Vater treffen musste.« Sie beschloss, ihm die Hälfte davon zu erzählen, während sie allen Mut zusammennahm für das, was sie ihm sagen wollte. »Er hat mir eine Maklerin auf den Hals geschickt, um mich davon zu überzeugen, das Anwesen zu verkaufen.«

Daniel machte große Augen. »Das machst du aber doch nicht, oder?«

»Ich habe ihn beschwatzt, die Entscheidung bis zum Labor Day zu vertagen. Wenn das Hotel ihn bis dahin nicht beeindruckt, will er sein Geld wiederhaben, und dann bin ich gezwungen zu verkaufen.«

»Das ist doch schon mal was. In dem Tempo, in dem du ackerst, kann sich in zwei Monaten niemand mehr von dem Projekt abwenden. Nicht einmal dein Vater. Da würde ich mir an deiner Stelle keine Sorgen machen.«

Wärme durchflutete sie bei seinen Worten, und am liebsten hätte sie sich an ihn gelehnt und sich von ihm Kraft geben lassen. Stattdessen setzte sie sich gerade hin und senkte den Blick in den Schoß. »Danke.«

Jetzt oder nie, Inara. Sie holte tief Luft, doch in dem Augenblick, da sie den Mund öffnete, ergriff Daniel das Wort.

»Ich habe Neuigkeiten.« Seine Mundwinkel bogen sich nach oben, er legte beide Arme auf den Tisch und beugte sich vor. »Ich habe die Volkszählungsunterlagen von 1890 gefunden. Sie hatten einen Sohn.«

Inara blinzelte. Sie hatte Mühe, ihm zu folgen. »Wer? Mei Lien und Joseph?«

Er nickte, und sie sah, dass es ihn schier umbrachte, seine Aufregung zu zügeln. Es weckte ein Kribbeln in ihr. Doch sie war verwirrt. »Sind die Unterlagen der Volkszählung von 1890 nicht bei einem Brand vernichtet worden?«

»Die der bundesstaatlichen schon, aber die staatlichen nicht.«

Inara ließ die Information sinken. Mei Lien und ihr Mann hatten ein Kind gehabt. Einen Sohn. Einen Jungen, der wahrscheinlich auch wieder eine Familie gegründet hatte. Plötzlich waren die Einsätze gestiegen. »Das heißt, dass es irgendwo womöglich einen Nachfahren von Mei Lien gibt, der uns erzählen kann, was aus ihr geworden ist.«

Daniel nickte und nahm die Speisekarten, doch ohne einen Blick darauf zu werfen. »Der Sohn hieß Yan-Tao McElroy. 1890 war er zwei Jahre alt, also haben wir uns die Standesamtsunterlagen angesehen. Dort haben wir eine Geburtsurkunde des Washington Territory für Yan-Tao Kenneth McElroy gefunden, geboren am 27. Juli 1887.«

»Anderthalb Jahre nach der Heirat.« Sie rechnete im Kopf. »Dann muss er zu der Zeit, da meine Familie das Anwesen gekauft hat, ungefähr sieben gewesen sein. Wie kriegen wir raus, wo die McElroys hin sind?«

Daniel legte die Speisekarten auf den Tisch. »Ich habe meine Leute schon darauf angesetzt. Sie durchkämmen alte Zeitungen und die Tagebücher anderer Siedler, die der Universität übergeben wurden, die staatlichen Archive, das Historische Museum von Orcas Island und die Bibliothek von Orcas Island in Eastsound. Ich lasse sie auch die Volkszählungsunterlagen von 1900 in den Nachbargemeinden überprüfen, um zu schauen, ob die McElroys irgendwo auftauchen, und sie befragen alle in der Gegend, die den Nachnamen McElroy tragen.«

Inara nickte, beeindruckt, dass er so viele Bereiche abdeckte. Sie würden Mei Liens Nachfahren finden und vermutlich mehr über sie erfahren, als die Stickerei ihnen verriet. »Ich wünschte, Mei Lien hätte neben dem Ärmel auch noch ein Tagebuch hinterlassen. Dann gäbe es nicht so viele unbeantwortete Fragen.«

Und dann fiel ihr wieder ein, warum sie heute Abend hergekommen war – um Daniel von weiteren Recherchen abzuhalten. Eigentlich sollten sie Mei Lien und alles, was mit ihr zu tun hatte, vergessen.

Doch wie konnten sie, besonders jetzt da sie wussten, dass es womöglich noch lebende Nachfahren gab?

Daniel widmete sich der Speisekarte, und sie tat es ihm nach, auch wenn sie die Worte darauf gar nicht wahrnahm. Wäre es so schlimm, weiter zu recherchieren, was aus Mei Lien und ihrer Familie geworden war? Da ging es doch um die Zeit weit nach 1886. Ausgeschlossen, dass dadurch die Wahrheit über die Tötung der Chinesen auf dem Schiff herauskam.

Doch Inara hatte ihrem Vater versprochen, den Ärmel zu vergessen.

Das würde sie auch. Aber wenn sie sich darauf konzentrierten, was nach der auf dem Ärmel dargestellten Szene passiert war, war sie doch aus dem Schneider, oder? Sie konnte den Ärmel weglegen und ihr Versprechen halten und trotzdem herausfinden, was aus Mei Lien und ihrer Familie geworden war.

Dann konnte sie Daniel auch weiter sehen.

Er legte die Speisekarte zur Seite und lächelte sie über den Tisch an. »Ich freue mich, dass du heute Abend hier bist.«

Sie wählte rasch etwas aus und legte ebenfalls die Speisekarte weg. »Ich auch.«

Beiläufig, wie es seine Art war, langte er über den Tisch und nahm ihre Hand. »Erzähl mir von dem Hotel. Ich kann kaum erwarten zu sehen, wie es sich entwickelt.«

»Du bist jederzeit herzlich willkommen, dir unsere Fortschritte anzusehen.« Sein Daumen malte Kreise auf ihren Handrücken, weshalb es ihr schwerfiel, sich zu konzentrieren. »Diese Woche werden die Trockenmauern aufgestellt.«

»Klingt aufregend.« Er unterbrach sich. »Wie wäre es mit diesem Wochenende?«

Forschend betrachtete sie sein Gesicht, um zu sehen, ob er sie auf den Arm nahm, doch er sah sie nur mit seinen haselnussbraunen Augen an, in denen sie am liebsten versunken wäre. »Ähm, klar. Du kannst sogar in meinem Gästezimmer übernachten.«

Seine Augen wurden dunkler. »Das wäre schön.«

Sie war so nervös, dass ihr darauf nichts einfiel, und so schwieg sie.

»Haben Sie Fragen zur Speisekarte oder darf ich Ihre Bestellung aufnehmen?«

Die Kellnerin war so plötzlich aufgetaucht, dass sie auseinanderfuhren. Inara merkte, dass ihr Gesicht brannte, als sie noch einmal nach der Speisekarte griff und stotternd bestellte. Sobald die Kellnerin verschwunden war, nahm sie das Weinglas – hatte sie tatsächlich Wein bestellt? – und trank einen Schluck, um ihre Hände zu beschäftigen.

»Bleibst du über Nacht bei deinem Vater?«

Sie schüttelte den Kopf. »Nein. Um elf geht noch eine Fähre, die würde ich gern nehmen.«

Er sah auf seine Uhr und grinste sie an. »Jede Menge Zeit.«

Während des Abendessens sprachen sie weder über den Ärmel noch über Mei Lien, und darüber war Inara froh. Sie fand es schrecklich, Daniel zu verheimlichen, was sie wusste. Da war es leichter, alles für eine Stunde zu vergessen und einfach ganz normal zu sein.

Sie unterhielten sich über ihre Familien und wo sie studiert hatten (sie an der University of Washington, er an der University of California, Los Angeles, Graduiertenzeit in Peking), dass er unbedingt mal Stand-up-Paddleboarding ausprobieren wollte, aber sein Gleichgewichtssinn miserabel war, und dass sie eine Schwäche für Schokolade hatte.

Als es Zeit wurde, sich auf den Weg zu machen, wollte Inara eigentlich nicht gehen. Daniel begleitete sie zum Wagen und dort auf dem Parkplatz, den die untergehende Sonne in Rosa tauchte, fand seine Hand ihren Rücken und er zog sie an sich, bis sie einander gegenüberstanden. Den Blick unverwandt auf ihre Augen gerichtet, senkte er langsam den Kopf, und seine Lippen kamen immer näher. Irgendwann ertrug Inara es nicht mehr, sie schloss die Augen und gab sich dem hin, worauf sie, wie ihr jetzt klar wurde, den ganzen Abend gewartet hatte.

Er zog sie mit beiden Händen an sich, und sie schlang die Arme um seinen Hals und staunte darüber, wie perfekt sie zusammenpassten. Sie neigte den Kopf, um den Kuss noch intensiver zu genießen, den Augenblick, seinen

Geschmack, das köstliche Gefühl, dass nichts anderes eine Rolle spielte als sie beide. Nicht ihre Familien, nicht der Ärmel, nicht ihr Hotel.

Sie verlor jedes Zeitgefühl. Als sie den Kuss unterbrachen, um zu Atem zu kommen, lehnte Daniel die Stirn an ihre und sagte: »Das will ich schon, seit wir uns das erste Mal begegnet sind.«

Sie lächelte und küsste ihn noch einmal.

Das leise Hupen, als ein Auto ganz in ihrer Nähe aufgeschlossen wurde, erinnerte sie daran, wo sie waren, und zögernd lösten sie sich voneinander. »Ich bin so froh, dass du heute Abend in die Stadt gekommen bist«, sagte Daniel. Eine Strähne fiel ihm übers Auge.

Sie strich sie vorsichtig zur Seite. »Willst du nächstes Wochenende wirklich auf die Insel kommen?«

Er schaute zu dem Paar, das in den Wagen zwei Parkbuchten weiter stieg, und schob die Hände in die Hosentaschen. »Ja.«

Sie lächelte. »Gut.«

Viel später, als sie in ihrem Auto auf der Fähre saß, bekam sie eine SMS von Daniel, bei der sie laut auflachte:

Muss ich wirklich im Gästezimmer schlafen?

Sie antwortete:

Das entscheiden wir, wenn du hier bist.

Er kam am Freitagnachmittag und blieb bis Sonntag.

Das Gästezimmer wurde nicht gebraucht.

15

MITTWOCH, 27. JULI 1887
MCELROY FARM, ORCAS ISLAND

Als Mei Lien langsam die Augen öffnete, strömte Sonnenlicht durch das nach Westen gelegene Schlafzimmerfenster. Die Hitze im Raum sagte ihr, dass sie schon seit Stunden hätte auf den Beinen sein sollen, aber sie war froh, sich ausruhen zu können. Sie wollte noch nicht aufstehen und achtete deshalb darauf, sich möglichst nicht zu bewegen, denn sobald ihr dicker Bauch auf ein bestimmtes Organ drückte, musste sie den Nachttopf aufsuchen. Stattdessen ließ sie ihre Gedanken schweifen.

Der Winter war hart gewesen. Nicht wegen des Wetters – es hatte nur einmal geschneit, in den Tagen um das Neujahr auf Josephs Kalender herum, und der Schnee war bloß zwei Wochen liegen geblieben. Sonst war es einfach nur kalt und grau und nass gewesen. Nein, der Winter hatte Mei Lien zugesetzt, weil er sie innerlich so anstrengte. Seit dem Tag im letzten Sommer, an dem Duncan Campbell sie bedroht und die Insulaner Joseph gezwungen hatten, die Postrunde abzugeben, fühlte Mei Lien sich verfolgt und beobachtet.

Sie verließ die Farm nur ungern, und wenn sie in Eastsound Village Lebensmittel besorgten oder in Port Townsend oder Victoria größere Einkäufe machten, wich sie Joseph nicht von der Seite. Beide hörten das Geflüster und die Beleidigungen. Beide bemerkten, dass Passanten die

Straßenseite wechselten oder Kunden ein Geschäft verließen, um ihnen aus dem Weg zu gehen. Die meisten Leute weigerten sich, direkt mit Mei Lien zu sprechen. Lieber ignorierten sie sie und taten, als wäre Joseph allein – wenn sie überhaupt mit ihm sprachen.

Mei Lien wusste, dass sie der Grund war, weshalb die Nachbarn Joseph nicht mehr zum Essen einluden und er keine Jagd- oder Angelausflüge mehr mit Freunden machte. Er hatte keine Freunde mehr.

Gelegentlich kamen Leute vorbei, um unter vier Augen mit Joseph zu sprechen. Doch immer nur dann, war Mei Lien aufgefallen, wenn sie etwas von ihm wollten. Seine Hilfe beim Weizendreschen. Seine Stute zum Pflügen. Seine Kraft, damit er beim Aufrichten der Wände ihrer neuen Scheune half. Seinen Strand, damit ihr gemieteter Lastkahn dort anlegen und sie Baumaterial ausladen konnten.

Joseph half immer.

Aber nicht ein einziges Mal – Mei Lien hatte es genau beobachtet – war im vergangenen Jahr jemand vorbeigekommen, um ihnen Hilfe oder Essen anzubieten oder auch nur, um ein freundliches Wort zu sagen. Kein einziges Mal hatte jemand ihr zugelächelt. Alle hatten sie ignoriert, als wäre sie nicht Josephs Ehefrau, sondern sein Hund oder, genauer gesagt, sein Schwein im Dreck.

Sie konnte damit leben, dass man sie ignorierte, aber sie hatte es satt, dass ihr Mann ausgenutzt wurde und dass man ihn schlecht behandelte, nur weil er das Verbrechen begangen hatte, sie zu heiraten. Wieso spielte es für andere Leute so eine große Rolle, wie sie aussah oder wo ihre Vorfahren geboren waren? Solange sie Joseph eine hart arbeitende, fürsorgliche Ehefrau war, konnte sich doch niemand beschweren, oder?

Als sie diese Gedanken Joseph gegenüber äußerte, schüttelte er nur den Kopf und lächelte sie traurig an. »Was die Leute denken, ist unwichtig«, sagte er. »Ich bin glücklich, und ich hoffe, dass du auch glücklich bist. Das bist du doch, oder?«

»Ja, ich bin glücklich.«

»Also, dann brauchen wir niemand anders.«

Und so lebten sie weiter, besorgten ihre Farm und pflegten ihre immer inniger werdende Beziehung. Trotzdem machte Mei Lien sich Sorgen, dass Joseph sich vielleicht nach dem sehnte, was hätte sein können, wenn sie nicht in sein Leben getreten wäre.

Genauso, wie sie sich manchmal fragte, was hätte sein können, wenn das alles nicht geschehen wäre.

Würde sie dann immer noch mit ihrer Großmutter Geldbeutel besticken und dem Vater im Laden helfen? Oder hätte ihr Vater eine Ehe mit einem Chinesen für sie arrangiert, mit einem wackeren Kaufmann, wie er selbst einer war, oder mit jemandem wie Yeung Lum? Würde sie immer noch Männerhosen tragen oder Röcke und Schürzen wie die Großmutter? Oder hätte sie gar die Kleidung der weißen Frauen übernommen, so wie hier?

Warum vertrödelte sie ihren Vormittag hier im Bett und dachte über Dinge nach, die unwichtig waren oder unabänderlich?

Resigniert drehte Mei Lien sich auf die Seite und stemmte sich mühsam hoch. Ihre ständig geschwollenen Füße hingen über den Bettrand. Wie immer hielt sie inne, um ihren dicken Leib zu massieren, und wartete auf eine Bewegung darin.

Josephs Sohn – sie war überzeugt, dass es ein Junge war – würde bald zur Welt kommen, und sie waren darauf vorbereitet, ihn zu empfangen. Joseph hatte einen Stubenwagen gebaut, der jetzt auf Mei Liens Seite neben dem Bett stand. Unten in der Küche lag ein Stapel sauberer Tücher, und Mei Lien hatte ihren größten Topf auf dem Herd stehen, mit Wasser gefüllt und bereit, zum Kochen gebracht zu werden. Vor einigen Monaten hatte sie den Kräuterkundigen in Port Townsend aufgesucht und Kräuter besorgt, die ihr bei den Wehen helfen sollten, und andere, die nach der Geburt die Heilung unterstützen würden. Sie hatte dem Mann für die Kräuter vier Geldbeutel gegeben, die sie im Winter bestickt hatte, damit Joseph seinen schrumpfenden Geldvorrat nicht antasten musste.

Da die Nachbarn im vergangenen Herbst nicht bereit gewesen waren, ihm bei der Ernte zu helfen, war Joseph nichts anderes übrig geblieben, als Äpfel und Birnen an den Bäumen verfaulen zu lassen. Gerade mal einen halben Lastkahn voll hatte er zum Verkauf nach Port Townsend bringen können.

Das sollte in diesem Jahr anders werden, beschloss Mei Lien, als sie endlich auf die Füße kam, immer mit dem Bauch voran. Es musste anders werden, wenn sie überleben wollten.

Gerade als sie aufstand, schoss ihr ein Schmerz in den Rücken und in den Bauch. Sie beugte sich vor, stützte sich mit einer Hand an der Wand ab und rieb sich mit der anderen den Leib, um den Schmerz zu lindern.

Schmerzen, Stechen, Ziehen … daraus bestand jetzt ihr Leben. Sie benutzte den Nachttopf, zog sich an und watschelte die Treppe hinunter, um das Frühstück zu bereiten. Gerade als sie in die Küche kam, trat Joseph, mit einem vollen Melkeimer in der Hand durch den Hintereingang herein.

»Es ist Post gekommen«, sagte er, während er den Eimer in den Ausguss stellte.

»So früh?«

Er zog die Handschuhe aus und hob die Augenbrauen. »Der Vormittag ist fast um, May. Ich dachte, du kannst es gebrauchen, mal auszuschlafen.«

Sie trat zum Hinterausgang und blickte in den Himmel, um zu sehen, wie spät es war. Es stimmte, die Sonne war längst hinter dem Mount Constitution hervorgekommen und würde bald im Zenit stehen. »Du hättest mich wecken sollen. Ich habe heute hunderterlei zu tun.«

Mit raschen Schritten ging sie in der Küche hin und her, um das Frühstück zu machen, während Joseph sich am Tisch niederließ und die Post durchging, die er aus der Gesäßtasche gezogen hatte. Speck zu braten erwies sich als fast unmöglich, ohne dass ihr Bauch Fettspritzer abbekam. Um die Brötchen aus dem Ofen zu holen, musste Mei Lien sich bücken, aber ihr schwerer Leib brachte sie aus dem Gleichgewicht. Beim nächsten Versuch ging sie in die Hocke. Sie hatte das Backblech schon fast in der mit einem Handtuch umwickelten Hand, als Joseph eingriff.

»Komm, setz dich. Ich mach das.« Joseph führte sie zu einem Stuhl und drückte ihr auf die Schultern, bis sie sich setzte.

»Ich kann doch nicht hier rumsitzen und Däumchen drehen.« Dass jemand sie so umsorgte, war ihr unangenehm. In ihrem ganzen Leben hatte noch nie jemand so ein Theater um sie gemacht, und sie war durchaus in der Lage, sich um sich selbst und auch um ihren Mann zu kümmern. »Ist doch nicht nötig, dass du mir die Hausarbeit abnimmst.«

Joseph stand am Herd und drehte sich mit einer Gabel

in der Hand zu ihr um. Er verbiss sich ein Lächeln. »Ich weiß, dass du nicht undankbar erscheinen möchtest, deshalb habe ich das eben überhört. Und du ruhst dich jetzt aus. Schließlich trägst du mein Kind unter dem Herzen.«

»Wie könnte ich das vergessen? Es strampelt dauernd, wenn ich schlafen möchte. Und wenn ich wach bin, tut mein Körper nicht das, was ich von ihm will. Aua!« Wieder fuhr ihr der Schmerz ins Kreuz.

»Was hast du? Ist es so weit?« Auf einmal hockte Joseph neben ihr und legte ihr eine Hand auf den Leib. Mit großen Augen sah er von ihrem Bauch zu ihrem Gesicht und wieder auf ihren Bauch. »Was soll ich machen?«

Der Schmerz ebbte so schnell ab, wie er gekommen war. Mei Lien schüttelte den Kopf und rieb sich den Bauch. »Nein, es ist noch nicht so weit. Es zwickt bloß überall, weil ich so lange im Bett gelegen habe.«

Sein Blick sagte ihr, dass er ihr nicht glaubte, aber er kehrte trotzdem an den Herd zurück. »Wenn du unbedingt etwas tun willst, kannst du mir den Brief meiner Schwester vorlesen.«

Josephs Schwester prahlte in ihren Briefen immer damit, dass ihre Zwillingstöchter so perfekt waren und dass ihr Mann auf seiner Werft in Tacoma angeblich das größte Schiff aller Zeiten baute. Mei Lien hatte die Frau nie kennengelernt, und darüber war sie froh, denn persönlich war Elisabeth zweifellos genauso wie in ihren Briefen – arrogant und eingebildet. Sie machte Joseph klein, und Mei Liens Existenz ignorierte sie rundweg.

Mei Lien nahm den Brief von dem kleinen Stapel auf dem Küchentisch und entfaltete das nach Rosen duftende Papier. Elizabeths Handschrift war klein und eng, hier und da ein Schnörkel, als fände sie bestimmte Wörter besonders schick. Langsam begann Mei Lien zu lesen. So gut sie konnte, entzifferte sie die Federstriche.

»Liebster Joseph. Ich hoffe, dir geht es ebenso gut wie uns hier in der Stadt, wenn Du diesen Brief erhältst.« Mei Lien machte eine Lesepause und blickte auf. »Warum tut sie so, als wäre Tacoma die einzige Stadt auf der ganzen Welt?«

Joseph zuckte die Achseln. »Tacoma ist der Mittelpunkt ihrer Welt, deswegen ist es für sie die einzige Stadt überhaupt.«

Mei Lien schüttelte den Kopf, las aber weiter. *»Marcus hat einen neuen Geschäftspartner in die Firma geholt und kann sich jetzt endlich ein paar Tage freinehmen. Ich habe ihn wissen lassen, dass ich gern meinen Bruder besuchen und seine Frau kennenlernen möchte, und das werden wir nun tun. Wir treffen am 12. August mit dem Vormittagsschiff ein und wollen über das Wochenende bleiben.«* Brechreiz drückte Mei Lien auf die Kehle, und sie machte eine Pause, um nachzurechnen.

»Joseph! Das ist ja schon in zwei Wochen! Bis dahin müsste das Kind da sein. Deine Familie dann auch noch hier zu haben ist zu viel. Du musst ihr gleich heute antworten und ihr schreiben, dass sie erst in einem Monat oder so kommen sollen.« Mei Lien hielt inne. »Weiß sie, dass wir ein Kind erwarten?«

»Ja, das weiß sie, ich habe es ihr schon vor Monaten geschrieben.« Joseph schob Mei Lien einen Teller hin und drehte sich wieder zum Herd, um seinen eigenen zu füllen. »Warum soll sie dann nicht herkommen? Sie könnte dir eine große Hilfe sein.«

Mei Lien starrte auf ihr Essen. »Möglich. Vielleicht macht sie mir aber noch mehr Arbeit, wenn ich ohnehin schon alle Hände voll zu tun habe.« Sie nahm das Brötchen, das Joseph reichlich mit der Marmelade aus Walderdbeeren bestrichen hatte, die sie im letzten Monat gekocht hatte, und biss kräftig ab. Dann beugte sie sich wieder über den Brief neben ihrem Teller und las weiter. *»Wie man hört, wird Eure kleine Insel bei den Einwohnern von Seattle immer beliebter. Wir müssen einfach die ersten Besucher aus Tacoma sein, um festzustellen, ob die Berichte nicht übertrieben sind.«*

Joseph kommentierte das mit einem Brummen und setzte sich mit seinem Frühstück ihr gegenüber an den Tisch. »Klingt, als würde sie erwarten, dass wir sie herumführen wie Touristen.«

Mei Lien senkte den Kopf. »Bitte, versprich mir, dass du ihr schreibst, sie sollen nicht gerade jetzt kommen. Am besten wäre es nach der Ernte, es sei denn, sie wollen uns dabei helfen.«

Joseph kaute gründlich seinen Speck, schöpfte sich eine Tasse Milch aus dem Melkeimer, der noch im Ausguss stand, und spülte den Bissen hinunter. »Ich schreibe ihr.«

»Danke.«

Gemeinsam beendeten sie das Mahl und gingen derweil die restliche Post durch. Unter den Rechnungen befand sich auch eine vom Baron. Er schlug einen recht gereizten Tonfall an, weil Waren, die Joseph vor drei Monaten besorgt hatte, noch nicht bezahlt waren. Dabei hatte der Baron doch immer wieder gesagt: »Bezahlen Sie, wann Sie wollen.«

»Können wir denn bezahlen?«, fragte Mei Lien und hievte sich von ihrem Stuhl hoch. Vorsichtig ging sie zum Spülbecken, um die Teller abzuwaschen.

»Ja. Jedenfalls einen Teil. Nicht alles.«

Das Obst konnte bald geerntet werden, aber Mei Lien würde mit dem Neugeborenen zu tun haben. Vielleicht mussten sie eine andere Einkommensquelle finden. Bald.

»Glaubst du, wir könnten Elizabeth und Marcus überreden, uns bei der Ernte zu helfen?«

Joseph lachte. »Sollen sie sich etwa die Hände schmutzig machen?«

Mei Lien zog eine Grimasse und begann, die Küche aufzuräumen. Als sie fertig war, ging sie zur Tür. »Hast du heute Morgen schon die Tiere versorgt?«, fragte sie ihren Mann. Er nickte. »Und wie sieht es im Garten aus? Hast du geguckt, ob letzte Nacht Wild oder Kaninchen durch den Zaun geschlüpft sind?«

»Alles in Ordnung.« Joseph stand auf, legte ihr die Hände auf die Oberarme und hielt sie so davon ab, nach draußen zu gehen. »Da ist noch etwas.«

Was konnte da noch sein, außer den Schulden, die bezahlt werden mussten, und ihrer einzigen Einkommensquelle, die Pflege brauchte? »Was denn, Joseph? Ich bin heute schon viel zu spät dran.«

Joseph kniff die Lippen zusammen, und seine Mundwinkel zuckten. Er führte etwas im Schilde.

»Warte.« Er legte Mei Lien die Hände auf die Schultern, als sollte sie hier in der Küche Wurzeln schlagen. Sie sah ihn fragend an. »Bin gleich wieder da.«

Er eilte zur Hintertür und drehte sich kurz um, um sich zu vergewissern, dass sie sich nicht vom Fleck rührte. Mit hochgezogenen Brauen sah sie ihm zu.

Grinsend öffnete er die Tür, verschwand um die Ecke und kam rasch mit einem in braunes Papier gewickelten Paket zurück. Er strahlte über das ganze Gesicht, als er damit auf Mei Lien zutrat und es ihr mit beiden Händen hinhielt, als würde er ihr eine Opfergabe darreichen. »Das ist für dich«, sagte er und schloss mit dem Fuß die Tür hinter sich. »Für dich und das Kind.«

Mei Lien konnte sich nicht vorstellen, was er für sie besorgt haben mochte. »Joseph, was ist das? Wie hast du das bezahlt?«

Bei dieser Frage verfinsterten sich seine Züge, doch gleich darauf breitete sich auf seinem Gesicht wieder das freudige Lächeln aus. »Spielt keine Rolle. Mach's auf.«

Als Mei Lien das Paket entgegennahm, spürte sie gleich, dass es an den Seiten nachgab. Was auch immer sich darin befand, es war weich.

Sie legte das Paket auf den Tisch, schnitt den gewachsten Bindfaden sorgsam mit einem Küchenmesser durch und schlug das Papier zurück. Das konnte sie bestimmt noch für irgendetwas gebrauchen. In ihrem Haushalt wurde nichts verschwendet.

Als sie die letzte Schicht Papier entfernte, stockte ihr der Atem.

Vor ihr lag die herrlichste blaue Seide, die sie je gesehen hatte, schöner als alle Seidenstoffe, die ihr Vater im Laden verkauft hatte. Sie war dicht gewebt, die Fäden so fein, dass der Stoff weich wie Wasser durch ihre Finger glitt. Sie hatte sofort eine Szene vor Augen, die sie auf diesen zarten Stoff sticken konnte. Den väterlichen Laden in der Washington Street, der Vater in der offenen Tür und darüber im Fenster die Großmutter mit einer Stickarbeit in der Hand. »Ist die schön«, flüsterte Mei Lien, auch wenn sie nicht wusste, ob sie die Seide meinte oder die Szene, die sie mit der Sticknadel darauf malen würde.

»Das ist noch nicht alles. Guck mal unter den Stoff.«

Neugierig hob Mei Lien das Stoffbündel an und fand darunter ein Päckchen mit Sticknadeln und Stickseide in mindestens zwanzig verschiedenen Farben. Glücksrot, Tiefgold, Mitternachtsschwarz, Meerblau, Wolkenweiß, Erdbraun und Farbtöne, die sie nicht benennen konnte, weil sie zwischen zwei Farben lagen. Das Garn war von Händen mit Talent und langer Erfahrung gefärbt worden.

»Woher hast du das gewusst?«, fragte Mei Lien ihren Mann. Sie konnte ihn nur verschwommen sehen, und erst da merkte sie, dass sie weinte.

Er schüttelte den Kopf. »Als ich die Posttasche gesehen habe, die du für mich gemacht hast, wusste ich, dass du gut mit Nadel und Faden umgehen kannst. Und ich sehe doch, wie du an deinen Kleidern zupfst, als würdest du dich darin nicht wohlfühlen …«

»Ich fühle mich darin nicht wohl wegen des Kindes«, unterbrach Mei Lien ihn. »Meine Kleider sind gut.« Joseph brauchte nicht zu wissen, dass sie sich einfach nicht daran gewöhnen konnte. Dass sie sich in den einengenden, tristen Kleidern der weißen Frauen mit jedem Tag kleiner fühlte. Als würde sie sich selbst und ihre Geschichte verlieren.

Joseph fuhr fort, als hätte sie nichts gesagt. »Und als wir in Port Townsend deine Kräuter gekauft haben, ist mir aufgefallen, wie du die Seiden betrachtet hast. Ich wollte dir da schon Stoff kaufen – aber das war gleich nachdem Prediger Gray hier war und mir wegen einer Spende für die neue Kirche zugesetzt hat.«

»Ich finde ja immer noch, du hättest ihm nichts geben sollen.«

»Ich wünschte, ich hätte es nicht getan.« Sie wussten beide, dass sie niemals einen Fuß in die neue Episkopalkirche in Eastsound setzen würden. »Vor allem, nachdem ich dich mit dieser Seide gesehen habe.« Joseph strich mit dem Finger über den blauen Stoff. »Gefällt sie dir wirklich?«

»Ja, ich finde sie wunderschön.«

»Nähst du dir ein Kleid daraus? Oder etwas anderes, was du mit Stolz tragen kannst?«

Mei Lien musterte ihren Mann. Er wich ihrem Blick aus und senkte die Augen auf den vor ihnen ausgebreiteten Stoff und die Stickseide. Offenbar wusste er es doch, erkannte Mei Lien. Dabei hatte sie sich immer nach besten Kräften bemüht, sich nicht anmerken zu lassen, dass sie die Kleider der weißen Frauen hasste.

»Ja«, antwortete sie endlich. »Etwas zum Anziehen für mich und auch etwas für das Kind.« Dann drehte sie sich um und sank in seine Arme. Mit ihrem dicken Bauch kam sie Joseph nicht so nah, wie sie gern gewollt hätte, aber als sie sich zur Seite drehte, konnte sie ihre Wange an sein Herz legen. Bei dem vertrauten Pochen zog ihr eigenes Herz sich schmerzhaft zusammen. Wenn ihr Leben anders verlaufen wäre, hätte sie sich diesen Mann niemals ausgesucht, doch jetzt liebte sie ihn mit jeder Faser ihres Seins. Eines Tages würde sie vielleicht den Mut aufbringen, es ihm zu sagen.

Ein stechender Schmerz fuhr ihr in den Rücken und schoss ihr dann in den Leib und in die Beine. Sie hielt die Luft an und löste sich von Joseph, beugte sich nach vorn und stützte sich mit den Händen auf den Knien ab.

»May?« Josephs Hand lag auf ihrem Rücken. Ein Zittern verriet seine Angst.

Als der Schmerz nachließ, zwang Mei Lien sich zu einem Lachen, um Joseph zu beruhigen und die Falten um seine Augen und seinen Mund zu glätten. »Nichts Schlimmes. Das kam nur, weil ich mich über meinen dicken Bauch beugen musste, um dich zu umarmen. Ist bestimmt nicht das letzte Mal, dass dieses Kind uns bei Zärtlichkeiten im Weg ist.«

Joseph lachte mit ihr.

Der Schmerz hatte sich tief unten im Leib eingenistet, und das Ungeborene wählte diesen Moment, um sich zu drehen. Es rammte Mei Lien ein Füßchen oder einen Ellbogen genau in die empfindlichste Stelle. Sie verbarg ihr schmerzverzerrtes Gesicht, indem sie sich zum Tisch wandte und den Seidenstoff und das Stickgarn sorgfältig wieder in das Papier einschlug. »Ich lege das lieber in meine Nähtruhe, und dann muss ich mich wirklich an die Arbeit machen. Und du dich auch, Mr. McElroy.«

Ihr Necken hatte die beabsichtigte Wirkung. Joseph lachte, drückte ihr rasch einen Kuss auf die Wange und verschwand wieder nach draußen. Kaum war Mei Lien allein, ließ sie sich behutsam auf einen Stuhl sinken und rieb sich den Bauch. »Kommst du heute, Kleiner?«, fragte sie leise in die leere Küche hinein. »Geht es schon los?«

Sooft sie daran dachte, dass sie das Kind ohne Anleitung einer Hebamme zur Welt bringen musste, hatte sie – so wie jetzt – das Gefühl, keine Luft mehr zu bekommen. Ihre Kehle brannte. Sie würde allein sein, nur Joseph würde ihr beistehen. Im besten Fall konnten sie ein gesundes Kind begrüßen. Und im schlimmsten Fall war der Tag der Niederkunft ihr letzter.

Seit Monaten betete Mei Lien zu den Ahnen, ihr Kind möge nicht ohne sie zurückbleiben. Ein schlitzäugiges, schwarzhaariges Kind brauchte die Hilfe seiner Mutter, um in dieser bleichen Welt zurechtzukommen.

Den ganzen Tag kamen und gingen die Schmerzen. Nach dem Abendessen, nachdem sie mehrere Stunden schmerzfrei gewesen war, ließ Mei Lien Joseph im Wohnzimmer über den Büchern der Farm allein und ging, wie jeden

Abend, zum Wasser, um den Geistern ihrer Familie einen Besuch abzustatten.

Draußen war es noch ganz hell. Mindestens eine Stunde würde vergehen, bis die Sonne auf der anderen Seite der Insel im Meer versank. Mei Lien liebte solche Abende, wenn die Wärme des Tages sich noch in Blättern und Beeren hielt und die Luft voller süßer Düfte war. Dann atmete sie mit geschlossenen Augen tief ein und kostete jede Nuance aus, um sie sich an kalten Winterabenden wieder ins Gedächtnis zu rufen.

Während sie sich dem Wasser näherte, veränderten sich die Gerüche. In der Nähe des Hauses nahm sie die trockenen Düfte von sonnenbeschienenem Gras und Erde wahr, aber am Wasser roch alles lebendiger. Hier stiegen ihr feuchte, scharfe Gerüche in die Nase, von den Pilzen auf dem Waldboden, wo die Sonne nur selten hinkam, und von salzigem Tang und Algen, die wie Farbkleckse auf dem steinigen Strand lagen.

In dieser Stunde vor dem Sonnenuntergang war die Bucht fast immer spiegelglatt, als hätte eine unsichtbare Hand den Wind abgestellt und alle Tiere und Strömungen angewiesen, sich auszuruhen. Auf der stillen Wasserfläche spiegelte sich der blaue Himmel mit seinen orange- und rosafarbenen Streifen. Mei Lien wünschte sich, sie könnte die Arme ausbreiten und das alles aufsaugen, bis in die winzigsten Poren ihrer Haut.

Behutsam ließ sie sich mit ihrem schmerzgeplagten Körper auf ihrem liebsten Felsblock nieder und dachte an den Vater und die Großmutter. In Mei Liens Vorstellung verloren ihre Gesichter allmählich die Konturen. Die Zeit glättete die Ecken und Kanten genauso, wie die unsichtbare Hand das Wasser glatt strich. In den letzten anderthalb Jahren ihres Lebens hatte Mei Lien nur in weiße Gesichter geblickt. In Port Townsend oder Victoria sah sie zwar gelegentlich ein asiatisches Gesicht, doch die wandten sich fast immer gleich ab, wenn sie Joseph an ihrer Seite sahen.

Wäre nicht der versilberte Spiegel gewesen, den Joseph ihr gekauft hatte, dann hätte Mei Lien sich gar nicht mehr an die eigenen Mandelaugen erinnert, nicht an ihre schwarzen Augenbrauen unter dem schwarzen Haar, nicht an ihr ebenmäßig rundes Gesicht. Das Vergessen hatte begonnen. Allmählich wurde sie zu einer von ihnen. Aber in ihrem Spiegelbild sah sie den Vater und die Großmutter. Bald würde sie ihr Kind anschauen können und in ihm ihre Familie sehen. Und sich erinnern.

Vielleicht konnte sie dann aufhören, in dem Versuch, sich ganz zu fühlen, Abend für Abend das Wasser abzusuchen, nur um doch immer wieder zersplittert nach Hause zurückzukehren.

»Müsstest du nicht irgendwas schrubben?«

Beim Klang der Stimme zuckte Mei Lien zusammen. Keine drei Meter vom Ufer entfernt saß der Teufel Campbell in seinem Ruderboot. Es war anscheinend mit Kisten voller Nägel, Werkzeug und Saatgut beladen. Sie war so in Gedanken versunken gewesen, dass sie ihn nicht kommen hörte.

Wie töricht von ihr! Wie töricht, sich und ihr Ungeborenes in solche Gefahr zu bringen.

Die Angst verschlug ihr die Sprache, sodass sie nichts auf Campbells Frage entgegnen konnte. So schnell Mei Lien es vermochte, stemmte sie sich von dem Felsblock hoch und strebte dem Fußweg am anderen Ende des Strands zu, der sie nach Hause zu Joseph bringen würde. In Sicherheit.

Schneller, Mei Lien! Sorgfältig bahnte sie sich den Weg über die Steine. Hätte sie doch nur rennen können. Aber der dicke Bauch, die Schmerzen, das Ziehen in Hüften und Beinen – sie konnte sich nur im Schritttempo dahinschleppen. Wenn Campbell die Absicht hatte, ihr etwas anzutun, dann war das jetzt seine Gelegenheit.

Lauf!, drängte ihr Verstand. *Achte nicht auf das Ziehen. Achte nicht auf die Schmerzen.* Sie hatte die halbe Strecke bis zum Waldweg geschafft, als sie auf einem kippeligen Stein ausrutschte und hart gegen einen spitzen, mit Seepocken bedeckten Felsen stieß. Der Schmerz schoss ihr das Bein herauf und ringelte sich in ihrem Bauch zusammen wie eine Schlange vor dem Angriff.

In dem Moment krampfte ihr Bauch und ließ den Schmerz mit solcher Wucht in ihre Beine schießen, dass sie stehen bleiben und sich vorbeugen musste. Mit beiden Händen hielt sie sich den Leib. Erst als der Schmerz nachließ, konnte sie sich wieder bewegen.

»Du solltest dich nicht allein hier unten rumtreiben, Mrs. McElroy«, höhnte Campbell. Er kam näher, aber Mei Lien hatte nicht die Kraft, sich nach ihm umzudrehen.

Sie konnte sich nur noch darauf konzentrieren, tief einzuatmen und mit dem Ausatmen den Schmerz zu vertreiben.

»Na, komm schon, darf man einen Nachbarn so behandeln? Als wäre ich Luft?«

Das Geplätscher, das an Mei Liens Ohren drang, verriet ihr, dass er ans Ufer gerudert war und ihr nachkam. Trotz der Schmerzen zwang sie ihre Füße voran. Mit einem qualvollen Schritt nach dem anderen näherte sie sich dem Fußweg.

Doch Campbell holte sie ein. Seine Stiefel sah sie zuerst, sie tauchten plötzlich neben ihr auf den Steinen auf.

»Bist du etwa krank?« Seine Stimme war voller Abscheu,

und da wusste Mei Lien, dass er sie nicht anfassen würde. Sie dankte ihrem aufgedunsenen Leib dafür.

»Was wollen Sie?«, brachte sie heraus, als die eiserne Faust, die ihr Inneres umklammerte, sich ein wenig lockerte.

»Ich will euer Land.« Mit dem Stiefel trat er gegen einen Stein und schoss ihn Mei Lien gegen den Fuß. »Ich weiß nicht, wie du's hingekriegt hast, aber du hast Joseph gegen mich aufgehetzt, und jetzt spricht er nicht mehr mit mir. Bring deinen Mann dazu, mein Angebot anzunehmen. Lasst euch anderswo nieder. Irgendwo, wo sie solche wie euch haben wollen.«

Mei Lien stöhnte vor Schmerzen und hörte nur mit halbem Ohr hin.

Campbell zog sich zurück, sodass sie seine Stiefel nicht mehr sah. »Richt Joseph aus, ich hab ihm ein faires Angebot gemacht. Sag ihm, er soll es annehmen, bevor es zu spät ist.«

»Sagen Sie's ihm doch selbst«, stieß Mei Lien keuchend hervor.

»Würd ich ja, wenn du ihn nicht gegen mich aufgestachelt hättest.«

Die Faust in Mei Liens Körper ballte sich fester zusammen und drehte sich, sodass sie mit einem beschämenden Schrei auf die Knie fiel. Ihr ganzer Leib zog sich zusammen, sogar die Muskeln in ihrem Gesicht. Sie atmete durch den Schmerz hindurch und konzentrierte sich auf den Moment, in dem er hoffentlich nachlassen und sie den Weg nach Hause zu Joseph finden würde. Doch da rann ihr ein Schwall warmer Flüssigkeit an den Schenkeln hinunter. Sie fand es unerträglich, dass Campbell Zeuge so privater Vorgänge wurde, doch sie konnte es nicht verhindern. Sie konnte nur durch den Schmerz hindurchatmen.

Mei Lien hörte weder, wie Campbells Stiefel auf Muscheln und Seepocken knirschten, noch, wie sie zurück ins Boot platschten. Sie hörte auch nicht, wie er wegruderte. Aber als der Schmerz nachließ und sie ihre Umgebung wieder wahrnahm, war er fort. Von seinem Besuch war keine Spur geblieben, und Mei Lien fragte sich, ob sie sich das Ganze vielleicht eingebildet hatte. Oder ob sein teuflischer Geist ihr nachstellte.

»May!«

Als sie aufblickte, kam Joseph ihr aus dem Wald entgegen. Erst da wurde ihr bewusst, dass sie auf allen vieren auf den Steinen kauerte und ihr Gesicht nass war vor Tränen.

Noch bevor Joseph sie erreicht hatte, packte sie erneut der Schmerz. Sie kniff die Augen zu und versuchte, sich wieder auf ihren Atem zu konzentrieren, aber der Schmerz war zu stark, sie konnte ihn nur erleiden und hoffen, dass sie ihn überstand.

»Komm, ich bring dich ins Haus«, hörte sie Joseph wie aus weiter Ferne sagen. Sie spürte seine Arme auf ihrem Rücken. Er wollte sie drehen und hochheben.

»Fass mich nicht an!«, fauchte sie. Wenn er sie jetzt bewegte, zerriss sie womöglich. »Warte.« *Atmen. Atmen.*

Endlich ließ der Schmerz wieder nach, und Mei Lien sah zu ihrem Mann hoch. »Jetzt kann ich mich bewegen, aber ich glaube, ich kann nicht laufen.«

Sofort verschwand die Angst aus seinem Gesicht. Seine Augen wurden schmal, er biss die Zähne zusammen und nickte. In diesem Augenblick sah er aus, als würde er es mit allem aufnehmen, und sein Feind war ihr Schmerz. Zum ersten Mal spürte Mei Lien, dass ihre Angst wich. Sie war nicht allein. Joseph würde es gemeinsam mit ihr durchstehen. Er würde ihr helfen.

Als er sie an seine Brust hob, schlang sie ihm die Arme um den Hals. »Tut mir leid, dass ich so schwer bin.«

»Schatz, du bist winzig, selbst mit dem Kind im Bauch. Keine Sorge, wir sind gleich zu Hause.«

Mei Lien schloss die Augen und lehnte den Kopf an seine Schulter. Ihr bangte vor der nächsten Wehe.

Sie kam, als sie gerade den kühlen Wald verließen und Joseph auf die Wiese hinaustrat, wo über den hohen, sonnendurchglühten Gräsern Schatten auf das Haus zuwanderten. Mei Lien schrie auf, als der Schmerz sie packte.

»Was soll ich tun?«, fragte Joseph, und sie wurde durchgerüttelt, weil er seine Schritte beschleunigte.

»Halt. Nicht bewegen«, presste Mei Lien zwischen den Zähnen hervor. Wie angewurzelt blieb er stehen, und sie richtete ihre Aufmerksamkeit nach innen. *Atmen. Atmen.* Sie stellte sich vor, wie das Kind sich für die Geburt zurechtrückte.

»Gut, weiter«, sagte Mei Lien, als der Schmerz nachließ. Am liebsten hätte sie sich gleich an Ort und Stelle auf den Boden gelegt, doch sie biss die Zähne zusammen und drängte Joseph, schneller zu gehen. Sie wollte sich erst im Haus hinlegen, in ihr Bett. Ihr Kind sollte nicht auf einer Wiese zur Welt kommen, als wäre sie ein Tier – auch wenn die Insulaner sie dafür hielten.

Joseph richtete sich ganz nach ihr, er strebte rasch vorwärts, und bei jedem Stoß, jedem Aufprall litt ihr geschundener Körper Höllenqualen. Aber Mei Lien klagte nicht. Je schneller sie ins Haus kamen, desto eher konnte sie ihr Kind gebären.

Joseph trat durch die Hintertür in die Küche, und Mei Lien hörte, wie die Tür hinter ihnen zuschlug. Dann waren sie schon auf der schmalen Treppe nach oben. Josephs

Arme unter ihr zitterten, doch sie wusste, dass sie aus eigener Kraft nicht hinaufkäme, und ließ ihn weitergehen, die Arme fest um seinen Hals geschlungen.

Ihr Bauch wurde wieder hart. »Die nächste Wehe«, sagte Mei Lien zu ihrem Mann, schloss die Augen und bereitete sich darauf vor. Er legte sie aufs Bett, und sie drehte sich auf die Seite, schlang die Arme um ihren Leib und spürte, wie er unter ihren Händen immer härter wurde. Wieder atmete sie tief und wartete, bis die Qualen aufhörten.

»Bring das Wasser zum Kochen«, sagte sie, als sie wieder sprechen konnte. »Hol die Tücher.«

Während sie zerschlagen und angstvoll auf dem Bett lag, knöpfte sie ihr Kleid auf und streifte die Stiefel ab. Dann wartete sie, dass Joseph zurückkam und ihr mit dem Rest half.

Gleich darauf war er wieder bei ihr und half ihr, sich zu entkleiden, stopfte ihr Kissen in den Rücken und legte ihr zusätzliche Tücher unter.

»Hast du jemals eine Geburt gesehen?«, fragte Joseph. Er nahm die Steppdecke vom Bett und legte sie auf die Kommode unter dem Fenster. »Weißt du, was auf dich zukommt?«

Mei Lien schüttelte den Kopf. »Ich weiß nur das, was der Kräutermann aus Port Townsend mir gesagt hat.« Sie schwieg, um sich zu erinnern. »Ach so, hol das Päckchen, wo ›vorher‹ draufsteht, und mach mir davon einen Tee.«

Joseph nickte und verschwand.

Aber der Tee wurde nicht mehr gebraucht. Kaum hatte Joseph das Schlafzimmer verlassen, wurde sie wieder von einer Wehe erfasst, doch diese war anders. Mei Lien bekam das Gefühl, pressen zu müssen. »Joseph!«, rief sie, sobald sie wieder Luft bekam.

Er stürzte herein, und sämtliche Farbe wich aus seinem Gesicht. »Großer Gott«, sagte er und eilte zu ihr. »Ich sehe den Kopf.«

»Hilf mir. Ich weiß nicht, was ich tun soll!« Der Kräuterheiler hatte ihr zwar dies und das erklärt, aber zu spüren, wie ihr Körper von innen her auseinandergerissen wurde, machte Mei Lien mehr Angst als alles, was sie je erlebt hatte.

»Ich bin hier, Schatz. Ich helf dir. Es kann nicht so viel anders sein als bei einer Kuh oder einem Schaf, oder?«

Den Vergleich fand Mei Lien nicht ganz passend, aber für eine Erwiderung fehlte ihr die Kraft. Kuh oder nicht, sie war froh über Josephs Hilfe. Er nahm ein Handtuch von dem Stapel neben dem Bett und sprach mit ihr, während sie das Kind herauspresste.

Durch ihre Erschöpfung hindurch hörte sie seinen ersten Schrei und spürte, wie ihr Herz sich als Antwort zusammenzog.

»Es ist ein Junge!« Josephs Stimme war heiser vor Rührung.

Mei Lien nickte. Sie schloss die Augen, um sich auszuruhen, während Joseph das Kind abwischte. Mei Lien hatte die Augen noch geschlossen, als er ihr ihren Sohn auf die Brust legte, und sie erfreute sich an seiner zarten Weichheit und seiner Wärme. Dann schlug sie die Augen auf und sah ihren Sohn an.

Seine Augen waren offen, dunkel und tiefer als der Ozean, und er blickte zu ihr hoch. In diesem Augenblick spürte Mei Lien, wie zwischen ihr und ihrem Sohn etwas strömte. Eine Verständigung, die keiner Worte bedurfte. Sie hatte ihn nie zuvor gesehen, doch in diesem Augenblick wusste sie, dass sie ihn schon seit jeher kannte.

»Willkommen, Kleiner«, wisperte sie auf Chinesisch. Die Kehle wurde ihr eng. Mit der Fingerspitze liebkoste sie sanft den schwarzen Flaum auf seinem Kopf und untersuchte dann seinen kleinen Körper, vom Näschen bis zu den zehn Zehenspitzen. Er war vollkommen.

Und war von nun an für alle Zeiten ihr Schutzbefohlener.

Ein Bild drängte sich ihr auf: das gequälte Gesicht ihres Vaters, als er sie vom Schiff stieß. Damals hatte Mei Lien geglaubt, sein Gesicht wäre so verzerrt, weil ihn seine Verletzung schmerzte. Doch jetzt begriff sie, dass es ihn geschmerzt hatte, einen anderen Menschen so sehr zu lieben.

Niemals würde sie dieses Kind von sich fortstoßen.

Stunden später, nachdem Mei Lien und ihr Sohn das Stillen gelernt und ein Schläfchen gemacht hatten, das für Mei Lien nicht lang genug gewesen war, lagen sie alle drei aneinandergekuschelt im Bett. Das Kind war fest in eine weiche grüne Decke eingewickelt, die Joseph im Tausch gegen eine Kiste Birnen erstanden hatte.

»Wie sollen wir ihn nennen?«, fragte er, während sein Blick zärtlich auf seinem Sohn ruhte.

»Yan-Tao«, sagte Mei Lien, und plötzlich war sie verlegen, weil ihr ein anderer als ein chinesischer Name für ihren Sohn gar nicht in den Sinn gekommen war. »Das bedeutet gutaussehend.«

Joseph nickte und strich dem Jungen mit dem Finger über die Wange. Neben seinem winzigen Gesicht wirkte seine Hand riesengroß. »Yan-Tao finde ich schön. Können wir auch noch einen zweiten Namen für ihn aussuchen, der ihm hilft, sich irgendwann in die übrige Kinderschar auf der Insel einzufügen?«

Mei Lien verstand, dass Joseph einen Namen meinte, der Yan-Tao helfen würde, eher wie ein Weißer zu erscheinen und nicht wie ein Chinese. Ihre Augen brannten, und sie konnte die Worte, die ihr Mann sich wünschte, nicht herausbringen, daher nickte sie einfach und akzeptierte, was sein musste.

»Gefällt dir der Name Kenneth?« Seine Finger wanderten von dem Kind zu Mei Liens Arm und streichelten ihn sanft. »So hieß mein Vater. Er war ein guter Mann.«

Dieses Kind, das für immer einen Spagat zwischen zwei Welten machen würde, zwischen der chinesischen und der weißen, sollte die Ehre haben, den Namen seines weißen Großvaters zu tragen. Frische Tränen traten Mei Lien in die Augen. Ihr Sohn war wahrhaftig gesegnet, denn die Geister beider Großväter wachten über ihn. Und er war mit einem Vater gesegnet, der ihn so ansah, wie ihr Vater sie einst angesehen hatte.

»Ich werde dafür sorgen, dass er dem Namen Ehre macht.«

16

FREITAG, 12. AUGUST 1887
MCELROY FARM, ORCAS ISLAND

Die nächsten Wochen verschwammen in einem Nebel aus der Pflege des Neugeborenen und ihres eigenen arg mitgenommenen, aber allmählich genesenden Körpers. Mei Lien aß, wenn sie konnte, schlief, wenn sie konnte, und weinte zusammen mit Yan-Tao, wenn sie ihn nicht zu beruhigen vermochte.

Sie sehnte sich danach, mit einer Frau zu sprechen, die Erfahrung mit Neugeborenen hatte. Sie hatte nie mit Kindern zu tun gehabt, und wenn sie ihren Mann fragte, kam sie sich dumm vor. Joseph hatte zu Hause in Indiana geholfen, zahlreiche kleine Cousins und Cousinen zu betreuen, er wusste, wie man Windeln feststeckte und den Kopf des Kindes hielt. Aber müsste eine Mutter das nicht alles von selbst wissen?

Doch nach und nach lernte Mei Lien, und sie war überrascht, wenn ihr Instinkt sie richtig leitete. Bald konnte sie Yan-Tao ganz allein beruhigen, wenn Joseph im Obstgarten war. Und so gewann sie allmählich Selbstvertrauen und Kraft.

Doch der Schlafmangel forderte seinen Tribut. Alle drei Stunden erwachte Yan-Tao schreiend und hungrig, und beim Stillen konnte Joseph ihr nicht helfen. Außerdem war er mitten in der Apfelernte und brauchte nachts seinen Schlaf.

Zwei Wochen nach Yan-Taos Geburt bereitete Mei Lien vormittags gerade in der Küche den Brotteig zu. Eigentlich hätte sie ihn schon vor Stunden fertighaben sollen, aber sie war im Bett geblieben und hatte versucht, mit Yan-Tao neben sich etwas Schlaf nachzuholen.

Jetzt lag er in dem Stubenwagen, den Joseph in die Küche gestellt hatte, damit Mei Lien bei der Arbeit ein Auge auf ihn haben konnte. Im Moment quengelte er nicht, aber Mei Lien wusste, dass es nur eine Frage der Zeit war, daher beeilte sie sich, schabte den Teig auf die Arbeitsplatte, knetete und formte ihn, bis er geschmeidig war und in die Backform konnte, in der er dann am Rand der Herdplatte gehen sollte.

Durch das offene Küchenfenster drangen Stimmenfetzen herein, und Mei Lien erstarrte. Campbell. Ganz bestimmt. Er tauchte doch immer dann auf, wenn ihr Mann nicht in der Nähe war. Heute pflückte Joseph in dem Teil des Obstgartens, der am weitesten vom Haus entfernt lag.

Mei Lien beschwor ihren Sohn, ruhig zu bleiben, wischte sich die mehligen Hände an einem Geschirrtuch ab und schlich zum Wohnzimmerfenster. Sie achtete darauf, die Gardinen nicht mehr zu bewegen als nötig, und lugte in den Garten hinaus, wo die Stimmen herkamen.

Tatsächlich, es war Campbell, und er hatte einen Mann, eine Frau und zwei kleine Mädchen bei sich im Wagen. Joseph wäre zornig geworden, wenn er Campbell auf seinem Grund und Boden ertappt hätte. Bisher war es ihm gelungen, dem Mann fast ganz aus dem Weg zu gehen, und als der Nachbar ihn einmal zu einem Gespräch nötigte, machte Joseph ihm ohne weitere Erklärung deutlich, dass sie keine Freunde mehr waren. Seitdem hatte Campbell Joseph nicht mehr um Hilfe auf seiner Farm gebeten, und abgesehen von dem Tag am Strand, als Mei Lien Wehen bekam, hatte er sich von ihnen ferngehalten.

Jetzt hielt Campbell vor dem Haus und sprang vom Wagen. Auch der zweite Mann stieg ab und hob die Mädchen herunter.

Die beiden Männer unterhielten sich, ihre Hutkrempen berührten sich fast, doch Mei Lien konnte ihre Worte nicht verstehen. Sie sah zu, wie Campbell den Arm hob und über den Feldweg zu den Obstwiesen zeigte, wo Joseph arbeitete – aber woher wusste Campbell das?

Inzwischen reichte die Frau den Mädchen mehrere Taschen nach unten, und die Kinder packten alles auf einen Haufen. Mei Lien nahm an, dass sie die Töchter der Frau waren. Die Mädchen glichen einander wie ein Ei dem anderen, von den langen blonden Ringellocken über die taubenblauen Kleider und die schwarzen Strümpfe bis hin zu den schwarzen Lederstiefeln. Die Mutter war eine stämmige Frau. Sie hatte ihr kastanienbraunes Haar zu einem strengen Knoten frisiert und trug darüber einen, wie Mei Lien vermutete, modischen Hut. Mit entnervtem Blick auf die Männer, die ganz ins Gespräch vertieft waren, hob sie jetzt den Saum ihres grauen Rocks und kletterte ohne Hilfe vom Wagen.

»Geht ihr schon mal ins Haus und richtet euch ein«, sagte der unbekannte Mann zu seiner Frau. Er war etwa so groß wie Campbell, aber etwas rundlicher. »Mr. Campbell nimmt mich mit, wir suchen deinen Bruder in den Obstgärten.«

Bruder?

Mei Lien schnappte nach Luft. Joseph hatte seiner Schwester nicht geschrieben, dass sie nicht kommen sollten!

Die Frau hob das Gesicht in Richtung Haus, und Mei

Lien fuhr zurück, voller Angst, am Fenster ertappt zu werden. Was sollte sie bloß mit Hausgästen anfangen? Sie hatte kaum genug Kraft, um mit ihrem Sohn durch den Tag zu kommen, von Kochen, Putzen und Unterhaltungen mit Fremden ganz zu schweigen.

Jetzt hörte sie Schritte auf der Veranda. Sie konnte sich nicht länger verstecken. Rasch strich sie sich über ihrem immer noch gerundeten Leib die Schürze glatt, dann bürstete sie ihr Haar und strich es sich hinter die Ohren. Sie hatte keine Zeit mehr, es zu einem ordentlichen Knoten aufzustecken.

Die Haustür ging auf, ohne dass angeklopft wurde, und die weiße Frau rauschte herein, dicht gefolgt von ihren Töchtern. Josephs Schwester trug edle graue Seide, offensichtlich maßgeschneidert, ganz anders als die formlosen Kleider, die Mei Lien trug. Die Frau hielt sich aufrecht und steif und reckte das Kinn so hoch, dass die Feder an ihrem Hut eher nach hinten fiel als nach vorn vor ihr Gesicht. Sie roch nach Rosenwasser, ein Duft, den Mei Lien noch nie gemocht hatte.

Mit verkniffenem Gesicht betrachtete Josephs Schwester die Unordnung im Haus. Neben der Tür lag ein Haufen schmutzige Wäsche, die Mei Lien seit zwei Wochen waschen wollte. Durch die Küchentür war das Frühstücksgeschirr zu sehen, das sich auf der noch nicht vom Mehl gesäuberten Arbeitsfläche stapelte.

In diesem Moment erwachte Yan-Tao mit einem Schrei. Mei Lien schreckte auf, huschte in die Küche und nahm ihn hoch. Als sie sich umdrehte, sah sie, dass die Fremde ihr gefolgt war. Mit zusammengekniffenen Lippen musterte die Frau das Durcheinander in der Küche, dann richtete sie ihren kalten Blick auf Mei Lien.

Ihr stockte der Atem. Es war, als würde sie Joseph anschauen. Die gleichen grünen Augen, aber ohne Josephs Wärme und seinen Humor.

»Sie können der Frau des Hauses Bescheid sagen, dass ihre Gäste eingetroffen sind«, klang es knapp und herablassend.

Im ersten Augenblick begriff Mei Lien nicht, was die Frau meinte. Beschämt verbarg sie das Gesicht an Yan-Taos Wange, dann richtete sie sich auf und rang sich ein Lächeln ab. »Sie müssen Josephs Schwester Elizabeth sein. Es tut mir wirklich leid, wir haben vergessen, dass Sie kommen wollten. Unser Sohn ist erst vor zwei Wochen geboren, und Joseph hat so viel mit der Ernte zu tun …« Ihre Worte verhallten.

»Nun, dem Himmel sei Dank für den bezaubernden Mr. Campbell, der uns von der Anlegebrücke hierhergefahren hat. Wer weiß, was sonst aus uns geworden wäre!« Sie schniefte, als wäre es Mei Liens Schuld, dass Joseph seine Schwester nicht am Anleger erwartet hatte. Elizabeth legte ihren Töchtern die Hände auf die Schultern, als wollte sie die Mädchen davon abhalten, Mei Lien näher zu kommen.

»Es tut mir leid«, wiederholte Mei Lien, wohl wissend, dass nichts, was sie vorbringen konnte, helfen würde. Stumm stand sie vor Elizabeth, die sie mit strafendem Blick musterte, während Abscheu ihre Züge verfinsterte.

Natürlich gefällt Elizabeth nicht, was sie da sieht, tröstete Mei Lien sich. Sie war nicht frisiert, nachlässig gekleidet und das, was Yan-Tao ihr auf die Schulter gespuckt hatte, war wahrscheinlich inzwischen dort angetrocknet.

Obendrein war sie Chinesin.

»Bitte«, sagte sie, während sie Yan-Tao an ihrer Schulter

wiegte, um seine nächste Mahlzeit hinauszuzögern. »Kommen Sie mit. Ich zeige Ihnen, wo Sie schlafen werden.«

»Wer sind Sie?«, fragte Elizabeth schroff.

Die Frage ließ Mei Lien innehalten. Wer sollte sie wohl sein? Sie zwang sich, ihr Lächeln beizubehalten, als sie sich nach ihrer Schwägerin umdrehte. »Ich bin Mei Lien McElroy. Joseph nennt mich May, das können Sie auch tun, wenn Sie möchten. Ich freue mich sehr, dass ich Sie endlich kennenlerne, denn ich habe selbst keine Familie mehr.«

»Und das da?« Elizabeth zeigte auf Yan-Tao.

Mei Lien spürte, wie ihr das Lächeln verging. Sie konnte nichts dagegen tun. Plötzlich hatte sie das Gefühl, ihren Sohn beschützen zu müssen, und drückte ihn fester an sich. »Das ist unser Sohn Ya…« Sie erinnerte sich an den weißen Namen des Kindes und brach ab. »Kenneth. Nach Ihrem verstorbenen Vater. Joseph und ich nennen ihn Ken.«

Die Mädchen befreiten sich aus dem Griff ihrer Mutter und drängten sich näher heran, um ihren Cousin besser sehen zu können. Sie machten Bemerkungen über sein winziges Näschen und seine Muschelöhrchen und störten sich nicht an seiner dunkleren Haut und seinem schwarzen Haar und auch nicht an seinem runden chinesischen Gesichtchen, das an ihrer Schulter lag. Elizabeth dagegen blieb mit gerümpfter Nase in der Küchentür stehen. »Er ist tatsächlich … ein Schlitzauge«, stammelte sie.

Schlitzauge. Innerlich spürte Mei Lien das heftige Brennen, das ihr seit dem Tag, da man sie aus ihrem Zuhause in Seattle verjagt hatte, vertraut war. Natürlich hatte ihr Sohn mandelförmige Augen, schließlich war er zur Hälfte Chinese. Niemand würde sie dazu bringen, sich dafür zu schämen. Kein Mensch auf der ganzen Welt. Auch kein Familienmitglied.

Mei Lien konnte sich gerade noch eine scharfe Erwiderung verbeißen. Sie wandte sich zur Treppe, um ihre Schwägerin in das Zimmer zu führen, das Yan-Tao später einmal beziehen sollte. Ob die Frau ihr tatsächlich folgte, war ihr ziemlich egal.

Doch selbstverständlich kam Elizabeth hinter ihr her und ihre Töchter ebenfalls.

»Sie und Ihr Mann können hier schlafen, in diesem Bett«, sagte Mei Lien und strich mit der Hand über die Steppdecke, froh, dass sie ein paar Tage vor Yan-Taos Geburt noch in diesem Zimmer saubergemacht hatte. »Für die Mädchen haben wir kein Bett, aber ich kann ihnen mit Decken und Kissen eine Schlafstatt auf dem Fußboden machen.«

»Meine Kinder sind keine Hunde, sie schlafen nicht auf dem Fußboden.«

Mei Lien richtete sich auf und blickte an die Wand. Ihr war, als würde ihr alles Blut in den Kopf schießen. In diesem Moment stach es in ihrem Schoß, und sie sehnte sich danach, sich hinsetzen und ausruhen zu können, doch das erlaubte ihr Stolz nicht. In den nächsten drei Tagen würde es noch viele solcher Augenblicke geben.

Sie wandte sich an ihre Gäste. »Außerdem haben wir noch die Blockhütte, die Joseph gebaut hat, gleich nachdem er hierhergezogen ist. Sie steht zwischen den Bäumen auf der anderen Seite der Wiese, aber sie ist so nah, dass man zu den Mahlzeiten und so weiter ins Haupthaus kommen kann.«

Elizabeth klatschte in die Hände. »Dann ist das geklärt! Joseph und du, ihr schlaft in der Hütte, und die Mädchen schlafen in eurem Bett. Kommt, Kinder. Wir holen unsere Sachen.«

Die drei stapften die Treppe hinunter und ließen Mei Lien mit offenem Mund in Yan-Taos zukünftigem Zimmer stehen. Sie und ihr Neugeborenes waren soeben aus ihrem eigenen Haus geworfen worden.

Drei Tage, machte sie sich erneut klar, als sie ihre Füße zum Gehen zwang. Drei Tage, dann waren sie wieder weg. Das konnte sie bewältigen. Joseph zuliebe.

Irgendwie überredete Elizabeth ihren Bruder an diesem ersten Tag, mittags schon mit der Arbeit aufzuhören und sie auf den berühmten Mount Constitution hinaufzuführen. Jemand hatte ihr erzählt, man könne von dort oben von Kanada bis Oregon sehen, und sie wollte diesen Ausblick kennenlernen. Mei Lien hatte nicht die Kraft zu dem Aufstieg und war froh, als die Truppe loszog und sie den ganzen Nachmittag allein ließ. Sie schaffte im Haus Ordnung, bereitete das Abendessen zu und trug das, was Joseph und sie dort brauchen würden, in die Blockhütte hinüber.

Als die Ausflügler zurückkehrten, hatte Mei Lien das Essen auf dem Tisch. So wie dieser Abend verlief auch das restliche Wochenende. Elizabeth und ihr Mann Marcus saßen da, redeten mit Joseph und richteten nur dann eine Bemerkung an Mei Lien, wenn es unumgänglich war. Joseph tat sein Bestes, um sie ins Gespräch oder beim Kartenspiel einzubeziehen, aber Mei Lien wusste, dass ihre Anwesenheit den anderen unangenehm war, und so lehnte sie stets höflich ab und entfernte sich, um Geschirr zu spülen oder Yan-Tao zu stillen.

Ihrem scharfen Blick entging nicht, dass Marcus Yan-Tao einfach übersah, selbst wenn Joseph mit dem Kleinen in den Armen direkt vor ihm stand und der aus vollem Halse schrie. Elizabeth sah das Kind wenigstens an, wenn auch immer mit verkniffener Miene. Doch sie fasste den Kleinen nie an.

Die Töchter der beiden – zehn Jahre alt, wie Mei Lien erfahren hatte – schienen weder die Gleichgültigkeit noch den Abscheu ihrer Eltern zu bemerken. Immer wieder knieten sie vor Yan-Tao, sprachen über ihn und gurrten und kicherten zusammen, und mehrmals bettelten sie darum, ihn halten zu dürfen.

Mei Lien tat vor Erschöpfung alles weh, und die Anspannung, die in Gegenwart der Gäste ihre Schultern packte, verschlimmerte die Schmerzen noch. Elizabeth erbot sich nie, bei der Hausarbeit oder dem Zubereiten der Mahlzeiten zu helfen, und es blieb Mei Lien allein überlassen, ihre Pflichten als Gastgeberin und Mutter eines quengelnden Neugeborenen unter einen Hut zu bringen.

Allerdings musste man Elizabeth zugutehalten, dass sie ihre Familie und ihren Bruder liebte. Das war offensichtlich und trug viel dazu bei, dass Mei Lien ihre Anwesenheit überhaupt ertrug. Wenn Joseph sprach, wenn er von ihrem Leben auf der Insel erzählte und von ihren Plänen, die Ernte nach Seattle zu bringen und mit dem Gewinn das Haus zu vergrößern und eines Tages in ihrer Bucht einen Anlegesteg zu bauen, hörte Elizabeth gespannt zu und sah ihren Bruder voller Bewunderung an.

Wenn Joseph und Mei Lien dann abends zusammen in der alten Blockhütte lagen und Yan-Tao neben ihnen im Stubenwagen schlief, erzählte Joseph Geschichten aus ihrer Kindheit und Jugend in Indiana, als Marcus sein bester Freund war. Elizabeth folgte ihnen damals auf Schritt und Tritt, bis Marcus ihr schließlich einen Heiratsantrag machte und die beiden in den Westen zogen, nach Tacoma. Ihre

Briefe nach Hause brachten Joseph irgendwann dazu, diesen Schritt ebenfalls zu wagen, dann aber überzeugte ihn ein zufälliger Aufenthalt auf den Inseln, dass er sich lieber hier niederlassen wollte als in der quirligen Industriestadt im Süden.

Mei Lien schloss die Augen, während sie ihrem Mann zuhörte. Sie war so müde, dass es in ihrem Kopf pochte. Den ganzen Abend lang hatte sie sich gezwungen, wach zu bleiben, hatte das Essen aufgetragen sowie die Nachspeise und sich dann angehört, wie Elizabeth auf der mitgebrachten Mandoline spielte. Ihr ganzer Körper schmerzte.

Genau wie ihr Herz.

Sie hatte Joseph mit seiner Schwester und seinem Schwager beobachtet, wie er lächelte und lachte, Witze erzählte und seinen Freund neckte. Sie sah eine Seite an Joseph, die sie nicht kannte, und ihr wurde klar, dass er diesen Teil von sich mit der Heirat aufgegeben hatte. Hätte er eine weiße Braut gewählt, dann könnten ständig Freunde und Familie um ihn sein, die ihn zum Lachen brachten. Jetzt waren seine Tage still und einsam, denn er hatte nur sie und ihren Sohn zur Gesellschaft.

Er hatte mehr verdient.

Wenn sie ihn doch nur aus der Ehe freigeben könnte – doch sie wusste mit der Sicherheit einer Frau, die Liebe und Verlust erfahren hat, dass es ihr niemals möglich sein würde, ihn gehen zu lassen. Sie brauchte ihn jetzt mehr, als er sie jemals brauchen würde, wie sehr er das auch abstreiten würde. Es war selbstsüchtig von ihr, ihn für sich zu behalten, statt ihn freizugeben, damit er sich eine andere Ehefrau suchen konnte, ein anderes Leben. Aber Selbstsucht war besser als Einsamkeit.

Mei Lien steckte die Hand unter die Decke, bis sie Josephs Hand fand. Sie schob die Finger zwischen seine und drückte sie. Als er ihren Händedruck erwiderte, fand ihr Herz zu einem gleichmäßigen Rhythmus zurück. Er war da, neben ihr, und beschützte sie.

Während seine ruhige, kräftige Stimme die Hütte weiter mit Geschichten füllte, schlief sie ein.

Am Montagmorgen lächelte Mei Lien schon, bevor sie die Augen aufschlug. Heute war der Tag, an dem Marcus und Elizabeth nach Hause fahren würden, und Joseph, Yan-Tao und sie konnten sich wieder in ihrem ruhigen Leben einrichten, ganz so, wie sie es gern hatte.

Joseph war schon aufgestanden und hatte sich angekleidet. Er hob gerade Yan-Tao aus dem Stubenwagen. Sein Wimmern deutete an, dass er gestillt werden wollte und durchaus wusste, dass sein Vater dieses Bedürfnis nicht befriedigen konnte.

Mei Lien setzte sich mit den Kopfkissen im Rücken auf und streckte die Arme aus. »Komm, ich nehm ihn.« Sie legte ihn an die Brust. »Wann fährt der Dampfer?«

Joseph beugte sich über sie und küsste sie sanft auf die Stirn. Er verströmte einen Duft nach frisch gewaschenem Mann und Holzrauch. Mei Lien schloss die Augen und freute sich an ihrem Liebsten.

»Laut Fahrplan um elf, aber du weißt ja so gut wie ich, dass er normalerweise später abfährt.«

»Ja, aber du bringst deine Schwester trotzdem bis elf Uhr hin, oder?«

Mit einem Grinsen richtete Joseph sich wieder auf. »Die werden den Dampfer heute nicht verpassen. Keine Sorge.« Er wandte sich ab, nach nebenan, blieb aber nach zwei Schritten stehen und drehte sich um. »May?«

Mei Lien ließ den Blick über seine schlanke Gestalt wandern, und zum ersten Mal seit Wochen überlegte sie, wann sie wohl wieder mit ihm zusammen sein konnte. Hoffentlich bald, dachte sie, obwohl der Schmerz zwischen ihren Beinen ihr sagte, dass es noch viele Tage dauern würde. »Ja?«

Er senkte den Kopf. »Ich weiß, dass die letzten Tage schwer für dich waren. Danke dir, ja, für alles.«

Ihr Herz wurde ganz weich, und sie lächelte. »Gern geschehen.«

Joseph grinste wieder. »Bis gleich im Haus«, sagte er mit einem Zwinkern. Dann war er fort.

Mei Lien stillte Yan-Tao zu Ende und zog sich und das Kind dann an. Sie nahm sich ein paar Minuten Zeit, um die Hütte aufzuräumen, zog die Bettwäsche ab und legte sie an der Tür zusammen, um sie später, wenn alle fort waren, zu waschen. Sie packte ihre Toilettensachen in die Waschschüssel und stellte diese neben den Wäschehaufen, um sie später zurück ins Haus zu tragen.

Als alles fertig war, nahm sie Yan-Tao auf den Arm und ging zum Haupthaus hinüber. Erst da wurde ihr bewusst, dass sie seit Yan-Taos Geburt nicht mehr am Wasser gewesen war, um die Geister ihrer Ahnen zu besuchen. Wenn sie ihre Arbeit heute schnell genug hinter sich brachte, konnte sie Yan-Tao vielleicht bei Joseph lassen und ans Wasser gehen. Vielleicht sollte sie den Kleinen aber auch mitnehmen, um ihn den Ahnen vorzustellen.

Er musste von den Ahnen erfahren, musste lernen, wo er herkam. Sie durfte nicht zulassen, dass das Wissen um ihre chinesische Abstammung in der weißen Welt, in der sie jetzt lebten, verlorenging.

Auf dem Weg fiel Mei Lien die Seide ein, die Joseph ihr

geschenkt hatte und die sie in ihrer Nähtruhe verwahrte. Aus dem Stoff würde sie eine schöne Jacke für ihren Sohn schneidern.

Doch dann kam ihr eine andere Idee, und sie hielt den Atem an, so wunderbar war diese Vorstellung. Nicht eine Jacke, sondern ein Zeremoniengewand, einen Mantel, wie ihn die Beamten in China trugen. Ihre Großmutter hatte ihr das erzählt. Mei Lien konnte ihn mit Bildern besticken, die ihre Herkunft und ihre Familiengeschichte darstellten. Dieser bestickte Mantel würde Yan-Taos Verbindung zu seinem Volk und zu seiner Vergangenheit sein. Er würde ihn zu seiner Hochzeit tragen, und an jenem Tag würde sie neben ihm stehen, stolz auf den ehrbaren jungen Mann, zu dem er herangewachsen war.

Mei Lien lächelte. Gleich heute Abend würde sie mit der Arbeit an dem Gewand beginnen, denn jetzt waren ihre Abende ja wieder frei. Sie beschleunigte ihre Schritte.

Als sie das Haus erreichte, wusste sie sofort, dass etwas nicht stimmte. Draußen war eine unbekannte Stute angebunden, und aus dem Haus drangen laute Stimmen.

Mei Lien ging durch die Küche ins Haus und folgte den Stimmen ins Wohnzimmer. Dort saßen Joseph, Marcus, Elizabeth und ein Mann, den sie nicht kannte. Als sie eintrat, verstummte das Gespräch, und aller Augen richteten sich auf sie.

Ungeachtet der drückenden Hitze trug der Fremde einen Anzug mit Weste, Krawatte und Oberhemd. In den Händen hielt er einen breitkrempigen Hut. Selbst der Schnurrbart, der ihm über den Mund hing, wirkte schwer und heiß. Der Mann beäugte Mei Lien misstrauisch.

Joseph sprang auf, durchquerte mit drei raschen Schritten den Raum und legte ihr schützend den Arm um die

Schulter. »Mr. Izett, das ist meine Ehefrau, May McElroy«, sagte er. »May, das ist Mr. Izett. Er ist Einwanderungsinspektor und kommt aus Roche Harbor. Er sagt, jemand habe gemeldet, dass auf meiner Farm eine eingeschmuggelte Chinesin mit gefälschten Papieren lebt.«

Mei Lien durchfuhr ein Schaudern. Joseph hatte ihr zwar erzählt, dass seit dem Chinese Exclusion Act immer wieder Chinesen in die Vereinigten Staaten eingeschmuggelt wurden, aber ihr war nie in den Sinn gekommen, man könnte sie für eine illegale Einwanderin halten. »Wie ... wer ... wer macht denn so etwas?«, stammelte sie.

Joseph drückte ihr die Schulter. »Mr. Izett, wie ich eben schon sagte, meine Frau und ich sind in Port Townsend von Kapitän Barnes gesetzlich getraut worden. Ich habe die entsprechenden Papiere dazu oben. Bevor ich sie kennengelernt habe, war sie rechtmäßige Bürgerin von Seattle, ebenso wie ihr Vater, der Kaufmann war.«

»Ich bin in Seattle geboren.«

Izetts gefühlloser Blick durchbohrte Mei Lien. »Können Sie das beweisen?«

Mei Lien wusste nicht, was sie antworten sollte. Wusste dieser Mann, wenn sie ihm den Namen ihres Vaters nannte, dass sie mit dem Dampfschiff abgereist und angeblich sicher nach San Francisco gelangt war? Auch wenn es sich in Wahrheit ganz anders zugetragen hatte? War dieser Mann mit Campbell befreundet? Hatte der Nachbar irgendwie erfahren, dass Mei Lien in jener Nacht auf seinem Schiff gewesen war, und Mr. Izett hergeschickt, um die Sache zu erledigen?

»Unsere Heiratserlaubnis und den Trauschein habe ich, wie gesagt, oben. Was brauchen Sie als Nachweis, dass meine Frau aus Seattle stammt?«

Der Mann hievte seine mächtige Gestalt auf die Füße. »Wo ist Ihr Vater jetzt, Mrs. McElroy?«

Mei Lien schloss die Arme fester um Yan-Tao und sah Joseph an in der Hoffnung, dass er eine Antwort wusste. Josephs Gesicht war gerötet, und seine Kiefermuskeln zuckten. Er funkelte den Mann aufgebracht an.

»Wollen Sie wirklich wissen, wo ihr Vater ist, Mr. Izett?«, knurrte er.

Mei Lien durfte nicht zulassen, dass Joseph auch nur ein Sterbenswörtchen über jene Nacht auf dem Dampfer verlor, so viel war klar. Wenn er das tat, brachte er sie in Gefahr und sie musste jetzt auch an Yan-Tao denken und besonders vorsichtig sein.

»Er ist nach China zurückgekehrt«, sagte sie rasch, bevor Joseph weitersprechen konnte. »Vor zwei Jahren. Als die Spannungen zwischen meinem Volk und Ihrem Volk zunahmen. Ich sollte mit ihm zurückfahren, aber als unser Schiff in Port Townsend anlegte, um Vorräte zu laden, fand ich eine Familie, die mich als Köchin einstellte, und so bin ich geblieben. Mein Vater war alt und gebrechlich. Er wollte sein Heimatland noch einmal sehen, bevor es zu spät war.«

Mei Lien spürte, wie Joseph sich ob ihrer Lüge anspannte. Sie vermied es, ihn anzusehen. »Ich habe einen einzigen Brief von ihm erhalten, nachdem er in China angekommen war«, fuhr sie fort. »Seither habe ich nichts mehr von ihm gehört.«

»Kann diese Familie in Port Townsend Ihre Geschichte bezeugen?« Mr. Izetts Schnurrbart wackelte über seinem Mund, während er sprach.

»Selbstverständlich«, versetzte Joseph barsch.

Da stand Elizabeth auf. »Ach, kommen Sie, Mr. Izett. Mein Bruder ist ein ehrbarer Mann, er würde sich niemals herablassen, eine illegal eingewanderte Asiatin zu ehelichen.«

Mei Lien war sich nicht sicher, was Elizabeth vorhatte, schließlich traf diese Beschreibung zur Hälfte auf sie zu. Trotzdem war sie dankbar, dass ihre Schwägerin zu helfen versuchte.

»Ist es wirklich notwendig, dass mein Bruder als Beweis, dass er sich nichts hat zuschulden kommen lassen, diese Papiere hervorkramt? Wenn ja, sind Sie nämlich schuld daran, dass wir unseren Dampfer verpassen, und das fände ich doch außerordentlich ärgerlich.«

Zu Mei Liens Überraschung erbleichte Mr. Izett bei Elizabeths Worten. Einige lange Sekunden fummelte er an seinem Hut herum, bis er endlich sagte: »Ich nehme an, es wird nicht notwendig sein, denn anscheinend sind Sie brave Bürger.« Er räusperte sich. »Mein Informant muss sich geirrt haben.«

»Ja, bestimmt.« Joseph drückte ein letztes Mal Mei Liens Schulter, ließ sie los und gab ihr einen sanften Stups in Richtung Küche, fort aus Mr. Izetts Blickfeld.

Sie fügte sich bereitwillig. In der Küche ließ sie sich auf einen Stuhl plumpsen, denn die Beine versagten ihr den Dienst. Sie hörte, wie Joseph im Wohnzimmer zu Mr. Izett sagte, er werde ihn hinausbegleiten.

Als die Haustür sich hinter den beiden Männern schloss, kam Elizabeth in die Küche gerauscht. Sie schüttelte den Kopf. »Du meine Güte, wie leid mir das tut, dass Joseph sich mit solchen Leuten abgeben muss.«

Was er nicht gemusst hätte, so viel war Mei Lien klar, wenn sie nicht gewesen wäre. Sie senkte das Kinn, um ihre aufsteigenden Tränen zu verbergen, und versuchte, Elizabeth vorzumachen, dass sie bloß nach Yan-Tao sah.

Doch da nahm Elizabeth zu Mei Liens Überraschung ein Backblech vom Bord über dem Herd und knallte es auf die Arbeitsplatte. »Wo hast du das Backpulver? Ich backe jetzt Brötchen.«

Mei Lien hatte einen Kloß in der Kehle und schluckte nur, statt zu antworten. »Danke«, brachte sie schließlich heraus.

Elizabeth hörte auf herumzuhantieren und sah Mei Lien ins Gesicht. »Ich weiß nicht, warum«, sagte sie nach einem langen, verlegenen Schweigen, »aber Joseph liebt dich. Ich wollte nicht, dass er verletzt wird.« Sie wandte sich wieder ab, hielt dann aber inne. »Bist du illegal hier?«

»Nein.«

Elizabeth nickte und machte kommentarlos mit den Frühstücksvorbereitungen weiter.

Mei Lien wusste, dass sie und diese Frau niemals Freundinnen werden würden, aber sie beide liebten Joseph, und das, befand sie, musste genügen.

17

DIENSTAG, 17. JULI – HEUTE
ROTHESAY ESTATE, ORCAS ISLAND

Inara drehte den Schalter, um die Heckenschere auszuschalten, mit der sie die Sträucher entlang der Veranda hinter dem Haus bearbeitete. Mit dem Arm wischte sie sich Schweiß von der Stirn und trat einen Schritt zurück, um ihre Arbeit zu begutachten.

Genau zur rechten Zeit, Mitte Juli, war der Sommer endlich im Westen von Washington angekommen. Der Regen der vergangenen Woche war vergessen, Blumen und Rasen schienen über Nacht zehn Zentimeter zu wachsen. Die rotbraune Rinde der Amerikanischen Erdbeerbäume blätterte in großen Placken ab. Ein strahlend blauer, wolkenloser Himmel spiegelte sich im vollkommen glatten East Sound, den nur hier und da ein Kajak oder eine Möwe durchbrach. Da die Stadt Eastsound an ihrer südlichen Küste keine Anlegestelle mehr hatte, fuhren nur sehr wenige Schiffe an Inaras Grundstück vorbei. Das gefiel ihr.

Am Freitagabend war Inara mit Daniel ans Wasser gegangen, um ihm den Strand zu zeigen, und seither war sie jeden Abend hinunterspaziert. Wenn sie in die kühle Brise trat und die reifen, erdigen Gerüche des Meeres einatmete, hatte sie immer das Gefühl, dass der Stress des Tages von ihr abfiel. Gestern hatte sie entdeckt, dass in einer Baumkrone ganz in der Nähe Weißkopfseeadler nisteten. So oft, wie sie mit Fisch oder anderer Beute in den Klauen hin und her flogen, war die Brut vermutlich schon geschlüpft. Vielleicht bekam sie die Jungvögel sogar bald einmal zu Gesicht.

Schweiß durchtränkte ihr T-Shirt und rann ihr den Rücken hinunter, und sie sehnte sich nach dem kühlen Strand, doch sie konnte noch nicht gehen. Es gab noch zu viel zu tun.

Sicher hätte sie eine Firma beauftragen können, sich um den Garten zu kümmern, sodass ihr Zeit geblieben wäre, Mei Liens Geschichte weiter zu recherchieren oder Lampen zu bestellen, doch ein Landschaftsgärtner hätte Tausende von Dollar verschlungen, die sie nicht besaß. Sie wollte ihren Vater unbedingt davon überzeugen, dass das Hotel ein gutes Anlageobjekt war, das sie gut managen konnte, und weil Geld seine größte Sorge war, würde sie es so verantwortungsbewusst wie möglich tun. Das hieß sparen. Außerdem wusste sie aus den vielen Sommern, in denen sie Tante Dahlia geholfen hatte, einiges über Gartenarbeit, und so war es absolut logisch, diese Aufgabe selbst zu übernehmen.

Zufrieden, dass die Hecke gerade und ordentlich aussah, ging sie zum Küchengarten, der in dem Winkel zwischen dem Haupthaus und ihrem Haus lag. Sie genoss den Blick darauf jeden Morgen, wenn sie auf den Stufen der Hintertreppe ihren Tee trank, und heute Vormittag wollte sie einen Anfang machen, damit er so richtig schön wurde. Zudem hatte sie den starken Verdacht, dass sie zwischen den wuchernden Ranken und Wildkräutern ein paar kräftige Gemüsepflanzen finden würde. Mit Früchten, die sie nicht bezahlen musste. So war wieder etwas gespart.

Sie legte die Heckenschere ins Gras und ging zur Garage auf der anderen Seite des U-förmigen Anwesens, um Schubkarre, Spaten und Gartenschere zu holen. Auf halbem Wege entdeckte sie Tom auf der Veranda und änderte den Kurs.

»Hey, Tom!« Sie winkte dem Bauunternehmer, um seine Aufmerksamkeit zu erregen.

Er schaltete den Bandschleifer aus, mit dem er an den Brettern der Veranda arbeitete, kam ans Geländer und lehnte sich dagegen.

»Selber hey. Meine Männer können das Holz streichen, solange das Wetter hält. Soll ich wirklich nicht das ganze Ding abschleifen?« Er zeigte die Länge der Veranda hinunter.

Sie hatten den Abschnitt erneuern müssen, weil sie bei genauerer Begutachtung auf Fäulnis gestoßen waren, doch der Rest der Veranda war stabil und würde mindestens noch zwei Jahre halten. »Nein. Die Schrammen und Abplatzer sorgen für Charakter. Sagen Sie Ihren Leuten nur, sie sollen eine frische Schicht Farbe auftragen, dann ist es perfekt.« Sie richtete den Blick demonstrativ auf die Schleifmaschine und suchte nach den richtigen Worten. »Danke … dass Sie das machen.«

Als sie in der Woche zuvor aus Seattle zurückgekommen war, hatte sie sich mit Tom hingesetzt und ihm erklärt, was sie mit ihrem Vater vereinbart hatte und dass sie so sparsam wie möglich weitermachen musste. Sie hatten den Rotstift angesetzt und festgelegt, was Inara selbst erledigen konnte, wie zum Beispiel den Garten. Tom hatte wohl beschlossen, einige Arbeiten selbst auszuführen, was er normalerweise nicht tat.

Tränen brannten in ihren Augen. Sie wusste, dass er – im Gegensatz zu ihrem Vater – an ihren Erfolg glaubte. Er half ihr als Nachbar und gab ihr das Gefühl, in der kleinen Gemeinde willkommen zu sein.

Tom zuckte in seinem verschwitzten T-Shirt die Achseln. »Keine Ursache. Oh, das hätte ich beinahe vergessen. Sophie hat gesagt, ich soll Sie fragen, ob Sie heute Abend zum Essen rüberkommen wollen. Hätten Sie Zeit?«

Inara lächelte. »Klar. Danke.«

Lässig winkte sie Tom und wandte sich der Garage zu, auch wenn ihr insgeheim ganz anders zumute war. In Seattle kannte sie ihre Nachbarn, doch jeder blieb mehr oder weniger unter sich. Orcas Island war anders. Hier luden ihre Nachbarn sie zum Abendessen ein, Einheimische plauderten mit ihr im Lebensmittelladen oder in der Post und winkten ihr auf der Straße. Ihre Wurzeln gruben sich immer tiefer in die Insel.

Als sie das Garagentor aufzog, um das Werkzeug zu holen, schlug ihr abgestandene moderige Luft entgegen und erinnerte sie daran, wie alt dieses Anwesen war. Doch bevor Rothesay erbaut wurde, war dieses Stück Land Mei Liens Garten gewesen oder vielleicht die Stelle, an der ihre Scheune stand.

Hatte Mei Lien das Gefühl gehabt, sie gehörte auf die Insel? Luden ihre Nachbarn sie zum Abendessen ein? Eher unwahrscheinlich.

Der Gedanke stimmte Inara traurig, und sie machte sich im Geiste eine Notiz, Daniel, wenn er am Abend anrief, zu fragen, wie Mei Liens Leben hier wohl gewesen war. Sie hatte versucht, selbst so viel wie möglich über diese Zeit herauszufinden, und sich in der Bibliothek des Historischen Museums in der Stadt ein paar Bücher ausgeliehen. In einem stand etwas über eine Gruppe Inselbewohner, die sich die Orcas Island Anti-Chinese Association genannt hatten und deren einziges Ziel es war, sich vor »dem Eindringen einer uns in jeder Hinsicht fremden Rasse« zu schützen.

Um die Zeit der Vertreibung der Chinesen aus Tacoma und Seattle hatte diese Gruppe auch die Chinesen von Orcas Island fortgejagt. Mei Lien war vermutlich die erste Chinesin, die danach auf die Insel kam. Wenn das zutraf, hatte dann allein ihr weißer Ehemann verhindert, dass die anderen Inselbewohner sie ebenfalls vertrieben?

Es konnte nicht leicht gewesen sein für Mei Lien, und wahrscheinlich war sie sehr einsam. Kein Wunder, dass sie Zeit fand, den Ärmel so kunstvoll zu besticken.

Mit dem Werkzeug, das sie brauchte, ging Inara bedrückt zum Garten zurück.

Sie war auf allen vieren gerade damit beschäftigt, die Erde um eine sechzig Zentimeter hohe Distel zu lockern, um an die Wurzeln zu kommen, als ihr Handy klingelte.

»Daniel! Seminare und Vorlesungen schon vorbei für heute?« Am Dienstag unterrichtete er den ganzen Tag, also hatte sie gar nicht damit gerechnet, vor dem Abend etwas von ihm zu hören.

»Nein, aber ich habe eine kurze Pause und wollte dich unbedingt anrufen.«

Etwas in seiner Stimme lenkte ihre Aufmerksamkeit vom Garten ab. »Was ist los?«

»Wir haben tote Chinesen gefunden. In Zeitungen von 1886. Genau wie auf dem Ärmel.«

Druck brannte hinter ihren Augen. »Was meinst du damit?«

»Die Menschen, die um das Schiff herum im Wasser treiben. Die sind mir einfach nicht mehr aus dem Kopf gegangen, also habe ich noch mal die Zeitungen aus dieser Zeit gesichtet. Kurz nachdem die Chinesen aus Seattle verjagt worden waren, wurden innerhalb einer Woche drei tote Chinesen an Land getrieben. Einer außerhalb von Port Townsend und zwei auf Whidbey Island. Mir kommt so langsam der Verdacht, dass da etwas sehr Tragisches passiert ist.«

Inara schloss die Augen. Natürlich hatte man Leichen gefunden. Es überraschte sie nur, dass es nicht mehr als drei waren. Doch in der Juan-de-Fuca-Straße herrschten starke Strömungen, besonders im Februar. Zudem konnten sich zahlreiche Tiere im Wasser und an Land an denen gütlich getan haben, die nicht aufs Meer hinausgetrieben worden waren.

»Aber das ist noch nicht alles«, fuhr Daniel fort. »Die Unterlagen der Schifffahrtsgesellschaft aus dieser Zeit sind praktischerweise verschwunden.«

Sie riss die Augen auf. »Du warst bei der Schifffahrtsgesellschaft?«

»Nein, eine meiner Studentinnen. Sie hatte richtig Mühe, sie aufzuspüren. Sie hat sie gefunden und auch Zugang zum Archiv bekommen, aber sie sagt, die Akte war nicht da, und digitalisiert sind die Unterlagen aus dieser Zeit natürlich nicht.«

Inara schluckte. Natürlich hatten sie die Akte nicht gefunden. Sie lag auf ihrem Küchentisch. Daniel hatte die Recherchen zu der Schifffahrtsgesellschaft seiner Helferin überlassen und war noch nicht darauf gestoßen, dass es die Firma ihrer Familie war, doch es war nur eine Frage der Zeit, bis er es herausfand. Sie musste es ihm sagen.

»Ähm, Daniel?«

Er hatte schon zu einer Geschichte aus einem der Zeitungsartikel angesetzt, doch jetzt hielt er inne. »Ja?«

Sie musste es ihm sagen. Wenn sie es jetzt nicht tat, flog es ihr irgendwann um die Ohren. »Die Schifffahrtsgesellschaft? Die gehört meiner Familie. Aus Campbell Lines ist irgendwann Premier Maritime Group geworden.«

»Oh.« Er schwieg eine ganze Weile. »Und du bist nicht längst mal auf die Idee gekommen, mir das zu erzählen?«

Sie schluckte und umklammerte das Telefon. »Das hätte ich tun sollen, sobald mir klar wurde, dass es da eine Verbindung gibt, aber es ist mir entfallen. Außerdem hielt ich es nicht für bedeutsam.« Sie machte eine Pause. »Soll ich mich darum kümmern? Ich könnte mit meinem Vater sprechen und schauen, ob er etwas über einen Unfall zur damaligen Zeit weiß.«

»Okay. Das wäre toll. Dann konzentriere ich mich weiter darauf, was aus den McElroys geworden ist. Sie sind wie vom Erdboden verschwunden.«

»Was meinst du damit?«

»Meine Leute haben alte Tagebücher und Zeitungen durchforstet. Hier und da sind Joseph McElroy, seine chinesische Frau sowie ihr Sohn erwähnt worden, gewöhnlich voller Hohn und offener Verachtung. Allerdings haben wir nach 1894 keine einzige Erwähnung der McElroys mehr gefunden, von keinem. Wir haben Passagierlisten von Schiffen und Eisenbahnen überprüft, Volkszählungsunterlagen für ganz Washington, Oregon, Kalifornien und British Columbia, alles.«

Nichts seit 1894. Ihre Familie war im Januar 1895 in dieses Haus gezogen. Eine leichte Irritation schlich sich in ihren Hinterkopf, ohne sich wirklich zum Gedanken auszuformulieren. »Kann ich irgendwie bei den Recherchen helfen?«

»Nein. Ich habe sehr viel Hilfe hier an der Universität, und du hast alle Hände voll zu tun. Ich wollte dir nur erzählen, was wir gefunden haben.«

Es fiel ihr schwer, sich zusammenzureißen, bis sie das Gespräch beendet hatten.

Auch wenn er sich darauf konzentrierte, was aus den McElroys geworden war, wusste Daniel also jetzt, dass Menschen den Tod gefunden hatten. Es konnte nicht lange dauern, bis er herausfand, dass alle Chinesen an Bord umgebracht worden waren und dass ihr Vorfahr dafür verantwortlich war. Und was würde sie dann machen?

Das nagende Gefühl wollte nicht weichen. Es hing damit zusammen, dass Duncan Campbell 1895 in dieses Haus gezogen war.

Sie hatte immer gewusst, dass der Besitz der Campbells auf der Insel ursprünglich viel kleiner war als heute. Duncan kam in den frühen 1880er Jahren von Schottland nach Orcas Island, wo er eine Hütte baute und einen Gemüsegarten anlegte. Seinem Vater und seiner jungen Frau überließ er es, sich darum zu kümmern, während er in Seattle seine Firma gründete und zum Erfolg führte. In diesen ersten Jahren, da er die Firma in Schwung bringen musste, sah er seine Familie nur selten, doch wie es schien, funktionierte das Arrangement für alle Betroffenen.

Der einstige Besitz gehörte immer noch zu Rothesay, er lag im Süden, durch den Wald, außer Sichtweite hinter einer kleinen Anhöhe.

Sie fand, es war Zeit für einen Spaziergang.

Sie klopfte sich den Schmutz von der Jeans, ging ums Haus herum, die Einfahrt hinunter und nahm den Weg in den Wald. Da, wo der Weg sich zum Strand hinunterschlängelte, trat sie ins Unterholz und ging weiter südwärts, während sie überlegte, warum ihre Geschwister und sie sich als Kinder bei ihren Streifzügen durch den Wald niemals über die Anhöhe gewagt hatten.

Sie brauchte nicht lange, kaum mehr als zehn Minuten, um mit forschen Schritten die Anhöhe zu überwinden.

Auf einer Lichtung entdeckte sie etwas, was aussah wie die Steinfundamente eines längst verfallenen Gebäudes. Das musste einmal Duncan Campbells Hütte gewesen sein.

Sie war klein. Längst nicht so geräumig wie die Hütte nahe Rothesay, in der Joseph und Mei Lien gelebt hatten, bevor sie das Haus bauten, das später Dahlias Haus wurde. Inara stellte sich mit dem Rücken zur Hütte und sah sich um.

Das Gelände fiel zu einer steilen Felsklippe in rund dreißig Meter Entfernung ab. Es sah nicht so aus, als gäbe es hier einen leichten Zugang zum Wasser. Zu ihrer Linken lag zwischen dem Kamm, auf dem sie stand, und dem Mount Constitution eine Senke, in der sich der Wald einen alten Obstgarten allmählich zurückeroberte. Der Obstgarten war zwar klein, doch er lag nach Süden, also der Sonne zugewandt.

Auf der Lichtung war wahrscheinlich auch der Garten gewesen, um die Familie zu ernähren, doch inzwischen hatte sich Gestrüpp breitgemacht, und in zweihundert Jahren würde hier wieder Wald stehen.

Duncan Campbells ursprünglicher Besitz war kein Juwel gewesen, fand Inara und trat gegen einen Felsbrocken. Das Stück Land war felsig, lag an einer Bergflanke, ohne direkten Zugang zum Wasser. Kein Wunder, dass Duncan die Gelegenheit zum Umzug nutzte, als die McElroys ihr Haus verkaufen wollten.

Aber vielleicht hatte er auch die Hand dabei im Spiel, dass sie es überhaupt verkauften.

Auf dem Heimweg sann Inara darüber nach, wie sie mehr herausfinden konnte. Gerade als sie wieder den Waldpfad betrat, fiel ihr Toms Freundin in Friday Harbor ein, die in der County-Verwaltung arbeitete. Sie wollte jede Wette eingehen, dass Kira noch mehr Einzelheiten aus der Zeit, als das Anwesen den Besitzer wechselte, herausfinden würde.

Sie holte ihr Handy heraus und scrollte die Anrufliste herunter, bis sie die richtige Nummer fand, dann wartete sie auf das Klingeln. Als Kira dranging, erklärte Inara ihr, was sie brauchte, und nach kurzem Gespräch verabschiedeten sie sich. Jetzt hieß es abwarten.

Um ihre nervöse Energie sinnvoll einzusetzen, ging Inara in Dahlias Garten und jätete weiter Unkraut. Dabei ging ihr noch die Frage durch den Kopf, wie jemand auf dem felsigen Boden südlich von hier überhaupt irgendetwas zum Wachsen gebracht hatte.

Als Kira zurückrief, war die Hälfte des Gartens von Unkraut befreit.

»Ich dachte, ich hätte Ihnen vor ein paar Wochen auch die Steuerunterlagen gegeben, aber das habe ich vermutlich vergessen«, sagte Kira ohne Einleitung. »Tut mir leid.«

»Macht nichts«, erwiderte Inara. »Was haben Sie denn gefunden?«

»Also, ich habe keine Unterlagen über eine Grundstücksübertragung von Joseph McElroy an Duncan Campbell in den Jahren 1894 oder 1895 gefunden, aber das kann auch daran liegen, dass das Dokument verloren ging oder irgendwo falsch einsortiert wurde. Wenn Sie wollen, suche ich weiter danach. Es gibt hier allerdings eine offizielle Eigentumsurkunde von Duncan Campbell aus dem Jahr 1896. Seit 1895 hat er die Steuern für das Grundstück bezahlt.«

Inara war nicht überrascht, dass keine Urkunde zur Grundstücksübertragung gefunden wurde. Und Duncan hatte zweifellos später jemanden geschmiert, dass er die Unterlagen nachreichen konnte. »Ich bin Ihnen sehr dankbar, Kira. Wenn ich das nächste Mal in Friday Harbor bin, lade ich Sie auf einen Kaffee oder sonst was ein.«

Kira lachte. »Danke. Sehr gern, aber nötig ist es nicht.«

Inara erinnerte sich an die andere Frage, die sie Kira gestellt hatte. »Haben Sie irgendetwas über die Familie McElroy nach 1894 gefunden?«

»Nein. Die müssen das Land verlassen haben, nachdem sie an Campbell verkauft hatten.«

»Verstehe. Noch einmal, vielen Dank, Kira.«

Inara beendete das Gespräch, doch sie blieb, wo sie war: mit dem Hintern auf der Erde. Aus dem Augenwinkel nahm sie eine Bewegung wahr: Ein Adler flog hoch oben am Himmel zu seinem Nest. Doch er war zu weit weg, als dass Inara hätte sehen können, ob er etwas zu fressen für seine Jungen mitbrachte.

Wo konnten die McElroys hingegangen sein?

Der Gedanke, der schon eine Weile an ihr nagte, drängte sich schließlich nach vorn: Duncan konnte sie umgebracht haben, um sich ihren Besitz unter den Nagel zu reißen.

Fest schlang sie die Arme um die Knie. Sie fand es schrecklich, dass sie so etwas über ihren Vorfahren dachte. Doch wenn er skrupellos Hunderte von Menschen getötet hatte, was machten da noch drei mehr? Und wenn er sie getötet hatte, nachdem er aus der Zeitung wusste, dass Tote an Land geschwemmt worden waren, hatte er gewiss nicht abermals versucht, sie draußen in der Meerenge loszuwerden.

Hieß das, dass sie irgendwo auf Rothesay verscharrt waren? Vielleicht unten im Wald bei dem maroden Blockhaus, in dem ihr Bruder, ihre Schwester und sie oft gespielt hatten, oder drüben auf Toms Grund, wo einst der Obstgarten von Rothesay lag. Vielleicht auch im alten Obstgarten in dem felsigen Boden, wo längst keiner mehr Lust hatte zu graben.

Sie musste es herausfinden. Sie konnte unmöglich hier leben, ohne Gewissheit darüber zu haben. Sie konnte unmöglich den Garten umgraben, ohne sicher zu sein, nicht irgendwann einmal auf Menschenknochen zu stoßen.

Sie musste die Wahrheit herausfinden, und zwar bevor Daniel sie erfuhr.

18

Montag, 1. Oktober 1894
McElroy Farm, Orcas Island

Yan-Tao rannte den Abhang hinter dem Gemüsegarten hinunter und wedelte wild mit seinen dünnen Armen, die braungebrannt waren, weil er den ganzen Sommer fast ausschließlich im Freien verbracht hatte. Seine weißen Zähne blitzten auf, als er laut loslachte, bevor er sich ins hohe Gras warf. Immer noch lachend tauchte er wieder auf und rannte weiter. Den Grashalmen und Blättern, die in seinen Haaren und Kleidern hingen, schenkte er keine Beachtung.

Mei Lien sah ihrem Sohn durch das Fenster im neuen Salon zu. Wobei »neu« nicht ganz richtig war, denn fertiggestellt hatte Joseph den Anbau schon vor fast drei Jahren. Doch für Mei Lien war er immer noch neu.

Das ungleichmäßig dicke Fensterglas verzerrte die Bilder draußen ein wenig, und sie bewegte den Kopf, bis sie eine Stelle gefunden hatte, durch die sie deutlich sehen konnte. Mit Ausnahme ihres Sohnes und seiner unerschöpflichen Energie schien die Welt draußen widerzuspiegeln, wie Mei Lien sich innerlich fühlte – verschwommen und müde.

Das Gras war zwar noch grün, hatte aber seinen Glanz verloren – zweifellos von dem Raureif, den sie seit zwei Wochen jeden Morgen darauf fand. Bäume, deren Laub die ersten Herbstfarben zeigte, sprenkelten die grüne Berglandschaft hier und da mit kühnen bunten Tupfern. Obwohl die Farben ihr das Herz leichter machten, wusste Mei Lien, dass sie nur davon ablenkten, dass dort bald nichts mehr übrig sein würde als kahles Geäst und schlafende Erde. Auch die Sonne stand tief im Süden und warf mittags lange Schatten in den Garten.

Yan-Tao lief aus dem Schatten des Stallgebäudes in einen Flecken hellen Sonnenlichts. Es schimmerte auf seinem Haar, das schwarz und glänzend war wie ihr eigenes und kurz geschnitten wie das seines Vaters. Mei Lien hörte sein Lachen, als der schwarze Labrador, den Joseph seinem Sohn zum fünften Geburtstag mitgebracht hatte, an ihm vorbeischoss und im Gras etwas anbellte, vermutlich ein Tier. Yan-Tao, ein gesunder Siebenjähriger, drehte sich, sprang, rannte und tauchte nach dem, was der Hund und er fangen wollten.

Die Jahre vergehen viel zu schnell, dachte Mei Lien nicht zum ersten Mal. Bald war ihr Kleiner ein junger Mann.

Joseph und sie hätten ihm gern ein Geschwisterchen geschenkt. Sie versuchten es weiter, obwohl Mei Lien zwei Fehlgeburten gehabt hatte. Inzwischen kam ihr Monatsfluss unregelmäßig, und an der rechten Seite hatte sie eine empfindliche Schwellung, die drückte. Sie hatte ihr sechsundzwanzigstes Lebensjahr erreicht, und sie spürte jedes einzelne Jahr in ihren wehen Beinen, dem schmerzenden Rücken und den geschwollenen Händen. Trotzdem arbeitete sie den ganzen Tag, half Joseph, die Ernte einzubringen und sie an dem neuen Anlegesteg auf einen gemieteten Kahn zu verladen, damit er sie in den Ortschaften auf dem Festland verkaufen konnte.

Wenn die Arbeit auf der Farm für den Tag beendet war, wandte Mei Lien sich dem Geschenk für ihren Sohn zu. Abend für Abend stickte sie bis spät in die Nacht die Geschichte auf das Gewand, das sie Yan-Tao geben wollte, wenn er heiratete und seine eigene Familie gründete.

Bei dem Gedanken daran, dass Yan-Tao erwachsen wurde, schoss ihr ein stechender Schmerz tief in den Bauch. Mei Lien stöhnte leise, legte eine warme Hand auf die schmerzende Stelle und versuchte, sie durch reine Willenskraft aufzulösen.

Sie konnte mit dem Fertigstellen der Stickerei nicht warten, bis Yan-Tao groß war. Er mochte noch viele Jahre vor sich haben, doch ihre Zeit lief ab. Mei Lien brauchte keinen Arzt, der ihr sagte, dass sie bald sterben würde. Nach Yan-Taos Geburt hatte sie sich nicht mehr recht erholt. Vermutlich hatte sie das Leiden geerbt, das ihr die Mutter genommen hatte, viel zu früh.

Mei Lien spürte, dass die Masse in ihrer Gebärmutter wuchs, sich drehte und ihr langsam das Leben aussaugte.

Doch anders als ihre Mutter hatte sie ihr Kind wenigstens kennengelernt.

Während sie ihrem Sohn jetzt zusah, wurde sie von einer Sehnsucht erfüllt. Yan-Tao sollte ein anderes Leben haben. Er sollte irgendwo leben, wo er mit anderen Kindern spielen konnte. Er sollte die Freiheit haben, seinen Vater auf Reisen zu begleiten. Er sollte respektvoll und freundlich behandelt werden.

Erinnerungen an den schrecklichen Tag, als sie zur Feier der Gründung des Bundesstaates in Eastsound Village gewesen waren, stiegen auf. Die anderen Inselbewohner hatten keinen Hehl daraus gemacht, wie sehr sie sie verabscheuten. Seither hatten Yan-Tao und sie sich nicht mehr von der Farm wegbewegt. Joseph erledigte sämtliche Verkäufe und Besorgungen. Für Mei Lien war das die beste Lösung, aber galt das auch für Yan-Tao?

Seine einzigen Spielgefährten waren Joseph und sie – wenn sie die Zeit erübrigen konnten –, die Tiere auf der Farm und im Wald und seine Cousinen Priscilla und Penelope, Elizabeths Töchter, die seit seiner Geburt jeden Sommer zu Besuch kamen.

In dieser Woche im August war Mei Lien immer nach besten Kräften bemüht, sich auf die Zunge zu beißen und freundlich zu Elizabeth zu sein. Die behandelte sie allerdings immer noch wie ein Dienstmädchen. Doch ihre Töchter waren zu liebenswerten jungen Frauen herangewachsen, die Mei Lien gegenüber stets höflich waren und Yan-Tao wie einen kleinen Bruder behandelten. Dafür verzieh Mei Lien der Mutter fast alles.

In ihrem Bauch zuckte und zwackte es, und sie beugte sich vor, um den Schmerz zu lindern. Sie atmete tief ein und aus, um ihn zu vertreiben, doch mit jeder neuen Attacke wurde er stärker. Bald würde er unerträglich sein. Mei Lien drückte auf den Klumpen in ihrem Bauch, wo der Schmerz seinen Ausgang nahm, und stöhnte. Sie musste sich hinsetzen und sich auf etwas anderes konzentrieren.

Widerstrebend wandte sie sich vom Fenster ab und ging vorsichtig ins Wohnzimmer zu ihrem Stickrahmen. Von den präzisen, ständig wiederkehrenden Bewegungen des Stickens hatte sie Schwielen an den Fingern, und ihre Handgelenke taten so weh, dass sie abends kühle Tücher darumwickeln musste, aber trotzdem freute Mei Lien sich über jeden Moment, den sie am Stickrahmen verbrachte. Mit jedem Stich rückte sie dem Augenblick, da sie ihrem Sohn sein Erbe übergeben konnte, ein Stück näher. Mit jedem Stich verband sie sich mit der Großmutter und mit ihrer Mutter und allen Frauen ihrer Familie, die sie für immer verloren hatte.

Mei Lien schlug das schützende Baumwolltuch zurück und nahm die Nadel, um den nächsten Stich zu setzen. Der Abschnitt, an dem sie gerade arbeitete, erzählte die Geschichte, wie Joseph und sie geheiratet hatten und wie auf dieser Farm ihre Liebe erblüht war.

Sie schüttelte den Kopf. Liebe war ein merkwürdiges Gefühl. Sie hatte ihren Vater und ihre Großmutter mit jedem Atemzug geliebt, und als man ihr die beiden nahm, nahm man ihr auch den Atem. Doch als Josephs Frau hatte sie wieder zu atmen begonnen. Ihre Nerven kribbelten vor Freude, wenn sie seine Stiefel auf der Treppe hörte. Ihr Inneres schmolz, wenn sie zusah, wie sanft er Yan-Taos Hände führte, wenn der Junge die Pferdezügel hielt, oder wie er den Jungen hoch in die Luft warf und wieder auffing und ihr gemeinsames Lachen wie Musik klang.

Mit jedem Tag liebte sie ihren Mann mehr. Viel mehr, als sie es jemals für möglich gehalten hätte.

Trotzdem hatte sie diese schwere Mattigkeit in sich. Ein Teil ihrer Seele war an dem Tag gestorben, als sie ihre tote Großmutter am Strand erblickt und gewusst hatte, dass sie nun ganz allein war, und diesen Teil hatte Mei Lien nicht wieder zum Leben erwecken können. Vielleicht hatte er sich in ihrem Leib festgesetzt und war dort vermodert. So, wie der Teufel Campbell ihren Vater und ihre Großmutter umgebracht hatte, tötete er jetzt sie.

Mei Lien lehnte sich zurück. Zerstreut bemerkte sie, dass die Bauchschmerzen nachgelassen hatten, und sie nahm sich ein wenig Zeit, um den Nacken zu dehnen. Dann schnitt sie den grünen Faden ab, den sie gerade verwendet hatte, und griff nach dem pfirsichgelben, den sie mit Rosa verzwirbelt hatte, um die Farbe von Josephs Haut richtig hinzukriegen. Bevor sie in den Seidenstoff stach, hielt sie das Garn daran, um die Farbe vor dem grünen Hintergrund zu prüfen, vor dem Wald, der die Farm umgab.

Zufrieden mit dem Ergebnis durchstach sie mit der Nadel den Stoff und begann mit dem Gesicht ihres Mannes. Sie liebte den Augenblick des Widerstandes, bevor die Seide nachgab und der Stickfaden hindurchglitt. Sie stieß die Nadel von der Rückseite durch das Gewebe und wiederholte das Ganze. Immer und immer wieder setzte sie scheinbar wahllose Stiche, von denen doch jeder einzelne seinen Sinn hatte.

Wieder fuhr ein Stich in Mei Liens Bauch, aber sie krümmte sich nur zusammen, um den Druck zu lindern. Sie hatte keine Zeit, sich hinzulegen. Am Vortag hatte sie damit eine ganze Stunde vergeudet.

Allmählich wurde Josephs Gesicht auf der Seide erkennbar. Seine rosafarbenen Wangen, die er seit dem Tag ihrer Hochzeit für sie glatt rasierte. Seine leuchtend grünen Augen, die sie stets anlächelten. Das kräftige Kinn, die dichten Augenbrauen, die gerade Nase. Womit hatte sie einen Mann wie ihn verdient?

Mit gar nichts.

Sie hatte ihn nicht verdient.

Aber Yan-Tao verdiente ihn. Deswegen erzählte Mei Lien für Vater und Sohn die Geschichte ihrer Liebe. Am Abend würde sie Yan-Tao diese Geschichte in Worten erzählen, in chinesischen Worten, damit er die Sprache üben konnte, und eines Tages würde er die Stickerei betrachten und sich erinnern, was die einzelnen Symbole und Bilder bedeuteten.

Alles, was sie auf diesen Seidenstoff gestickt hatte, besaß eine Bedeutung oder einen Sinn.

»Mama, Mama!« Yan-Tao rannte zur Haustür herein und kam, mit dem Hund auf den Fersen, ins Wohnzimmer gestürzt. Seine runden Wangen waren gerötet, und er grinste bis über beide Ohren. In seinen dünnen Kinderarmen hielt er ein graues Fellbündel. »Ich hab ein Kaninchen gefangen! Willst du's mal streicheln?«

»Bleib damit bloß von der Seide weg!«, warnte Mei Lien, musste sich aber ein Lachen verkneifen, denn eigentlich gefiel es ihr, wenn ihr Junge so übermütig war, zeigte es doch, dass er glücklich war und es ihm gut ging. »Das ist bestimmt schmutzig.«

»Ich bade es«, sagte Yan-Tao und hob dabei das Kinn auf eine Art, die Mei Lien an ihren Vater erinnerte. »Ich sorge gut dafür. Versprochen.«

Mei Lien hielt mitten im Stich inne, die Nadel halb im Stoff. »Wie meinst du das, du sorgst dafür? Das ist doch kein Schmusetier, oder?«

Yan-Tao schluckte. Er nickte.

»Du hast doch schon ein Tier zum Streicheln.« Mit einer Kopfbewegung wies sie auf den Hund, der sich zu Yan-Taos Füßen auf dem Boden ausgestreckt hatte. »Du brauchst nicht noch eins. Außerdem sind Kaninchen nicht zum Streicheln da, sondern zum Essen.«

Yan-Tao verzog den Mund, den Tränen nahe. Er schluckte und atmete tief durch, um seine Gefühle niederzukämpfen. Er hob das Kaninchen vors Gesicht. »Ich hab es aber lieb, Mama. Bitte.«

Mei Lien sah ihren Sohn und die beiden Tiere an und überlegte, ob sie sich der Sache entziehen konnte, indem sie ihm sagte, er solle mit seinem Vater darüber sprechen. Doch sie verwarf den Gedanken sofort wieder, denn Joseph konnte seinem Sohn keinen Wunsch abschlagen.

Sie brauchten kein zahmes Kaninchen. Für Yan-Tao war es nicht gut, wenn er noch weiter von seinem Unterricht und seinen Pflichten abgelenkt wurde. Er brauchte wirklich kein zweites Haustier.

Doch am meisten Sorgen bereitete es Mei Lien, dass das Kaninchen eines Tages sterben oder von einem Hund oder einem Kojoten gefressen werden würde, und das würde ihrem Sohn das Herz brechen. Irgendwann musste er diese Lektion lernen, aber wenn sie es verhindern konnte, noch nicht jetzt.

»Nein.« Sie nahm ihre Stickarbeit wieder auf. »Aber du darfst es draußen freilassen, und ich werde es nicht für unser Abendbrot schlachten, obwohl dein Vater sich heute Abend sehr über einen Kanincheneintopf freuen würde. Du weißt ja, wie hungrig er immer ist, wenn er aus Port Townsend zurückkommt.«

»Ja, Mutter«, murmelte der Junge und wandte sich wieder zur Haustür. Ohne ein weiteres Wort schlurfte er mit dem Hund an der Seite nach draußen und schloss leise hinter sich die Tür.

Seine greifbare Enttäuschung blieb als bedrückende Atmosphäre im Raum zurück.

Mei Lien schüttelte den Kopf und massierte sich mit der linken Hand das rechte Handgelenk. Sie hatte richtig gehandelt. Auf einer Farm war kein Platz für ein zahmes Kaninchen.

Die Haustür ging wieder auf, und sie blickte hoch, denn sie nahm an, Yan-Tao wollte noch einmal um das Tier betteln. Doch er schlug die Tür hinter sich zu und rannte durch den Salon in die Küche. Dort stapfte er in seinen Stiefeln so energisch die Treppe hinauf, dass die Lampe an der Wand klirrte. Hinter ihm her klackerten die Krallen des

Hundes. Eine Tür knallte zu, und Mei Lien wusste, dass ihr Sohn sich in seinem Zimmer versteckt hatte.

Kurz darauf war sie wieder ganz in ihre Stickarbeit versunken, da machte der Hund sie darauf aufmerksam, dass etwas nicht stimmte. Aus Yan-Taos Zimmer über ihr drang sein Winseln durch die Decke.

Sorgsam steckte sie die Nadel in der Seide fest und zog das Baumwolltuch darüber, um ihre Arbeit vor Staub und Licht zu schützen.

Ohne den Protest aus ihrem Bauch zu beachten, stand sie auf, ging in die Küche und stieg langsam die Treppe hinauf. Oben klopfte sie an die Zimmertür ihres Sohnes. »Yan-Tao? Geht's dir nicht gut?«

»Doch«, kam seine gedämpfte Antwort.

Mit einem Seufzer verlagerte Mei Lien das Gewicht, um den Schmerz in ihrem Bauch zu verringern. »Ich weiß, dass du böse auf mich bist, aber es ist zu deinem Besten, kein weiteres Tier mehr aufzunehmen. Noch ein hungriges Maul können wir hier nicht gebrauchen.«

Mei Lien horchte auf eine Antwort.

»Außerdem musst du darauf achten, an wen du dein Herz verschenkst«, fuhr sie fort, als sie nichts hörte. »Auch ein Schmusetier stirbt, und wenn du dein Herz daran hängst, dann …« Mei Lien suchte nach den richtigen Worten, um einem Kind zu erklären, was sie selbst nicht ganz verstand. »Dann verlierst du mit ihm auch dich selbst.«

Mit einem Klicken ging die Tür auf.

Mei Lien schob sie ganz auf und sah hinein. Yan-Tao hatte die kleine Lampe angezündet, die Joseph ihm geschenkt hatte, und lag zusammengekrümmt auf Kissen in einer Ecke auf dem Fußboden. Der Hund schmiegte sich an seinen Rücken.

»Ist schon gut, Mama. Ich hab das Karnickel nicht mehr lieb.«

Als sie die eiserne Entschlossenheit in seiner Miene sah, meinte Mei Lien, in ihrer Brust würde etwas reißen und das Herz würde ihr aus dem Leib gedrückt. »Es tut mir leid, dass du es freilassen musstest.«

»Ich hab es nicht freigelassen.« Yan-Tao wischte sich mit der Faust die Tränen fort.

»Wo ist es denn dann?«

»Auf der Veranda. Du kannst es für Vater kochen.«

Noch nie hatte Mei Lien erlebt, dass ein so junger Mensch mehr Tapferkeit bewies als ein Erwachsener. In diesem Moment blitzte vor ihrem inneren Auge der ehrbare Mann auf, zu dem ihr Sohn eines Tages heranwachsen würde, und große Traurigkeit überkam sie.

Vielleicht hatte sie voreilig gehandelt. Vielleicht hätte sie ihm doch erlauben sollen, das Kaninchen zu behalten.

»Würdest du es immer noch gern behalten?«, fragte sie, obwohl sie wusste, dass die Frage unsinnig war. Natürlich wollte Yan-Tao das Tier behalten.

Aber zu ihrer Überraschung schüttelte er den Kopf. »Dazu ist es zu spät, Mama. Es ist tot.«

Mei Lien kochte Kanincheneintopf und backte dazu Josephs Lieblingsbrötchen, doch zur Essenszeit war er noch nicht aus Port Townsend zurück. Sie stellte den Topf auf dem Herd warm, brachte Yan-Tao ins Bett und gab ihm einen Gutenachtkuss. Sie bedankte sich noch einmal für das Kaninchen, auch wenn sie beide wussten, dass sie es ihm als Haustier hätte lassen sollen. Yan-Tao hatte kaum zwei Bissen gegessen oder vielmehr hinuntergewürgt, das war Mei Lien nicht entgangen.

Während des Abendessens war ein Unwetter aufgezogen, und jetzt trommelte der Regen laut auf das Haus. Ein Blick aus Yan-Taos Zimmerfenster zeigte, dass die Bäume sich heftig im Sturm bogen. Ein Ast oder Kiefernzapfen schlug gegen das Dach, sodass Mei Lien und Yan-Tao zusammenfuhren. »Keine Sorge, mein Sohn. Das ist nur ein Unwetter. Gute Nacht.«

»Wo ist Vater?«

Mei Lien blieb an der Zimmertür stehen und schenkte ihm in der Hoffnung, dass ihn das beruhigen würde, ein Lächeln. »Wenn du morgen aufwachst, ist er bestimmt wieder da. Schlaf jetzt.«

Sie zog die Tür zu und lehnte mit geschlossenen Augen die Stirn dagegen. *Bitte,* betete sie zu ihren Vorfahren, *beschützt Joseph da draußen.*

Die Erschöpfung lastete schwer auf Mei Liens Schultern, als sie wieder hinunterging. Trotzdem räumte sie die Küche auf, zog sich warm an und ging nach draußen, um die Tiere für die Nacht in den Stall zu bringen. Die Pferde bekamen Luzerne und die Schweine, die Ziege, die Kuh und die Schafe jeweils einen Scheffel Getreide. Nachdem sie mit den Eimern am Bach Wasser für die Tränken geholt hatte, schloss sie das Stalltor für die Nacht und ging zurück ins Haus. Die ganze Zeit horchte sie auf Anzeichen dafür, dass ihr Mann zurückkehrte, und hielt Ausschau nach ihm.

Sie sehnte sich danach, neben ihm ins Bett zu kriechen und endlich zu schlafen. Sobald er zu Hause war, würde sie genau das tun.

Durch das Unwetter war der Abend finsterer als gewöhnlich. Es war die Stunde, zu der sie früher ans Wasser gegangen war, um die Geister des Vaters und der Großmutter zu besuchen. Seit Yan-Taos Geburt vor sieben Jahren hatte sie das nicht mehr getan, doch heute Abend verspürte sie den Sog des Wassers. Die Geister riefen sie. Trotz Sturm, Regen und Matsch und trotz ihrer Erschöpfung strebten ihre Füße dem Wasser zu.

Der Wind pfiff ihr um die Ohren und rieb Äste aneinander, was eine unheimliche Musik erzeugte. Mei Lien achtete genauso wenig darauf wie auf den kalten Regen, der ihr um die Wangen fegte.

Sie rutschte auf dem matschigen Weg aus und musste sich an der rauen Rinde einer Zeder abstützen, um das Gleichgewicht zu halten. Aus irgendeinem Grund blieb sie dort stehen und lauschte, alle Sinne geschärft.

Warum war Joseph noch nicht zu Hause?

Die windgepeitschten Bäume waren das Einzige, was sich bewegte. Kein Licht flackerte. Keine Stimme rief. In der Luft nur der Geruch von nassem Wald. Nichts veränderte sich, während sie wartete und sich nach dem umschaute, was ihre Aufmerksamkeit geweckt hatte. Da musste etwas gewesen sein. Irgendetwas war da draußen. Etwas hatte sie veranlasst, ans Wasser zu gehen, zum ersten Mal seit sieben Jahren. Etwas rief heute Abend nach ihr, und weder wusste sie, was es war, noch, warum es rief.

Etwas stimmte nicht.

Ihre Ahnen hatten sie losgelassen, als ihr Sohn auf die Welt gekommen war und sie mit dem Sticken begonnen hatte. Warum zogen sie heute Abend an ihr?

Oder waren es gar nicht die Geister des Vaters und der Großmutter, die vom Wasser aus nach ihr riefen? War es etwas anderes? Jemand anders?

Mit rasendem Herzklopfen wandte Mei Lien sich vom Wasser ab und eilte so schnell ins Haus zurück, wie der Sturm und die Schmerzen in ihrem Bauch es erlaubten. Sie wollte Yan-Tao keinen Augenblick länger allein lassen, ganz gleich, wie stark sie vom Wasser angezogen wurde. Sobald Joseph zu Hause war, konnte sie wieder ans Ufer gehen.

Aber er kam nie so spät. Er war am frühen Morgen des Vortags losgefahren und hatte eine Nacht in Port Townsend verbringen und am Mittag zurück sein wollen. Manchmal konnte er seine Geschäfte sogar an einem Tag erledigen und dann noch ein Dampfschiff oder ein privates Boot erreichen, ohne die Nacht dort zu verbringen. Zwei ganze Tage brauchte er nie. Niemals.

Als Mei Lien im Haus war und sich abgetrocknet hatte, wandte sie sich wieder ihrer Stickerei zu, musste aber feststellen, dass sie schlampige, ungleichmäßige Stiche machte und das Muster verdarb. Sie musste die Fäden herausziehen und neu beginnen. Nach einer Stunde gab sie auf und wanderte zwischen dem Salonfenster, das in Richtung Wasser ging, und dem Wohnzimmerfenster, das auf den Fahrweg blickte, hin und her. Sehnsüchtig hielt sie Ausschau nach Anzeichen für Josephs Rückkehr. Den unablässigen Sog des Wassers beachtete sie nicht.

Schließlich fügte sie sich ihrem müden Körper und legte sich auf das Sofa. Sie krümmte sich um den kalten, stechenden Schmerz in ihrem Bauch, der mit der brennenden Furcht in ihrer Kehle um Aufmerksamkeit wetteiferte. Ohne die Kerzen zu löschen, schlief sie ein.

Der Hund machte sie darauf aufmerksam, dass jemand auf dem Hof war. Das Tier war aus Yan-Taos Zimmer gekommen und bellend und winselnd die Treppe heruntergesprungen, als stünde der Teufel persönlich vor der Tür. Mei Lien mühte sich vom Sofa hoch. Die Schmerzen waren stärker als am Abend zuvor. Sie sah sich um.

Schwaches Sonnenlicht fiel schräg durch die Fenster auf

den geknüpften Teppich unter ihren Füßen. Es war Morgen. Das Unwetter hatte sich verzogen, und Joseph war immer noch nicht zurück.

Der Labrador tanzte vor der Haustür herum und verbellte den Fremden draußen. Er bellte nur bei Fremden, also war es nicht Joseph, der vor der Tür stand.

Auch das noch. Besuch.

»Ist das Vater?«

Sie drehte sich nach Yan-Taos Stimme um. Angekleidet und mit vom Schlaf zerwühlten Haaren stand er in der Küchentür.

Mei Lien schüttelte den Kopf. »Nein, *huzi*. Nein.« Sie ging zum Fenster und zog vorsichtig die weißen Gardinen zurück.

Zwei Männer, Weiße, stiegen von ihren Pferden und banden sie am Verandageländer fest. Der eine, dessen Gesicht sie sehen konnte, war von mittlerer Statur und trug einen dunklen Anzug. Als er eine Feldflasche mit Wasser aus der Satteltasche holte, blitzte im frühen Morgenlicht an seinem Mantel etwas auf, wahrscheinlich ein Metallknopf.

Der andere hatte zwar das Gesicht abgewandt, doch ihn hätte Mei Lien immer und überall erkannt. Campbell. Seine Körperhaltung war anders als die aller Menschen, die Mei Lien je gesehen hatte. So stellte sie sich die Haltung eines Kaisers oder Königs vor: den Kopf hoch erhoben – damit er auf seine Untertanen hinabsehen konnte, auch wenn die meisten größer waren als er –, die Schultern zurückgenommen, den Brustkorb aufgeplustert.

Die Männer unterhielten sich leise, Mei Lien hörte nur Gemurmel. Sie schienen nichts Übles im Schilde zu führen, doch Mei Lien wusste, dass sie Campbell oder einem Mann, der ihn begleitete, nicht trauen konnte.

»Bleib in der Küche«, wies sie Yan-Tao flüsternd an. Sie schob ihn vor sich her, während sie zur Hintertür eilte und nach dem Gewehr griff, das Joseph daneben an der Wand hängen hatte. »Sei still. Sie dürfen nicht wissen, dass du hier bist, egal, was passiert. Verstanden?«

Yan-Tao nickte, die Augen über den runden Wangen riesengroß. »Wo ist Vater?«, flüsterte er.

Mei Lien schüttelte den Kopf und prüfte, ob das Gewehr geladen war. »Das weiß ich nicht. Keine Sorge. Ich kümmere mich um die Männer.«

In dem Moment wurde an die Tür geklopft und sie schraken zusammen. Mei Lien sah ihrem Sohn in die Augen, legte den Zeigefinger an die Lippen und hob die Brauen. Er nickte rasch, huschte davon und drückte sich in die Ecke neben dem Herd.

Beruhigt, dass er an Ort und Stelle blieb, hielt sie das Gewehr vor sich und schlich zur Haustür. »Wer ist da?«, rief sie so laut wie möglich.

»Ma'am, ich bin's, Duncan Campbell«, sagte die Stimme, bei deren Klang sie innerlich zusammenschrumpfte. »Sheriff Keppler ist bei mir. Es hat einen Unfall gegeben. Bitte machen Sie die Tür auf.«

Mei Liens Herz wurde plötzlich kalt und schwer wie die Felsbrocken im East Sound. »Was meinen Sie mit Unfall?«

»Mrs. McElroy, es geht um Ihren Mann.« Das musste der Sheriff sein. »Dürfen wir reinkommen?«

Mei Lien warf einen Blick zur Küche. Sie musste ihren Sohn unbedingt vor diesen Männern beschützen.

Sie wandte sich wieder zur Haustür und richtete sich so hoch auf, wie sie es mit dem Ziehen im Bauch vermochte. Das Gewehr weiter umklammert, schloss sie die Tür auf, trat nach draußen und zog die Tür hinter sich zu.

Campbell und der Sheriff standen nebeneinander auf der Veranda. Der Sheriff machte einen Schritt nach hinten, als er sie sah, und diese unauffällige Geste der Ablehnung traf sie. Seit fünf Jahren war sie – von Joseph abgesehen – keinem Weißen mehr so nah gewesen. Über die Jahre hatte sie vergessen, auf wie viele verschiedene Arten die Leute sie wissen ließen, dass sie sie hassten.

Mei Lien hob das Kinn und begegnete trotzig seinem misstrauischen Blick. Mit Genugtuung stellte sie fest, dass sein schlaff herabhängender Schnurrbart zuckte.

Sie sah von ihm zu Campbell. Allein bei seinem Anblick packte sie das Gewehr fester. Campbell lächelte nicht, doch in seinem Blick lag etwas wie Schadenfreude. Mei Liens Finger glitt zum Abzug. »Was wollen Sie?«

Der Sheriff zog den Hut vom Kopf und hielt ihn vor sich. »Ma'am, dürfen wir reinkommen?«, fragte er und beäugte das Gewehr. »Wir haben leider schlechte Nachrichten.«

In dem Moment traf es sie wie ein Schlag. Warum sonst sollten der Sheriff und Campbell sie besuchen? Ein Zittern erfasste ihre Beine und wanderte ihren Körper hinauf. Es zerrte an dem Schmerz in ihrem Bauch, dass ihr übel wurde, und wanderte dann weiter in ihren Kopf, bis sie ein Brummen hörte.

Mei Lien wusste, was die beiden ihr zu sagen hatten. Es war gar nicht nötig, dass sie ins Haus kamen und ihren Sohn erschreckten und so taten, als könnten sie alle höflich miteinander umgehen. »Sagen Sie einfach, was Sie zu sagen haben, und dann gehen Sie wieder.«

Die beiden Männer tauschten einen Blick. Campbell zuckte mit einer Schulter und verdrehte die Augen, als wollte er sagen, ihm sei es völlig egal, wie sie die Sache handhabten. Der Sheriff nickte knapp und wandte sich wieder an Mei Lien. »Ma'am, leider muss ich Ihnen mitteilen, dass der Dampfer, auf dem Ihr Mann sich befand, auf Lopez Island gestrandet ist. Er lag auf der Seite, und der Leichnam des Kapitäns wurde im Inneren gefunden. Wir haben gestern stundenlang gesucht, und auch heute Morgen sind noch Männer draußen und suchen, aber von Ihrem Mann und anderen Passagieren haben wir keine Spur gefunden. Es tut mir leid.«

Finsternis schlug über Mei Lien zusammen. Wahrscheinlich war Campbell verantwortlich für den Unfall. Er war der Grund dafür, dass ihr Mann vermisst wurde. Er war schuld, dass das Wasser ihr Joseph entrissen hatte, so, wie er dem Wasser befohlen hatte, alle anderen Menschen, die sie je geliebt hatte, mitzunehmen.

Sie konnte es sich nicht erklären, aber plötzlich hatte sie keine Angst mehr vor Campbell. Die nervöse Spannung, unter der sie in seiner Nähe immer gelitten hatte, war fort, verschwunden das Bedürfnis, in seiner Nähe den Blick zu senken. Verschwunden das Verlangen, sich vor ihm zu verstecken.

Es kümmerte Mei Lien nicht mehr, was Campbell ihr antun konnte. Das Schlimmste, was vorstellbar war, hatte er bereits getan. Er hatte ihr erst den Vater und die Großmutter genommen und jetzt auch noch den Mann.

Irgendwo vom Ende des langen Tunnels hörte sie einen grässlichen Schrei. Sie wusste, dass er sich von ihren Lippen gelöst hatte, auch wenn sie es nicht spürte. Durch einen Dunstschleier aus Schmerz sah Mei Lien, wie sie das Gewehr hob und auf Campbells Gesicht zielte. »Sie haben sie umgebracht!«, hörte sie sich auf Chinesisch schreien. »Sie haben Joseph getötet. Sie haben Vater und Großmutter ertränkt, und Sie haben versucht, mich umzubringen. Nie wieder, Weißer Teufel!« Mei Lien drückte ab.

Als Nächstes lag sie bäuchlings auf der Veranda. Splitter stachen ihr in die Hände, und der Sheriff drückte ihr ein Knie in den Rücken. Der schwarze Schleier, der sie eingehüllt hatte, war fort, und sie sah alles klar und deutlich. Das Gewehr lag neben ihr, aber der Sheriff trat es mit dem Fuß weg, sodass es über den Rand der Veranda in den Garten plumpste. Campbell sagte etwas, aber sie verstand nicht, was.

Es war ihr egal, dass der Sheriff sie weggestoßen hatte und sie ihn nicht getroffen hatte. Sie hatte Campbell nicht töten wollen, denn dann hätte sie sich mit ihm auf eine Stufe gestellt. Nein, sie würde immer besser sein als er.

Ihr war jetzt alles gleichgültig. Sie zog die Arme unter den Kopf, legte die Stirn darauf und ließ den Tränen freien Lauf. Lautlos tropften sie auf die groben Bohlen der Veranda, doch es war ihr gleich. Sie wünschte, ihr ganzer Körper könnte zerfließen und durch die Bodenbretter rinnen.

»Kommen Sie, Duncan«, hörte sie den Sheriff sagen. »Wir haben unsere Aufgabe erledigt.«

»Aber sie hat versucht, mich umzubringen, Sheriff. Sie müssen die Frau verhaften.«

»Nee, sie wollte Ihnen nichts Böses. Das ist bloß der Schock.«

Durch ihre hämmernde Seelenpein hörte Mei Lien, wie die Männer die Zügel packten und aufsaßen. Campbell wiederholte seine Aufforderung, sie festzunehmen. Wäre sie eine Weiße gewesen, hätten die Männer sie ins Haus getragen, ihr Tee eingeflößt und eine der Ehefrauen gerufen, um ihr Gesellschaft zu leisten. Eine Chinesin aber hatte keinen Anspruch auf Mitgefühl.

Doch darüber war sie, offen gestanden, froh. Sie wollte nichts weiter, als mit ihrer Qual allein gelassen werden.

Die Männer ritten vom Hof und waren fort. Mei Lien blieb reglos liegen. Sobald sie den Kopf hob, musste sie den Tatsachen ins Gesicht sehen.

Das Türschloss schnappte auf, und die Angeln quietschten. Mei Lien spannte sich an. Wie konnte sie Yan-Tao vergessen? Was hatte er mit angehört?

»Mama?«

Rasch wischte sie sich das Gesicht am Ärmel ab und setzte sich mit dem Rücken zu ihrem Sohn auf. Sie brauchte drei tiefe Atemzüge, bis sie so viel Mut gesammelt hatte, sich umzudrehen.

Ihr Sohn sah krank aus. Sein rundliches Gesicht war schlaff wie das eines alten Mannes. Seine Augen waren rot und verquollen und voller Schatten, wie sie sicher auch um ihre Augen lagen.

»Was hast du gehört?«

Mit bebendem Kinn trat er auf die Veranda und ließ die Tür hinter sich zufallen. »Ist Vater …« Yan-Tao hielt inne und rieb sich mit dem Arm über die Nase. »Ist er tot?« Er verzog das Gesicht, und aus seiner kleinen Kehle drang heftiges Schluchzen.

Mei Lien breitete die Arme aus, und er stürzte sich in ihren Schoß und drückte das Gesicht an ihre Brust. Lautes Wehklagen brach aus ihm heraus und schnitt ihr ins Herz.

Auch dafür war Campbell verantwortlich. Er hatte die Kindheit ihres Sohnes zerstört, so unwiderruflich, als hätte er ihm eine Kugel in den Kopf geschossen.

»Wir kommen schon zurecht, Yan-Tao«, murmelte sie, strich ihm übers Haar und wiegte ihn in ihren Armen. »Wir finden einen Weg. Du wirst sehen.«

Sie schaukelte ihren Sohn und tröstete ihn, so gut sie konnte, während sie Trost aus der Wärme seines kleinen Körpers auf ihrem Schoß schöpfte. Immer wieder versicherte sie ihm, alles werde gut werden.

Dabei wusste sie im tiefsten Inneren, schon während sie die Worte aussprach, dass nichts je wieder gut sein würde.

19

Freitag, 27. Juli – heute
Rothesay Estate, Orcas Island

»Dachte ich mir doch, dass ich dich hier unten finde.«

Inara drehte sich um, als sie so unvermutet Daniels Stimme hörte. Er trat aus dem Schatten des Waldes auf den Strand, wo sie die letzte halbe Stunde damit verbracht hatte, sich den Anleger auszumalen, an dem ihre Gäste die Boote vertäuen oder Kajaks ins Wasser lassen konnten. Sie hatte sich gerade eine Notiz gemacht, Kostenvoranschläge für ein paar Kajaks und das entsprechende Zubehör einzuholen, um die alten Sachen in der Garage zu ersetzen, als Daniel auftauchte.

»Du bist früh dran. Wie schön.« Sie ging ihm ein Stück entgegen. »Ich hab dich vermisst.«

»Ich dich auch.« Daniels Lippen suchten die ihren, und sie sank in seine Arme.

Ein Klatschen erinnerte sie daran, wo sie waren. Sie löste sich und wandte sich, noch ganz von Daniel erfüllt, zum Wasser. »Schau, sie ist wieder da.«

»Wer?«

»Das Seehundweibchen, von dem ich dir erzählt habe. Das fast jedes Mal auftaucht, wenn ich hier bin. Da ist es.« Inara sah zu, wie der graue Kopf ins funkelnde Wasser tauchte, um ein paar Sekunden später wieder aufzutauchen und sie direkt anzusehen und das Spiel zu wiederholen – wie ein Kind, das einen Trick vorführt.

»Woher weißt du, dass es ein Weibchen ist?«

»Das weiß ich gar nicht so genau, aber ich habe so ein Gefühl.« Inara dachte darüber nach. Vom ersten Augenblick, da sie das Seehundweibchen hier in ihrer Bucht gesehen hatte, hatte sie so etwas wie Verwandtschaft empfunden. Schwesternschaft.

Sie zuckte die Achseln und löste sich ganz aus Daniels Armen, um den Notizblock aufzuheben, den sie in den Sand hatte fallen lassen. »Sosehr ich mich freue, dass du hier bist, habe ich doch noch ein paar Sachen zu erledigen, bevor ich dir meine ganze Aufmerksamkeit schenken kann.«

Ein schiefes Lächeln machte sich auf seinem Gesicht breit und verriet, was er sich darunter vorstellte. »Dann lasse ich dich wohl besser weitermachen, damit du umso schneller fertig bist. Kann ich mich mit meinem Laptop an deinen Küchentisch setzen?«

»Klar. Im Kühlschrank ist Eistee, und Sophie hat mir heute Morgen Kekse rübergeschickt. Ich brauche höchstens noch eine Stunde.«

»Woran arbeitest du gerade?«

Inara drückte den Block an ihre Brust. »An meinem Businessplan. Mein Vater hat ihn zur Bedingung für den Kredit gemacht, also ist es eilig. Es dauert länger als gedacht, und ich hatte gehofft, die Stille am Strand würde mir helfen, mich zu konzentrieren.«

Sie schaute ein letztes Mal zu dem Seehundweibchen, bevor sie neben Daniel in den kühlen Schatten des Waldes tauchte. »Es ist auch nicht besonders hilfreich, dass ich andauernd neue Ideen habe, die es erfordern, dass ich die Finanzen und den Zeitplan für die Renovierungsarbeiten anpasse.«

»Ich habe aus deinem Mund noch keine Idee gehört, die

den zusätzlichen Aufwand nicht wert wäre.« Er hielt im Gehen ihre Hand – eine so natürliche Geste, als wären sie seit Jahren zusammen. »Kann ich dir bei irgendetwas helfen?«

Sie zwang sich, sich auf seine Frage zu konzentrieren statt auf das Kribbeln, das von da ausging, wo sein Daumen ihre Hand liebkoste. »Falls du jemanden kennst, der Aufzüge verkauft und installiert, die sicher, aber preiswert sind, schon. Sonst nicht.«

Bei diesem Teil der Planung kam sie einfach nicht weiter, denn Aufzüge waren einfach schrecklich teuer. Sie hatte überlegt, darauf zu verzichten, aber da die Gästezimmer im ersten und irgendwann – wenn die Finanzen einen weiteren Ausbau zuließen – im zweiten Stock lagen, brauchte sie Aufzüge, damit sie auch für Behinderte zugänglich waren. Aufzüge waren bequemer für die Gäste und konnten dem Personal die Arbeit um einiges erleichtern, doch die Kosten dafür waren horrend. Sie überlegte schon, ob sie einen zweiten Investor brauchte, selbst falls ihr Vater ihr im September sein Plazet gab.

Nein, ermahnte sie sich, *nicht falls, sondern wenn. Wenn* ihr Vater ihr sein Plazet gab. Sie musste positiv bleiben. Natürlich würde ihr Vater ihre Arbeit gutheißen und den Kredit aufstocken. Er *musste* einfach.

»Kann ich dir jetzt erzählen, was meine Leute rausgefunden haben, oder soll ich mir das für später aufsparen?«, unterbrach Daniel sie in ihren hektischen Gedanken.

Ihre Füße verharrten mitten im Schritt, und eine kalte Hand legte sich um ihre Kehle. *Was, wenn seine Leute rausgefunden hatten …*

Nein, das wollte sie nicht denken. Sie konnten alles Mögliche über den Ärmel oder Mei Lien erfahren haben.

Seit dem Treffen mit ihrem Vater träumte sie von den

toten Chinesen. Träume, aus denen sie nachts mit pochendem Herzen und nach Luft schnappend erwachte. Und manchmal schoben sich Bilder des zerbeulten Autos ihrer Mutter zwischen die Bilder der zahllosen Toten im Wasser, und dann hörte sie ein grausames Lachen, obwohl sie nie sah, wer da lachte.

Sie gab sich die Schuld am Tod ihrer Mutter, und jetzt erwischte sie sich bei dem verrückten Gedanken, dass sie irgendwie auch dafür verantwortlich war, dass all diese Seelen vom Schiff in den Tod geschickt worden waren. Als wäre sie auch für Mei Lien verantwortlich.

Ihr war klar, dass sie nichts für das Massaker konnte. Sie war ja nicht einmal auf der Welt gewesen, als es passierte. Trotzdem waren ihre Schuldgefühle und ihr Schmerz real.

Sie zwang sich weiterzugehen. »Was haben sie denn gefunden?«

Er blieb vor ihr stehen und fasste sie an beiden Händen. Sonnenstrahlen fielen durch das Blätterdach des Waldes und sprenkelten sein Gesicht mit Licht- und Schattenflecken. Seine Augen tanzten ob der Überraschung, die er für sie hatte, und sie wünschte, sie könnte seine Aufregung teilen. Doch sie empfand nur eine glitschige, ölige Angst.

»Ich weiß, was mit Joseph passiert ist.«

»Mei Liens Mann?«

Er beugte sich vor. »Meine Leute hatten ja gesagt, dass sie sämtliche Zeitungen aus dem Zeitraum durchgesehen hätten. Aber nachdem wir auf die Berichte über die an Land geschwemmten Leichen gestoßen waren, hat mich irgendetwas doch bewegt, noch einen Blick zu riskieren. Und in einem kurzen Absatz im *Islander* vom 7. Oktober 1894 habe ich ihn tatsächlich gefunden.«

»Und was stand da?«

»Ich habe einen Ausdruck im Auto, damit du es nachher selbst lesen kannst. Es ging um ein Schiffsunglück, das das Dampfschiff *Teaser* betraf. Man hatte die Suche nach Überlebenden eingestellt, und alle Passagiere wurden für tot erklärt. Darunter eine Liste der Namen. Joseph McElroy ist einer von ihnen.«

»Mei Lien und Yan-Tao nicht?«

»Sie werden nicht erwähnt. Wahrscheinlich war er allein. Ich habe weitergegraben und herausgefunden, dass dieses Dampfschiff regelmäßig zwischen Port Townsend, Friday Harbor, Eastsound und Bellingham verkehrte. Am Abend des 30. September 1894 geriet es in einen Sturm und kenterte am Strand von Lopez Island. Den Leichnam des Kapitäns fand man im Steuerhaus, doch alle anderen, die in Port Townsend an Bord gegangen waren, wurden vermisst.«

»Das heißt, Mei Lien war eine Witwe mit einem kleinen Sohn, ohne jede Möglichkeit, sich ihren Lebensunterhalt zu verdienen? Was blieb ihr zum Überleben?«

Daniels Augen verloren ihren Glanz, und er trat von einem Fuß auf den anderen. »Ich hoffe, wir finden es heraus«, antwortete er mit belegter Stimme, »aber vielleicht erfahren wir es auch nie. In einem anderen Artikel über das Schiffsunglück wird erwähnt, dass Joseph McElroy in Tacoma eine Schwester hatte. Ich lasse meine Leute nach ihr suchen und danach, ob Mei Lien oder Yan-Tao in den folgenden Jahren dort irgendwo erwähnt werden.«

Hoffnung durchschoss sie. »Mei Lien könnte die Insel also aus freien Stücken verlassen haben?«

Daniel runzelte die Stirn. »Was meinst du mit ›aus freien Stücken‹? Sie hat das Anwesen doch deiner Familie verkauft, oder?«

Inara bemerkte ihren Patzer. »Oh. Ja, natürlich. Ich

dachte bloß, dass es nicht leicht gewesen sein kann für sie, so allein. Es war doch ihr Zuhause.« Sie fand es schrecklich, ihn so anzulügen.

Daniel schien sich damit zufriedenzugeben, und sie gingen zusammen weiter.

»Was hältst du davon, wenn wir Mei Lien übers Wochenende mal ganz ausblenden? Und den Ärmel und Joseph und alles, was damit zu tun hat?« Für dieses eine Wochenende könnten sie ein normales Paar sein, dessen Gespräche sich um ganz alltägliche Dinge drehten.

Aus dem Augenwinkel sah sie ihn grinsen. »Mehr Neuigkeiten habe ich eh nicht im Angebot«, meinte er. »Und was schwebt dir stattdessen so vor?«

Sie sprachen darüber, während sie durch den Wald gingen. Je weiter sie sich vom Wasser entfernten, desto wärmer wurde die Luft. Langsam wurde der salzige Geruch nach Seetang abgelöst von warmem Zederndufft, durchsetzt mit dem würzigen Geruch der trockenen Nadeln, die unter ihren Füßen knirschten. In der Nähe des Hauses stiegen ihnen Gerüche in die Nase, die von Renovierungsarbeiten und ihrem neuen Leben kündeten – frisches Sägemehl, beißende Holzlasur, Dieselgestank von einem Gabelstapler, der Paletten mit Fliesen von einem Tieflader lud.

Die Gerüche gaben Inara wieder Halt, rissen sie aus dem Grauen und der Traurigkeit, die sie beim Gedanken an Mei Lien empfand. Sie atmete tief durch und vertrieb die lauernden Schatten aus ihrem Herzen und ihrem Kopf, froh über das Hotel, das sie ablenkte.

»Was hältst du davon, das Wochenende heute Abend mit einem Essen im Inn at Ship Bay einzuläuten?«, fragte Daniel, als sie am Springbrunnen vorbeigingen. »Ich lad dich ein.«

Das Inn at Ship Bay war ein Restaurant in Eastsound, das weit über die regionale Presse immer wieder gepriesen wurde, und Inara brannte darauf, es auszuprobieren, aber es lag jenseits von dem, was sie sich leisten konnte. Sie drückte seine Hand. »Das wäre toll. Danke.«

»Sehr gern.« Er drehte sich um, als sie sich gerade reckte, um ihm einen Kuss auf die Wange zu drücken, und so landete ihr Kuss auf seinen Lippen. Mit einem Seufzer gab sie der Hitze nach, die augenblicklich zwischen ihnen aufloderte, ohne einen Gedanken daran zu verschwenden, dass Tom oder einer seiner Bauarbeiter ihnen zusehen könnte.

Als der Kuss endete, lehnte Daniel die Stirn an ihre. »Wir könnten heute Abend auch zu Hause bleiben.«

Spielerisch schob sie ihn weg. »Ausgeschlossen.« Sie senkte die Stimme und fügte hinzu: »Aber wir könnten früh schlafen gehen.«

Seine Augen loderten, während sich auf seinem Gesicht langsam ein Grinsen breitmachte. »Das klingt gut.«

Allein in seiner Gegenwart fühlte Inara sich besser. Der Umbau des Hotels machte Fortschritte, und sie hatten einiges über Mei Lien herausgefunden. Für heute konnte sie sich einfach entspannen und es genießen, dass Daniel da war.

Doch ein Teil von ihr quälte sich weiter, weil sie ihm die Wahrheit verschwieg, wo er doch so viel Zeit darauf verwendete, ohne etwas dafür zu bekommen. Natürlich verdiente er es, die Wahrheit zu erfahren. Besonders angesichts ihrer immer enger werdenden Beziehung. Aber nicht jetzt. Später war noch genug Zeit zu überlegen, wie sie ihm ihr Familiengeheimnis am besten beichtete.

20

DONNERSTAG, 9. AUGUST – HEUTE
ROTHESAY ESTATE, ORCAS ISLAND

Inara trat durch die Haustür ein und blieb auf dem Treppenabsatz stehen, um den Blick schweifen zu lassen.

Das Hotel, *ihr* Hotel, nahm vor ihren Augen Gestalt an. Was vor zwei Monaten nicht mehr gewesen war als Pläne, erwachte allmählich zum Leben. Von hier konnte sie in die Lobby unten sehen, bis zu der neuen Wand, die das großzügige Restaurant dahinter abtrennte. Wo der erste Stock am hinteren Ende über dem Restaurant zur Galerie hin offen gewesen war, hatte sie eine Wand einziehen lassen, um ein weiteres Gästezimmer zu schaffen. Im Ergebnis wirkte alles jetzt wärmer und gemütlicher.

Sie konnte nicht mehr hier in der Haustür stehen und durch das ganze Haus hindurch in den Garten und den Sund dahinter blicken, doch das machte die Eingangssituation nicht weniger reizvoll. An anderen Stellen hatten die Gäste reichlich Gelegenheit, die Aussicht zu genießen. Die großzügige Gestaltung des Restaurantbereiches würde es ihr erlauben, einen aufstrebenden Küchenchef einzustellen und das Restaurant genauso zu einem Anziehungspunkt zu machen wie das Hotel.

Das hatte sie wenigstens vor.

Falls ihr Vater der Sache nicht vorher ein Ende bereitete.

Nein, schalt sie sich, *denk so was nicht.* Sie würde sich einen weiteren Investor suchen, dann war sie nicht ganz von ihrem Vater abhängig. Der Gedanke, die Kontrolle über das Projekt teilweise abzugeben, war beängstigend, doch sie würde niemals Geschäfte mit jemandem machen, dem sie nicht vertraute und der nicht ähnlich an die Sache heranging wie sie. Sie würde sehr sorgfältig auswählen.

In den letzten anderthalb Wochen hatte sie sämtliche Freunde und Bekannte angerufen, die ihr nur einfielen, um sie zu fragen, ob sie eventuell daran interessiert seien, bei ihr ins Hotelgeschäft einzusteigen, doch alle hatten abgelehnt. Also war sie dazu übergegangen, Leute anzurufen, die sie nicht kannte, über die sie jedoch etwas gelesen hatte und die sie für ihre Unternehmensethik bewunderte, doch auch auf diesem Weg hatte sie bis jetzt kein Glück gehabt.

Ihr Abschluss in BWL und ihr Familienname verliehen ihr zwar eine gewisse Glaubwürdigkeit, aber sie hatte keine Erfahrungen im Hotelgewerbe vorzuweisen. Zu so einem Risiko war niemand bereit.

Doch sie würde nicht aufgeben. Da draußen musste es jemanden mit viel Geld geben, der Lust hatte, in ein Hotel und ein Restaurant zu investieren. Jemanden, der wie sie den Zauber der Inseln spürte und dem Traum von ihr und Tante Dahlia Leben einhauchen wollte.

Sie hob den Blick zum ersten Stock, wo sie die acht Gästezimmertüren sehen konnte, an denen schon die neuen Messingnummern hingen. Sie hatte sie selbst angeschraubt, obwohl Tom sie darauf aufmerksam gemacht hatte, dass die Türen noch einmal ausgehängt werden mussten, damit seine Leute Fliesen legen, Teppiche verkleben und neue Gaskamine einbauen konnten.

Doch sie bedauerte die Mühe kein bisschen. Das Hotel sah jetzt aus wie ein Hotel. Der Anblick baute ihr schwächelndes Selbstvertrauen wieder etwas auf.

Sie konnte also genauso gut jetzt gleich Phase zwei ihrer Investorensuche in Angriff nehmen. Sie holte ihr Handy heraus und wählte die Mobilnummer ihres Bruders.

»Ich will gleich weg, was trinken gehen. Du hast zwei Minuten. Was gibt's?«

»Glaubst du, ich krieg das hin? Das mit dem Hotel?« Das war nicht die Gesprächseröffnung, die sie im Sinn gehabt hatte, doch es platzte so aus ihr heraus. »Denn Dad glaubt es nicht.«

»Was meinst du mit ›Dad glaubt es nicht‹? Natürlich glaubt er an dich. Warte mal kurz, da kommt noch ein Anruf rein.«

Während sie in der Warteschleife hing, ging Inara durch den Bibliotheksflügel hinüber in ihr Haus. Sie schloss gerade die Verbindungstür hinter sich, da war Nate wieder dran. »Tut mir leid. Er wollte wissen, ob ich mit ihm zum Restaurant fahre.«

»Dad geht mit dir was trinken?«

»Wir feiern. Der Deal mit Yŏu Yì ist endlich unter Dach und Fach. PMG ist jetzt die stolze Muttergesellschaft von Yŏu Yì Cruise Lines, die Südostasien bedienen und bald nach Australien expandieren.«

»Zitierst du jetzt aus deiner Pressemitteilung?«

»Erwischt.«

»Also, ich gratuliere. Ihr habt alle hart für die Übernahme gearbeitet.«

»Danke. Also, zurück zu dem Grund für deinen Anruf. Kriegst du jetzt langsam kalte Füße?«

Sie ließ sich auf die Couch im Wohnzimmer sinken und legte die Füße auf den Couchtisch. Nachdem sie den ganzen Tag die Hausverkleidung mit dem Hochdruckreiniger bearbeitet hatte, damit in der nächsten Woche die Anstreicher kommen konnten, war sie erschöpft. »Ach, vergiss es. Eigentlich wollte ich dich fragen, ob du jemanden kennst, der vielleicht im Hotelgewerbe investieren möchte. Zum Beispiel, sagen wir mal, der Typ aus deiner Studentenverbindung, der ein entfernter Verwandter der Hiltons ist? Hast du mit dem noch Kontakt?«

»Alex? Ja, aber was hast du vor?«

Sie seufzte. »Wenn Dad mir den Geldhahn zudreht, bin ich erledigt. Ich liebe diesen Ort, Nate. Ich will ihn nicht verlieren.«

Sie hörte im Hintergrund jemanden sagen, es sei Zeit zu gehen. Er wandte sich ihr wieder zu. »Ich frag ihn mal. War das alles?«

»Eins noch«, sagte sie rasch, denn ihr war gerade eine Idee gekommen. »Kommst du am 1. September mit Dad rüber, um das Haus und was ich daraus gemacht habe, anzusehen? Bring Jennifer und die Jungs mit. Bleibt über das lange Wochenende hier.«

»Sehr gern. Ich bespreche es mit Jennifer, um sicherzugehen, dass wir sonst noch nichts vorhaben.«

»Danke.« Er wusste hoffentlich, dass sie ihm für mehr dankte als für seine Zusage zu kommen.

»Keine Ursache. Jetzt muss ich aber wirklich.«

»Na los. Viel Spaß.« Sie legte auf und blieb mit geschlossenen Augen sitzen. Nur eine Minute, versprach sie sich, dann würde sie aufstehen und noch ein paar Leute anrufen.

Drei Wochen. Mehr blieben ihr nicht, um das Haus so fantastisch herzurichten, dass ihr Vater die Gelegenheit, ins Hotelgeschäft einzusteigen, nicht ausschlagen konnte.

Andersherum betrachtet hatte sie noch drei Wochen, um einen Investor und Geschäftspartner zu finden, damit sie das Geld ihres Vaters nicht mehr brauchte.

Die zweite Möglichkeit war sehr viel reizvoller. Sie wollte lieber eine Teilhaberschaft mit einem Fremden eingehen, als das Anwesen ganz zu verlieren. Und sollte ihr Vater sich wieder einkriegen, konnte sie dem Investor immer noch »Nein, danke« sagen, bevor sie irgendetwas unterzeichnet hatten. Trotzdem würde sie sich erheblich besser fühlen, wenn sie jemanden in der Hinterhand hätte.

Sie schaute auf die Uhr. In einer halben Stunde war der Bürotag zu Ende. Genug Zeit für mindestens noch einen Anruf.

Entschlossen, dass dies der Anruf war, der die Zukunft des Hotels und ihre eigene sicherte, stand sie auf und ging in die Küche, wo ihre Notizen lagen.

Sie blätterte rasch in ihrem Notizblock, bis sie zu ihrer Liste potenzieller Investoren kam, und wählte die nächste Nummer auf der Liste.

Um fünf Uhr würde sie sich geschlagen geben. Für heute.

Als sie gerade den letzten Namen auf ihrer Liste durchstrich, klingelte das Handy in ihrer Hand.

Da sie dachte, es wäre ein möglicher Investor, der sie zurückrief, setzte sie ein Lächeln auf, bevor sie sich meldete.

»Aloha! Wir sind wieder da«, sagte eine Stimme, die eindeutig nicht die eines Investors war.

»Liv!« Ihr Lächeln wurde wärmer, und Inara schenkte sich einen Eistee ein, den sie mit auf die Veranda nehmen wollte, um die letzte Wärme des Tages zu genießen, während sie sich mit ihrer Schwester unterhielt. »Wie war's auf Maui? Haben die Kinder geschnorchelt?«

Sie plauderten über die Reise und über Inaras Fortschritte beim Umbau, während sie auf der gepolsterten Verandaschaukel saß, die Füße auf dem Geländer. Der Sommer auf den Inseln war einfach vollkommen.

»Oh, hey, als ich nach Hause kam, war auf dem Anrufbeantworter eine Nachricht von dem Künstler, den wir mit der Statue von Duncan Campbell beauftragt haben«, sagte Olivia. »Das Tonmodell ist fertig, und ich fahre am Samstag hin und sehe es mir an. Ich möchte mich vergewissern, dass es auch dem entspricht, was wir im Sinn hatten, bevor er mit Wachs und Bronze weitermacht. Willst du mitkommen?«

Die Eröffnung des Parks im Oktober hatte sie vollkommen vergessen. Beim Gedanken daran sträubte sich alles in ihr. Das Letzte, wonach ihr der Sinn stand, war, den Mann öffentlich zu ehren, von dem sie jetzt wusste, dass er ein Mörder war. Doch wie konnte sie das noch aufhalten? »Ähm, klar. Ich bin zufällig sowieso in der Stadt. Ich treffe mich mit der Familie von meinem Freund.« Noch etwas, bei dem sich alles in ihr sträubte.

»Freund? Wie lange war ich weg?«

Froh über den Themenwechsel, erzählte Inara ihrer Schwester von den neuesten Entwicklungen in ihrem Privatleben.

»Freut mich sehr, dass du jemanden hast«, sagte Liv, als Inara fertig war. »Du hast es verdient, glücklich zu sein.«

Etwas in ihrer Stimme – vielleicht die Liebe, die Inara darin hörte – erinnerte sie an ihre Mutter. In diesem Sommer erinnerte sie vieles an ihre Mutter, und sie wusste immer noch nicht, ob es befreiend war oder schmerzlich. Vielleicht beides. »Danke, Liv.«

»Und was macht der Ärmel?«

Ein Gedankensprung, doch sie ließ sich darauf ein. »Gut. Wir haben ein bisschen was über die Frau rausgefunden, die ihn gefertigt hat, aber vieles wissen wir auch noch nicht.«

»Zum Beispiel?«

»Also, zum Beispiel darüber, dass auf den Ärmel eine Frau gestickt ist, die im Wasser treibt, um sie herum Tote und Dämonen, und sie lächelt. Was hat das zu bedeuten?«

»Hm. Seltsam.«

»Ich glaube, sie verhöhnt jemanden, weil sie lebt, während alle anderen umgekommen sind.«

»Wen sollte sie denn verhöhnen?«

Huch. Sie musste achtgeben, dass ihr nichts rausrutschte, was sie besser für sich behielt. Liv wusste nicht, was Duncan Campbell getan hatte, und sie sollte es auch nie erfahren. »Ach, keine Ahnung«, antwortete Inara vage. Und weil sie das Gespräch unbedingt beenden wollte, bevor sie sich noch verplapperte, fuhr sie fort: »Jetzt muss ich aber, Liv. Wegen des Besuchs bei dem Künstler rufe ich dich an, wenn ich in der Stadt bin.«

Sie trennte die Verbindung, bevor ihre Schwester noch ein Wort sagen konnte. Dann legte sie das Handy auf den Tisch und schlug sich die Hände vors Gesicht.

Gott, das wurde allmählich alles zu viel. Die Geheimnisse, die Ausflüchte, immer daran zu denken, wer was wusste und was sie sagen konnte und was nicht, die Sorgen um die Zukunft ihres Hotels, die emotionale Achterbahnfahrt, die das alles bedeutete. Genug, um in ihr den Wunsch zu wecken, alles sein zu lassen: die Recherchen zu dem Ärmel, die Arbeit am Hotel, die Beziehung zu dem Mann, den sie anlog. Alles. Es war einfach zu viel.

Am Himmel ertönte ein Schrei, und als sie aufblickte, sah sie die Adlermutter an einem herzzerreißend blauen Himmel auf ihr Nest zuhalten, gerahmt vom Mount Constitution auf der einen Seite und dem Haus und den ausgedehnten Wäldern auf den anderen. Der Anblick berührte etwas tief in ihr und tröstete ihre angeschlagene Seele.

Sie brauchte diesen Ort. Egal was sie noch erfuhren oder was aus dem Hotel wurde, sie war für immer mit dieser Insel verbunden. Dem einzigen Ort, an dem sie sich trotz allem ganz fühlte.

21

Sonntag, 12. August – heute
Beacon Hill, Seattle

»Mach's auf«, sagte Daniel hinter dem Lenkrad seines Volvos. Er löste den Blick von der Straße und sah sie an, in seinen Augen blitzte Ausgelassenheit auf. »Du wirst es nicht glauben.«

Inara überlegte, was er wohl im Schilde führte, und drehte die blaue Mappe herum, die er ihr in den Schoß geworfen hatte. Sie waren auf dem Weg zum Haus seiner Mutter in Beacon Hill, wo sie Daniels Mutter, seine Großmutter und seine Schwester Cassie kennenlernen würde. Sie hatte Angst, einen Fehler zu machen, die Dinge zu schnell voranzutreiben, doch sie sagte sich immer wieder, sie müsse sich keine Sorgen machen.

Sie konnte gerade noch verhindern, dass ihre Hände zitterten, und sie musste dringend auf die Toilette. »Vielleicht sollten wir das für später aufheben.«

Er langte über die Mittelkonsole und nahm ihre Hand. »Es wird alles gut gehen, das verspreche ich dir. Sie werden dich lieben.«

»Machst du das oft? Deine Freundinnen mit nach Hause nehmen, damit sie deine Familie kennenlernen?«

Er drückte ihre Hand und ließ sie dann los, um wieder ans Lenkrad zu fassen, bevor er um die Ecke bog. Die Sonne fiel schräg ins Fenster und brach sich auf seiner Ray-Ban-Sonnenbrille. »Ich gebe zu, dass es in meiner Kultur ein bedeutsamer Schritt ist, eine Frau, mit der man ausgeht, seiner Familie vorzustellen. Das macht man nicht oft, es sei denn, also … es sei denn, man erwägt zu heiraten.«

Obwohl sie sich große Mühe gab, die Panik in Schach zu halten, die seine Worte bei ihr auslösten, hatte sie wohl einen Laut von sich gegeben, denn er lächelte sie frech an. »Entspann dich, ich hab keinen Ring in der Hosentasche.« Er schaltete das Radio aus. »So ist es in meiner Kultur üblich, aber in meiner Familie wird das nicht so eng gesehen. Cassie und ich bringen andauernd jemanden zum Essen mit nach Hause.«

Sollte sie sich jetzt besser fühlen?

»Ich kann es kaum erwarten, dass du meine Mutter kennenlernst«, fuhr er fort, bevor sie etwas sagen konnte. »Du bist ihr sehr ähnlich, weißt du. Ihr seid beide absolut furchtlos, und wenn ihr umgehauen werdet, steht ihr jedes Mal wieder auf. Sie hat gekämpft wie der Teufel, um dahin zu kommen, wo sie ist, genau wie du jetzt mit deinem Hotel.«

Inara brachte keinen Ton heraus. Ihr war immer noch keine Antwort eingefallen, als Daniel fortfuhr: »Aber in Bezug auf meine Großmutter muss ich dich wahrscheinlich warnen. Sie kommt leicht ein wenig … voreingenommen rüber. Es ist nicht persönlich. Sie will nur austesten, ob es dir ernst mit mir ist.«

Und schon war die Übelkeit wieder da. »Danke für die Warnung.« Sie studierte einen stillen Augenblick lang sein Profil. »Das ist es mir.«

»Was?«

»Ernst. Mit dir.«

Sein Kopf schoss zu ihr herum, dann richtete er den Blick wieder auf die Straße. Langsam machte sich auf seinem Gesicht ein Lächeln breit, das die Fältchen um seinen Mund vertiefte. Ähnliche Fältchen bildeten sich um seine Augen, halb verborgen hinter der Sonnenbrille. »Dann kommst du problemlos mit meiner Großmutter klar.«

Inara senkte das Kinn und tat, als betrachtete sie die geschlossene Aktenmappe in ihrem Schoß. Sie hatte nichts Bestimmtes erwartet, als sie das zu ihm sagte, aber doch sicher ein bisschen mehr als: *Dann kommst du mit meiner Großmutter klar.*

Um ihre komische Stimmung zu überspielen, schlug sie die Mappe auf. Darin war ein Schwarzweißfoto eines chinesischen Teenagers, der historische Kleidung trug wie an einer Jahrmarktsbude. Nur dass der Junge auf dem Bild nicht wie ein Cowboy gekleidet war, sondern mit seiner dunklen Hose, Jacke und Melone aussah wie ein Mann der Arbeiterklasse Ende des 19. Jahrhunderts. Irgendetwas an diesem Jungen kam ihr vertraut vor, doch sie konnte ihn nicht zuordnen. »Wer ist das?«

Er hielt an einer Ampel und sah sie an, als wartete er auf etwas. »Das ist Yan-Tao McElroy.«

»Im Ernst?« Inara schnappte nach Luft, während ihr Blick zurück zu dem Bild ging. Der junge Mann stand stolz da, die Schultern durchgedrückt, die Hände vor dem Körper verschränkt. Er hatte das Kinn gereckt und schien den Fotografen mit einem herausfordernden Blitzen in den Augen anzusehen. War das schlichte Teenagerrebellion oder half ihm diese Haltung dabei, sein Schicksal zu meistern?

Was war das für ein Leben gewesen?

Sie sah genauer hin. Der Junge war mindestens dreizehn. Das hieß, dass er auch nach Orcas Island noch gelebt hatte. Duncan hatte ihn nicht umgebracht.

Erleichterung durchflutete Inara, dass ihr schwindelte. »Wo hast du das gefunden?«

Die Ampel wurde grün, und Daniel beschleunigte auf der Kreuzung. »Erinnerst du dich an Josephs Schwester in Tacoma? Wir haben die Familie aufgespürt – sie hieß Bascomb – und rausgekriegt, dass die Enkelin der Frau immer noch in Tacoma lebt. Sie sagte, ihre Mutter habe ihr Geschichten darüber erzählt, dass sie jeden Sommer mit dem Dampfschiff nach Orcas Island gefahren seien, wo sie und ihre Zwillingsschwester mit ihrem asiatischen Cousin gespielt haben.«

Inara schwoll das Herz. »Dann hat man sie nach Josephs Tod nicht im Stich gelassen.«

»Das kann man so nicht sagen«, meinte Daniel vorsichtig. Er blinkte und bog in eine Wohnstraße. »Die Enkelin war sich ganz sicher, dass keine Chinesin und kein Chinese je einen Fuß in das Haus ihrer Großmutter gesetzt hat. Ihr Großvater gehörte sogar zum Committee of Fifteen, das dafür verantwortlich war, dass 1885 alle Chinesen aus Tacoma vertrieben wurden. Manche gehen davon aus, dass die Gruppe im Jahr darauf auch die Unruhen in Seattle aufgestachelt hat.«

»Wenn das stimmt, dann kann es dem Paar nicht gefallen haben, dass Joseph eine Chinesin geheiratet hat.«

Daniel nickte mit grimmiger Miene. »Genau. Jedenfalls hat man der Enkelin erzählt, der Cousin und die Tante ihrer Mutter wären beim Schiffsunfall zusammen mit dem Onkel ums Leben gekommen.«

»Aber dem war offensichtlich nicht so.« Sie hob das Foto hoch.

Daniel schwieg, bis er den Wagen am Bordstein vor einem Bungalow im schlichten Stil der Jahrhundertwende mit gepflegtem Garten geparkt hatte. »Josephs Schwester hat ihre Familie angelogen. Ich fand die Geschichte irgendwie verdächtig, und so habe ich meine Leute gebeten, sich die Akten örtlicher Waisenhäuser und Kinderheime anzusehen. Und da haben wir ihn gefunden.«

»Wo?«

»In der Washington State Reform School in Chehalis.« Als er den Motor ausmachte, umfing die Stille sie wie eine Blase. »Da sind jugendliche Straftäter und Waisen zwischen acht und achtzehn untergekommen. Was ich gelesen habe, deutet darauf hin, dass es eine gute Schule war. Die haben den Jungen neben dem regulären Schulstoff und Christenlehre sogar berufliche Fertigkeiten wie Zimmermannsarbeiten und landwirtschaftliche Kenntnisse beigebracht.«

»Dann war er verwaist. Ist Mei Lien also doch mit Joseph gestorben?«

»Das habe ich auch überlegt. Deswegen bin ich sämtliche Berichte über den Unfall noch mal durchgegangen und komme zu dem Schluss, dass dem nicht so war. Ich denke, sie hat ein anderes Ende gefunden.«

»Ihr ist etwas Schlimmes zugestoßen.«

»Ja, vielleicht«, sagte Daniel mit belegter Stimme.

Es klopfte an Inaras Fenster, und sie fuhr zusammen. Als sie sich umwandte, stand draußen eine lächelnde Frau in ihrem Alter mit langem, glattem schwarzem Haar, die ihnen durch die Fensterscheibe zuwinkte.

»Das ist Cass. Komm.« Daniel sprang aus dem Auto, ging rasch auf die andere Seite und umarmte seine Schwester.

Inara musste den Kopf schütteln, um ihre Gedanken in die Gegenwart zurückzuholen. Sie steckte die Mappe mit Yan-Taos Foto in ihre Tasche und stieg aus.

»Cass, darf ich dir Inara vorstellen«, sagte Daniel zu seiner Schwester, als Inara zu ihnen trat. Er hatte den Arm noch um Cassies Schulter. »Inara, das hier ist meine Schwester Cassie.«

Inara reichte ihr die Hand. »Freut mich, Sie kennenzulernen. Ihr Bruder hat mir viel von Ihnen erzählt.«

»Lauter Lügen.« Cassie lachte und schüttelte Inara die Hand. »Ich will alles über Ihr Hotel hören. Daniel sagt, Sie haben in kurzer Zeit Fantastisches geleistet.«

»Das war nett von dir«, sagte Inara zu Daniel und nahm die Hand, die er ihr darbot. »Ich habe Fotos, falls Sie sie sehen wollen«, sagte sie zu Cassie. »Aber was ist mit Ihnen? Daniel sagt, Sie stecken mitten in einem schwierigen Fall. Wie läuft es?«

Bei der Erwähnung ihrer Arbeit ging mit Cassie eine subtile Verwandlung vor. Aus der ausgelassenen Schwester wurde die einschüchternde Anwältin. Im Kontrast zu ihrem ernsten Gesichtsausdruck zuckte sie jedoch nur die Achseln. »Mein Mandant versucht, von seiner Exfrau das Sorgerecht für seine zwei Kinder zu kriegen, die sie auf einem heißen Parkplatz vor einer Spelunke drei Stunden allein gelassen hat. Eigentlich eine klare Sache, aber es ist ein ziemlicher Hickhack.« Sie schüttelte den Kopf und setzte ein breites Lächeln auf. »Aber lassen Sie uns nicht darüber reden.«

Sie fasste die beiden am Ellbogen und zog sie zum Haus. »Mom und Grandma drücken sich bestimmt schon die Nasen an der Fensterscheibe platt, um einen Blick auf Sie zu erhaschen, Inara. Erlösen wir sie aus ihrem Elend.«

Bei diesen Worten drehte Inaras Magen sich doppelt so schnell wie vorher. Daniel spürte wohl ihr Unbehagen, denn als sie auf den Plattenweg traten, legte er ihr den Arm um die Taille und zog sie fest an sich.

Das Haus duftete nach Zitronen und frisch gebackenem

Kuchen. Sie hatte kaum Zeit, die Atmosphäre des in Erdfarben gehaltenen Wohnzimmers in sich aufzunehmen, da schob Daniel sie schon durch die leere Küche und eine Schiebetür in den Hof hinter dem Haus.

Eine schlanke schwarzhaarige Frau, die mit einer Grillzange in der Hand am Grill stand, drehte sich um, als sie nach draußen kamen. Sie lächelte herzlich. »Daniel, da bist du ja!«

Sie legte die Grillzange auf den Tisch und eilte mit ausgestreckten Armen auf die beiden zu. Als sie Daniel umarmte, stieg Inara Lilienduft in die Nase. Daniels Mutter war ungefähr so groß wie Inara und trug eine gebügelte khakifarbene Caprihose und eine hellblaue Bluse. Sie richtete ihre schokoladenbraunen Augen neugierig auf Inara. »Und Sie müssen Inara sein. Herzlich willkommen. Ich bin Margaret.«

Als Inara ihr die Hand schüttelte und sich für die Einladung bedankte, konnte sie nicht umhin zu bemerken, wie anmutig Margaret Chin sich bewegte, vollkommen in Einklang mit sich und ihrer Umgebung.

»Komm, ich stell dich meiner Großmutter vor«, sagte Daniel, legte Inara eine Hand auf den Rücken und führte sie zu einem Gartentisch aus Teakholz, an dem eine ältere Frau saß und Zitronen in Scheiben schnitt.

»*Nǎinai*, das ist Inara. Inara, Vera Chin, meine Großmutter.«

Da die zierliche Frau sich nicht von ihrem Platz rührte, ging Inara um den Tisch herum und hielt der weißhaarigen Frau die Hand hin, die diese zögernd schüttelte. »Es ist mir eine Ehre, Sie kennenzulernen.«

»Hm.« Mit gebeugten Schultern wandte sich Vera wieder den Zitronen zu.

Inara sah Daniel an. Er lächelte nur und zuckte die Achseln, wie um zu sagen, so eine Reaktion sei ganz normal bei seiner Großmutter, was Inara nicht gerade half, sich zu entspannen. Sie ging zurück zu Daniel auf der anderen Tischseite und setzte sich auf den Stuhl, den er ihr herauszog. Veras Augen schossen Pfeile auf sie ab, bevor sie sich weiter um die Zitronen kümmerte.

»Ich hoffe, Sie mögen Lachs, Inara«, sagte Margaret, als sie, die Grillzange wieder in der Hand, zu ihnen trat. »Wir hatten überlegt, ein traditionelles chinesisches Mahl zuzubereiten, wie wir es auch in meinen Restaurants servieren, aber am Ende fanden wir, man sollte es ausnutzen, dass der Königslachs gerade Saison hat.«

»Ich liebe Königslachs. Dieses Jahr habe ich noch keinen gegessen.«

»Aber du musst auch bald mal das Huhn im Tontopf à la Toisan meiner Mutter probieren«, sagte Daniel und drückte voller Zuneigung die freie Hand seiner Mutter. »Das macht niemand so gut wie Mom. Die Zubereitung dauert einen ganzen Tag.«

»Das habe ich schon mal gegessen«, sagte Inara lächelnd, um ihr eine Freude zu machen, aber auch, weil es stimmte. »Es war fantastisch. Mein Vater lädt oft Kunden ins Toisan ein, Mrs. Chin. Meine ganze Familie liebt Ihr Restaurant.«

»Nennen Sie mich Margaret, meine Liebe. Vera, die Zitronen sind perfekt. Könntest du auch noch die Gurken schneiden?« Sie wandte sich wieder an Inara. »Wer ist Ihr Vater? Vielleicht kenne ich ihn ja.«

Inara erstarrte, überspielte es jedoch damit, dass sie den Blick in den Schoß richtete und eine unsichtbare Falte glatt strich. »Charles Erickson von Premier Maritime Group.«

Margaret überlegte einen Augenblick. »Ich weiß natürlich, wer er ist, aber ich glaube nicht, dass ich ihm schon einmal persönlich begegnet bin. Habe ich nicht kürzlich irgendwo gelesen, dass PMG von dem berühmten Duncan Campbell gegründet wurde?«

Inara merkte, dass das Lächeln auf ihrem Gesicht gefror. Sie wollte heute Abend wirklich nicht an Duncan denken, stets in Sorge darum, das Lügengerüst aufrechtzuerhalten. »Ja. Ich bin hier in Seattle tief verwurzelt.«

Dann richtete sie den Blick auf den Grill. Aus einer Öffnung aus der Seite quoll wohlduftender Rauch. »Der Lachs riecht himmlisch. Wie bereiten Sie ihn zu?«

Margaret ging zurück zum Grill und drehte geschickt den Lachs. Eine Rauchwolke stieg auf. »Ich weiche Erlenholzspäne in Wasser ein und lege sie in Alufolie eingewickelt auf die Kohlen, sodass der Rauch den Lachs aromatisiert. Den Fisch selbst habe ich mit Knoblauchbutter eingepinselt.«

Inara lief schon das Wasser im Mund zusammen. »Ich wünschte, Sie hätten mir erlaubt, etwas zum Essen beizutragen.«

»Sie sind Gast«, warf Vera ein. »Sie kochen nicht.«

»Möchten Sie ein Glas Wein, Inara?«, fragte Cassie, die mit einem Tablett mit Gläsern nach draußen kam, und rettete Inara davor, etwas auf die Bemerkung der mürrischen Großmutter sagen zu müssen.

»Ja, bitte.«

»Erzählen Sie uns ein wenig von sich, Inara«, sagte Margaret, nahm von ihrer Tochter ein Glas und setzte sich damit auf den Stuhl am Kopfende des Tisches. »Daniel sagt, Sie renovieren das Anwesen Ihrer Familie auf den San Juans?«

»Ja. Ich baue es zu einem Boutique-Hotel um.«

»Auf welcher Insel?«

»Orcas.«

»Oh, ich liebe Orcas Island.« Entspannt lehnte Margaret sich nach hinten und trank einen Schluck Wein. »Kinder, erinnert ihr euch noch, wie wir mal am Cascade Lake auf Orcas gezeltet haben? Daniel, ich glaube, du warst elf, und du, Cassie, warst sechs.«

Das Gespräch drehte sich jetzt um ihre Abenteuer auf den San Juan Islands, dazwischen stellten sie Inara immer wieder Fragen nach ihrem Hotel. Inara vermied es, über die unsichere finanzielle Situation zu sprechen, und beschrieb das Hotel, als bestünde kein Zweifel daran, dass sie es im nächsten Sommer eröffnen würde. Ihre anfängliche Nervosität löste sich mit der Zeit, und sie entspannte sich und genoss die Gesellschaft, selbst die der mürrischen Großmutter.

Als sie später alle um den Verandatisch saßen, Lachs, Kartoffeln, Brötchen und drei Sorten Salat auf den Tellern, erhob Margaret das Glas. »Zu Ehren unserer neuen Freundin Inara. Wir freuen uns sehr, Sie kennenzulernen.«

Inara trank einen Schluck Wein. Sie fühlte sich geehrt, doch gleichzeitig war ihr unbehaglich zumute, denn sie fragte sich, ob sie auch einen Toast auf ihre Gastgeber aussprechen sollte. Bevor sie zu einem Schluss kam, ergriff Cassie das Wort: »Erzählen Sie uns, wie Sie beide sich kennengelernt haben. Auf dem Campus?«

»Studieren Sie bei Daniel, Inara?«, fragte Margaret und nahm einen Bissen gemischten Salat.

»Nein«, antwortete Daniel für sie. »Inara ist mit einer Recherchefrage zu mir gekommen, und wir haben uns auf Anhieb gut verstanden, nicht wahr?« Unter dem Tisch drückte er ihr Knie.

Sie lächelte ihn an. »Ja, stimmt, abgesehen davon, dass du mich zuerst abwimmeln wolltest, weil du mich für eine nervige Studentin hieltest.«

Cassies Lachen hallte durch den Hof. »Das überrascht mich nicht. Mit dem Kopf war er wahrscheinlich noch bei chinesischen Dynastien oder worum es an dem Tag in seiner Vorlesung ging.«

Daniel war ein wenig eingeschnappt, und Inara klopfte ihm auf die Schulter und lächelte.

Margaret sprang ihrem Sohn bei. »Und was haben Sie recherchiert?«

Inara war überrascht, dass Daniel es ihnen noch nicht erzählt hatte. Als sie ihn fragend ansah, zuckte er nur die Achseln, also beantwortete sie Margarets Frage. »Unter einer Treppe im Anwesen meiner Familie habe ich einen wunderschön bestickten Ärmel entdeckt.« Sie schilderte, wie sie zuerst den Ärmel und dann über einen seiner Artikel Daniel gefunden hatte.

Zusammen beschrieben Daniel und sie den Ärmel und erzählten, was sie bisher über Mei Lien wussten.

»Und sie ist einfach verschwunden?«, fragte Cassie und stellte die leeren Teller aufeinander. »Ihr Mann starb, und ihr Sohn wurde in ein Waisenhaus gesteckt. Und niemand weiß, was aus ihr geworden ist?«

Daniel nickte, lehnte sich zurück und verschränkte die Hände über dem Bauch. »Ein Inselbewohner hat in sein Tagebuch geschrieben, dass er in dem Jahr, in dem der Vater starb, um Thanksgiving herum sah, wie der Junge mit seiner Tante und einigem an Hausrat die Insel verließ. Die Mutter wurde nicht erwähnt. Der Autor des Tagebuchs frohlockte, dass der ›dreckige Asiate‹ die Insel verließ.«

Ob der abfälligen Bemerkung blickte Daniels Familie

finster drein, vor allem Cassie. Doch als Cassie wieder das Wort ergriff, ging Inara auf, dass ihr finsterer Blick nicht dem rassistischen Ausdruck gegolten hatte, sondern etwas ganz anderem. »Du meinst, seine Tante hat ihn von zu Hause mitgenommen und in ein Waisenhaus gesteckt?« Ihre perfekt geformten Augenbrauen verschwanden unter ihrem Pony. »Wer macht denn so etwas?«

Inara neigte den Kopf zur Seite, denn in diesem Augenblick merkte sie, dass sie sich die ganze Zeit so auf Mei Lien konzentriert hatte, dass sie gar nicht auf den Gedanken gekommen war, wie schrecklich das Ganze für den Jungen gewesen sein musste. Wie verlassen er sich gefühlt haben musste. Wie verraten.

Nates Sohn Luke – Inaras innig geliebter trotziger Neffe – war im selben Alter wie Yan-Tao, als all das geschehen war. Sieben. Inara würde sich lieber die Handgelenke aufschlitzen, als zuzulassen, dass diesem unschuldigen kleinen Jungen etwas passierte. Niemals, unter keinen Umständen, würde sie ihn in ein Waisenhaus stecken.

Sie wollte sich das Gesicht des Jungen noch einmal ansehen und fragte daher die anderen: »Möchten Sie das Foto von Yan-Tao sehen, das Daniel gefunden hat?« Sie nahm ihre Handtasche.

»Es ist das Letzte, was wir von ihm finden konnten«, sagte Daniel, als Inara die blaue Mappe auf den Tisch legte und sie aufschlug. »In dem Jahr, nachdem dieses Foto aufgenommen wurde, taucht er in den Aufzeichnungen der Schule nicht mehr auf.«

Yan-Tao sah so traurig aus. Inara reichte Margaret das Foto, doch ihr Blick war auf Daniel gerichtet. »Das hast du mir noch gar nicht erzählt. Was meinst du, was aus ihm geworden ist?«

Er zuckte die Achseln und lehnte sich zurück. »Er war vierzehn. Das war damals alt genug, um sich Arbeit zu suchen und sich seinen Lebensunterhalt zu verdienen. Er kann überallhin gegangen sein. Wir suchen noch.«

Margaret reichte Vera das Foto. »Der arme Junge.«

Vera blickte mit finsterer Miene auf das Foto. »Das ist kein armer Junge. Das ist mein Schwiegervater.«

Daniel schüttelte den Kopf. »Das ist nicht dein Schwiegervater, Großmutter. Das ist Yan-Tao McElroy.«

Cassie, die weiter Geschirr zusammengestellt hatte, hielt inne und trat hinter den Stuhl ihrer Großmutter, um sich das Foto anzusehen.

Vera schürzte die Lippen. Der warnende Blick, mit dem sie ihren Enkel bedachte, sagte laut und deutlich, dass ein guter Enkel seiner Großmutter niemals widersprach. »Du täuschst dich. Das ist mein Schwiegervater Ken Chin als junger Mann. Ich bin mir sicher.«

Als Inara den Namen hörte, erstarrte sie. Sie wandte sich zu Daniel um und sah, dass er genauso perplex war wie sie. Ken. Kenneth. Der Name stand als zweiter Vorname auf Yan-Taos Geburtsurkunde. Konnte es sich tatsächlich um ein und dieselbe Person handeln?

Lächerlich, befand sie. Das wäre ein zu großer Zufall.

Mit weit aufgerissenen Augen drehte Daniel ganz langsam den Kopf zu seiner Großmutter. »Hast du ein Foto von deinem Schwiegervater als jungem Mann?«

Vera zog die Augenbrauen hoch, als hätte sie es mit einem Einfaltspinsel zu tun. Sie klopfte mit der Außenseite der Finger auf das Foto in ihrer Hand. »Hier liegt es doch.«

Daniel verzog keine Miene. »Nein, ein anderes Foto. Eines, mit dem wir das da vergleichen können.«

Mit absoluter Geringschätzung für ihren Enkelsohn im Blick stand Vera auf und wandte sich dem Haus zu. Es war das erste Mal, dass sie aufstand, und Inara sah, dass sie kaum größer war als ein Meter fünfzig. Für eine fünfundachtzigjährige Frau bewegte sie sich überraschend flott. »Also«, fuhr sie auf, als sie vor der Schiebetür stand. »Kommt ihr jetzt?«

Die vier sahen einander an, und dann standen alle gleichzeitig auf, um Vera ins Haus zu folgen. Als Inara um den Tisch herumging, nahm sie das Foto von Yan-Tao vom Tisch, das Vera dort liegen gelassen hatte.

Vera führte sie die Treppe hinauf in den ersten Stock, wo offene Türen in vier Schlafzimmer und ein Bad führten. An einem Poster von Ken Griffey jr. im Baseballtrikot und einem Poster mit einer protzigen roten Corvette an den Wänden konnte Inara leicht erkennen, welches Daniels Zimmer gewesen war. Sie wäre zu gern hineingegangen, um eine Ahnung davon zu bekommen, wie Daniel als Junge gewesen war, doch er zog schon die Klappleiter zum Dachboden heraus.

»Na los«, befahl die zierliche Frau ihrem Enkel und fuchtelte ungeduldig mit den Händen. »In der Kiste in der Ecke.«

»Brauchst du Hilfe?«, rief Inara, auch wenn sie die Luke, in der Daniel verschwand, misstrauisch beäugte. Mit Spinnen kam sie klar. Mit Mäusen nicht.

»Nein«, rief Daniel. »Ich hab sie schon gefunden.«

Sie hörten ein Knarren, gefolgt von einem Rums. Eine Sekunde später tauchte Daniel wieder auf, ein mit rissigem grünem Leder bezogenes Fotoalbum in den Händen. »Sieht so aus, als wären in der Truhe ein paar interessante Sachen. Haben die alle Ken gehört?«

Vera nickte und nahm das Album, das Daniel ihr von oben herunterreichte. »Ja. Als er starb, haben wir seine Wohnung ausgeräumt und die Kiste in seinem Kleiderschrank gefunden. Ich wollte sie immer mal durchgehen, aber irgendwann habe ich sie vergessen. Bis jetzt.«

Daniel verschwand wieder, während Vera das Fotoalbum aufschlug und das geöffnete Album wortlos zu Inara drehte. »Sehen Sie selbst. Das ist der Junge auf Ihrem Foto. Ohne jeden Zweifel.«

Inara nahm das Album und betrachtete aufmerksam das körnige, sepiafarbene Foto, auf das Veras arthritischer Finger zeigte. Margaret und Cassie drängten sich links und rechts neben sie.

Es war an den Rändern abgewetzt, als wäre es jahrelang mit herumgetragen worden, bevor es schließlich in dem Album landete. Inara erkannte eine Gruppe von fünf Chinesen, die neben irgendeiner Maschine standen, die mit Erde beladen war. Im Hintergrund balancierte ein großes viktorianisches Haus gefährlich auf etwas, was aussah wie ein Härtling in der Wüste. Doch es musste in Seattle sein, denn dahinter lag das vertraute Panorama der Elliott Bay mit den Olympic Mountains in der Ferne.

»Er ist der links, der die Schaufel hält«, erklärte Vera und verschränkte mit einem missbilligenden Räuspern die Arme. »Sie haben an der Denny Regrade gearbeitet. Sein erster Job in Amerika, nachdem er aus China gekommen war. Das muss so um 1909 gewesen sein. In demselben Jahr wie die Alaska-Yukon-Pacific-Ausstellung, die er besucht hat«, erklärte sie voller Stolz. »Er hat sich einen Anzug geliehen, um hinzufahren, und hat gern Geschichten über die halbnackten Männer aus Polynesien und die prächtigen Exponate aus China erzählt.«

Über die Denny Regrade wusste Inara einiges aus der Schule. Nach dem großen Brand von 1889, der das komplette Geschäftsviertel zerstört hatte, waren Seattles Gründerväter, darunter Duncan Campbell, übereingekommen, die steilen Hügel der Stadt abzutragen und die Feuchtgebiete aufzufüllen – die damals im Zentrum lagen, da, wo jetzt der Pioneer Square war. Der Ausgleich der Höhenunterschiede erleichterte den Verkehr in der Stadt erheblich. Existierende Gebäude, wie das, was auf dem Foto auf dem Berg stand, wurden entweder Stein für Stein an eine andere Stelle versetzt oder zerstört.

Inara musste zugeben, dass zwischen dem jungen Mann ganz links und dem Jungen auf dem Foto, das sie mit hochgebracht hatte, sehr große Ähnlichkeit bestand.

Cassie beugte sich über das Album und blickte zwischen den beiden Fotos hin und her. »Sie sehen sich wirklich sehr ähnlich«, sagte sie mit einem Anflug von Unglauben in der Stimme, blickte auf und sah ihre Großmutter an. »Aber es kann doch unmöglich dieselbe Person sein. Du hast gesagt, Urgroßvater habe seine Kindheit in China verbracht. In Peking.«

Vera richtete sich zu ihrer vollen Größe auf. »Ja. Er war der jüngste Sohn eines städtischen Beamten vierten Ranges. Seine Verbindungen haben es ihm ermöglicht, in der Zeit des Exclusion Act als Händler nach Amerika einzureisen.« Ihr Blick schoss zur Seite. »Er hat nicht gern über seine Vergangenheit gesprochen, aber ich weiß das alles von meinem Mann, der sehr stolz war auf seinen Vater.«

»Er kann gelogen haben«, sagte Cassie und sprach damit laut aus, was auch Inara dachte.

Vera keuchte auf und schlug mit der flachen Hand auf ihre schmale Hüfte. Inara war froh, dass sie nicht diejenige war, die den Gedanken ausgesprochen hatte. »Chinesen lügen nicht!«

Cassie zuckte, unbeeindruckt von der Rüge, nur die Achseln, trat einen Schritt zurück und warf einen neugierigen Blick die Klappleiter hoch. »Was macht Daniel so lange da oben?«

»Daniel, komm runter und sag uns, was du meinst«, rief Margaret hinauf. Sie warf einen besorgten Blick von ihrer Tochter auf ihre Schwiegermutter, trat an die Klappleiter und schaute hoch. »Daniel?«

Daniels Gesicht tauchte in der dunklen Öffnung auf. Er lächelte nicht. »Kommt hoch und seht euch das an. Es ist nicht zu fassen.«

Fragend sah Margaret Inara an, dann Cassie und dann Vera, bevor sie den Blick wieder auf Daniel richtete. »Wer? Wir alle?«

Daniel gab keine weiteren Erklärungen ab. Er nickte nur gedankenvoll und verschwand wieder. Mit einem Achselzucken schob Cassie sich an ihrer Mutter vorbei und kletterte behände hinauf. Margaret sah Vera mit hochgezogenen Augenbrauen an. »Soll ich dir helfen?«

Vera schüttelte den Kopf und schlurfte zu einem Stuhl, der neben einem Beistelltisch mit Familienfotos an der Wand stand. »Ich warte hier. Mit meinen alten Knien komme ich da nicht rauf.«

Margaret bedachte Inara mit einem Blick, der deren Verdacht bestätigt, dass Veras Knie vollkommen gesund waren und die alte Frau einfach keine Lust hatte, auf den Dachboden zu klettern. »Wollen wir?«

Inara verkniff sich ein Grinsen und folgte Margaret die wacklige Leiter hinauf. Die Mansarde wurde nur von einer nackten Glühbirne erhellt, die am Dachsparren hing und einen kreisrunden Lichtschein warf. Daniel und Cassie knieten vor einer ramponierten Holzkiste und holten einen Gegenstand nach dem anderen heraus und legten ihn auf den Boden.

»Wenn Ken Chin und Yan-Tao McElroy wirklich ein und dieselbe Person sind, finden wir zwischen dem ganzen Zeug hier vielleicht einen Hinweis darauf, was aus Mei Lien geworden ist.« Daniel holte weiter eines nach dem anderen heraus und häufte alles neben sich auf den Boden. »Helft mir, alles gründlich durchzusehen.«

Kleidungsstücke, gerahmte und ungerahmte Fotos, ein ledernes Hundehalsband, ein altes Paar Schuhe und verschiedene andere Gebrauchsgegenstände flüsterten von unerzählten Geschichten. Ein Holzboot, eindeutig ein Kinderspielzeug, lag halb verborgen unter einer abgewetzten Decke. Neugierig hockte Inara sich zu ihnen und nahm das Boot in die Hand. Es war handgeschnitzt und lackiert, sodass es wasserdicht war. Jahrelanger Gebrauch hatte das Holz dunkel gefärbt und an den Kanten abgerundet. Sie sah den kleinen Yan-Tao förmlich vor sich, wie er damit am Strand spielte.

In dem Augenblick keuchte Cassie auf und lenkte Inaras Aufmerksamkeit mit ausgestrecktem Zeigefinger auf die zerschlissene Decke. Unter Schmutz und Staub konnte Inara aufwendige Stickereien erkennen, die ihr sehr bekannt vorkamen.

Als Daniel den Stoff hochhob, fiel er auseinander, und weitere Stickereien wurden sichtbar. Ja, jeder Zentimeter des Gewebes war mit Stickereien besetzt.

Schockiert sah sie Daniel an. »Kann das …?« Sie brachte die Frage nicht über die Lippen. Es war zu unglaublich.

Behutsam faltete Daniel den Stoff ganz auseinander und

legte ihn ein Stück abseits der anderen Sachen aus der Truhe auf den Boden. »O Gott.«

Inara brachte keinen Ton heraus. Zu viele Gedanken rasten ihr auf einmal durch den Kopf, sie vermochte nicht einen davon in Worte zu fassen. Sie konnte nur auf das reich bestickte Gewand starren, dessen linker Ärmel fehlte.

Was das bedeutete, stürmte mit solcher Wucht auf sie ein, dass sich der Dachboden um sie drehte und ihr die Luft wegblieb.

Ihr Vorfahr hatte nicht nur Hunderte von unschuldigen Menschen umgebracht, er hatte auch Menschen auf dem Gewissen, die direkt mit Daniel verwandt waren.

Und wenn sie ihm und seiner Familie jetzt die Wahrheit erzählte, war dies das Ende ihrer Beziehung. Seine Familie würde ihre Familie verklagen und sie alle vernichten.

Daniel würde sie hassen. Würde es hassen, dass sie überhaupt existierte und woher sie kam, denn der Wohlstand ihrer Familie war mit dem Blut erkauft, das durch seine Adern rann. Und was noch schlimmer war, sie hatte von der Ermordung der Chinesen gewusst und es ihm verschwiegen.

Doch sie musste ihre Familie und das Gedenken an ihre Mutter schützen. Auch auf Kosten ihrer Beziehung.

Sie schluckte und bemühte sich nach Kräften, die Galle hinunterzuzwingen, die in ihrer Kehle aufstieg. *Tief durchatmen. Tief durchatmen.*

»Das hier sieht aus wie die Besitzurkunde für ein Haus«, sagte Margaret und unterbrach ihren Panikanfall. »Und schauen Sie, Inara, es liegt auf Orcas Island.« Sie hielt ihr einen Packen vergilbter Blätter hin.

Inara hoffte, dass die anderen nicht bemerkten, wie sehr ihre Hände zitterten. Sie nahm die Papiere, überflog die

Worte im Juristenjargon, und eine unsichtbare Faust drückte ihren Schädel zusammen. »Das ist mein Haus«, krächzte sie. Kein Wunder, dass die Frau in der County-Verwaltung keine Urkunde zur Grundstücksübertragung gefunden hatte. Sie hatte all die Jahre zwischen den Besitztümern eines kleinen Jungen gelegen. O Gott, dies bewies, dass aus Yan-Tao Ken Chin geworden war. Und es bewies auch, dass Rothesay ihr nicht gehörte. Es gehörte der Familie Chin.

»Zeigen Sie mal her.« Cassie stand auf und nahm die Papiere aus Inaras Händen. Schweigend las sie einen Augenblick darin und blickte dann auf. »Großvater Ken war tatsächlich Yan-Tao McElroy.«

Margaret, Cassie und Daniel fingen gleichzeitig an zu reden, während Inara den Kräften nachgab, die sie nach unten zogen. Sie sank auf die Knie, unfähig irgendetwas anderes zu tun, als zuzusehen, welche Gefühle sich in den Gesichtern der drei spiegelten, während ihre eigenen sie zu ersticken drohten.

Daniel blickte sie als Erster an. Er lachte, doch rasch wurde seine Miene ernst. »Inara, was ist los?«

»Rothesay.« Mehr brachte sie nicht heraus.

Es dauerte einen Augenblick, doch dann sah sie, wie es bei ihm klick machte. »Du befürchtest, das könnte bedeuten, dass du Rothesay verlierst.« Er wandte sich an seine Schwester. »Cass, ist diese Urkunde rechtlich relevant?«

Voller Teilnahme blickte Cassie von Daniel zu Inara und legte Inara dann tröstend die Hand auf die Schulter. »Oh, Inara, machen Sie sich keine Sorgen. Dies ist zwar die Grundstücksübertragungsurkunde, aber ohne Unterschrift, und das Anwesen ist durch Ersitzung längst in Ihren Besitz übergegangen. Wir können es Ihnen nicht einfach wegnehmen, und das haben wir auch gar nicht vor.«

Margaret und Daniel pflichteten ihr bei, doch Inara kam nicht gegen das Gefühl an, nicht die rechtmäßige Besitzerin von Rothesay zu sein. Es hatte Mei Lien gehört und gehörte ihr noch, unabhängig von ihrem Schicksal.

22

Sonntag, 12. August – heute
Haus der Familie Chin, Seattle

»Hätte ich doch bloß den Ärmel mitgebracht«, murmelte Inara, auch wenn sie kein Wort von dem meinte, was sie da sagte.

Daniel wollte sich das Gewand genauer ansehen, also waren sie alle nach unten gegangen und hatten sich um den Esstisch versammelt, über den Daniel ein sauberes Laken aus dem Wäscheschrank seiner Mutter gebreitet hatte.

Er lächelte sie aufgeregt und strahlend an. »Keine Sorge. Ich habe Fotos im Auto.« Er richtete den Blick wieder auf das Gewand, während er die Hände in die Taschen seiner Jeans schob und den Autoschlüssel herausfischte. »Kannst du sie bitte für mich holen gehen, Cass? Sie sind in der Aktentasche im Kofferraum.«

Cassie murrte, doch sie tat, worum ihr Bruder sie gebeten hatte, und kehrte kurz darauf mit Daniels Aktentasche zurück und stellte sie auf den Stuhl neben ihrem Bruder.

»Ich weiß gar nicht, warum ihr alle so aufgeregt seid wegen dem schmutzigen Ding. Wenn ich gewusst hätte, dass es da oben ist, hätte ich es längst weggeworfen«, brummelte Vera aus der Ecke, doch Inara entging nicht, dass sie sich einen Platz gesucht hatte, von dem aus sie alles mitbekam.

Auch Inara wünschte, Vera hätte es weggeworfen.

Bei dem Gedanken kam sie sich vor wie die letzte Verräterin.

»Es ist wirklich sehr schmutzig.« Cassie beugte sich über das Gewand, ohne es zu berühren. »Er hat das Ding doch sicher nicht getragen, wo es nur einen Ärmel hatte. Er hätte lächerlich darin ausgesehen.«

»Wenn seine Mutter es ihm gegeben hat, hat er es vielleicht mit sich herumgetragen wie eine Schmusedecke.« Margaret strich Cassie über den Rücken. »Erinnerst du dich daran, dass du deine nicht hergeben wolltest, bis sie förmlich auseinanderfiel?«

Daniel sagte nichts, er öffnete nur seine Aktentasche und holte einen Stapel Fotos und ein Paar Baumwollhandschuhe heraus. Die Handschuhe streifte er über, dann beugte er sich über das Gewand, ohne den Fotos vorerst Beachtung zu schenken.

»Das Gewand ist vom Stil her genau, wie ich es vermutet hatte. Es ist ein Drachengewand, aber ohne Rangabzeichen und ohne Drachen«, sagte Daniel. Inara war sich nicht sicher, ob er mit ihnen sprach oder mit sich selbst.

Sie schluckte schwer und konzentrierte sich ganz auf das Gewand und nicht auf die Angst, die sie durchströmte.

Das Gewand hatte einen Mandarinkragen. Die linke Vorderseite war über die rechte gelegt und unter dem Arm mit Knebeln befestigt, die aus geflochtenem Stickgarn gefertigt waren. Der rechte Ärmel verjüngte sich zu einer Manschette, die einen Teil der Hand bedecken musste. *Pferdehufmanschette* hatte Daniel das genannt, genau wie an ihrem Ärmel.

Der Stoff war mit Flecken und getrockneten Tränen übersät. Er war so abgetragen und verblichen, dass Inara nicht sagen konnte, ob er ursprünglich zu der knallblauen Seide ihres Ärmels gepasst hatte. Doch es musste so sein.

Obwohl der Stoff so abgewetzt war, waren die Bilder darauf in allen Einzelheiten zu erkennen. Mit Garn gestickt, das einst sicher leuchtend farbig, jetzt jedoch stumpf und schmutzig war, zeigte das Bild auf dem rechten Ärmel einen Mann, der ein Neugeborenes von dunklerer Hautfarbe hielt. Beide lächelten so breit, dass die Zähne des Mannes aufblitzten. Weiter oben, nahe der Schulter, war das Kind zu einem Jungen herangewachsen, der dastand und einem schwarzen Hund die Hand auf den Kopf gelegt hatte. Beide beobachteten von der Veranda eines Hauses aus, wie der weiße Mann den Boden mit einem Pferdeflug bearbeitete.

Inara bekam Gänsehaut auf den Armen, als sie Dahlias Haus erkannte, ohne den Rest des Anwesens.

Das musste Yan-Tao sein, und er sah zu, wie Joseph den Bereich umpflügte, wo jetzt ihr Küchengarten lag.

»Wie ihr sehen könnt«, erklärte Daniel, vollkommen in die Betrachtung des Gewands vertieft, »sind auf den unteren fünfundzwanzig Zentimetern Szenen aus dem kaiserlichen Peking zur Zeit der Qing-Dynastie. Habt ihr das Gebäude da bemerkt? Es sieht aus wie die Außenseite des Haupttors zur Verbotenen Stadt. Zu der Zeit gab es in Amerika nichts Vergleichbares. Wenn Mei Lien dieses Gewand bestickt hat, und es deutet ja alles darauf hin, dann können wir annehmen, dass sie hier ihre Familiengeschichte festgehalten hat und nicht etwas, was sie persönlich erlebt hat, denn sie wurde ja in Seattle geboren.«

Darüber, bis etwa zur Höhe der Taille, waren ländlichere Szenen. Daniel zeigte auf eine Reihe aus Brettern gezimmerter Hütten oder Baracken. »Wenn das auf meinem Tisch landen würde, ohne dass ich etwas über seine Geschichte wüsste, würde ich schwören, dass es ein Dorf in China darstellt. Seht euch die chinesischen Gesichter der Männer an, die vor einem Laden, vermutlich einer Gemischtwarenhandlung, um den Tisch sitzen.«

»Was ist mit dieser Person?«, fragte Inara und zeigte auf einen Mann, der in einem schwarzen Anzug im amerikanischen oder britischen Stil und mit Hut auf der anderen Straßenseite vorbeiging.

»Das könnte auch ein Geschäftsmann oder ein fremder Botschafter sein, der China besucht. Aber wegen der gepflasterten Straßen und der Backsteinhäuser muss es sich um das frühe Seattle handeln.«

»Schaut euch mal diese Bäume auf dem Kamm oberhalb der Stadt an.« Cassie zeigte noch ein Stück höher. »Ursprünglich war hier vermutlich alles bewaldet, oder?«

»Das ist sicher von großer historischer Bedeutung«, flüsterte Margaret, »nicht nur für unsere Familie, sondern auch für Seattle. Nicht zu fassen.«

»Wenn das Seattle ist, muss das da oben Orcas Island sein«, sinnierte Inara laut und bedauerte es augenblicklich. Je mehr sie erfuhren, desto wahrscheinlicher wurde es, dass Daniel eins und eins zusammenzählte und begriff, dass ihre Familie verantwortlich war für das Entsetzliche, das die Bilder auf dem linken Ärmel darstellten. Sie musste die Hände fest zu Fäusten ballen, um das Gewand nicht vom Tisch zu reißen und aus dem Haus zu stürmen.

Daniel ging um den Tisch herum, um sich den Brustbereich des Gewands genauer anzusehen. »Ich glaube, du hast recht. Sieh dir diesen Mann an. Es ist dasselbe Gesicht wie auf dem rechten Ärmel, und es ist so detailliert ausgeführt, dass er offensichtlich wichtig ist. Er hat den Arm um die Chinesin gelegt, die mir, falls ich mich nicht täusche, bekannt vorkommt. Es könnte dasselbe Gesicht sein wie das der ertrunkenen Frau auf Inaras Ärmel.«

»Dann sind das Joseph und Mei Lien?«, fragte Margaret. Inara wartete mit angehaltenem Atem auf Daniels Antwort.

»Ich glaube schon.«

Schweigend betrachtete Daniels Familie zum ersten Mal die beiden Menschen, die, wie es schien, ihre Vorfahren waren. Inara suchte auf dem Gewand nach Bildern von Rothesay.

Es war überall. Der Bogen des Strands, die typischen Felsen und weißen Muscheln. Der steile Anstieg eines mit Nadelwald bewachsenen Berges, der sich hinter der Apfelplantage erhob. Erstaunlicherweise entdeckte sie sogar den glatten Kopf eines Seehunds, der ein Stück von der Küste ab aus dem Wasser ragte und die Frau am Strand betrachtete.

Und die Hütte.

Bei der Hütte gab es kein Vertun. Sie sah genauso aus wie die, in der ihre Geschwister und sie als Kinder gespielt hatten. Die Hütte, die inzwischen vom Wald überwuchert war, das Dach eingefallen, Moos auf den Holzwänden.

»Schaut mal da an der Schulter, wo der linke Ärmel abgeschnitten wurde.« Margaret zeigte auf die Stelle, achtete jedoch sorgsam darauf, den brüchigen Stoff nicht zu berühren. »Es sieht aus, als würden die Fäden ganz allmählich dunkler, wie ein wolkenverhangener Himmel oder tiefes Wasser.«

Sie scharten sich um die linke Seite des Gewands, wo der Ärmel fehlte, um zu sehen, worauf Margaret zeigte. Kurz oberhalb von dem, was wie ein perfektes Abbild von Dahlias Haus aussah, sah der Himmel tatsächlich aus, als rollte aus der Richtung des fehlenden Ärmels ein schweres Gewitter heran. In dieser Richtung hatte auch das ursprüngliche Campbell-Anwesen gelegen. Das war bestimmt kein Zufall.

Der gewittrige, düstere Himmel entsprach exakt dem auf dem oberen Teil des Ärmels.

Selbst nachdem sie die Urkunde zur Grundstücksübertragung gefunden hatten, hatte Inara noch an einen Zufall glauben wollen. Doch an den Beweisen war nichts zu deuteln: Daniel war ein direkter Nachfahre der Menschen, die ihr eigener Vorfahr kaltblütig umgebracht hatte.

Mei Lien – oder Yan-Tao? – hatte den Ärmel versteckt als Beweis gegen die Familie, die Schuld auf sich geladen hatte, damit eines Tages über die Tat gerichtet werden konnte. Jetzt musste Inara entscheiden, was sie tun wollte.

»Könntest du mir bitte die Fotos reichen, Inara?« Sie zuckte zusammen, als sie ihren Namen hörte, und sah Daniel an. Er zeigte auf den Stapel Fotos, die vor ihr auf dem Tisch lagen.

Würden ihre Beine sie so weit tragen? Es waren nur drei Schritte, doch ihr zitterten die Knie. Sie musste sich zusammenreißen.

Sie schluckte schwer und kam seiner Bitte mit leicht wackligen Schritten nach. Als Daniels Finger in den Handschuhen über ihre Hand strichen, sah sie ihn an und fand in seiner Miene ein zärtliches Lächeln, das allein ihr galt.

Tränen brannten in ihren Augen, was sie überraschte, und sie richtete den Blick rasch auf das Gewand und hoffte, dass Daniel dachte, sie wäre genauso so erpicht wie die anderen darauf, mehr zu erfahren.

Er blätterte die Fotos durch, bis er das Gesuchte fand, und legte den Rest behutsam zur Seite. Ein Schnauben verriet, wie nervös er war, und er legte das Bild dahin auf den Tisch, wo der Ärmel fehlte.

Die gestickte Geschichte ging nahtlos von dem Gewand auf der Fotografie weiter.

Daniel öffnete noch einmal seine Aktentasche und holte ein Vergrößerungsglas heraus. Ohne ein Wort der Erklärung beugte er sich über die Stelle, wo Gewand und Foto aufeinandertrafen, und studierte sie mehrere Minuten.

Als er sich schließlich wieder aufrichtete, hatte er einen staunenden Ausdruck auf dem Gesicht. »Es passt. Die Schnitte auf beiden Seiten stimmen anscheinend überein, auch wenn ich, um ganz sicher zu sein, noch den Ärmel selbst mit dem Gewand vergleichen möchte. Aber die gezackten Schnitte passen. Als hätte jemand eine Schere genommen und den Ärmel aus irgendeinem Grund abgeschnitten.«

»Warum sollte jemand so etwas tun?«, überlegte Margaret laut, auch wenn alle Anwesenden wussten, dass das niemand von ihnen beantworten konnte.

Außer Inara. Sie ahnte, warum Mei Lien diesen speziellen Teil abgeschnitten und versteckt hatte.

Sicher, sie hätte entscheiden können, ihrem Sohn das Entsetzen über das, was passiert war, zu ersparen, doch Inara hatte das Gefühl, dass etwas ganz anderes dahintersteckte.

Mei Lien wusste, dass ihr Widersacher Duncan Campbell es irgendwie zuwege bringen würde, ihr das Haus wegzunehmen. Ihr Mann war tot, und in Washington State durften Chinesen weder Grundstücke noch Häuser besitzen. Vielleicht hätte Yan-Tao das Haus und das Land erben können, denn er war halb weiß, doch wie hätte Mei Lien ihn großziehen wollen?

Nein, Inaras Bauchgefühl sagte ihr, dass Mei Lien den Ärmel absichtlich in diesem Haus versteckt hatte, wahrscheinlich damit ein Nachfahre von Campbell ihn fand. Sie wollte, dass die Wahrheit eines Tages ans Licht kam. Sie wollte, dass die Familie Campbell so litt, wie ihre eigene Familie gelitten hatte.

Vielleicht nicht öffentlich, denn welcher Campbell-Nachfahre würde wissentlich ein Familiengeheimnis von solcher Sprengkraft preisgeben? Doch hinter der Fassade sollte es die Familie zerreißen.

So, wie es jetzt Inara zerriss.

Mei Lien konnte nicht ahnen, dass die Person, die den Ärmel finden würde, in einer romantischen Beziehung zu einem Nachfahren von ihr stand.

Doch das tat Inara, und wenn sie klug war, dann beendete sie die Beziehung jetzt, bevor diese Liaison ihre Familie zerstörte. Beendete sie, bevor Daniel mehr erfuhr und ihn die Erkenntnis, dass sie ihn angelogen hatte, verletzte.

Doch wie sollte sie die Beziehung beenden? Die Familie Chin hatte genauso viel, wenn nicht mehr Recht als sie, der Sache weiter auf den Grund zu gehen, selbst wenn sie ab jetzt die Finger davon ließ.

Vera, die die ganze Zeit geschwiegen hatte, kam um den Tisch herum und blieb neben Inara stehen. Inara atmete tief durch und wappnete sich gegen das, was die Frau zu ihr sagen würde.

»Ich will wissen, wo Sie den Ärmel gefunden haben. Ich will in Ihr Haus kommen.«

»Vera, sei nicht unhöflich«, ermahnte Margaret sie, doch Inara entging nicht, dass ihre Worte nur halbherzig gesprochen waren.

Inara sah Daniel an. In seinem Gesicht schien ein Eifer auf, bei dem sich ihr das Herz zusammenschnürte. Sie schluckte schwer, um die Säure zu vertreiben, die in ihrer Kehle aufstieg, und nickte. »Es wäre mir eine Ehre, wenn Sie kommen und sich das Haus ansehen. Es hat schließlich einmal Ihrer Familie gehört.«

»Nächstes Wochenende?«, hakte Vera nach.

Inara bemerkte, dass Margaret diesmal keinen Einwand erhob. »Sicher. Nächstes Wochenende passt mir gut.«

Darauf fingen alle auf einmal an zu reden, debattierten darüber, wer wann arbeiten musste und wer mit wem tauschen konnte, um den Ausflug nach Orcas möglich zu machen. Inara betrachtete die Gesichter um den Tisch. Jedes wies gewisse Ähnlichkeiten mit den Gesichtern der anderen auf, und jetzt wusste sie, dass einige dieser Züge auf Mei Lien zurückgingen.

Mei Lien – die Frau, die vermutlich durch die Hand von Inaras Ururgroßvater den Tod gefunden hatte.

Margaret, Cassie und Vera steckten die Köpfe zusammen und redeten gleichzeitig über das Gewand, das Hotel und ihre neu entdeckte Vorfahrin.

Als Inara über den Tisch zu Daniel blickte, erwiderte er ihren Blick, und ihr Herz machte einen Satz. Dann lächelte er, und in seinen Augen lag eine Zärtlichkeit, die davon sprach, dass er wegen dieser gemeinsamen Geschichte zweifellos eine besondere Verbindung zwischen ihnen empfand.

Doch da war noch etwas, und das versetzte sie noch viel mehr in Angst und Schrecken: Es sah aus wie Liebe.

Beschämt wandte sie den Blick ab.

23

Donnerstag, 16. August – heute
Rothesay Estate, Orcas Island

In den vier Tagen, seit sie erfahren hatte, dass Yan-Tao McElroy und Ken Chin ein und dieselbe Person waren, hatte sich Inara ganz in der Arbeit an dem Hotel vergraben. Sobald sie von Seattle nach Hause gekommen war, hatte sie den Ärmel eingepackt und per Overnight-Kurier an Daniel geschickt, damit seine Leute weitere Recherchen anstellen konnten, jetzt da sie wusste, dass der Ärmel von dem Gewand im Besitz seiner Familie stammte. Und dann hatte sie den Ärmel, Mei Lien, Yan-Tao und selbst Daniel ganz aus ihrem Bewusstsein verdrängt.

Sie hatte sich eingeredet, das tue sie deshalb, weil sie nur noch zwei kurze Wochen bis zu ihrem Stichtag hatte und sich ganz auf das Hotel konzentrieren musste. In zwei Wochen kam ihr Vater auf die Insel, um alles zu inspizieren und zu entscheiden, ob er sie weiterhin finanziell unterstützen würde oder nicht.

Er musste sie weiter unterstützen. Er *musste* einfach. Einen anderen Investor hatte sie nicht gefunden. Sie durfte die Hoffnung nicht aufgeben, dass ihr Vater, sobald er das Haus sah und was sie alles schon erreicht hatte, endlich an sie und ihre Vision glauben würde. Und dann war der Weg frei, die Renovierungsarbeiten zu Ende zu bringen und ein Datum für die Eröffnung im nächsten Sommer festzusetzen.

Als sie jetzt an ihren Vater dachte und daran, dass es nur noch zwei Wochen waren, ging ihr auf, dass sie ihn anrufen musste, um zu hören, ob er am Freitag des Labor-Day-Wochenendes kommen wollte oder am Samstag.

Sie würde die kurze Zeit bis dahin, abzüglich der zwei Tage, die die Familie Chin zu Gast sein würde, nutzen, um so viel wie möglich fertigzustellen. Die Gästezimmer waren noch nicht möbliert, doch diese Woche wurden die Teppiche verlegt, und dann sahen die Räume schon um einiges fertiger aus.

Sie legte die Rolle, mit der sie gerade das Bad im Erdgeschoss strich, auf das Abtropfgitter und ging durch das Restaurant auf die Terrasse hinter dem Haus, wo der Baulärm nicht so laut war. Hier draußen war die Hitze deutlicher zu spüren, selbst im Schatten, und sie reckte sich zur Sonne, denn sie genoss die Wärme auf der Haut.

Sie setzte sich auf die niedrige Steinmauer zwischen der Terrasse und dem Rasen und wählte auf ihrem Handy die Büronummer ihres Vaters.

»Inara? Hab ein Weilchen nichts von dir gehört.« Die Stimme ihres Vaters klang leicht genervt und abgelenkt, was mitten während der Arbeit ganz normal war. »Was gibt's?«

»Hi, Dad.« Sie sprach betont fröhlich. »Ich rufe an, um zu hören, wie deine Pläne für das Labor-Day-Wochenende sind. Ich kann es kaum erwarten, dir zu zeigen, was ich aus dem Haus gemacht habe.«

»Labor-Day-Wochenende? Was meinst du damit?« Das gedämpfte Geräusch, mit dem eine Hand auf das Mikrofon gelegt wurde, drang durch die Leitung, und sie wusste, dass er im Raum mit jemand anderem sprach.

Sie wartete einen Moment, bevor sie seine Frage beantwortete. »Du wolltest herkommen und dir das Hotel ansehen und mir deine Entscheidung wegen des Kredits verkünden, schon vergessen?« Ihr Magen krampfte. Sie stand auf und schritt die ganze Länge der Terrasse ab.

»Nara-Mädchen, ich kann nicht. An dem Wochenende sitze ich im Flugzeug nach Hongkong.«

Sie versuchte, Ruhe zu bewahren, und meinte: »Also, dann das Wochenende danach. Dann kannst du doch bestimmt kommen, oder?«

Sein Seufzen pfiff durchs Telefon und sagte ihr genau, was sie befürchtet hatte. Er hatte gar nicht vor, auf die Insel zu kommen.

Obwohl sie in der Sonne stand, wurde ihr kalt bis in die Zehen, und sie schlang den freien Arm um ihren Oberkörper. »Was ist los, Dad?«

»Also, ich finde die Idee, aus Rothesay ein Hotel zu machen, fantastisch. Die Arbeit, die du den Sommer über in das Haus gesteckt hast, wird solventere Käufer anlocken, Hotelketten, Betreiber von Resorts. Meine Investition über den Sommer hilft dir, am Ende mehr für das Anwesen zu bekommen.«

»Ich will es nicht verkaufen, Dad. Ich will das Hotel selbst führen.«

»Was weißt du schon, wie man ein Hotel führt, Inara? Nichts.« Er machte eine kurze Pause und sprach dann in ruhigerem Tonfall weiter. »Ich finde es schön, dass du dich den Sommer über damit amüsiert hast, das Haus auf Vordermann zu bringen, aber jetzt wird's langsam Zeit, dir einen richtigen Job zu suchen.«

Zorn brandete heiß in ihr auf. »Zum Beispiel bei Starbucks?«

»Genau.« Er klang hocherfreut. »Ruf Lacey von Luxe Realty an und sag ihr, sie soll das Haus zum Verkauf anbieten. Je eher, desto besser.«

»Ich verkaufe nicht.« Sie wusste nicht, wie sie es anstellen würde, doch sie würde einen Investor finden. Oder wenigstens jemanden, der ihr einen Kredit gewährte. Irgendwie.

»Inara«, fuhr er auf. »Ich habe nicht das Geld, um dich weiter zu unterstützen. Es tut mir leid. Der Yǒu-Yì-Deal hat mich mehr gekostet, als ich kalkuliert hatte. Selbst wenn ich mit dir ins Hotelgewerbe einsteigen wollte, könnte ich es im Augenblick nicht stemmen.«

Sie musste warten, bis ihr das Herz nicht mehr bis zum Halse schlug, bevor sie ein Wort herausbrachte. »Dann war's das also?«

»Ja. Das war's. Ich will mein Geld zurück.«

»Ist da nichts mehr zu machen? Das Hotel bedeutet m…«

»Nein, Inara«, fiel er ihr ins Wort. »Ich habe es in den letzten zwei Monaten gegenüber mehreren Geschäftspartnern erwähnt. Ich glaube, du wirst kein Problem haben, schnell einen Käufer zu finden.«

»Rothesay steht nicht zum Verkauf.« Sie wartete nicht auf seine Antwort, sondern trennte die Verbindung und ließ die Hand sinken. Unfähig, sich zu rühren, stand sie einfach nur da, wo sie war, starrte durch die Bäume auf das Wasser dahinter, während in ihrer Brust der Kampf zwischen Tränen und brennendem Zorn tobte.

Hatte er sie überhaupt ernst genommen, oder hatte er ihr nur den Sommer über ihren Willen gelassen und gar nicht vorgehabt, ihr wirklich eine Chance zu geben? Sie hielt es durchaus für möglich, dass er log und dass der Yǒu-Yì-Deal ihn gar nicht teurer gekommen war als erwartet. Konnte gut sein, dass es nur eine Ausrede war, um sie dazu zu zwingen, das Anwesen zu verkaufen und sich einen Job zu suchen. War er, genau wie Duncan Campbell, bloß auf den größtmöglichen Profit aus?

Sie rieb sich mit den Fäusten die Augen. Das war lächerlich. Dieser ganze verrückte Sommer machte sie allmählich kirre. Ihr Vater liebte sie. Er wollte nur ihr Bestes. Er würde ihr nicht ohne guten Grund absichtlich wehtun.

Aber es tat weh.

Die Sonne wurde zu heiß, also drehte sie sich um, um wieder hineinzugehen, doch dann blieb sie stehen und betrachtete das Haus.

Sie hatte es verloren. Trotz der sturen Erklärung ihrem Vater gegenüber hatte sie keine andere Wahl, als das Anwesen zu verkaufen. Aber noch nicht. Vorher wollte sie noch ein allerletztes Mal versuchen, jemanden zu finden, der ihr half. Irgendetwas würde ihr bestimmt noch einfallen.

Doch im Augenblick hatte sie nicht einmal das Geld, um ihre Bauarbeiter zu bezahlen. Am besten sagte sie Tom gleich, er solle seine Leute heimschicken.

Sie atmete tief durch und ging auf die Terrassentüren zu, die ins Restaurant führten, um Tom zu suchen. Den Teil von ihr, der innerlich starb, schob sie ganz bewusst beiseite.

Nachdem der letzte Pick-up durch die Bäume zur Hauptstraße verschwunden war, saß Inara auf den Stufen vor Dahlias Veranda und war so erschöpft, dass sie nur noch stumpf aufs Haupthaus blicken konnte. Es wirkte jetzt allenfalls wie die gespenstische Hülle des Hotels, das es einmal hätte werden können.

Lange saß sie so da und starrte, so lange, dass sie die Zeit vollkommen vergaß. Das Klingeln ihres Handys riss sie aus ihrer Versonnenheit.

Zuerst wollte sie gar nicht rangehen und den Anruf auf

die Voicemail gehen lassen, doch dann sah sie, dass es Daniel war. Sie hatte das Gefühl, es würde ihr guttun, seine Stimme zu hören und ihn sagen zu hören, dass alles gut werden würde.

»Meine Großmutter und meine Mutter sind ganz aufgeregt wegen dem Wochenende. Sie reden von nichts anderem.«

Seine Stimme war so voller Freundlichkeit und Wärme, dass sie ihm gar nicht sagen mochte, dass ihr Finanzier abgesprungen war und sie das Anwesen wahrscheinlich verlieren würde. Sie musste es erst einmal für sich verarbeiten, bevor sie mit jemandem darüber reden konnte, selbst mit Daniel.

»Ist es denn okay, wenn alle in meinem Haus wohnen, denn das Hotel ist ja noch nicht fertig? Ich habe zwei Gästezimmer und unten eine Klappcouch.«

»Das klingt toll. Hey, ich habe Neuigkeiten über Ken, ich meine, Yan-Tao. Ich kann's immer noch nicht fassen, dass ich mit ihm verwandt bin.«

Sie konnte den Schmerz nicht länger aus ihrer Stimme heraushalten. »Ich will unbedingt alles darüber hören, aber Tom winkt gerade draußen. Sieht so aus, als bräuchte er was.« Sie schluckte den Kloß, der sich bei dieser Lüge in ihrem Hals bildete, hinunter. »Ich ruf dich später zurück, okay?«

»Okay. Ich muss meine Mutter anrufen, um für Samstagmorgen alles klar zu machen.« Er unterbrach sich kurz. »Das bedeutet meiner Familie sehr viel, Inara. Das weißt du hoffentlich.«

»Mir bedeutet es auch sehr viel. Wir reden später weiter.« Sie legte auf, bevor ihr die Stimme unter dem Gewicht all dessen, was sie ihm verschwieg, versagte.

Da sie nichts mehr zu tun hatte und es leid war, dass das leere Hotel sie anstarrte, ging sie zum Wasser.

Das Wasser würde sie trösten. Die Einsamkeit würde ihr helfen zu überlegen, was sie als Nächstes tun sollte.

24

Oktober 1894
McElroy Farm, Orcas Island

Die Tage nach Josephs Tod vergingen für Mei Lien wie in einem Nebel. Yan-Tao und sie kamen ihren Pflichten nach und halfen sich nach besten Kräften gegenseitig durch den Tag. Am ersten Abend spürte Mei Lien wieder den Sog des Wassers, und sie ging hin, denn sie wusste, dass Josephs Geist dort sein würde. Doch kaum stand sie am Ufer, wurde sie von Panik erfasst, die sie so würgte, wie die Wasserdämonen sie in jener Nacht vor langer Zeit gewürgt hatten, als sie sie mitnehmen wollten. Mei Lien machte kehrt, ging ins Haus zurück und kroch neben Yan-Tao unter die Decke. Sie schwor sich, ihren Sohn nie wieder aus den Augen zu lassen. Sie würde ihn niemals allein lassen.

Am nächsten Abend nahm sie Yan-Tao mit ans Wasser, und so hielt sie es auch an allen kommenden Abenden. Die Geister riefen laut nach ihr und forderten sie auf zu kommen.

Yan-Tao setzte sich auf einen Felsbrocken und hörte zu, wie Mei Lien mit ihren Ahnen sprach, und er hörte auch zu, wie sie mit Joseph sprach. Doch bald schon kam ihr Sohn mit ihr ans Wasser. Mei Lien lehrte ihn, wie man den Geistern Gaben schickte, Nahrung für ihre Reise ins Jenseits. Sie brachte ihrem Sohn bei, in den Tieren, in den goldenen, auf dem Wasser treibenden Blättern und auch im Wasser selbst nach Zeichen von Joseph zu schauen.

Sie fanden Joseph überall. Er war in den Pferden, die ihnen am Morgen leise zuwieherten, als wollten sie Mutter und Sohn in seiner Abwesenheit trösten. Er war im Nebel, der durch die Bäume trieb und die Farm einhüllte wie ein Kokon. Er war in jeder Bohle und jedem Nagel des Hauses, das Joseph für sie gebaut hatte, um sie warmzuhalten und zu beschützen.

Das Leben wurde zu einer dumpfen Wiederholung von Arbeitsabläufen, Mahlzeiten und den vielen kleinen Momenten des Erinnerns. Mei Lien konnte nicht schlafen. Sie schloss die Augen und spürte die gähnende Leere, wo Joseph hätte liegen sollen. Sie spürte seine Abwesenheit wie das Fehlen eines Körperteils. Statt gegen die Einsamkeit anzukämpfen, gab sie ihr nach und stickte Abend für Abend stundenlang an ihrer Geschichte für ihren Sohn. Und, wie ihr jetzt bewusst wurde, auch für ihren verstorbenen Ehemann.

Sie war beinahe fertig. Es wäre schön gewesen, wenn sie noch ein Jahr daran hätte arbeiten können, doch sie fürchtete, dass ihr so viel Zeit nicht mehr blieb. Ihre Bauchschmerzen quälten sie inzwischen unaufhörlich, Ziehen und Stechen wetteiferten um ihre Aufmerksamkeit. Sie mochte nicht mehr essen und tat nur noch so, damit Yan-Tao nicht fragte, warum sie keinen Hunger habe.

Die Stickerei war zwar noch nicht fertig, aber Mei Lien schnitt die bestickten Stücke vom Rahmen, solange sie noch die Kraft dazu hatte, und nähte sie zu dem Zeremoniengewand zusammen, das Yan-Tao eines Tages tragen würde. Der linke Ärmel war wegen der Geschichte, die sie darauf erzählen wollte, am schwierigsten. Er war als einziges Teil noch nicht bestickt.

Wochen vergingen. Kalter Westwind fegte über die Insel, ließ den Boden gefrieren und auch die Quelle, sodass sie abends das Wasser für den nächsten Tag ins Haus holen mussten. Obwohl sie ihr Bestes taten, schafften sie es allein nicht, die ganze Ernte einzubringen, und Möhren, Kürbisse, Kartoffeln und selbst die Äpfel an den Bäumen faulten oder wurden vom Frost schwarz. Das Pökelfleisch in der Milchkammer ging rasch zur Neige.

Eines Morgens ging Mei Lien nach draußen, um die Schweine und Hühner zu füttern, und stellte fest, dass sie alle tot in ihren Ställen lagen. Das Blut war auf dem Boden hartgefroren, ein Zeichen dafür, dass sie am Abend zuvor getötet worden waren, bevor die Temperaturen fielen. Im Haus hatten sie nichts davon gehört.

Es sollte so aussehen, als hätte ein Tier mit scharfen Zähnen und Klauen dieses Blutbad angerichtet, doch Mei Lien entdeckte Stiefelabdrücke in dem gefrorenen Matsch. Abdrücke, die zu Campbells Farm führten.

Joseph war nicht mehr da, und der Nachbar war offenbar zu größeren Risiken bereit, um an ihr Land zu kommen. Am ganzen Körper schlotternd vor Angst ging sie ins Haus und holte das Gewehr. Fortan trug sie es immer bei sich.

Einen Monat nachdem Joseph fortgegangen war – denn Mei Liens Zeitrechnung orientierte sich nicht an dem Tag, an dem sie von seinem Tod erfuhr, sondern an dem Tag, an dem er die Farm verließ –, wollte sie im Stall melken, teilnahmslos und mechanisch wie immer. Kalter Wind pfiff durch die Ritzen zwischen den Bohlen und erinnerte sie daran, dass Joseph den Stall vor dem Winter noch hatte abdichten wollen. Sie würde eine Möglichkeit finden müssen, es selbst zu tun. Mei Lien langte gerade unter der Kuh nach den Zitzen, da überfiel sie der Schmerz.

In Wellen schoss er durch ihren Körper, so heftig und

schnell, dass ihr schwindlig wurde. Lichtpunkte, die wie Nadeln stachen, tanzten vor ihren Augen, und ihr wurde so übel, dass ihr am ganzen Körper der Schweiß ausbrach. Mit einem Stöhnen sank sie gegen die Kuh, doch das Tier wich zur Seite aus, Mei Lien stürzte vornüber und konnte sich nicht mehr halten.

Sie landete auf dem Melkeimer, stieß ihn dabei um und fiel auf das Stroh, das den Lehmboden bedeckte. Ein ums andere Mal jagten die Schmerzen durch den ganzen Körper, und Mei Lien blieb nichts anderes übrig, als es auszuhalten. Sie drehte gerade rechtzeitig den Kopf zur Seite, um den Inhalt ihres Magen auf den Boden zu entleeren. Tränen liefen ihr über die Wangen. Angst packte ihren Körper, der abwechselnd mit Schweißausbrüchen und Schüttelfrost reagierte.

Nein, ihr Körper fühlte sich nicht mehr an wie ihrer. Er wurde von einem teuflischen Peiniger beherrscht. Sie konnte nur ausharren und hoffen, dass sie den Anfall überlebte.

Sie musste es schaffen. Yan-Tao brauchte sie. Er hatte doch nur sie.

Mei Lien klammerte sich an das Bild von Yan-Taos geliebtem Gesicht, bis die Übelkeit, das Zittern und das Reißen in ihrem Bauch nachließen. Sie war erschöpft und hatte überall Schmerzen, aber sie lebte.

Während die Milch in den Boden sickerte, kroch sie zur Stalltür. Das Gewehr ließ sie liegen. Schließlich schaffte sie es bis ins Haus. Yan-Tao schlief oben in seinem Zimmer tief und fest.

Es würde eine lange Nacht werden, denn sie konnte nicht mehr leugnen, was sie bisher tapfer übergangen hatte. Es hatte keinen Sinn mehr, ihr Land vor Campbell zu schützen oder noch Vorräte für den Winter einzulagern. Jetzt musste sie sich auf zwei Dinge konzentrieren und auf nichts anderes mehr: erstens auf die Vollendung ihrer Stickarbeit und zweitens darauf, eine sichere Zukunft für Yan-Tao zu planen. Sie hatte sich geschworen, ihr Kind niemals allein zu lassen, doch bald würde sie dazu gezwungen sein.

Sie würde bald sterben.

Am Morgen hatte Mei Lien einen Plan gefasst.

Ihr erster Gedanke war gewesen, so viele Besitztümer zusammenzupacken, wie sie in den Wagen laden konnten, dann das nächste Transportschiff nach Victoria, Whatcom oder Port Townsend zu nehmen und dort eine chinesische Familie zu suchen, die Yan-Tao adoptieren konnte.

Mei Lien ging in den Stall, um das Pferd anzuspannen und zum Haus zu führen, wo sie den Wagen beladen wollte.

Bis zum Pferdestall kam sie, bis ihr klar wurde, dass sie das niemals schaffen würde. Sie konnte kaum aufrecht stehen, geschweige denn ein Pferd lenken, das einen schweren Wagen zog. Falls sie den Wagen überhaupt beladen kriegte, was sie bezweifelte.

Als sie ins Haus zurückging, weinte sie vor Enttäuschung und Schmerzen. Sie krümmte sich auf dem Sofa zusammen und sann über ihre begrenzten Möglichkeiten nach.

Sie musste sofort handeln. Sie durfte Yan-Tao nicht dem Grauen aussetzen, eines Tages in naher Zukunft seine tote Mutter zu finden. Dann wäre er gezwungen, sich selbst einen Weg in der Welt zu suchen und sich ganz allein gegen Campbells Machenschaften zu wehren. Mei Lien wusste, was Campbell tun würde, sobald er von ihrem Tod erfuhr. Er würde herüberkommen, die ganze Farm zu seinem Besitz erklären und den einzigen Überlebenden der Familie, die hier gewohnt und gearbeitet hatte, beseitigen. Als sie sich das überlegte, staunte sie, dass der Nachbar sie und ihren Sohn nicht schon längst beiseitegeschafft und sich den Besitz unter den Nagel gerissen hatte.

Lieber wollte Mei Lien Yan-Tao mit ins Jenseits nehmen, als ihn Campbell auszuliefern.

Und da wurde ihr klar, was sie tun musste.

Früh am nächsten Tag stand sie mühsam auf und schlurfte in die Küche. Sie hatte sich am Abend nicht entkleidet und brauchte sich deswegen jetzt auch nicht mit dem Anziehen abzumühen.

»Yan-Tao, Zeit zum Aufstehen!«, rief sie die Treppe hinauf. So schnell ihr ausgelaugter Körper es zuließ, bereitete sie aus einem Rest Reis vom Abendessen und einem gewürfelten Apfel ein Frühstück für Yan-Tao. Wenn Joseph es von Port Townsend nach Hause geschafft hätte, hätte er Zimt zum Drüberstreuen mitgebracht, doch so rührte Mei Lien als besondere Leckerei einen Löffel Zucker hinein. »Yan-Tao«, rief sie noch einmal.

Er stapfte die Treppe herunter und rieb sich mit den kleinen Fäusten die Augen. »*Ni hão,* Mama.«

»Ni hão, huzi.« Als er auf seinen Stuhl plumpste, konnte sie sein Gesicht gut sehen. Es war verquollen, die Augen waren gerötet, und von den Augenwinkeln bis zum Haaransatz zogen sich getrocknete Tränenspuren. Die unsichtbare Faust, die sich sonst in Mei Liens Bauch krallte, griff ihr jetzt ans Herz, und ihre Augen füllten sich mit Tränen.

»Denkst du an Vater?«, fragte sie leise. Sie kannte die Antwort.

Yan-Tao nickte, hielt den Blick aber auf seinen Reis gesenkt.

»Ich denke auch an ihn. Ich vermisse ihn.« Die unsichtbare Faust wanderte zu ihrer Kehle und drohte ihre Worte zu ersticken. Mei Lien schluckte, doch der Druck ließ nicht nach. Sie kniff die Augen zu.

»Er soll nach Hause kommen.«

Mei Lien öffnete die Augen wieder und sah ihren Sohn an. Mit seinem kurzen schwarzen Haar, dem kräftigen Unterkiefer und den runden Wangen war er die perfekte Kombination aus Joseph und ihr. Das kindlich Pummelige war nur noch im Gesicht zu sehen, sonst hatte er es schon verloren, und bald würde er lang und schlaksig werden, halb Junge, halb Mann. Doch sie würde nicht mehr da sein, um es zu mitzuerleben. Den Mann, zu dem ihr Junge heranwuchs, würde sie nicht mehr kennenlernen.

Übelkeit stieg Mei Lien in der Kehle auf. Sie schluckte behutsam und machte langsame, tiefe Atemzüge, um den Brechreiz zu beherrschen. Doch ihr Magen krampfte trotzdem, sodass sie an den Spülstein stürzen und die Säure herauswürgen musste, das Einzige, was sie noch im Magen hatte.

»Bist du krank, Mama?«

Mei Lien schloss die Augen und legte die Stirn auf den Rand des Spülsteins. Bisher war es ihr gelungen, die schlimmsten Symptome vor ihrem Sohn zu verbergen. »Ja«, antwortete sie schließlich, ohne sich zu rühren.

»Leg dich hin, Mama. Ich kümmere mich um dich.« Sie hörte, wie Yan-Tao den Stuhl zurückstieß, und wusste, dass er zu ihr kam, bereit, seine Pflicht als Mann im Haus zu übernehmen.

Wenn es doch nur so einfach wäre.

Mit zitternden Gliedern stemmte Mei Lien sich hoch und wandte sich zu ihm um. Er stand mit entschlossener

Miene und gereckten Schultern neben ihr, um bereitwillig die Bürde auf sich zu nehmen, die er in so jungen Jahren noch gar nicht hätte tragen sollen. Nur seine Augen verrieten seine Angst.

Hör auf, so zu denken, schalt Mei Lien sich. *Du musst ihm helfen, stark zu sein, sonst überlebt er nicht.*

Sie reckte ebenfalls die Schultern, hob das Kinn und zwang sich zu einem Lächeln für ihren Sohn. »Danke, dass du dich um mich kümmern willst, aber leider geht meine Krankheit vom Ausruhen nicht weg.« Sie nahm sein liebes Gesicht in die Hände und sah ihm in die Augen. Sie versuchte, die Liebe, die sie für ihn empfand, in seine Seele einzuprägen, denn sie sollte ihn durch das tragen, was bald auf ihn zukam. »Ich sterbe bald, Yan-Tao. Es tut mir unendlich leid.«

Er schüttelte den Kopf, wie um ihre Worte zu leugnen.

»Doch, es ist wahr.« Mei Lien nickte.

Sein Gesicht in ihren Händen verzog sich zum Weinen, und er fiel ihr in die Arme. Schmerzhaft schlug seine Stirn gegen ihre Brust, doch der Spülstein hinter ihr stützte sie. Mei Lien schlang die Arme um ihren kleinen Sohn und gab dem Schluchzen nach, das ihr wieder die Kehle zugeschnürt hatte.

Zusammen rutschten sie zu Boden und weinten über die Ungerechtigkeit ihres Lebens. Sie weinten um Joseph, der hier bei ihnen hätte sein sollen. Sie weinten um Yan-Taos viel zu schnell vergangene Kindheit. Was auch mit ihm geschah, er würde gezwungen sein, erwachsen zu werden. Und das ganz allein.

Mei Lien weinte um ihren Jungen, der Mutter und Vater gebraucht hätte und nun innerhalb von wenigen Monaten beide verlor.

Sie weinte auch um sich und alle, die aus ihrem Leben herausgerissen worden waren.

Es dauerte lange, bis Mei Liens Tränen versiegten und auch Yan-Tao nicht mehr weinte. Sie blieben so liegen, Mutter und Sohn, eines der letzten Male, dass sie sich umschlungen hielten, und sie taten nichts anderes, als den anderen einzuatmen. Yan-Taos Duft – der typische Jungengeruch nach Schweiß und frischer Luft – erfüllte Mei Lien, riss sie entzwei und gab ihr gleichzeitig Kraft. »Ich habe dich lieb, Yan-Tao«, sagte sie, das Kinn auf seinen Kopf gestützt, und dachte, dass sie es ihm viel öfter hätte sagen sollen. Auch Joseph hatte sie nie ihre Liebe gestanden. »Was auch immer geschieht, vergiss nie, dass ich dich lieb habe.«

»Ich hab dich auch lieb, Mama«, murmelte er an ihrer Brust.

Sie drückte ihn noch einmal und schob ihn dann von sich fort. »Wir müssen jetzt etwas Wichtiges erledigen. Ohne dich kann ich das nicht. Hol deinen Mantel, wir treffen uns draußen.«

Er rieb sich die Augen und sah sie unsicher an. Dann nickte er und rückte von ihr ab, stand auf und zog seinen Mantel an. In diesem Augenblick streifte er den letzten Rest des kleinen Jungen ab, der er gewesen war.

»Sechshundert. Keinen Cent mehr.« Campbell zog die Nase hoch und spuckte auf den Boden, während er Mei Lien mit Luchsaugen beobachtete.

Mei Lien hielt sich an Yan-Taos Hand fest und schöpfte Kraft aus dieser Berührung. Sie standen in Campbells Hof. Sein Haus war fast so klein wie die Blockhütte, in der sie mit Joseph anfangs gewohnt hatte. Das Feld und der winzige Obstgarten, die sie auf dem Weg hierher durchquert hatten, waren von Felsen umgeben und auf einer Seite von einem dicht bewaldeten Berghang begrenzt, der fast senkrecht abfiel. Kein Wunder, dass Campbell die ganzen Jahre begehrliche Blicke auf Josephs Land geworfen hatte.

Jetzt würde er das Land bekommen, zusammen mit den Gebäuden, dem Vieh und der Bucht – mit allem.

Mei Lien schüttelte den Kopf. »Mr. Campbell, Sie wissen so gut wie ich, dass meine Farm sehr viel mehr wert ist, und auch, dass ich sofort einen anderen Käufer finde, wenn ich bekannt gebe, dass ich verkaufen will. Möchten Sie wirklich, dass jemand anders das Anwesen kauft, auf das Sie seit vielen Jahren ein Auge geworfen haben?«

Sie achtete darauf, mit erhobenem Kinn und gereckten Schultern vor ihm zu stehen. Er durfte kein Zeichen von Schwäche sehen. Wenn er gewusst hätte, wie krank Mei Lien war, wie erschöpft sie sich fühlte, hätte er sich leicht ausrechnen können, dass sie unmöglich nach einem anderen Käufer suchen konnte. Der Verkauf musste unverzüglich über die Bühne gehen.

Campbell verzog angewidert den Mund und musterte Mei Lien und ihren Sohn von oben bis unten, doch sie wandte den Blick nicht ab. Er schaute über die Schulter zu seiner Hütte und zu seinem kleinen Kartoffelacker, und Mei Lien sah ihm an, was ihm durch den Kopf ging, wie sehr er ihr Land haben wollte. Sie hielt den Mund und wartete, dass er das Schweigen brach.

Er tat es mit einem schweren Seufzer. »Schön. Ich zahle euch neunhundert für alles.«

Sie nickte, aber sie war noch nicht fertig. »Bis Freitag bringen Sie mir das Geld in bar, und Sie erlauben mir und meinem Sohn, noch bis zum Ende des Jahres, also neun Wochen, auf der Farm zu wohnen. Einverstanden?«

Campbell kniff die Augen zusammen, und er machte einen Schritt auf sie zu. »Aber am 1. Januar seid ihr weg, sonst werfe ich euch von meinem Land.«

Mei Lien wich ob der Androhung von Gewalt nicht zurück. »Bis dahin sind wir fort, keine Sorge.«

»Dann sind wir uns einig.«

Mei Lien streckte die Hand aus, wie sie es oftmals bei ihrem Vater und bei Joseph gesehen hatte, wenn die Männer Geschäfte abschlossen. Campbell betrachtete ihre Hand mit hochgezogenen Brauen, grinste hämisch und wandte sich ab. »Ich komme rübergeritten, wenn ich das Geld geholt habe.« Dann verschwand er in der düsteren Hütte und ließ sie einfach stehen.

Mei Lien drückte Yan-Taos Hand. »Lass uns gehen.«

Gemeinsam machten sie sich auf den langen Heimweg. Jeder Schritt war schmerzhaft und anstrengend, aber notwendig.

In fünf Tagen hatte sie das Geld, das Yan-Tao für sein neues Leben brauchte. Im Geiste hakte Mei Lien die erste Stufe ihres Plans ab. Jetzt war es an der Zeit, sich auf die zweite zu konzentrieren.

25

Freitag, 9. November 1894
McElroy Farm, Orcas Island

Dass Elizabeth da war, hörte Mei Lien, lange bevor sie ihre Schwägerin sah – an Yan-Taos aufgeregtem Rufen, am Gebell des Hundes, an Elizabeths Gejammer.

Mei Lien lag inzwischen die meiste Zeit auf dem Sofa im Wohnzimmer, schlief, wenn die Schmerzen es zuließen, und half Yan-Tao bei der Arbeit, wenn die Kräfte es ihr gestatteten, was nicht mehr oft der Fall war. Die übrige Zeit, ob tagsüber oder nachts, beschäftigte sie sich mit ihrer Stickarbeit. Schmerzen oder nicht, Kraft oder nicht, sie musste die Stickerei fertigstellen. Am gestrigen Abend hatte sie, nachdem Yan-Tao längst eingeschlafen war, den zweiten Ärmel an den Mantel genäht. Er war noch nicht ganz fertig bestickt, doch sie konnte nicht länger warten.

Sie siechte schnell dahin. Ihr Körper verzehrte sich von innen. Mei Lien wusste es, erlaubte sich aber nicht, darüber nachzudenken. Sie verbot sich auch jeden Gedanken an den Abschied von ihrem Sohn. Sie tat, was sie konnte, um die Momente mit Yan-Tao auszudehnen, doch nun war Elizabeth da, und das, was sein musste, ließ sich nicht länger aufschieben.

»Mama hat sich drinnen hingelegt«, hörte sie Yan-Tao im Hof zu ihrem Gast sagen. »Sie ist krank.« Die letzten Worte klangen so kummervoll, dass Mei Lien den Schmerz fortreiben musste, den sie in ihrer Brust hervorriefen.

»Und wo ist dein Vater? Ich hatte ihn am Anleger erwartet.« Elizabeths nörgelnde Stimme wurde lauter, was Mei Lien verriet, dass sie jetzt auf der Veranda waren und gleich ins Haus eintreten würden. Mit zitternden Armen stemmte sie sich hoch und fuhr sich mit den knochigen Fingern durch das glanzlos über ihre Schultern hängende Haar.

Sie hätte vor Elizabeths Ankunft ein Bad nehmen sollen.

»Du weißt noch gar nicht von Vater?«, fragte Yan-Tao, als er die Tür öffnete und vor seiner Tante das Haus betrat. »Vater ist …«

»Yan-Tao«, unterbrach Mei Lien ihn, »mach uns Tee und bring die Kekse mit, die du … die wir gebacken haben.« Sie wollte vor Elizabeth nicht zugeben müssen, dass ihr siebenjähriger Sohn das gesamte Kochen und Backen übernommen hatte.

»Ach, du liebe Güte, May, wie siehst du denn aus!« Elizabeth blieb an der Haustür stehen, ohne Mantel und Handschuhe abzulegen, und betrachtete mit geschürzten Lippen Mei Lien und das Zimmer. »Und was stinkt hier so?«

»Es stinkt?« Mei Lien hatte keinen Gestank bemerkt.

Elizabeth schüttelte den Kopf und verdrehte die Augen, als wollte sie andeuten, Mei Lien könne nicht mehr alle Tassen im Schrank haben. Dann fegte sie zum Fenster und riss es auf. Der kalte Novemberwind brannte auf Mei Liens empfindlicher Haut.

Statt sich die Klage zu erlauben, die ihr auf der Zunge lag, zog Mei Lien sich die Decke, die sie eben erst abgeworfen hatte, wieder um die Schultern. »Danke, dass du gekommen bist.«

Elizabeth sah sie mit verkniffener Miene an und hockte sich am anderen Ende des Raums auf eine Stuhlkante. »In deinem Telegramm stand, es ist dringend, allerdings kann ich mir nicht vorstellen, was so dringend sein soll, dass ich meine Mädchen in der Obhut unserer Haushälterin lasse und bei diesem gottverdammten Wetter auf Reisen gehe.«

Mei Lien wollte schon die Augen verdrehen, besann sich aber gerade noch rechtzeitig eines Besseren. Elizabeths Mädchen waren siebzehn und durchaus in der Lage, sich und ihren Vater ein paar Tage lang zu versorgen. In ihrem letzten Brief hatte Elizabeth geschrieben, eine der beiden – Priscilla, wenn Mei Lien sich richtig erinnerte – werde bald heiraten.

Sie schluckte das brennende Gefühl hinunter, das ihr wie so häufig in der Kehle hochsteigen wollte. »Ich brauche deine Hilfe, Elizabeth.«

Elizabeth zog die geschwungenen Augenbrauen so hoch, dass sie unter dem Rand ihres schwarzen Hutes verschwanden. »Das sehe ich. Wo ist denn Joseph?«

Mei Lien musste den Blick abwenden, um Kraft für das zu sammeln, was jetzt von ihr gefordert war. Im ersten Monat nach Josephs Tod hatte sie wie in einem Nebel gelebt und nicht daran gedacht, Elizabeth zu benachrichtigen. Und als ihr dann bewusst wurde, wie begrenzt ihre Zeit war, erkannte sie, dass die schlimme Nachricht sich bei der Umsetzung ihres Plans für Yan-Taos Zukunft bestens einsetzen ließe.

Hätte Elizabeth gewusst, dass ihr Bruder tot war, wäre sie nicht gekommen.

»Es tut mir leid, dass ich dir das mitteilen muss«, begann Mei Lien. Sie nutzte ihre ganze Kraft, um sich aufrecht zu halten, denn die nächsten Minuten waren die wichtigsten ihres Lebens. »Joseph ist tot. Er ist im vergangenen Monat bei einem Unwetter in der Meerenge ertrunken.«

Elizabeth schlug sich die Hand vor den Mund, riss die Augen auf und schüttelte den Kopf, wie um es zu leugnen.

»Ich hätte dich schon eher benachrichtigt, aber unser Schmerz war so groß, und …« Mei Lien verstummte. Es gab keine angemessenen Worte.

»Hier ist euer Tee, Mama«, sagte Yan-Tao. Er trug das Tablett zu dem kleinen Tisch und zog ihn dicht an Mei Liens Sitzplatz auf dem Sofa. Ohne dass sie ihn darum gebeten hätte, schenkte er ihr eine Tasse ein und stellte sie ihr in Reichweite. Dann wandte er sich an seine Tante. »Wie möchtest du deinen Tee, Tante Elizabeth?«

Sie schien ihn nicht zu hören, und Yan-Tao wiederholte seine Frage. Elizabeth zwinkerte mehrmals und ließ ihre zitternden Hände in den Schoß sinken. »Mit Sahne und Zucker. Danke, Kenneth.«

Yan-Tao nickte. Er war es gewohnt, dass seine Tante seinen weißen Namen benutzte. Nachdem er ihr Zucker, vermutlich den letzten Rest, in den Tee gerührt hatte, fügte er Milch hinzu, die er am Morgen frisch gemolken hatte. Mei Lien schenkte ihrem Sohn ein Lächeln und ließ ihn ohne Worte wissen, dass sie stolz auf ihn war. Wenn er sich nicht so anstrengen würde, hätten sie keine Milch. Keinen Tee. Und überhaupt nichts zu essen.

Als Yan-Tao seine Tante bedient hatte, streckte Mei Lien die Hand nach ihm aus. Sie schloss die Augen, als er sie nahm, und genoss diese schlichte Verbindung. »Danke, Yan-Tao. Jetzt kümmere dich um deine Arbeit draußen. Elizabeth und ich haben etwas zu besprechen.«

Seine kleine Hand zitterte in der ihren. Er wusste genau, worüber die beiden Frauen sprechen würden. Mei Lien rechnete es ihm hoch an, dass er einfach nickte und sich entschuldigte, um nach draußen zu gehen. Sie sah ihm nach, und in ihrer Kehle rumorten Worte, um ihn zurückzurufen, doch sie schwieg.

Nachdem er fort war, wandte sie sich ihrem Tee zu. Sie musste sich sehr konzentrieren, als sie die Tasse anhob und an die Lippen führte. Über den Rand der Tasse hinweg sah Mei Lien, wie ihre Schwägerin sie beobachtete. In Elizabeths Blick lagen die Fragen, mit denen Mei Lien gerechnet hatte. Die Zeit war gekommen.

Zitternd stellte sie die Tasse ab, und ein wenig Tee schwappte über. »Elizabeth, ich habe dich nicht nur hergebeten, um dir vom Tod deines Bruders zu berichten, sondern auch, um dir zu sagen, dass ich bald sterben werde.«

Elizabeth nickte, als wäre ihr das schon die ganze Zeit klar gewesen. In diesem Augenblick wurde Mei Lien bewusst, wie abstoßend ihr Äußeres sein musste. Sie strich eine Falte aus ihrem Rock und kam zur Sache. »Du bist Yan-Taos einzige lebende Verwandte, und daher möchte ich dich bitten, ihn mitzunehmen, wenn du abreist.«

Elizabeths Tasse klapperte auf der Untertasse, als sie sie auf dem Tischchen abstellte. »Wie bitte?«

»Ich möchte, dass du Yan-Tao mitnimmst und ihm ein Zuhause gibst, bis er erwachsen ist.«

»Das kann ich nicht!« Elizabeth sprang auf die Füße und ging zum Fenster. Sie schlug es zu, fuhr herum, sah Mei Lien ins Gesicht und rang die Hände. »Tut mir leid, May, aber mein Mann würde niemals erlauben, dass Kenneth zu uns ins Haus kommt, das weißt du doch.«

»Er ist der Sohn deines Bruders, Elizabeth«, erinnerte Mei Lien ihre Schwägerin. Sie gab sich alle Mühe, nicht verärgert zu klingen, doch es wollte ihr nicht gelingen.

»Nein, das ist keine Lösung«, versetzte Elizabeth, als hätte Mei Lien nichts gesagt. Mit gesenktem Kopf wanderte sie im Zimmer auf und ab. »Es muss eine andere Möglichkeit geben.«

»Yan-Tao arbeitet hart. Er wird euch im Haus und auch auf der Werft deines Mannes eine große Hilfe sein. Er wird sich seinen Unterhalt verdienen. Außerdem habe ich ein schönes Stück Geld, das ich dir für seine Betreuung geben werde.«

Bei diesen Worten schoss Elizabeths Kopf in die Höhe. »Wie viel?«

»Fünfhundert Dollar«, antwortete Mei Lien. Von der gesamten Summe in ihrem Besitz hatte Mei Lien das Telegramm bezahlt und ein paar Lebensmittel, die sie in der Stadt gekauft hatten, außerdem behielt sie das Geld ein, das sie Yan-Tao geben wollte. »Ich habe die Farm an unseren Nachbarn verkauft.«

Mei Lien konnte nicht verhindern, dass ihr ganzer Körper sich anspannte, als sie an Campbell dachte und daran, wie er exakt fünf Tage nach ihrer Kaufverhandlung an die Tür geklopft hatte. Wortlos und mit seiner typischen Arroganz übergab er ihr das Bargeld und eine Rolle Papiere. Ein Blick auf diese Papiere bestätigte Mei Liens Befürchtung: Er wollte, dass sie die Übertragung des Besitzes an ihn unterzeichnete. Doch an jenem Freitag ließ sie zu, dass Campbell sah, wie krank sie war, und bewegte ihn damit zum Gehen, ohne dass sie irgendetwas unterschrieben hatte. Mei Lien wusste nicht, ob es gelingen würde, doch sie hoffte, wenn sie nichts unterzeichnete, könnte der Verkauf rechtlich anfechtbar sein, sollte Yan-Tao eines Tages zurückkehren und den Besitz übernehmen wollen. Sie war sich dessen bewusst, dass es eine hinterhältige Taktik war, doch das scherte sie nicht. Sie tat das wenige, was sie noch konnte, um ihrem Sohn eine Zukunft zu sichern.

»Ich gebe ja zu, dass das Geld helfen würde«, sagte Elizabeth und ließ sich auf ihren Stuhl plumpsen. Immer noch rang sie die behandschuhten Hände. »Aber ich glaube nicht, dass Kenneth bei uns glücklich wäre. Er ist … er ist einfach anders als wir.«

Der Zorn, der in Mei Lien aufstieg, brannte so heiß, dass sie die Decke abwerfen musste.

Nein, sagte sie sich und beherrschte sich gerade noch rechtzeitig. *Ich darf es jetzt nicht verderben. Es ist Yan-Taos einzige Chance.*

Ein Schmerz stach ihr so heftig in den Bauch, dass sie sich auf dem Sofa zusammenkrümmte. Ohne auf Elizabeths entsetztes Gesicht zu achten, brachte sie um ihres Sohnes willen mit ruhiger Stimme weiter ihr Anliegen vor. »Ich bitte euch nur, ihn zu beschützen, zu ernähren und zu kleiden, bis er volljährig ist. Bitte, Elizabeth. Für Joseph.«

Als Elizabeth den Namen ihres Bruders hörte und an seinen Tod erinnert wurde, sank sie auf ihrem Stuhl zusammen. Verschwunden waren der steife Rücken, die geraden Schultern, die erhobene Nase. Zum ersten Mal sah Mei Lien eine Seite an ihrer Schwägerin, die ihr bewies, dass sie mehr war als eine steife, intolerante Frau voller Vorurteile. Sie war eine Schwester, die ihren Bruder verloren hatte und den Verlust schmerzhaft empfand.

»Ich möchte, dass du Josephs Sachen durchgehst«, sagte Mei Lien, während Elizabeth sich mit einem Tüchlein, das sie aus der Rocktasche gezogen hatte, die Augen abtupfte. »Nimm alles mit, was du haben möchtest.«

»Danke.« Schniefend stand Elizabeth auf, das Gesicht immer noch hinter dem Taschentuch versteckt. »Ich würde gern allein sein. Wo soll ich schlafen?«

»In unserem Schlafzimmer. Ich komme die Treppe nicht mehr hoch.«

Mit einem Nicken wandte Elizabeth sich ab. Doch bevor sie hinausgehen konnte, fragte Mei Lien rasch: »Was ist mit Yan-Tao? Nehmt ihr ihn auf?«

Elizabeth ließ die Hand mit dem Taschentuch sinken. Ihr Gesicht war gerötet, und um den Mund herum hatten sich neue Kummerfalten eingegraben. »Ach, May …« Sie seufzte laut und wich Mei Liens Blick aus. »Lass mich darüber nachdenken.«

Mei Lien sah ihr nach, wie sie in der Küche verschwand, und horchte ihren Schritten auf der Treppe. Währenddessen hielt sie ihre zitternden Hände fest verschränkt, sonst hätten sie etwas an die Wand geworfen. Es hatte geklungen, als wollte Elizabeth ihr die Bitte abschlagen, und das würde für Yan-Tao den sicheren Tod bedeuten. Wenn Mei Lien starb, blieb er allein zurück, ohne Heim. Was Campbell tun würde, falls er Yan-Tao nach dem vereinbarten Tag noch auf der Farm antraf, wusste Mei Lien nur zu gut.

Plötzlich hatte sie ein Gefühl, als würde ihr die Haut abgezogen. Sie griff nach einem Kissen, drückte es sich auf die Brust und krümmte sich darum. Doch der Schmerz ließ nicht nach.

Da Elizabeth in dem Zimmer direkt über ihr war, vergrub Mei Lien ihr Gesicht im Kissen und stöhnte.

Josephs Schwester war ihr einziger Plan für Yan-Tao gewesen. Sie hatte sonst niemanden, zu dem sie ihn schicken konnte, niemanden, der auf ihn achtgeben konnte.

Der Tee wirbelte in ihrem Magen herum und schoss hoch. Mei Lien stieß das Kissen beiseite, fiel neben dem Sofa auf die Knie, senkte den Kopf über den unvermeidlichen Eimer und erbrach sich, bis ihr Magen leer war.

Sie war so erschöpft, dass es ihr gleichgültig war, was Elizabeth denken würde, wenn sie wieder nach unten kam. Sie krümmte sich einfach auf dem Fußboden zusammen.

Während sie sich noch den Kopf darüber zerbrach, wie sie Yan-Tao eine Zukunft geben konnte, ein Leben, schlief sie ein.

»Trink das hier, May. Das hilft.«

Mei Lien spürte eine Tasse an den Lippen und Flüssigkeit, die ihr das Kinn hinunterrann. Die Stimme redete weiter auf sie ein und riss sie aus ihrem Traum, in dem sie mit Joseph in seinem Ruderboot fuhr. Er wollte ihr gerade etwas Wichtiges sagen, aber diese störende Stimme lenkte sie ab.

»May, du musst aufwachen. Wach auf!«

Mei Lien protestierte mit einem Stöhnen, aber der Mensch mit der Stimme schlug ihr auf die Wangen, sodass ihr die Tränen in die Augen schossen. Blinzelnd verzog sie das Gesicht.

Elizabeth hatte ihr den Arm um die Schulter gelegt und stützte sie. Mei Lien lag wieder auf dem Sofa, die Decke war um sie herum festgesteckt. Das Fenster über dem Sofa war schwarz, die Nacht war hereingebrochen. Sie hatte den Tag verschlafen. Sie hatte Zeit vergeudet, die sie besser hätte nutzen sollen, um an der Stickerei weiterzuarbeiten oder um Yan-Tao zu halten, bevor sie ihn nicht mehr halten konnte.

»Yan-Tao?« Mei Lien wollte sich aufsetzen.

»Er schläft. Es ist mitten in der Nacht.« Elizabeth nahm etwas vom Tisch und hielt ihr dann eine Tasse mit Wasser an die Lippen. »Hier, trink das. Du hast im Schlaf gehustet. Du brauchst Wasser.«

Als die Tasse ihre Lippen berührte, nippte Mei Lien an dem Wasser. Doch kaum hatte es ihren empfindlichen Magen erreicht, musste sie würgen und wandte den Kopf ab. »Genug.«

Elizabeth stellte die Tasse ab und half Mei Lien, sich wieder aufs Kissen zu legen. »Du bist sehr krank, nicht wahr?«

»Ganz so, wie ich es dir gesagt habe.«

Elizabeth verzog unwirsch die Lippen, aber Mei Lien bereute ihren tadelnden Tonfall nicht. Ihre Schwägerin hatte sich geweigert, sich um Yan-Tao zu kümmern. Es war nicht mehr notwendig, höflich zu sein.

»Geh ins Bett. Ich brauche dich nicht als Pflegerin.«

Elizabeth drückte die Schultern durch und marschierte in die Küche. Mei Lien hörte, wie sie mit Geschirr und Töpfen klapperte, schenkte dem aber keine Beachtung. Sie hatte etwas Wichtigeres zu tun.

Sehr langsam – weil rasche Bewegungen sie sofort erschöpften – setzte Mei Lien sich auf und rutschte ans Ende des Sofas, wo ihr Stickrahmen wartete, darüber das Gewand. Behutsam zog sie das schützende Tuch zurück, bis die Seide mit den Bildern zum Vorschein kam, die sie in den letzten sieben Jahren daraufgestickt hatte.

Sie nahm die Nadel zwischen Daumen und Zeigefinger und wollte sie gerade in den Stoff stechen und weitersticken, da fiel ihr ein anderer Abschnitt ihrer Arbeit ins Auge. Sorgsam legte sie die Nadel ab und drehte den Mantel, um die Stelle besser sehen zu können. Auf dem Vorderteil, nur wenige Zoll von dem Ärmel entfernt, an dem sie gerade arbeitete, war der Bereich, wo sie ihr Leben mit Joseph dargestellt hatte.

Zum ersten Mal betrachtete sie das Bild, als wäre es die Arbeit einer anderen. Den Hintergrund bildete das Blau des seidenen Tuches, auf dem sie arbeitete, aber es war mit so vielen Farben und Mustern bestickt, dass es nur noch an wenigen Stellen durchblitzte.

Die Großmutter hätte niemals erkannt, von wessen Hand diese Stickerei stammte.

Als sie das letzte Mal zusammen gearbeitet hatten, hatte Mei Lien perfekte kleine, gleichmäßige Stiche gemacht, ganz so, wie es sich gehörte. Aber irgendwann im Laufe der Jahre hatte sie sich von dem entfernt, was die Großmutter sie gelehrt hatte, und angefangen, regellos zu sticken. Hier, beim Haus, waren die Stiche klein, dicht und gleichmäßig, wie sie sein sollten, sodass man die Maserung des Holzes auf den Verandapfählen sah. Aber da drüben, im Wald hinter dem Haus, hatte sie alle Konventionen außer Acht gelassen. Neben einem kurzen geraden Stich befand sich ein doppelt so langer, der in eine andere Richtung schoss. Die Stiche wirkten frei, durcheinandergewürfelt, unbeherrscht. Respektlos.

Mei Lien schloss die Augen, um das Bild auszublenden. Sie hatte keine Zeit, dieses Stück nachzuarbeiten. Sie hatte keine Zeit, ihre Fehler zu berichtigen, denn sie musste die Geschichte zu Ende erzählen, bevor ihre Kraft sie ganz verließ.

Die Arbeit unvollendet zu lassen kam nicht infrage. Mei Lien hatte längst damit fertig sein wollen, damit Yan-Tao das Gewand mitnehmen konnte, doch sie hatte es nicht geschafft. Das war nicht schlimm, denn auch das hatte sie in ihrem Plan berücksichtigt.

Ihr Plan war gut durchdacht. Er ließ keinen Raum für Fehler, doch inzwischen waren schon zwei Fehler passiert: Elizabeths Weigerung und ihre eigene beschämende Arbeit.

Sie sollte aufgeben. Jetzt gleich. Sie sollte die Stickerei einwickeln und sie auf dem Grund des Sunds versenken, denn sie war menschlichen Augen nicht zuzumuten. Schon gar nicht den Augen ihres Sohnes. Diese Arbeit hatte ein Geschenk für ihn werden sollen, die einzige Verbindung zu seinen Ahnen, zu seiner Vergangenheit und zu der Geschichte, wie er entstanden war. Diese Stickerei, für ihren Sohn zu seiner Hochzeit gedacht, hatte ihm als Wegweiser zu seiner Herkunft dienen und ihm Antworten auf die Fragen geben sollen, die er vielleicht eines Tages stellen würde.

Doch sie hatte versagt.

»Oh, das ist aber hübsch.«

Mei Lien hob ruckartig den Kopf und schlug die Augen auf. Elizabeth hatte sich über sie gebeugt, wischte sich die Hände an einem Geschirrtuch ab und betrachtete prüfend den Beweis für Mei Liens Schande.

Mei Lien griff nach dem schützenden Tuch, um ihre Arbeit zu verbergen.

»Nein, warte doch. Was ist das denn hier? Ist das Joseph?«

Sie ließ das Tuch wieder sinken. Mei Lien fand es schrecklich, dass sie sich ihrer Schwägerin gegenüber immer fühlte wie eine Dienstbotin. Sie fand es schrecklich, dass sie Elizabeth sogar jetzt noch gehorchte. »Ja, das ist er, er hat Yan-Tao als Säugling auf dem Arm. In dem Sommer nach Yan-Taos Geburt habe ich sie eines Tages so auf der Weide stehen sehen. Es erschien mir, als würde Joseph seinem Sohn die Farm zeigen, als sollte Yan-Tao erfahren, wo seine Seele gelandet war.«

»Joseph sieht glücklich aus.«

Wieder wollte Mei Lien ihre Arbeit zudecken. »Wie kann man das wissen? Es ist bloß eine Stickerei.«

Elizabeth griff nach dem schützenden Tuch, damit Mei Lien es nicht über die Seide ziehen und das Bild verbergen konnte. »Du siehst es nicht, oder?«

Geschlagen ließ Mei Lien die Hände in den Schoß sinken. »Was sehe ich nicht?«

Statt zu antworten, hob Elizabeth das Gewand vom Stickrahmen. Sie achtete nicht auf Mei Liens Widerspruch, sondern trat zwei Schritte damit weg und hielt es hoch. »Jetzt sieh hin«, befahl sie. »Erkennst du es?«

Statt auf ihre vermurkste Stickerei zu schauen, sah Mei Lien ihre Schwägerin an. »Sei vorsichtig damit.«

Elizabeth hob das Gewand noch höher. »May, sieh dir doch mal Joseph an. Das könnte eine Fotografie sein, aber in Farbe. Ich hatte keine Ahnung, dass du so etwas kannst.«

Nun sah Mei Lien tatsächlich hin, und ihr stockte das Herz. Aus dieser Entfernung wirkte Joseph lebendig, und er lächelte sie an. Er strahlte vor Freude und Stolz, wie er da stand und seinen neugeborenen Sohn hielt. Tränen versperrten Mei Lien die Sicht, und sie musste die Augen schließen, um das Bild ihres Mannes auszublenden.

Das Wasser hätte ihn nicht holen dürfen. Er hätte hier bei seinem Sohn bleiben und Mei Lien helfen sollen, gegen ihre tödliche Krankheit zu kämpfen. Er hätte hier sein und die Familie zusammenhalten sollen.

Aber er war tot, und bald würde auch sie tot sein.

»Bitte, Elizabeth«, flehte Mei Lien, immer noch mit geschlossenen Augen. »Bitte, nimm Yan-Tao mit, wenn du fährst. Ich habe nicht mehr die Kraft, jemand anders zu suchen. Tu es für deinen Bruder, der seinen Sohn so geliebt hat. Bitte.«

Stille. Das Schweigen zog sich so lange hin, dass Mei Lien überzeugt war, Elizabeth hätte den Raum verlassen. Als sie die Augen wieder öffnete, um sich zu vergewissern, stellte sie fest, dass ihre Schwägerin neben dem Stickrahmen stand, den Blick auf das Gesicht ihres Bruders auf dem Tuch geheftet.

»Ich nehme ihn mit«, flüsterte Elizabeth. Bevor Mei Lien etwas sagen konnte, wandte sie ihr das Gesicht zu. »Ich nehme ihn mit«, wiederholte sie, jetzt lauter. »Aber niemand darf erfahren, dass er mit uns verwandt ist. Du weißt nicht, was mein Mann tun würde, wenn …« Sie sprach den Satz nicht zu Ende.

»Danke, Elizabeth.« Wieder brannten hinter Mei Liens Augen Tränen. »Ich sorge dafür, dass er reisefertig ist, wenn du losfahren willst.«

Elizabeth zeigte kein Gefühl. Sie nickte bloß und eilte hinaus. »Wir fahren morgen früh«, sagte sie über die Schulter, bevor sie in der Küche verschwand.

Unter Mei Lien tat sich ein Abgrund auf. Dies war die letzte Nacht, die sie mit ihrem Sohn zusammen unter einem Dach verbrachte. Bald würde der letzte Morgen anbrechen, an dem sie sein liebes, sanftes Gesicht sehen, seine weichen Wangen küssen und ihn in den Armen halten konnte.

»Elizabeth«, rief sie, während sie mühsam aufstand.

»Was denn?«, kam die gereizte Antwort von der Küchentür.

»Hilf mir die Treppe rauf. Ich muss heute Nacht bei meinem Sohn schlafen.«

Die Falten um Elizabeths Mund herum wurden noch tiefer, doch sie sagte nichts, sondern half Mei Lien im Dunkeln die Treppe hinauf.

Erschöpft und zitternd nach der Anstrengung legte Mei Lien sich neben Yan-Tao ins Bett und schmiegte sich im

Schlaf an ihn. Entschlossen konzentrierte sie sich ganz darauf, ihn in jede Zelle ihres Körpers einzuprägen. Die Luft, die er ausatmete, sog sie in ihre eigene Lunge ein und nahm seinen verschwitzten Jungengeruch auf, bis er auch die finstersten Bereiche ihrer Seele erfüllte.

Keine Mutter sollte je Abschied nehmen müssen von ihrem Kind.

Viel zu schnell kam der Morgen und mit ihm das eilige Packen, damit Elizabeth und Yan-Tao pünktlich am Anleger waren, denn es gab für Passagiere und Ladung nur eine Abfahrt am Tag. Für Mei Lien wurden diese letzten Stunden bis zur Abreise ihres Sohnes mit jedem Moment schmerzhafter. Ihre Unterlippe brannte, und sie schmeckte Blut, so fest biss sie darauf.

Es gab zu vieles, was sie ihm noch sagen, zu vieles, was sie noch tun wollte.

Und nicht genug Zeit.

Sie lag auf Yan-Taos Bett und sagte ihm, was von seinen Sachen er einpacken sollte. Die Truhe hatte Joseph für ihre Kleider angefertigt, als sie jung verheiratet gewesen waren. Darin lag auch die Rolle mit den Papieren von Campbell. *Joseph, du solltest hier sein,* dachte Mei Lien nicht zum ersten Mal an diesem Morgen.

»Darf Mutt auch mit, Mama?«, fragte Yan-Tao mit einem Blick auf den Hund, der ihm nicht von den Fersen wich.

»Das kann ich nicht entscheiden. Da musst du Elizabeth fragen.«

Sorgfältig legte Yan-Tao das Spielzeugschiff, das Joseph ihm geschnitzt hatte, in die Truhe. Dann schloss er mit einem tiefen Seufzer den Deckel. »Muss ich wirklich heute mit ihr abreisen? Wer kümmert sich denn dann um dich?«

Mei Lien wusste, dass sie später noch genug Zeit haben würde, um sich auszuruhen, und so zwang sie sich, aufzustehen und zu ihm zu gehen. »Mein Sohn«, begann sie und legte ihm die Hände auf die Schultern, »ich komme zurecht. Du sollst mich voller Leben in Erinnerung behalten, wenn du hier fortgehst, und nicht als die dahinsiechende Hülle, zu der ich geworden bin.«

Die Schmerzen, nicht die körperlichen, sondern die im Herzen, überfielen Mei Lien mit solcher Heftigkeit, dass ihr die Knie zitterten und sie sich auf die Bettkante setzen musste. Sie nahm ihren Sohn in die Arme und brachte ihn dazu, sich auf ihren Schoß zu setzen, so wie früher, als er noch klein gewesen war. »Mein Sohn, ich wünsche dir ein glückliches Leben und tiefe, starke Liebe.«

Mei Lien geriet ins Stocken, denn sie hörte das Echo der Stimme ihres Vaters, der diese Worte vor wenigen Jahren erst zu ihr gesagt hatte. Sie drückte ihren Sohn an sich. »Versprich mir etwas, Yan-Tao. Versprich mir, dass du stark und ehrbar sein wirst. Arbeite hart, wie dein Vater, und halte in der Welt um dich herum Ausschau nach Zeichen von uns. Wenn meine Zeit gekommen ist, werde ich einen Weg finden, dir nah zu sein.«

Er zitterte und zog die Nase hoch. Auch Mei Lien stiegen die Tränen in die Augen, doch sie überwand ihren Schmerz. Dazu war jetzt keine Zeit. »Suche mich in den Blättern, den Wolken, den Vögeln. Ich weiß nicht, in welcher Gestalt ich zu dir kommen werde, aber ich werde bei dir sein. Du wirst nie allein sein, Yan-Tao. Niemals.«

Er fing an zu schluchzen, drehte sich um und schlang die Arme um Mei Lien. Seine Tränen benetzten ihren Hals, und sie schloss die Augen, um sich diese Empfindung besser einprägen zu können. Sie rieb ihrem Sohn mit beiden

Händen über den Rücken, spürte seine knochigen Rippen, die eines Tages unter starken Muskeln verborgen sein würden. Dabei litt sie Höllenqualen. Nein. Mei Lien schlug die Augen auf. Nein, sie durfte noch nicht weich werden. Sie musste tapfer bleiben, für ihren Sohn.

Sie hörte etwas an der Tür und horchte auf. Als sie aufblickte, stand Elizabeth dort, eine behandschuhte Hand vor dem Mund und mit überraschend feuchten Augen. Doch als die Schwägerin bemerkte, dass Mei Lien sie beobachtete, senkte sie rasch die Hand und hob das Kinn. »Es ist Zeit«, sagte sie mit brüchiger Stimme. Sie wandte den Blick ab und beschäftigte sich mit ihrem Hut.

Mei Lien drückte ihren Sohn ein letztes Mal an sich. »Vergiss nicht, was ich dich gelehrt habe. Vergiss es niemals. Versprochen?«

Er nickte, und sie schob ihn fort. Sein tränenüberströmtes Gesicht war vor Kummer verzerrt. »V…versprochen.« Yan-Tao holte krampfhaft Luft, was beinahe einen neuen Tränenausbruch auslöste, doch er riss sich zusammen.

»Kenneth, kannst du die Truhe tragen?«

Yan-Tao drehte sich nach seiner Tante um und richtete den Blick wieder auf Mei Lien. Sie wusste, dass er dabei an den Namen dachte, mit dem Elizabeth ihn angesprochen hatte. Von heute an war er nicht mehr Yan-Tao.

Mei Lien spürte, dass ihr die Brust eng wurde, doch sie schluckte kräftig, damit das Schluchzen nicht hochkam.

»Ja«, sagte der Junge tapfer.

»Ja, was?«, versetzte Elizabeth mit hochgezogenen Brauen.

Er nickte. »Ja, Ma'am. Ich kann die Truhe tragen.«

Und schon geht es los, dachte Mei Lien. Wenn es doch bloß eine andere Möglichkeit gäbe.

Yan-Tao mühte sich mit der Truhe ab, er schleifte sie die Treppe hinunter, sodass sie auf jeder Stufe aufstieß und Dellen und tiefe Kratzer hinterließ. Mei Lien folgte ihm, schwer auf Elizabeths Arm gestützt. Der Hund rannte vor lauter Aufregung über die ganze Unruhe in der Küche im Kreis herum.

Draußen stand Josephs Wagen. Elizabeth hatte ihn bereits beladen, mit Kisten voller Kleidung, mit Josephs Rasierspiegel und dem Schaukelstuhl, den er während Mei Liens Schwangerschaft geschreinert hatte. Mei Lien betrachtete Josephs Habseligkeiten, die sich auf dem Karren türmten, als würde sie mit den Händen über die einzelnen Dinge streichen.

Elizabeth sollte ruhig alles mitnehmen. Lieber die Schwägerin als Campbell.

Flammender Zorn schoss in Mei Lien auf, und sie klammerte sich daran, denn er würde ihr für die kommenden Momente Kraft geben. Es war besser, vor Wut zu kochen, als vor Kummer zu zerfließen.

»Warte!«, sagte sie, denn ihr fiel eben etwas ein. »Fahr noch nicht los. Da fehlt noch etwas.«

So schnell ihr geschwächter Körper es zuließ, eilte Mei Lien ins Wohnzimmer zu ihrem Stickrahmen. Dort lag das Seidengewand, wo Elizabeth es in der vergangenen Nacht hingelegt hatte.

Ohne ihre Entscheidung noch einmal zu überdenken, griff Mei Lien zur Schere und trennte den unvollendeten Ärmel ab. Sie ließ ihn über dem Stickrahmen baumeln, dass die ausgefransten Ränder fast den Boden berührten.

Sorgsam faltete sie das verstümmelte Gewand zu einem kleinen Bündel zusammen, wickelte es fest in das schützende Tuch und band alles mit einem Strang Stickseide zusammen. Als sie sich umdrehte, standen Elizabeth und Yan-Tao nebeneinander in der Küchentür.

»Yan-Tao, das hier ist für dich. Es ist unser gemeinsames Erbe und das Wichtigste, was ich dir je geschenkt habe. Gib gut darauf acht.« Sie sah Elizabeth an. »Hilfst du ihm, es gut zu hüten?«

Elizabeth nickte schweigend.

Zufrieden drückte Mei Lien ihrem Sohn das Bündel in die Hände. »Ich wollte dir ein fertiges Gewand mitgeben, aber die Zeit hat nicht gereicht. Die Geschichte, die darauf erzählt wird, ist noch nicht zu Ende. Ich will den Ärmel noch fertig besticken und dann lege ich ihn für dich in dein Geheimversteck, wo der *Bok Guey* ihn nicht findet. Und wenn du erwachsen bist, kommst du zurück und holst ihn dir, ja?«

Yan-Tao nickte und blickte mit rotgeränderten Augen zu ihr auf. »Du kennst mein Versteck?«

Mei Lien lächelte. »Natürlich. Ich bin doch deine Mutter.« Sie musste innehalten und langsam und tief einatmen, bevor sie weitersprechen konnte. »Jetzt fahrt los. Ihr wollt doch euer Schiff nicht verpassen.«

Yan-Tao senkte den Kopf und klammerte sich an sie. Dabei war er so ungestüm, dass sie einen Schritt nach hinten machen musste. Sie konnte gerade noch verhindern, dass sie beide stürzten.

Ein letztes Mal erlaubte sie sich die Freude, ihr Kind in den Armen zu halten. »Ich habe dich lieb, Yan-Tao. Wenn du dich nur an eines erinnerst, dann daran.«

»Ich hab dich lieb, Mama.« Er hatte einen Schluckauf und weinte wieder.

»Wir müssen jetzt los«, brummte Elizabeth. »Sonst kommen wir zu spät. Laut Fahrplan fährt das Schiff um elf Uhr.«

»Leb wohl, Yan-Tao.« Mei Lien schob ihren Sohn von sich und ließ ihn widerstrebend los.

Unter Tränen schüttelte er den Kopf. »Nein, ich kann nicht weg. Ich verlass dich nicht.«

»Du musst. Du kannst nicht hierbleiben.«

»Aber ich kann dir helfen, Mama«, sagte er mit vor Kummer verzerrtem Gesicht. »Ich kann dich gesund machen. Du wirst sehen!«

Mei Liens Inneres verdrehte sich schmerzhaft, und die vertraute Übelkeit stieg auf. Sie legte sich die Hand auf den Leib und zog die Schultern hoch, um das Ziehen zu lindern. »Du kannst mir nur helfen, wenn du jetzt mitfährst. Damit machst du mir eine Freude, denn dann weiß ich, dass du eine Zukunft hast. Geh.«

»Nein, Mama!« Er stürzte sich wieder auf sie, doch Mei Lien blieb hart. Sie fasste ihn an den Schultern und hielt ihn auf.

»Nein, Yan-Tao. Du kannst nicht bleiben.« Sanft drehte sie ihn um und gab ihm einen Schubs. »Geh.«

Elizabeth drehte sich rasch um und führte ihn aus der Hintertür zum wartenden Pferdewagen. Yan-Tao folgte langsamer, mit zur Seite gewandtem Kopf, um einen letzten Blick auf seine Mutter zu werfen.

»*Zài jiàn*, Yan-Tao.«

»*Zài jiàn*, Mama.« Er senkte den Kopf so tief, dass ihm das schwarze Haar in die Augen hing, schlurfte über den Hof und kletterte zu Elizabeth auf den Wagen. Sein Hund sprang neben ihn. Elizabeth erhob keine Einwände.

Mei Lien lehnte sich an den Türpfosten, als wäre ihr das Herz aus dem Leib gerissen und zu ihrem übrigen Leben auf den Wagen geworfen worden. Sie sah zu, wie ihr Sohn die bestickte Seide an die Brust drückte, während er auf dem holpernden Wagen hin und her schwankte, und wünschte sich mit jeder Faser ihres Seins, sie könnte ihn zurückrufen.

Als der Wagen vom Hof rollte, drehte Yan-Tao sich um und hob zum Abschied tapfer die kleine Hand. Mei Lien hob ebenfalls die Hand, doch dann wandte sie sich ab und schloss die Tür, damit sie ihn und er sie nicht mehr sehen konnte.

Sie lehnte sich gegen die Tür und schloss die Augen. Auf einmal stand sie nicht in ihrem eigenen Haus, sondern an Deck eines Dampfschiffes. Es war mitten in der Nacht, und sie sah sich selbst, wie sie auf der Reling hockte, um in das kalte Wasser zu springen. Hinter ihr stand ihr Vater. Sein Gesicht war geschwollen, blutig und schmerzverzerrt, aber nicht wegen seiner Verletzungen, sondern weil er sich von ihr verabschieden musste. Mei Lien sah zu, wie ihr jüngeres Selbst dem Vater eine Hand hinstreckte und ihn bat, bleiben zu dürfen. Doch er schüttelte den Kopf und beherrschte seine Gesichtszüge so, dass sie seinen Kummer nicht verrieten.

Und dann hob er die Hände und stieß sie von der Reling in den schäumenden Ozean.

Jetzt sah Mei Lien, wie er regelrecht zusammenklappte. Allein die Reling hielt ihn aufrecht, während sein Blick auf der Suche nach seiner Tochter über das Wasser strich.

»*Zài jiàn,* Mei Lien«, flüsterte er in die kalte Nacht.

In der Küche ihres Hauses spürte Mei Lien, wie die vertraute dunkle Leere sie hinabzog. Unfähig zu kämpfen sank sie auf den staubigen Dielenboden und flüsterte: »Leb wohl, Vater. Leb wohl, mein Sohn.«

26

Samstag, 18. August – heute
Rothesay Estate, Orcas Island

»Und wir haben all die Jahre gedacht, er würde nicht über seine Vergangenheit sprechen, weil er ein Papiersohn wäre.« Margaret beugte sich vor, um sich ein Scone von dem Teller zu nehmen, den Inara auf den Couchtisch gestellt hatte.

»Was ist denn ein Papiersohn?« Auch Inara nahm sich ein ofenwarmes Scone und biss hinein, während sie sich neben Daniel setzte. Sie hatte die Gedanken an ihn zwar die letzten paar Tage ziemlich beiseitegeschoben, aber jetzt war sie doch froh, dass er da war.

Vera übernahm das Antworten. »In der Zeit des Exclusion Act wurde nur einer begrenzten Zahl von Chinesen, etwa Kaufleuten und Diplomaten, eine Einreiseerlaubnis für die Vereinigten Staaten erteilt. Viele Chinesen umgingen das Gesetz, indem sie Papiere kauften, die sie als Söhne amerikanischer Staatsbürger auswiesen.«

»Nehmen wir einen chinesischen Kaufmann, der die amerikanische Staatsbürgerschaft besaß«, fuhr Margaret fort. »Er reiste für ein paar Jahre nach China, und bei seiner Rückkehr behauptete er gegenüber den Behörden, er habe inzwischen geheiratet und mehrere Kinder bekommen. In Wirklichkeit hat er nur Identitätsnachweise verkauft, welche die Käufer vorzeigten, wenn sie Jahre später nach Amerika kamen, um sich als Söhne des besagten Kaufmanns auszuweisen. Sie waren nur auf dem Papier seine Söhne, aber es hat funktioniert.«

Inara nickte, während sie das Gehörte in sich aufnahm. Sehr viele Menschen hatten sehr viel auf sich genommen, um in dieses Land zu kommen, nur um dann hier grausam behandelt zu werden. Es zerriss ihr schier das Herz.

Sie hörte zu, wie Daniel seiner Familie von den neuesten Ergebnissen seiner Recherchen über Yan-Tao/Ken erzählte. Da sie ihn seit Tagen nicht gesprochen hatte, hinkte sie fast genauso hinterher wie die anderen.

Sie wollte Daniel an diesem Abend sagen, dass ihr Vater sein Geld zurückverlangte. Sie hätte ihm nicht so aus dem Weg gehen sollen wie in den letzten Tagen, doch sie hatte Zeit gebraucht, die Tatsache zu verdauen, dass sie in der einen Sache im Leben, die sie von ganzem Herzen gewollt hatte, gescheitert war.

Allein beim Gedanken daran brannte in ihr eine quälende Scham. Ihr Vater hielt sie nicht für fähig, ein Hotel zu gründen und zu führen. In seinen Augen konnte sie allenfalls für eine eingeführte Firma arbeiten, wo man sie an der Hand nahm, wenn es nötig war. Und damit rechnete er offenbar.

Hätte sie doch bloß nicht so viele Jahre damit verbracht zu tun, was er von ihr erwartete, dann hätte sie ihre Leidenschaft für die Inseln und das Hotelgewerbe vielleicht schon viel früher entdeckt. Hätte sie doch bloß während des Studiums gejobbt und ihr Studiendarlehen gleich abbezahlt, dann wäre sie jetzt wahrscheinlich kreditwürdig. Hätte, wäre, wenn … ja, wenn.

Jetzt da Daniel hier war, wollte sie unbedingt mit ihm darüber reden, seine Meinung hören und seine Unterstützung erfahren. Sie brauchte das Gefühl, dass sie nicht allein war.

Aber später. Ohne seine Familie.

Sie lehnte sich an ihn, als sie zusammen auf der Couch unter dem Fenster in ihrem Wohnzimmer saßen – nein, in Dahlias Wohnzimmer, korrigierte sie sich, es war nicht mehr ihres.

Sie schob die Hand in Daniels Hand, denn sie brauchte einen Anker für ihre verworrenen Gefühle. Er sah sie an, und seine Züge wurden weicher. Er lächelte. Dann drückte er ihre Hand und sprach weiter mit seiner Familie, die sich versammelt hatte, nachdem sie ihre Sachen nach oben in die Gästezimmer gebracht hatten.

»Ich bin davon ausgegangen, Ken Chin wäre ein Papiersohn und Yan-Tao gebürtiger Amerikaner«, erklärte Daniel gerade. »Deswegen bin ich gar nicht auf die Idee gekommen, in den Einwanderungsunterlagen nach den beiden Namen zu suchen. Um ganz sicherzugehen, habe ich eine Mitarbeiterin zu NARA geschickt, der National Archives and Records Administration im Sandport Way. Und sie hat, wie erwartet, nichts gefunden.«

»Was ist mit seiner Geburtsurkunde?« Cassie saß im Lehnstuhl am Kamin. Sie hatte ihr langes Haar zu einem lässigen Knoten geschlungen und die Beine in der Designerjeans untergeschlagen. Sie wirkte vollkommen zu Hause, und Inara fragte sich, ob Cassie, wenn sie sie mit zusammengekniffenen Augen ansah, wohl Mei Lien ähnelte, wie sie einst in diesem Haus gesessen hatte.

Daniel nickte auf die Frage seiner Schwester. »Sie ist im Staatsarchiv und lautet auf den Namen Yan-Tao Kenneth McElroy. Wo der Name Chin herkam, wissen wir noch nicht. Unsere Hypothese lautet, dass er seinen Nachnamen geändert hat, als er aus dem Waisenhaus weggelaufen ist, damit sie ihn nicht finden.«

»Chin ist ein weitverbreiteter Familienname«, erklärte Vera, die auf der Couch Inara gegenübersaß, und trank einen Schluck von dem Oolongtee, den sie als Gastgeschenk mitgebracht und den Inara gleich aufgegossen hatte, um ihn mit den Scones zu servieren.

»Also«, sagte Inara, den Blick auf den Tisch gerichtet, »als ich die Scones besorgt habe, war mir das nicht bewusst, aber wir haben gerade etwas von beiden Seiten eurer Vorfahren auf dem Tisch. McElroy ist doch schottisch, oder?«

Anscheinend hatten die Chins noch keinen Gedanken an ihre schottischen Vorfahren verschwendet, denn sie sahen Inara mehr oder weniger verdutzt an.

»Mei Lien hätte einen Kilt besticken sollen«, witzelte Cassie.

»Warum sind wir eigentlich immer davon ausgegangen, unsere Familiengeschichte ginge aufs alte China zurück?«, wandte Margaret sich an ihre Schwiegermutter. »Wer hat das erzählt?«

Vera kniff die Lippen zusammen, ihr Blick schoss zum Fenster hinaus. »Vielleicht wurden die Geschichten über die Familie von Kens Frau mit seinen eigenen verwechselt. Sie kam aus einer der um die Jahrhundertwende wohlhabendsten und einflussreichsten Familien in Seattle.«

Sie nickten, als wäre das eine durchaus logische Erklärung, doch Inara sah, dass Vera es vermied, einen von ihnen direkt anzusehen. Vielleicht war Vera selbst die Quelle dieser Geschichten.

»Vera«, wagte sie sich zögernd vor, denn die Frau begegnete ihr immer noch nicht besonders freundlich. »Können Sie uns mehr über Ken erzählen, Ihren Schwiegervater? Wie war er?«

Veras zusammengekniffene Augen waren unverwandt

aufs Fenster und die Auffahrt draußen gerichtet, doch Inara war überzeugt, dass sie in die Vergangenheit blickte. »Er trug auf Schritt und Tritt die schwere Last der Vergangenheit mit sich herum.« Gedankenverloren rieb sie ihre arthritischen Finger im Schoß aneinander. »Ich habe ihn einmal nach seinen Eltern gefragt, weil ich hoffte, er würde sich verplappern und zugeben, dass er ein Papiersohn ist, oder mir bestenfalls etwas über seine Kindheit in China erzählen. Doch er tat keines von beidem. Er wandte sich ohne ein Wort von mir ab, aber vorher sah ich noch, wie ihn eine große Traurigkeit überkam. Es war, als bereitete ihm der Gedanke an seine Eltern große Schmerzen. Mein Mann bat mich, ihn nie wieder danach zu fragen. Und daran habe ich mich gehalten. Aber ein paar Sachen wusste ich schon«, fuhr sie fort und sah Inara an. »Er war fasziniert von Wasser, aber er hatte eine Todesangst davor. Er liebte Springbrunnen, ging gern am Sund oder am Seeufer spazieren und hat sich die Hände gern unter fließendem Wasser gewaschen, aber er weigerte sich rundweg, schwimmen zu gehen. Niemand hat je erfahren, warum.«

»Weil das Wasser ihm den Vater geraubt hat«, flüsterte Inara, gefangen von Veras Erzählung. Eine ganze Weile sagte niemand etwas.

Schließlich schüttelte Margaret den Kopf und bemerkte leise: »Der arme Junge.«

Jetzt war es an Inara, den Blick aus dem Fenster zu richten, in Gedanken das Anwesen zu durchstreifen und sich zu fragen, ob Mei Lien irgendwo da draußen begraben war. Hatte ihr Sohn mitangesehen, wie sie durch Duncan Campbells Hand starb? Würden sie je Gewissheit darüber erlangen, was passiert war?

»Ich glaube, die Zeit, die er in diesem Haus gelebt hat,

war eine glückliche Zeit«, brach Daniel das schwer lastende Schweigen. »Sieben Jahre lang hatte er seinen Vater und seine Mutter und dieses große Anwesen als Spielplatz.«

Inara wandte sich vom Fenster ab und sah, dass Vera nachdenklich nickte, als fände sie das, was Daniel gesagt hatte, gar nicht so unvernünftig.

Inara räusperte sich, um den Kloß in ihrem Hals zu vertreiben, und legte bewusst eine Leichtigkeit in ihre Stimme. »Wie wäre es mit einem Gang durch das Anwesen?«

Die Frauen sprangen auf, als hätten sie nur aufs Stichwort gewartet.

Inara fing mit Dahlias Haus an und zeigte ihnen, wo sie den Ärmel gefunden hatte. Nacheinander spähten sie mit einer Taschenlampe in das Loch unter der Treppenstufe. Cassie fragte nach den Kratzspuren und Schrammen auf den einzelnen Stufen, die Inara auch erst vor Kurzem aufgefallen waren, nachdem Tom den Treppenläufer herausgerissen hatte. »Vielleicht sind die Schrammen aus der Zeit, als Mei Lien hier lebte«, sinnierte sie. »Möglich wäre es.«

Dann zeigte Inara ihnen die oberen Räume und erklärte ihnen, dass spätere Generationen den Flügel ans Haupthaus angebaut hatten, wodurch sich die Anordnung der winzigen Schlafzimmer veränderte und ein Wohnzimmer für die Dienstboten, die dort lebten, hinzukam.

Sie zeigte ihnen den Küchengarten, denn durch das Bild auf dem Gewand war sie sich ziemlich sicher, dass Mei Lien und Joseph diesen bewirtschaftet hatten. Margaret sah sich eine ganze Weile die Kräuter und Gemüse an, die Dahlia gepflanzt und die Inara vom Wildwuchs befreit hatte. Sie war so entzückt darüber, dass Inara ihr versprach, sie könne sich gern eine ganze Tüte voll mitnehmen, egal was.

Sie wollte ihren Besuch eigentlich durch die Küchentür ins Haupthaus führen, doch dann überlegte sie es sich anders und führte sie hinter dem Haus herum in den Wald. Vor der verfallenen Hütte blieb sie stehen. »Ich glaube, hier haben Joseph und Mei Lien am Anfang gelebt, bevor das Haus fertig war.«

»Wurde Ken hier geboren?« In ihrer cremefarbenen Hose und der goldfarbenen Bluse sah Margaret recht fehl am Platze aus, wie sie im gesprenkelten Sonnenlicht auf einem Teppich aus Tannen- und Zedernnadeln stand.

Inara schüttelte den Kopf. »Die Unterlagen, die ich gefunden habe, belegen, dass das Haus 1886 erbaut wurde. Er kam im darauffolgenden Sommer auf die Welt, also kann man wohl mit einiger Gewissheit behaupten, dass er in dem neuen Haus zur Welt kam.«

Vera hatte die Hände in ihre schmale Taille gestemmt und sah sich die Umgebung eingehend an. »Wovon haben die denn hier gelebt? Hier ist doch nichts als Wald?«

»Joseph war Bauer«, erklärte Inara. »Da, wo jetzt das Haupthaus und die Garage stehen, waren, glaube ich, zu Zeiten der McElroys eine Scheune und Pferche. Der Garten war wahrscheinlich auch größer als heute.«

Sie zeigte nach Osten. »Das Stück Land auf der anderen Straßenseite, wo mein Bauunternehmer Tom jetzt lebt, war früher der Obstgarten der Familie McElroy. Vielleicht erlaubt er uns später, uns dort mal umzusehen, falls es Sie interessiert.«

Vera nickte. »Ja.«

»Möchten Sie den Strand sehen?«, fragte Inara, der plötzlich unbehaglich zumute war. Sie zeigte dieser Familie das Anwesen, das seit über einem Jahrhundert im Besitz ihrer eigenen Vorfahren war, doch sie hatte das Gefühl, dass es mehr ihnen gehörte als ihr. Dies war Mei Liens Anwesen, nicht das Anwesen der Campbells oder Ericksons.

Und bald würde es das Anwesen von jemand anderem sein.

Doch daran durfte sie jetzt nicht denken. Heute ging es um die Familie Chin. Sie wandte sich dem Pfad zu, der an den Strand führte. »Kommen Sie und sehen Sie sich die Bucht an. Es ist mein Lieblingsplatz auf dem ganzen Besitz.«

Sie reihten sich hinter ihr ein, und Inara führte sie durch den Wald zu dem sichelförmigen Strand, wo sie die letzten zwei Tage sehr viel Zeit mit Nachdenken verbracht hatte.

In dem Augenblick, da sie von der leichten Uferböschung auf die Felsen trat, überkam sie ein Gefühl tiefen Friedens.

Dieser Strand war etwas Besonderes. Ihn würde sie am meisten vermissen.

Sie blinzelte, um die Gedanken zu vertreiben, und drehte sich um. Margaret und Vera hatten das Adlernest hoch über dem Strand entdeckt und zeigten darauf. Cassie spazierte am Wasser entlang und warf Steine ins Meer. Daniel lächelte Inara voller Dankbarkeit an und drückte ihre Hand.

Sie erwiderte sein Lächeln und lehnte sich an ihn. Das Anwesen sollte dieser Familie gehören, dachte sie. In Daniels und Cassies Adern floss Mei Liens Blut. Sie sollten hier einziehen und wieder Leben in das Haus bringen. Sie sollten da weitermachen, wo Mei Lien aufgehört hatte, als hätte es die Campbells und Ericksons nie gegeben.

Doch konnten sie es sich leisten? Sicher, Margaret besaß zwei erfolgreiche Restaurants, doch Inara hatte ihr Haus gesehen. Die Frau war nicht wohlhabend, und wer in Rothesay investierte, brauchte ein dickes Portemonnaie, um alles in Gang zu halten, bis das Hotel schwarze Zahlen schrieb.

Und doch … Inara schluckte, als ihr ein neuer Gedanke kam. Vielleicht war sie die Sache ganz falsch angegangen. Vielleicht brauchte sie keinen Investor für das Hotel, sondern für das Restaurant. Jemanden, der eine Möglichkeit suchte, ein fantastisches neues Lokal auf Orcas Island zu eröffnen, das zufällig auch noch an ein Boutique-Hotel angeschlossen war. Selbst wenn er nicht genug Kapital für das ganze Projekt hatte, wäre es doch ein Anfang.

Und vielleicht konnten sie sich erst einmal darauf konzentrieren, in diesem Herbst das Restaurant zu eröffnen, während die Arbeiten am Hotel weitergingen. Wenn Inara sorgfältig plante und sich zum Beispiel eine Untermieterin oder einen Untermieter suchte, um die Wohnnebenkosten zu teilen, bekamen sie vielleicht aufgrund der Gewinne aus dem Restaurant einen Geschäftskredit für den Rest.

Aber was war mit ihrem Studiendarlehen und der ersten fälligen Rate im nächsten Monat?

Zahlungsaufschub. Warum war sie nicht längst auf die Idee gekommen? Sie würde eine finanzielle Notlage geltend machen und einen Antrag auf Zahlungsaufschub stellen, um ein paar Monate Luft zu gewinnen. Hoffentlich so lange, bis das Hotel etwas abwarf.

Dann musste sie doch nicht gleich verkaufen.

Die Hoffnung in ihrem Herzen, so winzig sie auch war, erwachte wieder, und Inara hieß sie willkommen. Sie wandte sich an Daniel, doch dann sah sie, dass Vera auf sie zukam, und schwieg.

»Vielen Dank, dass Sie uns hierhergebracht haben«, sagte Vera, und ihre Miene erinnerte Inara daran, was diese Familie gerade durchmachte.

Vera wandte sich wieder dem Meer zu und ließ den Blick über das glatte Wasser schweifen. Suchte die alte Frau nach ihrer verlorenen Ahnin?

Als Inara mit Margaret in die Küche des Haupthauses ging, zogen Nebelschwaden wie Ranken durch die Bäume und spielten Verstecken mit der Morgensonne, die sie bald vertreiben würde. Sie waren dort, weil Margaret sich die Räumlichkeiten für das Restaurant noch einmal ansehen wollte. Wegen des schwindenden Lichts und der rasch heranrückenden Abendessenszeit war am Vorabend dafür kaum Zeit geblieben.

Inara schaltete die Lampen ein und sah zufrieden zu, wie Margarets Miene aufleuchtete. Bis auf letzte Kleinigkeiten waren die Küche und das Restaurant, die jetzt die hintere Hälfte des Erdgeschosses einnahmen, fertig.

Margaret erfreute sich sichtlich an allem, was sie sah, als sie aufmerksam durch den Raum ging und über Dunstabzugshauben, Arbeitsplatten und Stikkenwagen strich. »Sie haben einen Profiherd! Haben Sie sich von einem Küchenchef beraten lassen?« Margaret strich mit der Hand über den kühlen Edelstahl des Herds.

Inara legte ihre kalten Hände um den Teebecher, den sie mit herübergebracht hatte. »Nein. Ich habe recherchiert, was momentan das Beste auf dem Markt ist.«

Margaret nickte, ging zum Kühlraum und dann zur Speisekammer und löcherte sie weiter mit Fragen. Inara beantwortete alle und wurde sich, was ihren nächsten Schritt anging, immer sicherer.

Sie hatte zwei Tage gehabt, um sich an den Gedanken zu gewöhnen, dass sie das Hotel wahrscheinlich verlieren würde, doch sie war weit davon entfernt, sich damit abzufinden. Die Gründe, warum sie nicht gehen wollte, waren mannigfaltig, doch der wichtigste war, dass sie hier noch etwas zu erledigen hatte. Sie war es Mei Lien schuldig, ihre Spuren weiterzuverfolgen. Sie war es Dahlia schuldig, ihren Traum zu verwirklichen. Sie war es ihrer Mutter schuldig, Rothesay wieder mit fröhlichen Stimmen und Leben zu erfüllen.

Und sie war es sich selbst schuldig, ihr Glück zu finden. Sie war hier glücklich. Sie war nicht bereit, das aufzugeben, und vielleicht musste sie das ja auch nicht.

»Wofür ist das hier?«, rief Margaret und lenkte ihre Aufmerksamkeit wieder auf die Küche. Margaret trat ein Stück zurück in den Schatten nahe den Vorratsräumen, wo kürzlich Wände eingerissen und Decken drei Etagen hoch bis in den Dachboden geöffnet worden waren.

Inara ging zu ihr. »Da wollen wir einen Aufzug installieren, zum einen, um das Hotel behindertengerecht zu machen, aber auch, um Gästen und Mitarbeitern das Leben ein wenig zu erleichtern. Ist aber verdammt teuer.«

Sie gingen zurück in die Küche, wo Margaret an den Panoramafenstern stehen blieb, um über die Terrasse und den Rasen hinter dem Haus zu blicken. Sonnenstrahlen funkelten auf dem taufeuchten Gras. »Wow, man muss sich mal vorstellen, jeden Tag bei der Arbeit diesen Ausblick zu genießen.«

»Warum probieren Sie es nicht aus?« Inara lächelte über Margarets verdutztes Gesicht. »Hätten Sie vielleicht Lust, hier ein Restaurant zu führen und eventuell einen Anteil am Hotel zu erwerben?«

Margaret runzelte die Stirn. »Wie meinen Sie das?«

Plötzlich war Inara doch nervös und rieb an einem unsichtbaren Fleck auf der Arbeitsplatte. »Ich habe kein Geld mehr, um weiterzumachen. Die Bauarbeiter musste ich vor zwei Tagen nach Hause schicken. Wenn ich keinen Partner finde, muss ich alles verkaufen. Sie haben Erfahrungen, Kontakte …«

»Und Sie fragen mich, ob ich hier einsteigen will?«

Sie nickte und zwang sich, Margarets Blick zu begegnen. »Falls Sie das Geld haben oder einen Kredit aufnehmen können für das, was wir noch brauchen.« Sie merkte, dass sie sich förmlich überschlug. »Im Detail müssten wir über vieles verhandeln, aber wenn Sie interessiert sind, würde ich sehr gern die Gelegenheit nutzen, mich mit Ihnen hinzusetzen und darüber zu sprechen. Ich liebe Ihr Essen, und ich kenne Sie zwar erst seit einer Woche, aber ich könnte mir eine Partnerschaft mit Ihnen sehr gut vorstellen. Das heißt, falls Sie sich vorstellen könnten, mit mir zu arbeiten.«

Das war dumm. Warum sollte Margaret mit ihr ins Geschäft einsteigen wollen, wo andere Investoren nur den Kopf geschüttelt hatten, sogar ihr eigener Vater? »Also«, fügte sie hinzu, bevor Margaret etwas sagen konnte, »vergessen Sie es. Ich habe Sie in eine unangenehme Situation gebracht. Gehen wir rüber frühstücken.«

Margaret rührte sich nicht und sagte auch nichts, sondern neigte nur den Kopf zur Seite und sah sich in der Küche um, als überlegte sie. Als sie schließlich etwas sagte, war es absolut nicht das, was Inara erwartet hatte. »Ich denke an eine Fusion von Asien und Pazifischem Nordwesten. Vom Erzeuger auf den Tisch, saisonal und möglichst regional.«

Inara erstarrte. »Heißt das, was ich glaube, was es heißt?«

Margaret lächelte breit. »Es heißt, dass mich die Idee fasziniert und es mich definitiv interessiert, mehr darüber zu erfahren. Natürlich muss ich zuerst mit meinem Steuerberater sprechen.«

Inara hätte die Frau küssen können, gab sich aber vorerst damit zufrieden, sie, überwältigt vor Dankbarkeit, zu umarmen. »Oh, danke! Wir haben so viel zu bereden …«

»Was ist denn hier los?«

Inara drehte sich um. In der Tür stand Daniel in ausgebeulter grauer Sweathose und einem lilafarbenen University-of-Washington-T-Shirt, das über der Brust spannte.

Sie strahlte ihn an. »Deine Mutter und ich werden vielleicht Geschäftspartnerinnen.«

Er trat zu ihr und legte ihr den Arm um die Schulter. »Und dein Vater?«

Sie zuckte die Achseln, als wäre es nicht von Bedeutung. »Der will sein Geld zurück.«

Daniels Blick verdüsterte sich, und sie wusste, dass er sich von ihrer zur Schau gestellten Lässigkeit nicht täuschen ließ. »Das tut mir leid. Warum hast du mir das nicht gesagt?«

Sie hatte es ihm am Vorabend sagen wollen, doch sie waren alle lange aufgeblieben, und sie hatte keine Gelegenheit gefunden. Sie trat einen Schritt zurück und verschränkte die Arme. »Ich weiß nicht. War mir wohl peinlich.«

»Das ist doch nicht so wichtig«, sagte Margaret. »Wir haben auf jeden Fall viel zu besprechen. Aber als Erstes rufe ich meinen Steuerberater und meinen Anwalt an, falls ich sie an einem Sonntagmorgen an die Strippe kriege.« Sie ging in Richtung Tür, blieb aber noch einmal stehen und sah Inara an. »Ich bin ganz aufgeregt.«

Inara erwiderte ihr Lächeln. »Ich auch.«

In dem Augenblick fiel Inara Mei Lien und der Teil der Geschichte wieder ein, den sie Daniel und seiner Familie bisher verschwiegen hatte. Sie musste ihnen alles erzählen, und zwar jetzt gleich. Sie hatte schon viel zu lange damit gewartet. Mit ihrem Vater würde sie sich später befassen. Die Chins hatten das Recht, alles zu erfahren. »Warten Sie, Margaret, gehen Sie noch nicht. Ich muss Ihnen beiden etwas sagen.«

Sie hatte das Gefühl, am Rand einer Klippe zu stehen, die in das unergründliche schwarze Wasser der Salish Sea stürzte, und so wandte sie sich erst einmal ab, um aus dem Fenster zu blicken und sich zu sammeln. »Ihr erinnert euch doch an die Szene auf dem Ärmel, die mit dem Dampfschiff und den Menschen im Wasser?«

»Ja, was ist damit?«, fragte Daniel ein wenig verdutzt.

Bevor sie der Mut verließ, platzte sie mit allem heraus. »Mein Ururgroßvater, Duncan Campbell, hat sämtliche Chinesen an Bord umgebracht. Er hat sie ins Wasser werfen lassen. Soweit ich weiß, war Mei Lien die einzige Überlebende.«

Sie richtete den Blick auf ihre Finger, die sie verschränkt hatte, und wünschte sich, sie wäre weit weg. »Mein Vater hat mir erzählt, dass Duncan ein Rassist war, der die Chinesen als zu schmutzig befand, um sie auf seinem Schiff zu transportieren. Er interessierte sich mehr dafür, Profit mit weißen Passagieren und kostbarer Fracht zu machen, als für das Leben unschuldiger Chinesen. Ihrer Vorfahren.«

Margaret stöhnte auf, schlug sich die Hand vor den Mund und sah Inara entsetzt an.

Sie musste alles sagen, bevor noch mehr Zeit verstrich. »Das ist der Mann, der dieses Haus gebaut hat und, ich schäme mich, es zu sagen, von dem ich abstamme. Mein Vater will nicht, dass die Wahrheit ans Licht kommt, aber ich musste es Ihnen einfach sagen. Falls das Ihre Meinung über das Restaurant ändert, verstehe ich das.«

Daniel rührte sich nicht, doch als er sie ansah, sah sie den Zorn, der sich in ihm aufbaute. Seine Züge wurden hart, und sie sah förmlich, wie er sie sich aus dem Herzen riss. »Und du bist nicht auf die Idee gekommen, dass du mir das längst hättest sagen sollen?«

»Ich wollte ja, aber ich hatte Angst davor, was du denken – oder tun – würdest. Wenn das öffentlich wird, ist meine Familie ruiniert. Und PMG auch, und da stehen viele Arbeitsplätze auf dem Spiel. Bitte versteh doch. Ich konnte es dir nicht sagen.«

Daniel schloss die Augen, als würde er ihren Anblick nicht mehr ertragen. Er verschränkte die Arme über der Brust und schien vor Zorn regelrecht zu beben, auch wenn er sich ansonsten nicht bewegte. »Woher weißt du, dass er sie umgebracht hat?«

Inara erzählte ihm von den Unterlagen, die sie im Firmenarchiv von PMG gefunden hatte, und von dem Gespräch mit ihrem Vater. Sie ließ nichts aus.

Margaret kniff die Lippen zu einem dünnen Strich zusammen. Sie sagte nichts, warf ihrem Sohn nur besorgte Blicke zu. Daniel verlagerte das Gewicht und schüttelte den Kopf über Inara. »Ich fasse es nicht, wie jemand zu so etwas fähig sein kann, erst recht nicht ein Verwandter der Frau, die ich liebe. Und ich begreife nicht, dass deine Familie dieses Geheimnis all die Zeit gehütet hat. Und du auch.« Seine Worte verklangen, während er weiter den Kopf schüttelte, als verstünde er die Welt nicht mehr.

Die Frau, die er liebt? Er liebte sie? »Ich … ich hätte es dir längst sagen sollen.« Sie wollte die Hand nach ihm ausstrecken, doch er zuckte zusammen, und sie verschränkte die Arme über der Brust. »Es tut mir sehr leid.«

Als Daniel sie weiter mit einem Blick bar jeglichen Gefühls ansah, wandte sie sich an Margaret. »Verstehen *Sie* mich?« Gott, sie hörte sich an, als bettelte sie. Aber das tat sie ja auch. Ihre Zukunft hing an diesem Augenblick.

Margaret musterte ihren Sohn, bevor sie sich mit einem Seufzer an Inara wandte. »Meine Familie und ich haben viel zu besprechen, aber ich muss Ihnen sagen, dass ich sehr enttäuscht bin. Für den Augenblick lasse ich Sie beide erst einmal allein.« Sie drückte Daniel sanft den Arm und verließ leise den Raum.

Als er eine ganze Weile nichts sagte, flehte sie: »Bitte, Daniel.«

»Ich habe wirklich gedacht, wir hätten eine Chance«, sagte er schließlich mit heiserer Stimme. »Ehrlich. Aber mit jemandem, der nicht aufrichtig zu mir ist, kann ich keine Beziehung haben.«

Es traf sie mitten ins Herz, was er da sagte, denn es war genau das, was sie befürchtet hatte. »Aber …«

»Es ist aus.« Sein ausdrucksloser Blick begegnete dem ihren. »Du hättest es mir sagen sollen, Inara. Aber das hast du nicht. Und jetzt muss ich überlegen, was das Beste für meine Familie ist, und das heißt, dass ich weiter recherchiere, was in jener Nacht passiert ist. Mit oder ohne deine Hilfe.«

»Was hätte ich denn tun sollen?« Sie merkte, dass sie die Stimme erhob, doch es war ihr egal. »Es hat mich innerlich verzehrt, und ich wünschte, ich wüsste einen Weg, um alles ungeschehen zu machen. Aber das kann ich nicht. Es gibt keine Möglichkeit, es wiedergutzumachen.«

Angewidert schüttelte er den Kopf. »Deine Familie und du könntet es eingestehen. Ihr könntet den Familien der Opfer sagen, dass es euch leidtut.«

Damit drehte er sich auf dem Absatz um und ging in Richtung Küchentür. Dort wandte er sich noch einmal um. »Ach, übrigens, eine Partnerschaft mit meiner Mutter kannst du vergessen.« Er schlug die Tür hinter sich zu.

Inara war wie erstarrt. Wenn sie sich rührte, würde sie in eine Million Stücke zerbrechen.

In keinem anderen Augenblick ihres Lebens hatte sie sich so sehr gewünscht, ihre Mutter wäre da, um sie zu trösten und ihr zu sagen, was sie machen sollte. Ihr ganzes Leben lang war sie sich vorgekommen wie ein Mensch, der mit einer klaffenden Wunde durch die Gegend läuft und so tut, als wäre alles ganz normal, und sich wundert, warum niemand sieht, wie sie blutet. Ihr hatte der Leitstern gefehlt, die Orientierung durch ihre Mutter, und in diesem Augenblick spürte sie das bis in die letzte Zelle ihres Körpers. Sie hatte es vermasselt. Als sie endlich beschlossen hatte, ihr Leben nach ihren eigenen Vorstellungen zu führen statt nach denen ihres Vaters, war sie gescheitert.

Sie war nicht gut genug, um mit dem Hotel erfolgreich zu sein, nicht gut genug, um Daniel zu halten, nicht gut genug für ihren Vater, dass er an sie glauben konnte. Sie war nicht gut genug, um ein vor Generationen begangenes Unrecht wiedergutzumachen.

Alle Hoffnung wich von ihr. Sie hatte mit hohem Einsatz gespielt und alles verloren.

27

Donnerstag, 23. August – heute
Rothesay Estate, Orcas Island

Inara trat gegen einen einsamen Kiefernzapfen auf dem Rasen und sah zu, wie er in ein Gewirr aus Brombeerranken flog, das den Rasen säumte. Sie ging weiter bis dahin, wo die grüne Fläche in offene Erde überging. Dahinter kamen die scharfkantigen Felsen, die das Meer in Schach hielten. Es herrschte Flut, und das Wasser klatschte gierig drei, vier Meter unter ihren Turnschuhen an den Fels.

Am liebsten wäre sie noch näher hingegangen.

Sie drehte auf den Fersen um und ging zu dem Pfad, der an den Strand führte. Als sie aus dem Wald tauchte, schreckte sie einen Kanadareiher auf, der im seichten Wasser stand und auf eine Mahlzeit lauerte. Er erhob sich mit einem lauten Schrei aus dem Wasser und flog über die Bäume. Ein Schauder überkam Inara und erinnerte sie daran, sich das nächste Mal ein Sweatshirt mitzunehmen, wenn sie an den Strand ging.

An dem Tag, an dem Daniel mit seiner Familie weggefahren war, hatte sie auch ihre allerletzte Chance verloren, das Anwesen zu halten. Am nächsten Morgen rief sie bei Luxe Realty an, sie könnten es zum Verkauf anbieten, und seither machte sie fast nichts anderes, als sich am Strand aufzuhalten. Manchmal saß sie nur schweigend da und dachte nach. Gelegentlich warf sie Steine in die schwarzen Tiefen und schaute, ob sie weiter werfen konnte als bis zu dem hintersten Fels, der bei Ebbe aus dem Wasser ragte. Zwei Mal hatte sie eines der alten Kajaks hier heruntergeschleift und war damit hinaus in den Sund gefahren, hatte gepaddelt, bis ihr die Arme wehtaten. Manchmal weinte sie. Manchmal machte sie ein Nickerchen. Doch Tag für Tag kehrte sie dem Strand erst nach Einbruch der Dunkelheit den Rücken.

Sie überlegte, welchen beruflichen Weg sie einschlagen wollte, welche Bücher sie schreiben, welche fernen Länder sie besuchen konnte. Sie kramte Kindheitserinnerungen heraus und sezierte sie nach Hinweisen darauf, warum ihr Vater unbedingt die Kontrolle haben musste, und sie dachte über die innere Stärke ihrer Mutter nach, die ihr erlaubt hatte zu tun, was Inara nicht konnte – das Familiengeheimnis hüten und mit ihrer Wohltätigkeitsarbeit etwas Positives dagegensetzen.

Doch hauptsächlich dachte sie über Mei Lien nach und den bestickten Ärmel, der sie in ihren Gedanken und ihren Träumen weiter verfolgte. Den Ärmel würde sie wahrscheinlich nie wiedersehen, denn sie hatte ihn ja Daniel geschickt, und von ihm hatte sie nichts mehr gehört. Es war okay. Er sollte ihn behalten.

Am Mittwoch wurde das Zu-verkaufen-Schild aufgestellt, und als sie an dem Abend vom Strand zurückkam, hatte die Maklerin einige Visitenkarten auf der Küchenarbeitsplatte hinterlassen – Beweis dafür, dass potenzielle Käufer durch Rothesay marschiert waren.

Auch wenn sie damit gerechnet hatte und das Geld aus dem Verkauf brauchte, störten die Interessenten sie, als wären sie Diebe, die zu einer Zeit, da sie sehr verletzlich war, an ihrem heiligen Ort herumschnüffelten.

Also blieb sie am Strand, allein mit sich, und wartete auf

den Anruf, der sie darüber informierte, dass es einen Käufer gab. Der Anruf, der das Ende einläuten würde.

Um dem Ganzen die Krone aufzusetzen, hatte sie am Morgen einen Scheck von der University of Washington in der Post gehabt: die Leihgebühr für das Zur-Verfügung-Stellen des Ärmels, die Daniel ihr in Aussicht gestellt hatte. Das hatte sie vollkommen vergessen. Sie riss den Fünfzig-Dollar-Scheck in Fetzen und schob ihn im Mülleimer unter eine Bananenschale.

Eine leichte Brise kräuselte die Wasseroberfläche und wehte ihr den Rauch von Holzfeuer in die Nase. Auf der anderen Seite des Sunds schürte wohl jemand ein Lagerfeuer.

In der Tasche, die auf den Felsen lag, fing ihr Handy an zu klingeln. Inaras Magen krampfte. Sie kehrte dem Wasser den Rücken und holte es heraus. »Hallo?«

»Inara, ich bin's, Nathan.«

Sie bemühte sich um einen fröhlichen Tonfall. »Hey, großer Bruder. Sag den Kindern, nächstes Wochenende sind die Kajaks einsatzbereit!« Sie hatte sie über das Labor-Day-Wochenende eingeladen, damit sie das Anwesen noch ein letztes Mal genießen konnten, bevor es verkauft wurde. Olivia wollte ebenfalls mit ihrer Familie kommen.

»Inara? Es geht um Dad.«

Ihr Lächeln verblasste. »Was?«

»Dad. Er ist im Krankenhaus. Es ist ernst.«

Plötzlich war sie keine vierundzwanzigjährige Frau mehr, sondern ein fünfzehnjähriges Mädchen und hatte gerade erfahren, dass ihre Mutter gestorben war.

»Was ist passiert?« Mehr als diese paar geflüsterten Worte brachte sie nicht heraus.

»Er hatte heute Morgen im Büro einen Herzinfarkt. Sie haben ihn an Maschinen angeschlossen, die ihn am Leben erhalten, aber der Ausgang ist offen. Kann sein, dass er die Nacht nicht überlebt. Du solltest kommen.«

»Selbstverständlich. Ich nehme den ersten Flug von der Insel.« Sie legte auf, ließ die Arme sinken und schloss die Augen. Das konnte nicht wahr sein. Ihr Vater konnte nicht sterben. Sie war so sauer auf ihn gewesen diese Woche, dass sie seine Anrufe einfach ignoriert hatte. Wann hatte sie ihm das letzte Mal gesagt, dass sie ihn liebte?

Sie starrte aufs Wasser und versuchte, die Panik, die durch sie hindurchschoss und in ihr zu explodieren drohte, unter Kontrolle zu bringen. *Dad! Dad braucht mich.* Sie drehte sich um und lief los.

Als sie die geteerte Einfahrt erreichte, wo sich der Blick auf das Anwesen öffnete, blieb sie abrupt stehen, denn es traf sie wie ein Schlag.

Sie hatte nicht nur ein Hotel gewollt. Sie hatte auch ihrer Familie einen Ort geben wollen, wo sie wieder zusammen sein konnten, einen Ort, an dem sie die Nähe, die sie zu Lebzeiten ihrer Mutter gehabt hatten, noch einmal erleben konnten. Sie hatte gewollt, dass ihr Vater hierherkam und sah, wie viel Liebe sie in das alte Haus gesteckt hatte, und sich wünschte, ein Teil davon zu sein. Genau wie Nate und Olivia. Eine große glückliche Familie.

Gut möglich, dass das für immer vorbei war.

28

Donnerstag, 23. August – heute
Seattle

Die Rollos waren gegen die sinkende Sonne heruntergelassen, sodass die einzelne Lampe über dem Krankenhausbett wie ein Scheinwerfer auf die gebrechliche Gestalt unter dem Laken leuchtete. Schluchzer stiegen in Inaras Kehle auf, als sie von der Tür aus sah, wie klein und schwach ihr Vater war mit den Schläuchen in Nase und Arm. Der Apparat neben dem Bett zeigte jeden zaghaften Herzschlag mit einem leisen Piepen an. »Dad?«

»Er schläft.« Sie drehte sich um. Ihr Bruder trat aus dem Schatten in der Ecke auf sie zu. Er wirkte, als wäre er seit ihrem letzten Treffen um zwanzig Jahre gealtert. Er trug weder Anzugjacke noch Krawatte, und sein Hemd war zerknittert. Die Haare standen ihm in alle Richtungen, und auf seinem abgespannten Gesicht lag eine graue Blässe, unter den Augen hatte er dunkle Schatten. »Gut, dass du hier bist.«

Sie ließ sich von ihm umarmen, ohne den Blick von ihrem Vater zu lösen. »Wie geht es ihm?«

Nates Brust hob und senkte sich in einem Seufzer. »Nicht gut. Die Schäden sind zu groß. Es ist nur eine Frage der Zeit.«

Aufgebracht löste sie sich aus seiner Umarmung. »Warum suchst du nicht jemanden, der ihm helfen kann? Was soll das heißen, es ist nur eine Frage der Zeit? Ich finde jemanden.« Sie langte in die Tasche nach ihrem Handy, um den führenden Herzchirurgen des Landes ausfindig zu machen.

Nate legte eine Hand auf die ihre, und sie hielt inne. »Du kannst nichts tun, Nara. Sein Herz ist zu schwach für eine OP.«

In ihr erstarrte alles zu Eis, und ein stummer Schrei schrillte in ihren Ohren. »Er stirbt?«

Nates Adamsapfel hüpfte. »Wenigstens können wir uns diesmal verabschieden.«

Als Nate Inara an ihre Mutter erinnerte, knickten ihr beinahe die Beine weg, doch er erreichte, was er wollte. Aufgewühlt nahm sie die Hand ihres Vaters und hielt sie zwischen den ihren. »Hey, Dad. Ich bin's, Inara.« Seine Haut war warm, doch die Hand fühlte sich nicht an wie die ihres Vaters. Seine Hand hatte Kraft. Seine Hand würde ihre drücken.

»Sie gehen davon aus, dass er die Nacht nicht übersteht.« Nate ging auf die andere Seite des Betts und legte ihm die Hand an den Kopf, wie ein Vater seinem Kind. »Olivia und Jen sind die Kinder holen, und Adam ist im OP. Er weiß es noch nicht.«

»Sie holen die Kinder? Ist das wirklich eine gute Idee?«

Eine frische Welle des Schmerzes ließ sie in Tränen ausbrechen, die ihr über die Wangen liefen. Ihr Vater war ein wunderbarer Großvater, der seine Enkel über alles liebte. Sie waren so klein, in ein paar Jahren würden sie sich vermutlich kaum noch an ihn erinnern. Will, Olivias Ältester, vielleicht schon, aber auch er war erst neun. Selbst er würde sich nicht an all die Gelegenheiten erinnern, bei denen Opa Karten mit ihm gespielt oder ihm beigebracht hatte, wie man einen Golfball schlug, oder mit ihnen Verstecken gespielt hatte, ohne sich dabei richtig zu verstecken, damit die Kleineren keine Angst bekamen.

Ihre eigenen Kinder, falls sie eines Tages welche bekam, würden ihn gar nicht kennenlernen.

»Hey, was geht hier ab?« Ihr Vater klang atemlos, doch seine Stimme drang überraschend laut durch das stille Zimmer. »Hier wird nicht geweint.«

»Dad!« Vorsichtig auf die Schläuche achtend, beugte sie sich über ihn und umarmte ihn, dankbar, dass er noch da war. »Wie geht es dir?«

Seine Hand tätschelte matt ihren Rücken, und sie wusste, dass ihn das alle Kraft kostete. Sie richtete sich auf und nahm wieder seine Hand. »Nate sagt, die Kinder sind bald hier.«

»Gut, gut.« Er hustete und verzog vor Schmerz das Gesicht. »Wasser.«

Sie half ihm, mit einem Strohhalm aus der weißen Tasse auf dem Tisch neben dem Bett zu trinken. Als er fertig war, ließ er den Kopf aufs Kissen sinken und schloss die Augen. Die Schmerzen gruben eine weiße Furche um seinen Mund. Noch nie im Leben hatte Inara sich so hilflos gefühlt. »Schlaf wieder, Dad. Ruh dich aus.«

Er schüttelte den Kopf. »Muss mit dir reden, Nara.«

Sie sah Nate fragend an, doch er zuckte die Achseln. »Worüber?«

Seine graublauen Augen richteten sich auf sie. »Starbucks.«

Oh, bitte nicht. Bevor er noch ein Wort sagen konnte, musste sie es ihm gestehen. »Dad, ich habe nie in die internationale Wirtschaft gewollt. Ich hab's bloß gemacht, weil ich dachte, du …«

»Ich weiß«, unterbrach er sie. »Ich hab's die ganze Zeit

gewusst, und ich hab's dich trotzdem machen lassen. Aber jetzt musst du tun, was dich glücklich macht. Bist du dir ganz sicher mit dem Hotel?«

Inara war so überrascht, dass ihr ein Lachen entfuhr, bevor sie es verhindern konnte. »Ja. Wie meinst du das?«

Ihr Vater drückte ihr die Hand, und frische Tränen traten ihr in die Augen. »Dann sollst du es auch machen.« Er hustete noch einmal. »Wenn ich … fort bin, sollst du alles haben, was du brauchst, genau wie Nate und Olivia. Dafür habe ich gesorgt. Wenn du das Hotel führen willst, dann mach's. Ich unterstütze dich.«

Inara wusste gar nicht, was sie denken sollte, als ihr Vater verstummte. Sie konnte das Hotel behalten. Das hatte sie sich die ganze Zeit gewünscht, aber doch nicht so.

»Tut mir leid, dass ich dir reingepfuscht hab.« Die Stimme ihres Vaters wurde schwächer, und sie wusste, dass er alle Kraftreserven mobilisierte, um mit ihr zu reden.

»Scht, Dad. Es ist okay. Du musst nichts mehr sagen.«

Er schüttelte den Kopf und zog an ihrer Hand, damit sie sich näher zu ihm beugte. »Als du den Ärmel gefunden hast, hatte ich solche Angst«, flüsterte er. Seine wässrigen Augen flehten um Verständnis. »Ich hab gesehen, was diese schreckliche Sache mit deiner Mutter angerichtet hat. Sie war verändert, hat sich davon niederdrücken lassen. Ich wollte nicht, dass es dir auch so geht. Dachte, wenn ich dich von der Insel hol, wär alles wieder gut.«

»Es ging um den Ärmel? Auch als du mir vorzeitig den Kredit gekündigt hast?« Verwirrt schüttelte sie den Kopf und wollte noch mehr sagen, doch dann fiel ihr ein, dass Nate im Raum war, der nichts über das Familiengeheimnis wusste. Ihre Worte sorgfältig wählend fragte sie: »Alles wegen … wegen Duncan?«

Ihr Vater richtete seine müden Augen auf Nate und dann wieder auf sie. Er kniff die Lippen zusammen und sagte: »Sag's ihm. Und Olivia auch. Sie müssen es erfahren, aber später.« Er mühte sich, die andere Hand zu heben, um ihre mit beiden Händen zu halten. »Du erinnerst mich so sehr an deine Mutter, weißt du das? … ihr so ähnlich. Ich bin verdammt stolz auf dich.« Seine Unterlippe zitterte.

Sie weinte und konnte nur nicken.

Er ließ ihre Hand los und wischte sich die Augen. »Ich wünschte, ich hätte dein Hotel sehen können.«

»Das kannst du, Dad«, erwiderte sie. »Halt noch ein bisschen durch.«

Er schenkte ihr ein trauriges Lächeln und schloss die Augen. »Geht nicht, Nara-Mädchen. Zu müde.«

Inara konnte die Schluchzer nicht mehr unterdrücken. Nate reckte sich übers Bett, um ihr tröstend die Schulter zu reiben, doch das vermochte ihren Schmerz nicht zu lindern.

Als sie sich schließlich wieder gesammelt hatte, sah sie, dass ihr Vater die Augen geschlossen hatte, und so wandte sie sich ab, um sich einen Stuhl zu suchen. Seine Stimme unterbrach sie. »Nara. Buch … auf meinem Nachttisch.«

Verwirrt schaute Inara zum Nachttisch, doch darauf standen nur eine Schachtel Taschentücher und die Tasse. »Was für ein Buch, Dad?«

»Zu Hause. Du siehst es schon.«

Dann kam Olivia mit ihren zwei Kindern und kurz danach auch Jennifer mit ihren. Die Familie drängte sich in dem kleinen Zimmer, um auf das Ende zu warten. Abwechselnd gingen sie mit den Kindern nach unten in die Cafeteria oder nach draußen. Ihr Vater verlor immer wieder für kurze Phasen das Bewusstsein, und gegen acht Uhr erklärte der Arzt ihnen, er liege im Koma und werde wahrscheinlich nicht mehr erwachen.

Um elf war er tot.

Inara öffnete die doppelflügelige Tür zum Schlafzimmer ihres Vaters. Die letzten zwei Tage waren angefüllt gewesen mit Telefonaten mit Freunden und Familienangehörigen, Terminen beim Bestatter sowie bei den Anwälten und dem Steuerberater ihres Vaters. Unablässig trafen Blumen und Karten ein, und das Telefon klingelte in einem fort. Die Anrufe ließ Inara alle auf die Voicemail gehen. Der örtliche Nachrichtensender interviewte Nate für einen Beitrag über ihren Vater, doch da konnte Inara sich zum Glück raushalten. Am Vortag hatte sie die letzten Vorkehrungen für die Beisetzung am nächsten Tag getroffen, und am Morgen beim Aufwachen war ihr klar geworden, dass alles erledigt war und es nichts mehr gab, um sich abzulenken.

Da war ihr das Buch wieder eingefallen.

Als sie die Schlafzimmertür ihres Vaters öffnete, schlug ihr der würzige, süße Duft seines Aftershaves entgegen, und in ihren Augen brannten Tränen, wo sie doch gedacht hatte, sie hätte längst alle Tränen geweint. Vielleicht war das hier keine gute Idee gewesen.

Sie war am Ende. Wenn sie nicht wegen ihres Vaters in Tränen ausbrach, dann bei der Erinnerung an ihre Mutter und selbst beim Gedanken an Daniel. Der Tod ihres Vaters holte den Schmerz über den Verlust ihrer Mutter wieder hoch. Fast noch schlimmer war, dass Inara ab und an nach dem Telefon griff, um Daniel anzurufen und bei ihm Trost zu suchen, nur um sich daran zu erinnern, dass sie sich doch getrennt hatten. Sie war allein in ihrer Trauer und schleppte sich durch die Tage.

Sie schloss die Augen, atmete tief durch und ließ sich von der Präsenz ihres Vaters einhüllen. Einen Augenblick lang tat sie so, als wäre er bei ihr, würde gemütlich im Bett sitzen und Zeitung lesen. Wenn sie als kleines Mädchen am Wochenende morgens hier hereinkam, waren meist beide Eltern in die Zeitungslektüre vertieft. Sie stürzte sich zwischen sie und kuschelte sich in die Wärme, sicher und geborgen, eingehüllt in den Rasierwasserduft ihres Vaters und einen Hauch der Lavendelhandcreme ihrer Mutter.

Der Lavendelduft ihrer Mutter hatte sich schon vor Jahren verzogen – Gott, wie sie diesen Duft vermisste –, doch der Rasierwasserduft ihres Vaters war noch da, als hätte er sich gerade damit eingerieben, bevor er am Morgen das Haus verließ.

Mit einem Seufzer schlug sie die Augen auf und ging über den dicken Teppich zum Bett. Dort wurde sie erneut von Gefühlen überwältigt. Seine Lesebrille lag auf dem polierten Nachttisch. Das rote Lämpchen an der Digitaluhr zeigte an, dass der Wecker noch auf fünf Uhr gestellt war. Neben einem leeren Wasserglas lag eine einzelne Tablette, als hätte ihr Vater an dem Morgen vergessen, sie zu nehmen. Und neben der Lampe lag ein altes Buch, das so gar nicht nach dem üblichen Lesestoff ihres Vaters aussah, denn es hatte keinen Hochglanz-Schutzumschlag mit dem lächelnden Konterfei einer bekannten Wirtschaftsgröße.

Das musste das Buch sein, von dem er gesprochen hatte.

Sie nahm es und drehte es in den Händen, während sie sich auf die Bettkante setzte. Es war in narbiges braunes Leder gebunden, und ein Lederriemen war mehrfach herumgewickelt. Ein Tagebuch? Ihr Vater hatte Tagebuch geschrieben?

Aus den zerfledderten Seiten ragte in der Mitte eine gelbe Haftnotiz, auf der in der Handschrift ihres Vaters die Buchstaben *ARA* zu lesen waren.

Ara. Inara?

Sie atmete tief durch, wickelte den Riemen ab und schlug die brüchigen Seiten an der mit der Haftnotiz markierten Stelle auf. Dort stand: *Für Nara.*

Okay, Dad. Was wolltest du mir zeigen?

Sie löste die Haftnotiz und ließ den Blick aufmerksam über die Seite schweifen. Als sie in offenbar weiblicher Handschrift oben auf der Seite ein Datum las, schnappte sie nach Luft. *3. Februar 1895.*

Wessen Tagebuch war das? Sie schlug die erste Seite auf und las ehrfürchtig den Namen *Gretna MacTavish Campbell, Orcas Island, Washington State.*

Gretna Campbell war Duncan Campbells Frau gewesen, Dahlias Großmutter. Sie war diejenige mit den schwachen Nerven, weshalb sie die ganze Zeit auf der Insel lebte, während ihr Mann geschäftlich zwischen der Insel und Seattle pendelte. Sie war Mei Liens Nachbarin gewesen und die erste Frau, die in Dahlias Haus lebte, nachdem Mei Lien es verlassen hatte.

Inaras Vater hatte doch behauptet, es gäbe keinerlei Aufzeichnungen, und falls doch, hätte er Dahlia gesagt, sie solle sie wegschmeißen. Er hatte sie angelogen.

Nervös schaltete sie die Nachttischlampe ein und hielt das Buch ins Licht, um die verblasste Handschrift besser zu erkennen …

Das neue Haus ist zwar größer als unser letztes, doch meinem Mann reicht das noch nicht. Er spricht davon anzubauen, damit unser Heim Platz bietet, um, wie er es formu-

liert, Gäste empfangen zu können. Ich muss zugeben, ich ziehe die Ruhe vor, die wir jetzt haben, und erwarte nicht mit Begeisterung die Zeit, da unser Haus von Fremden bevölkert wird.

Inara verharrte. Sie war sich sicher, dass Gretna hier von Mei Liens Haus sprach. Anscheinend hatte Duncan von Anfang an vorgehabt, Rothesay zu bauen. Sie las weiter …

Das neue Haus ist wundervoll. Auch wenn diese Chinesin hier vor uns gewohnt hat, was Duncan unendlich ärgert und weshalb er darauf bestand, dass die Mägde, die wir jetzt haben, jeden Zentimeter schrubbten, bevor wir vergangenen Monat eingezogen sind, gefällt es mir, dass wir jetzt so viel Platz haben. Die Küche öffnet sich zum Garten, der recht groß ist im Vergleich zu dem Stück Land, das ich an unserem alten Haus hatte. Die Kinder freuen sich, dass sie nach dem Erledigen ihrer Hausarbeiten so viel Platz zum Rennen und Spielen haben.

Apropos die Chinesin: Ich sollte wirklich nicht lachen, aber es amüsiert mich doch mitanzusehen, wie Duncan vor jedem Schatten zurückfährt. Es scheint, als wäre die Frau ohne ein Wort verschwunden. Duncan hat mir erzählt, er habe sie das letzte Mal gesehen, als er ihr das Geld für das Haus rüberbrachte. Ihm ist nichts Besonderes aufgefallen, und er hat sich auch nicht unnötig aufgehalten. Nach diesem Tag hat niemand sie mehr gesehen, das weiß er, weil er herumgefragt hat, denn er war fest entschlossen, sie zu finden und sich davon zu überzeugen, dass sie das Anwesen tatsächlich verlassen hat. Sie ist einfach verschwunden. So wie er bei jedem Geräusch zusammenfährt und vor den düsteren Ecken zurückschreckt, muss ich beinahe glauben, dass er denkt, sie habe ein Unglück erlitten und spuke jetzt durch unser neues Heim.

Gewiss bestärkt es ihn darin, sein prächtiges Haus sehr bald zu errichten, damit er nicht mehr in diesen Wänden leben muss. Ich für meinen Teil bin hier recht zufrieden.

Inara ließ das Buch in den Schoß sinken, als ihr klar wurde, was das Gelesene bedeutete. Duncan wusste nichts über Mei Liens Schicksal. Also hatte er sie nicht umgebracht.

Duncan hatte Mei Lien nicht getötet!

Sie wusste immer noch nicht genau, was aus Mei Lien geworden war, aber nun wusste sie immerhin, dass ihr Ururgroßvater sie nicht auf dem Gewissen hatte. Sicher, er war trotzdem schuld an der Ermordung Hunderter anderer Menschen, doch nicht am Tod dieser Frau, die Inara inzwischen besser kennengelernt hatte und an der ihr etwas lag. So verrückt es auch war, es bedeutete ihr sehr viel.

»Inara? Alles okay?«

Sie blickte auf. Nate stand in der Tür. Erst da merkte sie, dass ihr Gesicht nass war von Tränen. Sie wischte sie mit den Fingern fort und lachte. »Er hat sie nicht umgebracht, Nate.«

Als sie seine schockierte Miene sah, ging ihr auf, dass ihr Bruder ja keine Ahnung hatte, wovon sie sprach. Sie klopfte auf die Bettdecke neben sich, und Nate setzte sich zu ihr. Inara erzählte ihm von ihren heimlichen Ängsten, ihr Vorfahr könnte Mei Lien umgebracht haben, um sich ihr Land unter den Nagel zu reißen. »Aber Dad hatte dieses Tagebuch, in dem steht, dass Duncan nichts über Mei Liens weiteres Schicksal wusste, und das heißt, dass er sie nicht auf dem Gewissen haben kann. Ist das nicht wunderbar?«

Nate zog die Augenbrauen hoch und bedachte sie mit

einem Blick, als zweifelte er an ihrem Verstand. »Wie zum Teufel kommst du überhaupt auf den Gedanken, Duncan könnte sie umgebracht haben? Er hatte genug Geld, um sich ein Dutzend Häuser zu kaufen, wenn er gewollt hätte.«

»Flennt ihr zwei etwa eine Runde ohne mich?«, fragte Olivia und kam in einer gebügelten Hose und gestärkter Bluse herein. Sie setzte sich zu ihnen aufs Bett. »Ich will auch mitmachen.«

Inara rutschte lachend ein Stück hoch, um sich neben ihre Schwester ans Kopfteil zu lehnen. »Was macht ihr zwei überhaupt hier?«

Ihre Geschwister sahen einander an, bevor Nate, seine Worte sorgfältig wählend, sagte: »Ich habe versucht, dich anzurufen, aber du bist nicht rangegangen. Ich dachte, wir sollten uns hier treffen und zusammen überlegen, was wir mit Dads Sachen machen und auch mit dem Haus.«

»Hat er es uns dreien vererbt?«

Nate nickte.

Inara war noch nicht so weit, darüber nachzudenken, und so war sie erleichtert, als Liv das Thema wechselte. »Habe ich richtig gehört? Habt ihr euch gerade darüber unterhalten, dass jemand jemanden umgebracht hat?«

Nate bedachte Inara mit einem finsteren Blick. »Sie glaubt, Duncan Campbell hätte die Chinesin umgebracht, die den Ärmel aus Dahlias Haus bestickt hat. Wie kommst du überhaupt auf so etwas?«

Inara schlang die Arme um die Knie. »Als ich Nachforschungen über den Ärmel angestellt habe, bin ich auf etwas gestoßen, von dem Dad wollte, dass ich es für mich behalte. Es geht um etwas, was Duncan getan hat. Sogar Mom hat es gewusst und es niemandem gesagt. Aber vor seinem Tod hat Dad mich gebeten, euch einzuweihen. Ich glaube, ihm ist endlich klar geworden, dass die Wahrheit ans Licht muss.«

Ihre Geschwister sahen einander mit ratlosen Mienen an, und sie erzählte ihnen alles, was sie über jene Nacht wusste, in der Duncan befohlen hatte, dreihundertfünfzig Menschen von Bord zu werfen, in den sicheren Tod. Während sie die ganze Geschichte erzählte, schlug Olivia sich entsetzt die Hand vor den Mund. Nate schüttelte ungläubig den Kopf.

»Ich finde, wir müssen die Wahrheit sagen, selbst nach so langer Zeit«, erklärte Inara ihren Geschwistern. »Denkt nur an all die Familien, die nie erfahren haben, was aus ihren Lieben geworden ist. Auch wenn es das Bild der Campbells im öffentlichen Bewusstsein ein für alle Mal verändern wird, finde ich, die Welt muss die Wahrheit über das erfahren, was damals passiert ist.«

Und in Gedanken an Daniel fügt sie hinzu: »Wir müssen sie um Verzeihung bitten.«

»Ich bin ganz deiner Meinung«, sagte Nate. Olivia nickte.

Inara strich zärtlich über den Umschlag des Tagebuchs. »Ich glaube, die Wahrheit hat Dad genauso zu schaffen gemacht wie mir. Ich glaube, deswegen wollte er, dass ich dieses Buch kriege. Er wollte mir damit sagen, dass er es sich anders überlegt hat.«

»Ja, das glaube ich auch.« Olivia nahm ihre Hand.

Mit einem dankbaren Lächeln drückte Inara ihrer Schwester die Hand. »Ob ihr es glaubt oder nicht, es gibt noch mehr zu erzählen.« Sie schluckte. »Wir haben herausgefunden, dass Mei Liens Sohn Daniels Urgroßvater war, und da musste ich ihm erzählen, was damals passiert ist. Weil ich es ihm so lange verschwiegen hatte, hat er sich von mir getrennt. Ich weiß nicht, wie seine Familie dazu steht, aber ich fände es schön, wenn einer von euch sich mit ihnen in Verbindung setzt, um zu hören, ob sie uns helfen wollen, die wahre Geschichte öffentlich zu machen.«

»Selbstverständlich«, pflichtete Nate ihr bei. »Das ist eine ausgezeichnete Idee.«

Mit einem seltsamen Gesichtsausdruck sah Olivia Inara an.

»Was ist?« Inara fühlte sich plötzlich in der Defensive.

Olivia schüttelte den Kopf, während sich ihre rosa glänzenden Lippen zu einem Lächeln formten. »Ich bin sehr stolz auf dich. Ich weiß nicht, ob ich dir das jemals gesagt habe, aber ich bin's.«

Das unerwartete Kompliment löste einen neuen Tränenstrom aus, doch Inara lächelte und umarmte ihre Schwester. »Danke, Liv. Heißt das, dass du mir hilfst?«

»Auf jeden Fall. Und ich glaube, du hast recht, Dad hat sicher begriffen, dass die Wahrheit ans Licht muss.« Sie klopfte auf das Tagebuch in Inaras Schoß, den Beweis dafür. »Aber können wir die Einzelheiten nach der Beerdigung besprechen?«

»Gute Idee.« Inara drückte das Tagebuch an die Brust, um den Schmerz zu lindern, der sich beim Gedanken an die Beerdigung ihres Vaters am nächsten Tag dort wieder breitmachte. »Nate, ist das für dich okay? Du bist schließlich der neue Vorstandsvorsitzende von PMG und überhaupt, du wirst sicher das meiste abkriegen.«

Er zerzauste ihr die Haare, genau wie früher, als sie noch ein kleines Mädchen war. »Damit komm ich klar.«

»Danke, Nate.« Sie drückte seine Hand und nahm dann auch Olivias. »Dir auch, Liv.« Während sie sie an den Händen hielt, atmete sie noch einmal den Duft ihres Vaters ein und wünschte sich, er wäre bei ihnen.

»Ich weiß nicht, wie es euch geht, aber mir ist nicht danach, heute noch irgendwelche Entscheidungen zu treffen.« Nate stand auf. »Ich bin für Abendessen und DVD bei mir zu Hause. Habt ihr Lust?«

»Super Idee.« Inara ging mit ihren Geschwistern zur Tür.

An der Schwelle blieb Nate stehen und wandte sich noch einmal um, um den Blick durchs Schlafzimmer schweifen zu lassen. »Kommt einem vor, als wäre er gerade erst rausgegangen, oder?«

Als Antwort nahm Inara seine Hand und schaltete wortlos das Licht aus.

29

Mittwoch, 26. Dezember 1894
McElroy Farm, Orcas Island

Mit zitternden Händen schnitt Mei Lien den Faden ab. Schwach sank sie gegen die Sofalehne.

Fertig.

Endlich.

Seit dem Morgen von Yan-Taos Abreise hatte sie sechsundvierzig Tage kaum etwas anderes getan als gestickt. Wenn sie Hunger hatte, griff sie nach der Schüssel mit kaltem Reis, die neben dem Stickrahmen stand. Wenn ihr übel wurde, übergab sie sich in den Eimer auf dem Fußboden, den sie tagelang nicht leerte. Wenn sie müde war, schlief sie nur ein wenig, denn die Arbeit war noch nicht getan. Wenn sie Schmerzen hatte, arbeitete sie sich durch den Schmerz.

Sie hatte sich angewöhnt, beim Sticken Handschuhe zu tragen, denn von dem ständigen Scheuern von Nadel und Stickseide hatte sie Blasen an den Fingern bekommen. Irgendwann waren die Blasen aufgegangen und hatten geblutet, und das Blut sollte nicht auf die Seide tropfen. Eine andere Verwendung hatte sie für die Damenhandschuhe weißer Frauen, die Joseph ihr mitgebracht hatte, nie gehabt.

Ihr ganzer Körper schmerzte. Ihre Augen brannten. Ihr Schädel pochte. Nichts war mehr wichtig, als die Stickerei zu beenden, bevor es zu spät war.

Und jetzt war sie fertig. Die Szene lag vor ihr, jede Einzelheit am rechten Platz. Es war die Szene, mit der sie vor sieben Jahren hatte beginnen wollen. Jetzt war die gesamte Geschichte erzählt, einschließlich ihres Todes, den sie deutlich sehen konnte.

Mei Lien saß still, ließ nur die Augen über die gestickte Szene schweifen, um sie zu begutachten. Es war die Nacht, die alles verändert hatte. Das Schiff. Campbell. Der Vater. Die Großmutter. Wasser – strudelnd, ziehend, verlockend. Unter den Wellen Mei Lien, die sich mit ausgebreiteten Armen und Beinen von der Strömung treiben ließ, lächelnd.

Das Lächeln war nicht geplant gewesen. Eigentlich hatte die Szene das Entsetzen und die Qualen wiedergeben sollen, die diese Nacht ihr bereitet hatten. Sie wollte gar keine Gesichtszüge darstellen, um zu zeigen, dass sie sich verloren hatte. Doch ganz zum Schluss, vor wenigen Minuten, hatte sie das Lächeln hinzugefügt, und jetzt wusste sie auch, warum.

Diese Nacht mit all ihren Schrecken hatte ihr Joseph und Yan-Tao geschenkt. Die Geschichte hatte ein glückliches Ende genommen. Doch das war nur die Hälfte.

Die andere Hälfte würde noch kommen. In all den Jahren hatte Mei Lien immer den Ruf des Wassers gespürt. Sie hatte gehört, wie ihre Vorfahren in den Wellen nach ihr riefen, und gespürt, wie sie aus den Strudeln nach ihr griffen. Heute Abend sollte das Wasser endlich erhalten, worum es vor acht Jahren betrogen worden war. Heute Abend sollte es Mei Lien bekommen.

Sie lächelte darüber, denn das Wasser war ihr Schicksal, und vor dem Schicksal gab es kein Entrinnen. Der Vater, die Großmutter und Joseph waren im Wasser, dort würde sie wieder mit ihnen vereint sein.

Sorgsam schnitt sie die Fäden durch, mit denen die Seide in den Rahmen gespannt war, und faltete den fertigen Ärmel zu einem winzigen Rechteck zusammen. Könnte sie es doch nur Yan-Tao geben, zu dem übrigen Gewand. Aber wenigstens besaß er den größten Teil der Geschichte, und eines Tages würde er zurückkommen und sich den Rest holen.

So sanft, als würde sie ein Neugeborenes wickeln, schlug sie den Ärmel in ein Hemd von Joseph ein, das sie für diesen Zweck verwahrt hatte. An dem Hemd war nichts Besonderes, außer dass Joseph es an seinem letzten Tag auf der Farm getragen hatte. Wenn sie an ihren letzten gemeinsamen Tag dachte, stellte sie sich ihn immer in diesem Hemd vor. Sie hoffte, dass auch Yan-Tao sich daran erinnerte, wenn er zurückkam, um die Stickerei zu suchen.

Schließlich stand sie auf und humpelte in die Küche, wo sie das Bündel in ein Stück Wachstuch einschlug und mit Bindfaden verschnürte.

Bevor die Kraft sie ganz verließ, schleppte sie sich zur Treppe. Ihre Beine waren so schwach, dass sie auf die unterste Stufe niedersank. Sie hatte die zweite Stufe vor sich, abgewetzt von jahrelanger Benutzung. In der Mitte prangten frische Kratzer von Yan-Taos Reisetruhe. Die Nägel, die das Holz auf dem Querbrett festhielten, hatten sich gelockert oder waren gelockert worden, da war Mei Lien sich nicht sicher, jedenfalls saßen sie schräg in den Löchern. Sie ließ die Hand über sie gleiten, konnte sich aber nicht überwinden, das Brett abzuheben.

Sie hatte dieses Geheimfach nie geöffnet. Es gehörte Yan-Tao, darin war, was er als kostbar erachtete. Mei Lien wusste nicht, ob er seine Schätze aus dem Versteck geholt hatte, bevor er abgereist war, oder ob sie das, was er hier mit seinen Träumen und kindlichen Geheimnissen verstaut hatte, noch vorfinden würde. Sie wusste nicht, ob sie seine Schätze finden wollte oder nicht – beides würde schmerzen.

Mei Lien schüttelte den Kopf über sich selbst. Sie hatte keine Zeit für Sentimentalitäten.

Mit einem kräftigen Ruck zog sie an der Stufe und rüttelte daran, bis die Nägel herauskamen und sie das Brett in den Händen hielt. Sie legte es auf die Stufe darüber und blickte hinein.

Dunkel, aber mitnichten leer.

In dem Loch unter der zweiten Stufe lagen sorgfältig geordnet Pinienzapfen, Steine und Zweige, die für ihren Sohn eine besondere Bedeutung gehabt haben mussten. Auf dem Boden, unter die erste Stufe geschoben, lag eine ausgeblichene grüne Decke, die er als Kleinkind immer mit sich herumgeschleppt hatte. Sie war schmutzig und voller Löcher, doch Mei Lien erkannte sie gleich wieder.

Im tanzenden Licht der Laterne entdeckte sie etwas, was an einem Nagel an der Seite des Faches hing. Gegen den Protest ihres schmerzenden Körpers verlagerte sie das Gewicht auf einen Arm und streckte den anderen in das Loch, packte das dünne Band und riss es vom Nagel. Als sie sah, was Yan-Tao dort hingehängt hatte, brannten frische Tränen in ihren Augen.

Der bestickte Geldbeutel ihres Vaters, den er ihr auf dem Dampfer in die Hände gelegt hatte, damit sie ihn in den Bandagen um ihre Brust versteckte. Sie hatte ihn ganz vergessen.

Der Kloß in ihrer Kehle löste sich, und sie brach in lautes Schluchzen aus. Yan-Tao hätte bei ihr sein sollen. Sie hätte ihren kleinen Sohn nicht zwingen dürfen, so kurz nach dem Tod des Vaters die Mutter zu verlassen. Er sollte hier sein und die Schätze in seinem Geheimfach hüten.

Es war nicht gerecht. Seit sie erwachsen geworden war, hatte sich eine Grausamkeit an die andere gereiht, und am Ende musste auch ihr unschuldiges Kind darunter leiden.

Sie schob den Arm noch einmal in das Loch, zog seine vergessene Decke hervor und drückte sie in den Händen zusammen. Sie hob das weiche Baumwolltuch ans Gesicht und schluchzte hinein, und das Herz wollte ihr schier zerspringen, so sehr quälte sie das Gefühl, ein letztes Mal die Nähe ihres Sohnes zu spüren, wenn es auch nicht genügte. Ein Hauch seines Kindergeruchs war noch da. Mei Lien klammerte sich an die Decke, als brauchte sie sie mehr als ihr Leben, und weinte.

Als in ihr nichts mehr war als eine große Leere, wischte sie sich mit dem Rock die Tränen fort und ermahnte sich, warum sie hier hockte. Um ihrem Sohn sein Erbe zu hinterlassen, da, wo er es finden konnte.

Yan-Taos Decke ließ sie auf ihrem Schoß liegen, nahm das Bündel mit dem bestickten Ärmel und schob es behutsam dorthin, wo vorher die Decke gesteckt hatte. Dann hob sie zwei zitternde Finger an die Lippen, küsste sie und drückte sie auf das Bündel in der Hoffnung, dass Yan-Tao ihre Liebe spürte, wenn er zurückkam, um den Ärmel zu holen.

Sie schickte sich an, die Decke neben das Bündel zu legen, doch dann zögerte sie. Sie konnte es nicht. Sie hatte schon so viel hergegeben, dieses eine Andenken durfte sie gewiss behalten. Das würde Yan-Tao sicher verstehen und ihr verzeihen.

Entschlossen stopfte sie die Decke in das Mieder ihres Kleides, um sie nah am Herzen zu tragen. Doch die Decke rutschte bis zur Taille hinunter. Erst jetzt bemerkte Mei Lien, wie weit das Kleid abstand, wie dünn sie geworden war. Ihre Rippen stachen hervor wie die eines Straßenköters, ihre Handgelenke wirkten dünn wie Zweige und ebenso zerbrechlich. Wenn sie in einen Spiegel blickte – was sie nicht vorhatte –, würde sie die Frau darin nicht erkennen.

Mei Lien staunte, als ihr bewusst wurde, dass sie sich wegen ihres dahinsiechenden Körpers keine Sorgen machte. Bald brauchte sie ihn nicht mehr, und die Geister, die sie liebten und auf sie warteten, erkannten ihre Seele auch ohne das Drumherum von Haut, Haaren und Knochen.

Sie griff in ihr Mieder, zog die Decke hoch und legte sie sich um den Hals. So war es ohnehin besser. So war Yan-Tao ihr noch näher, sie konnte ihn beinahe riechen. Darüber hängte sie sich den Geldbeutel ihres Vaters um den Hals. Auch er sollte ins Wasser zurückkehren, wo er hingehörte.

Nachdem sie das Brett wieder an seinen Platz gelegt hatte, steckte sie sorgsam die Nägel zurück in die Löcher. Jetzt musste sie sie noch befestigen, damit das Loch nicht entdeckt wurde und sicher war vor Campbell und allen anderen. Über diesen Teil ihres Plans hatte sie gründlich nachgedacht, denn falls Campbell das Fach fand, würde er alles darin zerstören.

Nur diese Aufgabe noch. *Du kannst das,* sagte sie sich. Sie musste.

Sie fand Josephs Werkzeugkiste dort, wo sie sie hingestellt hatte, neben ihren Utensilien zum Einmachen hinter dem Herd. Die Kiste kam ihr viel schwerer vor als vor zwei Monaten, als sie sie dort hingestellt hatte, aber sie schleifte und stieß sie über den Fußboden zur Treppe. Sie war schweißgebadet, doch sie gab nicht auf.

Mit einer Kraft, die sie selbst überraschte, trieb sie Nägel in die Stufe, damit sie sicher und fest saß. Und damit sie sich nicht von den anderen unterschied, schlug sie noch einige Nägel in die darunter.

Mehr konnte sie nicht tun. Es musste genügen.

»Das hast du gut gemacht, May.«

Die Stimme im Raum hätte Mei Lien eigentlich erschrecken müssen, doch sie war nicht überrascht. Es war, als hätte sie ihn die ganze Zeit erwartet.

Mit dem Hammer in der Hand wandte sie sich um. Joseph stand hinter ihr. Er lächelte zu ihr herab, und sein Blick war so voller Liebe, dass sie nicht anders konnte, als ihn durch ihre Tränen anzulächeln. »Ich wusste, dass du mich abholen kommst.«

Er streckte die Hand nach ihr aus. »Ich hab dich nie verlassen.«

Mei Lien hob den Arm, um seine Hand zu fassen. Doch als sie seine Berührung hätte spüren sollen, griff ihre Hand durch seine hindurch, und sie wurde daran erinnert, dass Joseph jetzt ein Geist war.

Immer noch lächelnd packte sie das Werkzeug ein und zerrte die Kiste wieder an ihren Platz hinter dem Ofen. »Ich bin fast fertig, Joseph«, sagte sie zum Geist ihres Mannes und versetzte der Kiste einen letzten Stoß.

»Deine Mutter möchte dich so gern sehen«, antwortete ihr Vater an Josephs Stelle.

Mei Lien fuhr herum und stellte fest, dass Josephs Geist verschwunden war. Jetzt stand der Vater dort, kräftig und gesund, wie sie sich von ihrem Leben in Seattle an ihn erinnerte. »Vater! Ich hab dich vermisst.« Sie humpelte auf ihn zu, blieb aber auf halbem Weg stehen, denn sie wusste, dass sie ihn nicht umarmen konnte, sosehr sie es auch wollte. »Geht es dir gut?«

Sein Lächeln verblasste. »Ich wünschte, dein Leben hätte einen besseren Lauf genommen, meine Tochter.«

Mei Lien schüttelte den Kopf. »Nein, Vater. Es war, wie es sein sollte.« Sie blickte sich in der Küche um, und ihr wurde bewusst, dass es keinen Grund gab, noch zu bleiben. Sie hatte alles erledigt. »Ich bin fertig, ich kann gehen.«

Als sie wieder dorthin schaute, wo ihr Vater gestanden hatte, war er fort. »Wir treffen uns im Wasser«, flüsterte sie in den leeren Raum.

Langsam ging sie noch einmal durch das Haus und löschte die Laterne, die sie verwendet hatte. Dann sagte sie zu allen Geistern, die im Haus wohnen mochten: »Bitte beschützt meine Stickerei für Yan-Tao.«

Als Antwort spürte sie, wie eine Welle des Friedens sie überspülte, und da wusste sie, dass sich ihr Wunsch erfüllen werde.

Es war Zeit. Langsam und unter Schmerzen begab sie sich zur Hintertür und ging hinaus in den dunklen Garten. Am mondlosen Himmel funkelten Tausende von Sternen, doch der Wald um das Haus herum war wie ein schwarzer Abgrund.

Mei Lien zögerte nicht. Sie wusste, wo sie hinwollte, und sie wusste, dass nichts, was sich womöglich im Dunkeln versteckte, ihr Schaden zufügen konnte. Sie hatte einen Grund, hier zu sein. Ihre Familie wartete.

Am Ufer blieb sie stehen und lauschte. Die Wellen plätscherten an den felsigen Strand. Im trockenen Laub unter den Bäumen huschte etwas hin und her, irgendwo oben am Berg rief eine Eule. Sonst war es ganz still. Sie hörte weder die Stimme ihres Vaters noch Josephs.

Trotzdem sprach sie mit den beiden, als sie mit ihren Kleidern in das tintenschwarze Wasser stieg. »Ich komme.

Ich komme«, flüsterte sie immer wieder, als die Kälte sich um ihre Glieder legte und sie weiter hineinzog. In der eisigen Luft konnte sie ihren Atem sehen. »Ich komme.«

Ihr Magen revoltierte ob der schneidenden Kälte, doch sie blieb nicht stehen. Ihre Glieder zitterten jetzt, und beim Sprechen klapperte sie mit den Zähnen, aber sie wusste, das war bald vorbei.

Als das Wasser ihren Hals und damit Yan-Taos Decke erreichte, sah Mei Lien sie endlich. Joseph. Den Vater. Die Großmutter. Sogar ihre Mutter. Als hätten sie schon immer auf sie gewartet, schlossen sie den Kreis um Mei Lien und hüllten sie in Wärme und Licht.

Beim nächsten Schritt schlug das Wasser über ihr zusammen.

30

MITTWOCH, 29. AUGUST – HEUTE
LAKE UNION, SEATTLE

Zwei Tage nach der Beerdigung ihres Vaters ließ Inara sich von Nate auf seinem Weg zur Arbeit am Wasserflugplatz Kenmore Air absetzen. Sie war für ihren Flug eine Stunde zu früh dran, aber zum Glück war auf der anderen Seite des Parkplatzes ein Starbucks, wo sie sich die Zeit vertreiben konnte. Sie checkte am Empfangsschalter ein und ging dann hinüber.

Sie bestellte Tee Latte und setzte sich draußen an einen Tisch, um zuzusehen, wie der Tag über dem Lake Union erwachte. Von ihrem Aussichtspunkt konnte sie das Südufer des Sees sehen, wo das Museum of History and Industry später die Touristen anziehen würde. Jetzt lag es noch verlassen da. Wenn ihre Geschwister und sie einmal alles an die Öffentlichkeit gebracht hatten, was sie wussten, würde in diesem Gebäude vielleicht eines Tages auch die wahre Geschichte der Chinesen in Seattle dargestellt werden. Vielleicht sollte sie Kontakt zur Museumsleitung aufnehmen und es vorschlagen.

Sie richtete den Blick auf den Capitol Hill im Osten, wo gerade die Sonne über den Berg gekommen war und bald die Luft aufheizen würde, die noch erfüllt war von der kühlen Frische der Nacht. Der Autoverkehr wand sich wie ein Band um den Fuß des Bergs. Alle waren auf dem Weg zu ihrem Arbeitstag in der Stadt.

So schön Seattle war, sehnte sie sich doch nach ihrem Strand, weit weg von Menschen, Lärm und Staus. Sie wollte hören, wie der Wind durch den Wald strich, nicht das Summen des Verkehrs oder die Schreie von Möwen, die Mülleimer plünderten. Sie wollte zusehen, wie die Sonne über dem Mount Constitution aufging, und nicht den Blick auf Stahl und Beton richten, die hier im Osten den Horizont bestimmten.

Sie musste allein sein, um all das, was ihr Leben in den letzten Tagen auf den Kopf gestellt hatte, zu verarbeiten. Sie vermisste ihren Vater und hatte noch nicht recht begriffen, dass er tatsächlich fort war.

Und sie vermisste Daniel. Sein Grinsen mit dem einen Grübchen und die Locke, die ihm immer in die Augen fiel. Vermisste es, am Abend seine Stimme zu hören.

Sie trank ihren Tee Latte und sah zu, wie der Himmel immer heller wurde, bis er vom Grünblau der Eierschalen von Wanderdrosseln war. Wahrscheinlich hatte Daniel gut daran getan, sich von ihr zu trennen. Sie musste eine Zeit lang allein sein, um ihren Vater zu betrauern und die Pläne für das Hotel zu überarbeiten, denn durch die unerwartete Erbschaft hatte sie jetzt ein ganz anderes Budget zur Verfügung.

Die Gleichzeitigkeit von Freude und Schmerz drohte sie schier zu zerreißen. Auf der einen Seite hätte sie nicht glücklicher sein können, dass sie das Hotel behalten durfte. Sie würde ihren Traum verwirklichen! Doch auf der anderen Seite hatte sie ihren Vater verlieren müssen, um es zu bekommen.

Hundertmal lieber hätte sie Rothesay verloren.

Sie schaute auf die Uhr auf ihrem Handy. Noch fünfundvierzig Minuten bis zu ihrem Flug. Sie stöhnte leise und tröstete sich mit dem Gedanken, dass sie am Mittag zu Hause sein würde. Sie sollte Tom anrufen und ihn bitten, sich mit ihr am Haus zu treffen, damit sie sich gleich wieder an die Arbeit machen konnten. Sie wählte seine Nummer.

Er war überrascht, von ihr zu hören, doch zum Glück hatte er am Nachmittag Zeit. Sie legte auf und schob das Handy zurück in die Tasche, froh, dass er ihr nicht sein Beileid ausgesprochen hatte. Allmählich konnte sie keine Beileidsbekundungen mehr hören.

»Inara!«

Sie drehte sich um, konnte aber niemanden entdecken. Noch einmal wurde ihr Name gerufen: »Inara, hier drüben.«

Sie schaute in die Richtung und war schockiert, dass ausgerechnet Margaret Chin vom Flughafengebäude her auf sie zukam. Sie winkte Inara mit einer Hand und drückte mit der anderen eine goldglänzende Handtasche an ihr burgunderrotes Kostüm.

Inara stand auf und ging ihr entgegen, während sie überlegte, was Margaret Chin um diese Tageszeit am Lake Union machte, gekleidet, als wollte sie zu einem Geschäftstermin. »Margaret, Guten Morgen«, sagte Inara zur Begrüßung und umarmte die Frau, die immer nett zu ihr gewesen war, auch wenn Inara ihrem Sohn sehr wehgetan hatte. Beziehungsweise der ganzen Familie.

»Sie sind schwer zu fassen zu kriegen«, erklärte Margaret, als sie die Umarmung erwiderte. »Gehen Sie nie ans Telefon?«

Inara zuckte zusammen. »Es war eine schwere Woche.«

In den Augen der älteren Frau lag Mitgefühl. »Ja. Das mit Ihrem Vater tut mir leid. Ich habe gehört, es war eine schöne Beerdigung.«

Inara nickte schweigend zum Dank.

»Ihr Bruder hat mir gesagt, dass ich Sie hier finde.« Sie zeigte auf den Tisch, den Inara gerade verlassen hatte. »Können wir uns setzen?«

Ein Zittern durchfuhr Inara, als sie zu ihrem Stuhl zurückkehrte. »Geht es Daniel gut?«

Margaret tätschelte ihr die Hand. »Daniel geht's gut. Aber hier geht's um Sie und mich.«

»Was meinen Sie damit?«

Margaret schlug ihre gebräunten Beine über und betrachtete Inara mit der Andeutung eines Lächelns. »War das ernst gemeint, was Sie an dem Morgen gesagt haben: Wir könnten das Hotel zusammen betreiben, und ich könnte das Restaurant leiten?«

Inara ließ die Frage einsinken. Hatte sie richtig gehört? »Ich … ja, das habe ich ernst gemeint, aber ich muss zugeben, dass meine finanziellen Umstände jetzt andere sind.«

Margaret kniff die Lippen zusammen und schien über etwas nachzudenken. Dann öffnete sie die Tasche auf ihrem Schoß und holte ein Ringbuch heraus, legte es vor Inara auf den Tisch und schlug es auf. »Dies ist ein Dossier, das ich für Sie zusammengestellt habe: ein paar Beispielmenüs, Personalbedarf, Ideen für die Gestaltung und vor allem die finanzielle Prognose für das Restaurant. Wenn ich es recht sehe, braucht Ihr Hotel auf jeden Fall ein Restaurant, und ich bin die Beste, die Sie kriegen können. Außerdem bin ich ganz versessen darauf, einen Teil meiner Zeit auf Orcas zu leben und mit Ihnen zusammenzuarbeiten, falls Sie mich wollen.«

Ein wenig überwältigt blätterte Inara in dem Ringbuch, und ihre Faszination wuchs mit jeder Seite. »Ich verspreche nichts, aber wenn wir das machen, könnten wir einen Teil des zweiten Stocks als Wohnung für Sie ausbauen.«

Margaret fuhr mit der Hand durch die Luft. »Nein, nein. Ich habe schon meinen Makler gebeten, nach einer Eigentumswohnung in Eastsound zu schauen.«

»Und was ist mit Ihrem Restaurant hier? Ihrer Familie?«

»Ich werde pendeln, doch die ersten paar Jahre kann ich mich hauptsächlich auf Orcas konzentrieren, bis ich einen Küchenchef gefunden habe, der uns beiden sympathisch ist und dem ich das Menü anvertrauen kann.«

Das in Inaras Augen größte Hindernis hatte Margaret noch nicht erwähnt. Sie senkte den Blick in ihren Schoß. »Was ist mit Daniel? Weiß er, dass Sie mit mir zusammenarbeiten möchten?«

»Er hat gesagt, ich wäre dumm, wenn ich es nicht machen würde. Ja, er will auch selbst mit Ihnen reden. Er hat mich hergefahren.«

Inara riss den Kopf hoch und folgte Margarets Blick in Richtung Parkplatz. Daniel lehnte an dem Eisengeländer, die Hände in den Hosentaschen, und beobachtete sie. Eine schwarze Locke hing ihm in die Augen, genau wie sie es liebte. Es juckte ihr in den Fingern, sie zur Seite zu streichen.

Irgendwie kam sie auf die Beine, auch wenn sämtliche Zellen in ihrem Körper vor Nervosität bebten. Sie erinnerte sich nicht, wie sie hingekommen war, doch plötzlich stand sie vor ihm. Sie hatte eine solche Sehnsucht danach, ihn zu berühren, dass sie sich kaum beherrschen konnte. »Daniel. Schön, dich zu sehen.«

Die glatten Lippen, die sie so sehr liebte, verzogen sich zu einem Lächeln, das ihr das Herz hätte brechen können, wenn es nicht schon gebrochen gewesen wäre. Er machte keine Anstalten, sie zu berühren, doch sein Blick war warm. »Gleichfalls«, sagte er. »Ich hab dich vermisst.«

Seine Worte schossen ihr direkt ins Herz, und in ihren Augen brannten Tränen. Sie machte noch einen Schritt auf ihn zu, wollte die Hand nach ihm ausstrecken, doch dann hielt sie inne. Zu schnell.

Sie trat zurück und senkte den Blick aufs Pflaster, wo ein Fünfcentstück lag, das wohl jemand hatte fallen lassen. »Daniel, es tut mir schrecklich leid, dass ich dir nichts von …«

»Ich muss mich entschuldigen«, unterbrach er sie. »Ich habe mich furchtbar benommen, und das tut mir leid. Inara, sieh mich an.«

Und wenn er jetzt nur für seine Mutter einen auf nett machte? *Mach dir bloß keine Hoffnungen, Inara.* Doch sie hob das Kinn und sah ihm in die Augen. Seine Züge wurden weicher, ein Lächeln breitete sich aus, das die Erinnerungen barg an ihre gemeinsam mit Recherchen verbrachten Tage und die Nächte, da sie einander in den Armen gehalten hatten.

Inmitten des Lärms der Pendler und der durchdringenden Schreie der Möwen erlaubte Inara sich, die Wahrheit an sich heranzulassen – sie wollte trotz allem, was zwischen ihnen schiefgelaufen war, immer noch mit ihm zusammen sein.

»Dein Bruder hat mich gestern Abend angerufen. Er hat gesagt, dass ihr vorhabt, öffentlich zu machen, was Duncan Campbell getan hat.« Er verlagerte das Gewicht auf den anderen Fuß und trat gegen ein Grasbüschel, das in einem Riss im Pflaster wuchs. »Macht das bitte nicht meinetwegen. Ich will nicht, dass du und deine Familie dafür in die Schusslinie geratet.«

Ihm lag noch etwas an ihr! »Danke, aber Nate, Olivia und ich haben darüber gesprochen, und wir finden, es ist an der Zeit. Wir planen es für nächsten Monat.« Sie verschränkte die Arme, um ihre Verlegenheit zu überspielen. »Es würde mir viel bedeuten, wenn du dabei wärst.«

Seine Augen strahlten. »Ja, klar. Meine ganze Familie wird dabei sein.«

Er hob die Hand und legte den warmen Handteller an ihre Wange. »Ich hab dich so sehr vermisst.«

Sie schmiegte sich in seine Berührung und schloss die Augen. Plötzlich legten sich seine Lippen auf die ihren, und sie vergaß alles andere. Sie wusste nur noch, dass es sich richtig anfühlte, wieder in seinen Armen zu sein. Sie schmolz in seinen Kuss und lehnte sich mit dem ganzen Körper an ihn.

Erst ein lautes Räuspern riss sie zurück in die Gegenwart. Sie sahen einander an und lachten, bevor sie sich Margaret zuwandten, die am Tisch sitzen geblieben war. Sie lächelte, und Inara hätte schwören können, dass ihre Augen feucht waren.

»Bevor ihr zwei völlig abtaucht, lasst mich euch daran erinnern, dass Inara einen Flug kriegen muss und ich immer noch keine Antwort auf meine Frage habe.«

Das Restaurant. Über der Aufregung, Daniel zu sehen, hatte sie es ganz vergessen.

Mit Daniel an ihrer Seite, der ihr den Arm um die Taille gelegt hatte, und Margaret und ihrem Ringbuch voller Ideen spürte Inara, dass alles richtig war. Sie hatte sich gewünscht, ihr Hotel sollte ein Ort sein, wo ihre Familie wieder zusammenkommen konnte. Durch den Tod ihres Vaters würde dieser Traum niemals Wirklichkeit werden, doch das hieß nicht, dass ihre Definition von Familie sich nicht weiterentwickeln konnte.

Das Rothesay Hotel würde ein Ort für die Familie sein –

für ihre Familie und die Familie der Chins und für alle Familien, die im Laufe der Jahre dort zu Gast sein würden.

»Inara? Ihr Flug?«, erinnerte Margaret sie.

Ihr Flug! Panik verdrängte die warme Benommenheit. Sie holte ihr Handy heraus und sah, dass es Zeit war, zur Anlegestelle des Wasserflugzeugs zu gehen, sonst verpasste sie es noch. »Ich muss«, sagte sie und wünschte sich plötzlich, Tom würde nicht auf sie warten. »Aber meine Antwort lautet absolut Ja. Ich wünsche mir nichts sehnlicher, als dass Sie das Restaurant leiten. Wann können Sie kommen?«

Margaret sprang auf und umarmte Inara stürmisch. »Danke! Das wird fantastisch!«

Inara drückte sie. »Vielen Dank, Margaret. Für alles.«

Margaret löste sich und lächelte auf eine Art, die Inara sagte, dass sie verstand. »Sehr gern. Und jetzt gehen Sie und besteigen Sie Ihr Flugzeug. Ich rufe Sie heute Abend an.«

Hin- und hergerissen fuhr Inaras Blick von der Anlegestelle zu Daniel und zurück. Als er ihr Zögern sah, gab er ihr einen Stups. »Ich komme am Wochenende rüber. Wir haben einiges nachzuholen.«

Da reckte sie sich auf die Zehenspitzen und gab Daniel einen Kuss, der für die nächsten zwei Tage ausreichen musste, schnappte sich ihre Tasche und lief zu dem Wasserflugzeug, das sie nach Hause bringen würde.

31

SAMSTAG, 6. OKTOBER – HEUTE
WATERFRONT PARK, SEATTLE

Inara hörte zu, wie Nate sich an die Menschen wandte, die zur Einweihung des neuen Uferparks erschienen waren. In der offiziellen Pressemitteilung hatten sie für die Einweihungsfeier zwar eine Erklärung angekündigt, doch der Schock auf den meisten Gesichtern verriet ihr, dass niemand mit etwas Derartigem gerechnet hatte.

Mit der in der Sonne funkelnden Elliott Bay hinter sich und Mount Rainier in der Ferne im Süden hatte Inara Mei Liens tragische Geschichte erzählt und von der Rolle ihres Ururgroßvaters bei der Ermordung Hunderter Chinesen berichtet. Sie ließ nichts aus, während die Kameras der Nachrichtensender alles aufzeichneten. Sie wusste, alle wussten, dass die Neuigkeit sich rasch weltweit verbreiten würde und dass ihre Familie und PMG mit einer Welle der Empörung zu rechnen hatten. Doch sie hofften, dass die Erklärung, die Nate jetzt abgab, glaubhaft vermittelte, wie leid es ihrer Familie tat und dass sie die Taten ihres Vorfahren zutiefst bedauerten.

»Wir widmen diesen Park also nicht, wie ursprünglich geplant, der Erinnerung an Duncan Campbell«, sagte Nate gerade, und Inara hielt die Luft an. »Dieser Park sei vielmehr dem Gedenken an all jene gewidmet, die an diesem Schicksalstag ihr Leben verloren haben. Er soll zu Ehren der Frau benannt werden, die dafür gesorgt hat, dass die

Wahrheit nicht vergessen wird. Meine Damen und Herren, hiermit übergebe ich den Mei Lien McElroy Memorial Park der Öffentlichkeit.«

Bei diesen Worten wurde das Tuch von der Statue in der Mitte des Parks gezogen, um die Bronzeskulptur einer Chinesin zu enthüllen, die mit traurigen Augen und einem Ballen Stoff in den Händen übers Meer blickte. Inara hörte Margaret neben sich aufseufzen und wusste, dass sie das Gesicht der Frau erblickt hatte. Sie hatte dem Künstler ein Foto von Cassie gegeben als Vorlage für Mei Lien. Er hatte nur einen Monat gehabt, um diese neue Skulptur zu schaffen, und sie war exorbitant teuer gewesen, doch für diesen einen ehrfürchtigen Augenblick hatte es sich gelohnt.

»Oh, wie wunderschön!« Margaret zog Inara an sich, um sie zu umarmen, ohne den Blick von der Statue zu lösen.

»Freut mich, dass sie dir gefällt.«

»Warum hast du sie nach Cassies Zügen gestalten lassen?«, fragte Daniel von der anderen Seite, während sie zusahen, wie Cassie für ein Foto neben der Statue posierte, Nachrichtenkameras surrten und Reporter sie mit Fragen über ihre neu entdeckte Vorfahrin bestürmten.

Inara lachte. »Glaubst du, es macht ihr was aus?«

»Nicht im Geringsten.« In Daniels Stimme war etwas, was sie zu ihm aufschauen ließ, und sie begegnete seinem zärtlichen Blick. »Danke. Für das alles hier.«

Sie wusste, dass er begriff, wie schwierig die nächsten Tage und Wochen für ihre Familie werden würden. Sie wusste auch, dass er ihr zur Seite stehen und helfen würde, die schlimmsten Stürme zu überstehen. Sie trat einen Schritt näher, um ihn zu küssen. »Danke.«

Die Stirn an die ihre gelehnt murmelte er: »Ich habe auch eine Überraschung für dich. In Rothesay.«

Sie löste sich. »Ich hoffe, dass ich nächste Woche wieder rüberkann, aber vorerst muss ich hierbleiben und Nate und Olivia helfen, mit den Auswirkungen fertigzuwerden. Keine Ahnung, wie lange es …«

»Keine Sorge«, unterbrach er sie. »Es ist da, wenn du nach Hause kommst, und wenn du fährst, begleite ich dich. Es hat keine Eile. Aber im Augenblick wirst du, glaube ich, gebraucht.« Mit einem Nicken wies er auf Nate, der mitten in einem Knoten von Menschen steckte, die ihn mit Fragen und Vorwürfen bombardierten, als wäre er, und nicht Duncan, der Schuldige.

»Ich gehe wohl besser zu ihm. Wir sehen uns später im Toisan, ja?«

»Mom hat versprochen, das Abendessen warm zu halten, bis ihr alle da seid. Nehmt euch die Zeit, die ihr braucht.« Mit einem letzten Kuss schob er sie auf die wartende Menge zu.

Sie sammelte ihre Kräfte, trat zu Nate und legte ihm eine Hand in den Rücken, damit er wusste, dass sie da war, dann setzte sie für die Menge ein Lächeln auf. Olivia trat ebenfalls zu ihnen. Zusammen stellten sie sich dem, was auf sie zustürmte. Sie würden alles in ihrer Macht Stehende tun, um denen Frieden zu bringen, die von der Nachricht erschüttert wurden.

»Ich bin total fertig, aber absolut glücklich, wieder hier zu sein«, erklärte Inara Daniel, als sie eine Woche später in Rothesay aus seinem Wagen stieg. Nach allem, was passiert war, besaß sie endlich das Vertrauen, das Haus als ihres zu betrachten. Sie war zu Hause. »Danke, dass du gefahren bist.«

»Kein Problem. Hey, sieht so aus, als sei meine Mutter

noch hier.« Mit einem Nicken wies er auf das Auto, das vor der großen Veranda parkte, und das Licht, das durch die Fenster schien. »Komm, wir sagen ihr Hallo.«

Sie ließ ihre Taschen im Auto und ging um den Wagen, nahm Daniels Hand und lief mit ihm durch den kühlen blauen Abend zum Hotel. Sie konnte es kaum erwarten zu sehen, was Toms Leute in den drei Wochen, die sie in Seattle gewesen war, geschafft hatten. Sie wäre auch noch länger geblieben, doch Nate hatte ihr praktisch die Taschen gepackt und sie zur Tür hinausgeschoben.

»Wir haben alles unter Kontrolle«, hatte er gesagt. Damit meinte er das Public-Relations-Fiasko, das nach ihrer öffentlichen Erklärung bei PMG ausgebrochen war. »Ich habe Daniel beauftragt, mit seiner Forschungsgruppe die Opfer zu identifizieren und noch lebende Familienmitglieder ausfindig zu machen. Das Schlimmste haben wir überstanden. Geh. Dein Hotel wartet auf dich.«

Sie hatte gelacht und ihn zum Abschied umarmt. *Ihr* Hotel. Ja, das war es jetzt. Und es passte gut zu ihr, fand sie.

»Mom, bist du hier?«, rief Daniel, als sie durch den Haupteingang eintraten.

»Wahrscheinlich ist sie hinten in der Küche und hört dich nicht ...« Ihre Worte verhallten, als sie Margaret erblickte, die in der frisch gefliesten Lobby zwischen dem Empfangstresen und einer großen Glasvitrine stand, die Inara noch nie gesehen hatte. Margarets frohlockendes Grinsen ließ Inara einen zweiten Blick auf die Vitrine werfen. Was darin war, verschlug ihr den Atem. »Ist das ...«

»Ja, deine Überraschung«, antwortete Daniel, bevor sie ihre Frage zu Ende formuliert hatte. »Wir haben das Gewand behutsam reinigen und zusammen mit deinem Ärmel mit dünnen Nylonfäden schwebend aufhängen lassen.

Die Vitrine ist temperatur- und feuchtigkeitsreguliert, also kann ihm hier im Hotel nichts passieren. Falls du es haben willst.«

Irgendwie schaffte sie es die Stufen hinunter durch die Lobby zu der Vitrine, wo es sie mit aller Wucht traf, was das bedeutete. Gewand und Ärmel waren wieder vereint, hier auf dem Anwesen, wo Mei Lien ihr Herz und ihre Seele hineingearbeitet hatte.

Das Gewand war zwar gereinigt worden, doch es war vergilbt vom Alter und stellenweise abgewetzt. Der Kontrast zwischen dem Gewand und dem Ärmel war eindrücklich und zeigte, wie sehr das Gewand geliebt worden war. Ob er es getragen hatte oder nicht, Yan-Tao hatte das Gewand eindeutig hoch geschätzt, sicher, weil seine Mutter es für ihn gefertigt hatte. Der Saum war gleichmäßig ausgefranst, als wäre er oft über den Boden geschleift worden.

Sie begriff immer noch nicht so richtig, warum Mei Lien oder Yan-Tao den Ärmel abgeschnitten und versteckt hatte. *Aber ist das wirklich so wichtig?* Sie war froh, dass sie es getan hatten, denn jetzt konnten sie selbst und jeder, der das Hotel besuchte, sehen, um was für eine atemberaubende Arbeit es sich handelte. Der Ärmel erstrahlte praktisch unter der Lampe, die Daniel in der Vitrine hatte anbringen lassen; die leuchtenden Farben erzählten ihre Geschichte in beinahe dreidimensionalen Bildern.

Das Gewand hatte viele Geschichten zu erzählen. Mehr, als sie ahnen konnte, dachte Inara jetzt, als sie um die Vitrine herumging und es von allen Seiten betrachtete. In den nächsten Tagen würde sie sich die Zeit nehmen, es sich in aller Ruhe anzusehen. War das da ein Kaninchen? Später. Sie würde die Bilder später studieren.

Sie drehte sich um und bemerkte, dass Daniel und Margaret sie beobachteten. »Seid ihr sicher, dass ihr es mir geben wollt? Will Vera es nicht? Oder das Museum?«

Margaret drückte ihre Schulter. »Wir finden, du solltest es haben. Damit wollen wir dir Danke sagen, dass du uns einen Teil unserer Familiengeschichte zurückgegeben hast.«

»Es ist perfekt.« Sie zog Margaret an sich und umarmte sie. Über ihre Schulter schenkte sie Daniel ein Lächeln. »Vielen Dank«, sagte sie noch einmal.

Später gingen Daniel und sie durch den dunklen Wald zum Strand. Nach den aufwühlenden und hektischen letzten Wochen suchte Inara hier den Frieden, den der Strand ihr immer bescherte.

»Ich bin so froh, dass wir die Wahrheit öffentlich gemacht haben. Es war das einzig Richtige«, sagte sie zu Daniel, als sie zwischen den Bäumen heraustraten und ihre Atemzüge sich in der kühlen Luft verlangsamten. Sie schaltete die Taschenlampe aus, denn der Mond machte die Nacht beinahe taghell.

Es herrschte Ebbe, und sie gingen schweigend an den Rand des Wassers, wo sie im Mondlicht standen, das in einem Streifen auf dem Wasser lag. »Weißt du«, flüsterte sie, denn die Nacht schien Stille einzufordern, »es ist schon seltsam, dass ich mich ausgerechnet an dich gewandt habe, um Hilfe bei der Identifizierung des Ärmels zu finden, und dass du am Ende sogar eine eigene Verbindung dazu hast.«

»Darüber habe ich auch schon nachgedacht.« Er drückte sie an sich, damit sie sich gegenseitig wärmen konnten. »Ich glaube, da hatten Mei Lien und Yan-Tao die Finger im Spiel, falls du an so etwas glauben kannst.«

Genau wie Dahlia sie zurück an den Ort gebracht hatte, an den sie gehörte, damit sie ihr Selbstwertgefühl wiederfand, das sie zusammen mit ihrer Mutter verloren hatte. »Ja«, sagte sie zu Daniel. »Ich glaube, ich kann an so etwas glauben.«

Sie blickte hinauf zu dem hellen Mond und fragte: »Was meinst du, was aus ihr geworden ist? Dass Duncan sie nicht umgebracht hat, wissen wir ja jetzt.«

Sie spürte Daniels Schulterzucken, ohne dass sie den Blick vom Mond löste. »Vielleicht werden wir es nie erfahren«, antwortete er leise.

Plötzlich kam Inara ein Gedanke, und sie drehte den Kopf, um Daniel anzusehen. »Was würde Mei Lien wohl davon halten, dass wir zusammen sind? Dass du mit einer Verwandten von Campbell zusammen bist?«

Daniel hielt den Blick aufs Wasser gerichtet, während das Mondlicht seine Züge scharf umriss. Dann wurde sein Gesicht weicher. »Weißt du, ich glaube, sie freut sich darüber. Ich glaube, sie hat deiner Familie vergeben.«

Inara lachte. »Du redest, als wäre sie noch hier.«

Daniel fiel nicht in ihr Lachen ein. Er wandte sich ihr zu, und sie sah seine nachdenkliche Miene. »Ich glaube, das ist sie«, meinte er. »Spürst du es nicht?«

Inaras Lachen wurde leiser. »Dieser Strand hat irgendetwas, nicht wahr? Mir war nicht klar, dass andere es auch spüren können.«

Jetzt setzte Daniel ein Lächeln auf, doch es galt quer durch die Zeit der Frau, die ihnen ihre Geschichte auf einem bestickten Ärmel überliefert hatte. »Ich spüre es.«

Er zog Inara in seine Arme und hob ihr Gesicht. »Du hast ihre Geschichte gefunden und hast ihre Familie zurück in ihr Heim gebracht. Und du machst ihren Ururenkel zu einem sehr glücklichen Mann.«

Seine Lippen legten sich warm und begehrend auf die

ihren, und Inara sank in seine Umarmung und erwiderte seinen Kuss mit aller Leidenschaft.

Von irgendwo draußen auf dem Wasser drang ein Planschen an den Strand, wo sie eng umschlungen standen, und da wusste Inara, dass Daniel recht hatte.

Mei Lien freute sich.

Nachwort

Die erste Idee zu diesem Roman kam mir, als ich die Geschichte der San Juan Islands recherchierte und in einem Siedlertagebuch aus dem 19. Jahrhundert etwas über Schmuggler las. Einer, so hieß es, war mit illegalen chinesischen Einwanderern an Bord unterwegs und bemerkte einen Zollkutter, der ihn verfolgte. Um nicht mit den Illegalen erwischt zu werden, schlug der Schleuser ihnen den Schädel ein und warf die Toten über Bord.

Die Episode blieb mir zusammen mit vielen Fragen über Jahre im Gedächtnis haften. Warum wurden Chinesen ins Land geschleust? Warum brachte man sie um? Was für eine Geschichte steckte dahinter?

Und dann erfuhr ich vom Chinese Exclusion Act von 1882, einem Einwanderungsgesetz, das Menschen aufgrund ihrer chinesischen Volkszugehörigkeit die Einreise in die Vereinigten Staaten verbot. Nur eine geringe Zahl von Kaufleuten durfte noch einreisen. Dem folgte der Geary Act von 1892, der die Regelungen des Chinese Exclusion Act verschärfte. Erst im Jahr 1943 wurden diese Beschränkungen durch ein Gesetz aufgehoben, das Chinesen die Einreise wieder erlaubte, jedoch nach einer strengen Quotenregelung. Die verbreitete Chinesenfeindlichkeit in der zweiten Hälfte des 19. Jahrhunderts hatte dazu geführt, dass die Weißen in Ortschaften von Südkalifornien bis nach

British Columbia und östlich bis nach Wyoming und Colorado alle Chinesen rigoros und oft gewaltsam aus ihren Städten und Dörfern vertrieben. Lynchmorde, Erschießen und Totprügeln waren an der Tagesordnung.

Je mehr ich über diese ethnischen Säuberungen erfuhr, von denen ich während meiner Schulzeit nie etwas gehört oder gelesen hatte, desto größer wurde mein Entsetzen.

Ich erzähle zwar eine fiktive Geschichte, doch sie beruht auf Tatsachen. Die seinerzeit über dreihundert in Seattle ansässigen Chinesen, von denen viele die amerikanische Staatsbürgerschaft besaßen, wurden am 7. Februar 1886 tatsächlich aus der Stadt getrieben. Aus Angst um ihr Leben buchten sie eine Passage auf dem Dampfschiff *Queen of the Pacific*, das nach San Francisco fuhr. Doch bevor das Schiff den Kai verlassen konnte, mischte sich Gouverneur Watson C. Squire ein. Er befahl dem antichinesisch gestimmten Mob, jede Gewalt zu unterlassen, und rief das Kriegsrecht aus. Richter Roger S. Greene informierte sämtliche Chinesen, auch die, die bereits für die Schiffspassage bezahlt hatten, über ihr Recht, abzureisen oder in Seattle zu bleiben. Er versprach, diejenigen, die bleiben wollten, zu beschützen.

Die Chinesen, die sich zum Bleiben entschlossen, wurden von Schutztruppen nach Hause begleitet, die den wütenden Pöbel zurückdrängten. Es dauerte mehrere Monate, bis die Unruhen vorbei waren. Während der Krawalle kam nur ein Mensch zu Tode, ein weißer Aufrührer. Die Chinesen, die die Stadt verlassen hatten, erreichten sicher San Francisco.

Doch Seattle war eine Ausnahme, und zu Ehren all jener, die andernorts ihr Leben verloren, habe ich den Chinesen in Seattle in meinem Roman ein ähnliches Schicksal zugedacht.

Interview mit der Autorin

Wie kamen Sie darauf, Die Seideninsel zu schreiben?

Geschichten, die ein neues Licht auf die Historie werfen und von den Folgen längst vergangener Ereignisse für die Menschen heute erzählen, haben mich schon immer fasziniert. Deshalb wusste ich von Anfang an, dass die Handlung dieses Romans auf zwei Zeitebenen spielen sollte. Inaras Geschichte erwuchs ebenso aus der Verbindung zu Mei Lien über das Haus und den Ärmel, den sie dort findet (darauf komme ich noch zurück), wie aus dem Familiengeheimnis, dem sie durch den Ärmel auf die Spur kommt. Ich beschloss, Inara ein Boutique-Hotel einrichten zu lassen, weil ich eine begeisterte Reisende bin und es schön fände, so ein kleines Hotel zu führen, also durfte Inara das für mich übernehmen.

Warum erzählt Mei Lien ihre Geschichte mittels einer Stickerei?

Zu Anfang war ich vollkommen ratlos, welches »Objekt« (abgesehen von dem Haus) den historischen Handlungsfaden mit dem zeitgenössischen verbinden konnte, deswegen habe ich die Frage mit meiner Schreibgruppe diskutiert. Ein Mitglied der Gruppe, Carol, erzählte, sie besitze einen gerahmten bestickten chinesischen Ärmel. Weitere Recherchen ergaben, dass breite, bestickte chinesische Borten in China oft als Andenken verkauft werden. Diese

Ärmelborten sind jedoch ganz anders als das, was Mei Lien fertigt. Ich ließ sie das ganze Gewand besticken, einschließlich des engen Ärmels mit der Hufeisenmanschette, nach dem Vorbild der kaiserlichen Drachengewänder, die hohe Beamte im alten China trugen. Es gefiel mir, dass Mei Liens Großmutter ihr Geschichten über das Leben in China erzählte und dass Mei Lien dieses Erbe in dem Gewand für ihren Sohn tradiert. Der Gedanke an einen einzelnen Ärmel blieb jedoch hängen, und so ist das alles, was Inara unter ihrer Treppe findet.

Die Geschichte wird in der Vergangenheit und in der Gegenwart erzählt. Ist Ihnen eine Zeitebene schwerer gefallen als die andere?

Ich fand Inaras Geschichte, die in der Gegenwart spielt, am schwierigsten. Beim Schreiben aus Mei Liens Perspektive konnte ich mich gedanklich vollkommen in diese Zeit mit ihren besonderen Herausforderungen, Sprachmustern, Kleiderfragen und so weiter versenken. Es hat mir großen Spaß gemacht zu recherchieren, was die Menschen in den 1880er und 1890er Jahren gegessen haben, wie sie reisten und so weiter. Auch die kulturellen Eigenheiten der Epoche haben mich fasziniert. Doch obwohl es dem Zeitgeist entsprach, musste ich mich jedes Mal überwinden, wenn ich eine rassistische Verunglimpfung niederschrieb, dankbar, in einer Zeit zu leben, da die Menschen in Amerika größere Akzeptanz für die verschiedensten Völker, Geschlechter, Religionen, sexuelle Orientierungen und Ethnien aufbringen.

Die Herausforderung beim Schreiben der Szenen in der Gegenwart lag vermutlich darin, diese so eindringlich zu machen wie die historischen, an denen ich sowieso sehr vieles interessant und reizvoll fand. Um es mir leichter zu machen, schrieb ich zuerst alle historischen Kapitel nacheinander weg und dann den Teil, der zu Inara gehört, als wäre er ein eigenes Buch. Dann begann ich wieder von vorn, um beide Stränge miteinander zu verweben. Dabei mussten die Kapitel ein paarmal umsortiert werden, bis der Erzählfluss stimmte.

Warum haben Sie Mei Liens Geschichte auf Orcas Island angesiedelt?

Weil chinesische Einwanderer über die Inseln geschmuggelt wurden, musste sie am Ende auf einer der San Juan Islands landen. Zudem liebe ich die Gegend einfach und verbringe gern Zeit dort, oft auch nur in Gedanken. Für Orcas Island entschied ich mich, nachdem ich das Siedlertagebuch von James Francis Tulloch gelesen hatte, das den Zeitabschnitt 1875–1910 auf der Insel umfasst. Für die aufmerksamen Leserinnen und Leser: Ja, es ist der James Tulloch, dem ich die Aufgabe des Postausträgers übertragen habe, nachdem man sie Joseph weggenommen hatte.

Haben Sie auch andere Figuren nach realen Personen gestaltet?

Ja, und es hat mir großen Spaß gemacht, Personen in meine Geschichte einzubinden, die tatsächlich gelebt haben. Neben dem bereits erwähnten James Tulloch sind das:

– Kapitän Herbert Beecher, der Joseph und Mei Lien nach Port Townsend gebracht hat. Im richtigen Leben war er Dampfschiffkapitän auf den Inseln. Er war der Sohn eines der berühmtesten protestantischen Prediger und Sklavereigegner, Henry Ward Beecher, sowie der Neffe von Harriet Beecher Stowe, der Autorin von *Onkel Toms Hütte*. Es gefiel mir, Herbert Mei Lien helfen zu lassen, denn er stammte aus einer Familie, die dafür bekannt war, Opfern von Rassismus beizustehen.

– Der Baron, der Ladenbesitzer in Port Townsend, der bei den Vorkehrungen für Josephs und Mei Liens Hochzeit half, war der führende Schiffsausrüster in Port Townsend und einer der wichtigsten Lieferanten für die Nutzholzgewinnung im Puget Sound. Viele Holzfäller bedienten sich seiner Firma auch als Bank. Sein richtiger Name lautete D. C. H. Rothschild, und sein Haus ist bis heute als Museum für die Öffentlichkeit zugänglich.

– Prediger Gray, den Joseph beiläufig erwähnt, ist auf Orcas Island tatsächlich von Tür zu Tür gezogen und hat die Bewohner um Geld für den Neubau einer episkopalen Kirche in Eastsound gebeten. Diese Kirche steht heute noch.

Wie haben Sie für diesen Roman recherchiert?

Ich habe alles gelesen, was ich über chinesische Stickerei, chinesische Kleidung und Sitten in die Hände kriegen konnte, über die Geschichte der San Juan Islands und die Geschichte von Seattle, die Ernährungsgewohnheiten Ende des 19. Jahrhunderts, Baumethoden der 1880er und 1890er Jahre, chinesisches Essen, Dampfschiffe, die Vertreibung der Chinesen aus US-amerikanischen Städten und so weiter. Ich habe das Wing Luke Museum of the Asian Pacific American Experience in Seattle besucht, um alles zu lesen, was sie dort über die antichinesischen Aufstände haben, sowie Transkriptionen mündlich überlieferter Geschichten von Zeitzeugen der Vorfälle. Wo ich schon mal im Museum war, habe ich noch einen Abstecher in ihr Archiv gemacht, um zu erfahren, wie Textilien sicher verwahrt und behandelt werden. Ich habe die historischen Museen von San Juan Island und Orcas Island besucht und sie mit Tonnen von Notizen und Fotos wieder verlassen. Ich habe stapelweise Bücher über historische Häuser gelesen, um das richtige zu finden, das mir als Vorbild für Rothesay dienen sollte, und am Ende fand ich, es sollte ein bisschen aussehen wie das Haus in dem Film *The Sound of Music.* Ich habe zahllose Romane mit chinesischen Hauptfiguren gelesen und Sachbücher über chinesische Siedler im pazifischen Nordwesten und Chinesinnen überall in den USA, um ihre Erfahrungen besser zu verstehen. Während dieser Recherchen wuchs in mir die Erkenntnis, dass einem ein Thema, von dem man anfangs keine Ahnung hat, sehr ans Herz wachsen kann, wenn man sich richtig darin vertieft.

Was war Ihre interessanteste Erfahrung bei den Recherchen zu diesem Roman?

Durch einen glücklichen Zufall erfuhr ich von einem besonderen Dinner im Wing Luke Museum, zu dem ich mich rasch anmeldete. Es hatte als Thema »Schweinefüße, Oliven und Wassermelonenkerne: chinesisch-amerikanisches Essen der 1880er Jahre« und fand an einem warmen Abend im Juli 2010 statt. Die auf Ernährung spezialisierte Anthropologin und Kulturwissenschaftlerin Maxine Chan führte uns mit Geschichten und Erklärungen zu den Speisen auf unseren Tellern durch die einzelnen Gänge. So habe ich an diesem Abend zum Beispiel eingemachte Pomeloschalen mit Schweinefleisch gegessen, gedämpfte Eier, Schweinefüße und so weiter. Mehr Informationen darüber und Bilder des Dinners finden Sie auf meiner Webseite www.kelliestes.com.

Welcher Figur fühlen Sie sich am nächsten?

Man möchte denken, die Antwort wäre Inara, denn sie ist wie ich eine Weiße und lebt im 21. Jahrhundert, doch eigentlich fühlte ich mich Mei Lien viel näher. Vom ersten Wort an, das ich aus ihrer Perspektive schrieb, lag sie mir sehr am Herzen, und ich fand es furchtbar, dass ich ihr so viele schreckliche Dinge zumutete. Wir sind beide Mütter, und als ich die Szene schrieb, in der sie sich von Yan-Tao verabschiedet, stellte ich mir vor, ich müsste einem meiner Söhne Lebewohl sagen. Ich habe ihren Schmerz deutlich empfunden. Es mag töricht klingen, dass eine Autorin so intensiv auf das reagiert, was sie selbst geschrieben hat, aber beim Lesen dieser Szene habe ich heute noch einen Kloß im Hals. Mei Liens Kämpfe sind nicht die meinen, doch als sie ihre Familie verlor und die Kraft fand zu tun, was getan werden musste, spürte ich beide Male ihren Schmerz.

Dies ist Ihr erster Roman, der veröffentlicht wurde. Wie sind Sie Autorin geworden? Wollten Sie immer schon schreiben?

Bücher habe ich immer schon verschlungen, doch es ist mir nicht ein Mal in den Sinn gekommen, dass ich die Bücher, die ich so liebte, auch selbst schreiben könnte. Für mich waren Schriftsteller Menschen, die ein abgeschiedenes, verzaubertes Leben lebten, das mit meinem Alltag nicht das Geringste zu tun hatte. Das änderte sich, als ich die Frau kennenlernte, die später meine Schwägerin wurde, und sie mir erzählte, sie schreibe gerade einen Liebesroman. Vor mir stand eine ganz normale Frau, und die schrieb ein Buch? Das war wirklich möglich? Also habe ich es auch versucht, und ich wusste schnell, dass es – obwohl ich noch sehr viel lernen musste – genau das war, was ich für den Rest meines Lebens tun wollte.

Ich habe an der Arizona State University BWL studiert und nach dem Abschluss für einen Flugzeugbauer im Einkauf und in der Vertragsabteilung gearbeitet. Ich habe die Arbeit gern gemacht, aber ich war doch nicht mit Leidenschaft dabei. Deswegen fiel es mir nicht schwer, meinen Job aufzugeben, als mein Mann mir anbot, mich zu unterstützen, wenn ich zu Hause bei den Kindern bleiben und an meiner Karriere als Schriftstellerin arbeiten wollte. Diese Erfahrung hat es mir leicht gemacht, Inaras Gefühle und Gedanken nachzuempfinden, als ihr klar wurde, dass bei Starbucks zu arbeiten nicht das Ziel ihrer Träume war. In den vierzehn Jahren zwischen der Kündigung meines Jobs und der Veröffentlichung dieses Romans habe ich sechs Manuskripte verfasst, an unzähligen Schreibworkshops und Autorentreffen teilgenommen und zwei Jungen großgezogen, die jetzt tagsüber in der Schule sind, während ich mich ganz auf das Schreiben konzentrieren kann. Wieder ein glücklicher Zufall – dass ich mehr Zeit zum Schreiben habe, just in dem Moment, da meine Karriere als Schriftstellerin so richtig in Gang kommt!

Was ist für Sie die größte Herausforderung beim Schreiben?

Am schwierigsten finde ich es, das Gleichgewicht zu finden zwischen dem Schreiben und allem anderen, was an einem Tag noch so zu erledigen ist. Jedes Mal, wenn ich dieses Gleichgewicht erreicht zu haben glaube, verändert sich etwas und ich muss wieder von vorn anfangen. Solange meine Kinder zu Hause leben, werden sie immer an erster Stelle kommen. Aber wenn ich nicht aufpasse, ist mein Tag ruck, zuck von morgens bis abends angefüllt mit ehrenamtlicher Arbeit an der Schule der Kinder, Besorgungen, Kochen … und plötzlich habe ich weder Zeit noch Energie zum Schreiben übrig. Deswegen trage ich die Zeit zum Schreiben jeden Tag in meinen Kalender ein, je früher, desto besser (was auch für Sport gilt), und setze mir wöchentliche Ziele. Wenn ich diese Ziele nicht erreiche, fällt das Entspannen am Wochenende aus.

Woher kommen die Ideen für Ihre Geschichten?

Ideen kommen von überall her, und ich betrachte es als Abenteuer, allem und jedem Aufmerksamkeit zu schenken, um die kleinen Juwelen, die mich inspirieren, nicht zu übersehen. Von Fernsehsendungen und Kinofilmen über Gesprächsfetzen aus dem Supermarkt bis hin zu Zeitschriftenartikeln und Gedenktafeln an Gebäuden … überall verstecken sich potenzielle Geschichten. Ich habe eine Sammlung mit Artikeln und Notizen zu Dingen, die ich interessant finde. Das kann alles sein, von Stellenanzeigen über Fotos von Schmuck bis hin zu ganzen Handlungssträngen. Wenn ich so weit bin, mit einem neuen Buch anzufangen, öffne ich einen Ordner und schaue, ob irgendwo ein Funke überspringt. Normalerweise stelle ich mehrere Ideen zusammen, von denen ich ursprünglich dachte, sie wären jede für sich ein Buch, die sich dann jedoch nur als ein Aspekt oder ein Handlungsstrang einer viel komplizierteren Geschichte erweisen. Ich mache auch gern Listen von Dingen, für die ich mich zu einem bestimmten Zeitpunkt begeistere, und arbeite sie in meine Geschichten ein, um mir den Spaß daran zu bewahren. Für dieses Buch waren das die Geschichte der San Juan Islands, die Vertreibung der Chinesen aus Seattle, die Geschichte von Seattle, Boutique-Hotels, Sommer, Wasser und Wald. In meinem nächsten Buch wird es sehr wahrscheinlich unter anderem um Sport gehen, veganes Essen und Frauenfreundschaften.

Können Sie sticken?

Nein, dazu fehlt mir völlig das Talent. Für Stickerei interessiere ich mich erst seit den Recherchen für dieses Buch. Wie bei allen Dingen im Leben, von denen wir glauben, dass wir sie nicht mögen, stellte ich fest, dass meine Begeisterung wuchs, je mehr ich darüber erfuhr. Ich besitze jetzt Kleider, die bestickt sind, und von der Schwägerin, die mich zum Schreiben inspirierte, habe ich kürzlich einen antiken bestickten chinesischen Ärmel geschenkt bekommen. Ob ich je selbst eine Stickerei anfertigen werde … Wer weiß? Vielleicht lerne ich es eines Tages.

Haben Sie einen Rat für angehende Autorinnen und Autoren?

Schreiben Sie so viel wie möglich und lernen Sie, so viel Sie können, indem Sie an Workshops, Konferenzen und Schreibgruppen teilnehmen. Seien Sie offen für Feedback. Lesen Sie Bücher über das Schreiben. Lesen Sie Ihre Lieblingsautorinnen und -autoren und achten Sie auf Struktur, Wortwahl, Handlung, Konflikte, Entwicklung der Figuren und so weiter. Schreiben Sie. Und dann, wenn Sie all die guten Regeln für das Schreiben begriffen haben, erlauben Sie sich, sie zu ignorieren und sich ganz Ihrer eigenen Stimme und Ihrer eigenen Geschichte anheimzugeben. Vor diesem Buch habe ich vier Liebesromane und einen Frauenroman geschrieben, dabei habe ich mich jedes Mal sehr streng an die Regeln gehalten. Als ich mit diesem Buch anfing, ließ ich alles fallen und hatte keine Ahnung, in welchem Regal das Buch im Buchladen je landen sollte. Beim Überarbeiten fügte sich alles nach und nach zusammen. Vertrauen Sie auf sich, vertrauen Sie auf Ihre Stimme, vertrauen Sie der Geschichte, die zu Ihnen kommt, und Sie werden Erfolg haben. Und übereilen Sie nichts. Es dauert länger, als Sie glauben, ein Buch zu schreiben, aber das ist in Ordnung.

Dank

Viele Menschen haben diese Geschichte inspiriert und geformt und mich bei ihrer Entstehung unterstützt, und ich bin jedem einzelnen von ihnen dankbar.

Mein größter Dank gilt meinem Mann Chad und unseren beiden Söhnen, die die ganze Zeit daran geglaubt haben, dass mein Roman irgendwann gedruckt wird. Sie haben alle entscheidenden Stadien aller unveröffentlichten Bücher, die ich je geschrieben habe, mit mir gefeiert, besonders bei diesem hier, vom ersten Entwurf über die Unterzeichnung des Vertrags bis hin zur Druckfreigabe. Danke, dass ihr mich liebt und mir die Zeit und den Raum zum Schreiben gebt. (In diesem Sinne gilt mein Dank auch Xbox und Lego dafür, dass sie meine Kinder glücklich beschäftigt hielten, während ich schrieb!)

Meiner Agentin Beth Miller kann ich nicht genug dafür danken, dass sie die Seele dieser Geschichte schon früh erkannt und mir geholfen hat, ihr die richtige Gestalt zu geben. Danke, dass Sie an mich geglaubt haben.

Auch meinen Lektorinnen Shana Drehs und Anna Michels bin ich sehr dankbar, dass sie meine Geschichte zum Strahlen gebracht haben. Es ist ein großes Vergnügen, mit Ihnen zu arbeiten! Bei Sourcebooks gibt es meiner Meinung nach nur Superhelden, und mein Dank gilt allen, die dazu beigetragen haben, dieses Buch zu verwirklichen.

Großer Dank gilt meinen Schriftstellerfreundinnen und -freunden, die mich bei den verschiedenen Handlungssträngen beraten und mit mir an Problemen mit dem Manuskript geackert haben. Danke, Cherry Adair, Christina Arbini, Kira Brady, Kristine Cayne, Rebecca Clark, Carol Costantino, Lesa Dragon, Carolynn Estes, Heather Higgins, Julia Hunter, Emma Locke, Laurie London, Dona Sarkar und Shelli Stevens. Eure Freundschaft, unsere gemeinsamen Sitzungen und eure Unterstützung bedeuten mir sehr viel. Carol, danke, dass du mir von bestickten chinesischen Ärmelborten erzählt hast, die zum Ausgangspunkt für die Stickerei in dieser Geschichte wurden. Danke!

Ungenauigkeiten und Fehler bei der Recherche gehen allein auf mein Konto. Mein Dank gilt den folgenden Experten für ihre Hilfe: dem Rechtsmediziner William Barbour für Informationen über Leichen und Verwesung, Eirena vom Orcas Museum, Bob Fisher vom Wing Luke Museum und den Verfassern der Siedlertagebücher, die die Geschichte der San Juan Islands im späten 19. Jahrhundert lebendig gemacht haben.

Einige sehr gute Freundinnen haben frühe Versionen des Manuskripts gelesen und ausführlich kritisiert, was mir geholfen hat, Fokus und Richtung der Geschichte zu finden. Ladys, ich hoffe, ihr wisst, wie sehr ich eure Aufrichtigkeit und euer gründliches Feedback schätze. Danke, Rebecca Clark, Melynie Elvidge, Laurie London und Dona Sarkar.

Dona, du warst die Erste, die mir das Gefühl gab, eine »richtige« Schriftstellerin zu sein, und in all den Jahren seither hast du niemals zugelassen, dass ich diesen Glauben verliere. Du weißt hoffentlich, wie großartig das für mich ist.

Nicht zuletzt gilt mein Dank den Romance Writers of America und der Pacific Northwest Writers Association. Von beiden Verbänden habe ich sehr viel über das Handwerk und das Geschäft des Schreibens gelernt.